Better

Colisión

CARRIE LEIGHTON

BETTER

COLISIÓN

Traducción de
Elena Rodríguez

Primera edición: febrero de 2024
Título original: *Better. Collisione*

© Adriano Salani Editore s.u.r.l. Gruppo editoriale Mauri Spagnol, 2022
© de esta traducción, Elena Rodríguez, 2024
© de esta edición, Futurbox Project S. L., 2024
Todos los derechos reservados, incluido el derecho de reproducción total o parcial de la obra.

Diseño de cubierta: Alessia Casali (AC Graphics)
Corrección: Gemma Benavent, Raquel Bahamonde

Publicado por Wonderbooks
C/ Roger de Flor n.º 49, escalera B, entresuelo, despacho 10
08013, Barcelona
www.wonderbooks.es

ISBN: 978-84-18509-60-5
THEMA: YFM
Depósito Legal: B 38-2024
Preimpresión: Taller de los Libros
Impresión y encuadernación: Liberdúplex
Impreso en España — *Printed in Spain*

Escribo sobre un amor equivocado.
Sobre un dolor que no pasa.
Que te cambia para siempre.
Escribo sobre un amor que te llena y te vacía.
Sobre un amor que, incluso en la adversidad, te
permite comprender qué mereces de verdad.
Todos tenemos cuentas pendientes con
las heridas de nuestra alma.
Yo he conseguido curar las mías así:
escribiendo sobre ellas.
Queridos lectores, nuestro viaje empieza aquí...

Prólogo

Crecí en una familia normal y corriente.

Mi padre era un trabajador honesto. Mi madre, un ama de casa insatisfecha.

Yo... lo cierto es que nunca supe definir muy bien cómo me sentía.

La mayor parte del tiempo tenía la sensación de que la vida pasaba frente a mis ojos, pero estaba tan ocupada observándola que no la vivía.

Buscaba refugio en páginas llenas de tinta mientras soñaba con una gran historia de amor con los ojos abiertos.

Banal, lo sé, pero «banal» podría ser mi segundo nombre.

Pasaba días enteros leyendo, preguntándome *cuándo* llegaría mi momento y *cómo* sería.

Me lo imaginaba delicado como una sinfonía.

Ligero como el aleteo de una mariposa.

Suave como una pluma que flota en el viento.

Lo visualizaba así: puro, fácil, romántico.

Porque, en el fondo, así es como debería ser.

Pero me equivocaba.

Para mí, el amor nunca ha sido nada de esto.

Desde el primer momento en que me tocó, fue la melodía desafinada de una guitarra eléctrica. La furia de un huracán.

La perdición de un alma en colisión.

Porque la verdad es que ningún libro me había preparado para esto.

Porque cuando conoces a alguien por primera vez, tú no lo sabes...

No sabes qué impacto tendrá en tu vida.

No sabes qué poder ejercerá sobre ti.

No sabes que cambiará hasta la última partícula de tu cuerpo.

Y que, después de él, nunca volverás a ser la misma.

Primera parte

Capítulo 1

En otoño, Corvallis tiene un encanto especial. Con sus casitas, los parques y los bosques frondosos que la rodean, la ciudad recuerda a uno de aquellos paisajes encantados encerrados en una bola de cristal como las que coleccionaba de pequeña. La llegada de las primeras tormentas lo vuelve todo incluso más mágico. Justo como ahora, con la lluvia que golpea con ímpetu el asfalto, el susurro de las hojas agitadas por el viento y el olor de las calles mojadas. Para mí, no hay mejor despertar en el mundo.

Sin embargo, la paz dura poco, porque el sonido insistente del despertador me recuerda que hoy empieza mi segundo año en la Universidad Estatal de Oregón. Huelga decir que me gustaría acurrucarme bajo el edredón un rato más, pero después de ignorar la alarma por tercera vez, «Breed» de Nirvana empieza a sonar a todo volumen y casi me da un infarto. Alargo el brazo hacia la mesita de noche y busco a tientas el móvil mientras la voz de Kurt Cobain llena la habitación. Cuando por fin lo alcanzo, apago el despertador, me quito el antifaz con forma de rana y hago un esfuerzo por abrir los ojos.

Con el teléfono en las manos, cedo al impulso de comprobar si tengo mensajes o llamadas perdidas de Travis. *Nada*. Debería estar acostumbrada, pero igualmente siento cierta decepción. Las cosas funcionan así con él: cada vez que discutimos, desaparece del radar durante días, lo que demuestra lo poco que le interesa salvar nuestra relación, que ya está en las últimas.

¿Una persona puede sentirse agotada incluso antes de empezar el día?

Salgo de la cama sin ganas y me pongo mis zapatillas peludas de unicornio.

Me recojo el pelo revuelto en un moño descuidado, me pongo la bata de felpa, inhalo el aroma a colada recién hecha y me dirijo a la ventana que hay frente a la cama. Abro la cortina, apoyo la frente en el cristal frío y recorro con la mirada el sendero del jardín, empapado por la lluvia.

Travis da por sentado que seré yo quien dé el primer paso para acabar con este silencio. Pero esta vez no pienso hacerlo, no después de cómo se ha comportado. Ver a tu novio en una historia de Instagram, borracho como una cuba, bailando y restregándose en la barra de un bar con dos completas desconocidas mientras yo estaba sola en casa, en la cama con gripe, es un dolor que no le deseo a nadie. Cuando lo llamé enfadada para pedirle explicaciones, me despachó con su habitual «Vanessa, qué exagerada», colgó y no he sabido nada más de él. He pasado el fin de semana deprimida en casa, bebiendo infusiones de jengibre para el dolor de garganta, leyendo y ordenando mis libros y cuadernos para el primer día de clase en la universidad. Ni siquiera las llamadas por FaceTime con Tiffany y Alex, mis dos mejores amigos, consiguieron que me olvidara del vídeo y de la humillación por la enésima falta de respeto de Travis.

Esta situación se ha vuelto tan extenuante que ni siquiera tengo fuerzas para llorar. Lo cual es extraño, porque, desde que tengo uso de razón, llorar es lo único que soy capaz de hacer cuando me siento abrumada por demasiadas emociones. En un arrebato de frustración, lanzo el teléfono sobre la cama, me froto la cara con las manos y me obligo a pensar en otra cosa, porque la alternativa me provoca dolor de cabeza. Será mejor que empiece a prepararme, parece que hoy será un día largo.

Después de darme una ducha rápida, vuelvo a mi habitación para vestirme y, aunque me siento estúpida, echo otro vistazo al teléfono. De nuevo, ni llamadas ni mensajes. En mi interior, se abre paso un impulso nocivo de llamarlo para soltarle una retahíla de insultos.

—Nessy, ¿estás despierta? —La voz estridente de mi madre me saca de mis pensamientos, junto con el olor a café recién hecho que inunda la casa. De algún modo, es como estar a caballo entre el infierno y el paraíso.

—Sí, estoy despierta —respondo con un hilo de voz, y me llevo la mano a la garganta dolorida. La gripe de estos últimos días me ha dejado fuera de combate.

12

—Baja, el desayuno está listo.

Dejo escapar un gran suspiro y, envuelta todavía en mi albornoz y con el pelo mojado, bajo las escaleras con la esperanza de disimular mi mal humor. Lo último que necesito es aguantar una de las interminables peroratas de mamá en las que me repite que no deje ir a mi novio porque es de buena familia. Poco importan sus errores y mi sufrimiento: el amor que mi madre siente por el patrimonio de la familia de Travis es mayor que el que siente por su propia hija. Hace dos años, cuando se enteró de que estaba saliendo con el hijo de un petrolero rico, para ella fue como si le hubiera tocado la lotería.

Al llegar a la cocina, la encuentro lista para el día: un moño rubio perfectamente peinado, unos elegantes pantalones *palazzo* blancos, una blusa azul y un maquillaje impecable, con rímel que le resalta los ojos azules y pintalabios rojo aplicado en sus finos labios. Su clase innata siempre consigue minar mi ya de por sí baja autoestima.

Ni siquiera tengo tiempo de darle los buenos días cuando me veo abrumada por una avalancha de información inesperada.

—En el mueble de la entrada te he dejado unas facturas y dinero, sería fantástico si pudieras ir a pagarlas hoy. —Frenética, alcanza la cafetera y llena dos tazas sin dejar de darme instrucciones sobre los recados que me esperan durante el día—. Tienes que recoger la ropa de la tintorería y comprar la cena para esta noche, y, oh, antes de que se me olvide —dice mientras extiende un brazo para ofrecerme una taza. Confío en el efecto revitalizador del café y sigo escuchando sus balbuceos—. La señora Williams me ha pedido que me encargue de su chihuahua, porque hoy está fuera. Le he dicho que estarías encantada de hacerlo tú.

Tantas órdenes de buena mañana me ponen más nerviosa de lo que ya estaba.

—¿Hay algo más que quieras pedirme, mamá? Yo qué sé, que corte el césped, que coloque bien las vallas de los vecinos y, por qué no, tal vez incluso que organice un *brunch* para el presidente. —La miro de soslayo, dejo el teléfono junto al fregadero y tomo asiento en la mesa.

—Ya sabes que la señora Williams no tiene a nadie más en quien confiar, no podía decirle que no, quedaríamos fatal. —Se lleva la taza de café a la boca y, tras dar un sorbo, continúa—: Además, pensaba que estarías encantada de ocuparte de ese animalucho, te encantan los animales.

—Sí, pero eso no significa que tenga tiempo o ganas de hacerlo.

—Yo tampoco —replica ella, despreocupada—. Cuando acepté el puesto de secretaria en el bufete, no pensé que me absorbería el alma, pero alguien tiene que traer dinero a casa.

La miro y de repente me siento mortificada. Sé perfectamente que desde que papá nos abandonó, hace seis años, mamá se ha hecho cargo de todos los gastos. La admiro mucho por ello, pero se olvida de que yo también tengo una vida y que no puedo vivirla en función de la suya.

—Tienes razón, lo siento. —Me levanto para coger un paquete de Coco Pops de la despensa y lo vuelco en un bol vacío—. Cuidar del perrito de la señora Williams no será un problema, puedo sacarlo a dar un paseo antes de ir al campus y cuando vuelva. Por lo demás, no te preocupes, yo me encargo de todo. —La tranquilizo con tono conciliador.

—Ahora sí que podemos hablar. —Me pone una mano en el hombro y con los dedos, y sus uñas cuidadas y pintadas de rosa pálido, me recoge unos mechones de pelo—. Y, por favor, al menos el primer día de clase, intenta vestirte con ropa más bonita.

Da un último sorbo a su café y se despide de mí antes de prometerme que nos veremos para cenar. Yo me quedo en la cocina para terminarme el desayuno. Vierto leche fría en el cuenco de los cereales y vuelvo a sentarme a la mesa. Poco después, el teléfono, que sigue junto al fregadero, se ilumina para alertarme de la llegada de un mensaje. Con la cuchara llena de Coco Pops en el aire, me apresuro como una idiota a ver de quién es y tropiezo en la alfombra de la cocina con un cereal pegado al labio.

Soy tan patética que merecería caerme de bruces al suelo. Quizá un buen golpe en la cabeza es justo lo que necesito.

Cuando veo que es Tiffany, mi mejor amiga y hermana gemela de mi novio, vuelvo a hundirme en la decepción.

Esperaba ver el nombre de Travis en la pantalla, pero, evidentemente, es más probable que antes llegue el fin del mundo.

«Buenos días, empollona, hoy tu vida vuelve a tener sentido».

«No he pegado ojo en toda la noche por la euforia», respondo a su mensaje de forma irónica.

«No esperaba otra cosa. Escucha, tengo una propuesta para ti: esta tarde empiezan los entrenamientos, ¿vamos juntas?».

Frunzo el ceño y vuelvo a leer el mensaje, convencida de que lo he entendido mal. ¿Desde cuándo a Tiffany le interesa el deporte? A ella solo le importan las últimas tendencias en moda y maquillaje, su cita de los martes en el salón de belleza o sus adorados pódcast de crímenes reales. Pero nunca perdería el tiempo en un estúpido entrenamiento de baloncesto.

Al cabo de unos segundos, caigo en la cuenta de que no es Tiffany quien quiere saber si estaré allí, sino Travis, en un miserable intento de sonsacarle información a su hermana. ¡Qué cobarde!

Primero desaparece durante dos días enteros, me deja sumida en la más absoluta autocompasión y ni siquiera hace el esfuerzo de inventarse alguna excusa ridícula, y eso que seguramente me la habría creído, o eso habría fingido. Luego se aprovecha de mi mejor amiga.

Molesta, respondo al mensaje: «Dile a tu hermano que si quiere saber algo, tendrá que hacer un esfuerzo y preguntármelo en persona».

La respuesta llega de inmediato: «Me ha obligado a hacerlo, yo no tengo nada que ver. Sabe que estoy de tu parte. Te paso a recoger y vamos juntas al campus. Estate lista a las ocho, te quiero».

Como imaginaba, es cosa suya. ¡Qué rabia! Suelto el teléfono en la mesa; se me ha quitado el hambre. Lavo la taza de café y el bol de cereales y vuelvo a mi habitación. Abro el armario y, por un momento, contemplo la idea de hacerle caso a mi madre y ponerme algo más bonito que los vaqueros y la sudadera de un solo color que suelo llevar. Me pruebo un suéter ceñido blanco con un escote adornado con encaje. Es bonito, pero, al mirarme en el espejo, veo que resalta demasiado mi pecho turgente. Acabaría atrayendo muchas miradas, que es justo lo que quiero evitar.

Doblo el suéter con cuidado en el armario y, al final, decido que mi aspecto «anónimo» de siempre no está tan mal. Me pongo unos vaqueros oscuros, ajustados y de cintura alta, y una sudadera blanca que me cubre el trasero: esto está mucho mejor. Después de secarme el pelo y recogerlo en una coleta alta para intentar domar el efecto encrespado, tomo la mochila y meto dentro *Sentido y sensibilidad,* uno de mis libros favoritos: leerlo en los descansos entre clase y clase me ayudará a distraerme.

Antes de salir de casa, me miro al espejo y me arrepiento al instante. No me gusta la imagen que veo reflejada: estoy pálida, tengo unas ojeras violáceas bajo los ojos grises y ligeramente enrojecidos, y mi pelo de cuervo pide clemencia. Me lo dejo suelto y lo peino con las manos, pero la situación no mejora. Tiro la toalla y, armada con un paraguas, salgo de casa antes de volverme loca.

Capítulo 2

A las ocho en punto, Tiffany me espera al final del sendero de mi casa en su flamante Ford Mustang rojo.

Le hago un gesto con la mano para que me espere cinco minutos, justo el tiempo necesario para llevar a Charlie, el perro de nuestra vecina, a su casa.

Cuando subo al coche, el aroma a flores frescas me inunda. Es el perfume de mi mejor amiga, que, con su pelo cobrizo y ondulado hasta los hombros y sus ojos color avellana resaltados con un montón de rímel, me mira cautelosa con toda su belleza etérea.

—Entonces... —dice mientras tamborilea los dedos en el volante—. ¿Cómo estás? ¿Se te ha pasado el resfriado? —pregunta, y tantea el terreno con cierta vacilación. Sé que teme que me haya enfadado con ella por seguirle el juego a Travis. Pero no debería, ella no tiene la culpa. Es su hermana. Yo habría hecho lo mismo en su lugar.

—Podría estar mejor —confieso mientras me pongo el cinturón—. No me he recuperado del todo de la gripe y me duele la cabeza.

—¿Has tomado ibuprofeno? Tengo en la mochila, ¿te doy uno?

—No, no te preocupes, ya se me pasará —le respondo, y me masajeo las sienes en un intento por aliviar el dolor.

—Claro, tú y el terror por los analgésicos que tu madre te inculcó. Si cambias de idea, las pastillas están ahí dentro. —Señala la mochila en el asiento trasero, luego arranca el motor y nos ponemos en marcha. Cuando dejamos atrás mi casa, decide abordar la cuestión—. Quería pedirte perdón por lo de esta mañana, no pretendía entrometerme. No debería haberlo hecho, sobre todo después de cómo se comportó, pero Travis estaba tan pesado que al final he cedido —reconoce, y alza la mirada al cielo.

—No tienes que pedir perdón, Tiff, tú no has hecho nada malo, es él, que es un idiota —replico mientras enciendo la radio.

—Eso seguro. —Mi amiga sube el volumen de la música. Conducimos en silencio hacia el campus y dejamos atrás las casas residenciales, con sus jardines bien cuidados, envueltas por el gris apagado de mediados de septiembre. Durante el trayecto, aunque intenta que no se note, siento su mirada clavada en mí varias veces.

Al llegar al campus ha dejado de llover. Aparcamos en el espacio reservado para los estudiantes y, antes de que abra la puerta, Tiffany vuelve a la carga:

—Mira, ya sabes que intento no interferir entre vosotros dos, pero, como amiga, tengo que preguntarte algo: ¿estás segura de que toda esta historia va bien? Es decir, hace más de un año que Travis se comporta como un auténtico imbécil contigo, y es como si diera por hecho que puede cometer errores porque siempre vas a estar ahí. Y, jolín, ¡no deberías permitírselo!

—Lo sé, Tiff. —Bajo la mirada hasta mis dedos, que tengo entrelazados sobre el regazo, y encorvo los hombros—. Sé que debería poner punto final a esta historia. Pero ¿qué puedo decirte? —Alzo los ojos hacia ella, mortificada—. No soy capaz…, todavía no.

Tiffany sacude la cabeza, resignada, se humedece los labios carnosos y mira fijamente a un punto lejano más allá del parabrisas.

—Eres demasiado para mi hermano, todo el mundo se da cuenta menos tú.

—¿Sabes qué? —Me golpeo los muslos con las palmas de las manos, decidida a atenuar esta atmósfera pesada y a zanjar la conversación rápidamente—. Hoy empieza nuestro segundo año, por fin puedo reanudar mis añoradas clases y no pienso dejar que Travis me arruine el día. Así que basta con este suplicio. —Me escabullo del coche sin darle tiempo a replicar.

—Intentar evitar situaciones que tarde o temprano habrá que afrontar no eliminará el problema, lo sabes, ¿verdad? —me recrimina.

—Bueno, tú misma lo has dicho, ¿no? Tarde o temprano… —comento mientras me coloco la mochila a la espalda.

Tiffany me mira de reojo, pero no añade nada más, y se lo agradezco mentalmente. Una al lado de la otra, caminamos hacia los grandes edificios de ladrillo rojo, rodeados de setos y árboles que en esta época empiezan a teñirse de bermejo, naranja y amarillo.

—Cariño, tengo que irme pitando —exclama tras echar un vistazo al fino reloj que lleva en la muñeca—. En diez minutos tengo hora en la secretaría para rellenar el formulario del plan de estudios. Hablamos más tarde, ¿vale?

—Claro, hasta luego. —Nos despedimos con un abrazo cálido y observo cómo se dirige hacia el edificio de la Facultad de Sociología.

Una vez sola, disfruto del espectáculo que se presenta ante mí, el mismo de siempre: padres más entusiastas que sus hijos, colchones embalados que se llevan a los distintos apartamentos y estudiantes de los últimos cursos resignados a la caótica incomodidad que vuelve año tras año.

Por otra parte, no ha pasado tanto tiempo desde que yo misma fui una estudiante novata en la universidad. Recuerdo que aquel día mi madre no hizo más que llorar, y me sacó fotos en todos los rincones del campus para luego enviárselas, orgullosa, a la familia y a todos sus amigos. Este año, sin embargo, he tenido que renunciar a alojarme en el campus porque ya no podemos permitirnos pagar un alquiler tan alto, pero no me importa, nuestra casa no está tan lejos. Y aunque solo tenemos un coche y lo usa mamá, de algún modo siempre me las arreglo para que alguien me lleve hasta la universidad y de vuelta.

Miro a mi alrededor con cierta incomodidad: en entornos abarrotados como este siempre tengo la sensación de que todo el mundo me mira, incluso cuando sé que no es así.

Todavía recuerdo el trauma de la escuela cuando, el primer día de clase, los profesores nos hacían poner en pie para presentarnos y hablar un poco sobre nosotros. Cuanto más se acercaba mi turno, más aumentaba el pánico. Recitaba en mi cabeza como un mantra lo que en breve tendría que decir: «Hola. Me llamo Vanessa Clark. Vivo con mis padres, odio las pasas en las galletas y los pepinillos en el Big Mac».

A pesar de que la inseguridad permanece anclada en lo más profundo de mi alma, al hacerme mayor he ido superando mi timidez. En parte por el instinto de supervivencia y, en parte, gracias a mi amigo Alex.

Alex y yo nos conocemos desde la escuela primaria. El primer día de clase, me senté al fondo del aula, cerca de la pared. Dirigí mi atención a la ventana que tenía al lado para no tener que hablar con los demás niños.

Mi táctica parecía funcionar, hasta que un niño con ojos dulces y rizos castaños encontró el valor para sentarse a mi lado y quedarse allí hasta que me volví con timidez para mirarlo. Me ofreció un caramelo, sonreí de inmediato y lo acepté sin mediar palabra. Aquel niño se llamaba Alexander Smith, y desde hace trece años ha soportado con enorme paciencia todas mis obsesiones, paranoias e inseguridades.

Me apoyó cuando a los nueve años tuvieron que ponerme ortodoncia y me negaba a hablar, reír o sonreír delante de nadie.

Estuvo conmigo cuando a los trece años decidí teñirme el pelo de verde porque quería reivindicar mi anticonformismo y me arrepentí de inmediato.

Estuvo conmigo cuando en el segundo año de instituto me enamoré de Easton Hill. Oh, Easton... Aquel chico era alucinante, lástima que al final resultara ser un fiasco: había fingido estar interesado en mí para poner celosa a Amanda Jones, la chica más popular del instituto.

Fue un duro golpe para mí, pero Alex supo cómo levantarme el ánimo: vino a casa, pedimos un montón de comida china e hicimos un maratón de *Crónicas vampíricas*. Repetimos la misma rutina durante los dos días siguientes; al tercero, estaba como nueva. Había dejado atrás a Easton, a Amanda y a todo lo demás.

Estuvo conmigo cuando mi padre nos abandonó, pero, en aquel caso, intuyó que lo único que podía hacer era acompañarme en silencio.

Estuvo conmigo cuando Travis Baker aterrizó en mi vida y arrojó luz allí de donde mi padre la había arrebatado. Nunca han sido buenos amigos, pero, al principio, la relación entre ellos fue cordial. Hasta que Alex empezó a hacerme ver las faltas de respeto que Travis tenía hacia mí.

Como si lo hubiera hecho a propósito, el teléfono me vibra en el bolsillo: es Alex. Está en un atasco y nuestro café de las ocho y media tendrá que esperar a otro momento. Le respondo que no se preocupe y me dirijo hacia el Memorial Union con una sonrisa estampada en la cara mientras inhalo el aroma de la hierba húmeda, feliz por encontrarme de nuevo en mi lugar preferido del mundo.

Al llegar a la zona de descanso, me siento en un sofá de piel marrón y saco *Sentido y sensibilidad* de la mochila mientras espero a que empiece la primera clase del día. Me encanta llegar con antelación y disfrutar a solas de la atmósfera de los nuevos inicios.

Ni siquiera tengo tiempo de pasar una página. Alzo la mirada y lo veo, ahí frente a la cafetería. Travis. Con su pelo cobrizo y perfectamente engominado, la cazadora vaquera abierta y la bandolera verde militar. Estoy sorprendida: no es habitual verlo por esta parte del campus. Vamos a la misma universidad, pero estamos matriculados en facultades distintas. Él pasa la mayor parte del tiempo en el edificio de Economía o en el gimnasio. Yo, por mi parte, estoy en la Facultad de Arte y Literatura o encerrada en la biblioteca. Los únicos momentos en que nos vemos es a la hora de comer o al terminar las clases.

Su presencia hace que se me cierre el estómago. En un momento, las imágenes de él abrazándose con aquellas dos chicas se reproducen en mi mente. Sus cuerpos restregándose, la vergüenza y el dolor que sentí. Cierro *Sentido y sensibilidad* con rabia, lo que agita algunos mechones de mi melena. Me levanto de golpe y, antes de darme cuenta, empiezo a caminar en su dirección. Me planto frente a él con los brazos cruzados mientras trato de ignorar la mirada perpleja de la camarera. Al diablo la Vanessa dócil y sumisa: ahora mismo, siento la necesidad de montar una escena. Hago acopio de todo mi autocontrol porque estamos en un lugar lleno de gente y me limito a fulminarlo con la mirada, llena de rabia. Sus ojos color avellana transmiten asombro mezclado con un sentimiento de culpabilidad.

—¿Piensas darme al menos una mísera explicación? —digo en un tono más alterado de lo que pretendía.

Travis, incómodo, mira a su alrededor.

—Aquí no, por favor.

—No sé nada de ti durante dos días, y esta mañana vas y apareces, como si nada, ¡para pedirme que venga a ver el entrenamiento! Ah, no, espera, ¡le pides a tu hermana que lo haga por ti! Como mínimo, ahora me debes una explicación, jolín —refunfuño, sorprendida ante mi valor.

Travis me agarra de un brazo, me arrastra hasta un rincón apartado y me aleja de los curiosos que empiezan a mirarnos.

—Sé que cometí un error, pero estaba borracho...

—¡No te atrevas a justificarte así! —lo interrumpo enfadada.

—No hice nada más allá de lo que viste —se defiende.

—¿Y eso debería reconfortarme? ¿Te haces una idea de cómo me sentí? Me faltaste al respeto, me humillaste delante de tus amigos, ¡te importo un bledo! —grito, y empiezo a sentir un ligero picor en los ojos.

—No empieces con esas tonterías. Solo nos estábamos divirtiendo, y sí, el juego se nos fue un poco de las manos, pero no fui más allá. Nunca te haría algo así, ¿sabes? —Intenta acariciarme, pero yo me aparto, decidida a no ceder. Estoy cansada. Harta de su actitud, de su despreocupación y de su total indiferencia ante el dolor que me provoca.

—Hace dos días que no sé nada de ti —replico con la voz llena de decepción—. Dos días enteros durante los cuales no te has preocupado de preguntarme cómo estaba ni una sola vez.

Su rostro se ensombrece.

—Desaparecí porque pensé que sería mejor dejarte espacio para que te tranquilizaras, pero parece que no ha sido así. Lamento que vieras ese vídeo y haberte hecho daño.

Suena sincero, pero una parte de mí sabe que no es más que otra justificación que utiliza para mantenerme calladita. Lo miro directamente a los ojos, desesperada, en busca de una solución que no llega. Luego bajo la mirada y respiro profundamente.

—He perdonado tus errores demasiadas veces —suelto del tirón, antes de que el valor me abandone—. Y puede que ese haya sido mi error. Perdonar, perdonar y perdonar. ¿Qué motivo tenemos para estar juntos, si con una copa de más ya te pones a ligar con otras chicas?

Por la forma alarmada en que me mira, veo que lo he pillado con la guardia baja.

—Escúchame. —Da un paso hacia mí y me toma la cara entre las manos—. Estamos pasando por un momento difícil, pero lo superaremos.

—¿Y si no quisiera? —El corazón me late con fuerza en el pecho y tengo un nudo en la garganta—. ¿Y si no quisiera superarlo?

El desconcierto en su rostro es fulminante, y, por un momento, quiero tragarme las palabras que acabo de pronunciar. Travis sacude la cabeza.

—No te precipites. Tú también sabes que sería un error del que te arrepentirías, del que los dos nos arrepentiríamos —se corrige—. Eres importante para mí, esta relación lo es, estoy dispuesto a trabajar duro para demostrártelo.

—A veces pienso que lo dices porque quieres convencerme de que es así, pero, en el fondo, eso no es lo que deseas.

Me pregunto si esto será lo que nos mantiene juntos: saber que solos nos sentiríamos perdidos. ¿Estamos juntos porque le tememos demasiado a la soledad? Dios mío, qué triste.

Travis apoya su frente en la mía y me roza la nariz con la suya.

—Dame la oportunidad de demostrarte que te equivocas —implora, y me doy cuenta de que ya estoy permitiendo que sus palabras hagan que se tambalee la determinación que he mostrado hasta ahora. Debe de haberlo percibido porque, con cautela, posa sus labios sobre los míos y me invita a que corresponda al beso. No lo hago de inmediato, pero, por algún maldito motivo, al final me abandono al beso.

Las cosas entre nosotros siempre acaban así. Esta vez, sin embargo, aunque todavía no estoy lista para reconocerlo en voz alta, siento que algo ha cambiado en mi interior.

—Sé que no me vas a creer, pero te he echado de menos estos dos días —murmura en mis labios.

Se me escapa una risa amarga. Si me hubiera echado de menos, habría venido a buscarme.

—Tienes razón. No te creo —respondo con tono seco.

—Hablo en serio. De hecho, tengo una sorpresa para que me perdones.

—¿Una sorpresa? —le pregunto, escéptica.

—Adivina quién ha conseguido dos entradas para el concierto de Harry Styles en Albany el domingo que viene.

Se me ilumina la cara y tengo que hacer un esfuerzo descomunal para contener mi entusiasmo; no quiero dejarlo ganar con tanta facilidad.

—Es un gesto muy bonito, de verdad, pero unas entradas no bastan para que te perdone.

—Lo sé —dice, y me acaricia la mejilla para colocarme un mechón de pelo detrás de la oreja—, pero quería que supieras que he pensado en ti. ¿Qué tal si dejamos la conversación aquí y disfrutamos del resto del día? No permitamos que esto nos ponga de mal humor.

—Al final siempre te sales con la tuya.

Cedo ante su petición con un suspiro resignado. Travis me sonríe con una cara de chico bueno que no le queda nada bien y me rodea el hombro con el brazo. Volvemos al mostrador y pedimos dos cafés. La camarera nos mira un poco extrañada, pero la ignoro. ¿Lo habrá oído todo? Qué vergüenza...

—¿Entonces vendrás? —pregunta antes de llevarse el vaso de papel a la boca.

—¿A dónde?

—Al entrenamiento, ya sabes que para mí es muy importante tenerte allí.

Los entrenamientos me aburren un montón. Preferiría escalar el Everest cargada con un montón de ladrillos en la espalda antes que asistir a un entrenamiento, pero soy incapaz de negarme, aunque es lo que se merece.

—De acuerdo —respondo, y compruebo la hora en el teléfono—. Tengo la primera clase en diez minutos. Tú tendrías que ir tirando hacia a la Facultad de Economía si no quieres llegar tarde.

Me sonríe, me besa y me abraza.

—A las cinco delante del Dixon, ¿vale?

Asiento sin mostrar el más mínimo entusiasmo y, entonces, nos separamos.

Capítulo 3

Desde que tengo uso de razón, siempre he sido de las primeras personas en entrar en clase.

Paseo la mirada entre las sillas libres y opto por la primera fila: seré una empollona, pero es que me encanta escuchar las clases sin que nada ni nadie me moleste.

En pocos minutos, el aula se llena de estudiantes y un chico avanza en mi dirección.

No es un chaval cualquiera, es Thomas Collins. No lo conozco muy bien, pero sé que se mudó a Corvallis el verano del año pasado. Igual que yo, es estudiante de segundo curso y juega al baloncesto en el mismo equipo que Travis. Lo he visto varias veces en los entrenamientos y durante los partidos. Debo admitir que tiene mucho talento, a pesar de que se pasea por la universidad como si fuera su dueño y señor. Los chicos lo respetan, nadie se atreve a llevarle la contraria abiertamente. En cambio, entre las alumnas le encanta coleccionar víctimas, pues es consciente de la fascinación que despierta en ellas.

Entre él y mi novio no hay buen rollo. Travis cree que es un imbécil ensalzado, lo que resulta ser una paradoja viniendo de él, y durante el curso pasado me advirtió más de una vez sobre su reputación. No es que necesitara sus consejos: en el campus me limito a asistir a clase como buena estudiante que soy, intento pasar desapercibida y, gracias a que soy la novia del capitán del equipo de baloncesto, nadie se mete conmigo. En cualquier caso, no necesito más tipos arrogantes y engreídos en mi vida, así que me mantengo bien alejada de ellos.

Pero hoy, al parecer, las cosas van a ser diferentes. De todos los sitios libres, Thomas decide sentarse precisamente a mi lado. Es extraño: el año pasado ni siquiera se dignaba a saludarme, y no parece el típico alumno que opta por la primera fila.

Por un momento, considero la posibilidad de cambiarme de sitio, pero no quiero renunciar a esta mesa por nada en el mundo, y mucho menos por Thomas Collins.

Con ese aire de enfado que siempre lo acompaña, Thomas deja caer un cuaderno y un lápiz en la mesa, y luego se sienta, o, mejor dicho, se despatarra en su silla, con lo que atrae las miradas de algunas chicas que pasan por su lado y le guiñan un ojo. Su reacción es mirar con disimulo el trasero de una de ellas. Vaya, vaya, qué caballero… Por mi parte, no puedo evitar sentir curiosidad, así que aprovecho el breve momento en que está distraído para observarlo mejor. Unos mechones negros y despeinados le caen por la frente, mientras que a los lados y en la nuca tiene el pelo más corto, casi rapado. La nariz recta y la mandíbula esculpida le confieren un aspecto duro y poderoso, así como los brazos musculosos, los hombros anchos de deportista cubiertos por la cazadora de piel, el *piercing* en la lengua y esos tatuajes que le cubren las manos, el cuello y la nuca. Durante algunos entrenamientos, he tenido la ocasión de verle muchos más. Los lleva por todo el cuerpo, de la cabeza a los pies. Y sí, alguien incluso podría decir que todo esto, unido a sus ojos verde esmeralda con diminutas vetas ambarinas, le confiere un aire encantador e irresistible. Pero ese alguien… no seré yo.

Aparto la mirada antes de que se dé cuenta de que lo estoy estudiando y, por el rabillo del ojo, noto que se saca el móvil del bolsillo de los vaqueros oscuros y conecta los auriculares para, acto seguido, ponérselos en las orejas. Arqueo una ceja, sorprendida. ¿En serio? ¿Va a escuchar música durante la clase? No hay nada más irritante que los atletas que se duermen en los laureles solo porque su curso escolar depende del deporte.

Como si me hubiera leído la mente, se gira hacia mí y me dedica una mirada insolente. Repasa todo mi cuerpo mientras mastica un chicle con la boca entreabierta. Instintivamente, lo miro mal para darle a entender que sus míseras tácticas de *playboy* anticuado no funcionan conmigo y, con la esperanza de mellar un poco su vanidad, añado en tono ácido:

—¿No te han dicho nunca que masticar con la boca abierta delante de la gente es de mala educación? También lo es escuchar música durante las clases.

Thomas arquea una ceja con arrogancia.

—Me dicen a menudo que soy maleducado —responde con indiferencia, y vuelve a juguetear con el cable de sus auriculares.

Acabo de darme cuenta de un detalle del todo irrelevante: es la primera vez que oigo su voz. Es grave y áspera, ese tipo de voz que muchas mujeres consideran *sexy*.

—La cuestión —continúa él, y clava los ojos exasperantes en los míos— es que me importa una mierda.

Travis tenía razón: es un flipado.

—Eres el típico tío creído lleno de músculos y sin cerebro, eso es lo que eres. Un tío engreído de dimensiones descomunales —digo sin pensar, víctima de una rabia descontrolada. Y si con estas palabras esperaba hacerlo callar, el atisbo de satisfacción que se forma en su rostro justo en ese momento me indica que he calculado mal.

—Lo que tengo de dimensiones descomunales es otra cosa. —Baja la mirada hasta su entrepierna y yo me quedo boquiabierta—. Puedes comprobarlo por ti misma, si quieres —añade, orgulloso.

Mis mejillas se encienden de la vergüenza. Por cómo se muerde el labio para reprimir una carcajada, sé que eso era precisamente lo que quería: avergonzarme.

Lo miro fijamente durante unos segundos.

—Eres repugnante.

—Eso también me lo dicen bastante a menudo —reconoce con una sonrisa de satisfacción.

Sigo mirándolo estupefacta. Estoy a punto de responder, pero entonces caigo en la cuenta de que no vale la pena. Acabaría entrando en su juego. Sacudo la cabeza y lo ignoro. Por hoy, ya he tenido suficiente.

Será mejor que me concentre en cosas más importantes: saco todo lo que necesito para la clase y, entusiasmada a pesar de todo (y de todos), preparo mis cosas con esmero. Abro el ordenador portátil frente a mí, en el centro de la mesa, al lado pongo un cuaderno nuevo para tomar apuntes y encima apoyo el bolígrafo negro. En el extremo izquierdo, coloco un paquete de pañuelos y, a la derecha, la cantimplora de agua. Reconozco que, a veces, mi obsesión por el orden es compulsiva; otra de las manías que he heredado de mi madre. Por el rabillo del ojo veo que Thomas ha separado el lápiz de la hoja de papel en la que estaba esbozando unas siluetas indescifrables y me observa con una ceja levantada. Y aunque intento contenerme y no abrir la boca para no darle más cuerda, es superior a mí; no puedo quedarme callada.

—¿Qué miras? —exclamo con brusquedad, con la mirada fija en mi escritorio perfectamente ordenado.

—La universidad pone un psicólogo a disposición de los alumnos, ¿lo sabías?

Me quedo de piedra por segunda vez en dos minutos.

—¿Disculpa? —pregunto, con la esperanza de haberlo entendido mal.

Él se limita a señalar los objetos colocados en mi mesa con un gesto de la cabeza e intuyo que no, no lo he entendido mal.

—Solo soy ordenada, no tiene nada de malo. —Parpadeo asombrada mientras trato de mantener la calma.

—Eso no es ser ordenada, eso es estar enferma, pero, eh… —Thomas levanta las manos—, no te juzgo, el primer paso es reconocer el problema, el resto es todo cuesta abajo. Créeme, te lo dice alguien que entiende del tema.

Muy bien, se acabó. Sea cual sea el problema que este chico tiene conmigo, tiene que superarlo.

—Madre mía, pero ¿tú te oyes? ¡Eres increíble, de verdad! Qué digo increíble, eres peor, eres… eres… —Me esfuerzo por encontrar la definición adecuada, la que transmita en una sola palabra un conjunto de insultos suficientes para callarlo de por vida, pero dudo que exista.

—Soy… ¿qué? —me provoca con una sonrisa burlona en los labios.

—¡Un engreído! —escupo. Soy tonta por no haber dado con un insulto peor.

A Thomas le falta poco para reírse de mí en mi cara, otra vez. Este primer día de clase está siendo una pesadilla.

—Me han llamado cosas peores. —Niega con la cabeza, divertido.

Oh, me lo creo.

—Deja que te diga una cosa: no te conozco, no sé qué problemas tienes. No sé por qué te has sentado a mi lado, cuando está claro que tu único objetivo es molestarme. Pero mi asignatura preferida está a punto de empezar y es una clase que me importa mucho. Llevo todo el verano esperando este día, y como te atrevas a...

—Espera, espera, espera —me interrumpe, con los ojos abiertos de par en par—. ¿Qué has dicho?

Lo miro sin entender nada y me pregunto si ha escuchado una sola palabra de lo que acabo de decir.

—Que mi asignatura preferida está a punto de empezar.

—No, después.

—Que como te atrevas a estropearlo...

—No, antes.

—¿Que llevo todo el verano esperando a que empiece el curso? —Ahí está. Otra vez esa mirada alucinada.

—Joder, ¿lo dices en serio? Te has pasado el verano esperando... —Mira a su alrededor con incredulidad—. ¿Esto?

Alzo la barbilla, orgullosa. No dejaré que este homúnculo arrogante me haga sentir mal solo porque estudiar me gusta más que cualquier otra cosa.

—Piensa lo que quieras, no me importa. Lo único que quiero es seguir la clase en paz —digo categóricamente.

Por fin, al cabo de unos segundos, el profesor de Filosofía entra en el aula. Enseguida se percata de la presencia de Thomas y pone los ojos en blanco.

Le entiendo, profesor. Le entiendo.

—Señor Collins, ¡qué sorpresa tan desagradable! —lo saluda con ironía el profesor Scott—. He oído hablar mucho de usted por parte de mis compañeros docentes. ¿Qué le trae por aquí?

—Nada, estoy obligado a asistir a algunas asignaturas si quiero conservar mi puesto en el equipo —responde con arrogancia, y da golpecitos con el lápiz en la mesa—. Aunque, a decir verdad, las chicas que están matriculadas en esta asignatura son un gran incentivo para asistir a clase.

Cuando me giro para mirarlo indignada, me doy cuenta de que tiene los ojos clavados en mí. Siento que me arden las mejillas y, por cómo me mira, comprendo que solo quería humillarme delante de todo el mundo. Las risotadas procedentes del fondo del aula lo demuestran. Pero ¿por qué se mete conmigo? No le he hecho nada.

El profesor Scott no parece afectado. De hecho, se muestra resignado.

—Búsquese algo que hacer, Collins, y no moleste a los demás —se limita a decir.

Como si nada, Thomas se endereza en su silla y se inclina hacia mí, con lo que invade mi espacio personal. Me envuelve un fresco aroma a vetiver, acompañado de las penetrantes notas del tabaco.

—Ve con cuidado, te estás poniendo muy roja y alguien podría pensar que me encuentras irresistible —murmura.

Lo miro incrédula, desconcertada ante semejante presunción.

—Lo único que tienes de irresistible es la capacidad para mostrarte exactamente como eres.

—Y, oye, ¿cómo soy? —pregunta, mientras veo que su mirada se ilumina con curiosidad.

—Un capullo —respondo secamente.

Mi ofensa parece pillarlo por sorpresa y esboza una sonrisa insolente. No suelo hablar de esta forma, pero, maldita sea, se lo ha buscado.

El profesor se aclara la garganta para invitarnos a callar.

—El año pasado superó los exámenes, no sabría decir por qué gracia divina. Pero este año, señor Collins, tendrá que trabajar duro en mi asignatura.

No responde; se limita a asentir ligeramente con la cabeza.

—Para todos aquellos que, en cambio, se toman las clases en serio y buscan ampliar sus horizontes culturales, me complace anunciarles que hoy empezaremos con Kant.

Se me iluminan los ojos en cuanto pronuncia su nombre. Gimoteo de felicidad mientras que Thomas se pasa una mano por la cara y murmura que este tema es un rollazo.

Veinte minutos después, el arrogante tatuado que está sentado a mi lado escucha música tranquilamente, como si nada. Podría pasar por alto su insolencia, lástima que de los auriculares salga un zumbido espantoso que me impide seguir la clase como me gustaría.

Después de darle unas cuantas vueltas, me acerco a él y le toco el hombro con un dedo.

—Deberías guardarlo, ¿no crees? —propongo, y le lanzo una mirada al teléfono que tiene sobre el muslo.

Me observa como si acabara de decirle que no estamos en clase, sino en una nave espacial con destino a Marte. Se quita el auricular izquierdo y replica:

—¿Por qué?

—Porque me gustaría seguir la clase y no me dejas —respondo con voz pausada, tratando de mantener la calma. No quiero discutir más con él, quiero seguir mi clase preferida en paz. ¿Acaso pido demasiado?

Thomas vuelve a ponerse el auricular y sube el volumen de la música, desafiando mi petición. Por si fuera poco, vuelve a mascar el chicle, que hace un ruido molesto con cada mordisco entre sus dientes blancos. Debo hacer acopio de todo mi autocontrol para no arrancárselo de la boca y pegárselo en el pelo.

Lo fulmino con una de mis peores miradas, de esas que reservo para mi madre cuando se acaba el último paquete de galletas y se olvida de avisar. O para Travis, cuando me doy cuenta de que no ha escuchado ni media palabra de lo que le he dicho.

—¿Se puede saber qué problema tienes ahora? —pregunta nervioso.

—¿Yo soy la que tiene el problema? ¿En serio? ¡He intentado seguir la clase desde el momento en que has puesto tu culo en esa maldita silla!

—Pues hazlo, ¿quién te lo impide?

—¡Tú! —respondo con los ojos como platos.

—¿Por esto? —pregunta, en referencia a los auriculares—. Qué exagerada, joder.

—Mira, ¿sabes qué? ¡Olvídalo!

Vuelvo a posar la mirada en las diapositivas y aguanto los minutos que quedan de clase. Estoy deseando quitármelo de encima.

—Muy bien, chicos, hemos terminado por hoy. ¡Nos vemos el viernes! —exclama el profesor veinte minutos más tarde.

Nunca en la vida me había alegrado tanto de oír esa frase. Y solo por culpa de un imbécil que se ha sentado a mi lado con el único propósito de aburrirme. Thomas enrolla los auriculares alrededor del teléfono, se los mete en el bolsillo trasero de los vaqueros, toma el lápiz y el cuaderno en el que ha estado garabateando toda la hora y se marcha sin decir nada más.

Yo, en cambio, necesito un café para calmarme. Hoy es un día horrible. Entro en la cafetería y espero mi turno en la cola. Al mirar por las cristaleras, veo que ha vuelto a llover con más fuerza. La lluvia y yo siempre estamos en sintonía, sabe cuándo la necesito.

Me dispongo a avanzar en la cola cuando alguien llega por detrás. Es Alex, que me rodea los hombros con el brazo.

Lo imito y hundo la cara en su sudadera con aroma cítrico.

Este verano lo he echado mucho de menos; mis días sin él han sido una lata. Travis estaba siempre ocupado con sus cosas, y no le importaba dejarme en casa, así que solo podía contar con Tiffany. Pero ella tiene una vida plena y emocionante, no como yo, que siempre estoy encerrada en mi habitación estudiando, leyendo o viendo series de televisión.

—Perdona, no he podido venir antes. ¿Cómo estás? —Me despeina el pelo con una mano mientras se cuelga al cuello la Canon que siempre lleva consigo, listo para inmortalizar en una simple instantánea hasta el más mínimo detalle, logrando capturar siempre su unicidad.

—¿Siguiente pregunta?

Curva los labios en una mueca enfurruñada.

—¿Qué ha hecho Travis esta vez?

¡Oh, esta vez no es solo Travis! Veamos, la lista es larga: la discusión de esta mañana, la retahíla de órdenes de mi madre, la arrogancia de Thomas, a quien tendré que aguantar durante todo el semestre… O quizá tenga suerte y se cambie de asignatura, o tal vez suspenda y no vuelva a verlo.

—Nada, solo es uno de esos días en los que me he levantado con el pie izquierdo —me limito a decir, y doy un paso adelante. No quiero agobiarlo con mis estúpidos dramas. Por cierto, acabo de caer en la cuenta de que él todavía no sabe nada sobre la discusión con Travis ni sobre el vídeo que circula por Instagram. Mejor así, sería la enésima prueba de que sus preocupaciones son más que lícitas.

—Y tú, ¿qué te cuentas? ¿Qué tal el primer día? —pregunto con curiosidad—. Me sabe fatal no tenerte conmigo en clase de Filosofía. —Hoy habría sido de ayuda con el maleducado tatuado.

—A mí también me sabe mal, pero he preferido centrar mi plan de estudios en las asignaturas de arte. De hecho, me he apuntado al club de fotografía —me cuenta con entusiasmo.

Durante todo el verano, no ha hecho más que inundarme de fotos que ha sacado en Santa Bárbara, donde él y su familia veranean todos los años: chiringuitos de playa, paseos en barco, hogueras junto al mar. Y mientras él se divertía, yo no tenía nada que contarle aparte del listado de libros y series de televisión que he devorado en su ausencia, los aburridísimos entrenamientos de Travis, a los que (¡para variar!) no supe decir que no, y las discusiones agotadoras con mi madre, en las que intentaba hacerle entender que ya no soy una niña a la que tiene que controlar con sus absurdas normas. Todo aire desperdiciado.

—¡Bien hecho, Alex! —le digo una vez he vuelto al presente.

—¿Sabes?, siento que he encontrado mi camino —prosigue. Mientras tanto, ha llegado nuestro turno en el bar. Pido un café largo sin azúcar para mí y un capuchino con doble de nata para él.

—Estoy segura de que sí, tus fotos son estupendas. Tienes una sensibilidad artística que envidio. —Pago y recojo las bebidas humeantes, pero antes de que me dé tiempo a guardar el cambio y volverme hacia Alex, este me saca una foto con un gesto rápido, lo que me deja atónita por un momento.

—¡Alex! No vuelvas a hacer eso, sabes que lo odio. —Parpadeo rápidamente, aturdida por el *flash,* y le planto su café en las manos.

—Perdona. —Se ríe—. No he podido evitarlo. Eres muy fotogénica —afirma mientras observa con orgullo mi retrato en la cámara, que le ha costado un dineral.

Voy desmaquillada, tengo el pelo encrespado por la humedad y mis ojeras podrían ser la mismísima envidia del tío Fétido Addams. No sé muy bien qué entiende él por «fotogénica», pero es probable que tengamos ideas muy distintas al respecto.

—¿Quieres verla? —pregunta con los ojos clavados en la pantalla y una sonrisa enorme.

—No es necesario, gracias. —Bebemos nuestros cafés y nos dirigimos hacia el aula en la que tendremos la siguiente clase—. Por cierto, ¿cómo va con Stella?

Alex conoció a Stella en Santa Bárbara este verano y me ha hablado mucho de ella. Llegué a saludarla en algunas videollamadas por FaceTime y me pareció muy guapa, con unos rasgos claros y dulces, perfecta para él. Lástima que viva en Vancouver y que ahora tengan que enfrentarse a todas las dificultades que comporta una relación a distancia.

—Es una situación nueva para los dos, todavía tenemos que ver cómo la gestionamos, pero está haciendo planes para pasar aquí el fin de semana.

Asiento a sus palabras distraída, porque mi atención se centra en la imagen de una parejita apartada al final del pasillo. Enseguida reconozco la estatura impetuosa de ese idiota de Thomas, acompañado de Shana Kennest: físico esbelto, un cuerpo impresionante, pelo rojo como el fuego y ojos turquesa. A su lado, cualquiera se siente como el patito feo, y ella hace todo lo posible para que así sea. Los chicos del equipo de baloncesto la conocen bien, incluso demasiado, y ella parece estar orgullosa de ello. Pero es evidente que su interés por Thomas supera su interés por cualquier otro. Por los pasillos se rumorea que, a pesar de que no le ha concedido una relación exclusiva, él parece preferir su compañía a la de cualquier otra chica. De hecho, por lo general, las liquida a todas sin la más mínima consideración una vez se ha divertido con ellas.

Thomas la aprisiona contra la pared y yo clavo la mirada en sus manos tatuadas. A pesar de que Shana es muy alta, Thomas la supera, y tiene que alzar la cabeza para mirarlo a los ojos. Él se inclina hacia delante y sus labios casi se rozan mientras hablan como si estuvieran solos en el pasillo. Al pensar en lo grosero que ha sido conmigo en la clase de Filosofía, me sorprende verlo así ahora, tan afable. Shana le desliza una mano en el bolsillo trasero de los vaqueros para sacar su paquete de cigarrillos. Se lleva uno a la boca, pero él se lo quita y se lo lleva a los labios. Luego le rodea los hombros con un brazo, y, antes de dirigirse hacia las escaleras que conducen al jardín, nuestras miradas se cruzan durante una fracción de segundo. Jadeo avergonzada porque me ha pillado mirándolos. Él, en cambio, me guiña un ojo con descaro.

—Eh, ¿me estás escuchando? ¿Qué miras? —pregunta Alex con suspicacia.

De inmediato, aparto los ojos de ese arrogante y de la pelirroja que se pega a él como una garrapata y vuelvo a fijarme en mi mejor amigo antes de que se dé cuenta.

—Nada, perdona. ¿Qué decías? —Mordisqueo el borde del vaso de cartón del café.

Alex mira a su alrededor, pero, por suerte, la parejita ya se ha esfumado.

—Stella vendrá este fin de semana y he pensado que podríamos cenar juntos, ¿te apetece? —propone.

—Claro. —Le sonrío—. Llevo todo el verano deseando conocerla en persona.

—Perfecto, seguro que se alegra.

Empezamos a caminar hacia el auditorio, donde se imparte la asignatura de cine a la que asistimos juntos, mientras trato de deshacerme de esa sensación molesta que la sonrisita burlona de Thomas ha despertado en mí.

Capítulo 4

Las horas que he pasado con Alex me han puesto de buen humor. Siempre he dicho que este chico es la serotonina personificada. ·

Camino por los pasillos abarrotados de estudiantes para llegar al aula donde tengo clase cuando la voz cantarina de mi mejor amiga me llega por encima del hombro.

—Carol va a dar una megafiesta en su casa el viernes por la noche, después del partido, para celebrar el inicio del nuevo semestre. ¡Tenemos que ir! —exclama con un deje de emoción.

—¿Tenemos? —pregunto escéptica mientras trato de recordar quién es Carol.

—Por supuesto. —Tiff mueve la mano para señalarnos a mí y a sí misma—. Tenemos. —La mirada escandalizada que le lanzo basta para hacerle entender que no me interesa, pero se planta frente a mí—. Nessy, necesitas divertirte un poco.

Resuello.

—Tú y yo tenemos una idea muy distinta del concepto «diversión». Además, ni siquiera sé quién es la tal Carol.

Tiffany frunce el ceño y se cruza de brazos.

—¿No te acuerdas? Estudia Criminología conmigo. El año pasado estaba en todas las fiestas de la hermandad de Matthew. Alta, rubita, siempre vestía de forma excéntrica…

Carol… Alta, rubia. Mmh, no. Definitivamente, no me acuerdo de ella. Será porque a esas fiestas fui como mucho tres veces.

—Diría que no la conozco, Tiff.

Entramos en el aula de Sociología, una de las pocas asignaturas a las que Tiff y yo asistimos juntas, y subimos las escaleras mientras esquivamos a los demás estudiantes que suben y bajan.

—¡Pues ha llegado el momento de remediarlo!

—No puedo autoinvitarme a casa de una desconocida —puntualizo.

Echamos el ojo a dos sitios libres en la tercera fila y nos dirigimos hasta allí. Una vez sentadas, Tiffany se pasa la melena detrás del hombro con un gesto elegante.

—En primer lugar, no te estás autoinvitando a ningún sitio, sino que me acompañas. En segundo lugar, ¿a quién le importa? ¿De verdad crees que conoce a toda la gente que irá?

Valoro la idea mientras trazo pequeños círculos en la mesa con la punta del dedo, absorta.

—No lo sé, Tiff, el semestre acaba de empezar, no quiero arriesgarme a ir rezagada con el temario.

—El semestre ha empezado hoy, Vanessa. Todavía no tenemos el material necesario como para correr el riesgo de quedarnos atrás con el temario.

—Pero el viernes lo tendremos. Además, el sábado por la mañana está programado el primer encuentro con el club de lectura, y no querría perdérmelo —respondo, decidida.

—Sí, y estoy segura de que el viernes ya irás por delante con el temario, como siempre. Al club de lectura irás de todos modos, tampoco vamos a quedarnos hasta el amanecer. ¡Venga, que nos divertiremos! —Se mueve en la silla y me suplica con las manos juntas. Me lo pienso durante unos segundos, indecisa sobre qué hacer, pero al final acepto la propuesta. Esto es lo que hace la gente de mi edad, ¿no? Van a fiestas y se divierten. No se encierran en sus habitaciones para estudiar, leer o ver películas en Netflix con su mejor amigo.

—¡Venga, vale! Lo intento —respondo, y frunzo la nariz en una mueca, no del todo convencida.

—¡Sííí! —grita y aplaude. He aquí el secreto para hacer feliz a Tiffany Baker con un simple gesto: complacerla.

El resto del día pasa rápidamente entre las clases de Escritura Creativa y Literatura Francesa. Durante la pausa para comer, he preferido reservarme un rato a solas y me he quedado leyendo en la sala de descanso. No tenía ganas de ver a Travis; bastará con que me pase luego por los entrenamientos. Miro el reloj, que marca las cuatro menos cuarto, y pienso en qué podría hacer durante esta hora que falta hasta que vaya al gimnasio. Se me ocurre que a diez minutos del campus está la Book Bin, una pequeña librería que vende libros nuevos y de segunda mano. Escribo a mis dos amigos para preguntarles si quieren acompañarme. Alex está ocupado con el club de fotografía, pero quedo con Tiffany delante de la librería. Ella se sumerge enseguida en la sección de novela negra y policíaca, mientras que yo me dejo llevar por el instinto.

Camino poco a poco entre los pasillos, dejo vagar la mirada entre las viejas estanterías de madera, acaricio con los dedos los libros que encuentro a mi alcance y busco una conexión con ellos. Me encantan las librerías, el aire que se respira, el silencio que flota en el ambiente. Son un paraíso terrenal.

Con ganas de una lectura diferente a las habituales, hojeo algún libro de fantasía y hay uno que me llama la atención: habla de una chica torpe que tiene el poder de cruzar los espejos y a la que dan como esposa a un noble de un planeta lejano.

Mmh, no tiene mala pinta: si no fuera corta de dinero, me lo compraría. Lo que me recuerda que necesito conseguir un trabajo a media jornada. Me prometo que imprimiré algunas copias de mi currículum y empezaré a repartirlas por la ciudad. Incluso podría encontrar algo que me fuera bien dentro del campus.

Después de la visita a la librería, llegamos al Dixon Recreation Center, que está lleno de estudiantes vestidos con equipaciones de baloncesto o de fútbol. Antes de entrar en el gimnasio, nos sentamos en el Dixon Café para merendar. Tiffany se pide un helado de yogur y yo me decanto por un helado de pistacho con nata y sirope de chocolate, mi favorito.

Los devoramos y, entre un cotilleo y otro, le cuento que Thomas se ha divertido arruinándome la primera clase del curso. Tiffany no parece sorprendida, y es que la fama de capullo arrogante lo precede. Cuando miro el reloj y veo que ya son las cinco pasadas, suspiro de forma ruidosa. Nos dirigimos hacia el gimnasio del campus y le pregunto a Tiffany si quiere entrar conmigo, con la esperanza de que me diga que sí. Como era previsible, mi amiga declina la oferta: enloquecería si viera más balones volando de un lado a otro, ya tiene bastante con los entrenamientos de Travis en casa. Cuando estamos a punto de despedirnos, encuentro el valor para ponerla al día sobre la discusión y la nueva tregua con su hermano. Su contrariedad es evidente:

—No entiendo cómo puedes perdonarlo con tanta facilidad.

—Es complicado —me limito a responder. Una parte de mí, escondida bajo capas de decepción y resignación, espera que Travis haya entendido que cometió un error y que vuelva a ser el chico cariñoso y tierno del principio.

—Ya sabes lo que opino. Es mi hermano, pero eso no significa que no vea lo evidente. Tienes que hacerle entender que mereces más respeto y que no puede seguir dando por sentada vuestra relación.

—Esta es la última oportunidad que le doy para demostrarme que me merece.

Sé que no me cree porque se lo he dicho miles de veces, pero siento que esta sí que es la última. No pienso dejar que me trate como si fuera un mueble, ¡caray! ¡Si hasta los trofeos que expone en su casa reciben más atención que yo!

—¿Me lo prometes? —Me tiende el meñique de la mano izquierda para sellar la promesa y yo entrelazo el mío con el suyo.

—Te lo prometo.

—Muy bien, pero antes de que te vayas… —añade mientras rebusca en su mochila—. Te he comprado un regalito. —No me lo creo. Es el libro que estaba hojeando en la librería.

—He visto cómo lo mirabas, y te mereces unos mimos. —La dulzura en su rostro es franca.

—Gracias, Tiff, pero no hacía falta. —Su gesto me conmueve; es pequeño, pero muy significativo. Lo cierto es que me avergüenza un poco que me haya comprado algo que ahora mismo no puedo permitirme.

—Ah, venga ya, no hay de qué —dice, y se encoge de hombros—. Tengo que irme. Nos vemos mañana, preciosa. —Me da un cálido abrazo y le devuelvo el gesto con más fuerza de la habitual. Sé que lo odia, pero me divierte molestarla un poquito.

◦⃝◦

El gimnasio sigue vacío, pero en la esquina opuesta a la entrada veo a una chica sentada en el suelo, con la espalda apoyada en la pared. Está concentrada mientras garabatea algo en un pequeño diario que apoya sobre las rodillas.

Me acerco hasta ella y me siento a su lado: quién sabe, tal vez podamos charlar un poco, en estos entrenamientos siempre estoy sola.

Cuando se percata de mi presencia, aparta la mirada del diario y me saluda con timidez.

—¿Tú crees que nos darán una medalla por nuestra presencia a final de curso? Nos la merecemos —digo con ironía.

—Lo dudo —responde, y se rasca la nuca con el boli.

—No contaba con ello.

Se ríe y se cubre la cara con las manos llenas de finos anillos de acero, colocados en sus dedos a diferentes alturas. Su risa es delicada, agradable de escuchar. El pelo negro le llega justo por encima de los hombros, lleva los labios pintados de morado y dos grandes pendientes con forma de rombo en las orejas. Pero lo que me conquista son sus ojos: unos ojos verdes y magnéticos que juraría que he visto en otra parte.

—Me llamo Vanessa, pero todo el mundo me llama Nessy. —Le tiendo la mano.

—Yo me llamo Leila, ¡encantada de conocerte!

—¿Eres nueva? No te había visto nunca en el campus.

—Sí, es mi primer día de universidad. Estoy matriculada en la Facultad de Arte y Literatura —responde, ligeramente azorada.

—¡Oh, una novata! Y además estamos matriculadas en la misma facultad. ¿Qué te parece por ahora?

—No está mal, pero solo es el primer día.

—Estoy segura de que te sentirás bien. Lo importante es conocer a las personas adecuadas, y, por suerte para ti, tienes una justo delante —digo antes de señalarme y de soltar una carcajada.

—Pues a mí se me dan fatal la relaciones sociales, así que ya me había mentalizado para ser una marginada social durante todo el primer semestre.

—¡Bienvenida al club, hermana! A propósito de clubes, ¿te has apuntado ya a alguna actividad extracurricular? Ayudan a socializar un montón.

—Pues lo cierto es que me llaman la atención el club de francés y la redacción del periódico.

—El periódico está muy solicitado, después del teatro y el coro. Un consejo: si quieres apuntarte, no pierdas el tiempo, hay plazas limitadas. A mí también me interesaba, pero por ahora ya estoy en bastantes clubes. Puede que me apunte en el segundo semestre —la informo.

—Gracias por el consejo. Todavía tengo que organizarme todo el plan de estudios.

—Lo entiendo. Y dime una cosa, ¿quién te ha obligado a venir a estos entrenamientos aburridísimos? —le pregunto, y le dedico una mirada de complicidad.

—Nadie… En realidad, mi hermano juega en el equipo y yo…, bueno, digamos que lo vigilo. —Sonríe.

—¿En qué curso está? —Me llevo las rodillas al pecho y las rodeo con los brazos.

—En segundo. Volvió a entrenar el verano del año pasado después de un parón debido a un accidente de moto bastante feo. Desde que ha vuelto a jugar, me aseguro de que no se fuerce demasiado. No sabe ponerse límites y, aunque nunca lo reconocería, los necesita.

—Oh, ¿un accidente? Espero que no fuera nada grave.

—Sucedió hace unos años. Fue la peor época de mi vida. —Se le quiebra la voz mientras habla, y me arrepiento enseguida del comentario.

—Perdona, no quería…

Leila se aclara la garganta para recuperar la compostura.

—Tranquila, no te preocupes, perdóname tú si te molesto con estas historias tan tristes. Cuando se recuperó del accidente, decidimos marcharnos de Portland. Cursé el último año de instituto en Riverside y, ahora, aquí estoy. —Se encoge de hombros, como si la vida se redujera a esas pocas palabras, pero la amargura que se esconde en sus ojos sugiere que la historia es mucho más larga y compleja.

Le acaricio un brazo para reconfortarla y vuelvo a disculparme. Debería abofetearme a mí misma por haberle hecho recordar un momento tan doloroso. Puede que mi madre tenga razón, siempre hablo demasiado.

—Mira, los inicios siempre son difíciles, sé algo al respecto. Pero estoy segura de que aquí estarás bien —la animo.

—¡Baker y Collins, esta es la última advertencia, a la próxima os vais a la calle! —Nos sobresaltamos al oír la voz del entrenador, que resuena más allá de la puerta de los vestuarios, seguida por el estruendo de unos pasos pesados que anuncia la llegada de los chicos. Leila y yo nos miramos con preocupación. Cuando me giro hacia la pista, veo que Travis se dirige hacia la canasta lateral con la cabeza gacha, los hombros tensos y la respiración acelerada. Tras él veo a un Thomas con el rostro lleno de rabia, que llega hasta la canasta del lado opuesto de la pista y ahora nos da la espalda. Se pasa una mano por el cabello húmedo y, por cómo se afloja con insistencia el pañuelo negro que lleva enrollado a la muñeca, intuyo que está nervioso. Las constantes miradas incendiadas que Travis le dirige no presagian nada bueno. Espero que mi novio no haya cedido a una de sus provocaciones. Si el entrenador lo expulsara del equipo, su padre no se lo perdonaría nunca.

Cuando se percata de mi presencia, le sonrío dulcemente con la esperanza de disipar un poco su mal humor, pero algo parece molestarlo todavía más.

¿Se puede saber qué pasa ahora? Quería que viniera y aquí estoy. Nunca está contento.

Matthew y Finn, que también juegan en el equipo, se acercan a Travis y a Thomas. Matthew es altísimo, lleva el pelo rapado a los lados, tiene los ojos oscuros como el chocolate amargo y es el único amigo de Travis que me cae bien. Finn, por su parte, es un mujeriego convencido de que puede conquistar a cualquiera con su encanto, tiene un *piercing* en la ceja derecha, el pelo rubio decolorado muy corto y unos ojos verdes tirando a azul. Es guapo, sin duda, pero nada más. Para que conste, Matt es famoso por organizar fiestas salvajes en su fraternidad y Finn por ser el encargado de animarlas. El sonido del silbato del entrenador hace que todos vuelvan a prestar atención, y los chicos empiezan a entrenar bajo sus indicaciones, con carreras, ejercicios y estrategias de contraataque. Debido a un pase mal hecho, la pelota rueda hasta los pies de Leila, que la recupera y se la pasa con delicadeza al imbécil de Thomas. A modo de respuesta, él le guiña un ojo. No puedo evitar poner los ojos en blanco. Madre mía, este tío le tira los tejos a todo lo que se mueve. Por un momento, temo haberlo dicho en voz alta, porque Thomas inclina la cabeza y me mira fijamente antes de alzar la comisura de la boca. Le respondo con una mirada amenazadora con la esperanza de acabar con ese brillo de diversión en sus ojos verdes, pero al final soy yo la primera que aparta la mirada.

—¡Collins! ¡Mueve el culo y vuelve a tu sitio! —le exige el entrenador.

—¿Y tú? ¿Estás aquí por voluntad propia o te han obligado a venir? —me pregunta Leila, que me devuelve a la realidad.

—Mi novio juega al baloncesto, así que me he visto obligada a venir —resoplo.

—Vaya, eso es casi peor que tener un hermano en el equipo. Lo siento. —Me da unos golpecitos con su mano diminuta en el hombro y yo se la aprieto de forma teatral—. ¿Y quién es el afortunado? —continúa.

—Travis. Travis Baker, dorsal diecinueve.

Leila localiza a Travis enseguida y, por un momento, parece desorientada. Entrecierra los ojos, como si intentara enfocar una imagen borrosa, y luego sucede algo extraño. Su expresión cambia, se vuelve inexplicablemente melancólica, e incluso me da la sensación de que Leila se ha puesto pálida.

—Ese... ¿ese es tu novio? —Lo señala con el bolígrafo que estaba usando antes y entrecierra los ojos.

—Eso parece —titubeo.

—¿Cuánto hace que sois novios? —pregunta con voz gélida y pausada.

—Dos años, más o menos. ¿Lo conoces?

—No. Perdona, no quería meterme donde no me llaman. —Se coloca el pelo detrás de las orejas con gestos nerviosos, estira las piernas en el suelo y coloca su diario encima.

—Qué va, no lo has hecho —objeto.

Vale. ¿Por qué ha reaccionado así? ¿Lo conoce? ¡Quizá estaba en la fiesta el viernes! ¿Tal vez vio algo más que un mero baileteo? Esto va a volverme loca.

—¿Y quién es tu hermano? —le pregunto para tratar de romper el hielo que se acaba de formar.

—Dorsal doce —responde seca, y mira fijamente el diario en sus piernas.

¿Es broma?

—¿E-eres la hermana de Thomas? —exclamo con incredulidad, y tartamudeo ligeramente.

—¿Lo conoces? —Parece aturdida; es como si ahora nuestros papeles se hubieran intercambiado.

—No, no exactamente. Vamos juntos a una clase.

—Ah. Bueno, pues lo siento por ti. Mi hermano puede ser un incordio cuando quiere.

—Sí, me he dado cuenta.

—Es un chico difícil, pero no es mala persona. Es…

—¿Un imbécil? —Las palabras se me escapan de los labios antes de que pueda evitarlo. Me mira. Seguramente estará buscando una forma de llevarme la contraria, pero se rinde.

—Sí, es un imbécil. —Nos reímos al unísono y, mientras mi risa se desvanece, lo busco con la mirada. No tenía ni idea de que hubiera tenido que dejar de jugar por un accidente. A mi pesar, siento un ligero remordimiento.

Capítulo 5

Sigo el entrenamiento como si estuviera en trance, perdida entre mil conjeturas. Tengo la sensación de que Leila se ha contenido para no contarme algo, porque no encuentro otra explicación para su cambio de humor. Y luego, por mucho que me cueste reconocerlo, no dejo de darle vueltas al accidente de Thomas. Hace más de un año que vive en Corvallis, vamos a la misma universidad, pero no sabía nada de él ni de su pasado. Cuando el entrenador manda a los chicos al vestuario, me doy cuenta de que he estado distraída todo el rato. Me despido de Leila y espero a Travis en el aparcamiento.

—¿Estás bien? —me pregunta cuando nos subimos a su camioneta recién estrenada.

Asiento con los ojos entrecerrados y me encojo en el asiento, en busca de consuelo en el habitáculo. Cómo me gustaría estar en mi cama ahora mismo.

—¿Seguro? —insiste con un velo de preocupación en la voz.

—Sí, es que me duele bastante la cabeza.

—¿Te has tomado algo?

—No.

—Ah, es verdad, lo había olvidado... —dice con una sonrisa.

—Nadie se ha muerto por un dolor de cabeza, Travis —replico, algo molesta.

—Voy a encender la calefacción, te sentirás mejor.

—Gracias. —Apoyo la cabeza en la ventanilla y me pierdo observando el asfalto negro que dejamos atrás, iluminado únicamente por la luz difusa de las farolas. Travis intenta hablar de temas triviales, con la esperanza de intuir mi humor después de la discusión de hoy, pero no tengo ningunas ganas de hablar. Mi mente sigue dándole vueltas a lo que ha pasado en el gimnasio.

—¿Conoces a esa chica? —le pregunto sin rodeos.

—¿A quién?

—A Leila, la chica que estaba sentada conmigo durante el entrenamiento. —«¿Es que había otras chicas, aparte de nosotras dos?», me apetece preguntarle.

—Es la hermana de Collins —responde en tono seco.

Me da un escalofrío.

—Sí, eso ya lo sé. Pero ¿tú la conoces? Personalmente, quiero decir.

—No, ¿debería?

—No lo sé, ha reaccionado de una forma extraña cuando le he dicho que eras mi novio —comento sin despegar la mirada de la ventanilla.

—Quizá no le gusto; no sería una novedad.

—¿Cómo puedes no gustarle si no te conoce? —le pregunto, y me decido a mirarlo, recelosa.

—¿Por qué me estás sometiendo a un tercer grado? —Travis aprieta el volante con más fuerza—. Sé que son hermanos porque pasan tiempo juntos. Quizá me vio en la fiesta y vete a saber qué idea se hizo de mí. Ya sabes que a la gente le encanta el cotilleo.

Su respuesta me genera más dudas, pero hay otra cosa que me inquieta.

—¿Cómo es que estabas discutiendo con Thomas en los vestuarios?

—No ha sido nada, simplemente no estábamos de acuerdo en una estrategia de juego. Cosas normales —responde, y cambia de marcha—. Pero dejémoslo estar, no quiero volver a discutir contigo. —Por cómo aprieta la mandíbula, veo que está empezando a perder la paciencia.

—Como quieras —concluyo, poco convencida.

Creo que debería insistir, llegar al fondo de la cuestión y despejar todas las dudas, pero, por mucho que me cueste reconocerlo, Travis tiene razón. Yo tampoco quiero pelearme con él otra vez. Me resigno: seguramente Leila lo vio en la fiesta, mientras bailaba con aquellas dos chicas, y no entenderá cómo es posible que Travis y yo estemos juntos. Yo tampoco lo comprendo. Y él y Thomas... Bueno, simplemente no se ponen de acuerdo.

—Por cierto, nuestra discusión ya está resuelta, ¿verdad?

—Sí, ya hemos hablado de ello, Travis —respondo.

—Vale… Es que te noto rara, más distante. No me has dicho nada en todo el día y, por cómo mueves el pie, sé que estás enfadada.

—No estoy enfadada, solo estoy estresada. La discusión de esta mañana, el inicio de las clases, mi madre… —Le aprieto la mano para tranquilizarlo, intento sonar convincente, pero sé que todavía no estoy lista para olvidar.

—Vale. —Entrelaza su mano con la mía y la besa. Observo la carretera en silencio durante el resto del trayecto y me regodeo en el calor que libera el habitáculo del coche.

—¿Tu madre no ha vuelto todavía? —me pregunta cuando aparca frente a casa, al percatarse de que su coche no está y las luces están apagadas.

—No, desde que empezó a salir con Victor la veo cada vez menos, ya lo sabes. Me alegro por ella, pero últimamente nunca está y… —Abro los ojos de par en par—. ¡Ostras, tenía que sacar a pasear a Charlie!

—¿A quién? —pregunta Travis, perplejo.

Me masajeo las sienes y suspiro profundamente.

—Charlie es el perro de nuestra vecina. Está de viaje y le ha pedido el favor a mi madre, quien, por supuesto, me ha enredado a mí. Y también tenía que pasar por la tintorería, ir a pagar las facturas y comprar la cena —resoplo.

—Venga, estoy seguro de que no es grave. Las facturas las puedes pagar por internet, y la cena se puede pedir a domicilio. Y si quieres, te puedo acompañar ahora a la tintorería —propone con dulzura.

—No te preocupes, así aprovecharé para caminar un poco. Ya ha dejado de llover.

Leo la decepción en su rostro y enseguida me siento culpable.

—Pero, eh —me apresuro a decir—, mañana podríamos cenar juntos, una *pizza* y vemos una peli, ¿qué te parece?

—Sí, claro, sin problema. —Me sonríe inseguro, nos besamos y nos despedimos.

Tras pasear a Charlie, vuelvo a casa. Cuelgo la ropa que he recogido de la tintorería y dedico un rato a imprimir algunos currículums. Estoy tan cansada que ni siquiera tengo fuerzas para meterme en la ducha, así que me tumbo en el sofá del salón, agotada. Hago un poco de *zapping* en la televisión, pero no encuentro nada interesante. Vencida por la curiosidad, busco a Leila Collins en redes sociales. Lo que encuentro confirma la primera impresión que me he llevado de ella: fotos de paisajes y puestas de sol con textos largos, unas pocas imágenes en las que aparece, aunque a menudo escondida, excepto por sus espléndidos ojos verdes. También busco a su hermano, pero no encuentro ninguna cuenta con su nombre.

Recorro mi perfil en varias redes sociales y me aparece un recuerdo de hace exactamente un año. Una foto en la que salimos Travis y yo en una comida con su familia. Estábamos celebrando un ascenso de su padre y, mientras él hablaba de negocios con algunos invitados, nosotros, para matar el aburrimiento, nos hacíamos fotos tontas como la que estoy viendo ahora. No puedo evitar preguntarme cómo hemos llegado a este punto. Antes estábamos bien, Travis era cariñoso y atento conmigo.

Tal vez, el amor ha cambiado con el paso del tiempo hasta desaparecer casi por completo. Él tiene sus propios intereses, el baloncesto, sus amigos y las fiestas. Y yo ya no soy la misma Vanessa a la que conquistó a los diecisiete años, esa niña asustada que siempre estaba pendiente de sus palabras.

He pensado en dejarlo unas cuantas veces, pero cuando llega el momento de hacerlo, el miedo se apodera de mí y me paralizo. Él volvía a ser el Travis optimista, alegre y cariñoso del que me había enamorado, y entonces me preguntaba si realmente debía rendirme sin luchar hasta el final. Mi padre lo había hecho conmigo y con mi madre, se había rendido, y yo no quería cometer el mismo error.

Acunada por esos pensamientos melancólicos, me quedo dormida, acurrucada con el teléfono debajo de la cadera, hasta que, al cabo de una hora, me despierta una vibración. Es un mensaje de mi madre.

«¿Has podido hacer los recados? Saldré a cenar con Victor, no me esperes despierta».

De forma inevitable, me invade una punzada de tristeza. Conoció a Victor en el bufete de abogados donde trabaja como secretaria. Es un abogado de éxito y debo admitir que, en las pocas ocasiones en que lo he visto de pasada, me ha parecido un buen tipo. Pero desde que forma parte de nuestras vidas, ya es mucho si llego a saludar a mi madre mirándola a los ojos. No es que me muera de ganas por pasar tiempo con ella, pero de vez en cuando me gustaría que mostrara más interés por mí. Ignoro el mensaje, me levanto del sofá y voy a la cocina. Caliento la cena que he pedido y me la como frente al televisor mientras veo unos cuantos episodios de *Crónicas vampíricas,* que siempre ha sido la cura perfecta para todos mis males.

Si mi madre me viera cenando en el sofá, se volvería loca, pero no está en casa, ¿verdad? «Así que soy libre de hacer lo que quiera», sentencia la adolescente que hay en mí.

❧

El martes por la mañana estoy cantando a pleno pulmón en la ducha. Parece que he dejado atrás el resfriado, y siento que quiero confiar en Travis y en sus promesas. Además, sin mi madre en casa cuando me despierto, al menos hoy no tendré que acatar todas sus órdenes.

Termino de enjabonarme con el gel de baño hidratante de arándanos cuando mi impecable interpretación de canto se ve interrumpida por tres bocinazos. Me sobresalto. ¿Travis ya está aquí? ¡No, no puede ser!

Alargo un brazo hacia el mueble que hay junto a la ducha para mirar la hora en el teléfono y me doy cuenta de que he perdido por completo la noción del tiempo. Salgo de la ducha como un resorte.

¡Tengo que estar en el campus en quince minutos y estoy empapada! Corro a mi habitación para vestirme, pero, cuando estoy a punto de ponerme los vaqueros, veo que me he dejado las braguitas en el lavabo. Vuelvo al baño a toda prisa, me pongo la ropa interior, regreso a mi habitación y me visto con los vaqueros y la primera camiseta que saco del armario. Regreso al baño para secarme rápidamente el pelo, pero entonces recuerdo que me he dejado el peine en el escritorio de la habitación.

He aquí lo que sucede cuando una obsesa del control pierde el control de la situación: entra en pánico.

Mientras tanto, Travis no deja de tocar el claxon, lo que aumenta mi nerviosismo.

—¡Que ya voy! —grito, y agito las manos como si me oyera al otro lado de las paredes.

Bajo los escalones de dos en dos hacia la planta baja y casi me caigo, pero, por suerte, soy lo bastante rápida para agarrarme a la barandilla.

Me pongo las botas negras de cuero, tomo la mochila del sofá y me apresuro hacia el coche.

Una vez sentada, me asalta una duda: ¿lo tengo todo? Miro en la mochila de forma frenética a la vez que siento cómo Travis me observa con ojos divertidos.

Lo fulmino con la mirada, como si le dijera que nos pongamos en marcha.

—Nessy, ehm…, llevas…

—¿Qué? ¡¿Qué llevo, Travis?! —gruño, con los ojos abiertos de par en par.

No soporto a la gente que llega tarde, ¡y odio todavía más ser yo quien llega tarde! Todavía tengo el pelo húmedo, lo que significa que el dolor de cabeza volverá a acompañarme hoy. No he comido nada y ni siquiera he tomado una gota de café, ¡maldita sea!

—Nada, es que llevas la camiseta del pijama —responde, titubeante.

—¿Qué dices?

Temeroso, me señala con un dedo. Bajo la mirada despacio, segura de que me está tomando el pelo, pero cuando veo la camiseta del pijama, echo la cabeza hacia atrás y me maldigo.

Travis se pone morado en un intento de reprimir una carcajada.

¿Es que acaso ha decidido morir hoy?

—Pero te queda bien, va a juego con el color de tus ojos. Y debo admitir que el conejo que dice «¡Soy tu conejita!» es un detalle bonito. —Rompe a carcajadas mientras golpea el volante.

Cuando se percata de mi expresión torva, reprime la risa de inmediato y traga saliva—. ¿Quieres volver dentro para cambiarte?

—No. Llegaría todavía más tarde, así que cállate y arranca —le ordeno, y lo fulmino con la mirada.

Llego al campus con diez minutos de retraso. Presa de un pánico absoluto, me apresuro hacia la facultad mientras Travis me acompaña con toda la calma del mundo.

—Venga, solo son diez minutos, nadie se dará cuenta. —Lo ignoro y no dejo de andar hacia el aula de Historia del Arte.

Una vez en la puerta, Travis me saluda y yo me despido de él con prisas. Cuando cruzo el umbral, la clase ya ha empezado. Hay un gran proyector encendido al fondo, y la profesora Torres, que se encuentra en el centro de la sala, está presentando la película que vamos a ver. Es un homenaje a Frida Kahlo, si lo he entendido bien. Veo a Alex en una de las primeras filas; está absorto en la explicación. Me gustaría sentarme con él, pero prefiero no llamar la atención avanzando hasta allí, así que me veo obligada a sentarme en la silla más cercana a la entrada. En ese momento, la profesora apaga las luces y el aula se sumerge en la oscuridad.

El proyector empieza a reproducir las primeras imágenes de Frida Kahlo. Las admiro con fascinación hasta que una voz delicada y persuasiva me susurra:

—Empiezo a pensar que me estás persiguiendo.

¿Cómo?

Miro a mi alrededor para ver de dónde llega la voz y, a mi izquierda, veo el resplandor de dos ojos verdes que brillan en la oscuridad. Por un momento, se me corta la respiración.

No es posible, otra vez no.

Thomas me dedica su sonrisita de capullo arrogante con un boli entre los dientes.

—¿Yo te estoy persiguiendo? Te sobreestimas —resoplo, y devuelvo la mirada a la proyección.

—Ah, ¿sí? Ayer por la mañana durante la clase del profesor Scott, luego en el gimnasio, ahora aquí. Me parece bastante evidente. Si quieres algo, no tienes más que pedirlo.

—Da la casualidad de que ayer, durante la clase de Filosofía, fuiste tú el que se sentó a mi lado, y no al revés. Fui al gimnasio por mi novio. Y ahora simplemente me he sentado en la primera silla libre que he encontrado —señalo, desconcertada ante su presunción.

—Coincidencias, entonces —exclama en voz baja.

—Exacto, coincidencias. Y ahora, si no te importa, me gustaría seguir la clase —concluyo en tono seco. Sin embargo, tras unos minutos, me percato de que sus ojos siguen clavados en mí.

—Ayer conociste a mi hermana —añade cuando le dedico una mirada interrogante.

—Sí, parece simpática.

—¿Y de qué hablasteis? —Deja en la mesa el boli que estaba mordisqueando y cruza los brazos por encima del pecho para prestarme toda su atención. Incluso en la oscuridad, noto que tiene el pañuelo enroscado en la muñeca, el mismo que ayer llevaba en el entrenamiento.

—¿Por qué quieres saberlo?

—Porque conozco a mi hermana, siempre habla más de la cuenta.

—Haces bien en preocuparte. —Me estiro hacia él, le pongo una mano en el hombro y no se me escapa cómo su cuerpo se pone rígido ante mi contacto—. Me contó todos tus secretos más oscuros —susurro.

—Entonces supongo que te contó poca cosa —responde, despreocupado—. No tengo secretos.

—Todos tenemos secretos, Thomas.

—¿Eso crees? —Aguza la mirada—. Veamos, ¿cuál es el tuyo?

—En el sótano de casa conservo los restos disecados de los tipos arrogantes y engreídos que se divierten molestándome —respondo con decisión, lo que provoca que suelte una risita baja. Tengo la impresión de que cuanto más me esfuerzo por ser desagradable, más disfruta burlándose de mí.

—Bien. —Ahora es él quien acerca los labios a mi oreja; me roza la piel con su cálida respiración y susurra—: Menos mal que por aquí no hay tipos arrogantes y engreídos.

De pocas cosas estoy segura en mi vida. Una de ellas es que la voz grave con la que Thomas acaba de hablarme no debería haberme provocado esta extraña sensación en la boca del estómago. Inquieta, me aclaro la garganta y me recompongo del mareo que me ha causado tener su boca demasiado cerca de la piel.

—Puedes dormir tranquilo, tu hermana no me ha dicho nada. —Vuelvo a dejar una distancia adecuada entre nosotros, me centro de nuevo en la película y trato de ignorar el ardor de mis mejillas. Por suerte, la oscuridad del aula le impide notar el rubor.

—Por cierto, bonita camiseta... —murmura en tono burlón.

Cuando recuerdo que llevo la parte de arriba del pijama, con una conejita guiñando un ojo, rezo para que se abra un agujero en el suelo y me trague. Una vez se ha asegurado de avergonzarme como es debido, Thomas aparta la mirada y me ignora durante el resto del tiempo.

Al final de la clase, cuando estoy a punto de despedirme de él y marcharme, se me adelanta por poco. Se levanta y sale por la puerta, sin dirigirme siquiera una mirada ni un saludo. Me deja de piedra.

¿Qué narices?

Estoy tratando de averiguar si me pone más nerviosa el hecho de que Thomas se haya ido sin decirme nada o que esté tan molesta cuando Alex se acerca a mí desde el fondo del aula.

Caminamos por los pasillos mientras comentamos la historia de Frida Kahlo y Diego Rivera. Entonces, Alex me habla del curso de fotografía y me enseña algunas instantáneas en blanco y negro que tomó ayer por la tarde. Lo elogio por la agradable melancolía que transmiten. Una vez terminan las clases de la mañana, decidimos almorzar en la cafetería.

—Aviso a Travis y a Tiffany para que quedemos directamente allí —le digo a Alex, y saco el móvil de la mochila.

—¿Es necesario? No me malinterpretes, no tengo nada en contra de Tiffany. Pero preferiría comer sin correr el riesgo de que la comida se me atragante, lo que siempre sucede cuando está Travis.

—Vamos, Alex, ¿no puedes hacer un esfuerzo? No será un capullo. O, al menos, eso espero.

—¿En serio? —pregunta con sarcasmo—. Creía que no sabía comportarse de otra forma.

—Dale una oportunidad. Si no se comporta, será la última vez. —Pongo ojos de cervatilla, mi técnica infalible.

Alex me rodea los hombros con el brazo.

—Venga, seguro que puedo ignorarlo, como siempre.

—¡Me parece un trato perfecto! —respondo con una gran sonrisa.

Encontramos una mesa libre en la cafetería abarrotada y, mientras esperamos a que lleguen los mellizos, bromeamos sobre lo gracioso que era el profesor de Literatura Inglesa con el tupé que se le caía a cada paso que daba, lo que hacía que se lo tuviera que ajustar continuamente.

—¡Tiffany ya decía que llevaba peluquín! —añado mientras abro mi lata de refresco.

—Cuando llegas a una cierta edad, deberías resignarte y punto —dice él con desparpajo.

—¡Pues las calvas están volviendo a ponerse de moda! Lo leí en un número de *Vogue* de mi madre.

Alex me lanza una mirada horrorizada.

—¿Cuándo han estado de moda?

—Estás de broma, ¿verdad? ¡Muchos hombres calvos son *supersexys!*

—Venga ya —dice con escepticismo—. Ponme algún ejemplo.

—Dwayne Johnson. Vin Diesel. Corey Stoll, ¡por no hablar de Jason Statham! Oh, Alex, él es... Bueno, simplemente es un dios —exclamo de forma soñadora.

—Muy bien, muy bien, límpiate la baba. —Me acerca una servilleta a la comisura de los labios a modo de broma. Le doy un golpecito en el hombro con el codo y, entonces, vemos que los gemelos se acercan a lo lejos.

Travis me da un beso y se sienta delante de mí. Saluda a Alex con una palmadita en el hombro y mi amigo lo corresponde sin mucho entusiasmo. Algo es algo.

No me da tiempo a preguntarles cómo están, porque Tiffany me mira la camiseta del pijama desconcertada y pregunta:

—Cariño, ¿qué diantres llevas puesto?

—Esta mañana he salido tarde de casa y, con las prisas, no me he dado cuenta de que me había puesto...

Tiffany levanta la mano para callarme.

—¿Me estás diciendo que te has paseado por todo el campus en pijama?

Asiento, resignada ante mi propio despiste.

—Madre mía, no tengo ninguna esperanza contigo. —Se pellizca el puente de la nariz mientras niega con la cabeza.

—Lo sé, lo sé —admito con aire culpable y las manos levantadas en señal de rendición. Travis hace un esfuerzo por contener una carcajada, e incluso Alex, que esta mañana había pasado por alto mi elección estilística, parece divertido—. Ahora dejad de mirarme y vayamos a por la comida, me muero de hambre.

Cuando regreso a la mesa con la bandeja llena, diviso a Leila, que está sentada sola a unos metros de nosotros. Se percata de mi mirada y nos saludamos. Me sabe mal verla sola; apenas es el segundo día y todavía tiene que acostumbrarse a esto. Así que la invito a que nos acompañe con un gesto de la mano.

Ella me sonríe, pero, en cuanto ve a Travis en la mesa, declina la invitación y se pone seria de golpe. Otra vez. Pero ¿qué demonios me ocultan?

—… ¿verdad, Nessy? ¿Nessy? —La voz tranquila de mi novio me devuelve a la realidad.

—¿Qué? —pregunto, confusa, cuando caigo en la cuenta de que todos me miran fijamente.

—¿Has oído lo que te hemos dicho? —dice Tiffany.

—No, disculpad, tenía la cabeza en otra parte —intento justificarme con la esperanza de que nadie me haga más preguntas.

—¿En qué pensabas? —inquiere inocentemente mi querido y viejo amigo Alex.

—En nada, nada importante —respondo, y esbozo una sonrisa forzada.

Travis mira a su alrededor extrañado mientras trata de entender qué o quién ha llamado mi atención, pero parece no darse cuenta de nada.

—¡Estábamos hablando de la fiesta en casa de Carol del viernes por la noche! —continúa Tiffany—. Trav también vendrá.

Oh, la fiesta…

—Alex, ¿tú irás? —Mi pregunta parece más bien una petición de ayuda.

—Estaré con Stella, ¿recuerdas? —Vaya, sin él será un infierno.

—¿Stella? ¿Quién es Stella? —pregunta Tiffany, curiosa.

—Su novia —respondo, y le asesto un ligero codazo amistoso a Alex en el costado.

—Qué sorpresa, Alex tiene novia. Entonces no eres de la otra acera —lo chincha Travis, que recibe una mirada reprobatoria de mi parte que lo lleva a cerrar la boca.

—¿Por qué no he oído hablar de ella? —salta Tiffany, preocupada, mientras acaricia el borde del vaso con un dedo.

—Porque es algo reciente y ella no es de Corvallis. La he conocido este verano en Santa Bárbara —explica Alex.

—Oye, podrías traerla a la fiesta, ¿no? —propongo, y me aferro al último atisbo de esperanza.

—Digamos que tengo otros planes —responde Alex con una sonrisa que habla por sí sola.

—Oh, entiendo. ¿Tenéis intención de hacer los tortolitos todo el fin de semana?

—No digas esa palabra —exclama con una expresión de asco y vergüenza al mismo tiempo.

—¿Cuál? —Finjo que no lo entiendo—. ¿Tortolitos?

—Para ya —me suplica con una sonrisa dulce.

—Tortolitooos. —Se cubre las orejas con las manos y cierra los ojos mientras Tiffany y yo nos reímos a carcajadas y lo chinchamos durante el resto del almuerzo.

Al cabo de unas horas, estoy esperando a Travis fuera del campus con los brazos cruzados y temblando por el frío aire otoñal. Solo llevo la camiseta del pijama porque esta mañana también me he olvidado de coger la chaqueta.

¿Cuánto se tarda en ir a buscar un coche al aparcamiento? Ya han pasado diez minutos. Maldita sea.

Flexiono las rodillas y me froto los brazos para entrar en calor. De repente, alguien me pone una pesada chaqueta de piel negra sobre los hombros y me sobresalto. Justo entonces, me encuentro a Thomas a mi lado. Estoy tan sorprendida por este gesto considerado que me pregunto dónde está la trampa.

—No hacía falta, gracias. —Hago ademán de devolvérsela, pero él me ignora. Se enciende un cigarrillo y entrecierra ligeramente los ojos. Cuando exhala, el humo crea una nube grisácea que lo envuelve.

—Quédatela —masculla mientras juguetea con la rueda del mechero—. Estás temblando —añade después de echarme una mirada fugaz.

—¿A qué se debe este acto de amabilidad? —le pregunto, y me vuelvo hacia él para mirarlo a la cara.

Parece confuso.

—¿Amabilidad? No diría eso. En todo caso, compasión.

¿Qué significa eso? ¿Es que le doy pena? ¿Como cuando ves a un perro abandonado y desnutrido que vaga sin rumbo?

Sacudo la cabeza, nerviosa por su arrogancia.

—¿Sabes qué? Aquí tienes tu chaqueta, no necesito tu compasión. —Se la lanzo contra el pecho para devolvérsela. Como respuesta, Thomas deja escapar un gemido divertido desde lo más profundo de su garganta.

—Qué quisquillosa…

—No, lo que me molesta es tu forma de relacionarte con los demás —replico, con la mirada fija en otra parte.

Thomas se acerca y se cierne sobre mí. Es un gigante comparado conmigo, que no paso del metro sesenta. Trago saliva e intento disimular el desconcierto que me provoca. Tengo que inclinar la cabeza para mirarlo a los ojos en un intento por captar sus intenciones. Él, con el cigarrillo atrapado entre los labios, vuelve a ponerme la chaqueta sobre los hombros y se asegura de envolverme bien con ella. Da una calada al cigarrillo y me echa el humo en la cara despacio. Medio ahogándome, lo fulmino con una mirada llena de odio, que parece no hacer mella en él.

—¿Esperas a alguien?

—A mi novio —silbo, con los brazos cruzados sobre el pecho. Una idea se abre paso en mi interior: «Madre mía, si Travis llegara ahora mismo y me viera aquí con Thomas y su chaqueta encima, sería el acabose».

—Por curiosidad… —Da otra calada al cigarrillo, entrecierra los ojos y libera el humo por la nariz—. ¿Sientes debilidad por los capullos o simplemente te atraen los hijos de papá?

Pongo los ojos en blanco, desconcertada.

—Travis no es... —me apresuro a defenderlo. Pero la vocecita en mi cabeza concluye la frase por mí: «¿Un capullo? Lo es. ¿Un hijo de papá? También». Cuando Thomas nota que titubeo, me dedica una sonrisita de satisfacción típica de quien sabe que ha dado en el clavo.

Muy bien, este asalto lo ha ganado él.

—¿Qué haces aquí? —pregunto para cambiar de tema.

—Soy un fumador empedernido, y no te lo vas a creer, pero la universidad ha decidido aplicar la absurda prohibición de fumar en el interior. —Da una última calada y tira la colilla a unos metros de nosotros sin apartar la mirada de la mía—. Absurdo, ¿no te parece?

—Bueno, ya te has fumado el cigarrillo. —Le devuelvo la chaqueta con la esperanza de que se marche antes de que llegue Travis.

Él se la pone y, circunspecto, se acerca todavía más a mí, lo que hace que me alcance una intensa oleada de su perfume de vetiver. Es una fragancia fresca y masculina, que recuerda al aroma de un bosque después de un chaparrón. Arrollador.

—¿Es mi impresión... o me estás echando de aquí?

—No, qué va... —tartamudeo. De repente, siento la garganta seca—. Solo digo que ya no tienes motivo para estar aquí. Además, Travis llegará en cualquier momento.

Thomas hunde las manos en los bolsillos de su chaqueta de piel. Es como si quisiera parecer indiferente, pero el atisbo de una mueca de satisfacción lo traiciona.

—Aquí fuera no se está nada mal, hay unas vistas interesantes.

Lo miro confusa. ¿Acaso un camino frío y desierto, cubierto por la niebla, ofrece unas vistas interesantes?

—Diría que hay vistas mucho mejores —mascullo, y me llevo un mechón de pelo que me revolotea por la cara detrás de la oreja mientras él me observa fijamente durante unos cuantos segundos.

—Deberíamos salir juntos alguna vez.

Lo miro sin pestañear y hago un esfuerzo titánico para no reírme en su cara.

—¿Disculpa?

—Beber algo juntos, nada más —afirma, seguro de sus palabras.

—¿Y por qué?

Alza un hombro con soltura.

—¿Es que tiene que haber un motivo?

—No tengo ninguna intención de salir contigo. Y ya te lo he dicho, tengo novio.

—Te he pedido que salgamos, no que follemos —replica serio.

Por poco no me ahogo con mi saliva.

—Bien, porque no lo haría nunca —le aclaro con el ceño fruncido.

—Bien, porque nunca te lo pediría. Tengo gustos completamente... —Me repasa el cuerpo con la mirada, como si la mera idea de estar conmigo lo indignara—... distintos.

Me aclaro la garganta mientras trato de camuflar la incomodidad que siento ahora mismo. Sin saberlo, acaba de tocar un tema muy delicado.

—Sí, claro, lo mismo digo.

—¿Estás segura?

—Más que segura. —Alzo la barbilla con la esperanza de no dejar entrever ningún tipo de emoción.

—Entonces todo bien —suelta como si nada—. Podemos salir sin que corras el riesgo de enamorarte de mí o esas tonterías. Me evitarías todo ese rollazo.

—Oye... —Me presiono el puente de la nariz. Se me agota la paciencia ante tanta presunción—. Nosotros dos no somos amigos, ni siquiera nos conocemos. Y, francamente, no me caes bien, ni siquiera un poquito —remarco—. Así que la respuesta es no, no saldré contigo. Ni ahora ni nunca.

Thomas clava la mirada en mis labios entreabiertos y agrietados, lo provoca que me sonroje. Se detiene un momento, luego vuelve a mirarme a los ojos con una sonrisa avispada. Da un paso hacia mí, hasta que me roza el pecho con el torso, y por algún extraño motivo, contengo la respiración.

—Ya veremos —murmura con tono desafiante.

Tengo la terrible sensación de haber prendido una mecha que me explotará en la cara.

—No hay nada que ver —farfullo nerviosa—. Ahora, me gustaría que te fueras.

—¿Te da miedo que tu chico me vea aquí contigo? —me chincha con un tono burlón en la voz.

—Solo quiero evitar problemas, ya que no congeniáis demasiado —explico.

Algo en mis palabras debe de haberle afectado. De repente, la expresión de su rostro se endurece y aprieta la mandíbula en un gesto instintivo. Si una pequeña mención a Travis ha bastado para desatar un cambio de humor semejante, eso significa que las cosas son más graves de lo que quieren hacerme creer. Justo en ese momento, oigo el rugido del motor de la camioneta. Sumida en el pánico, retrocedo unos pasos para alejarme todo lo posible de Thomas.

—Te lo pido por favor, ¿podrías marcharte?

Por un momento, en sus ojos refulge un extraño brillo. Apostaría a que está considerando la idea de quedarse aquí solo para crear confusión. Pero luego algo le hace cambiar de idea. Tal vez sea mi expresión suplicante, o quizá su conciencia. Retrocede un paso, asiente despacio y alza las manos en señal de rendición.

—Nos vemos por ahí, Forastera... —Me dedica una última mirada y se detiene en mi camiseta.

Me ruborizo y él se ríe, complacido.

—Vaya, vaya, ahora te despides y todo —le recrimino, e ignoro el calor en las mejillas y el apodo que me ha puesto.

Me guiña un ojo y, con las manos en los bolsillos de la chaqueta, se marcha y me deja ahí plantada mientras lo observo en un extraño estado de confusión. Lo achaco a la adrenalina por el miedo a que Travis nos pillara juntos.

Me subo a la camioneta, feliz por haberme librado a tiempo de la presencia de Thomas.

—Perdona, Nessy, me he encontrado con Finn en el aparcamiento y nos hemos puesto a charlar —me explica mientras me abrocho el cinturón.

—Tranquilo, no te preocupes —le digo. Lo cierto es que ahora mismo estoy tan aturdida que no he prestado la mínima atención a sus palabras.

—¿Todo bien? —me pregunta, preocupado.

—Sí, solo tengo frío.

—Perdona, te he hecho esperar un montón.

—No hay problema. —Le sonrío.

Enciende la calefacción y me acaricia una pierna. Luego veo que olisquea el aire con el ceño fruncido.

—¿Huele un poco raro en el coche, no crees?

—Ehm, no, no noto nada.

—Sí, huele a tabaco y a... ¿qué es? ¿Colonia? ¿Menta? ¿De verdad no notas nada? —pregunta algo decepcionado.

Madre mía. La chaqueta de Thomas debe de haberme impregnado con su olor.

—No, no noto nada —miento, impasible—. Puede que aún notes el olor de la colonia de Finn, siempre se pone un montón. —Enciendo la radio para distraerlo y, al parecer, funciona.

Lo escucho mientras me cuenta cómo le ha ido el día, pero tengo la cabeza en otra parte: en el aroma de Thomas, que invade mis sentidos y también mis pensamientos.

¿Qué diantres acaba de pasar?

Capítulo 6

—¿Sabes? Estaba pensando que después de la discusión de ayer por la mañana, todavía no hemos podido pasar tiempo a solas, así que... ¿te apetece que me quede en tu casa esta noche? —pregunta Travis, esperanzado, cuando se detiene frente a la acera. Una punzada de culpa me atenaza. Hace unos minutos, estaba sola en un aparcamiento con un chico al que Travis detesta. Y no puedo decir que estar tan cerca de él me haya dejado indiferente.

Respiro hondo y contesto, tratando de sonar tranquila:

—Sí, claro, vamos. —Necesito resolver esta situación y volver a ser la Vanessa de siempre, la que no se deja engatusar por el primero que pasa y que no miente.

Cuando entramos en casa, encuentro una nota en el mueble del recibidor: «Hoy ceno otra vez con Victor y los compañeros del trabajo, llegaré tarde. Besos». Si seguimos así, creo que me olvidaré de la cara de mi madre.

Nos descalzamos rápidamente y enciendo la calefacción. Camino sobre las alfombras persas repartidas entre el pasillo y el salón. Sí, las alfombras. Fueron la primera compra cara de mi madre cuando, hace doce años, contrataron a mi padre para un puesto de contable en una gran multinacional, lo que nos garantizó un estilo de vida más cómodo. Doce años de vida y estas alfombras parecen recién salidas de la tienda.

Travis se despatarra en el sillón reclinable del salón, junto al sofá, mientras yo voy a la cocina a ver si puedo preparar algo para cenar, pero la nevera está vacía. ¡Maldita sea! ¡Gracias por tu consideración, mamá!

—Creo que tendremos que pedir algo, aquí no hay nada —grito desde la cocina para que Travis me oiga.

—Vale, ¿te apetece una *pizza* o japonés? —pregunta. Otra cosa no, pero debo reconocer que conoce muy bien mis gustos personales.

—Han abierto un restaurante japonés por aquí cerca, parece que es muy bueno —respondo mientras despego de la nevera un folleto promocional del restaurante sujeto con un imán. Regreso al salón y me siento sobre sus piernas.

—Pues japonés será.

—¿Quieres algo para beber? ¿Un refresco, cerveza, algo por el estilo? —le pregunto tras haber hecho el pedido.

—Una cerveza estaría bien. Hoy ya no tengo que conducir.

—Mi madre siempre tiene una en la nevera para ti, ¿lo sabías? En esta casa nos quedaremos sin comida, pero siempre habrá una cerveza para ti.

—Me quiere casi más que mi propia madre —dice satisfecho.

—Lo hace porque le recuerdas a la mejor versión de mi padre, la de los tiempos felices, no te hagas ilusiones. —Le saco la lengua y me levanto para ir a buscar la cerveza a la cocina. La abro y se la llevo.

—Bueno, no hace falta mucho —añade Travis, tras dar el primer sorbo.

A pesar de que esta afirmación me duele un poco, sé que tiene razón. Durante años, pensé que nadie estaría a la altura de mi padre: él era mi héroe indiscutible, el hombre de mi vida, mi puerto seguro.

Sin embargo, en los años del instituto, mis padres empezaron a discutir cada vez más. En realidad, mi madre siempre ha estado insatisfecha con su vida. Parecía que la mera presencia de mi padre le molestaba hasta el punto de que ni siquiera toleraba el sonido de su voz. Nunca he llegado a entender del todo el motivo. Con mi padre nunca nos faltó de nada, pero mi madre siempre lo dio todo por sentado. En los últimos años, la frustración se acentuó: hubo discusiones, acusaciones, la separación, las amenazas y, finalmente, el divorcio. Yo me encontré en medio de este delirio mientras me utilizaban como chivo expiatorio.

Papá, desesperado, nos dejó la casa, algo de dinero y se marchó. También me dejó a mí, que siempre había estado de su parte. Él y yo teníamos una relación especial, mientras que con mamá... Ver cómo le chillaba a mi padre me hacía sentir mal. No era culpa suya si mi madre había decidido dedicarse a la familia y a las tareas domésticas en lugar de realizarse en un trabajo, como había hecho él.

Pero luego supe de ella, Bethany. Una relación que había empezado mucho tiempo atrás; ella era más joven y más adaptable que mi madre. Era una mujer de renombre y con una carrera.

Tan solo le faltaba una cosa: una familia. La última discusión entre mis padres surgió precisamente porque mi madre había descubierto, a través de unos amigos en común, que justo después de la separación, mi padre y su nueva pareja esperaban un hijo.

Fue un golpe duro para nosotras dos. En aquella época, me sentí renegada, traicionada, herida en lo más profundo del alma. Mi corazón se había roto en mil pedazos, en fragmentos diminutos. Pero me esforcé por aceptar el embarazo de la nueva pareja de mi padre con tal de no perderlo.

Así, me armé de todo el valor y la fuerza del mundo, sofoqué el dolor y empecé a visitar a mi padre en su casa, donde vivía con su nueva pareja y el bebé recién nacido.

Cada vez que entraba por aquella puerta, el estómago se me revolvía, pero estaba dispuesta a reprimir las náuseas que me asaltaban por estar con él. Pero, por lo visto, yo no le gustaba demasiado a Bethany. «No la quiero aquí dentro» fueron más o menos las últimas palabras que escuché detrás de la puerta de la cocina, durante una discusión que mantuvieron en voz baja el día de mi decimoquinto cumpleaños.

Ella estaba convencida de que quería recuperar a mi padre para que volviera a casa. Desde aquel día, un presentimiento se abrió paso en mi mente: me aterrorizaba la idea de que mi padre se dejaría influir por ella tarde o temprano. Aquella mujer malvada, pero guapísima, ejercía un poder absoluto sobre él sin ni siquiera tener que esforzarse.

Mis plegarias no sirvieron de nada porque mi padre empezó a dejarse ver cada vez menos, a llamar menos, hasta que un día dejó de tener contacto conmigo. A partir de aquel momento, empezó oficialmente su nueva vida sin mí. Mi decimosexto cumpleaños fue el primero que pasé sin él. Sin ver su rostro sonriente mientras abría los regalos, al soplar las velas, sin oír su voz cantar emocionado *Cumpleaños feliz*. Lo echaba muchísimo de menos. Echaba de menos esa atmósfera cálida y familiar que solo él sabía crear. Todos los detalles con los que me hacía sentir especial. No he vuelto a tener noticias suyas desde entonces.

Durante el primer año, lo llamé todos los días y, entre lágrimas, me culpaba y me odiaba porque no había sido capaz de mantener a mi padre a mi lado. No me quería lo suficiente porque no era lo bastante importante para él. Pero a la fase de autocompasión le siguió un sentimiento de odio hacia él. Llegué a odiarlo a muerte. Había preferido a otra mujer antes que a mi madre, a otro hijo antes que a mí, nuevos recuerdos antes que los que habíamos construido juntos.

Me arrebató de las manos la posibilidad de crecer con un padre para complacer la voluntad de otra persona. Ese odio me desgastaba; ya no era yo misma. Estaba enfadada con el mundo, me sentía marginada. Entonces, un buen día, me desperté y, simplemente, dejé de hacerlo. Dejé de llorar, dejé de culparme, dejé de odiarlo y dejé de buscarlo. Porque había comprendido que si un padre encuentra la fuerza para renunciar a su hija, entonces su hija debe continuar su vida sin él.

Aparto de mi mente esos malos recuerdos y vuelvo a concentrarme en Travis. Nuestra historia comenzó justo un año después de que cortara los lazos con mi padre. Travis era el hermano gemelo de mi mejor amiga, Tiffany.

Nosotras nos conocimos en el instituto. Durante la primera semana del primer año nos tocó hacer un trabajo en pareja. Éramos tan distintas que, de entrada, detesté tener que estudiar con ella. Aun así, fue precisamente esa disparidad entre nosotras lo que nos unió de una forma tan profunda, y dio lugar a una amistad sólida y leal que dura desde hace más de cuatro años.

En cambio, con Travis, todo fue distinto. La primera vez que lo vi había ido a su lujosa mansión para preparar un trabajo con su hermana. Aquellos rizos castaños y aquella sonrisa deslumbrante me cautivaron de inmediato. Parecía que él no se había percatado de mi presencia, y yo era demasiado tímida para acercarme y hablar con él, así que me pasé los dos años siguientes fantaseando en secreto con él. Fue necesaria la ayuda de su hermana, y una noche en la feria, para que Cupido lanzara su flecha.

Aquella noche me sentía triste. Travis estuvo a mi lado para animarme, me compró algodón de azúcar y me regaló un peluche que había ganado en un puesto de tiro. Durante los días siguientes, me invitó a cenar, luego al cine y a ver algunos partidos. Aquellos primeros meses fueron maravillosos. Había encontrado en él toda la atención, el amor y la protección que mi padre ya no me daba. No sabría decir cuándo terminó la magia y la indiferencia y la insensibilidad la sustituyeron. Empecé a pensar que estar con una chica como yo era cómodo para él.

Yo les gustaba a sus padres, y él vivía para complacerlos. Le permití que me descuidara, que me considerara algo seguro. Ya hace un año que me pregunto: «¿Cuánto tiempo más piensas aguantar así?».

Cuando llega la comida a domicilio, dejo a un lado el pasado y me atiborro de *sashimi,* tempura y fideos de soja mientras vemos *¿Qué les pasa a los hombres?* Casi a mitad de la película, Travis me rodea la cintura y me mueve hasta sentarme en su regazo. Tan cerca de él, me dejo guiar por sus gestos automáticos. Empieza a besarme, a tocarme, a desnudarme. Yo me dejo hacer, pero mi mente se pierde en otra parte, en el recuerdo de un par de ojos verdes e insolentes, una sonrisa arrogante, el sonido de una voz mordaz y... ¡diantres, no! Me despego de golpe de Travis, que me observa perplejo, con los ojos llenos de deseo.

—¿Qué pasa?

Me llevo dos dedos a los labios y, con una sensación de incredulidad y culpabilidad, trato de regular mi respiración, que se me ha acelerado de golpe. Nunca me había pasado nada similar. Pensar en otro chico mientras mi novio me besa está... fuera de lugar. No voy a permitir que ese tío tatuado se me meta en la cabeza y también arruine este momento.

—Na-nada. Es que... me... me ha parecido oír unas llaves en la cerradura. —Suelto la primera excusa plausible que se me ocurre y retomo el beso para que no sospeche nada. Travis no pierde el tiempo con los preliminares. Se levanta del sofá, me toma en brazos y me lleva arriba, a mi habitación. Pasamos allí toda la noche, donde nos abandonamos a gestos mecánicos que soy consciente de que ya no me provocan ninguna emoción.

☙

El aroma a tortitas y a café recién hecho me despierta.

Travis sigue durmiendo profundamente a mi lado. Lo miro durante unos segundos y dejo vagar mis dedos entre sus rizos cobrizos y despeinados. Todavía me siento un poco culpable por mis repentinos pensamientos de anoche; la mente me jugó una mala pasada. Despierto a Travis y lo convenzo para que baje a desayunar.

En cuanto entramos en la cocina, vemos a mi madre de pie frente a los fogones y radiante como nunca.

—Bienvenida de nuevo, mamá —la saludo entre dientes, y le dedico un reproche con la mirada. No la veo desde el lunes por la mañana, y ahora está jugando a hacer de madre perfecta.

Nos recibe con una sonrisa radiante. Qué hipócrita. Jamás se atrevería a montar una escenita delante de Travis y a revelar su verdadera naturaleza como digna compañera de Belcebú.

—¡Buenos días, cariño! Y buenos días a ti, Travis. ¡Os he preparado café! —chilla exuberante, y me coloca una taza humeante delante de las narices. Está intentando comprar mi indulgencia, la conozco.

Tomo la taza y me siento a la mesa, molesta, sin dignarme a mirarla. Travis me sigue, pero, a diferencia de mí, la saluda con calidez.

—¡Y también tortitas! —añade. Con un suave movimiento, coloca el plato sobre la mesa y lo desliza hacia mí. Supongo que esta mañana se ha molestado en hacer la compra con tal de ofrecerle a su «queridísimo Travis» un desayuno perfecto.

Alzo la vista hacia ella, pero, antes de que diga nada, se apresura hacia la nevera y saca un bote de nata y el sirope de arce. Vuelve con nosotros, vierte el sirope sobre las tortitas y forma dos pequeñas montañas de nata al lado. «Muy bien, me rindo».

Vuelvo a concentrarme en mi plato y le concedo una tregua temporal a mi madre mientras corto un pedazo de tortita con el tenedor y lo ahogo en la nata.

—Travis, querido, ¿has dormido bien? ¿Quieres comer algo? Sé que no te gustan las tortitas, pero puedo prepararte beicon, si quieres, y huevos. —Pongo los ojos en blanco de forma involuntaria.

—Gracias, señora White, tomaré una taza de café —responde.

—Oh, querido, cuántas veces tengo que decírtelo, llámame Esther. Aquí tienes tu taza, sin azúcar. —Se la ofrece con una gran sonrisa y le acaricia el hombro.

—Llámala Esther —mascullo en voz baja. Travis ahoga una risita.

—¿Y cómo están tus padres? ¿Y tu hermana?

—Mi padre está en Europa estos días. Tiffany está bien, pero nadie ha podido convencerla de que está cometiendo un error al continuar con sus estudios en Sociología. Se le daría genial dirigir la empresa de papá conmigo algún día, pero está obsesionada con la idea de convertirse en criminóloga.

—¿Y dónde está el problema? —pregunto perpleja—. Tiffany consigue todo lo que se propone, y si se convierte en criminóloga, será la mejor. Deberías apoyarla, sois hermanos; de hecho, sois gemelos —recalco para reforzar el concepto.

—No le hagas caso, Travis. —Mi madre aprovecha la ocasión para intervenir—. A veces, mi hija vive en un mundo ideal. Tiffany debería seguir tu ejemplo y sacar adelante la empresa de vuestro padre. —En ese momento, mi madre se acerca y me pone una mano sobre el hombro—. Mi Nessy también debería comprender la importancia de labrarse un futuro que pueda garantizarle una estabilidad económica, en lugar de perder el tiempo persiguiendo utopías. Siempre le he dicho que debería estudiar Derecho…

Muy bien, se acabó. Me levanto de la mesa hecha un basilisco. No la he visto en los dos últimos días, y ahora vuelve para decirme cómo debería vivir mi vida.

—Gracias por el desayuno, mamá, pero nadie te ha pedido consejo.

Subo a mi habitación para vestirme mientras escucho distraídamente a mi madre y a Travis, que siguen charlando en la cocina.

—No me creo que te hayas puesto de su parte —suelto en cuanto nos subimos a la camioneta. Travis pone los ojos en blanco, pero yo no me callo—: ¿Te das cuenta de que el prestigio social no es lo más importante en la vida? Mi madre y tú os volvéis insoportables cuando os enzarzáis en estos temas.

—No exageres, tu madre tiene razón. —Resoplo y hago ademán de encender la radio, pero Travis intercepta mi mano y me la estrecha—. Me lo he pasado muy bien esta noche, no estropeemos el día. —Respiro hondo y no protesto, presa de una oleada de culpabilidad.

Una vez en el campus, enseguida veo a Alex cerca de la entrada de nuestra facultad. Corro hacia él mientras Travis se va con los chicos del equipo.

Salto sobre su espalda y él se sobresalta.

—¡Nessy! ¡Te estaba buscando! —me dice con una sonrisa antes de bajarme al suelo.

—¡Pues ya me has encontrado! Dime. —Me aparto algunos mechones de pelo de la cara.

—Mi madre ha vuelto hoy de Italia...

—Espera, ¿qué? ¡Pero si llegasteis hace una semana de Santa Bárbara! —le digo, atónita. A veces olvido que su madre siempre está viajando por trabajo, y me da mucha envidia. Cuando teníamos trece años, nos llevó con ella a Washington y dimos una vuelta por la ciudad con la niñera. Fue genial; hoy sigue siendo uno de los momentos más felices que he pasado junto a Alex.

—Sí, había organizado una subasta en una biblioteca de Florencia. Y me ha dicho que te dé este detalle. Aquí tienes. Creo que te gustará. —Se saca una bolsa de la mochila y me la tiende.

Dentro encuentro un paquete envuelto en papel de seda y lo abro como si fuera una niña el día de Navidad. Cuando veo ante mis ojos una primera edición de *Sentido y sensibilidad*, ¡casi me desmayo de la emoción!

—¡Alex! ¿Es broma? ¿Tu madre me ha regalado una primera edición de mi libro preferido? —grito, incrédula—. Yo...

yo… no puedo aceptarlo, le habrá costado un dineral, yo no…
—Intento devolvérselo, pero me detiene.

—Nessy, mi madre no quiere que vuelva a casa con él. Me ha obligado a prometerle que insistiría para que te lo quedaras. Además, ya sabes, encontrar chollos como este es su trabajo, y le gusta compartirlo cuando puede.

—¡Pero es demasiado! Es que, mira, es una primera edición, ¿te das cuenta? Habría bastado con un imán pequeño del *David*. —Miro la novela asombrada y le doy vueltas entre las manos—. ¡Es que no sé qué decir!

—Un gracias será más que suficiente —responde Alex, divertido.

—¡Gracias! ¡Gracias infinitas! —Lo abrazo con fuerza.

—Vamos a tomar un café antes de que empiecen las clases, ¿te parece?

Asiento mientras contemplo la novela. Es preciosa.

Nos sentamos uno frente al otro en una mesa libre y nos tomamos las bebidas mientras charlamos de esto y aquello. También le cuento lo del recibimiento de mi madre esta mañana, después de llevar dos días sin vernos y de su conversación con Travis.

—Entonces —dice él, mientras se limpia algunos granos de azúcar que le han caído de la rosquilla en los pantalones—, ¿cómo van las cosas entre Travis y tú?

Apoyo el vaso de café en la mesa y lo miro.

—Oh, bueno, digamos…

—¿Digamos?

Estiro las piernas bajo la mesa y suspiro.

—Es una temporada rara. Este verano, Travis se ha mostrado un poco ausente, y ahora estamos intentando volver a encajar.

Alex asiente, pero no parece del todo convencido.

—No sé, Nessy. En estos dos años, nunca te había visto tan distanciada de él como ahora.

Me encojo de hombros, sorprendida. No tengo tiempo de responder, porque cuatro chicos entran en la cafetería y captan mi atención. Entre ellos están Thomas, que mira el móvil, y Shana, que llega tras él. Se sientan en los taburetes altos frente a la barra y veo que Thomas está cabizbajo; probablemente esté usando el móvil. Shana se inclina hacia él y le susurra algo al oído con coquetería, pero él no le presta atención. Entonces, le acaricia la nuca, pero el resultado no cambia. Thomas sigue mirando el teléfono, completamente absorto. En ese momento, la pelirroja, molesta, se da media vuelta y va a hablar con un chico de pelo rubio que no me suena de nada.

—¿A quién miras? —pregunta Alex, que me hace volver a la realidad.

—Em, a nadie. Es que nunca había visto a ese chico rubio de la barra, ¿lo conoces? —La enésima mentira que suelto. Alex se gira y estira el cuello para mirarlo.

—Creo que es estudiante de Ingeniería, ¿por qué? —pregunta con suspicacia.

—Curiosidad. —Zanjo la conversación rápidamente y vuelvo a tranquilizar a Alex con respecto a mi relación con Travis. Al cabo de unos diez minutos, veo que los chicos se dirigen a la salida. Los sigo con la mirada y me percato de que falta uno… Al llegar al umbral, noto que Shana se vuelve hacia mí; la mirada feroz que me dirige desde allí casi me pone la piel de gallina. Me enderezo en mi silla, confusa y nerviosa. ¿Desde cuándo Shana sabe que existo?

—Hola, Forastera —me susurra la voz profunda de Thomas al oído, lo que me provoca un extraño revoloteo en el estómago. Me sobresalto y él se desliza en la silla que hay junto a la mía, con las piernas ligeramente separadas y un brazo estirado sobre mi respaldo. Alex nos mira con los ojos muy abiertos.

—Deja de llamarme así —articulo cuando recupero la lucidez.

—Así ¿cómo? —replica él, y finge no saber de qué va la cosa.

Lo fulmino con la mirada.

—Ya lo sabes. Y, además, ¿qué narices haces aquí? No eres bienvenido.

—Saludar a una amiga, ¿no es lo que hacen los amigos?

—Nosotros dos no somos amigos, ya te lo dije. —Thomas parece afligido. Me toma de las manos y se las lleva al pecho, a la altura del corazón.

—¿Me estás diciendo que lo que pasó entre nosotros anoche solo fue un estúpido juego? —pregunta, herido.

Lo miro a los ojos, desconcertada, sin atreverme a mirar a Alex. Cuando Thomas estalla en carcajadas, comprendo, para variar, que solo me está tomando el pelo.

—Quería experimentar la emoción de decirlo en voz alta al menos una vez en la vida, en lugar de que me lo dijeran a mí —se justifica, con una sonrisa cargada de satisfacción.

—Eres un idiota. —Bajo la mirada hacia mi café, incómoda. Alex se aclara la garganta. Dios mío, qué vergüenza.

—¿Te veré hoy en alguna clase? —pregunta.

—No, por suerte para mí.

—Qué pena, echaré de menos ver tu carita enfurruñada cada vez que respiro —se burla.

—Pues yo no echaré de menos tener a alguien al lado que sabotea mis clases constantemente. —Me levanto de la mesa, me cuelgo la mochila al hombro e invito a Alex a que nos vayamos. Nuestras clases empezarán pronto, y no tengo ganas de perder más tiempo con este arrogante tatuado.

—Vale, ahora vas a explicarme lo que acaba de pasar. ¿Conoces a ese tío? —pregunta Alex, pasmado, cuando salimos de la cafetería.

—¡Qué va! ¡Claro que no! Solo vamos juntos a algunas clases y juega en el equipo de Travis, eso ya lo sabes. No es más que un tío engreído que se cree vete a saber quién, pero nada más —me limito a constatar lo evidente.

—Estamos hablando de Thomas Collins, lo sabes, ¿verdad? Siempre tiene segundas intenciones con las chicas.

—Si por segundas intenciones te refieres sacarme de quicio por lo insoportable que es, entonces tienes toda la razón.

—Ya sabes a lo que me refiero, Nessy, no te hagas la ingenua. Me echo a reír.

—Estás muy equivocado, Alex.

Él se cruza de brazos con aire de inquisidor.

—Entonces ¿por qué te has sonrojado?

—¿Qué? No... ¡No me he puesto roja!

—Sí que lo estás —insiste él, con una mueca que dice: «Te he pillado»—. Mira, no sé qué pasa entre vosotros dos, pero...

—¡No pasa nada! —lo interrumpo de inmediato.

—Solo digo que sería mejor que no te relacionaras con él. Ya sabes que no soy un gran fan de Travis, pero, créeme, Thomas es mucho peor. Además, te lo digo con franqueza, no tiene nada que ver contigo.

Sé que lo dice por mi bien y que lleva razón. Aun así, por algún extraño motivo que no entiendo, su consejo me molesta.

—¿Soy demasiado insignificante para él? ¿Es eso lo que quieres decir?

—¿Qué? —pregunta, desconcertado.

—Sí, lo entiendo, en el fondo, ¿quién podría encontrar interesante a una chica tan aburrida como yo, que se pasa los días leyendo o estudiando, sin ningún tipo de vida social? —Aparto la mirada, dolida.

—Pero ¿qué dices? —Alex me agarra del brazo para obligarme a mirarlo antes de entrar en el aula—. Deberías saber que los tipos como Thomas solo saben utilizar a las chicas. No caigas en esa trampa —me explica en voz baja.

—No caeré en ninguna trampa. Travis ya me ha puesto en guardia, no quiere que hable con él.

—Me cuesta admitirlo, pero esta vez tiene razón —dice Alex.

—Bueno, me cuesta admitirlo, pero sois unos exagerados —replico en tono seco. Todo este alarmismo empieza a molestarme; me tratan como a una niña indefensa. Sé muy bien qué tipo de persona es Thomas Collins. Y soy muy consciente de que debo alejarme de los tipos como él—. Deberíais confiar en mí —añado cuando nos sentamos—. Quiero decir, no puedo negar que es atractivo, con ese encanto de tío bueno y malote, pero no soy tan estúpida.

—Ese «encanto de tío bueno y malote...» —repite él, con tono interrogador—. ¿Así que te gusta?

—¿Qué? ¡No! ¡No he dicho eso! —me apresuro a responder. Alex me mira perplejo y me siento mal al instante—. Además, parece que te has olvidado de un dato importante: tengo novio. Jamás engañaría a Travis, ya me conoces, deberías saberlo.

Estoy segura de lo que digo, nunca engañaría a Travis. Pero, entonces, ¿por qué cada vez que estoy cerca de Thomas me siento tan confundida?

Capítulo 7

La mañana ha transcurrido sin más problemas. No he vuelto a ver a Thomas y la tensión con Alex se ha aliviado. Tras haber pasado casi toda la tarde en la biblioteca para avanzar un poco en los estudios, voy al gimnasio para asistir al entrenamiento de Travis.

Antes de entrar en el Dixon, me detengo frente a la máquina expendedora para comprar una botella de agua. El pasillo del edificio hace que me estremezca un poco a estas horas de la tarde, pues siempre hay un silencio inquietante. Las paredes son de un color amarillo ocre, las luces de neón emiten un zumbido molesto y siempre hace mucho frío. Sin dejar de temblar, introduzco las monedas en la máquina, tecleo el código y, un instante antes de que la botella caiga, la máquina se atasca. ¡Qué mala suerte otra vez!

Intento moverla, pero pesa demasiado. Doy unos golpes al cristal y en los laterales, pero no sirve de nada. Miro a mi alrededor con la esperanza de encontrar a alguien que me ayude y, qué casualidad, oigo las voces de unos chicos a lo lejos, que vienen hacia aquí.

Hablando de mala suerte, la mía no deja de perseguirme. Frente a mí aparecen Matthew, Finn y Thomas, que lleva el móvil en la mano, como esta mañana en el bar.

—Vanessa, ¿qué haces aquí? —pregunta Matt—. Te daría un abrazo, pero estoy empapado en sudor.

Le sonrío.

—Tranquilo, como si lo hubieras hecho.

—¿Vienes dentro con nosotros? Travis lleva todo el día buscándote. Dice que has desaparecido.

Maldita sea, es verdad. No he mirado el teléfono desde que me he despedido de él en la entrada.

—He estado ocupada, pero ahora iba a buscarlo. Me he parado un momento para comprar algo de beber y la botella se ha quedado atascada. —Mi mirada recae en Thomas; es extraño que todavía no me haya soltado alguna de sus frasecitas. Ni siquiera me mira. Está totalmente absorto en su móvil.

Como si me hubiera leído la mente, Thomas alza la mirada y me observa. Sus ojos verdes brillan de forma hipnótica bajo las luces de neón. De inmediato, siento un hormigueo en el estómago.

Avanza en mi dirección y me aparto de forma instintiva, pero el sigue hacia la máquina que hay detrás de mí sin siquiera mirarme. Hace caer la botella con un movimiento que no le supone ningún esfuerzo.

La apoya en una mesita que hay al lado y se compra un refresco.

—Bueno, muchas gracias, muy amable por tu parte —murmuro, y pongo una mueca. Él no se inmuta. Se saca del bolsillo de los pantalones del uniforme un paquete rojo de cigarrillos y se lleva uno a la boca. Antes de adelantarme, me asesta una mirada que me deja muda.

—¿Qué demonios le pasa? —suelto, confundida.

Preguntar a los amigos de Travis por Thomas no es precisamente la mejor jugada, pero la curiosidad está entre mis mayores defectos. Soy incapaz de mantenerla a raya.

—¿A quién? ¿A Thomas? —responde Finn, que señala con un gesto de la cabeza en la dirección en la que se ha ido.

—Sí, parece…, no sé, ¿enfadado? —pregunto, insegura.

—Está enfadado con su hermana, ya se le pasará. Se han tirado la mañana discutiendo por teléfono —responde Matt.

Qué habrá sucedido…

—Oye, Matt —le digo tras echarle un vistazo al reloj—. ¿Puedes hacerme un favor? Dile a Travis que me habría encantado pasarme, pero se me ha hecho tarde y tengo que volver a casa.

Mentiras. Mentiras. Más mentiras.

—¿No vienes un rato? Terminamos en una hora. Él te llevará a casa.

—No, prefiero caminar. —Saco la chaqueta de la mochila y me la pongo.

—Como quieras. Nos vemos. —Se despiden de mí con una sonrisa poco convincente.

Les digo adiós y me dirijo hacia la salida. Saco el móvil y veo los mensajes que Travis me ha mandado durante el día.

Para tranquilizarlo, le escribo y le digo que estoy volviendo a casa y que nos vemos mañana. Guardo el móvil y escruto la zona desierta. O casi. Thomas está sentado en la hierba, un poco más allá de la entrada principal del gimnasio, rodeado por una nube de humo. Un instinto que no logro dominar me lleva a acercarme a él con la esperanza de averiguar qué le pasa.

Cuando estoy a un metro de él, caigo en la cuenta de que no tengo ni idea de qué voy a decirle. Puede que haberme acercado sea una pésima idea.

Muy bien, basta ya. Tengo que comportarme como una persona madura. Iré hasta él y le preguntaré cómo está.

—Así te vas a resfriar, ¿sabes? —Oh, madre mía, de todas las cosas que podía decirle, ¿va y me sale esta tontería? Qué haces, Vanessa, no eres su madre.

—No puedes mantenerte alejada de mí, ¿eh? —pregunta con sarcasmo, sin siquiera dirigirme una mirada.

—Por desgracia, tenía que pasar por aquí para llegar a la salida —miento.

—Entonces vete. —Da una calada al cigarrillo y tercia—: No te quiero por aquí en medio.

Estaba preparada para lidiar con el Thomas fanfarrón de siempre, pero su brusca respuesta me toma por sorpresa. Me acerco para encararlo, tiro mi mochila sobre la hierba húmeda y gruño:

—¿Por qué te comportas como un imbécil? No he hecho nada para merecerlo.

—Pensaba que estabas acostumbrada a relacionarte con imbéciles, ¿o acaso es un lujo que solo le permites a tu novio? —pregunta con ese gesto de querer recibir una bofetada que me pone de los nervios.

—¿Qué quieres decir con eso?

Baja la cabeza y se pasa una mano por el pelo en un gesto lento y atormentado.

—Nada, ¿no te ibas? ¿Qué haces aquí todavía?

¿Qué esperaba? ¿Que nos pondríamos a reír y a bromear como dos buenos amigos? Él no se comporta como un imbécil, es un imbécil. Y yo no soy más que una estúpida.

Me encojo de hombros y, sin añadir nada más, empiezo a caminar para alejarme de él y de su fanfarronería.

Sin embargo, antes de doblar la esquina, oigo que me llama. Es la primera vez que pronuncia mi nombre. Lo repite, ahora más fuerte, y eso me sorprende. El orgullo me pide que no me dé la vuelta, pero, en cambio, otra parte de mí desea concederle la oportunidad de demostrarme que se arrepiente de cómo me ha tratado. Retrocedo y llego hasta él.

—Espero que te disculpes —digo, plantada ante él con los brazos cruzados.

Se limita a resoplar.

—No pienso hacerlo.

—Entonces, ¿por qué demonios me has hecho volver?

—Porque eres tan despistada que te has olvidado la mochila. —La recoge del suelo y me la lanza a los pies. La agarro y no puedo reprimir la oleada de ira que me embiste.

—¡Eres un idiota! No haces más que molestarme desde hace días, y ahora que intento... —Las palabras se me quedan atascadas en la garganta. Lo cierto es que no sabría decir qué pretendía. Ni qué esperaba obtener—. Mira, ¿sabes qué? ¡Vete a la mierda! —estallo, gesticulando.

Su respuesta es una mueca insolente. Sé que debería marcharme, al menos por mi dignidad. Sin embargo, no lo hago. Me quedo aquí, con las suelas de los zapatos pegadas al hormigón porque hay algo..., hay algo en sus iris oscuros y atormentados que me empuja a creer que, en el fondo, no quiere que me vaya. Pero puede que no sea más que una ilusión.

—Te encanta tomarme el pelo y provocarme, ¿verdad? —pregunto.

Thomas apaga la colilla de su cigarrillo en el hormigón y deja que la última bocanada de humo fluya hacia arriba.

—Eres una presa fácil.

—¿Sabes quién se aprovecha de las presas fáciles? Los matones. ¿Es eso lo que eres?

Libera un largo suspiro y se frota la cara con la palma de la mano en un gesto cansado.

—¿Has terminado de soltar tonterías?

—¿Y tú has dejado de ser insoportable? —le hablo con el mismo descaro, pero no obtengo respuesta. Nos limitamos a desafiarnos con la mirada, nos detenemos el uno en el otro durante unos instantes interminables. Y entonces, Thomas esboza una sonrisa torcida—. ¿Y ahora por qué sonríes? —le pregunto, confusa. Seguir sus repentinos cambios de humor es agotador.

—Eres graciosa cuando intentas hacerte la dura, pareces una gatita cabreada —se burla. Lo fulmino con la mirada.

—Bueno, la gatita cabreada dejará de molestarte ahora mismo. —Hago amago de irme, pero esta vez Thomas no me deja.

—Quieta ahí.

Su voz profunda resuena en el espacio vacío que nos rodea y hace que se me erice la piel.

—¿Qué? —farfullo, aturdida—. Acabas de decir que... —Me interrumpo porque la expresión de su rostro sugiere que no quiere oír más preguntas. Me obligo a dejar a un lado mi irritación y lo miro atentamente. Me gustaría saber si es sincero o si vuelve a tomarme el pelo, pero no tengo ni idea. Este chico es indescifrable—. ¿Quieres que me quede?

Thomas baja la mirada y se encoge de hombros con indiferencia.

—O lo dices o me voy. No bromeo.

En ese momento, me mira muy serio, con una intensidad que hace que me sonroje.

—Quédate —resopla.

Capítulo 8

Estamos sentados en el césped, uno al lado del otro, y ninguno de los dos profiere palabra.

A nuestro alrededor reina el silencio. De fondo solo se oye el canto de los grillos y el zumbido de otros insectos; las luces atenuadas del campus enmarcan este momento más bien embarazoso, al menos para mí.

Thomas, en cambio, parece cómodo mientras juguetea con la anilla de su lata de refresco.

Miro a mi alrededor, arranco algunas briznas de hierba, separo las puntas dobles que me encuentro en algunos mechones de pelo. Tal vez debería cortármelo un poco...

—Te pongo muy nerviosa, ¿eh? —observa con un deje de satisfacción en la voz.

—No, qué va —miento—. Entonces..., ¿por qué no estás dentro entrenando con los demás? —le pregunto mientras me bajo las mangas de la chaqueta.

—Porque no —responde tajante.

Oh, bueno, ahora me ha quedado claro.

Poso la mirada en su bíceps expuesto y me pierdo mientras admiro todos los tatuajes que lo recubren. Me detengo en un reloj de arena oblicuo envuelto en alambre de espino. Dentro del reloj hay tres pequeñas mariposas negras atrapadas, listas para despegar el vuelo. Me gustaría preguntarle qué significado tiene, pero sé que no respondería.

—¿Sabes? Siempre he querido hacerme un tatuaje. Me fascina la idea de imprimir algo en la piel para siempre, pero soy demasiado miedica. La mera idea de dejarme pinchar tantas veces por unas agujitas me provoca escalofríos.

Thomas me dedica una mirada furtiva, indescifrable.

—¿Quieres volver dentro? Imagino que tendrás frío —digo, preocupada.

—No.

—¿Te gustaría contarme por qué estás de tan mal humor? —me aventuro, aunque intuyo que la respuesta será un...

—No.

Por supuesto.

—Thomas, puede que no lo sepas, pero si queremos hablar, tienes que hacer un esfuerzo para decirme algo más que un simple «no» —explico como si estuviera hablando con un niño.

—Nunca he dicho que quisiera hablar.

—Vale... —Me siento un poco tonta por haber esperado que confiara en mí. En el fondo, apenas nos conocemos—. Mira, te veo bastante afectado, y tengo la sensación de que no quieres que esté aquí. Así que, si lo prefieres, te dejo en paz.

—Si no te quisiera aquí, no estarías aquí —replica él, algo impaciente.

—De acuerdo. —No sé muy bien qué hacer si no tiene ganas de hablar. Saco *Sentido y sensibilidad* de la mochila y aprovecho la luz titilante que procede de una farola cercana para dejarme llevar por la historia.

De reojo, veo que Thomas se ha tumbado sobre la hierba. Tiene los brazos cruzados bajo la nuca y la mirada clavada en el cielo.

—¿Qué haces? —pregunto sorprendida.

—Aprovecho la oscuridad y disfruto del paisaje. ¿Quieres acompañarme?

—No... —respondo asqueada—. La hierba está sucia y mojada.

—Aparte de quisquillosa, también eres muy delicada —replica, sarcástico.

—No es eso, es que...

—Cállate y ven aquí —me interrumpe, y me quita el libro de las manos. Lo cierra, lo deja en el suelo de una forma que casi me duele y me tira del brazo para que me acomode a su lado. Esta cercanía inesperada me aturde; el corazón empieza a latirme con fuerza y se me acelera la respiración. Cuando dirijo la mirada al cielo, me quedo muda ante el espectáculo que hay sobre nuestras cabezas: un cielo que parece hecho de tinta encierra una infinidad de estrellas luminosas. Parecen un montón de diamantes diminutos. Reconozco las constelaciones del Cisne y el Delfín, una al lado de la otra. Cuando era pequeña, mi padre me llevaba a menudo al tejado de casa a escondidas de mi madre. Era nuestro lugar secreto. Nos sentábamos a contemplar las estrellas y él decía que la más brillante era la estrella de los deseos. Pasábamos el tiempo buscándola, y luego cada uno pedía un deseo.

El cielo estrellado nunca ha vuelto a ser el mismo desde que nos abandonó.

Permanecemos en silencio durante un puñado de minutos y disfrutamos de la quietud que nos rodea, con el susurro de los árboles y de las briznas de hierba que se mecen suavemente con la brisa.

Aunque suelo disfrutar del momento, me estremezco ante la idea de que mi pelo esté tocando la hierba que todo el mundo pisa, pero hago todo lo posible para que no se note. Y eso que a la chica obsesiva compulsiva que hay en mí le gustaría salir corriendo hasta casa, darse una ducha caliente y deshacerse de todos los gérmenes que se estarán dando un festín conmigo.

—¿Estás bien? —me pregunta Thomas.

Me sobresalto.

Sí, por supuesto. Solo estoy sufriendo una pequeñísima crisis de ansiedad debido a mi fobia a los gérmenes.

—Oh, sí, todo bien —respondo tensa, con las manos cruzadas sobre el pecho, mientras trato de mantener la calma.

—Ya veo. —Se ríe—. ¿Qué problema hay?

—Nada, es que los insectos me dan un poco de miedo y la idea de estar aquí tumbada, bueno…, me repugna —confieso a vuelapluma.

Thomas se sienta y niega con la cabeza. Se quita su inseparable pañuelo de la muñeca, lo desenrolla y me mira.

—Levanta la cabeza, venga —me dice con un deje de diversión en la voz.

—¿Qué? ¿Por qué?

—Haz lo que te he dicho y déjate de preguntas, es enervante.

—Bueno, no puedo evitarlo, soy así —me justifico. Lo imito y me siento.

—¿Pesada?

—No, curiosa.

Thomas me dedica una mirada elocuente, pero no contesta. Coloca el pañuelo sobre la hierba y me invita a apoyar la cabeza en él. No puedo negar que este gesto me ablanda un poco el corazón.

—¿Te han puesto una inyección intravenosa de amabilidad? —lo provoco—. ¿O tal vez has descubierto que tienes una enfermedad incurable y ahora eres amable con quien se cruza en tu camino?

—Solo es un pañuelo —contesta, y le resta importancia—. Parecías al borde de un ataque de nervios.

—No es verdad. —Sentada a su lado, le doy un codazo en el costado mientras me muerdo el labio. Sonríe, y lo hace genuinamente por primera vez desde que lo conozco. Me gustaría comentarlo, pero tengo el presentimiento de que, si lo hiciera, se pondría serio al instante.

—Pues yo creo que sí. Tenías la misma cara de asco que pongo yo cada vez que veo a tu novio en las duchas —dice con maldad, y la sonrisa que mostraba hace un momento muere en sus labios.

—¿Se puede saber por qué os odiáis tanto?

Thomas me ignora.

—Te he hecho una pregunta, ¿me has oído?

Suspira frustrado y se despeina el mechón de pelo que le cae por la frente.

—Es difícil no oírte... —Permanece en silencio un poco más antes de continuar—: Con que sepas que tu novio es un capullo es suficiente. Y deberías abrir los ojos.

—Sé más específico —protesto. Siento un extraño presentimiento.

—Estás con él, ¿no? —suelta, furioso, con los ojos colmados de odio—. Si quieres saber algo, pregúntaselo a él, joder.

Me sorprende su inesperada agresividad.

—Perdona, yo... no quería hacerte enfadar —murmuro desanimada.

Thomas vuelve a tumbarse sobre el césped mientras que yo me siento abrumada por mil sensaciones y preguntas. Me rompo la cabeza para tratar de dar con una razón válida que justifique el odio que siente hacia Travis, pero no la encuentro. Siento que hay muchas cosas tácitas entre nosotros.

Thomas me salva de la espiral de pensamientos. Toma el libro que estaba leyendo y lo levanta en el aire.

—*Sentido y sensibilidad*, de Jane Austen —lee en la cubierta. Me mira de reojo—. Qué sorpresa. —Por cómo me habla, sé que trata de decirme que la rabia está yendo a menos.

—¿Te gusta leer? —pregunto esperanzada.

—Me aburre.

Me llevo una mano al pecho y finjo que me siento mal.

—Acabas de romperme el corazón.

—Tarde o temprano tenía que pasar —bromea. Esta vez lo dejo hacer.

—No sabes lo que te pierdes.

—Cuéntame, ¿de qué va? —pregunta, curioso.

—Habla de la vida de dos hermanas muy distintas la una de la otra. Una es apasionada e instintiva; la otra, en cambio, es más racional.

—¿Y qué les pasa a las hermanas?

—Se enamoran de dos hombres, también muy diferentes, y el amor que viven las cambia profundamente.

No responde. Vuelve a dejar el libro sobre la hierba y se sienta antes de encenderse un cigarrillo.

—¿Quieres? —pregunta a la vez que me ofrece el paquete de tabaco.

—No, gracias. —Pone una mueca, como si mi respuesta no lo sorprendiera—. ¿No fumas demasiado para ser un deportista? Creía que teníais unas reglas muy rígidas que seguir.

—Sí, así es, pero no puedo evitarlo.

—¿Y al entrenador le parece bien?

Suelta una risa amarga.

—Si por «bien» entiendes que amenace con suspenderme un día sí y otro también, entonces sí, diría que le parece bien. De todas formas, al final nunca lo hace. Me necesita, ambos lo sabemos.

—¿Alguna vez has pensado en dejarlo? —Me llevo las rodillas al pecho y apoyo la barbilla en ellas.

—Solo lo deja quien quiere dejarlo. Y yo no quiero. —Da una larga calada y, después de tragar todo el humo, se pierde observando la punta candente del cigarrillo con una extraña y angustiosa devoción—. La nicotina mantiene a raya los instintos que sería incapaz de controlar sin ella.

—¿Qué instintos? —pregunto con inocencia. Me arrepiento enseguida, porque veo que Thomas se oscurece de nuevo. Se pasa la mano entre el pelo, nervioso—. Dime una cosa —propongo, con la esperanza de rebajar un poco la tensión—, ¿cuánto hace que juegas al baloncesto?

—¿Por qué te interesa?

—Bueno, si queremos ser amigos, tenemos que saber algo más el uno del otro —explico, pero en realidad solo quiero averiguar algo sobre él. Estoy segura de que, bajo la superficie, se esconde más de lo que deja entrever.

—Entonces quieres ser mi amiga —bromea, y me mira con disimulo.

—Primera regla básica si quieres que esta amistad funcione: ya puedes quitarte esa sonrisita de satisfacción de la cara.

Resopla divertido y, tras dar otra calada, responde:

—Juego desde casi siempre.

—¿Siempre has sido tan bueno?

Me observa como si la respuesta fuera evidente.

—¿Acaso lo dudas?

—Qué creído eres...

—Realista, diría. —Por un momento, se detiene para reflexionar sobre algo, y luego añade—: Sinceramente, he fracasado en todo. Pero el baloncesto es lo único que se me da bien. En cuanto piso la cancha, todo cobra forma y los problemas de mi vida desaparecen. Solo estoy yo, el sonido de la red cuando encesto, el parqué bajo mis pies y la adrenalina que fluye por mi cuerpo y guía mis movimientos.

Lo contemplo cautivada.

—Debe de ser una sensación fantástica.

—Sí.

—Thomas... —digo tras haberlo meditado.

—¿Qué pasa?

—No eres..., no eres un fracasado. Nadie lo es —añado, y jugueteo con los cordones de los zapatos, porque la mirada con la que me fulmina me confirma que, una vez más, estoy tocando un tema delicado.

—No hables. No me conoces —me advierte secamente, y vuelve a apartar la mirada.

—Sí, es verdad, no te conozco. Pero no tienes que ser tan duro contigo mismo, todos cometemos errores, somos humanos, puede pasar. Y no importa lo mucho que duelan, algún día les estaremos agradecidos, porque nuestros errores definen a las personas que somos. Sin ellos, no lograríamos entender la verdadera esencia de la vida, solo seríamos unos envases vacíos. —Le pongo la mano en el hombro para darle ánimo, pero noto que se tensa. Creo que he ido demasiado lejos y retiro la mano como si me hubiera quemado, pero no voy a rendirme—. Nuestros errores nos hacen humanos, no unos fracasados —añado.

—Hay errores que destrozan la humanidad para siempre, Vanessa. —La frialdad con la que pronuncia estas palabras me deja atónita. Me pregunto qué le habrá pasado para estar tan desilusionado.

—No puedes hablar en serio…

—Nunca he hablado más en serio en toda mi vida —responde, y me mira fijamente a los ojos.

Aparto la vista, pero me niego a escuchar nada más. Me envuelvo las rodillas con los brazos, aterida.

—Estás tiritando —observa al cabo de un rato, y tira la colilla a unos metros de distancia—. Deberías volver a casa —me ordena.

—No, estoy bien. —No quiero marcharme, quiero sentir la brisa nocturna en la cara y deshacer el horrible nudo que siento en el estómago.

Me tumbo, apoyo la cabeza en su pañuelo y vuelvo a mirar al cielo en un intento por encontrar un poco de alivio.

—Como quieras —añade, y se vuelve a acostar a mi lado.

—Puedes volver dentro, si quieres.

—Lo he dicho por ti. Aquí hará unos diez grados y estás tiritando.

—Soy friolera —me justifico.

—Di la verdad… —me pincha.

—¿Qué sería la verdad? —Lo miro confusa.

—Que solo es una excusa para que te abrace. Pero, lo siento mucho, no va a pasar. —Se ríe de forma sarcástica.

—No es en absoluto una excusa para... —me apresuro a decir, pero entonces veo que me está tomando el pelo—. Qué gracioso eres, Thomas —digo con voz neutra, y entrecierro los ojos. De repente, se levanta una ráfaga de viento que mueve las hojas de los árboles que nos rodean. Algunas se desprenden y danzan libres con el viento hasta que caen sobre nuestras cabezas y acaban, sobre todo, en mi pelo. Me incorporo e intento quitármelas, pero, con la torpeza que me caracteriza, tan solo consigo enredarlas más.

—Espera, que te ayudo. —Thomas se acerca a mí y lleva una mano a mi pelo, mientras que con la otra me sujeta el brazo—. Te ayudo.

—No hace falta, ya puedo yo sola —espeto, obstinada. Sigo arrancando briznas de hierba y hojas secas con bastante dificultad. Él levanta la comisura de los labios, divertido, pero, al cabo de un instante, algo cambia en su mirada; se vuelve más atenta. Me asusto enseguida.

—¿Qué pasa?

—Si te dijera que te quedaras quieta, ¿me harías caso?

—¿Por qué? —siseo, casi sin aliento.

—Porque tienes un chinche en el pelo.

¡¿Qué?!

Abro los ojos como platos y, presa del pánico, empiezo a gritar y a revolverme.

—¡Oh, qué asco! Por favor, ¡quítamelo! ¡Quítamelo enseguida!

—Lo haría si dejaras de moverte como una loca. —No se me pasa por alto el tono divertido con el que me habla. Se inclina hacia mí y contengo el aire en los pulmones. Noto su aliento cálido muy cerca de los labios. Cuando siento cómo sus dedos se mueven con delicadeza entre los mechones de mi pelo, cierro los ojos por el miedo y me cubro la cara con las manos—. Abre los ojos —me pide al cabo de un rato, y lo hace con una consideración que no había mostrado hasta ahora. Yo niego con la cabeza y aprieto los labios con fuerza, muerta de miedo—. Venga, demuestra que eres valiente —me reta. Siento cómo me toma las manos con una de las suyas para apartármelas de la cara, pero me resisto en un acto reflejo—. Te lo he quitado, puedes estar tranquila —me murmura al oído con tono tranquilizador.

Bajo las manos despacio, me convenzo para abrir los ojos y entonces me doy cuenta de lo cerca que Thomas está de mí. Las puntas de nuestras narices casi se tocan. Me estremezco; tengo la garganta más seca que el desierto del Sáhara.

—¿Todo bien? —Curva los labios en una sonrisa maliciosa mientras yo apenas puedo tragar saliva. Asiento de forma incoherente y, cuando su mirada se desliza lentamente hacia mi boca, el estómago se me contrae y una oleada de calor me arrolla de la cabeza a los pies. Me siento indefensa a un suspiro de su cara, a merced de sus movimientos.

Thomas inclina la cabeza, como si luchara contra un impulso más fuerte que él.

—Joder... —maldice entre dientes, y cierra los ojos.

Cuando vuelve a levantar la cabeza, la fría expresión de su rostro apaga el fuego que empezaba a prenderse por todo mi cuerpo. No alcanzo a colocar las manos sobre su enorme pecho para establecer una distancia de seguridad entre nosotros, porque el sonido de una voz familiar detrás de nosotros pone en alerta todos mis sentidos. El corazón se me detiene en el pecho.

Es Travis.

Capítulo 9

—¿Qué coño hacéis vosotros dos aquí fuera? —gruñe Travis a unos pasos de distancia. Me vuelvo para mirarlo y noto que tiene la cara roja de la rabia.

¡No puede ser que ya haya pasado una hora! Recojo mi libro del suelo y me pongo en pie en un abrir y cerrar de ojos, como si acabaran de descubrirme en la cama de otra persona. El corazón me late tan deprisa que tengo miedo de que se me salga del pecho en cualquier momento.

Travis tiene el rostro morado, parece estar a punto de explotar. Tiene los músculos tensos y nos mira fijamente con ojos amenazadores.

—¿No tenías que estar en casa, Vanessa? —Se acerca a nosotros furioso. Travis tiene muchos defectos, pero la violencia nunca ha sido algo propio de él. Sin embargo, en este momento me infunde miedo. Dios mío, ¿cómo he acabado metida en esta situación? ¿En qué estaba pensando?

Me gustaría obligarme a decir algo, darle una explicación, pero el pánico me bloquea la garganta.

La ira de Travis me asusta tanto que, sin querer, retrocedo unos pasos y me escondo tras la espalda de Thomas, quien, mientras tanto, se ha levantado y colocado delante de él.

—La estás asustando, idiota. No estábamos haciendo nada, relájate —responde en mi lugar, molesto, mientras se enciende un cigarrillo con toda la calma del mundo.

—Acabo de pillarte con mi novia y ¿tienes el valor de decirme que aquí no pasa nada? Será mejor que te vayas de aquí o te juro que... —lo amenaza Travis, que lo señala con un dedo.

—¿Qué? ¿Qué vas a hacer? —Thomas avanza hacia mi novio: están peligrosamente cerca, cara a cara. Me tiemblan las piernas y abrazo con fuerza mi libro contra el pecho. Creo que podría desmayarme en cualquier momento. Me gustaría hablar, intervenir para detener esta locura, pero me siento como si estuviera asistiendo a la escena desde arriba, incapaz de hacer nada.

—Travis, por favor, déjalo ya —grito, con lágrimas en los ojos, cuando por fin escapo del miedo que me paralizaba. Trato de agarrar a mi novio por el brazo, pero es en vano: en un arrebato de pura locura, Travis se abalanza sobre Thomas, le da un puñetazo en el abdomen y hace que se doble al tiempo que suelta un gemido. Devastada, me llevo las manos a la cabeza.

No obstante, lo que me hiela la sangre son la mirada enajenada de Thomas cuando se incorpora y las palabras que salen de su boca:

—Eres hombre muerto —gruñe entre dientes antes de tirar el cigarrillo al suelo.

Observo la escena como si estuviera borrosa y, antes incluso de que pueda registrar sus movimientos, Travis cae derribado al suelo con una fuerza brutal. Desesperada, grito que paren, pero ninguno de los dos me oye. Ruedan por la hierba y el asfalto mientras se pelean como leones hambrientos, hasta que Thomas domina a Travis y se coloca sobre él con el puño en alto, preparado para golpearlo.

—¡Thomas, para! ¡Por favor! —vuelvo a exclamar, con los ojos nublados por las lágrimas y las manos temblorosas a causa del miedo.

Justo cuando empiezo a temer lo peor, irrumpen Finn y Matt, que se abalanzan sobre ellos y los separan con cierta dificultad.

—¿Qué narices os pasa? ¿Estáis locos? —vocea Matt. Travis se levanta del suelo y, a pesar de tener sangre en la boca, intenta abalanzarse de nuevo sobre Thomas. Matt lo sujeta y se interpone entre los dos—. Cálmate, tío, ¿es que quieres que te arresten? —suelta, y luego desvía la mirada hacia Thomas, a quien Finn retiene—. ¿Qué demonios os pasa?

—¡Lo que pasa es que este imbécil está molestando a mi novia! —grita Travis. Escupe un coágulo de sangre al suelo y se limpia el labio con el dorso de la mano.

—¿Molestando? —repite Thomas con una mueca malvada estampada en el rostro. Finn todavía lo sujeta por un brazo para impedirle que cometa una locura—. Te aseguro que a tu novia no parecía disgustarle.

El golpe que siento en el pecho ante esta acusación me hace palidecer. Le lanzo una mirada asesina a Thomas mientras Travis, ciego por la ira, cede a su provocación y, de nuevo, vuelve a la carga contra él. Menos mal que Matt lo frena a tiempo.

Los alcanzo y me planto frente a él; todavía tiene los ojos llenos de rabia, así que le tomo la cara entre las manos y trato de calmarlo.

—¡Travis, no ha pasado nada! —Él me aparta, furioso, y desvía la mirada—. ¡Solo estábamos hablando! —prosigo, decidida a hacer que me escuche—. Estaba de camino a casa, lo he visto aquí fuera y nos hemos puesto a charlar, ¡nada más! —Soy una mentirosa, lo sé, y me avergüenzo hasta la médula. La respiración de Travis empieza a regularse. Tiene la cara magullada e hinchada. Coloco las manos en su pecho, con la esperanza de apaciguar su ira, y le acaricio una mejilla con delicadeza—. Perdóname, no debería haberlo hecho, pero todo esto no es más que un gran malentendido, créeme.

—Si vuelvo a verte una sola vez con él, se acabó —dice sin aliento. Me mira serio, con los labios apretados, y sé con certeza que no bromea.

—Vale —murmuro asustada.

Travis y yo no estamos pasando por nuestro mejor momento, pero no quiero perderlo por culpa de un idiota cualquiera que disfruta riéndose de la gente.

Detrás de nosotros, oigo que Thomas trata de zafarse del agarre de Finn. Justo después, llega hasta nosotros y exclama, dirigiéndose a Travis:

—Cálmate, capitán… —Hace una pausa y chasca la lengua en el paladar mientras me asesta una mirada de puro desprecio—. Esta de aquí no me la pondría dura ni aunque se esforzara; si no, ya me la habría tirado. —Sus ojos, llenos de odio, saltan de nuevo hacia mi novio—. En cuanto a ti, es la última vez que te atreves a tocarme. Si vuelves a intentarlo, te despertarás en una puta cama de hospital.

Observo cómo me da la espalda y se marcha hacia los apartamentos del campus sin dignarse ni siquiera a mirarme, llevándose consigo toda su insolencia, su arrogancia y su maldad. Yo, mientras tanto, me quedo ahí, humillada, con los ojos llenos de lágrimas, mientras finjo que un dolor lancinante no me acaba de atravesar en el pecho.

Pero no puedo mostrarme herida ante Travis. Me armo de valor, tranquilizo a Matt y a Finn, rodeo a Travis por la cintura con un brazo y lo guío hacia la camioneta. Me ofrezco a conducir, pero él se niega y no tengo energía para intentar convencerlo de lo contrario. El trayecto de vuelta lo hacemos en silencio; la tensión es palpable. Travis no me habla ni me mira. Lo entiendo, le había prometido que me mantendría alejada de Thomas, y, en lugar de eso, he corrido tras él como una idiota. Debería haberle hecho caso, pero al final le he mentido.

Qué estúpida, me doy pena a mí misma. He dejado que mis emociones dominaran sobre la razón, pero no volverá a suceder nunca más. Tengo novio, ¡maldita sea!

—Nos vemos mañana —dice Travis cuando llegamos a mi casa.

—Travis... —Intento tomarlo de la mano, pero él se aparta y mira fijamente un punto inconcreto más allá del parabrisas.

—Se me pasará.

—Necesito saber que estás bien.

—¿Tú crees que estoy bien?

Bajo la mirada, mortificada.

—¿Por qué te has puesto así? Si te hubiera visto alguien... ¡Corrías el riesgo de que te expulsaran del equipo o, peor aún, de que te arrestaran!

—¿Qué hacías ahí fuera con él?

—Estábamos hablando, te lo he dicho...

—Hablando... —repite. La decepción en su voz no me pasa desapercibida—. ¿Es que ahora sois amigos? ¿Por qué no sabía nada?

—No somos amigos, no había nada que saber. Me lo he encontrado ahí y me he puesto a charlar con él. Ya sabes cómo soy, confío en todo el mundo.

Más mentiras.

—Te he encontrado ahí fuera con él, a pocos centímetros de su cara. Dime, ¿qué debería pensar?

—No es lo que parece, él me estaba... me estaba quitando un bicho del pelo —me justifico con culpabilidad mientras tiro con nerviosismo de las mangas de la chaqueta.

Travis se pasa las manos por la cara y suelta un suspiro, como si quisiera poner en orden sus pensamientos. Tiene la mirada triste y la cara hinchada por los golpes que ha recibido.

—Te conozco, Vanessa. —Niega con la cabeza y apoya una mano en el volante, con la mirada resignada clavada en el parabrisas.

—¿Perdona? ¿Qué quieres decir? Precisamente porque me conoces deberías saber que no haría nada para herir...

Travis me interrumpe:

—¡No lo entiendes! —estalla, y da un golpetazo al volante.

—¿Qué? ¿Qué se supone que no entiendo?

—Él... —Sacude la cabeza con actitud culpable—. Eres su objetivo.

Lo miro fijamente sin decir nada unos segundos durante los que me limito a parpadear.

—Eso es una locura. No soy su objetivo. Además, aunque así fuera, tienes que fiarte de mí. Te he perdonado por lo que hiciste el viernes por la noche, ¿tú no puedes dejar pasar una simple conversación?

Travis deja escapar una risita amarga.

—Que sepas que no le importas en absoluto, es a mí a quien quiere fastidiar.

—¿Por qué querría fastidiarte?

—¡Esa no es la cuestión! —grita, y me sobresalto. En realidad, me gustaría decirle que tengo todo el derecho del mundo a saber por qué se odian tanto, pero su furia me intimida. Agacho la cabeza y no respondo—. Espero que de ahora en adelante seas más concienzuda. Ahora vete a casa —me ordena sin siquiera mirarme.

—Vale —susurro.

Salgo de la camioneta con un peso en el pecho. Nunca había visto a Travis tan enfadado. Sin embargo, mientras veo cómo se aleja en la oscuridad de la noche, no pienso en su dolor, sino en el que me han provocado las palabras de Thomas, que se arremolinan en mi cabeza sin cesar.

Capítulo 10

Cuando entro en casa, el aroma a pollo con patatas al horno me inunda la nariz; es mi plato preferido. Mi madre siempre me lo prepara con un montón de hierbas aromáticas. Cultiva un sinfín de variedades en el jardín: es una de sus pasiones, después de la fangoterapia y el buen vino.

—Ya estoy en casa —anuncio mientras me descalzo. Cuelgo la chaqueta y dejo la mochila en el banco de madera oscura que tenemos en el recibidor. Siento la necesidad imperiosa de meterme en la ducha, pero antes decido saludar a mi madre. Me doy un repaso en el espejo. No quiero que se dé cuenta de lo alterada que estoy por el trasiego de las últimas horas, porque empezaría a hacerme preguntas que no sabría cómo responder.

Contemplo mi reflejo con atención. Estoy pálida; mis ojos grises, demasiado grandes en comparación con mi cara menuda, están cansados y heridos. El pelo negro que me cae por la espalda me oscurece el rostro. Tal vez debería dejar de teñírmelo y volver a mi rubio natural. Dejo ir un largo suspiro, me pellizco ligeramente las mejillas con la esperanza de parecer un poco más alegre, fuerzo una sonrisa falsa y allá voy.

Oigo el zumbido de la tele encendida en el salón, así que me dirijo hasta allí y veo a mi madre, sentada en el sofá con las piernas dobladas hacia un lado y un codo apoyado en el reposabrazos, mientras hojea uno de sus ejemplares de la revista *Vogue*. Lleva el pelo recogido en su típico moño y unas gafas de estilo *vintage* que solo usa cuando está en casa porque, en su opinión, la hacen parecer más vieja. Ya se ha puesto el pijama, un conjunto de raso *beige*, uno de los últimos regalos caros de Victor. Cuanto más la miro, más me pregunto cómo lo hace. ¿Cómo se las ingenia para rezumar elegancia por todos los poros sin siquiera esforzarse?

—Llevo todo el día esperándote, ¿dónde estabas?

—Travis ha salido tarde del entrenamiento. Subo un momento para darme una ducha —anuncio, apoyada en el marco de la puerta.

—La cena estará lista en cuarenta minutos, así que no tardes —responde, sin apartar los ojos de su revista.

—¿Cómo es que esta noche no estás con Victor?

—Tenía un trabajo urgente que resolver.

Se me escapa una sonrisita amarga. Hemos llegado a un punto en que solo me tiene en cuenta cuando Victor está ausente. Subo a mi habitación, me quito rápidamente la ropa mugrienta y me meto en la ducha. Mientras el agua caliente me cae por la piel, trato de desprenderme del mal humor que me acompaña desde hace demasiado tiempo. Salgo de la ducha, me recojo el pelo con el turbante, me pongo el albornoz y me dirijo a mi habitación para ponerme un pijama limpio y perfumado, tras lo cual bajo para sentarme en el sofá junto a mi madre.

—¿Estás viendo algo? —Señalo el televisor con el mando a distancia.

—No, pon lo que quieras.

Mientras hago *zapping,* me esfuerzo por mantener una conversación con la mujer que tengo al lado y a la que solo me parezco en parte.

—¿Cómo ha ido en el bufete? —pregunto mientras apoyo la cabeza en el reposabrazos y estiro las piernas.

—Oh, bien. Ayer empezó una chica en prácticas, es su primer trabajo.

—¿Por qué no me habías dicho que buscaban a alguien? Me habría ofrecido de inmediato. Se me dan bien las tareas que requieren precisión —farfullo en tono quejumbroso.

—¿Por qué debería haberlo hecho? —pregunta ligeramente molesta, mientras pasa la página de la revista.

—Para contribuir a los gastos. Yo también tengo que espabilarme y, además…, me gustaría empezar a tener una cierta independencia —respondo con convicción, y jugueteo con el pelo mojado cerca de la oreja que se escapa del turbante.

—No hay ninguna necesidad. Puedo hacer frente a todos los gastos con la ayuda de Victor. Tú solo tienes que pensar en los estudios. —Me sonríe y añade—: En cualquier caso, habrían descartado tu currículum.

—¿Por qué? —inquiero con el ceño fruncido.

—No contratan a familiares de los empleados para evitar favoritismos.

—Bueno, en cualquier caso, tengo intención de buscar un trabajo, así que...

Se baja las gafas hasta la punta de la nariz y me interrumpe:

—No quiero que te busques un trabajo, te limitaría en los estudios y eso no debe suceder, sobre todo después del esfuerzo que he hecho todos estos años para que llegues hasta aquí —sentencia con el ceño fruncido.

Ahí está, mi madre imponiéndose como siempre.

—Soy perfectamente capaz de compaginar los estudios con un trabajo, es algo que hacen muchos alumnos y no veo cuál es el problema.

—No me interesa saber lo que hacen «muchos alumnos», tú haz lo que yo te digo —replica irritada, y enfatiza las últimas tres palabras.

—Mamá, tengo casi veinte años, ¿te das cuenta de que todavía me tratas como si tuviera doce? Me buscaré un trabajo, punto —sentencio, y le lanzo una mirada que no admite discusión. Hoy ya he alcanzado el cupo de personas que tratan de controlar mi vida.

Ella frunce los labios en una línea dura y me mira encolerizada. Está a punto de explotar, se lo veo en los ojos. Pero estoy lista, estoy más que preparada para enfrentarme a toda su ira. Es más, estoy deseándolo, tengo muchas ganas de desahogarme un poco.

Pero entonces, para mi enorme sorpresa, suspira con resignación y dice:

—Bien. Como quieras.

—¿En serio? —tartamudeo, incrédula.

—Sí, ya eres adulta. Si crees que puedes con todo, no veo por qué no.

La miro aturdida. Debo de encontrarme en alguna dimensión paralela, porque no comprendo por qué de repente se muestra tan complaciente.

—De acuerdo, pues… gracias —murmuro confusa.

—De nada —concluye, y vuelve a leer su revista.

La miro con escepticismo durante unos segundos. Todavía confusa por su repentina sensatez, me vuelvo hacia la televisión con la esperanza de distraerme un poco, pero lo único que consigo es perderme en un abismo de pensamientos negativos. Uno en particular prevalece sobre los demás: Thomas. La maldad y el descaro con que ha pronunciado esas palabras despreciables, su rostro lleno de desdén.

No puedo evitar sentirme amargada, dolida, reducida a un mero objeto. Si le hubiera gustado, ¿me habría utilizado solo para eso? ¿Para disfrutar y basta? ¿Dando por hecho que yo me habría prestado a ello sin pestañear? Pero como no le gusto, ha montado toda esa farsa solo para fingir que es mi amigo y molestar a Travis. He sido una estúpida al creer que sus intenciones eran reales. Eso explica por qué, de repente, ha cambiado de idea cuando me ha pedido que me quedara allí con él. Lo había planeado todo desde el principio, sabía que Travis no tardaría en salir y nos vería, estoy segura, y yo he caído en la trampa como una idiota.

—¿Todo bien? —me pregunta mi madre sin apartar la vista de la revista, lo que me devuelve a la realidad.

—Sí, todo bien —me apresuro a responder en tono impasible.

—¿Seguro? Estabas mirando a la nada como si estuvieras en trance. —Inclina la cabeza hacia mí y me mira a los ojos.

—Sí, mamá, estoy segura. ¿Tardará mucho la cena? Tengo un hambre… —digo, para tratar de cambiar de tema.

El temporizador del horno suena providencialmente y mi madre se levanta de un salto.

—Ahora mismo.

☙

Durante la cena reina el silencio, interrumpido únicamente por el repiqueteo de los cubiertos. De vez en cuando, percibo las miradas inquisitivas de mi madre y deseo con todas mis fuerzas no ser un libro abierto.

—Estaba pensando —digo al cabo de un rato para despistarla—, ¿cuándo se empezaron a torcer las cosas entre papá y tú?

Me mira de reojo, con los cubiertos suspendidos en el aire sobre su plato.

—¿A qué viene esa pregunta?

—Bueno, en realidad nunca hemos hablado del tema. Yo era pequeña cuando sucedió, pero ahora me gustaría saber más sobre ello.

—Pues yo creo que es mejor no remover el pasado —responde con su habitual aplomo. De pronto me mira, alarmada—. Las cosas con Travis van bien, ¿verdad? —Su insinuación me pilla desprevenida. Nerviosa, me pongo a juguetear con los dedos en el borde del vaso. Mi madre se pondría como loca si le contara la verdad.

—Sí, todo bien —miento; no tengo alternativa. Ella suelta un suspiro, aliviada.

—En realidad, yo también quería hablarte de algo —prosigue, y cruza los brazos sobre la mesa. Me preparo para lo peor—. Ya sabes que las cosas con Victor van muy bien, llevamos meses saliendo. Y me encantaría que lo conocieras. Oficialmente, quiero decir, quizá en una cena familiar.

Alto. ¿Qué? No. Ni hablar.

—No pongas esa cara —me regaña—. Hacía años que no me sentía tan feliz y llena de entusiasmo, y todo es gracias a él —continúa desvariando—. Significaría mucho para mí —insiste, y alarga los brazos sobre la mesa para apretarme las manos.

—Mamá..., ya sabes que odio estas cosas —gimoteo.

—Por favor, Vanessa, ¿podrías hacerlo por mí? ¿Podrías hacer feliz a tu madre?

Suspiro con resignación. Maldita sea ella y maldita sea yo por no saber decir nunca que no.

—De acuerdo, mamá, está bien. Organiza una cena con él.

—Gracias, cariño. ¿Qué te parece el viernes? —balbucea impaciente.

—No, el viernes hay partido y luego iremos a una fiesta —le explico sin mucho entusiasmo.

—¿Adónde? ¿Y desde cuándo vas a fiestas? —pregunta, y arquea una ceja.

—Será en casa de una amiga de Tiffany. Y, de todos modos, sí que voy a fiestas. A muy pocas. Pero voy —puntualizo.

—¿Travis irá contigo?

Parpadeo, perpleja.

—Claro, mamá.

—Entonces está bien, me fío de él. —Levanta las manos en señal de rendición—. ¿Y qué te parece el sábado? —propone.

—El sábado está bien —confirmo con una sonrisa.

—¡Maravilloso!

Quitamos la mesa entre las dos y pongo el lavavajillas. Mamá me propone que vayamos juntas al salón para ver un poco la tele, pero no estoy de humor: el día de hoy ha sido agotador, han pasado tantas cosas que ni siquiera he tenido tiempo de digerirlo todo... Tan solo me apetece dormir y no pensar en nada.

Una vez en la habitación, me dejo caer en la cama. Cierro los ojos mientras navego por los abismos más profundos de mis pensamientos, en busca de una pizca de racionalidad. Esa racionalidad que nunca me ha faltado, hasta que decidí acercarme a la única persona de la que tendría que haberme mantenido lejos.

ᘐ

Tras una noche de sueños inquietantes, me despierto algo aturdida antes de que suene el despertador. Eso sí que es raro.

Bajo a la cocina para desayunar y me encuentro una nota en la nevera pegada con un imán. Es de mi madre, que se excusa porque ha tenido que irse al trabajo a toda prisa.

La arrugo en una bola y la tiro a la basura. En la nevera hay pocas cosas, pero saco dos huevos y una jarra de zumo de naranja. Tomo nota mentalmente de que necesito ir a hacer la compra cuanto antes.

Después de prepararme el desayuno y de limpiarlo todo, subo a mi habitación para vestirme.

Decido que hoy me pondré un par de vaqueros más elegantes de lo normal, negros y de cintura alta, conjuntados con un suéter de color púrpura que me meto por dentro de los pantalones. Me rocío un poco de mi colonia preferida en el cuello y en las muñecas. Por primera vez desde que han empezado las clases, me paso la plancha por el pelo y me maquillo ligeramente los ojos. Hoy siento la necesidad de darle un empujoncito a mi escasa autoestima.

Antes de bajar, echo un vistazo por la ventana para ver si Travis ha llegado ya: su camioneta está parada frente al sendero del jardín y él me espera fuera, apoyado en el capó. Su expresión ceñuda me confirma que sigue resentido por lo de anoche.

Me pongo las botas de piel negras y me observo el trasero en el espejo. Los pantalones lo resaltan un poco demasiado, así que tomo un cárdigan muy ancho y me lo pongo encima del suéter. Ahora estoy lista para salir de casa. Me dirijo despacio hacia Travis y, cuando al fin llego hasta él, me sonríe, dejando atrás cualquier rastro de rencor.

—Hol...

Sin dejarme terminar, me agarra por la cintura y me besa apasionadamente, lo que me deja de piedra. ¿Ya no está enfadado?

—Estás preciosa esta mañana. —Me hace dar una vuelta—. ¿Qué tienes hoy de diferente?

—Nada —resuello, y me sonrojo halagada.

—Te he echado de menos esta noche. —Descansa su frente sobre la mía.

—Travis, siento mucho lo que pasó ayer, de verdad.

Me coloca dos dedos sobre los labios:

—Shh, olvidémoslo. Le he estado dando vueltas toda la noche. Me pasé, la tomé contigo cuando el problema es él —explica con un sentimiento de culpa impreso en el rostro.

—Lo sé, no volverá a suceder —lo tranquilizo—. Tú eres mi novio, él no te gusta y a mí tampoco. Evitarlo no será un problema. Además, tú y yo nos estamos dando una segunda oportunidad, y ahora quiero concentrarme en nosotros dos. —Apoyo los labios sobre los suyos y nos besamos con ternura.

—Mis padres estarán fuera hasta mañana, puedes venir a dormir conmigo esta noche —dice de forma pícara.

—Claro. —Me pongo de puntillas y le acaricio una mejilla.

En la camioneta, Travis parece alegre. Pone una lista de reproducción con las canciones de Harry Styles y me recuerda el concierto. Durante un rato, su inesperado buen humor hace que me olvide de la escena de anoche.

Sin embargo, cuando llegamos al campus, enseguida diviso a Matt y Tiffany enfrascados en una conversación.

Espero que Matt haya mantenido la boca cerrada sobre el jaleo de ayer, porque lo último que necesito ahora es que mi mejor amiga me sermonee. Travis se para a hablar con ellos y yo aprovecho el momento de distracción para escabullirme como si fuera una ladrona. Me dirijo hacia el aula de Crítica Literaria, pero justo cuando creía que me había salido con la mía, Tiffany se agarra a mi brazo.

—Señorita, tenemos que hablar.

Mi amiga está deseando saber qué ha pasado. Yo estoy deseando matar a Matt.

Como solo tengo permitido hacer una de las dos cosas, se lo cuento todo sin entrar en detalles mientras caminamos por los pasillos de la facultad.

—Entonces, recapitulemos. —Se golpea la barbilla con el dedo índice—. Te pidió que te quedaras con él. Hablasteis durante más de una hora bajo un cielo estrellado superromántico. Te dio su pañuelo para que no te ensuciaras. Cuando estaba a centímetros de tus labios, se echó hacia atrás y, después de que mi hermano os pillara, ¿te desairó a lo grande al estilo Collins?

¿Estilo Collins? ¿Existe un estilo Collins?

—Diría que fue más o menos así, ¿y bien? —Me cruzo de brazos a la espera de una explicación.

Tiffany se planta delante de mí y me pone las manos en los hombros con una expresión divertida y resignada al mismo tiempo.

—¿Y bien? —la apremio.

Suelta un largo suspiro.

—Estás de mierda hasta el cuello, querida.

—¿Qué quieres decir?

—Creía que lo de mi hermano solo era paranoia, pero ahora empiezo a pensar que no anda del todo desencaminado.

—Pero ¿de qué hablas? No te sigo —respondo, confusa.

—¡Abre los ojos! Has despertado su interés. —Enfatiza cada palabra con una convicción que me hace soltar una carcajada.

—Pero ¿has oído lo que te acabo de decir? —Creía que había sido clara.

—Sí, te he oído —dice con resolución.

—¡Me dijo literalmente a la cara que no le gusto! Además, lo hizo con una elegancia...

Tiffany se encoge de hombros.

—No te lo dijo a ti, sino a tu novio. Eso es muy distinto.

—No es distinto en absoluto porque yo estaba allí, a pocos centímetros de él. ¡Es como si me lo hubiera dicho a mí!

—Mira, sé que para ti es difícil de comprender, solo has tenido un novio en toda tu vida y, por desgracia, es mi hermano, pero a los chicos como Thomas no hay que escucharlos, sino observarlos. Yo diría que, con los hechos, te demostró todo lo contrario...

La interrumpo porque está claro que ha perdido la razón.

—¡No me demostró nada! Me tomó el pelo desenfundando algunas de sus tácticas de donjuán para liquidarme justo después. ¿Y yo me sorprendo? Maldita sea, no debería. Porque así es como se comportan los capullos como él —digo, y alzo demasiado la voz. Cuando me doy cuenta, miro a mi alrededor avergonzada y dejo que algunos mechones de pelo me cubran un poco la cara.

—¿Cómo es posible que seas tan ingenua, Vanessa?

No, señor. Lo era, en el pasado, pero ahora lo veo todo con claridad meridiana: Thomas solo se divirtió provocándome y humillándome. Además, incluso lo admitió: «Eres una presa fácil». Tiffany no puede hablarme como si fuera una niña a quien le explican por primera vez que el ratoncito Pérez no existe. Es irritante.

—No soy ingenua, simplemente digo las cosas tal y como son. Desde que lo conozco, no ha hecho otra cosa que atormentarme y, a menos que uno tenga cinco años, no molesta a la persona que le gusta.

Tiffany no parece convencida, pero la ignoro y continúo:

—En cualquier caso, no tiene absolutamente ninguna importancia si le gusto o no, le he prometido a Travis que me mantendré alejada de él. Así que no hay ningún problema, porque él no me gusta.

Se le escapa una risita.

—Pues buena suerte, entonces, la vais a necesitar. ¡Los tres! —se carcajea. Me empuja hacia el interior del aula de Crítica Literaria con una palmada en el trasero. Le saco la lengua a modo de despedida.

Al final de la clase, decido pasar unas horas en la biblioteca. Me dirijo enseguida a mi rincón preferido, una zona apartada entre la ventana y dos hileras de estanterías. Dejo la mochila en la mesa redonda y me hundo en la butaca. Saco unas libretas y el ordenador y empiezo a pasar los apuntes a limpio.

Unos cuarenta minutos más tarde, estoy en perfecta modalidad «empollona», con el pelo recogido en un moño bajo y despeinado, un boli entre los dientes y una libreta con apuntes abierta justo a mi lado.

Necesito un par de libros para ampliar el tema que estoy estudiando, así que me levanto y me dirijo a la estantería oportuna. Camino por el pasillo lleno de libros mientras paseo el dedo índice por cada uno de ellos y presto especial atención a los títulos expuestos, pero nada de nada. Alzo la mirada hacia la balda que hay arriba del todo y, por supuesto, uno de los libros está justo ahí. Dos estanterías por encima de mi cabeza. Miro a mi alrededor en busca de una escalerilla, pero no veo ninguna. No tengo más remedio que ponerme de puntillas. Estiro un brazo y extiendo al máximo los dedos hacia el lomo del libro, pero es inútil. Farfullo en voz baja y vuelvo a apoyar los talones en el suelo, resignada.

De repente, siento que una presencia se cierne sobre mí como un manto. Un brazo cubierto por una chaqueta de piel negra se estira junto a mi cara hasta alcanzar el libro que quería bajar. Con el movimiento, siento la solidez de un torso vigoroso que me presiona la espalda y me sobresalto.

—¿Por qué no me sorprende encontrarte aquí? —El sonido grave y rasgado de una voz que se está volviendo demasiado familiar acompañado de un cálido aliento que siento en mi cuello casi me paran el corazón.

Me quedo aturdida durante unos segundos en los que intento regular el ritmo de mis latidos y parpadeo repetidamente para volver a la realidad. Thomas me coloca el libro entre las manos, se hace a un lado y se apoya en la estantería. Clava su mirada en la mía, se cruza de brazos y curva ligeramente hacia arriba la comisura de la boca antes de decir:

—Hola, Forastera.

No me lo creo.

¡Qué cara tan dura! ¿Cómo se atreve a venir a molestarme aquí, en mi pequeño oasis de felicidad? Lo fulmino con una mirada de fastidio, lo ignoro y lo dejo atrás para ir en busca del segundo libro que necesito. Él camina a mi lado como si nada, con las manos hundidas en los bolsillos de la chaqueta.

—Estás enfadada —constata, imperturbable, mientras yo mantengo la vista fija en la estantería de libros que tengo a la izquierda sin mediar palabra—. Así que este es el truco para hacerte callar. —Deja la frase en suspenso unos instantes y, luego, concluye—: Hacerte enfadar. Lo tendré en cuenta.

Aprieto los dientes, cada vez más irritada, pero persisto en mi objetivo. Me convenzo de que si lo ignoro, se marchará. Me acerco a una pila de libros y empiezo a sacarlos de uno en uno con la esperanza de encontrar el que busco. Por el rabillo del ojo, veo que, a mi derecha, Thomas se saca un paquete de cigarrillos del bolsillo de los vaqueros y se coloca uno detrás de la oreja. Suelto el aire que había retenido en los pulmones. Por un momento, he temido que fuera a fumar aquí dentro.

—De acuerdo, no quieres hablar, pues lo haré yo. —Mira a su alrededor con aire aburrido mientras se acaricia la barbilla con una mano—. ¿Cómo está tu novio? Ayer estaba bastante mal —se burla—. ¿Le curaste las heridas?

—Escúchame bien, Thomas. —Lo miro amenazante. Una vez más, me ha hecho perder la paciencia y parece complacido—. Aquí la gente viene a estudiar en silencio. ¿No tienes otra cosa que hacer? No sé, molestar a los ancianos en las paradas del autobús, provocar incendios, agredir a alguien sin motivo, sé que eso se te da de maravilla.

—Prefiero molestarte a ti, es mucho más divertido —susurra con esa cara suya, que pide a gritos recibir una bofetada.

—¡Ya basta! —susurro entre dientes para evitar que los demás me oigan—. ¿Has venido aquí solo para burlarte de mí? ¿¡Otra vez!? No te lo permitiré. —Me doy la vuelta, con el libro contra el pecho, y me alejo, pero Thomas me agarra de la muñeca y me acerca a él.

—¿Qué te pasa?

—¿Que qué me pasa? —gruño cuando ya no puedo contener la rabia—. ¿Te das cuenta de lo ridículo que eres? No haces otra cosa que fastidiarme, hablas mal de mi novio constantemente. Anoche te abalanzaste sobre él como una bestia enloquecida y luego, como no habías tenido suficiente, encima te permitiste el lujo de... ¡Oh, déjalo estar! —Si estuviéramos al aire libre, creo que ya estaría gritando a pleno pulmón.

—No te pediré perdón por haberle dado unas hostias —aclara—. Te recuerdo que fue él quien dio el primer puñetazo. No pensabas que me quedaría quieto sin mover un dedo, ¿verdad? Me alegro de haberle devuelto los golpes, y, para que conste, me contuve.

—Quiero ser muy clara: no pienses ni por un segundo que voy a dejar que me utilices. Sea lo que sea lo que pasó entre vosotros dos, no quiero que me metáis en medio —siseo.

Thomas parece confuso.

—¿Crees que te estoy utilizando?

—No lo creo, estoy segura. —Por un momento, su expresión se ensombrece, pero no entiendo el motivo.

—Estás soltando un montón de tonterías —suspira, y se frota la frente con el pulgar—. Si quiero conseguir algo de una mujer, lo hago sin ningún tipo de engaño.

—Lo que le dijiste a Travis fue despreciable —murmuro.

—¿El qué? ¿Que no me la pondrías dura ni aunque te esforzaras? —pregunta, casi divertido—. Cuando quieras, te doy la oportunidad de demostrarme que me equivoco —se burla. Indignada, pongo los ojos como platos y miro a mi alrededor. Menos mal que en este pasillo solo estamos nosotros dos.

—¿Sabes? Eres realmente miserable. E irrespetuoso. ¡Es increíble que no te des cuenta y que ni siquiera pidas disculpas!

—¿Te sentirías mejor si me disculpara? —pregunta, serio. Da un paso al frente, lo que me obliga a retroceder uno a mí.

—Al menos demostraría que estás arrepentido —digo en un susurro.

—Pero no lo estoy. No me arrepiento de lo que hice. Estaba enfadado, pero no quería ofenderte. Ni tampoco utilizarte. Solo necesitaba que tu novio recibiera el mensaje alto y claro. —Otro paso en mi dirección. Retrocedo, hasta que mi espalda choca con la estantería. Él apoya la mano al lado de mi cabeza y me aprisiona. Se me cierra la garganta y empiezo a respirar más rápido. Me siento pequeña ante su presencia imponente—. Tanto si me crees como si no, anoche estuve contigo porque quería.

El corazón me late con fuerza al oír esas palabras. Bajo la cabeza, pues soy incapaz de sostenerle la mirada, pero él me alza la barbilla con un dedo para mirarme a los ojos. Trago saliva de forma audible.

—No importa lo que yo crea. No confío en ti, eso no cambiará —admito. Siento una inexplicable punzada de dolor al ver que su mirada se entenebrece—. Además, nosotros dos no tenemos nada en común —añado—. No te llevas bien con mi novio y no puedo arriesgarme a echar a perder nuestra relación por...

—Bien, entonces —me interrumpe Thomas de golpe, con voz fría e impersonal, teñida de rencor—. Como quieras. —Con un movimiento repentino que me desequilibra, se endereza y aparta la mano de mi lado para establecer una distancia definitiva entre nosotros. Ahora me doy cuenta de que los músculos de mi cuerpo estaban en tensión.

Siento una decepción que no debería experimentar.

—Vale —murmuro con la misma indiferencia, convencida de que esta es la mejor solución para todos. Confundida e insatisfecha, veo cómo se aleja a grandes zancadas.

Capítulo 11

Me he pasado el resto de la mañana como en un limbo, tratando de desenredar mis propios sentimientos enmarañados.

Leila no ha aparecido en el entrenamiento, y Thomas me ha ignorado. En cambio, entre él y Travis persiste la guerra fría.

Después de clase, he avisado a mi madre de que me quedaría a dormir en casa de los Baker. Tiffany me ha propuesto salir a tomar algo con unas chicas de su clase, pero yo no estaba de humor, así que le he dicho que me quedaría con Travis. Pero cuando, en mitad de una película, él ha empezado a besarme y a tocarme, he soltado la excusa de que me dolía la cabeza. No me apetecía. Todavía me sentía inquieta y un poco culpable por esas sensaciones extrañas que me había permitido sentir con Thomas. Travis no ha podido ocultar su resentimiento, y hemos seguido viendo la película en un silencio absoluto hasta que nos hemos dormido espalda contra espalda.

Me despierto inusualmente al amanecer y veo que Travis está contemplando el techo con la mirada perdida. Sé muy bien qué le preocupa: hoy es viernes y esta tarde se celebra el primer partido de la temporada. Así que, aunque soy incapaz de razonar sin mi café de la mañana, me siento en la cama e intento tranquilizarlo.

—Todo irá bien, sois un equipo muy fuerte —digo, y me froto los ojos. En realidad, no las tengo todas conmigo. Los Oregon Ducks son uno de los mejores; el año pasado estuvimos a punto de ganar el campeonato, pero, al final, nos lo arrebataron.

Travis resopla y se sienta en el borde de la cama, luego se pasa las manos entre los rizos.

—Solo quiero que el día de hoy pase rápido. Al menos, esta vez mi padre no estará en las gradas. —Se levanta de la cama como un resorte y se dirige al baño de su dormitorio.

Entiendo que esté estresado. Su padre no hace más que presionarlo y recordarle lo importante que es jugar bien delante de los patrocinadores. Pero cuando Travis está nervioso, me transmite los nervios a mí. Y no lo soporto.

Después de un desayuno tan cargado de proteínas como de silencio, nos metemos en la camioneta.

Hoy hay más caos del habitual en el campus. En los días de partido, se respira un ambiente muy frenético. Todos los estudiantes, yo incluida, llevamos una sudadera negra con el lema «Go Beavers» de color naranja, y los vítores no cesan. Además, esta noche es el primer partido del curso académico. La electricidad en el aire es palpable.

En el aparcamiento nos encontramos con Finn y Matt, que chocan los puños con Travis a modo de saludo.

—Vanessa, ¿cómo estás? —exclama Matt, que me da un abrazo.

—Bien, ¿y tú? —Miro a mi alrededor—. Menudo lío hay por aquí, ¿eh?

—Ah, y que lo digas. Ni siquiera he encontrado un sitio decente para aparcar el coche. Lo he tenido que dejar fuera del campus, y juro que como me lo encuentre rayado, me pondré como loco.

—Y espera a que lleguen los Ducks, quién sabe si tu coche saldrá ileso —comento, divertida. Travis sigue tenso a mi lado.

—Mierda, esos tíos son unos animales. Como lo rocen, te juro que...

—Tío, déjalo ya —lo interrumpe Finn—. Has aparcado tan lejos que tendrás que pedirle a alguien que te lleve cuando te marches. —Le da un puñetazo en el costado a modo de broma y yo me echo a reír.

—Sí, relájate. Hoy tenemos otras cosas en las que pensar —añade Travis.

—Y bien —digo para cambiar de tema un poco incómoda—, ¿estáis listos para el partido? Ayer os salisteis en el entrenamiento.

—¡Y que lo digas, preciosa! ¡Este año vamos a patearles el culo a los Ducks! —responde Matt, que hace un gesto elocuente con la mano—. Tenemos las espaldas cubiertas. Ahora que vuelve a estar en forma al cien por cien, tenemos un verdadero prodigio en el equipo —añade después, con aire orgulloso.

—Matt, qué exagerado eres, no es un prodigio. Solo es… moderadamente bueno —replica Travis, irritado, y le lanza una mirada reprobatoria a su amigo.

—Joder, yo también quiero ser «moderadamente bueno» como él. —Ante estas palabras, se me encoge el estómago. Y una extraña insinuación se abre paso en mi interior. No estarán hablando de…

—¡Eh, Collins, ven aquí! —grita Matt.

Maldita sea, lo sabía.

Siento los ojos de Travis clavados en mí, como si quisiera estudiar mis movimientos. Me obligo a no girarme para mirarlo bajo ningún concepto y me muerdo el interior de la mejilla.

—Nah, tengo cosas mejores que hacer —responde Thomas desde la distancia.

—¡Matt! ¿¡Qué narices haces!? No quiero a ese imbécil aquí. Ya tengo suficiente con aguantarlo en los entrenamientos —gruñe Travis.

Aprovecho que Matt y él empiezan a discutir para que mi instinto tome la delantera frente a la razón. Así, con la máxima discreción, me permito lanzar una mirada furtiva hacia ese metro noventa hecho de músculos y tatuajes que se ha sentado sobre una barandilla oxidada, a unos metros de nosotros. Tiene un cigarrillo apagado entre los labios, la chaqueta de cuero abierta sobre la camiseta gris ajustada que le resalta el físico esculpido y un par de tejanos oscuros un poco anchos y desgarrados. El aspecto tosco y salvaje no lo abandona nunca. Para variar, lo acompaña Shana, que se ha plantado entre sus piernas ligeramente separadas, con la espalda presionada contra su pecho. Sé que no debería, pero esa imagen me hace sentir mal. Cuando Thomas se percata de que lo estoy mirando, me ofrece una mueca desafiante, y Shana lo imita. De golpe, me abrazo con más fuerza a mi novio.

—Déjalo ya, Trav. —La voz de Matt hace que me sobresalte—. La otra noche os pasasteis, pero tenéis que dejarlo ahí. Ahora estáis empatados, ¿no? Déjalo estar y compórtate como un hombre. El equilibrio del equipo está en juego.

—¿Estáis empatados? ¿Qué significa eso? —Miro a Travis perpleja, a la espera de una respuesta que no estoy del todo segura de querer oír. Matt enmudece: está incómodo.

—Nada, ya sabes que no nos soportamos. Déjalo pasar —replica él, molesto, mientras se rasca la nuca.

¿«Déjalo pasar»? ¿Ahora resulta que los dos tienen secretos y un pasado del que no sé nada y debería dejarlo pasar?

¿Tendrá algo que ver Leila? ¡Pues claro! Me di cuenta la primera vez que la vi en el gimnasio.

—¿Tiene algo que ver con su hermana? —pregunto de golpe, con un nudo en la garganta.

—¿Qué? ¡Por Dios, no vuelvas otra vez con esa historia!

—¡Te he hecho una pregunta, Travis! —suelto, decidida a llegar hasta el fondo. Ojalá lo hubiera hecho desde el principio.

—Sí, una pregunta estúpida, como siempre. Ahora no me apetece que me toquen los huevos, hoy ya es un día bastante complicado de por sí, así que no necesito que me vengas con tus inseguridades de mierda —escupe con rabia, lo que nos deja de piedra a mí y a sus amigos. Siento que las lágrimas están a punto de salir, pero me esfuerzo por mantenerlas a raya. No quiero romper a llorar como una niña. Aquí no, delante de todos, ya ha sido lo bastante humillante. Por eso, al sentirme incapaz de responder como debería, me voy corriendo antes de que sea demasiado tarde.

—¡Nessy! ¡Vuelve aquí! —grita Travis a mi espalda—. ¿Se puede saber por qué has hablado de esa historia? —oigo que le dice luego a Matt.

—¿Y tú por qué la tratas como una mierda cada vez que tienes la oportunidad?

Son las últimas palabras que me llegan al oído antes de entrar en la facultad. Entro a toda prisa en el baño, me encierro en el interior y, apoyada contra la puerta, rompo a llorar a lágrima viva.

Qué patética me siento ahora mismo. Estoy en el segundo curso de la universidad, maldita sea, y estoy llorando en el baño por un chico que se merece que le den una buena paliza. No tengo remedio.

Me desplomo en el suelo y me llevo las rodillas al pecho. Lloro entre sollozos hasta que oigo unos golpes en la puerta.

Unas chicas quieren entrar. Me seco las mejillas e inspiro profundamente para calmar un poco los nervios. En ese momento, me levanto y salgo. Me enjuago la cara machada de negro por la máscara de pestañas con la esperanza de que un poco de agua fría elimine el rubor, pero el resultado es en vano.

Me encojo de hombros y, a pesar de la imagen lamentable que veo reflejada en el espejo, me obligo a comportarme como la persona madura que debería ser. Hoy tengo que asistir a tres clases y a un partido. Al diablo con Travis y sus constantes faltas de respeto.

Salgo del baño y me dirijo al aula de Filosofía. Por supuesto, como llueve sobre mojado, veo que Thomas ya está sentado en la última fila. Bueno, al menos esta vez no me molestará. Sus ojos se posan cautelosamente en mí. Me examina a fondo y frunce el ceño. Pero lo ignoro, me siento en la primera fila y hago todo lo posible por desprenderme de esa sensación de ardor que me invade cuando noto sus ojos sobre mi piel, incluso desde tan lejos.

Cuando el profesor Scott entra en el aula, reanuda la clase sobre Kant. Lo oigo hablar, pero mis pensamientos vagan en otra parte. Las palabras de Matt resuenan en bucle en mi mente mientras la racionalidad se pelea con la esperanza. La esperanza de que todo haya sido un gran malentendido.

—¿Señorita Clark? —me llama el profesor Scott.

—¿Sí? —respondo, sobresaltada.

—La clase ha terminado, puede irse.

¿Qué? ¿Ha terminado? Miro a mi alrededor y ya no queda nadie en el aula. Maldita sea. Recojo mis cosas y me apresuro a salir. En cuanto estoy fuera, un brazo vigoroso me arrastra hasta un ángulo ciego del pasillo.

—¿Qué diantres haces? —le digo a Thomas—. ¿Puedes dejar de aparecer constantemente de la nada? Se está convirtiendo en algo inquietante —exclamo molesta mientras trato de zafarme de su agarre.

Me sujeta de los hombros y me mira con tanta intensidad que me deja sin aliento.

—¿Qué te pasa?

—Pensaba que ayer dejamos las cosas claras, ¿no? No tiene nada que ver contigo —suelto con tono seco—. De hecho, no sé qué haces aquí, en lugar de estar con tu novia —añado, con tono desdeñoso. Pero me arrepiento en cuanto veo que levanta la comisura de la boca.

—¿Cómo, perdona?

—Nada. —Cierro la boca en una línea dura—. ¿Me dejas ir, por favor?

—No es mi novia.

—No me interesa, créeme.

—Oh, sí, te creo… —añade con una sonrisita torcida mientras reduce la distancia que hay entre nuestros cuerpos. Me aparta un mechón de pelo de la cara y siento que el corazón me da un vuelco—. De todas formas, no es prerrogativa mía —dice, y se encoge de hombros.

—¿De qué hablas?

—De las relaciones. Son una jaula de la que prescindo con placer, porque todas acaban igual.

—¿Acaban cómo?

—Te arrancan el alma —responde con voz ronca.

—Qué locura…

—¿Tú crees? Entonces dime, ¿cuánto hace que estás con Travis?

—¿Cómo?

—¿Cuánto llevas con tu novio? —repite con decisión.

—Dos años.

—¿Sabes? Para algunas personas, dos años es mucho tiempo. —Enrolla la punta de un mechón de mi pelo alrededor de su dedo índice—. Para otras, en cambio, es más bien irrelevante… —Me mira a los ojos, luego baja la mirada lánguidamente hacia mis labios. Parece estar meditando algo.

—¿Y qué? ¿Adónde quieres llegar?

—¿Eres feliz?

—Claro —respondo de golpe, pero enseguida me doy cuenta de que he mentido.

Él suelta una carcajada.

—Venga, no te lo crees ni tú. Dos años de relación y te lo ha quitado todo. Tus ojos están vacíos, Vanessa.

Sus palabras me golpean de lleno y crean una herida en mi pecho que desata emociones que no sabía que sentía. Esta conversación ha ido más allá de lo imaginable: me conoce desde hace apenas una semana y, sin embargo, me ha leído por dentro mejor que nadie. Mejor incluso que yo misma.

—No sabes de lo que hablas —sigo mintiendo, aturdida.

Intento apartarme otra vez porque, de repente, siento que me asfixio, pero él me rodea las caderas con ambas manos y me empuja contra la pared.

—Thomas, déjame... —le pido con menos convicción de la que me gustaría.

Me ignora, me pasa una mano por el cuello, se inclina sobre mí y me roza la oreja con los labios.

—Sé muy bien de lo que hablo... —susurra con voz grave.

Me acaricia una mejilla con los nudillos. Me gustaría decirle que no puede tocarme así, pero soy incapaz. Tengo la garganta cerrada, completamente seca. Mi cabeza está hecha un lío y el corazón me late a un ritmo enloquecido. Tengo sudores fríos. A continuación, se desplaza hasta mi cuello y siento cómo sus suaves labios se curvan lentamente en una sonrisa que apenas esboza, consciente del escalofrío que me ha provocado mientras las mariposas se me acumulan en el vientre.

—¿Q-qué haces? —susurro jadeante.

—Demostrarte que te equivocas. —Su rostro vuelve a alinearse con el mío, y la forma en que me mira hace que me tiemblen las rodillas. Seguro. Dominante. Pasional. Acerca sus labios a los míos con cautela y el corazón me empieza a latir todavía más rápido. Si es por miedo o por deseo, no lo sé. Pero justo cuando nuestras bocas están a punto de rozarse, el sonido de un teléfono me hace recobrar la cordura.

El sonido de mi teléfono.

Con una mano temblorosa, me lo saco del bolsillo de los pantalones: es Travis.

Parpadeo y, en una fracción de segundo, recupero toda la lucidez que necesito. Madre mía... ¿Qué estoy haciendo? Miro a Thomas, perdida y culpable. Él, en cambio, parece muy cómodo. Pero cuando baja la mirada a la pantalla de mi móvil, su expresión cambia, se vuelve frío y distante. Justo como ayer. Sin necesidad de que le diga nada, retrocede un paso y se pasa una mano por el pelo, despeinándolo.

—Tus ojos son más bonitos cuando sonríen, Vanessa.

Se marcha y me deja confundida mientras miro embobada el espacio vacío donde hace un momento estaba él.

❧

Tardo unos minutos en recuperarme de lo que sea que estuviera pasando con Thomas. Apoyo la cabeza contra la pared y cierro los ojos. El teléfono suena por tercera vez: es Travis de nuevo. Y, por tercera vez, rechazo la llamada.

Tengo la cabeza hecha un lío, inundada de pensamientos y destrozada por la culpa.

¿Cómo es posible que haya acabado a un milímetro de sus labios otra vez?

Me froto la cara y respiro hondo, en un intento por desprenderme del recuerdo de su tacto, de sus ojos que ardían en los míos, de su cuerpo presionado contra el mío. No debo permitir que se apodere de mis pensamientos, que destruya lo que he construido en estos años. No debo, no debo, no debo.

Derrotada por este sentimiento de culpa, desbloqueo el teléfono y le escribo un mensaje a Travis: «Nos vemos en la entrada de mi facultad». Diez minutos más tarde, se materializa frente a las escaleras del edificio neoclásico donde paso la mayor parte del día. Lo agarro y lo arrastro lejos de oídos indiscretos, entre los árboles del jardín.

—Sé que vas a echarme la bronca, pero escúchame un momento —dice, y me agarra de los brazos—. Esta mañana me he dejado llevar por la tensión. Ya sabes, el primer partido, mi padre, los patrocinadores...

Me gustaría estar enfadada, pero los remordimientos me comen por dentro.

—Lo sé —me limito a decir.

—Además, me estás poniendo de los nervios con esa historia de los Collins. Me dejas como un mentiroso, pero no soy yo el que te miente, Nessy. Seré un cabrón, pero no soy un mentiroso. —Sus palabras son como una bofetada en la cara. En efecto, soy yo la que tiene la conciencia sucia—. ¿Quieres saber por qué lo odio tanto? Porque hace un tiempo, lo oí hacer comentarios deplorables sobre Tiff. Su hermana está hecha de la misma pasta. Se divierten poniendo patas arriba la vida de los demás.

—Un momento... ¿De Tiff? Pero eso es... es absurdo. Y Leila... me pareció una buena chica.

—Se les da bien embaucar a la gente, por eso no quiero que te acerques a ellos, ni a él ni a ella. Mira, ya han conseguido hacernos discutir.

En efecto, una parte de mí no puede ignorar que desde que Thomas se acercó a mí, todo ha tomado un mal cariz.

—¿Me estás diciendo la verdad, Travis? —pregunto, recelosa.

—Claro que sí —replica él, y me mira a los ojos. A pesar de la sensación de inquietud que percibo, decido confiar en él. Nunca me mentiría de una forma tan descarada. Yo, en cambio, jamás me he sentido más sucia que ahora.

—De acuerdo, te creo —suspiro.

Travis me abraza y, aunque dudo, permito que me bese.

A la hora de comer llego a la cafetería, donde me esperan Alex y Tiffany. Travis está con sus compañeros de equipo. Seguramente, a esta hora ya habrán llegado los jugadores de los Ducks, porque la sala está abarrotada de estudiantes que lucen sudaderas verdes. Miro a mi alrededor y veo a mis amigos sentados en una mesa del fondo.

Camino hacia ellos, pero un jugador del equipo contrario —muy alto, con la piel y el pelo tan oscuros como el ébano— pasa por mi lado con un grupo de chicos, me guiña un ojo y me sonríe.

Su atractivo me deja pasmada durante unos momentos, hasta el punto de que tropiezo con una mochila que estaba en el suelo, junto a una mesa. Con las mejillas encendidas, acelero el paso y llego hasta mis amigos.

No entiendo lo que está pasando estos días: ¿por qué precisamente ahora todo el mundo parece fijarse en mí? ¿Qué tengo de diferente?

Suelto un suspiro cuando me siento junto a Tiffany. Alex me estudia un momento y veo que está extrañado.

—¿Qué te pasa? Pareces alterada —dice, y estira una mano por encima de la mesa para estrechar la mía. No sabría ni por dónde empezar, pero decido confesarme ante ellos. Al menos, en parte.

—Esta mañana he discutido con Travis... —empiezo a decir.

Ellos me miran con la misma expresión resignada.

—¿Otra vez?

Asiento y apoyo la cabeza en el hombro de Tiff.

—Lo hemos aclarado enseguida, pero no sé... Estoy un poco cansada. Ha sido la semana más intensa de los últimos tiempos —murmuro afligida.

—Ya sabes lo que pienso de él, te mereces algo mejor —responde Alex.

—El hecho es que a veces... no estoy tan segura. —Le robo una patata frita de su plato y la mordisqueo.

Me mira desconcertado.

—Pero ¿qué dices? ¿Por qué lo piensas?

—No lo sé, Alex. Quizá me lo merezca. Al fin y al cabo, soy yo la que permite que me falte al respeto una y otra vez, porque siempre lo perdono.

—Nadie debería permitirse maltratar a otra persona y aprovecharse de su bondad —exclama, atónito.

—Alex tiene razón —interviene Tiffany—. Travis es mi hermano, pero, en tu lugar, yo ya lo habría dejado hace mucho tiempo.

—La cuestión es que... Bueno, ya lo sabéis, él ha sido el primero y el único para mí —confieso en voz baja—. No me imagino con nadie más. Y ni siquiera estoy segura de saber relacionarme con alguien que no sea él —continúo—. A veces, pienso que estaría sola sin él. Nadie querría perder el tiempo con alguien como yo —admito un poco avergonzada.

Tiffany abre los ojos como platos.

—Vanessa, estás desvariando.

Me encojo de hombros.

—¿Por qué querría alguien estar conmigo si pueden encontrar lo que tengo que ofrecer en cualquier otra chica mucho más guapa, lista y experimentada?

—No hablas en serio.

—Pues sí, hablo en serio, no tengo nada especial. Nada que alguien pudiera desear. —Me muerdo la uña del pulgar.

—Pero ¿tú te has visto? —exclama Alex, atónito—. Como hombre, te aseguro que no es así.

Pongo los ojos en blanco.

—El hecho de que tenga curvas en el lugar adecuado no me hace mejor que otra persona. De hecho, lo único que consigo con ello son miradas de tíos asquerosos y cachondos.

—Muy bien, ahora escúchame —me interrumpe Tiffany—. No solo tienes un buen culo, Nessy, ¡eres preciosa! Por dentro y por fuera, eres la persona más dulce y sensible que conozco, te preocupas por los demás, intentas no hacer daño a nadie, siempre ves las cosas buenas de la gente. No te importan las apariencias, eres tú misma incluso cuando resulta poco convencional. ¿Y sabes cuánto carácter hace falta para ser uno mismo en una sociedad que pretende que todos seamos iguales? —Hace una pausa y continúa—: ¡Llevas dos años aguantando a mi hermano! O sea, ¡dos años! Deberían ponerte una corona solo por eso. Y cuando digo que mi hermano no te merece, ¡maldita sea, soy sincera! No deja de ser un cabrón contigo para sentirse superior, y tú simplemente lo eres y punto. No tengas miedo de descubrir quién eres sin él, porque estoy absolutamente segura de que brillarías todavía más. Él lo sabe perfectamente, por eso te mantiene atada en una relación absurda que ya no tiene sentido. No eres tú la que lo necesita a él, Nessy, es él quien te necesita a ti.

Sus palabras me conmueven tanto que me empujan a abrazarla.

—¿Estás segura de que quieres ser criminóloga y no psicóloga? Serías perfecta —le pregunto para aliviar un poco la tensión.

Alex también se sienta a mi lado y me aprieta el hombro con fuerza, como para infundirme valor. Me gustaría ser completamente sincera y hablarles de Thomas, de las emociones desconocidas que me hace sentir. Pero mi vida parece haberse ido a pique desde que lo conozco, así que prefiero no decir nada.

Después de charlar de temas más ligeros durante la comida, nos encaminamos hacia el gimnasio junto con los demás estudiantes. Los asientos de la primera fila ya están ocupados, pero veo a Leila en la segunda fila, que señala algunas sillas vacías detrás de ella y me invita a acercarme. Aprovecho la ocasión para presentarle a Alex y a Tiffany.

El gimnasio está tan lleno de gente que parece mucho más pequeño de lo que es en realidad. Muchos de los estudiantes de nuestra universidad se han pintado la cara con los colores del equipo, el naranja y el negro, mientras que otros despliegan pancartas para animar a los chicos. En el lado opuesto, en cambio, los seguidores de los Oregon Ducks crean una marea verde. Alex, con su cámara Canon siempre a mano, empieza a hacer algunas fotos. Cuando por fin entran los jugadores, los recibimos con vítores, silbidos y aplausos.

Travis está nervioso, lo noto porque aprieta la mandíbula. Intento llamar su atención para tranquilizarlo, pero no me busca. Nunca lo hace durante los partidos, siempre está demasiado concentrado repasando las tácticas.

—Ejem, ejem. Por aquí hay alguien que parece impresionado —exclama Tiffany, que me da un empujoncito cómplice.

—¿Cómo?

Señala al mismo chico de la cafetería, que no deja de mirarme y sonreírme desde la pista, mientras calienta con la pelota. Siento el rubor en las mejillas: sé que me he puesto roja. Mis amigos se ríen de mí y les doy un empujón a los dos.

—Seguro que está mirando a otra —murmuro, y me muerdo las uñas. Me giro para confirmar mi tesis, pero detrás de mí solo veo a profesores, algunos padres y... un chico con el pelo claro, que está sentado solo en la última fila. En cuanto se percata de mi presencia, me saluda tímidamente con un ligero movimiento de cabeza. Frunzo el ceño. ¿Lo conozco? Creo que no lo he visto nunca, aunque es cierto que me resulta familiar.

—¡Oh, para ya! —La voz aguda de Tiffany reclama mi atención—. ¡Te está mirando a ti! Eres una chica preciosa, Vanessa, así que ¿por qué no lo asumes? Es más, muchos chicos del campus te miran justo como está haciendo él. ¡Te darías cuenta si no te pasaras cada segundo del día desesperada por mi hermano!

Touché.

Las palabras de Tiffany me infunden valor y le devuelvo el saludo con una sonrisa tímida. Nos miramos durante unos segundos, pero el momento se ve interrumpido por la mirada feroz de Travis, que me fulmina desde lejos. Por si fuera poco, alguien lanza una pelota a los pies del chico de los ojos de color carbón: Thomas, que lo observa con actitud amenazadora.

Pero qué...

La escena surrealista no pasa desapercibida a ojos de mis mejores amigos y de Leila. Los tres me miran desconcertados e incrédulos, a la espera de explicaciones.

—Muy bien, Nessy, ¿qué demonios está pasando? ¿Desde cuándo tu vida sentimental es más emocionante que la mía? —dice Tiffany con una sonrisita traviesa en los labios.

—No sé de qué hablas.

Ella resopla divertida y me pone una mano en el hombro.

—Fingiré que te creo solo porque, ahora mismo, el pánico te está devorando viva y ya tienes demasiadas cosas en las que pensar. Pero esto no acaba aquí, amiga mía —concluye en tono mordaz.

Quien me salva del embrollo es el árbitro, que hace sonar el silbato para dar comienzo al partido.

Tras una primera parte desfavorable, empezamos a encadenar canasta tras canasta hasta empatar con los Ducks.

Travis lo está haciendo bien: a pesar de que un chico pelirrojo y con la cara llena de pecas no se despega de él e intenta complicarle el partido, él no se deja intimidar. Bota el balón con confianza, luego se lo pasa a Thomas, que está detrás del chico pelirrojo. Él lo hace volar en dirección a la canasta, pero el adversario lo empuja y la pelota se desvía. Falta a nuestro favor.

Thomas se dirige a la línea de tiro libre para prepararse. Si encesta, la victoria será nuestra. Antes de hacer nada, se pone en cuclillas, apoya el balón en el suelo, inclina la cabeza y se pasa una mano por el pelo sudoroso. Se pierde mirando un punto indefinido debajo de él y cierra los ojos, como si se concentrara para visualizar mejor el objetivo. Al hacerlo, no deja de tocarse el pañuelo negro que siempre lleva atado a la muñeca y que gira sin parar. Al cabo de unos segundos, vuelve a levantarse.

Cuando por fin creemos que está listo para lanzar, nos ponemos todos en pie, con los ojos clavados en él. El gimnasio, que era un caos hasta hace un momento, se sume en un silencio sepulcral. La tensión se palpa en el ambiente. Thomas desplaza la mirada desde la pelota a la canasta. Y, cada vez que bota el balón, el eco de los golpes sobre el parqué es ensordecedor. De repente, recuerdo que hace dos noches, cuando nos encontramos fuera del campus, me contó cómo se siente cada vez que sale a jugar. Me habló de la adrenalina que le corre por las venas y guía sus movimientos.

Thomas se gira en mi dirección. Enseguida me ve entre la multitud, como si estuviéramos conectados por un hilo invisible. El sudor le perla la frente. Tiene los pómulos rojos, respira entre jadeos. Pero me sonríe... Es una sonrisa apenas perceptible, pero parece que el tiempo se para y se dilata hasta el infinito. Es como si sus ojos brillantes, de un intenso verde esmeralda, quisieran decirme: «Este, este es el momento más bonito». En contra del sentido común, decido no romper esa extraña conexión que se ha creado. Le sonrío con complicidad y, por un instante, casi me siento como si todos los espectadores que nos rodean hubieran desaparecido, como si solo estuviéramos él y yo. Justo cuando Thomas vuelve a centrar su atención en la canasta, tengo la absoluta certeza de que va a encestar. Coloca el balón delante de él, lo empuja hacia arriba y...

—¡Señoras y señores! ¡Es un milagro! ¡Los Beavers ganan su primer partido de la temporada! —grita el reportero a pleno pulmón, mientras todos los chicos del equipo, excepto Travis, se abalanzan sobre Thomas. La multitud está enloquecida, mientras que los Ducks y sus seguidores abandonan el gimnasio con el rabo entre las piernas. Me giro hacia mis amigos para celebrarlo con ellos, pero entonces me doy cuenta de la expresión atónita en los rostros de Alex, Tiffany y Leila.

Oh, no...

Ni siquiera yo sabría explicar lo que acaba de pasar. Solo sé que, en este momento, una parte de mí querría bajar de las gradas y correr a la pista para celebrarlo con él.

Con Thomas.

Capítulo 12

Después del partido, Alex me acompaña a casa. Travis también se había ofrecido, pero le he dicho que lo celebre con sus compañeros de equipo y que nos veremos directamente en su casa para ir juntos a la fiesta. Necesito ganar todo el tiempo posible para decidir qué hacer.

Durante el trayecto en coche, no tardo en despistar a mi amigo para impedir que me haga preguntas.

—Así que esta noche llega Stella —le digo.

—Sí, ha salido hace una hora de Vancouver en coche —responde con un brillo en los ojos.

—Estás coladito, querido —comento con una sonrisa.

—¡Basta ya! —Alex se ruboriza y yo rompo en una carcajada.

—¡Es algo bueno, Alex! Pareces feliz y, para mí, eso ya es motivo suficiente para quererla. Nunca te había visto tan radiante.

—Yo también estoy muy feliz, estoy deseando presentártela en persona. Estoy seguro de que os llevaréis muy bien.

—¡Tengo una idea! Mañana podríais venir a cenar a mi casa. Mi madre quiere presentarme «oficialmente» a su nueva pareja.

—El famoso Victor, el único hombre capaz de conquistar el corazón de hielo de la querida Esther White —responde con tono cantarín.

—El mismo. Entonces, ¿me haréis compañía durante esa tortura? —le imploro con mi mirada de cervatilla.

—Pues claro que sí, pero no nos quedaremos mucho tiempo: he organizado una noche romántica —responde alusivo.

—Te estás esmerando, eh… —Me río con sarcasmo. Luego me pongo seria y le doy las gracias—. Me siento aliviada al saber que no tengo que enfrentarme a la cena yo sola.

—¿Travis no ha querido ir?

—No se lo he pedido. Ya sabes cómo se pone mi madre cuando él está presente, la cena ya será lo bastante violenta de por sí. Preferiría evitar complicarlo todo más.

—Tiene sentido —dice mientras me sonríe.

—Voy a entrar en casa, tengo que empezar a prepararme para la fiesta. —Alzo la vista al cielo. No me apetece en absoluto.

—A propósito de la fiesta, no es necesario que te sermonee sobre lo que debes o no debes hacer, ¿verdad? —pregunta con ironía.

—Creo que no. Soy una chica con la cabeza bien puesta, ¿recuerdas?

—Lo sé, pero en las fiestas siempre pasan cosas extrañas. No te despegues del móvil y llámame si necesitas cualquier cosa, ¿de acuerdo?

—Toda esta preocupación es muy considerada por tu parte, pero no te llamaré. A: porque no hará falta. Y B: porque estarás con Stella y mi presencia no está incluida en el paquete de «un fin de semana para dos» —digo divertida—. Además, es muy probable que a las diez de la noche ya haya vuelto a casa —lo tranquilizo.

—Diviértete, entonces. —Alex me despeina con un gesto que él define como una caricia y nos despedimos.

Una hora más tarde, estoy en el autobús en dirección a la casa de los Baker.

Recorro el largo camino de entrada de hormigón, bordeado de parterres muy cuidados y llenos de plantas. Cuando llego frente a una enorme verja de hierro forjado, llamo al timbre. Lisa, la criada, me reconoce por la cámara del interfono y me abre. Camino por el patio hasta la entrada, donde viene a abrirme la puerta y espera a que le entregue mi abrigo. Se lo ofrezco y le doy las gracias tímidamente.

—Por favor, no me dé las gracias, señorita Clark, solo hago mi trabajo —me dice con mirada suplicante. Aquí dentro, la palabra «gracias» no existe. Todo este lujo me hace sentir incómoda.

—¿Dónde está Tiffany? —murmuro, aunque no sabría decir por qué. Será por el silencio ensordecedor que llena esta enorme casa de colores claros. Aquí dentro todo es blanco: el mármol resplandeciente bajo mis pies, las columnas de piedra de la entrada, la gran alfombra del salón, que seguramente estará hecha del pelo de algún pobre oso polar...

—Encontrará a la señorita Baker en su habitación, en el piso de arriba. —La criada se despide de mí con una reverencia y se marcha.

¿Una reverencia? ¿En serio? Es el motivo por el que dejé de venir a esta casa; todo es demasiado para mí.

Subo las escaleras y camino por el pasillo que separa el dormitorio de Travis del de Tiffany. Él está en su habitación; lo sé por la música que suena a todo volumen, así que me deslizo con sigilo hacia la habitación de la gemela buena.

Cuando entro, la encuentro echada en la *chaise longue* mientras escucha «Like a Virgin», concentrada, y se pinta las uñas de los pies. Lleva un batín de seda rosa; está preciosa incluso cuando se viste con ropa de estar por casa.

—¡Has llegado! Cierra la puerta, no quiero que nos molesten.

Hago lo que me pide, me quito el bolso y los zapatos y me tiro en la cama, donde apoyo la espalda en la montaña de cojines apilados. Preferiría quedarme aquí tumbada y dormir unas cuantas horas en lugar de ir a la fiesta.

—¿Tus padres siguen fuera? —pregunto.

—Ya sabes cómo son. El trabajo es lo primero —dice, e imita la voz de su padre.

—¿Adónde han ido esta vez? —Tomo un cojín y me lo aprieto contra el pecho.

—Mi padre ha ido a Dubái para asistir a una conferencia, y mi madre está en un retiro espiritual o algo así. Al parecer, está estresada.

—Lo siento, Tiff —me limito a decir. Sé que la ausencia de sus padres le duele. La ausencia de un padre siempre es dolorosa.

—Ya me he acostumbrado. Cuando tu padre dirige una gran empresa petrolera, no tienes muchas alternativas. —Se encoge de hombros—. Sinceramente, no tenerlos en casa a diario también tiene su lado positivo. Cuando estoy en casa, siempre hay mucha tensión. Sobre todo con Travis, que no desperdicia ni una sola ocasión para hacer de abogado del diablo con tal de caerle en gracia a nuestro padre.

—Sigo sin entender qué hacéis en este pueblecito con todo el dinero que tenéis, ¡yo me iría a vivir a Los Ángeles, a Nueva York, a San Francisco! ¡A cualquier parte menos aquí!

—Mi padre dice que una ciudad pequeña y dejada de la mano de Dios es más habitable. Corvallis es su burbuja de cristal. Nuestros abuelos también están aquí. Y la OSU es una universidad excelente, nada que envidiar a Harvard. —Con una mano, abanica los dedos de los pies para secarse el esmalte, y, en ese momento, nos interrumpe alguien que llama a la puerta.

—Soy Travis —anuncia en voz baja.

—¿En serio? —exclama Tiffany.

—¿Está Nessy contigo?

Tiff me mira, a la espera de que le diga qué hacer. Asiento con la cabeza, vacilante, y ella le dice que puede entrar.

—Hola —exclamo al verlo frente a mí. Me siento en el borde de la cama, cuando me alcanza, me da un beso casto en los labios.

—Saldremos en veinte minutos, ¿estáis listas?

—¿Te parece que lo estemos? —interviene Tiffany con el ceño fruncido.

Su hermano la mira de los pies a la cabeza, pero no se atreve a contestar.

—Os espero abajo, daos prisa —se limita a responder antes de cerrar la puerta tras de sí.

—Entonces —comienza mi amiga cuando volvemos a quedarnos solas, mientras pone los pies en el suelo y observa el resultado, satisfecha—. Vayamos al grano: ¿qué pasa entre tú y Thomas?

La miro, parpadeando, y finjo que no entiendo a qué se refiere.

—No existe un Thomas y yo.

—Sí, claro. He visto perfectamente lo que ha pasado hoy durante el partido. —Se aplica crema hidratante con aroma a vainilla en las piernas perfectamente lisas.

—No ha pasado nada —respondo, y muevo el pie, nerviosa.

—¿Nada? Pero ¿tú has visto cómo te mira? Por no mencionar que casi le prende fuego a ese buenorro de los Ducks que te miraba como si fueras una diosa. ¿Qué me escondes, Nessy? —Me observa de forma amenazadora y trata de sonsacarme información.

—¿No deberíamos empezar a prepararnos? Si no, vamos a llegar tarde —digo para cambiar de tema.

—¡Oh, venga ya! ¡Desembucha! ¿Desde cuándo tú y yo no nos contamos las cosas?

Desde que mi conciencia me hace sentir tan culpable que me encuentro mal.

—Bueno, en cualquier caso, ya sabes que cuando me propongo descubrir algo, lo consigo.

Resoplo con resignación.

—¡Muy bien! ¿Quieres saber qué pasa? Bueno, esta mañana, después de haber discutido con Travis, estaba devastada. Thomas se ha dado cuenta y, no sé cómo ha pasado, pero, bueno, se ha creado una situación bastante extraña entre nosotros y... No sé cómo, pero hemos estado a punto de besarnos —digo del tirón.

—¿¡Cómo!? —Tiff abre los ojos como platos—. ¿Y no me lo has contado hasta ahora? ¡Soy tu mejor amiga, me lo tendrías que haber dicho al instante!

—La próxima vez prometo que te haré una videollamada en el momento culminante —replico con sarcasmo.

—¿Entonces crees que volverá a suceder?

—¿Cómo? ¡No, claro que no! Solo... era una forma de hablar.

Tiffany me mira con aire coqueto.

—Pero ¿tú querrías?

—¡He dicho que no! —respondo exhausta.

—Muy bien, muy bien.

Me dejo caer entre los cojines mientras Tiffany considera varios vestidos.

—En realidad, creo que solo lo ha hecho para alimentar su egocentrismo. —Empiezo a reflexionar, con los ojos clavados en el techo.

—¿A qué te refieres? —pregunta con calma.

—Para demostrarse a sí mismo que ninguna chica se le puede resistir.

—¿Y es así? —pregunta, dubitativa, mientras vuelve a guardar en el armario un vestido verde.

—Claro que es así. Y él lo sabe. Es muy guapo, no estoy ciega. Pero eso no cambia las cosas. Solo me ha pillado en un momento de debilidad. Y además... —Me paso una mano por la cara, frustrada—..., tengo novio, ¡maldita sea! —Se le escapa una risita ante estas palabras.

—Pues yo creo que ahora mismo necesitarías a un tío como Thomas. —Saca dos vestidos ceñidos sin mangas del armario, uno rojo y el otro negro con detalles de encaje. Al cabo de unos segundos de indecisión, opta por el negro, que le resalta la piel clara.

La miro con el ceño fruncido.

—¡No deberías decirme esas cosas, Tiff! Deberías decirme que soy una mala persona por dejarme cautivar por un tipo como él y por faltarle al respeto a mi novio. Deberías decirme que me olvide de él, porque los tíos como Thomas solo traen problemas.

—Mira, aunque la mayoría de las veces no lo soporto, quiero a mi hermano y me sabe muy mal que las cosas entre vosotros no estén yendo bien. Pero está claro que vuestra historia ha llegado a su fin. Sería una hipócrita si ahora te dijera lo que te gustaría oír. ¿Deberías dejarlo ir porque los tipos como Thomas solo traen problemas? Sí, es cierto. Deberías. Pero ambas sabemos que no lo harás. Cuando un chico como él te pone en su punto de mira, no tienes escapatoria, amiga.

Me alzo sobre los codos, lista para responder.

—¿Sabes qué nos diferencia de los animales? El hecho de poder elegir cómo nos comportamos. Podemos controlar nuestros instintos, sobre todo cuando nos llevan en la dirección equivocada.

—Tal vez no deberías hacerlo. —Me da la espalda y me pide que le suba la cremallera del vestido.

—No sé si estás loca o qué, pero ¿de verdad me estás empujando a los brazos de alguien como Thomas?

—No, no te estoy empujando a los brazos de alguien como Thomas, sino hacia nuevas experiencias. Solo digo que tu vida sentimental, por ahora, es muy limitada. Has tenido una única relación, larga y complicada. La empezaste demasiado pronto, cuando eras muy frágil. Ahora estás atravesando una fase de cambio. Necesitas divertirte, vivir la vida con la ligereza de una chica de diecinueve años, sin sentimientos de por medio.

La expresión «sin sentimientos de por medio» me provoca una risa histérica.

—Soy incapaz de hacerlo, soy una maraña de sentimientos, podría encariñarme con una pared, si quisicra.

—¡Nessy, estás en la universidad! Deberías divertirte, hacer cosas de las que arrepentirte, probar nuevas experiencias. En lugar de eso, te pasas todo el tiempo preocupada por hacer siempre lo correcto y ser responsable. Tendrás toda la vida para hacerlo, ahora es el momento de ser irresponsable. —Se calza un par de zapatos de tacón cubiertos de pedrería y se retoca el maquillaje.

La miro con el ceño fruncido.

—Entonces, ¿qué se supone que debo hacer? ¿Desnudarme encima de las mesas de la cafetería y emborracharme todos los días en alguna fiesta?

—Desde luego, no deberías pasarte el día peleándote con tu novio, ¿no crees? —Me mira a través del espejo iluminado mientras se pasa el rizador por las largas puntas cobrizas y se admira complacida.

Estoy tan confusa al respecto que, en este momento, ni siquiera sé qué responderle. Ella intuye mi confusión y decide no encarnizarse.

—Venga, acabemos de prepararnos —añade con una sonrisa dulce. Pero, al cabo de un momento, me mira con aire melancólico.

—¿Qué pasa? —le pregunto desconcertada.

—Estoy pensando en qué podrías ponerte.

—Oh, pues... yo pensaba ir así.

Observo la ropa que llevo puesta: un par de mayas negras y un jersey de cachemira; luego vuelvo a mirar a Tiffany, suplicando piedad.

—¡No voy a permitir que vengas a la fiesta con esas pintas!

—¿Qué tiene de malo mi ropa?

—¡Es un conjunto... descuidado!

—Eh, ¿no eras tú la que hablaba de las apariencias, del ser poco convencional? —la acuso ceñuda.

Ella niega con la cabeza.

—Puedes ser poco convencional y llevar ropa mona al mismo tiempo.

Me abstengo de responder, es una batalla perdida.

—Deja que me encargue de ti —anuncia orgullosa—. Ven aquí, empezaremos por el maquillaje.

Oh, no.

Tiffany me obliga a sentarme en su tocador y me retoca con un producto del que nunca había oído hablar: el *primer*. Tras aplicar la base de maquillaje y un poco de colorete con manos expertas, se dedica a los ojos: elige una sombra de ojos violeta y acentúa la mirada con una línea de perfilador negro, fina y perfecta, y tres pasadas de máscara de pestañas. Por último, me aplica un pintalabios *nude*. Cuando me gira hacia el espejo iluminado, me quedo sin palabras. El resultado es brutal.

Me acerco a mi reflejo, incrédula.

—¿Entiendes a qué me refiero cuando digo que eres preciosa? —dice.

Maquillada de esta forma, pues sí, estoy... *sexy*. Creo que también me ha hecho algo en las cejas, porque están más oscuras y definidas.

—Lo has hecho genial, Tiff, pero no te acostumbres.

—Ahora tenemos que pensar en el vestido. Veamos. —Saca un sinfín de prendas de su armario y las tira sobre la cama. Se queda un momento pensando, dándose golpecitos con el dedo en la barbilla, luego toma un vestido, lo levanta y lo contempla. Me mira y comenta—: No, demasiado anónimo.

—¡Anónimo es perfecto! —chillo, pero ella finge no oírme.

Toma otro, lo acerca a mi cuerpo y, por su expresión complacida, parece convencida. Es un vestido negro muy corto, sin mangas, con el escote rodeado de pequeñas tachuelas.

Pongo los ojos en blanco y me limito a decir:

—¡No!

—¡Pruébatelo! —me ordena.

—Tiffany, en serio, no es precisamente mi estilo, me sentiría medio desnuda. ¿Dónde está el vestido anónimo? Me gustaría darle una oportunidad. —Lo busco entre la ropa.

—Deja de ser tan puritana y pruébate este vestido.

Resoplo y obedezco. Cuando me lo pongo, veo que tenía razón. Es ajustado, resalta todas las curvas de mi cuerpo y me llega un poco por encima de la rodilla. Tiffany me pasa una chaqueta corta de piel negra y unas botas Dr. Martens. Por desgracia, calzamos el mismo número. Pero podría haber sido peor, me podría haber propuesto que me pusiera unos tacones de vértigo.

—¡Nessy! Te lo juro, ¡estás buenísima! —gorjea Tiffany cuando me enderezo.

Estoy lista para decirle que no es así, pero la imagen que veo reflejada en el espejo no me lo permite: tiene razón, suena absurdo, pero... me siento atractiva.

—Es mérito tuyo. —Me río avergonzada.

—¡Esta noche te va a mirar todo el mundo!

¿Qué? No. No quiero que todo el mundo me mire. No. No. No. Además, ¿quién iba a hacerlo? Voy a ir a la fiesta con Travis.

En cuestión de segundos, el pánico se apodera por completo de mi cuerpo.

—Pensándolo bien..., quizá todo esto sea demasiado. El vestido, el maquillaje... Tal vez sea mejor que me vuelva a poner mi ropa, o sea, era cómoda —tartamudeo.

—¡No digas tonterías! Estás perfecta así, y ya no tenemos tiempo para cambiarnos. —Se pone la chaqueta.

—Pero Tiff... —La agarro de un brazo y le suplico con la mirada.

Ella me toma el rostro entre las manos para tranquilizarme.

—Estás cañón. Lo digo en serio, eres preciosa. Estás perfecta, así que respira, relájate y ¡vamos a divertirnos!

Cierro los ojos y sigo su consejo. Respiro hondo y rezo, desesperada, para que esta fiesta termine lo antes posible. Pero luego pienso en un pequeño detalle.

—Oye, Tiff —digo con valentía—. Sobre lo que me has dicho antes... ¿Sabes por casualidad si Thomas estará en la fiesta? Me gustaría evitar cualquier tipo de tensión entre él y Travis.

—Puedes estar tranquila. Thomas está en la fiesta de Matt en la fraternidad —me tranquiliza mientras se echa un poco de perfume. No sé cómo sentirme al respecto, si decepcionada o aliviada.

—Ah, una última cosa antes de salir —añade, y se planta delante de mí.

—¿Qué? —Casi tengo miedo.

—Esto. —Me suelta el pelo, que llevaba recogido en una coleta, y lo coloca bien con las manos—. Mucho mejor así. ¡Vamos!

Travis nos espera en el salón y, cuando me ve bajar las escaleras, se queda boquiabierto.

—Guau, estás fantástica.

Tiffany pasa junto a él y resopla con altanería:

—Sería mejor que la trataras como se merece.

Él la ignora y me abraza por las caderas. Yo lo dejo hacer.

Subimos a la camioneta y nos dirigimos hacia la mansión de Carol, a las afueras de Corvallis.

Unos minutos después, aparcamos en un sendero que está lleno de coches y cruzamos a pie la verja abierta. Una vez dentro, nos encontramos frente a una enorme piscina en la que algunos invitados se están bañando. El jardín está iluminado, las luces se reflejan en el agua cristalina de la piscina, la gente charla y ríe alrededor, y sus voces quedan camufladas por el eco de la música, que suena desde el interior de la casa.

—¿No hace un poco de frío para bañarse? —pregunto, y desvío la atención hacia la lujosa casa de tres plantas que tengo delante.

—Estarán tan borrachos que podrían derretir el hielo solo con respirar —responde Travis.

—¿Y es seguro dejar que unos chicos borrachos jueguen en la piscina? O sea, ¿no corren el peligro de ahogarse?

—Tal vez. Pero nadie los echará de menos —añade Tiffany con despreocupación.

Entramos y dejamos atrás a los chavales borrachos.

Capítulo 13

El salón está abarrotado de gente. Un grupo de alumnos de primer año rodea el bar, que es tan grande como mi habitación. Tiffany tenía razón: una vez dentro, me siento observada y me maldigo por haber permitido que me vista así.

—¿Queréis tomar algo? —nos pregunta Travis. Le prometí a Alex que me mantendría lejos del alcohol, pero una copita es justo lo que necesito para dejar atrás los nervios.

—Eh, yo sí. Voy contigo.

—Yo voy a buscar a mis compañeras de clase. Te espero allí cuando quieras, cariño —me dice Tiffany con una sonrisa enigmática.

Mientras esperamos nuestro turno en el bar, miro a mi alrededor y me siento fuera de lugar; no conozco a casi nadie. Estamos a punto de pedir nuestras bebidas cuando un chico se acerca a nosotros.

—¡Eh, capitán! Hoy lo habéis petado. Deja que te invite a una copa. —Es un compañero de clase de Travis, creo que se llama Adam. Se lo lleva con él y lo arrastra hasta un pequeño grupo de estudiantes de Economía, la futura clase dirigente de Oregón. Mi novio me mira por encima del hombro con una sonrisita inocente, como diciendo: «Lo siento, no puedo decirle que no», y lo dejo ir porque, en el fondo, no me importa estar sola un rato.

Me dirijo hacia el grupo de Tiffany mientras la música hiphop resuena en mis oídos. Charlo un rato con ella y sus amigas, sentadas en un sofá de cuero. Cuando la conversación pasa a los cotilleos de gente que no conozco, aprovecho para ir al baño de arriba.

Mientras espero mi turno, aprieto las piernas para aguantarme las ganas de hacer pipí. Cuando por fin se abre la puerta, veo salir a una chica con el pelo rubio despeinado. Tiene los labios hinchados y las mejillas sonrojadas. Se ajusta el vestido, que se ciñe a sus muslos delgados y tonificados, y nos sonríe con satisfacción a mí y a la chica que tengo delante.

Esta última se gira en mi dirección con expresión confundida; yo me encojo de hombros y niego con la cabeza. Justo después, también sale un chico. Un tío con la misma expresión y dos ojos verdes del color de la botella que sostiene en las manos. El corazón se me sube a la garganta cuando caigo en la cuenta de lo que ha pasado en el baño.

—Hola, Forastera.

Thomas da un sorbo a la cerveza, haciendo gala de su bíceps enfundado en la tela de su camisa ceñida. Con los ojos entrecerrados y la cabeza ligeramente inclinada hacia atrás, me mira de pies a cabeza de una forma tan descarada que me hace sonrojar.

¿No se suponía que estaba en la fraternidad?

—¿Acabáis de hacer cosas ahí dentro? —le pregunto de repente, mientras la chica que tengo delante se aleja con una mueca de asco. No sé si lo que más me perturba es la extraña punzada de celos que siento o esa sensación de excitación al reconocer que yo nunca he hecho nada parecido. Puede que Tiff tenga razón. Quizá, de vez en cuando, debería perder el control y ser más atrevida.

—Me la he follado en el lavabo, si te refieres a eso. —Ante mi disgusto, Thomas inclina la cara hacia un lado y me mira con una ligera sonrisa libertina en la boca—. ¿Tú también quieres dar una vuelta en el tiovivo? La rubia me ha hecho gastar mucha energía, pero todavía me quedan algunos ases en la manga.

—Ni muerta, gracias.

—Si cambias de opinión, ya sabes dónde encontrarme. —Me guiña un ojo.

—Si cambio de opinión, iré a buscar a mi novio —replico, molesta.

Me niego en redondo a poner un pie en ese baño, así que opto por ir al de abajo. Qué más da si hay que hacer una cola enorme.

¡Será idiota! Al pensar en lo que he estado a punto de dejarle hacer esta mañana, me entran ganas de darme un buen par de bofetadas.

Regreso a la sala y, por la ventana que da al jardín, veo a Travis fuera con sus compañeros de clase. Me siento en un sofá de dos plazas, apartada, y una mano delicada me toca el hombro. Alzo la mirada y veo a Leila. Tiene los ojos verdes perfilados por una larga línea de *eyeliner*, el pelo recogido en dos trenzas francesas, y un toque de colorete completa su *look*.

—Eh, ¿te molesto? Te he visto aquí sola.

A pesar de la advertencia de Travis, el instinto me dice que puedo fiarme de ella. Me hago a un lado para dejarle un poco de espacio.

—Qué va, siéntate. No sabía que también habías venido, me alegro de verte por aquí.

—Una compañera de clase me ha pedido que la acompañe, pero se ha volatilizado no sé dónde.

—¿Te lo estás pasando bien? Pareces preocupada.

—¿Aparte de que llevo días sin dormir y odio a mi compañera de apartamento? Diría que todo va genial —se queja, y se acomoda entre los cojines.

—¿Y eso? —le pregunto al tiempo que le dedico una sonrisa.

—Cada día trae a alguien a la habitación para pegarse una juerga, y por la noche ronca tan fuerte que tengo ganas de ahogarla. —Hace el gesto con las manos—. Anoche estaba tan cansada que, al enésimo ronquido, pensé en asfixiarla con la almohada. —Rompemos a reír—. Estoy agotada, podría dormirme aquí mismo si quisiera —concluye mientras se pasa la mano por la cara.

—Lo siento, encontrar a la compañera adecuada es más complicado de lo que parece. Resiste, y si las cosas no mejoran, el año que viene puedes buscarte otro apartamento fuera del campus —le sugiero.

—Estoy impaciente por que llegue ese momento —dice entre risas.

Nos quedamos en silencio y observamos a los chicos que bailan y gritan, completamente sobrepasados por la mezcla de alcohol y música a todo volumen.

—¿Lo haces a menudo? —me pregunta entonces.

La miro.

—¿El qué?

—Aislarte en medio de la gente.

—Digamos que este no es mi ambiente. —Me encojo de hombros.

—Ya, el mío tampoco. —Leila deja de hablar durante unos segundos y luego continúa—: Oye, sé que puede parecerte una petición un tanto extraña, pero ¿te apetece subir arriba conmigo? Quería hablar contigo en privado —dice algo nerviosa.

La sigo por las escaleras. No sé qué esperarme.

Entramos en una habitación decorada con muebles antiguos que desentonan por completo con el resto de la casa.

—Esta es la habitación de invitados. Nadie viene aquí nunca, así que estaremos tranquilas —me explica.

—¿Ya habías estado aquí?

—Mi hermano conoce a la propietaria, el año pasado nos invitaron a algunas fiestas.

—Ah, ya veo. —Ignoro la información velada sobre Thomas y Carol, y decido dedicarle toda mi atención a ella—. Y bien, ¿de qué querías hablar? —pregunto mientras me siento en el borde de la cama.

Parece nerviosa. Muy nerviosa. Se restriega las manos y se muerde el interior del carrillo. Mira a su alrededor como si buscara las palabras.

—Vale, no me resulta sencillo contarte lo que te voy a decir, pero mereces saberlo.

Una oleada de miedo se abre paso en mi corazón y me estremezco.

—Te escucho.

Leila se pasa las manos por las trenzas, como si quisiera comprobar que siguen en su sitio, y toma aire con nerviosismo.

—El día en que nos conocimos en el gimnasio te mentí. Te dije que no conocía a Travis, pero no era cierto.

—Me lo imaginé —respondo de golpe, con voz fría.

Camina arriba y abajo por la habitación, hasta que se detiene frente a mí y me mira. Dispuesta a contármelo todo.

—Tienes que saber que, antes de matricularme en la universidad y tener acceso al alojamiento, viví un año en la fraternidad de Matt, en la habitación contigua a la de mi hermano. Fue allí donde este verano, una noche de mediados de julio, conocí a Travis. Matt había organizado una fiesta más, y mi hermano estaba en algún otro sitio. Yo estaba encerrada en mi habitación, pero no dejaba de oír el jaleo procedente del piso de abajo y de las otras habitaciones, ya te lo puedes imaginar. Así que me fui al jardín trasero porque tenía ganas de estar sola un rato y escribir, hasta que un chico se sentó a mi lado. Sabía quién era porque Travis siempre acudía a las fiestas de la fraternidad y lo había visto más de una vez. Pero nunca había mencionado que tuviera novia, tampoco aquella noche, por eso siempre había pensado que estaba soltero. Nos pusimos a hablar de un montón de cosas. Parecía realmente interesado en mí, en lo que tenía que decir, tanto que, cuando al cabo de unas horas intentó besarme, yo se lo permití. También accedí a su propuesta de que subiéramos a mi habitación y cometí el terrible error de acostarme con él. Fue mi primera vez, él lo sabía. Fui una estúpida, me dejé llevar por la emoción del momento, pero me di cuenta demasiado tarde.

La sangre se me hiela mientras la miro fijamente a los ojos sin parpadear.

—Al día siguiente, cuando me desperté, él había desaparecido. —Se le escapa una risa infeliz y mi corazón se rompe en mil pedazos. Me quedo paralizada y la miro a los ojos sin pestañear—. A cambio, me encontré con Matt, que lo entendió todo. Fue él quien me dijo que Travis tenía novia. En aquel momento, me quedé destrozada, totalmente rota. Me prometí que no se lo contaría a mi hermano porque se pondría como un loco, pero no conseguí disimular el dolor que sentía. Cuando al fin vacié el costal, sucedió lo inevitable. Fue a buscarlo por toda Corvallis y, en cuanto lo encontró, nadie fue capaz de detenerlo. Tuvieron un encontronazo acalorado y muy violento. Después, le hice jurar que nunca volvería a hacer semejante estupidez. En ese momento, al intuir lo terriblemente humillante que todo aquello había sido para mí, se esforzó por mostrarse comprensivo. Durante las dos últimas semanas de agosto hice todo lo posible por evitarlo, pero sabía que todos mis esfuerzos serían en vano en cuanto pusiera un pie en este campus. —Siento un pitido en los oídos y una sensación de náuseas me invade el cuerpo entero—. No quería seguir estudiando en la universidad porque sabía que lo vería en clase, en los partidos, en la cafetería. En todas partes. No soportaría una humillación tan grande. Algunos días, antes del inicio del semestre, fui a la secretaría para darme de baja. Pero luego lo pillé ligando con dos alumnas de primer curso y algo hizo clic en mi cabeza. La perspectiva de que él siguiera viviendo su vida como si nada hizo que me enfadara. En aquel momento, decidí que no permitiría que condicionara mi vida de ningún modo. No se lo permitiría. Así que empecé a caminar por el campus con la cabeza bien alta, a ir a la cafetería y también a los entrenamientos de mi hermano. No era yo quien debía temer su presencia, sino él, en todo caso, quien debía temer la mía. Pero entonces el destino me jugó una mala pasada cuando una chica menuda de pelo negro y unos ojos más grises que la ceniza se sentó a mi lado y se presentó como la novia del cabrón que me había humillado.

Tengo el corazón en un puño y me cuesta respirar. Me tiemblan las rodillas, las manos... El mundo se me ha venido encima. No puedo hablar ni pensar. Unos escalofríos me recorren todo el cuerpo. Pero no lloro. Por primera vez en toda mi vida, no lloro. Me gustaría hacerlo, lo necesito desesperadamente para deshacerme de todo el asco, la repugnancia, el dolor y la rabia que siento en este momento, pero no puedo.

—Vanessa... —La débil voz de Leila resuena en mis oídos y me despierta del estado de trance en el que me he sumido—. Lo siento mucho —dice con un hilo de voz, y me apoya la mano en la rodilla. Ni siquiera me había dado cuenta de que me estaba tocando.

Bajo de la cama despacio. Tengo la sensación de que en cualquier momento podría abrirse un abismo bajo mis pies y tragarme. Pero, tal vez, ya me encuentro en ese abismo.

—¿Estás bien? O sea, no. Supongo que no estás nada bien. —Escruta mi rostro ausente con aprensión—. Me estás empezando a preocupar. Estás blanca, ¿quieres... quieres un vaso de agua? ¿O quieres que llame a alguien? —Aterrada, se saca el móvil del bolsillo.

—No —respondo, fría e impasible. Me llevo las manos a las sienes y trato de procesar la confesión que acabo de escuchar—. No estoy bien en absoluto. —Respiro lentamente—. Todo esto es absurdo, Leila. Travis nunca haría algo así. No es el mejor chico del mundo, eso está claro, pero esto es demasiado miserable incluso para él. Y yo me habría dado cuenta —tartamudeo mientras trato de convencerme a mí misma. Pero una terrible duda se abre paso en mi mente: todas aquellas noches que pasé sola… Travis siempre me decía que estaba ocupado con los entrenamientos, con su padre…

—Pero lo hizo —replica con decisión.

—No te creo.

—¿Qué motivo tengo para mentirte? —En su rostro veo decepción. Se siente herida porque no la creo, pero miente. No puede ser cierto. Travis me lo dijo, me advirtió y me puso en guardia.

—¡No lo sé, Leila! Pero y-yo… ¡me habría dado cuenta si eso hubiera pasado! —Me llevo las manos al pelo, presa del pánico—. ¡Me habría dado cuenta si me hubiera puesto los cuernos! ¡Lo habría visto! Te equivocas, Leila, te equivocas.

Ella me toma de las muñecas en un gesto cargado de afecto.

—Sé que duele. Para mí no ha sido fácil decírtelo, es una herida que todavía tengo abierta, pero te aseguro que todo lo que te he contado es cierto. —Me mira a los ojos con intensidad, y en esa mirada veo toda su honestidad, que hace que me derrumbe por completo.

Me falta el aire.

—Tengo… tengo que irme. —Paso junto a ella y me dirijo a la puerta.

—¿Quieres que vaya contigo? —pregunta, afligida.

—No. —Me vuelvo hacia ella—. Perdóname. Perdóname, de verdad. Pero ahora mismo necesito estar sola.

—Perdóname —la oigo murmurar en cuanto cierro la puerta a mi espalda.

Bajo los primeros peldaños a toda prisa; no sé a dónde ir.

El destino se mofa de mí, porque justo entonces me encuentro con Travis, que está al final de las escaleras. Me ve, sube unos escalones hasta alcanzarme, pero, en cuanto se acerca, algo hace que se ponga en guardia. Lo miro a los ojos y, de repente, tengo la absoluta certeza de que lo que Leila acaba de contarme es verdad. Todas las veces en que me ha dicho que me mantuviera alejada de Thomas, la frase de Matt —«Ahora estáis empatados»—, la mirada vítrea de Leila cuando se enteró de que Travis era mi novio... Ahora lo entiendo todo. La verdad me golpea como un puñetazo en el estómago.

—Eh, ¿qué te pasa? ¿Estás bien? ¿Vanessa? —pronuncia mi nombre en un susurro angustioso. Se acerca y me acaricia una mejilla.

Aparto su mano y le doy una bofetada tan fuerte que noto un hormigueo en toda la palma. Por suerte, el estrépito de la música camufla el sonido del golpe y las luces psicodélicas impiden que lo vean los demás, que siguen divirtiéndose y bebiendo como si nada.

—Pero ¿qué coño te pasa? —gruñe furioso, y se masajea la mejilla.

—Estuviste con Leila. —Mi tono de voz suena tan controlado que casi no me reconozco—. Y vete a saber con cuántas más.

—¿Qué? ¡Ya te lo dije, no es verdad! —Se encoge de hombros, exasperado.

—No era una pregunta —replico, cortante.

Travis va a hablar, pero se queda paralizado cuando Leila acude a mi lado. Él me observa con la mirada perdida.

—Sea lo que sea lo que te ha dicho, no es...

—No te atrevas —lo interrumpo—. No te atrevas a decir una sola palabra —silbo llena de odio, con los ojos reducidos a dos rendijas.

—Alguien tenía que contárselo. —Leila le dedica una mirada cargada de desprecio—. Pero eres tan miserable que no te habrías atrevido a hacerlo ni dentro de diez años. —Pasa por su lado, lo deja atrás y se dirige al salón. La veo hablar con una chica y sale por la puerta.

—Vanessa, te lo pido por favor, deja que te lo explique —intenta decir.

—Eres el ser más despreciable que he conocido en toda mi vida —escupo, disgustada—. Se acabó. Se acabó para siempre.

Bajo corriendo los últimos escalones con un nudo en la garganta, me abro paso entre la multitud y salgo de ese sitio infernal.

Una vez fuera, respiro hondo e inhalo el aire húmedo y frío de la noche. Llego a un pequeño muro aislado en la parte trasera de la casa y me dejo caer sobre él; y, en ese momento, por fin, rompo a llorar. Lloro a lágrima viva, lloro todas las lágrimas que tengo, todo el dolor que siento. Y duele. Duele muchísimo.

¿Cómo he podido ser tan estúpida? Siempre lo he tenido delante de mis narices, pero me negaba a verlo.

Me muevo hasta el porche trasero y me siento en el primer escalón. Me seco las lágrimas y me doy cuenta de que se me ha corrido el maquillaje. Maldita sea, lo que me faltaba. Tardo unos segundos, pero, cuando por fin me calmo, un grupo de chicos se tambalean a mi lado y gritan palabras incomprensibles.

Reconozco la voz de Thomas. Observo cómo se aleja, pero, de repente, se vuelve hacia mí con expresión confusa, como si no me hubiera reconocido hasta ahora. Se acerca a mí.

—Forastera —dice, y se sienta a mi lado con una cerveza entre las manos—. ¿Qué haces aquí?

Se me escapa una risita infeliz y, poco a poco, lo comprendo todo. El odio de Thomas hacia Travis… Ahora por fin está claro. Niego con la cabeza, abatida.

—Reflexiono sobre la vida —me limito a responder, y bajo la mirada hacia la hierba húmeda.

—Qué tontería —resopla, y se enciende un cigarrillo.

—¿Tontería?

Da una larga calada, luego expulsa el humo por la boca y se vuelve para mirarme.

—Sí. Qué tontería. Tú, aquí fuera, sola, reflexionando sobre la vida.

—Sí… Puede que tengas razón. —Con una audacia insólita, le robo la cerveza de las manos y doy un trago—. ¿Os vais? —Con el cuello de la botella, señalo al grupo de chicos con los que ha salido hace un momento y que lo esperan a unos metros de nosotros.

Asiente y luego echa un vistazo a la casa de Carol, a nuestras espaldas.

—Mi hermana acaba de volver al campus con su compañera de clase. Ya no tengo motivos para quedarme. Nos vamos a liarla un poco con Matthew.

—No hagáis nada de lo que os vayáis a arrepentir —me burlo mientras le doy un empujón con el hombro.

—Vamos allí precisamente para eso —responde con una sonrisita excitante que me hace sonrojar.

Le devuelvo la botella y, sin apartar los ojos de mí, se bebe el último sorbo de un trago, apoyando los labios en el mismo punto donde yo he puesto los míos. El corazón me late a un ritmo frenético. Es absurdo que en un momento como este Thomas sea capaz de aliviarme. Él lo intuye y me ofrece una sonrisa socarrona. Luego se levanta y deja un espacio vacío a mi lado que me hace sentir repentinamente demasiado sola. Esbozo una sonrisa débil, convencida de que debo despedirme de él. Sin embargo, en contra de lo que esperaba, Thomas se planta delante de mí y me estudia atentamente.

—¿Qué pasa? —le pregunto con voz entrecortada.

—Ven conmigo.

El corazón me martillea en el pecho.

—¿Qué?

—¿Prefieres quedarte aquí sentada, en un escalón mugriento, rodeada de mocosos malcriados y llorando?

—No lo sé...

—No te lo volveré a decir. Así que levanta ese culito precioso que tienes y ven conmigo. —Me ofrece la mano y espera a que la acepte.

—¿Crees que tengo un buen culo? —exclamo sin pensar, y me arrepiento al instante.

—Me lo tiraría sin dudarlo —dice con descaro. Pongo los ojos en blanco, desconcertada, y me maldigo por haberle hecho esa pregunta tan fuera de lugar. Él se ríe y sacude la cabeza, mientras que yo siento que las mejillas me arden de vergüenza—. Entonces, ¿vienes o no?

Vacilante, bajo la mirada a la mano tatuada que Thomas me tiende. Frente al brillo travieso de sus iris, me invade una descarga de adrenalina. Y, en un arrebato de locura, decido hacerle caso a Tiffany. Decido atreverme. Decido romper las reglas. Decido dejar atrás la razón y dejarme llevar por el instinto.

A la mierda Travis, a la mierda todo.

Entrelazo mi mano con la suya y me pone en pie de un tirón, a pocos centímetros de su cara, y nuestros cuerpos chocan. Con el pulgar, dibuja el contorno de mi labio inferior y el aire se me queda bloqueado en los pulmones.

—Excelente decisión, Forastera —murmura con lascivia, antes de estamparme un beso en la comisura de la boca que me hace estremecer.

Le sonrío abochornada y, al cabo de un momento, Thomas me lleva con él.

Capítulo 14

Viajamos en coche con dos amigos de Thomas. No sé cómo se llaman ni tampoco presto atención a la carretera. Tengo la cabeza ofuscada, como si la vida que estoy viviendo ya no fuera la mía. Como si fuera víctima de una pesadilla de la que no puedo despertar. En este momento, lo único que me hace sentir viva es el calor ardiente que emana de la mano de Thomas, que está sentado en el asiento trasero junto a mí y la apoya en mi muslo desnudo. Hago un esfuerzo para salir de este estupor y enviarle un mensaje a Tiffany. Quiero decirle que me he marchado de la fiesta y que no tiene motivos para preocuparse. Sin embargo, cuando veo que Travis me bombardea con llamadas y mensajes, apago el teléfono y lo guardo en el bolso.

Bajamos del coche y Thomas me toma de la mano como si fuera lo más natural del mundo. Probablemente, tomará de la mano a tantas chicas que no tendrá ninguna importancia.

La casa de la fraternidad está tan abarrotada que, a través de las ventanas abiertas del segundo piso, se ven habitaciones llenas de personas que beben, gritan, se dejan llevar mientras intercambian saliva, se restriegan y se manosean unos a otros.

En el jardín hay grupos de chicos bebiendo cerveza haciendo el pino sobre el barril y jugando al *beer pong*, y un fuerte olor a hierba me invade las fosas nasales. La música electrónica retumba tan fuerte que noto las vibraciones en la caja torácica. Así, damas y caballeros, es una fiesta en la fraternidad de Matthew Ford.

—No trates a la gente con confianza. La mayoría están tan borrachos que no reconocerían ni a sus propias madres —me advierte Thomas.

Asiento distraídamente. Hago ademán de avanzar hacia la entrada, pero él me atrae contra su cuerpo y me rodea la cintura con un brazo, sin soltarme la mano. Sin darme cuenta, acabo pegada a su pecho y el corazón me late sin control. Estoy tan cerca de él que siento el embriagador aroma a vetiver y cigarrillos. Levanto la cabeza para observarlo y, con su mirada clavada en mí, me detengo en sus labios entreabiertos.

—Y lo más importante: no aceptes bebidas de nadie. Nunca se sabe lo que meten dentro —susurra a unos centímetros de mi boca.

Atontada, parpadeo y me recupero del estado de embelesamiento en el que me había sumido.

—Qué tranquilizador —respondo insegura.

Cuando Thomas me suelta la mano, aprovecho para dar un paso atrás y recuperar la lucidez.

—Ahí dentro no hay nada que sea seguro. Y tú, vestida así, eres... —Me examina lentamente y se muerde el labio—. Una presa fácil. —Sus ojos se detienen más tiempo del debido en mi escote.

—No, adelante, tómate tu tiempo. No es nada embarazoso —siseo.

—Estás impresionante esta noche —pronuncia con voz ronca.

Yo podría decirle lo mismo, nunca ha sido tan sensual. Mirada lasciva. Labios carnosos. Su corpulencia imponente. Las manos grandes, fuertes, de hombre, que una parte de mí desearía sentir en mi cuerpo, en lugares desconocidos para él...

Estoy desconcertada ante mis propios pensamientos. Hace menos de una hora estaba llorando porque se ha acabado una historia de amor que, tiempo atrás, pensé que sería eterna. Y ahora estoy pensando en las manos de Thomas sobre mi cuerpo. Me habré vuelto loca.

Thomas vuelve a tomarme de la mano, lo que me distrae de mis pensamientos, y me lleva hacia el interior. Enseguida nos recibe un grupito de amigos suyos a los que creo haber visto alguna vez en el campus. Los saluda chocando las manos y los hombros.

—¡Collins, por fin has llegado! Te estábamos esperando —exclama un chico de pelo rojizo.

—¿Habéis empezado sin mí, cabrones?

—Las chicas se han negado. Ya sabes que sin ti no lo hacen.

Me pongo rígida, perpleja, y él se da cuenta. Me mira temeroso, pero su amigo lo distrae.

—¿Qué haces, no nos presentas a esta delicia?

Le suelto la mano por instinto y retrocedo un paso, tensa e intimidada. Puede que me haya equivocado al venir a este lugar.

—Pérez, eres un tipo listo, así que escúchame bien —exclama Thomas, que le pone una mano en el hombro—. Esta delicia está fuera de juego. Y fuera debe quedarse. ¿Entendido? —Tras un momento de desconcierto, el chico asiente—. Haz correr la voz, no quiero tener que enfadarme con nadie —concluye Thomas, que le da una palmada amistosa. Cuando Pérez se aleja, Thomas me mira y me tranquiliza con una sonrisa casi invisible. Estoy a punto de darle las gracias, pero no me da tiempo porque unos chicos, entre los que reconozco la cara de Finn, le saltan sobre la espalda y se lo llevan a rastras. En un instante, me encuentro sola en el umbral de esta casa de la perdición.

Perfecto. Bien jugado, Vanessa.

Vacilante, miro a mi alrededor para estudiar el ambiente. Puede que aquí también encuentre un rincón oculto donde esconderme.

No es la primera vez que vengo a la fraternidad. El año pasado estuve dos o tres noches, pero siempre acompañada de Travis, y me sentía segura. Ahora, sin embargo, soy un pez fuera del agua.

Mientras camino, esquivando los vasos de plástico tirados aquí y allá, me tropiezo con Matt. Parece extrañamente sobrio.

—Nessy, ¿eres tú? —Me repasa de pies a cabeza, y no se me escapa el aprecio que delata su sonrisa.

—Hola, Matt —lo saludo débilmente—. Soy yo, en carne y hueso.

—Pero ¿qué haces aquí? ¿No estabais en casa de Carol? ¿Y Travis?

—Sí, estábamos allí —respondo agotada, y me masajeo una sien.

Matt me escruta con suspicacia.

—¿Todo bien?

Se me escapa una exhalación infeliz.

—Mira, vayamos al grano. ¿Tú lo sabías? —pregunto sin tapujos, y me cruzo de brazos.

Él no parece entender nada.

—¿De qué hablas?

—De Travis y de sus aventuras. Y de Leila. —Matt se pone rígido, separa los labios y baja la cabeza. Culpable—. ¿Por qué? ¿Por qué no me lo dijiste? Sabías cómo me trataba y no dijiste nada… —Las palabras mueren en mi boca ante su expresión de arrepentimiento.

—Cuando lo descubrí, discutimos mucho. Le hice prometer que lo dejaría. Y él me aseguró que lo haría. Estaba arrepentido, me pareció decidido a recuperar vuestra relación. Me suplicó que no te dijera nada. Y yo no me sentí capaz de meterme de por medio, estaba convencido de que hacía lo correcto —explica con amargura.

—Tenía derecho a saberlo. Y luego… Leila —añado disgustada—. ¿Cómo puedes ser amigo de una persona que ha sido capaz de hacer algo semejante? —Los ojos se me humedecen por culpa del dolor.

—Somos amigos desde que éramos niños. Lo que le hizo es injusto, pero es mi amigo.

Sacudo la cabeza, siento náuseas. Esta historia es espeluznante.

—¿Qué habrías hecho si en lugar de Travis hubiera sido Alex? —pregunta ante mi silencio.

—No lo hagas, Matt, no pintes así las cosas —lo prevengo.

—¿Le habrías dado la espalda?

¡Sí! Creo… Desde luego, no se lo habría ocultado todo a su novia. Tal vez.

—Me esperaba más lealtad por tu parte. Eso es todo. —Me muerdo el interior de la mejilla para evitar ponerme a llorar.

—Me encontré en medio de una situación de mierda. Estuviera del lado que fuera, iba a hacerle daño a alguien. Esperaba que la cosa terminara ahí.

—Pues mira, de hecho, las cosas se han acabado —escupo con amargura.

Se pasa una mano por el pelo.

—Lo siento, créeme.

—Se habría acabado de todos modos —confieso, repentinamente consciente de ello. Es la verdad, pero, aun así, duele.

Me pone una mano en el brazo y me sonríe de forma sincera.

—Yo también soy tu amigo. Estoy aquí si me necesitas.

—Gracias —murmuro, e intento tragarme el nudo que tengo en la garganta.

Se mete las manos en los bolsillos y echa un vistazo a su alrededor.

—¿Estás aquí con alguien? —pregunta con tranquilidad.

—Ehm, sí. —Yo también miro a mi alrededor—. Pero ha desaparecido, y ahora me estoy arrepintiendo de no estar metida en mi cama.

—No te arrepientas. Ahora ya estás aquí. Divirtámonos un poco. —Me hace una señal para que lo siga al jardín. Al parecer, según Matt, no hay mejor cura para un corazón roto que el *beer pong*. Pero enseguida caigo en la cuenta de que retar a un jugador de baloncesto no es la opción más inteligente del mundo. Así que antes de terminar la noche vomitando litros de cerveza detrás de algún arbusto, decido sacar la bandera blanca. Dejo que Matt juegue con otras personas y regreso al interior de la casa, ahora envuelta en una nube de humo. Un grupo de chicos y chicas sin camiseta me llama la atención. Están sentados en el suelo alrededor de una mesita de madera. Me acerco con curiosidad. Están jugando al *strip* póquer. Entre los chicos semidesnudos destaca el poderoso físico de Thomas, cubierto de tatuajes. Uno en particular, que no había visto nunca, me impresiona tanto que me pierdo en él. Representa a un niño arrodillado, envuelto por dos enormes alas que le cubren toda la espalda, mientras sostiene un corazón negro entre las manos. Es trágico y, al mismo tiempo, fascinante. Shana está junto a él, con unos vaqueros ajustados y un sujetador de encaje, el pelo rojo suelto por la espalda y un porro entre los dedos. He aquí lo que Thomas tenía que hacer con tanta urgencia.

Cuando Shana también se percata de mi presencia, los rasgos de su rostro se transforman en una mueca despectiva. No pierde el tiempo y se abalanza sobre los labios de Thomas. Él le corresponde como por inercia, pero al cabo de unos segundos se aparta de ella molesto.

—Oh, menuda sorpresa. ¿No sabes cómo llegar a casa, ratita de alcantarilla? —gorjea la pelirroja con amargura mientras me dedica una mirada de desprecio.

147

Le echo un vistazo rápido a Thomas con la esperanza de que intervenga. Después de todo, ha sido él quien me ha traído aquí. Pero me ignora por completo y se limita a apurar un vaso que contiene quién sabe qué líquido transparente. Sacudo la cabeza con resignación. Tendría que haberlo imaginado.

—Lo has pillado, aquí no eres bienvenida. ¿Por qué no vas a confraternizar con esa panda de perdedores del coro de estudiantes? Estoy segura de que tendréis mucho de lo que hablar. —Me despide con un gesto de la mano. Echo humo de la rabia y me dispongo a darme la vuelta.

—No le hagas caso —exclama un chico de ojos color almendra sentado al otro lado de Shana—. ¿Por qué no te unes a nosotros, chiquilla? —me pregunta con una sonrisa traviesa.

¿Y correr el riesgo de acabar en bragas? No, gracias.

Estoy a punto de negarme, pero Thomas, con un cigarrillo entre los labios y una baraja de cartas repartidas en forma de abanico en las manos, le lanza una mirada asesina.

—Como si no hubiera dicho nada —replica el tipo.

—Ya ves tú, si ni siquiera se desnudaría delante de su novio —se burla Shana con una mueca—. De hecho, ¿por qué no vuelves con él? Si yo fuera tú, no lo perdería de vista, nunca se sabe lo que podría hacer, o con quién... —Se ríe con malicia.

—Travis ya no es mi novio. —Ante estas palabras, Thomas deja de colocar las cartas durante un instante y, aunque no me mira, sé que me está escuchando.

Shana chasquea la lengua con aire teatral.

—¿Te ha dejado por la de primero? ¿O por la de tercero? ¡No, espera! Puede que simplemente haya abierto los ojos y se haya dado cuenta de que cualquier otra chica sería mucho mejor que la suya, ¿verdad? —comenta con desprecio, y llama la atención de todos los presentes. Cuando los oye reírse, Shana me mira con aspecto triunfal.

Siento que las lágrimas llegan en tropel y la vergüenza me inunda. Me gustaría ser lo bastante fuerte para ponerla en su sitio como se merece, pero ahora mismo estoy demasiado dolida para hacerlo.

—Deberías aprender a cerrar esa puta boca. Y no solo cuando es un hombre quien lo hace por ti. —Thomas habla en mi lugar, y lo hace con una expresión hosca que le ensombrece el rostro y enmudece a todo el mundo.

Y no debería, pero una parte de mí se regodea al verla repentinamente mortificada. Justo como ella me ha hecho sentir a mí. Así que me armo de valor y respondo, con la cabeza bien alta:

—Todo lo contrario. A Travis Baker lo ha dejado la tía más insulsa del estado de Oregón. Absurdo, ¿no te parece?

Instigada por mis propias palabras, me invade un impulso irrefrenable de demostrarle a esa princesita que no me dejaré pisotear por ella ni por sus truquitos hipócritas. No me quedaré escondida en un rincón. Ya no.

—¿Sigue en pie la invitación? —le pregunto con descaro al chico de los ojos color almendra. No responde, sino que mira a Thomas como si esperara su aprobación—. ¿Sí? —continúo. Me opongo a la idea de que otra persona tome la decisión por mí—. ¡Muy bien, estoy lista!

Una sonrisa socarrona se dibuja en el rostro de la pelirroja, y estoy casi segura de leer tras esa máscara un poco de miedo e... ¿inseguridad?

Thomas se vuelve de golpe en mi dirección.

—Estas cosas no son para ti.

—Deberías dejar que lo decida yo —respondo, molesta. Me siento en el suelo. Que empiece el juego.

ॐ

Ni siquiera yo sabría decir cómo ha pasado, pero poco después me encuentro en sujetador y bragas, rodeada de tíos excitados. Yo no soy menos: cada vez que pierdo, levanto un vaso de plástico en el aire, me uno a los gritos de la gente, y dejo que el licor se deslice por mi garganta. Los chicos brindan y beben conmigo. La atención que todos me prestan de repente ha puesto celosa a Shana, y a pesar de todos sus esfuerzos por acercarse a Thomas, se marcha, obligada a reconocer la derrota. El tatuado más guapo y prepotente que he visto en toda mi vida me fulmina con esos ojos feroces y furiosos. O tal vez preocupados. Estoy segura de que lo he visto asesinar con la mirada a un chico que ha intentado tocarme.

Una hora y cuatro copas más tarde, veo borroso, oigo de forma confusa y siento el cuerpo invadido por las llamas. La gente se mueve a cámara lenta. Necesito un poco de aire. En cuanto me levanto, la sala empieza a dar vueltas y no se detiene hasta que dos brazos fuertes me sostienen. Tardo unos segundos en comprender que se trata de Thomas, que me agarra en brazos como si fuera una niña.

—¿Qué haceeees? Déjame en el suelo —protesto, y forcejeo.

—Para, estás borracha como una cuba —suelta. El matiz de preocupación en su voz me hace sonreír. O al menos eso creo, no es que ahora mismo pueda controlar mis expresiones faciales.

—¿Me estoy riendo? —murmuro con la boca pastosa.

—¿Qué? —pregunta, confuso.

—Quería saber si me estoy riendo, quería... quería reírrrrr.

Cuatro ojos verdes me miran mal y dos Thomas suben las escaleras.

—Sí —musita—. Te estás riendo, o algo por el estilo.

—Ahora mismo veo dos versiones de ti, y espero que al menos una de las dos sea menos irritante, de lo contrario, me veré obligada a patearos el culo a ambos... —Me río sin ningún motivo aparente y con el dedo índice trazo una línea desde su labio hasta la flor de loto que lleva tatuada en el cuello. Tiene la boca suave y una barba de dos días le recubre la mandíbula cuadrada. La piel de su pecho es suave, sus abdominales esculpidos llegan hasta el borde de los pantalones. Maldita sea, qué guapo es. Murmura algo, pero no entiendo las palabras. Agotada, apoyo la cabeza en su pecho y cierro los ojos.

—¿Adónde me llevas?

—Arriba, a la habitación.

¡Alto! ¿Qué? Me está llevando a la habitación, borracha y medio desnuda. ¿Qué demonios piensa hacer? Empiezo a darle patadas con fuerza hasta que se tambalea.

—Para ya, Ness, o acabarás con el culo en el suelo —me regaña, pero mi atención se centra en el nuevo apodo que me ha puesto: «Ness». Debo reconocer que me gusta. Mucho más que ese fastidioso «Forastera» con el que se empeña en llamarme. Aunque, para ser sincera, ese también me gusta. Pero solo porque es él quien lo pronuncia.

—Bájame —le ordeno, y reúno la poca lucidez que me queda—. Ahora mismo. —Vuelvo a patalear, pero su agarre es invencible—. ¡Quieres aprovecharte de mí! No te lo voy a permitir. ¡Aunque esté borracha!

—A ver si te calmas un poco. Te estoy llevando a la habitación, a salvo de todo lo demás. —Oh. Me relajo entre sus brazos. Está preocupado por mí, entonces. Quiere mantenerme a salvo. Es tan... dulce. Estoy a punto de darle las gracias cuando añade—: Estúpida. —Le doy un puñetazo en el pecho, duro como el mármol.

—¡No me llames «estúpida»! —digo, y hago pucheros como una niña mimada.

—¿Qué se supone que era eso? Con un puñetazo así, ni siquiera tumbarías a un polluelo, pero podemos trabajar en ello —bromea.

Por fin llegamos al rellano, Thomas abre una puerta y entramos en una habitación oscura, muy oscura. No puedo confiar por completo en mi vista ahora mismo, pero creo que las paredes son negras. Todo está rodeado de oscuridad, excepto por la tenue luz que entra por la ventana abierta al patio. Veo un escritorio frente a la pared a mi izquierda, junto a la puerta, y un gran armario de madera oscura a mi derecha.

—¿Dónde estamos? —Thomas me acompaña hasta la cama, que es enorme y muy mullida, me tumba en ella y me cubre con una manta.

—Estamos en mi habitación, puedes estar tranquila. —¡Dios mío! Tranquila tu madre. ¡Esta cama habrá visto más vaginas que una ginecóloga jubilada!

—¡Quiero bagar! —grito.

—¿Qué quieres hacer? —pregunta, confundido y divertido a la vez.

—Abajo. Ahora. —Ruedo sobre el colchón y acabo bocabajo sobre la alfombra—. ¡Au!

Thomas estalla en carcajadas. La Vanessa de siempre se sentiría avergonzada, pero también estoy borracha. Intento incorporarme cuando algo se mueve dentro de mí.

—Thomas... —lo llamo, pero está demasiado ocupado riéndose—. ¡Thomas! —exclamo más fuerte.

—¿Qué te pasa ahora? —pregunta sin aliento.

Me llevo una mano a la barriga.

—Voy a...

Él parpadea.

—Oh, mierda, no. —Me arrastra hasta el baño. Sí, tiene un baño en la habitación.

En cuanto me agacho frente al váter, empiezo a vomitar. Thomas está a mi lado y disfruta del espectáculo en primera fila.

Mañana, cuando me despierte, me cavaré la tumba más profunda de la historia de la humanidad. Thomas se inclina para aguantarme el pelo, mientras que yo me agarro a la superficie de cerámica.

—Júrame que no se lo dirás a nadie —le suplico después de escupir saliva en el váter y secarme las lágrimas que se me han acumulado en la cara por el esfuerzo. Cuando me veo la mano manchada de negro, me pregunto cuánto rímel me ha puesto Tiffany. Madre mía, debo de ser un espectáculo repugnante a sus ojos. Temblorosa, me levanto para llegar hasta la pila. Me lavo las manos y me enjuago la cara.

—Será la primera cosa que haga mañana cuando me despierte —se mofa.

Entrecierro los ojos.

—Te mato. Te lo juro. —Me lanzo hacia él, con la intención de agarrarlo por la ropa, pero no puedo, porque mi estómago está preparado para el segundo asalto.

$\sim$

Después de lo que me parece una eternidad, sigo en el baño, pero ya me siento un poco mejor. Si no fuera porque apesto un montón. Thomas sigue aquí conmigo; no parece disgustado. No me ha dejado sola ni un momento, y no sé si sentirme agradecida o avergonzada.

Me alejo del váter. Me siento en el suelo con la espalda contra el cristal de la ducha y las rodillas contra el pecho.

—Lo siento —murmuro, y miro al techo.

—¿Por qué?

Por Travis, por lo que le hizo a tu hermana. Por el dolor y la humillación que os infligió. Por no haberme dado cuenta antes. Por haber dudado de ti. Por arruinarte la noche. Por hacerte asistir a todo esto. Lo siento por muchas cosas...

Me froto la cara y le miro a los ojos.

—Por todo. Soy un desastre, Thomas.

Se acerca y se sienta a mi lado. Me coloca un mechón de pelo detrás de la oreja y me acaricia la cara. Un toque cálido y delicado.

—Todos lo somos —dice en voz baja.

Con las lágrimas a punto de estallar, le tomo la mano, que sigue apoyada en mi mejilla, y la aprieto con fuerza. Quiero que sepa que le estoy agradecida por esta noche. Agradecida de verdad. Nos quedamos así unos minutos.

—Apesto —digo asqueada, e interrumpo el extraño silencio que aletea a nuestro alrededor.

—Un huevo. —Sonríe y yo hago lo mismo.

—Oye, ¿crees que... que podría darme una ducha?

Asiente y se pone en pie.

—Te daré algo de ropa mía para que te la pongas esta noche.

—¿Esta... esta noche? —pregunto escéptica.

—Sí, teniendo en cuenta el estado en el que te encuentras, te quedarás aquí —dice perentoriamente. El efecto del alcohol ha disminuido, pero todavía me siento débil y aturdida, mi ropa (o mejor dicho, la ropa de Tiffany) ha acabado vete a saber dónde y no tengo forma de volver a casa. La única opción sensata es quedarse, Thomas tiene razón.

Suspiro.

—Vale, pero ya puedes olvidarte de que durmamos juntos.

—No era mi intención.

—Oh. —No debería, pero me siento un poco decepcionada. Por lo visto, todos los chicos que me rodean prefieren acostarse con otras chicas y no conmigo.

Me mira con una sonrisa socarrona y añade:

—A menos que tú quieras.

—No. No quiero. —Porque no quiero, ¿verdad?

—Estamos de acuerdo, entonces. —Llega a la puerta del baño.

—¿Dónde dormirás tú? —le pregunto, y lo sigo. Señala un sofá que hay bajo la ventana, no muy lejos de la cama.

—Puedo dormir yo ahí, si quieres, no hay problema. Ya has hecho demasiado por mí. —Me recojo el pelo en una coleta desordenada con la goma que llevo siempre en la muñeca.

—El sofá no está mal. Y tú necesitas descansar. —Toma una almohada de la cama y la coloca contra el reposabrazos. Me gustaría abrazarlo y darle las gracias, pero intuyo que no lo apreciaría. Así que opto por meterme en la ducha. Tras recomponerme y cepillarme los dientes untándome pasta dentífrica en el dedo índice, regreso a la habitación, que está vacía. Thomas ha desaparecido. Imagino que habrá vuelto a la fiesta de abajo. Me ha dejado una camiseta sobre la cama; es negra y holgada. Me llega hasta las rodillas, pero es suave y huele a él; tiene su inconfundible aroma a vetiver y tabaco. Sin pensarlo, hundo la nariz en la tela e inhalo profundamente. Sí, huele a él. Me meto bajo las sábanas y miro fijamente el techo negro. ¿Qué persona en su sano juicio pintaría así las paredes de su dormitorio? ¿Un asesino en serie, tal vez?

Estoy sumida en estos pensamientos cuando oigo el sonido de una llave en la cerradura. Me siento de golpe y me agarro con fuerza a la sábana. Cuando caigo en la cuenta de que estoy sola, vestida únicamente con una camiseta, en la habitación de un chico accesible a cualquiera, el pánico me devora. Se me acelera el pulso, apenas puedo tragar mientras miro a mi alrededor en busca de algún objeto con el que defenderme, por si acaso fuera necesario, pero no encuentro nada.

La puerta se abre lentamente con un ligero crujido que me eriza la piel. En cuanto veo el rostro de la persona que entra, suelto un suspiro profundo.

—Oh, menos mal, eres tú. —Me llevo las manos al pecho.

Thomas entra con una botellita de agua en la mano y cierra la puerta con llave.

—¿Quién iba a ser, si no?

—¿En una fiesta llena de gente borracha? Cualquiera —le digo.

—Nadie más tiene la llave de mi habitación —me tranquiliza—. ¿Cómo estás?

154

—Estoy bastante aturdida, pero al menos la habitación ya no da vueltas.

—Toma, te he traído un poco de agua. —Me pasa la botellita y me la pongo sobre las piernas, cubiertas por la sábana.

—¿No vas a bajar a divertirte?

—Nah. Están todos pasadísimos, ya no es divertido.

Arqueo una ceja con escepticismo.

—¿Y tú no?

—Lo habría hecho, pero te me has adelantado —se burla—. Además, estamos en un momento en que debería portarme bien por los entrenamientos.

—Vale. —Vuelvo a tumbarme y permanezco un rato en silencio, mientras él se sienta en el sofá, con las piernas abiertas y los hombros apoyados en el respaldo. Se enciende un cigarrillo sin apartar los ojos de mí—. ¿Qué pasa? —le pregunto, y me pongo de lado para mirarlo, con una mano bajo la almohada.

—¿Qué ha pasado?

Una punzada de dolor se me clava en el pecho.

—Me ha engañado —confieso tras unos instantes de duda, y siento una puñalada en el corazón—. Pero eso ya lo sabías, ¿no?

No responde. Inhala el humo del cigarrillo con los ojos entrecerrados y lo expulsa hacia arriba. Incluso en este momento, no aparta sus ojos de los míos.

—¿Sabe que estás aquí?

Sacudo la cabeza en señal de negación y veo que en su rostro se dibuja una sonrisa de satisfacción.

—Thomas —susurro—. ¿Te apetece…, quiero decir, puedes venir aquí, conmigo? Lo sé, es estúpido, pero ha sido un día horrible y necesito… —¿Calor humano? ¿Seguridad? ¿Cariño? Me sentiría demasiado patética si lo dijera en voz alta. La expresión de perplejidad que me dedica me insta a dejar de hablar. Tal vez he pretendido demasiado—. Da igual, olvídalo, como si no hubiera dicho nada. —Vuelvo a mirar al techo, qué estúpida he sido. Pero, para mi sorpresa, Thomas suspira y se levanta. Apaga el cigarrillo en el cenicero que hay sobre la mesilla de noche y se quita los vaqueros, para quedarse solo con unos bóxers negros. Mi capacidad para hablar, pensar o respirar queda anulada por completo ante la visión de su cuerpo desnudo y esculpido. Me arden las mejillas, ni siquiera recuerdo cómo me llamo. Parpadeo y trago saliva con dificultad, mientras me obligo a mirar a todos lados excepto a la única parte de su cuerpo cubierta por una tela demasiado ajustada. Tan ajustada que deja poco espacio a la imaginación.

—¿Qué te pasa, Ness? —La voz cálida y persuasiva de Thomas me hace levantar la mirada hacia la suya. Me observa con picardía, consciente y orgulloso de mi timidez. El fanfarrón de siempre—. Querías que me metiera en la cama contigo, ¿no? Hecho. —Con una sonrisa insolente, apoya una rodilla en el colchón y se acerca lento como un felino, pero con mucho cuidado de no tocarme. Como si la idea de burlarse de mí lo divirtiera, pero no quisiera faltarme al respeto de ninguna manera ni aprovecharse de este momento mío de debilidad. Se coloca con las manos detrás de la nuca y se apoya contra el respaldo de la cama. Se vuelve hacia mí y me ofrece una mirada comprensiva e indulgente que disipa la tensión. Estaba convencida de que estar en la cama con un chico que no fuera Travis me pondría algo nerviosa. En cambio, por alguna extraña razón, mi cuerpo está perfectamente relajado junto a él. Movida por una necesidad instintiva, me dejo ir por completo.

—¿Puedo... puedo abrazarte un poco? —Me siento desesperada, obligada a buscar afecto al igual que las hormigas buscan migas de pan. Estoy segura de que actúo sin filtros por culpa del alcohol, que todavía circula por mi cuerpo.

Él parece desorientado ante mi petición. Entonces, impulsado tal vez por un sentimiento de compasión, decide acogerme entre sus brazos.

—No te acostumbres —refunfuña. Me acurruco y presiono la cara contra su cálido pecho mientras inhalo su aroma. Me encanta. Thomas me sujeta con un agarre fuerte, tranquilizador y protector. Y algo dentro de mí parece romperse. De repente, rompo a llorar. No puedo parar, las lágrimas salen con urgencia, con una fuerza descontrolada.

—Lo siento, es que... no puedo parar —sollozo, con la cara escondida entre las manos.

Thomas no dice nada, se limita a abrazarme más fuerte todavía y me hace sentir como en una fortaleza donde puedo dar rienda suelta a todo mi dolor.

—Tenías razón, ¿sabes? Me lo ha quitado todo —murmuro con los labios mojados por las lágrimas—. Y ahora no puedo dejar de sentirme...

—¿Cómo?

—Equivocada.

—No eres tú la que se ha equivocado —dice con brusquedad. Inclino la cara para mirarle a los ojos.

—Pero así es como me siento. Equivocada. Durante todo este tiempo, Travis no ha hecho más que engañarme. ¿Sabes lo que eso significa? Que ha preferido a cualquiera antes que a mí. Joder, tenía que darle mucho asco. Lo que podía ofrecerle no era suficiente. Yo no era suficiente. Siempre ha sido así, nunca he sido suficiente para nadie.

Thomas se aparta ligeramente para verme mejor.

—Dices un montón de tonterías, pero te lo voy a permitir. Estás medio borracha y claramente deprimida.

—No, es la verdad. Yo no gusto. Ni siquiera le gustaba a mi novio —añado, y estallo en una risita nerviosa al tiempo que sacudo la cabeza por la humillación.

Thomas me agarra de la barbilla y me obliga a mirarlo.

—Te engañó porque es un capullo que no ha sabido guardársela en los pantalones. La culpa no es tuya. Es suya. Métetelo en la cabeza.

—No lo entiendes... —Dejo la frase a medias cuando caigo en la cuenta de que él habrá infligido la misma humillación a vete a saber cuántas chicas.

—¿Crees que no eres atractiva? Te equivocas, joder si lo eres. —Siento un escalofrío que me recorre la espalda.

¿De verdad lo cree?

Aturdida y abrumada por mil emociones, le miro los labios fijamente. Siento un cosquilleo en el vientre ante la idea de cubrirlos con los míos, de sentir nuestras lenguas entrelazadas y nuestros sabores fundiéndose.

Quién sabe cómo besará Thomas. Cómo poseerá el cuerpo de una mujer. Cómo será en la cumbre de su placer...

Una idea malsana se abre paso en mi cabeza.

Quiero averiguarlo.

Mis dedos se mueven de forma automática a lo largo de su mandíbula, recorren la barbilla y se acercan lentamente a sus labios entreabiertos y agrietados. Hipnotizada, trazo su contorno. Mis pechos presionan su torso macizo y desnudo. Las puntas de nuestras narices se rozan y, durante un instante interminable, no apartamos la mirada del otro, con la respiración acelerada por la tensión.

—¿Qué haces?

—No lo sé… —respondo bajo el hechizo de mis propios movimientos.

Deseosa de más, de sentir el efecto de su piel contra la mía, empujo la pelvis despacio hacia él. Mis muslos delgados se pegan a los suyos, más musculosos, y el ligero bulto cubierto por la fina tela de los bóxers presiona mi intimidad. La temperatura de mi cuerpo se dispara hasta las estrellas. Me muerdo el labio y cierro los ojos, mientras siento que se vuelve cada vez más voluminoso y definido entre mis piernas.

—Así vas a meterte en un lío. —Un deseo ardiente brilla en sus ojos—. Un lío muy grande.

—Es mi especialidad. —Contengo la respiración cuando, con otro movimiento de mi pelvis, su erección roza un punto determinado en medio de mis muslos. En un acto reflejo, Thomas me agarra el pelo en un puño y trata de reprimir un gemido de placer. Y cuando empiezo a frotarme contra él con más ímpetu, suelta un poderoso gemido de verdad. Siento que yo también estoy a punto de perder el control.

—Ness…

—Dime… —Acerco mis labios a los suyos y los rozo. Una serie de escalofríos me recorren la espalda. Tiene los labios suaves y carnosos, saboreo el ligero regusto a cigarrillo.

—Estás borracha —murmura en mi boca con voz áspera. No lo escucho. Con el corazón desbocado, continúo esta lenta tortura, esquiva y delicada, como si jugara a un pequeño juego de seducción entre nuestros cuerpos. Él no se aparta, pero tampoco parece dispuesto a corresponderme. Más bien, estudia a fondo cada uno de mis gestos. Con los ojos muy abiertos, la respiración entrecortada y los músculos tensos.

Para incitarlo a ceder, decido provocarlo con la punta de la lengua. Lamo el contorno de su boca. Ambos contenemos un temblor. Lo hago de nuevo, y otra vez. Solo entonces, Thomas aprieta todavía más el agarre de mi pelo y mueve su pelvis hacia mí. Instintivamente, cierro las piernas para sofocar la excitación.

—No deberías hacerlo... —gruñe. Pero no le doy la oportunidad de añadir nada más. En este instante, esto es exactamente lo único que quiero hacer.

Me abalanzo sobre su boca y lo beso con toda la extraña pasión y perversión que Thomas me ha infundido. Él no me corresponde de inmediato como esperaba. Se obliga a controlarse, pero percibo el deseo que siente por mí. Lo noto en todas partes. Por eso, no cedo y decido lanzarme... Con dedos temblorosos, bajo hasta la cinturilla elástica de sus bóxers. Abro la palma sobre la protuberancia y empiezo a moverla arriba y abajo, con movimientos flemáticos, intensos y puede que un poco torpes. Siento cómo se estremece y palpita cada vez más ante mi tacto. Con un gruñido brutal, Thomas me muerde el labio y me deja sin aliento. Me mete la lengua en la boca, famélico, y mi cuerpo estalla. Me aferro a él y lo beso de forma salvaje, con la mente nublada por el deseo y el cuerpo ardiente de pasión y urgencia. El *piercing* que tiene en la lengua me provoca una sensación nueva, terriblemente excitante. Cuando encuentro fuerzas para separarme de él, estoy desconcertada. Tengo la respiración entrecortada. La cara acalorada. Pensaba que besarlo calmaría el deseo, pero, en lugar de eso, lo ha amplificado.

Me acerco en busca de más, y, en cuanto nuestros labios vuelven a tocarse, ardo como la gasolina al contacto con el fuego. Me pongo a horcajadas sobre él, porque el mero contacto con su boca ya no me basta. Siento su erección presionando bajo la fina tela de mis braguitas y, con una inhibición que me resulta desconocida y una necesidad incesante de aliviar el calor devastador que siento entre los muslos, me froto contra él moviendo la pelvis. Con una mano, Thomas me agarra el pelo sobre la nuca, y con la otra me aprieta la cadera hasta casi hacerme daño. Aumenta el ritmo de mis movimientos con determinación. Nos encontramos gimiendo juntos en un torbellino de excitación. No sé lo que estoy haciendo, pero sé que nunca me había sentido mejor.

Nuestras lenguas se entrelazan con avidez hasta que nos quedamos sin aliento. Nos separamos, jadeantes, y apoyo la frente en la suya. Dos pupilas dilatadas me miran anhelantes. La vena de su cuello palpita con tanta fuerza que temo que estalle en cualquier momento, igual que mi corazón. Su erección palpita entre mis muslos y siento que la tela de mis braguitas se humedece cada vez más. Le sonrío, complacida por el efecto que parece que le provoco y por las sensaciones que él desencadena en mí, y me inclino para besarlo de nuevo, pero él me lo impide.

Me pone las manos en los hombros y niega con la cabeza.

—Estás borracha.

—Sí y no. —Es cierto, el alcohol es lo que me hace estar tan desinhibida, pero estoy lo bastante lúcida como para saber lo que hago. Y quiero hacerlo.

—Así no me apetece —replica serio, mientras nuestras respiraciones se calman poco a poco.

—No lo entiendo, no... ¿no me deseas? —pregunto, y enderezo la espalda mientras trato de ocultar mi humillación.

Él frunce el ceño.

—¿Crees que la erección sobre la que estás sentada es un indicio de que no te deseo?

—Pues entonces no pares. —Me aparto sus manos de los hombros, me acerco a su cara y le rozo los labios—. Hazme olvidar, Thomas —le ruego en un susurro, y muevo la pelvis sobre su cuerpo despacio—. Lo necesito.

—Te arrepentirás.

—No me trates como si fuera virgen, no lo soy. —Me inclino hacia delante y le beso el cuello lentamente mientras trazo líneas imaginarias con la punta de la lengua—. Solo es sexo. —Al llegar a su boca, le chupo el labio y lo muerdo con fuerza, como ha hecho él antes. Siento que se estremece debajo de mí. Estoy jugando sucio, pero lo necesito. Quiero sentirme deseada por alguien, aunque solo sea por una noche.

—Ya te he dejado jugar bastante, ahora basta —gruñe molesto, pero en sus ojos veo lo mucho que me desea. Tanto como yo a él. Sin embargo, Thomas me agarra por la cintura y me aparta para hacerme caer de espaldas sobre el colchón, dejándome insatisfecha.

Suspiro impaciente y me enderezo sobre los codos.

—¿Sabes qué? Si no quieres hacerlo, entonces me iré a buscar a otro. El piso de abajo está lleno de capullos dispuestos a tirarse a la primera desesperada que se les cruce por delante —escupo con rabia, con un lenguaje y un descaro que no sé de dónde salen. Me levanto de la cama mientras monto mi numerito con la esperanza de que surta el efecto deseado, y llego hasta la puerta. Cuando estoy a punto de abrirla, una mano grande y tatuada la cierra con vehemencia. Sonrío complacida, sin dejar que lo vea. Thomas me agarra por los hombros y me da la vuelta.

—¿Adónde coño crees que vas?

—Abajo.

Avanza unos pasos, hasta que mi espalda choca con la puerta. Estoy atrapada, sin una vía de escape. Pero no quiero irme a ninguna parte.

—Vuelve a poner el culo sobre ese colchón —ordena tajante, con las mejillas ligeramente enrojecidas. Estoy a punto de negarme y soltarle que no puede decirme lo que tengo que hacer, pero entonces levanta la comisura de la boca de forma impúdica y añade—: Si quieres que te folle un capullo, ese capullo seré yo… —Me agarra la cara con una mano y me mira los ojos—. Siempre que esto sea solo sexo —me deja claro.

—Solo sexo —lo tranquilizo.

Me lame el labio y luego hunde su lengua en mi boca. Su aroma a vetiver me aturde. Inspiro profundamente. Sin romper nuestro beso, me levanta del suelo, lo que me toma por sorpresa. Instintivamente, le rodeo la cintura con las piernas. Me arrastra de nuevo hasta la cama, donde me deja caer bajo su cuerpo. Me agarra los muslos, los separa, se coloca entre ellos y se apoya en los codos. Presiona su pelvis contra la mía y me invade una oleada de calor tan potente que arqueo la espalda e inspiro profundamente sobre su boca. Cuando se separa de mí, me roza con el dedo índice los labios, el cuello, la hendidura entre mis pechos cubierta por la tela de su camiseta y el vientre; con la otra mano me aprieta el pecho izquierdo y me masajea suavemente el pezón, ya hinchado. Lo observo hipnotizada mientras baja y hunde la cara entre mis muslos. Me lame por encima de las braguitas mojadas y luego me mordisquea para excitarme despacio, de una forma tan perversa que me humedezco todavía más.

—Oh, Dios —jadeo, y cierro los puños sobre las sábanas. Me quita las bragas con los dientes y una sonrisa diabólica se dibuja en sus labios.

—Mucho mejor así —dice. Me besa la rodilla, luego la cara interna del muslo, y sube con calma. Con la lengua vuelve a lamer mi punto más sensible y, por un momento, se me corta la respiración. Intento moverme, pero él me lo impide, así que hundo los dedos en su pelo y empujo su cabeza entre mis piernas para incitarlo a que me dé más, a que calme este ardor que siento entre los muslos y que me hace jadear. Thomas hace girar su lengua con extrema maestría por todo mi centro, de arriba abajo. El roce del *piercing* hace que la cabeza me dé vueltas.

—Quiero más…, por favor…

Me mete un dedo y todos mis músculos se contraen a su alrededor. Lo mueve arriba y abajo, divinamente. Sabe cuándo aumentar la velocidad y cuándo disminuirla, dosifica la presión adecuada con cada roce. Luego desliza un segundo dedo en mi interior y alcanza un punto que me provoca una dulce sacudida en el bajo vientre. Me estoy volviendo loca con un placer insoportable que reverbera en cada centímetro de mi cuerpo. Cuando empieza a mover los dedos más deprisa, empujo mi pelvis hacia él y gimo bajo su mirada complacida. Pero él interrumpe ese placer para quitarme la camiseta, que quién sabe dónde acaba. De repente, siento una punzada de vergüenza. Ahora me doy cuenta de que estoy completamente desnuda en la cama de Thomas Collins. Y aunque en este momento estoy más desinhibida que nunca, mis inseguridades siguen vivas en mi interior. La incomodidad aumenta cuando noto su mirada hambrienta: primero en mi boca cerrada, luego en mis pechos, en el vientre y, por último, en el centro de los muslos.

—¿En qué… en qué piensas? —Me muerdo el labio, completamente avergonzada; soy una estúpida por haber hecho semejante pregunta.

—En al menos diez formas distintas en que podría follarme cada parte de tu cuerpo, si te soy sincero.

Madre. Mía.

Me sonríe y me besa en los labios. Es un beso casto, nada que ver con los de antes. Con una mano, se lleva mi muslo alrededor de la cintura. Aprieto la rodilla contra su cadera y siento cómo su erección, todavía cubierta por los calzoncillos, roza mi intimidad. Me agarra una de las nalgas y alza mi pelvis para intensificar ese placer. Me mira a los ojos mientras lo hace, con los labios ligeramente entreabiertos. Unos mechones de pelo oscuro le caen sobre la frente, y su respiración me cosquillea el rostro. Se inclina sobre mis pechos y, mientras sigue llevando mi pelvis contra la suya, toma un pezón entre los labios y lo chupa lenta y meticulosamente hasta que arqueo la espalda.

—Por favor, te necesito, Thomas —jadeo, incapaz ya de soportar las poderosas palpitaciones entre los muslos. Necesito que las calme o me volveré loca, de eso estoy segura. Vuelve a centrar su atención en mí, me acaricia la pierna y apoya todo el peso de su cuerpo en su otro brazo para no aplastarme.

—Te doy una última oportunidad para que te eches atrás, Ness.

Pero yo le agarro la cara entre las manos y lo beso, mordiéndole el labio con tanta fuerza que lo oigo reprimir un gemido.

—Fóllame —le susurro en la boca—. Fóllame y basta.

Ante estas palabras, Thomas se desliza entre mis muslos; lo único que deseo es sentirlo dentro de mí. Con una mano apoyada en el colchón, se incorpora, se inclina hacia la mesita de noche y saca un sobrecito plateado. Abro los ojos como platos y me siento estúpida por no haber pensado ni remotamente en ello. Aunque tomo la píldora, las precauciones nunca están de más, sobre todo con chicos como él. Thomas me nubla el pensamiento, lo que no es bueno. Rasga el sobre con los dientes y ese gesto desencadena en mí un impulso repentino. Le arranco el envoltorio de las manos. Él arquea una ceja y frunce el ceño.

—Quiero hacerlo yo —confieso, con un hilo de voz. No sé qué me pasa, nada de esto es propio de mí.

Tras un momento inicial de estupor, Thomas me dedica una sonrisa pícara que destila pura virilidad y perversión. Se quita los calzoncillos, se sienta sobre los talones y me coloca sobre él a horcajadas. La visión de su erección, que se eleva entre nosotros, me hace temblar y tragar saliva al mismo tiempo. Es grande, larga y venosa. Nuestros rostros están a la misma altura, y Thomas me aprieta el trasero con la mano. Con la otra, se agarra la polla y empieza a frotarla suavemente en mi hendidura, lubricándola con mis fluidos y haciéndome estremecer de placer. Sentirlo piel contra piel me hace arder de deseo. El mismo fuego que arde en sus pupilas dilatadas.

—Es toda tuya.

Trago saliva y, con un valor que no me explico, envuelvo su miembro hirviente con manos temblorosas. Thomas reprime un gemido grave cuando le acaricio la punta húmeda con el pulgar. Deslizo el preservativo por su longitud, noto cómo se le contraen los músculos del abdomen bajo mi tacto delicado y un poco inseguro. Me muerdo el labio y levanto la vista para mirarlo a los ojos. Ardor. Eso es todo lo que leo en ellos.

—¿Sigues estando segura?

Asiento con la cabeza.

Al momento siguiente, Thomas me lanza sobre el colchón y, con un golpe seco que me desplaza unos centímetros, me penetra, con lo que me arranca un grito de dolor y placer al mismo tiempo. Ha sido inesperado, potente e invasivo. Sin embargo, sentirlo dentro de mí es la sensación más hermosa que he experimentado en toda mi vida. Le rodeo el cuello con los brazos y aprieto los labios, mientras que él se detiene y me concede un instante para acostumbrarme a sus dimensiones. Cuando la quemazón inicial se desvanece, levanto las caderas y lo incito a continuar. Él me agarra por los muslos y los separa todavía más. Sale lentamente y vuelve a penetrarme con más fuerza, con lo que vuelvo a gritar. Le clavo las uñas en los hombros y se los araño con fuerza. Invadido por una complacencia salvaje, no deja de moverse, implacable, hacia fuera y hacia dentro. Más fuerte, más rápido, y me hace gemir con cada embestida.

—Joder, podría follarte toda la noche.

—Hazlo —lo complazco, incapaz de controlarme.

Le paso las manos por los pectorales y desciendo hasta sus abdominales contraídos, recubiertos de tatuajes y gotas de sudor. Lo venero, como si tuviera a un dios entre las manos, mientras me penetra contra el colchón con una fuerza inaudita. Entonces subo por sus caderas hasta rozarle el relieve de una cicatriz. En ese momento, noto que se tensa, y la mirada adusta que me dirige bajo sus largas pestañas debería hacerme desistir de seguir tocándolo. En su lugar, le paso los dedos con suavidad por encima, con el único propósito de tranquilizarlo, pero en cuanto rozo la cicatriz, Thomas sale de mí y me estremezco. Me agarra por las caderas y, de un solo movimiento, me pone bocabajo; se me escapa un gritito de estupor. Me encuentro con la mejilla contra la almohada y la pelvis levantada a la altura de su pubis. Con una mano, me agarra una de las nalgas y, con la otra, me sostiene la nuca para mantenerme quieta. Me siento aturdida y acalorada. ¿Qué quiere hacer?

Me aprieta el culo con vehemencia y abro mucho los ojos cuando me da un sonoro cachete en la nalga que me arranca un potente aullido y, para mi sorpresa, me excita mucho más. Siento que se cierne sobre mí y su torso robusto presiona mi espalda grácil. Se inclina sobre mi cuerpo, acerca su boca a mi oído y, con voz áspera y sensual, murmura:

—Esta noche soy tuyo, y tú eres mía. —Me recoge el pelo en una coleta y lo enrolla en su puño. De un tirón, me obliga a girar la cabeza y me deja sin aliento mientras se frota contra mi abertura—. Pero hay límites que no puedes traspasar. —Me asesta un empellón contundente que me hace arquear la espalda. Contraigo los dedos de los pies—. Nunca —sentencia, y me asesta un cachete en la otra nalga, que hace que una oleada de delirio me recorra el cuerpo. Hasta llegar a la cabeza. Pongo los ojos en blanco, abrumada por un revoltijo de sensaciones extraordinarias. Acompaño sus movimientos y él, complacido, refuerza su agarre sobre mis caderas. Me mordisquea los hombros, el cuello, cada centímetro de piel posible.

—Ah... más..., quiero más —grito, víctima de una pasión incontrolada y desenfrenada, mientras recibo sus embestidas secas y decididas. Nunca habría pensado que el sexo con Thomas pudiera ser tan intenso. Tan rudo. Tan primitivo. Sobre todo, nunca habría pensado que pudiera gustarme tanto. Con Travis no era así. El nuestro siempre había sido un sexo recatado y comedido, a veces un poco aburrido por mi culpa, porque me avergonzaba la mera idea de osar. Tal vez, si me hubiera dejado llevar un poco más... De repente, Thomas acerca su mejilla a la mía mientras se mueve con ímpetu. El sonido de sus suaves jadeos reverbera entre mis muslos.

—¿Qué te pasa? —pregunta con el ceño fruncido, como si se hubiera dado cuenta de que mi mente divagaba.

—Nada, todo bien —respondo sin aliento. Thomas me agarra con más fuerza del pelo y me lame el cuello con lánguida lentitud.

—Si me pides que te folle... —gruñe contra mi piel—... quiero que estés conmigo. —Me asesta un empujón ansioso y tardo menos de un segundo en olvidarme de Travis y centrarme en este Adonis perfecto que me hace sentir como nunca.

—E-estoy contigo —jadeo, aturdida, completamente a su merced. Siento que sonríe en mi cuello. Me abandono a sus fuertes y firmes embestidas, una y otra y otra vez, y secundo sus movimientos mientras mis rodillas empiezan a ceder y mi cuerpo se contrae con cada espasmo de excitación. Thomas baja una mano entre mis piernas y me estimula el clítoris, lo que intensifica las oleadas de placer. Madre mía. Podría morirme...

—¿Estás a punto de correrte? —me pregunta al oído entre jadeos. Apenas logro asentir. Me hace girar y me aplasta bajo su cuerpo. Con los ojos cerrados, le rodeo las caderas con las piernas y empujo los talones contra sus nalgas. Nuestros olores se mezclan, nuestros cuerpos se funden. Esta postura lo vuelve todo mucho más íntimo—. Mírame —me ordena, con una mano alrededor del cuello en un agarre dominante. Hago lo que pide. Lo miro a los ojos y me pierdo en ellos. Se inclina y me besa. Su lengua se entrelaza con la mía. Cada toque es estudiado, experto, concebido para darme placer. Thomas contrae los músculos y me penetra con más fuerza. Grito y levanto las caderas para recibir sus embestidas. Le rodeo la cintura con las rodillas temblorosas. Me agarro de sus hombros fuertes y poderosos hasta que exploto, por primera vez con su nombre en los labios. Poco después, los músculos de sus bíceps se tensan mientras el orgasmo lo sacude—. Joder —exclama sin aliento, y se desploma sobre mi cuerpo, donde hunde el rostro en la curva de mi cuello. Tengo la sensación de que la tierra tiembla, o tal vez sea yo. O Thomas. No lo sé. Lo que importa es que acabo de tener el orgasmo más hermoso e intenso de toda mi vida. Ha sido fantástico. Pero no tengo fuerzas para decirlo, porque ambos nos sumimos en un sueño profundo.

Capítulo 15

La luz del sol que se cuela por la ventana me despierta. Tengo la cabeza a punto de estallar, los ojos me arden y noto el estómago revuelto. Al parecer, así es como uno se siente después de una borrachera.

Abro los párpados con dificultad y observo el techo negro durante unos segundos, aturdida.

Intento levantarme de esta cama desconocida para mí, pero un brazo musculoso y manchado de tinta me rodea la cintura. Me giro de golpe y veo a Thomas tumbado bocabajo, semicubierto por la sábana.

Pero qué...

De repente, un recuerdo se abre paso en mi mente. Thomas me lleva a la habitación. Me tumba en la cama. Yo intento seducirlo...

Oh, madre mía, no. No, no, no.

Se me cierra la garganta por el pánico, y levanto la sábana blanca que nos cubre para descubrir que... estamos desnudos.

Esta es su habitación y ambos estamos en pelotas. Mi corazón empieza a latir desbocado. Hemos...

Miro a mi alrededor y me paso una mano por el pelo, vencida por la ansiedad. Hasta que mis ojos se posan en el envoltorio abierto de un preservativo, tirado en un rincón de la habitación.

¡Maldita sea, no puede ser! La vocecita de mi cabeza me sugiere que, ahora mismo, solo tengo una opción: salir corriendo. ¿Se puede saber qué se me pasó por la cabeza? No soy el tipo de chica que se emborracha en las fiestas y acaba en la cama con el primer tío que pasa.

Aunque, bueno, no fue exactamente así. Todo esto ha pasado porque yo quise que sucediera. Pero, maldita sea, me pasé. El sexo de una noche no es para mí. Sobre todo, el sexo de una noche con Thomas. Y será mucho mejor para mi dignidad que me vaya antes de que se despierte. De lo contrario, él mismo me echará de aquí. Y eso sería, definitivamente, demasiado humillante.

Con cautela, aparto el brazo musculoso de mi abdomen y me levanto. Al hacerlo, siento unas agujetas muy desagradables en el bajo vientre. Deben de ser consecuencia del ímpetu con el que Thomas ha poseído mi cuerpo esta noche. Me toco la barriga y prácticamente me parece sentir mis jadeos de placer.

Camino de puntillas por la habitación en busca de algo que ponerme, pero en el suelo solo encuentro los bóxers de Thomas y su camiseta negra.

Busco mi ropa por todas partes; debería de estar en algún sitio. Compruebo debajo de la cama, bajo el sofá, en el baño, entre las sábanas, ¡pero nada! Me paso las manos por el pelo otra vez y trato de recordar dónde fue a parar. Incluso miro debajo del escritorio, pero ahí tampoco está. A cambio, encuentro mi bolso con el móvil dentro. Gracias al cielo. Al menos puedo llamar a Tiffany para pedirle que me traiga una muda limpia. Intento encenderlo, pero no muestra señales de vida. No le queda batería. No me lo puedo creer. ¡Y debo darme prisa si no quiero llegar tarde al club de lectura! En el despertador de la mesita veo que son más de las ocho. Vuelvo a meter el teléfono en el bolso y, sin querer, se me cae un estuche. El ruido despierta a Thomas.

—¿Qué... qué haces? —masculla al cabo de un rato, con la voz grave por el sueño.

—¿Dónde está mi ropa? —Con un gesto repentino, recojo su camiseta negra y me la pongo para ocultar mi cuerpo desnudo.

—¿Vas a alguna parte? —Se incorpora y se frota los ojos. Mi mirada se posa en sus abdominales contraídos, en el triángulo de la zona pélvica que apenas le cubre la sábana, más allá del cual vislumbro un pequeño rastro de vello. Trago saliva y me muerdo el labio en un intento por no prestarles atención a las extrañas sensaciones que esta visión desencadena en mí.

—A-al campus... —respondo, y trato de recuperar la compostura—. Tengo la primera sesión del club de lectura en cuarenta y cinco minutos y estoy atrapada aquí, ¡sin ropa y sin recuerdos!

Pero, entonces, ¿qué pensaba, que me quedaría aquí con él y dejaría que me montara un poco más? ¿Montarme? Pero ¿cómo demonios hablo?

—La ropa se está lavando. Después del *strip* póquer, se quedó hecha un asco.

¿Strip… strip póquer? La vocecita en mi cabeza me sugiere que no haga preguntas, porque me arrepentiré.

—¿Y cómo salgo de aquí? No puedo ir al campus así vestida. —Bajo la mirada hacia su camiseta.

—¿Por qué no? Es mucho mejor que la ropa de falsa casta que insistes en llevar siempre —se mofa de mí.

—¡No soy en absoluto una falsa casta! —replico, mordaz.

—Oh, pues claro que lo eres. Me lo has demostrado esta noche. Cuando un servidor te ha follado sin piedad y lo has disfrutado como una loca. —Sonríe con satisfacción y otro recuerdo confuso se abre paso en mi memoria nebulosa: Thomas me toma por detrás, con el pelo atrapado en un puño, y me da un cachete en el culo mientras yo le suplico que continúe—. Sospechaba que escondías un lado perverso tras esa máscara de ángel. Y la idea de que lo hayas dejado salir conmigo… —Hace una pausa cargada de malicia—… no te imaginas cómo me pone. —Se toca entre las piernas sin la menor incomodidad, mientras a mí me arden las mejillas.

—E-estás delirando. No hay ningún lado perverso. Solo estaba borracha y desesperada. —Tiro del borde de la camiseta hacia abajo para cubrirme las piernas todo lo posible.

—No parecías tan desesperada cuando te has corrido gritando mi nombre. —Se ríe—. Todavía tengo las marcas de tus arañazos en la espalda.

¿Arañazos? No, no puede ser.

Respiro hondo mientras me presiono el puente de la nariz con los dedos. Trato de desprenderme de esa sensación de vergüenza que me está devorando. Basta. Es hora de poner punto final a esta escenita.

—Lo que ha ocurrido esta noche no puede volver a pasar y, lo que es más importante, debe permanecer entre las paredes de esta habitación, ahora y siempre —lo amenazo. Un error. Todo ha sido un pésimo error. En fin, estamos hablando de Thomas

Collins, maldita sea. No quiero ser una de sus chicas trofeo. El alcohol debe de haberme desinhibido, pero nada de lo que he hecho esta noche con él me representa.

—Hemos echado un polvo, Vanessa. No lo conviertas en un drama. Mañana ya lo habrás olvidado —suspira agotado, antes de sacar un paquete de Marlboro del cajón de la mesita de noche. Se coloca el cenicero sobre un muslo, se lleva un cigarrillo a los labios y se lo enciende.

—Bien, me alegra saber que estamos de acuerdo —digo, me aclaro la garganta y me obligo a cambiar de tema—. En cualquier caso, no sabía que formabas parte de esta fraternidad. —Miro a mi alrededor con escepticismo.

—Soy un chico lleno de sorpresas. —Sonríe burlón.

—No lo entiendo, creía que te alojabas en el campus.

—No hay mucho que entender. Formo parte de Sigma Beta, pero no estoy obligado a vivir aquí, prefiero quedarme en el campus entre semana, es más tranquilo.

—¿Pero un miembro de la fraternidad no debería residir con los demás? Es decir, hay reuniones, servicios que prestar, pruebas que pasar y todas esas tonterías. —Me siento a los pies de la cama.

—La única obligación que tengo con esta fraternidad es la de participar en las fiestas —explica mientras expulsa el humo del cigarrillo.

—¿Y eso?

Thomas suspira, molesto por mi verborrea.

—Porque, de algún modo, mi presencia en una fiesta garantiza la participación de los estudiantes que importan.

—Sigo sin entenderlo. ¿Por qué pasas aquí el fin de semana?

—Porque aquí puedo divertirme como me gusta —dice con descaro.

—En resumen, ¿este es tu... harén personal? —pregunto, asqueada.

—Algo así. Mi compañero de piso es un *nerd tocahuevos*. No quiere mujeres en casa porque lo ponen nervioso y tonterías varias. La última vez, se plantó frente a la puerta de mi habitación hasta que Sarah y Denise se marcharon. —Sacude la ceniza del cigarrillo y añade—: Precioso.

—¿Estabas practicando sexo con dos chicas mientras tu compañero de piso estaba detrás de la puerta?

Él lo confirma como si fuera la cosa más normal del mundo.

—Eres asqueroso, ¿sabes?

Me lanza una mirada acusadora.

—Y tú una hipócrita.

—¿Perdona? —digo, y arqueo una ceja.

—Me acusas de ser asqueroso solo porque me follé a dos chicas con mi compañero de piso detrás de la puerta, pero esta noche has dejado que te folle con toda una fraternidad en el piso de abajo.

Me quedo inmóvil unos segundos y lo miro sin encontrar nada sensato que responder.

—No... no es lo mismo —me limito a decir—. Además, dime una cosa: ¿no ibas a dormir en el sofá?

Thomas frunce el ceño.

—Fuiste tú quien me pidió que me metiera en la cama.

—¿Por qué iba a pedirte que hicieras algo así? —replico sin rodeos.

—Estabas desesperada por Travis, querías que alguien te consolara y que, cito textualmente, te ayudara a olvidar.

—Madre mía, qué vergüenza. —Me masajeo las sienes con la esperanza de alejar de mí los pensamientos negativos.

—Déjate de tantas recriminaciones, empiezas a ser agobiante —sisea impaciente.

—Para ti es fácil, habrás estado en esta situación millones de veces, ¡pero para mí no lo es! Para mí no es fácil despertarme en la habitación de un desconocido y descubrir que me he acostado con él tan solo unas horas después de haber roto con mi novio —exclamo—. Exnovio —me corrijo.

Thomas me estudia con el ceño fruncido y apaga el cigarrillo en el cenicero. Cuando expulsa la última bocanada de humo al aire, arrugo la nariz por el olor acre y penetrante.

—Mira, si quieres seguir parloteando mucho más rato, adelante, yo voy a darme una ducha.

Me levanto, me pongo la ropa interior que he encontrado en la silla y me recojo el pelo en un moño despeinado.

—Yo también necesitaría darme una ducha, si no te importa.

Él frunce el ceño y me ofrece una sonrisa exasperante.

—¿Eso ha sido una invitación por casualidad?

—¿Cómo? —Lo miro confusa. Tardo un momento en entender a qué se refiere—. ¡No! Q-quería decir yo sola. Una ducha, yo sola.

Thomas se desliza fuera de la cama y se muestra en toda su marmórea desnudez.

—Relájate, Forastera, estás demasiado nerviosa —dice, y trata de ocultar una sonrisa. Mientras se dirige al baño, los músculos de su trasero se contraen a cada paso y yo me ruborizo ante la mera idea de haber tocado, besado y arañado cada parte de ese cuerpo. Thomas tiene razón. Sus hombros, sus caderas e incluso sus glúteos están marcados con pequeños arañazos.

—¿Q-qué hago con la ropa? —pregunto, y corro tras él. Se gira de golpe y por poco no me golpeo contra su torso. Siento que su miembro desnudo me roza el vientre, pero me obligo a no mostrarme avergonzada. Aunque, a juzgar por el ceño que se le arruga de forma descarada, creo que ya es consciente de ello.

—Encontrarás algo en el cajón de arriba. —Señala un mueble de madera oscura sobre el que descansa un televisor de última generación.

Cuando oigo correr el agua de la ducha, me acerco a la mesita y abro el primer cajón. Frente a mis ojos aparece una avalancha de bragas y sujetadores.

—¿Qué demonios es esto? —grito, asqueada.

—Ropa que han dejado aquí algunas chicas que me tiro —responde desde la ducha, mientras imagino cómo se ríe complacido.

Cierro el cajón con fuerza, con una mueca de desdén, y me dirijo al baño.

—¡Tienes que estar completamente loco si crees que voy a ponerme una sola de esas prendas! —grito contra los cristales empañados de la ducha. Thomas cierra el grifo y, por segunda vez en cinco minutos, vuelve a mostrarse ante mí con toda su intrépida desnudez. Parece que sienta una especie de placer malsano al ponerme en una situación incómoda.

Capullo.

Debería girarme, taparme los ojos o decirle que se cubra con algo, pero no hago nada de eso. Me quedo quieta y lo contemplo embobada con las mejillas encendidas, como una colegiala estúpida.

Por suerte, Thomas decide complacer mi súplica tácita y se ata una toalla alrededor de la cintura. Luego se pasa una mano por el pelo mojado, se lo echa hacia atrás y se acerca a mí. Retrocedo hasta golpear la pared con la espalda, atrapada entre él y el muro. Me acuna la cara con las manos y me acaricia el labio inferior con el pulgar.

—Sabía que no te pondrías nada de eso —susurra a pocos centímetros de mi cara. Me roza la mejilla y lleva su boca al hueco de mi cuello—. Me moría por ver tu reacción de gatita cabreada. —Sopla sobre mi piel antes de lamer una parte con la lengua y morderla, lo que me hace estremecer bajo su cuerpo.

—T-Thomas... —balbuceo con los ojos entrecerrados.

Empieza a acariciarme el muslo con una mano, luego sube por mi vientre, y sigue hasta llegar a un pecho. Lo atrapa y siento que voy a volverme loca.

—¿Te haces una mínima idea de lo *sexy* que estás con mi camiseta puesta, el pelo recogido de esta forma y los ojos ofuscados por el placer? —dice en voz baja. Me encaja todavía más entre él y la pared y me aprieta el pecho con fuerza hasta que el pezón se hincha en su mano. Se me escapa un gemido grave que reprimo mordiéndome el labio—. Podría hacértelo aquí mismo, contra esta pared, y darte una razón para que te quites todo lo que llevas puesto.

Se me acelera la respiración, casi jadeante, y una sensación familiar de calor se abre paso entre mis muslos. Tengo la impresión de que, después de esta noche, mi cuerpo ha desarrollado algún tipo de conexión erótica con el de Thomas.

Y ahora, cada vez que está cerca de mí, que me roza o que me toca, hasta la última fibra de mi cuerpo vibra de puro deseo por él. Con la otra mano me agarra una nalga y la aprieta con fuerza; me levanta unos centímetros y me arranca otro gemido de excitación. Me muerde el lóbulo de una oreja y los músculos de mi abdomen apenas se contraen, lo que me deja a su merced. ¿Es posible que se sienta tan atraído por mí hasta el punto de querer hacerme suya de nuevo? Esta posibilidad me enorgullece un poco, pero al mismo tiempo me recuerda que algo así entre nosotros no debe volver a pasar. Por este motivo, cuando su boca se acerca peligrosamente a la mía, me veo obligada a colocar las palmas en su torso húmedo.

—Para... —Esperaba que mi tono sonara más decidido, pero el temblor de mi voz me traiciona. En cualquier caso, Thomas demuestra que tiene mucho más autocontrol que yo y da un paso atrás, con lo que deja una distancia de seguridad entre nuestros cuerpos.

Con la respiración agitada y los pezones palpitando contra la tela de su camiseta, me coloco unos mechones de pelo detrás de la oreja.

—¿Estás bien, Ness? Pareces... acalorada —me provoca, con una sonrisita socarrona estampada en la cara.

Lo fulmino con la mirada y, cuando mis ojos se posan un instante en su cuello, me estremezco.

¿Le he hecho chupetones?

¿Y él me habrá hecho a mí?

Me giro de forma brusca hacia el espejo y no tardo en comprobar que la respuesta es afirmativa. Aturdida, me llevo una mano al cuello.

—No es el único —dice en tono malicioso.

Abro los ojos como platos.

—¿Q-qué quieres decir?

Thomas me escudriña complacido de la cabeza a los pies, me guiña un ojo y sale del cuarto de baño. Yo, por mi parte, me examino todo el cuerpo presa del pánico: encuentro uno debajo de la clavícula derecha, otro cerca de los pechos, un tercer chupetón en el abdomen y otro en la cara interna del muslo. ¡Madre mía!

Voy tras él.

—¡¿Realmente era necesario?!

—Me gusta dejar huella —responde con calma, mientras toma una toalla con la que se frota rápidamente el pelo—. Por cierto, la ropa interior de ese cajón es de mi hermana. En el armario encontrarás ropa suya. Vivió en la fraternidad un año, en la habitación que hay aquí al lado, y todavía se está llevando sus cosas al apartamento del campus —dice, y señala un armario empotrado que hay a mi espalda. Me dirijo hacia allí y busco algo cómodo entre la ropa de Leila. Respecto a los pantalones, encuentro unos vaqueros ajustados que me quedan bastante bien, pero me cuesta más dar con un jersey que me vaya bien debido a que tengo más pecho que ella. Las camisetas de Leila me quedan demasiado ajustadas. No me siento nada cómoda.

Me vuelvo hacia Thomas con la esperanza de que pueda ayudarme y lo encuentro de espaldas. Se está poniendo unos tejanos negros y luego se calza un par de zapatillas deportivas. Mi mirada se posa en su espalda desnuda, musculosa y completamente tatuada, y luego se desliza hacia el costado izquierdo, donde veo una cicatriz de unos cinco centímetros. De repente, me parece recordar otro detalle de la noche que hemos pasado juntos. Recuerdo habérsela rozado y que se puso tenso y me impidió que lo tocara justo ahí.

—¿Qué miras? —pregunta, con el ceño fruncido, tras pillarme in fraganti.

Me sobresalto.

—N-nada, solo me preguntaba... O sea, esa cicatriz parece profunda... ¿Cómo te la hiciste?

Su rostro se endurece y me arrepiento al instante de no haber sabido mantener a raya mi curiosidad.

—No es asunto tuyo —responde seco mientras se pone una camiseta blanca.

Me quedo atónita.

—Oh. Sí, claro, no quería... —titubeo—. Perdona —murmuro al final.

Me giro, le doy la espalda y finjo rebuscar otra vez en el armario. No me gusta la versión enfadada de Thomas, me descoloca incluso más que la fanfarrona. Poco después, oigo unos pasos que se acercan y su olor me inunda.

—¿Has encontrado algo? —pregunta en tono brusco a la vez que me fulmina con la mirada.

—Un par de vaqueros, pero no he tenido suerte con la parte de arriba. Leila está más delgada que yo. —Evito mirarlo a la cara porque me siento incómoda.

—Entonces déjate mi camiseta.

—¿Qué? —Lo miro con los ojos como platos—. No puedo ir al campus vistiendo una camiseta tuya.

—Nadie sabrá que es mía —responde con un tono de voz más calmado.

Lo pienso un momento; lo cierto es que no tengo muchas alternativas. El epílogo perfecto para esta maldita aventura.

—De acuerdo, pero ahora me gustaría darme una ducha. ¿Podrías dejarme sola cinco minutos? —Frunce el ceño; no parece entender de qué va todo esto—. No pienso ducharme sabiendo que estás por aquí cerca, consciente de que podrías entrar en cualquier momento —evidencio lo obvio.

Thomas pone los ojos en blanco y suelta una carcajada.

—¿Qué más podría ver que no haya visto ya?

Ahí está otra vez, divirtiéndose mientras me pone en un aprieto. Maldito sea. Resignada, no insisto más y voy a darme una ducha rápida.

Cuando salgo, lo encuentro apoyado en el escritorio mientras teclea algo en su teléfono móvil. Todavía tengo diez minutos antes de que empiece el club de lectura. No es mucho tiempo, pero llegaré si me doy prisa. Enseguida me pongo las botas y la cazadora de Tiffany, que Thomas, mientras tanto, ha recuperado del salón. Tomo un pañuelo de Leila, para ocultar el chupetón, y el bolso. Thomas, por su parte, se mete el móvil, las llaves y el paquete de Marlboro en los bolsillos de la chaqueta.

Mientras recorremos los pasillos y las escaleras del apartamento, me doy cuenta de que, por el número de vasos abandonados en el suelo, las botellas vacías y los restos de porros aquí y allá, anoche tuvo que ser un auténtico caos. Cuando llegamos a la planta baja, veo a un grupo de tíos despatarrados y dormidos en sofás, sillones y en el suelo. Los dejamos atrás y llegamos a la entrada.

Cierro la puerta tras de mí y suelto un gran suspiro de alivio. Por fin puedo acabar con toda esta historia.

—Ehm... bueno, gracias por la ducha y por... O sea, sí, todo lo demás... —Me muerdo el labio, avergonzada. Despedirte de una persona con un «gracias» cuando os habéis acostado no es lo mejor, pero sé que él no espera nada más que esto.

—¿Te refieres al orgasmo alucinante que te he hecho sentir esta noche? —Levanta la comisura de la boca con descaro—. No hay de qué. Cuando quieras repetir, ya sabes dónde estoy.

Pongo los ojos en blanco, pero no puedo evitar esbozar una sonrisa.

—Eres tan idiota como siempre. Nos vemos, Thomas.

Bajo los escalones del porche y paso junto a él, en dirección a la biblioteca del campus. Él sigue caminando a mi lado. Se enciende un cigarrillo y se baja las Ray-Ban de la cabeza para ponérselas.

Me giro ligeramente para mirarlo.

—¿Qué haces?

—Camino —contesta con decisión, despreocupado ante las miradas que algunas estudiantes le lanzan. Yo, en cambio, no puedo ignorar las miradas malévolas y alusivas de los chicos. Menos mal que es sábado y no hay mucha gente en el campus. Para evitar malentendidos, me alejo un poco de Thomas. No quiero que me vean como la chica ingenua que ha caído en sus garras.

—¿Tú... también vas a alguna clase extra?

—Voy al apartamento. —Echa una bocanada de humo por encima de su cabeza.

—¿Y es necesario que camines a mi lado?

—Estamos yendo en la misma dirección, Ness.

—La gente nos está mirando, Thomas —señalo contrariada.

Él echa una mirada fugaz a nuestro alrededor, luego vuelve a centrar su atención en mí.

—¿Y?

—Podrían hacerse una idea equivocada de nosotros, podrían pensar que...

—¿Que hemos follado? —termina la frase por mí—. ¿Acaso crees que somos los únicos que lo hacen? —Se ríe y aplaca mi incomodidad.

—No me interesa lo que hagan los demás, me importa lo que piensen de mí.

—¿Y qué crees que piensan de ti? —pregunta.

—Me miran como si fuera tu nueva putita.

Thomas se detiene de golpe, como si acabara de darle una bofetada en toda la cara. La sonrisa se desvanece y deja paso a una expresión distinta. Casi de decepción.

—Si realmente fueras mi puta, ni siquiera se fijarían en ti. Así que deja de decir esas tonterías.

«Tonterías...». Eso díselo a mi conciencia, que me hace sentir tan sucia que incluso temo lo que dirán mis amigos cuando sepan que no perdí el tiempo y me metí en la cama de otro chico justo después de haber roto con mi ex.

—Hay cosas que alguien como tú nunca entendería —me limito a decir antes de marcharme.

Capítulo 16

La reunión del club de lectura en la biblioteca me ha entusiasmado. Hemos elegido la novela que vamos a leer este mes y esbozado un calendario de sesiones. Estoy feliz de tener un pequeño espacio en el que hablar solo de libros. También he conseguido que me presten un cargador para el móvil. Cuando se enciende, veo que tengo llamadas de Travis, mensajes de Alex y, con un oportunismo perfecto, me llega una notificación de Tiffany: «Dentro de diez minutos en el jardín, tenemos que hablar».

Caramba, pensaba que me libraría, pero parece que me va a caer una buena por haberme marchado de la fiesta con un mensaje muy escueto y luego haber desaparecido toda la noche. Fue irresponsable por mi parte. Lo sé.

Cuando llego al jardín, la busco entre las mesas de madera y una melena cobriza capta mi atención de inmediato. La alcanzo, pero en cuanto veo que Alex está con ella, palidezco. ¿Qué hace aquí? ¿No tenía que estar con Stella?

Madre mía, no tengo el valor de decirle a Alex que Travis no era el imbécil que imaginaba, sino mucho peor. Y ni siquiera tengo el valor de decirle que me emborraché como una inconsciente y acabé acostándome con Thomas. El mismo tipo del que me advirtió y yo lo tranquilicé, diciéndole que tendría que confiar en mí. Por instinto, doy un paso atrás con la intención de escaquearme, pero la voz de Tiffany me llama para que se lo cuente todo.

¡Maldita sea!

Cierro los ojos y me giro despacio. Mi amiga agita un brazo para que la vea. Le sonrío maldiciendo en voz baja y, resignada, voy hasta ellos.

—Ey, hola —murmuro, tensa como una cuerda de violín.

—Hola un cuerno —me interrumpe enseguida Tiffany—. ¡¿Qué demonios pasó anoche?! ¡¿Tienes idea de cómo me sentí cuando leí tu mensaje y descubrí que no solo ya no estabas en la fiesta, sino que ni siquiera te podía localizar!? ¡No sabía con quién estabas, dónde estabas, por qué te habías ido a toda prisa!

—¿Y te haces una idea de lo mucho que me asusté cuando Tiffany me llamó, presa del pánico, para preguntarme si sabía algo de ti y, adivina qué, no sabía nada? —añade Alex con tono severo.

Agacho la cabeza y me cubro el rostro con las manos, luego respiro hondo y digo:

—Chicos, siento muchísimo haberos preocupado, fue un error por mi parte. Todo sucedió tan rápido que ni siquiera lo pensé. Pero estaba a salvo; de hecho, te escribí precisamente para que supieras que no tenías que preocuparte por mí. Estaba en casa de Matt —confieso, y omito el detalle de Thomas.

—¿En casa de Matt? ¿Qué hacías allí?

—Bueno, yo… —Paso la mirada de Alex a Tiffany, dispuesta a contárselo todo, cuando veo a Travis a unos metros de distancia, y está furioso.

El estómago se me cierra y la sensación de náuseas vuelve a acompañarme. ¿Por qué está aquí?

Llega hasta nosotros con grandes zancadas y empiezo a temblar.

—¿Se puede saber dónde estabas? ¡Me he pasado toda la noche llamándote! —truena, y sus palabras me hacen estremecer—. ¡Le pregunté por ti a todo el mundo, pero nadie sabía dónde acabaste! —Se interrumpe a la espera de mi respuesta, una que no obtendrá—. Estaba a punto de llamar a la policía, o peor todavía, a tu madre. ¡Dale las gracias a Tiffany por haberlo evitado!

—Travis, cálmate —interviene su hermana en mi defensa. Pero ahora me toca a mí hablar, tienen que saber la verdad.

—¿De verdad tienes la cara dura de venir aquí a sermonearme? —suelto, y me armo de valor.

—¡Estaba preocupado! —Me lanza una mirada de rabia que quema. Preocupado… Menudo hipócrita. No tenía que estar tan preocupado cuando se metió en la cama de otra chica.

—Sé cuidar de mí misma. Y estaba en la fraternidad, para tu información —respondo con desprecio.

—Estás de broma… —se limita a decir, como si no quisiera creérselo. Suspira profundamente y camina arriba y abajo. Tiffany hace ademán de acercarse a mí cuando Travis escupe todo su desprecio—: ¿Te marchaste para ir a una fiesta de yonquis? Esto es de locos. De hecho, no, ¡es un comportamiento de estúpidos! Eso es lo que eres, ¡una estúpida! —La vena hinchada de su cuello palpita y los ojos le arden de ira.

—¡Eh! ¡Controla esa lengua! —le insta Alex, que se acerca a él con cautela.

—Sí, Trav, cálmate —lo apremia su hermana.

Travis se pasa una mano por la cara y vuelve a respirar hondo.

—¿Por qué fuiste allí?

—¿Esperabas que me quedara contigo, después de lo que descubrí? ¿O acaso esperabas que volviera a casa para llorar como una desesperada?

—Muy bien, ahora hablad claro. ¿Se puede saber qué has hecho, Travis? —se entromete Tiffany.

—Sí, a mí también me gustaría saberlo —acude en su ayuda Alex.

—¡No os metáis! —suelta Travis, que me mira con odio.

Oh, no. No se va a librar tan fácilmente. Ya no.

—¡Lo que pasó es que anoche descubrí que Travis no ha hecho otra cosa que engañarme! ¡Hasta me engañó con una chica inocente como Leila! Eso es lo que pasó.

—Travis, dime que es una broma —le pide su hermana, que se ha quedado de piedra. Oigo a Alex maldecir entre dientes.

—No… —intenta decir él, en un aprieto, y se frota la cara pálida con las manos.

—¿Y tienes el valor de hablar? ¿De presentarte aquí, delante de mí, y montarme esta escenita? —Me limpio una lágrima del pómulo y hago ademán de marcharme. Travis se planta frente a mí y me bloquea el paso.

—¡Apártate! —Intento pasar por su lado, pero me lo impide.

—Nessy… —Intenta ponerme las manos en los hombros, pero Alex no se lo permite. Se levanta e interpone su brazo a modo de escudo.

—Será mejor que te vayas —lo exhorta, directo al grano.

—Ahora —interviene Tiffany con voz gélida.

—¡Meteos en vuestros putos asuntos, esto no es cosa vuestra! —gruñe Travis, fuera de control.

—Pero ¿qué te pasa…? —La mirada decepcionada de Tiffany se encuentra con la de su hermano—. Cada día estás peor. No te reconozco. —Pero Travis está tan descontrolado por la ira que ni siquiera la escucha.

—No es así, Nessy, ya sabes que no quiero hacerte daño. —Da un paso hacia mí y yo me quedo helada.

—Nunca me has querido, Travis. Para ti era muy cómodo tener a alguien que manejar a tu antojo. Alguien que sabías que sería lo bastante estúpido como para dejarse engatusar, que se creería cualquier mentira que le soltaras. Bueno, pues al fin he abierto los ojos.

—Cometí un error, pero podemos superarlo juntos. —Intenta acariciarme, pero lo empujo hacia atrás. Veo a mis amigos en tensión, listos para intervenir. Y en ese momento entiendo por qué. Mi estómago se contrae y un perfume embriagador me abruma. No es la expresión furibunda de Travis la que me hace comprender quién está detrás de mí, sino la electricidad que me corre por las venas. El inconfundible aroma que me ha acompañado toda la noche. Con el que está impregnada la camiseta que llevo puesta. Un aroma que siento por todo mi cuerpo.

Es Thomas, que se detiene a mi lado, con los brazos cruzados sobre el pecho. La tensión que emana alcanza mi cuerpo como una descarga eléctrica.

—¿Hay algún problema? —Su voz gélida resuena en el espacio que hay entre nosotros, y un escalofrío de miedo me recorre la espalda.

Su presencia aquí no hará más que empeorar las cosas. Y él lo sabe. Tal vez está aquí precisamente para azuzar a Travis, para disfrutar de lleno de su derrota. Ladeo la cabeza y lo fulmino con la mirada, como diciendo: «¿Qué demonios has venido a hacer aquí?». Pero él no reacciona. Tiene la atención puesta en Travis, y lo mira fijamente a los ojos.

—Todo bien, puedes irte —respondo a toda prisa, y me esfuerzo por no tartamudear. No necesito presenciar una segunda pelea.

—¿Qué narices quieres? —salta Travis tras un momento inicial de duda.

—No quiere que la toques, idiota. —Thomas se mueve hacia él e, instintivamente, lo sujeto por el brazo para bloquearlo.

Travis me lanza una mirada afilada.

—¿Ahora dejas que te defienda él?

—¡No dejo que me defienda nadie!

—¡Entonces explícame por qué lo tengo aquí delante!

—¡No lo sé!

—¿Segura? Porque yo empiezo a entenderlo —comenta el hipócrita.

El pánico se apodera de mi cuerpo.

Travis mira a Thomas y a continuación a mí; me observa fijamente durante lo que parece ser el segundo más largo de mi vida. Algo en su rostro cambia, como si acabara de resolver un enigma.

—Esta vez has caído muy bajo.

—¿Perdona?

—¡Has dejado que este cabrón te folle! —grita delante de todos, con una mueca de repulsión en la cara que me paraliza.

—¡Travis, has perdido la cabeza! —Tiffany arremete contra su hermano y tira con brusquedad de él.

—¿De qué habla, Vanessa? —pregunta Alex, desconcertado.

—N-no... —Me tiembla la voz y rezo para que Thomas no me avergüence delante de todos.

—¿Crees que no me he dado cuenta? ¡Llevas puesta su camiseta! Me he pasado la noche preocupándome por ti, ¿y tú estabas pasándotelo de puta madre con él? No me lo creo. —Travis se pasa una mano por el rostro enrojecido de la rabia—. ¿Querías ser una de sus putitas o solo buscabas a alguien con experiencia que te ayudara a perfeccionar tus habilidades más que escasas? —grita con odio. El corazón se me para. Las lágrimas no tardan en hacer acto de presencia y me nublan la vista.

—Eres un hijo de puta. —Thomas está a punto de echársele encima, pero Alex se mete en medio justo a tiempo para impedir una catástrofe.

—A ver si os calmáis todos un poco —ordena de golpe—. Vanessa, tú ahora te vienes con nosotros. —Me toma de la mano con delicadeza, como si fuera un cristal a punto de quebrarse con su contacto. Sigue hablando y le dirige una mirada amenazadora a Travis—: A partir de ahora, no te acercarás a ella. Se acabó tomarle el pelo. —Travis permanece inmóvil. Lo conozco tan bien que sé que está arrepentido, pero esta vez no me dejaré engatusar.

—Me has decepcionado —le susurra Tiffany con lágrimas en los ojos. Es raro verla llorar.

—¡Muy bien, chicos, se acabó el espectáculo! —grita Alex, irritado, y se dirige a los estudiantes que se han amontonado en el jardín. Me saca de allí mientras Tiffany me rodea los hombros con un brazo—. Lo siento, no pensaba que pudiera llegar tan lejos. —Me abraza con fuerza, y yo me apoyo en su hombro mientras intento reprimir las lágrimas y aplacar el dolor y la vergüenza que siento.

Antes de que alcancemos la salida, Thomas ya está tras nosotros. Alex y Tiffany se giran de golpe, sorprendidos, y no puedo evitar preguntarme por qué me sigue. ¿Por qué no me deja en paz?

Alex se interpone entre él y yo y apoya una mano en el pecho de Thomas. Él baja la mirada hacia esta a modo de respuesta.

—Apártala —le ordena con la mandíbula apretada.

—Vanessa no necesita más gente complicada en su vida —replica mi amigo, pero Thomas ni siquiera lo escucha. Sus ojos verdes están clavados en mí y me escrutan con atención—. Estará bien —añade Alex, al intuir sus pensamientos—. Nosotros estamos con ella, sus amigos, su familia. No necesita nada más —concluye.

—¿Has terminado? —lo calla Thomas, con una ceja arqueada—. Ahora apártate.

—No, guaperas, te he calado y no pienso dejar que juegues a eso. —Alex es imparable.

—Ah, ¿sí? ¿A qué se supone que estoy jugando? —Thomas se cruza de brazos y lo observa desde lo alto.

—Te aprovechaste de ella en su momento de máxima debilidad. Un golpe bajo incluso para alguien como tú.

—Alex, las cosas no fueron así… —Coloco mis manos sobre los hombros de mi amigo para calmarlo. Si hay alguien a quien culpar por lo que pasó anoche, esa soy yo.

—¡No lo defiendas, Vanessa! —Alex se vuelve hacia mí con el ceño fruncido—. Ya sabemos qué clase de persona es.

—Yo no la obligué a hacer nada que no quisiera hacer —replica Thomas a regañadientes, con la cólera chisporroteando en sus ojos.

—Chicos, ¿podéis dejarnos dos minutos a solas, por favor? —pido, y miro tanto a Tiffany como a Alex.

—No —sentencia Alex, sin apartar los ojos de Thomas.

—Alex, no fue como tú piensas, créeme. Él no hizo nada malo. De verdad.

—Venga, dejémoslos solos un momento —lo exhorta Tiffany. Le debo un agradecimiento enorme. Alex respira hondo y se alejan. Yo empiezo a caminar hacia un árbol aislado; Thomas, a mi lado, parece haberse calmado.

—¿Qué quieres?

Me mira preocupado.

—Quiero asegurarme de que las palabras que ha soltado ese cabrón no se te hayan quedado grabadas en tu cabecita paranoica y creas que tiene razón.

Dudo unos segundos, pero luego lo admito.

—Claro que sí.

Resignado, niega con la cabeza.

—Lo que hemos hecho esta noche no te convierte en una puta ni hace que seas una persona inadecuada.

—¿Estás seguro? —Tiro mi bolso al pie del árbol—. ¿A que a todas las chicas con las que te has acostado las consideran «fáciles» por el mero hecho de haber estado contigo? —Su prolongado silencio es respuesta suficiente—. Sí, lo que imaginaba.

—¡Lo que digan los demás no importa, solo importa lo que pienses tú!

Casi lo envidio, está tan seguro de sí mismo que no teme el juicio de los demás. Yo, en cambio, ajusto cuentas conmigo misma cada día, antes incluso que con todo el mundo.

—¡El hecho es que lo que yo pienso no es muy diferente, Thomas! Y sé que para alguien como tú es difícil de comprender. Cambias de chica con la misma frecuencia que de ropa interior, pero ¡para mí no es tan fácil!

—Entonces haz que lo sea. Deja de darle importancia a lo que piensen las personas que no son importantes para ti.

—¡Oh, déjalo estar, me rindo! De hecho, dime una cosa, ¿qué has venido a hacer aquí? ¿No habíamos decidido que dejaríamos cierta distancia entre nosotros? En lugar de eso, no dejas de atormentarme. —Siento que empiezo a perder la paciencia. El rostro de Thomas se arruga en una mueca de sorpresa.

—¿Yo te atormento?

—¡Si no hubieras venido, Travis no habría sospechado nada! Así que gracias, ¡muchas gracias! ¡Espero que mi escarnio público haya contribuido a tu propósito! —lo reprendo, presa de una confusión descomunal.

—¿Mi propósito?

—Es evidente, Thomas, deja de fingir. Te morías de ganas de hablarle de nosotros desde que acepté ir contigo a la fraternidad, ¡admítelo! —decirlo en voz alta me hace perder los estribos e, impulsada por una ira que no puedo controlar, le doy un empujón.

—Eso no es lo que he hecho —responde Thomas, imperturbable.

—Porque has preferido jugar con astucia. El hecho de que te dejaras ver conmigo despertaría sospechas. ¿Sabes?, tal vez los demás tengan razón, ¡solo eres un egoísta al que nadie le importa una mierda! —estallo, furiosa como nunca.

Mis palabras lo golpean de lleno. De repente, sin embargo, algo en su mirada me deja helada. Sus ojos se vuelven hostiles y su respiración, profunda, como la de un toro ante un capote rojo. Se acerca a mí despacio, me domina con su altura y me acaricia la barbilla con el pulgar. Trago saliva y me tenso ante este toque aparentemente delicado, en claro contraste con la mirada feroz de su rostro.

—Te crees mucho mejor, ¿a que sí? —habla con un tono de voz grave e intimidatorio—. Tienes razón, yo no le temo a lo que soy. Disfruto de la vida, me follo a quien quiero y me importa un bledo lo que piensen los falsos moralistas. Tú, en cambio…, te escondes tras una fachada de niña buena, y ocultas tu verdadero yo incluso a ti misma, porque eres incapaz de aceptarte. Bueno, pues voy a contarte un secreto. —Se acerca a mi oído y el corazón se me acelera—. Eso no te convierte en una persona íntegra y respetable, Vanessa. —Vuelve a mirarme a los ojos, y esta vez me aniquila—. Eso solo te convierte en una hipócrita de mierda —remarca con rencor.

Las palabras de Thomas me duelen, pero hago acopio de una fuerza interior que no sabía que tenía y me obligo a no bajar la guardia.

—¿Quién te crees que eres para hablarme así?

—¿Quién te crees que eres tú para juzgarme a mí?

Madre mía, la cabeza me va a explotar.

—¿Sabes qué pasa? No me extraña que te cueste tanto entenderlo. O sea, toda tu vida gira en torno a tres simples reglas: «Llama, folla y huye». Nadie espera otra cosa de ti, así eres tú y nunca lo has ocultado, es cierto, pero eso no se acerca en lo más mínimo a lo que soy yo. Por eso no te quiero tener cerca, y por eso esta mañana quería salir corriendo. ¡Porque estoy profundamente arrepentida de haber cometido semejante error! ¡No confundas la hipocresía con la toma de conciencia! —le suelto.

Lo dejo ahí, tan furioso como yo. Y mientras vuelvo con Alex y Tiffany, con la vista ofuscada por la rabia, tan solo necesito unos instantes de lucidez para darme cuenta de lo que acabo de hacer: he descargado sobre Thomas toda la frustración y el dolor que Travis me ha provocado. Le he dicho cosas horribles, que no pensaba, solo para hacerle daño. He sido mala, y me avergüenzo. Invadida por un profundo arrepentimiento, me giro para volver sobre mis pasos y disculparme, pero ya no hay ni rastro de él.

Capítulo 17

He pasado toda la mañana en un estado catatónico. Después de llevar a Alex con Stella, Tiffany me ha acompañado a casa en coche. Me ha abrazado con fuerza y me ha jurado que Travis no volverá a ser un problema. Sé que tiene los medios y las formas para amenazarlo como es debido, cuando quiere. Antes de despedirme de ella, le he prometido que recuperaría su ropa de la fraternidad. Espero que siga intacta, al menos.

Una vez dentro de casa, descubro con alivio que mi madre ha pasado la noche en casa de Victor y que, por tanto, no sabe nada de mi «desaparición». Tras darme un atracón de helado de pistacho para comer y echarme la siesta del siglo, me doy una ducha y me preparo para la cena de esta noche: jersey de cuello alto verde petróleo, vaqueros blancos ceñidos con un cinturón dorado y, como calzado, mis queridísimas zapatillas de unicornio. Mi madre no lo apreciará, pero qué demonios, no vamos a recibir a la familia real.

Me recojo el pelo en una coleta alta y me paso el rizador por las puntas. Me aplico una ligera capa de maquillaje, un poco de colorete de tono melocotón y un poquito de pintalabios color *nude*. Estoy lista para recibir a nuestros invitados, aunque preferiría con diferencia quedarme hecha un ovillo en la cama.

He tenido que mentir a mi madre y decirle que Travis no nos acompañaría porque tenía entrenamiento. Desde luego, no ha dado saltos de alegría cuando se ha enterado de que había invitado a Alex y Stella en su lugar. No importa, necesito su apoyo si quiero sobrevivir.

A las seis en punto de la tarde, un Mercedes negro se detiene frente a nuestra entrada. Corro la cortina a un lado y echo un vistazo desde la ventana de mi habitación para ver la llegada del hombre que ha hechizado el corazón de mi madre. Baja del vehículo con paso seguro y decidido. Es muy alto, lleva un traje gris oscuro y zapatos elegantes.

Antes de llamar al timbre, se ajusta el nudo de la corbata.

—¡Nessy, baja! ¡Ya ha llegado! —trina mi madre. Alzo la vista al cielo.

Bajo al salón y hago lo posible por mostrarme sociable.

—¡Hola, Victor! Bienvenido —le digo, y le tiendo la mano. Es la primera vez que hablo con él más de dos minutos; hasta ahora solo nos habíamos cruzado de pasada cuando acompañaba a mi madre a casa después de cenar fuera.

—Hola, Vanessa. Gracias por invitarme a cenar —responde con su acento canadiense—. Me alegro mucho de estar aquí esta noche. Tu madre me ha hablado muy bien de ti.

Me sorprendo. Mi madre no habla bien de nadie excepto de sí misma.

—Oh, ehm… seguramente habrá exagerado —digo, un tanto avergonzada.

El timbre suena y me salva del *impasse*. Me apresuro a abrir la puerta y me encuentro con Alex y Stella. Él lleva un par de vaqueros y un jersey blanco de lana de cuello alto bajo una americana de *tweed*. Ella, por su parte, lleva una cazadora de cuero y, debajo, una elegante blusa rosa, vaqueros ajustados y botas negras. Les doy un abrazo a los dos a la vez. Qué alivio que estén aquí.

—Gracias a Dios que habéis llegado —les susurro mientras los estrecho con fuerza—. Stella, me alegro mucho de conocerte en persona —digo, y le tiendo la mano. Cuando me la aprieta, lo hace con calidez.

—Yo también lo estaba deseando. Alex me ha hablado mucho de la maravillosa amistad que hay entre vosotros dos —añade con voz dulce y alegre.

Vamos al salón, donde están mi madre y Victor, y me encargo de tomar las chaquetas de mis amigos.

—Gracias por la invitación, señora White —dice Alex.

—Gracias a vosotros por venir —responde mi madre en tono azucarado y ligeramente forzado—. Vamos, nos os quedéis ahí plantados en la puerta, entrad.

—Mamá, Victor, os presento a Stella, la novia de Alex. Se conocieron este verano en Santa Bárbara.

—¿En Santa Bárbara? ¿Vives allí? —pregunta mi madre cuando le estrecha la mano.

—No, vivo en Vancouver. Los dos estábamos en Santa Bárbara con nuestras familias y nos conocimos por casualidad. —Se miran y las mejillas de Stella, todavía bronceadas, se sonrojan. Alex le rodea la cintura con un brazo y la acerca a él para tranquilizarla.

—Oh, la magia del primer amor es maravillosa —exclama mi madre—. Lástima que esté destinada a morir.

¡¿Qué?! La fulmino con la mirada.

Victor interviene, para acabar con la situación incómoda, y, con saber hacer y cordialidad, se presenta a los dos.

—A veces el destino nos reserva sorpresas inesperadas —concluye con una sonrisa. Una vez terminadas las presentaciones, mi madre nos sienta en la sala, donde la mesa ya está lista con algunos platos elegantes.

—Vaya, vaya, mamá, ¿cuándo fue la última vez que pusiste la mesa de esta forma tan elegante?

—Me he dejado llevar por la inspiración... —Le dedica una gran sonrisa a Victor. Asqueroso—. Cariño, Victor y yo nos sentaremos aquí —dice, y señala la cabecera de la mesa y la silla que hay al lado—. Tú te sentarás a mi lado y Alex y Stella al otro.

Nos sentamos y mi madre llena los platos con tajadas de pavo asado acompañado de patatas asadas. Luego destapa las bandejas de servir que contienen guarniciones de verduras y, finalmente, trae una cesta con rebanadas de pan.

La cena transcurre con tranquilidad, Alex nos habla del viaje que sus padres están haciendo en China, y Stella, de su vida en Vancouver. Es dos años mayor que Alex, está en su último año de universidad y ha decidido que después de graduarse se tomará un año sabático para viajar.

Tras unos instantes de silencio, Alex se dirige a mi madre:

—La cena está deliciosa, señora White, la felicito.

Tiene razón, esta vez mi madre se ha superado, ha puesto todo su empeño en impresionar a Victor. Mamá le sonríe con satisfacción.

—Muchas gracias, Alexander. Pero no he hecho nada del otro mundo —responde ella, que procede a cortar una tajada de asado con una gracia genuina.

—Entonces, Vanessa —interviene Victor, que se pasa la servilleta por la comisura de la boca—, tu madre dice que eres una estudiante excelente, ¿tiene razón?

—¿Excelente? La mejor, querrá decir. —Me sonrojo y bajo la mirada ante el cumplido de mi mejor amigo.

—Bueno, me limito a hacer lo mejor que puedo —replico con una sonrisa.

—Y también eres muy humilde —añade Victor.

Lo miro con el ceño fruncido.

—¿Y eso es malo?

—No, para nada. Pero si tienes la suerte de ser buena en algo, no debes tener miedo de decirlo en voz alta —responde convencido.

—No es miedo. Simplemente creo que presumir de algo es, cómo lo diría..., presuntuoso —explico, enfatizando la última palabra, y añado—: Y a mí no me gusta la gente presuntuosa.

—Pero si es así, no puedes hacer nada al respecto —dice con decisión.

—Por supuesto, pero no hace falta proclamarlo a los cuatro vientos —replico, e insisto en mi idea.

Él sacude la cabeza, impresionado.

—Esther, tenías razón. Tu hija es un hueso duro de roer —bromea, y le acaricia los nudillos mientras intercambian una sonrisa cómplice—. ¿Te encuentras bien en la universidad? —continúa, con la mano sobre la de mi madre, que me mira alegre.

—Sí, me gusta mucho. Hay buen ambiente —me limito a decir.

—¿En qué te especializarás?

¿A qué viene este tercer grado? Alguien debería decirle que no es de buena educación interrogar a una persona en su propia casa.

—Oh, aún me lo estoy pensando. —Mi respuesta lo deja de piedra.

—¿Todavía no lo sabes? Esther, ¿cómo puede no saberlo? ¿Acaso es un delito?

—¡Claro que lo sabe! Vanessa se especializará en Derecho. Lo sabemos desde que nació, ¡su sentido innato de la justicia la convertirá en la mejor abogada del estado! —exclama entre risas. Yo, en cambio, tengo ganas de llorar.

—La verdad, mamá, es que no lo sé. Le estoy dando vueltas. O sea, acabo de empezar el segundo curso, tengo todo el tiempo del mundo para decidir qué hacer con mi futuro.

—No digas tonterías, Vanessa. —Mi madre sacude la cabeza con una sonrisa de circunstancia.

—No las digo, mamá. Solo quiero aprovechar este año al máximo. —Le pido a Alex que me pase la bandeja con las verduras y me sirvo una cucharada en el plato.

—Llegar al segundo año de universidad y no saber todavía qué camino tomar es inusual, pero no es el fin del mundo, Esther —interviene Victor, que trata de rebajar la tensión que empieza a crearse—. Dime, ¿estás apuntada en alguna fraternidad o en algún club? Yo formé parte de Phi Gamma Delta, una de las más importantes de nuestra universidad. Éramos un grupo de cabras locas, ¡pero también éramos muy espabilados! ¡La convertimos en la fraternidad más importante del campus! —Con orgullo, se coloca bien las solapas de la chaqueta.

—¿Phi Gamma Delta? Algunos amigos de mi padre fueron miembros —interviene Stella.

—¿En serio? —preguntamos Alex y yo al unísono, sorprendidos. Ella asiente.

—¡No me digas! —la apremia Victor.

—¿Le suena de algo Chad Mitchell?

—¡Por supuesto! No me lo puedo creer, ese chico era un genio. Una tarde se metió en el servidor central de la universidad y cambió todo el plan de estudios, ¡hubo tal caos aquel día que tuvieron que cancelar las clases! —Todos nos reímos de la anécdota.

—¡Chad es un mito! Trabaja con mi padre, en la oficina lo temen y lo aman en la misma medida —dice Stella, que luego da un sorbo a la copa de vino.

—¡Con Chad siempre es así!

—En cualquier caso, no. No formo parte de ninguna fraternidad, demasiados vínculos. Pero me he apuntado al club de lectura de la universidad y estoy valorando la idea de trabajar en el periódico —intervengo, retomando su pregunta.

Mi madre se sobresalta y se le cae el tenedor al suelo.

—Disculpad, qué torpe soy. —Se levanta con brusquedad y va a la cocina a buscar un cubierto limpio.

—¿Te gustaría ser periodista? —pregunta Victor con curiosidad.

—No lo sé, es lo que estoy tratando de averiguar. Mi sueño es escribir, pero todavía estoy esperando la historia adecuada. Creo que trabajar en el periódico de la universidad, por muy diferente que sea de la redacción de un periódico de verdad, sigue siendo una buena forma de practicar —explico.

—Por supuesto, pero es un entorno en el que es difícil entrar, ¿sabes? —Asiento, y él continúa—: Conozco a muy pocos escritores o periodistas que hayan conseguido convertir su pasión en un trabajo lo bastante bien remunerado como para que les permita ganarse bien la vida.

Me encojo de hombros y tuerzo la comisura de la boca.

—Soy plenamente consciente.

Cuando vuelve, mi madre escucha sin pronunciar palabra, hasta que aprovecha un momento de silencio para añadir:

—Querido, siento mucho que no hayas podido conocer a Travis, el novio de mi hija. Pertenece a una familia muy respetable, Vanessa tiene mucha suerte.

Ahora los cubiertos se me caen a mí, en el plato. Alex me mira con amargura y yo considero la opción de arruinar toda la cena contándole a mi madre que su querido Travis ha resultado ser un cabrón de primera categoría. Me pregunto cómo reaccionaría si supiera que el chico al que siempre ha idealizado como Dios en la Tierra no es más que un traidor infiel. Le daría un síncope. Aun así, una parte de mí está convencida de que, incluso ante esta desconcertante verdad, ella no repudiaría a Travis. Probablemente, me echaría en cara haber dejado al hijo del padre más rico del estado de Oregón.

Abro la boca para escupir toda la verdad, pero Alex, que parece haberme leído la mente, me da un golpecito en el pie debajo de la mesa y niega con la cabeza. Reflexiono unos segundos y, al final, cierro la boca. Puede que tenga razón, este no es el momento adecuado.

—Sí, ya, qué pena. Estaba muy ocupado —farfullo.

—Seguro que tendremos otra ocasión. ¿Tal vez la semana que viene? —propone mi madre con una sonrisa en los labios.

—Lo dudo.

—¿Por qué? —pregunta, confundida. Alex y Stella se queda petrificados frente a mí.

—Porque... —Me aclaro la garganta—. Porque últimamente está muy ocupado.

A continuación, se produce un momento de silencio en el que mi madre se da la vuelta en su silla para observarme.

—Va todo bien entre vosotros dos, ¿verdad?

Hago gala de la más falsa de las sonrisas, inspiro lentamente y asiento.

—Claro, mamá, todo va de maravilla.

—Oh, gracias al cielo, por un momento he temido lo peor. —Ríe aliviada y se lleva una mano al pecho. Con la otra aprieta la de Victor—. ¿Sabes?, su padre, Edward Baker, es el administrador delegado de una empresa petrolera. —Oh, Dios mío..., ¿otra vez? Me reclino en la silla de forma poco elegante. Ahora necesitaría una botella entera de vino. Lástima que mi estómago se revuelva solo de pensarlo—. Tiene muchísimas propiedades aquí en el estado de Oregón y en varios países, es un hombre importante, así que siempre está fuera por negocios. Su hijo ya está trabajando duro para seguir sus pasos —concluye mi madre, mientras que yo reprimo las ganas de soltar una carcajada.

—Parece un chico listo, ese Travis —dice Victor, que se dirige a mi madre.

Pero por favor...

—Mamá, te lo pido: dejemos de hablar de Travis.

—Tienes razón, querida. No está bien hablar de alguien que no está presente —dice mi madre.

El tema de conversación pasa a ser el trabajo de la madre de Alex. Al parecer, a la mía solo le interesa hablar de dinero y de carreras laborales. Cuando terminamos de cenar, se levanta y empieza a recoger la mesa. Victor se ofrece a ayudarla, pero ella insiste en que disfrute de la velada, ya que es nuestro invitado, así que se dirige al salón, donde están Alex y Stella.

En la cocina, estoy a punto de empezar a llenar el lavavajillas cuando mi madre aparece sin previo aviso a mis espaldas.

—¡Cariño!

—¡Mamá! Me has asustado —me sobresalto.

—¡Shhh! Muy bien, dime, ¿qué te parece? —murmura entusiasmada.

—¿Por qué hablas en voz baja? —susurro yo.

—No quiero que nos oigan. Venga, dime…, ¿te gusta? —Echa un vistazo a Victor, en el salón. Tan solo nos separa el pasillo.

—¿Victor? —Ella asiente impaciente—. Parece buena persona.

Me abraza.

—¡Sabía que te gustaría! Puedes ir con tus amigos, yo me encargo de acabar de recoger.

Voy al salón y Victor me releva en la cocina para ayudar a mi madre. Charlo un poco más con Alex y Stella y luego los invito a que disfruten juntos del resto de la noche. Mañana quieren hacer una excursión al Parque Nacional de Siuslaw, así que no les robaré más tiempo.

—¿Quieres venir con nosotros mañana? —me pregunta Stella.

—No, te lo agradezco, pero necesito pasar algo de tiempo a solas.

—¿Seguro? —insiste, un poco decepcionada.

Asiento.

—En otra ocasión será. —Le sonrío.

—¿Estás bien? —me pregunta Alex. Le agradezco muchísimo que haya puesto a Stella al corriente de la situación con Travis.

—Sí, no te preocupes. Me las apañaré. —Me acaricia la cabeza y me despeina, como siempre. Le doy un abrazo a Stella, que me lo devuelve cariñosamente. Es tal y como me la había imaginado: discreta, dulce y agradable. Perfecta para Alex.

—Buenas noches, chicos, y gracias por venir.

Alex me dedica una sonrisa, entrelaza su mano con la de Stella y se marchan.

Paso el domingo en casa. El tiempo no acompaña, así que me refugio en mi habitación para leer. Después de comer, Tiffany me entretiene con una llamada de teléfono interminable. Por la tarde, en cambio, me dedico a estudiar. Empiezo a preparar algunos trabajos que tengo que presentar en clase la semana que viene. Sin darme cuenta, fuera oscurece en un abrir y cerrar de ojos.

Después de cenar, mi madre me pregunta si quiero ir con ella y con Victor a dar un paseo por el centro. Rechazo la oferta sin remordimientos: no me apetece estar de sujetavelas entre ella y su nueva pareja, que por segunda noche consecutiva ha cenado en casa.

Así que aquí estoy, sola en esta casa desierta, repentinamente demasiado silenciosa. Decido ir a mi habitación y meterme en la cama, lo necesito. Es pronto, lo sé, teniendo en cuenta que solo son las ocho y media. La última vez que me acosté a esta hora tenía más o menos siete años, pero creo que me vendrá bien recuperar algunas horas de sueño. Me tumbo en la cama y observo el techo mientras trato de conciliar el sueño, pero mis pensamientos no me dan tregua. En menos de una semana, mi vida ha cambiado por completo. A esta hora, debería haber estado en el concierto de Albany con Travis, cantando hasta quedarme sin voz. En lugar de eso, estoy dando vueltas en la cama, en busca de una posición cómoda para dormir. No me saco de la cabeza el recuerdo de Thomas, que me atormenta desde ayer por la mañana. Con él me siento confusa y vulnerable, pero, al mismo tiempo, mejor que nunca. Cuando le dije que la noche que había pasado con él había sido un terrible error, lo pensaba de verdad, pero no por los motivos que él cree. Es porque ahora hay una parte de mí que se siente conectada a él. Y ninguna persona en su sano juicio querría entrar en la vida de Thomas. Sin embargo, por mucho que lo intente, mi mente se niega a borrar el recuerdo de sus labios sobre los míos, de sus manos cálidas y rudas deseosas por tocar mi cuerpo, de su pelo suave y perfumado, de lo fuerte que me latía el corazón cada vez que pronunciaba mi nombre.

Aparto el edredón con el pie y bajo a la cocina. Si no puedo dormir, entonces veré un maratón de *Shameless,* eso sí que me mantendrá la cabeza ocupada. Me preparo unas palomitas en el microondas, saco una lata de Coca-Cola de la nevera y me acomodo en el sillón reclinable antes de taparme las piernas con una manta polar.

Algunos capítulos más tarde, ese homúnculo tatuado sigue monopolizando mis pensamientos. Miro el móvil cada dos minutos con la esperanza de encontrar un mensaje suyo, pero sé que no llegará porque ni siquiera tiene mi número. Además, ¿por qué tendría que escribirme? Después de las cosas que le dije y de cómo lo traté, yo tampoco querría verme. ¡Oh, maldita sea! Ya basta. Quiero verlo. Por un momento, me sorprendo ante lo que acabo de reconocer, pero es la verdad.

Antes de que se me pase la euforia del momento, y sin darle muchas vueltas a lo que voy a hacer, salgo de casa. Por suerte, el Toyota de mi madre está aquí. Me pongo en marcha; quince minutos después, me encuentro frente al campus. Pregunto a unos chicos en el vestíbulo por el número de habitación de Thomas y no me pasa desapercibida la expresión divertida que ponen, como diciendo: «Otra chica con ganas de divertirse un poco».

Tengo que hacer un esfuerzo titánico para que eso no me afecte.

Llego frente a la puerta D37 de la cuarta planta y la miro unos segundos, con la esperanza de armarme del valor que necesito para llamar. Tengo un nudo en el estómago y la ansiedad me devora por dentro. ¿Y si no quiere verme? La última vez que nos vimos le grité y le dije que me dejara en paz. Pensará que soy bipolar, incluso más que él. Por no mencionar que acabo de darme cuenta de que todavía llevo el pijama. He salido de casa tan rápido que ni siquiera me he cambiado. Menos mal que el abrigo me cubre hasta las rodillas. Una loca, eso es lo que pensará que soy.

Respiro hondo y llamo a la puerta con suavidad. Espero un poco, pero nadie responde. Llamo un poco más fuerte. Oigo unos pasos tras la puerta y los latidos de mi corazón se aceleran.

Cuando se abre la puerta, me encuentro con un chico bajito y torpe que sostiene una bolsa de patatas fritas bajo el brazo. No es Thomas, claramente.

—Ho-hola —digo, perpleja.

—No está aquí —responde irritado mientras mordisquea una patata.

—¿C-cómo, perdona?

—Estás buscando a Thomas, ¿no? ¡Todos buscan a Thomas! Pero no está aquí. Los fines de semana no duerme aquí.

¡Es verdad! Es domingo, me dijo que los fines de semana se queda en la fraternidad. Al pensarlo, me siento mal. ¿Estará con alguna chica? Me lo imagino acaramelado con Shana o con cualquier otra chica más guapa y con más experiencia que yo. ¡Qué estúpida! Esto es una señal. Thomas Collins no puede formar parte de mi vida, ni ahora ni nunca. Tengo que irme.

—Ah, ehm… pues, entonces, disculpa las molestias. —Me doy la vuelta para irme, pero el chico me detiene.

—¿No quieres que le diga que has pasado?

—¿C-cómo?

Se aparta un mechón de pelo castaño de la frente y repite:

—Si me dices cómo te llamas, le mando un mensaje y le digo que has venido a buscarlo. —Se chupa las yemas de los dedos con una expresión de puro placer.

¿Tendría que decirle que tiene miguitas en el pelo?

—No. Nada de mensajes, gracias. De hecho, hazme un favor, no le digas que he venido. No es nada importante. Perdona si he interrumpido… lo que sea que estuvieras haciendo.

—Estaba terminando de ver *Full Metal Panic*.

—Vale… —digo, y finjo que entiendo su idioma—. Disculpa otra vez. —Doy un paso atrás y me alejo. Este chico es muy raro…

Antes de meterme en el coche, le envío un mensaje a mi madre y le pido que me traiga una ración doble de helado de pistacho con sirope de chocolate y nata. Iría a comprarlo yo misma, pero no he cogido dinero cuando he tenido la brillante idea de lanzarme desde la cima de una montaña sin paracaídas.

Mi madre me contesta con el emoticono del pulgar hacia arriba. Muy bien, necesitaré todas las calorías del mundo para enterrar la humillación a la que acabo de someterme.

En solo dos días he descubierto que me han puesto los cuernos, he dejado a Travis, me he acostado con Thomas y ahora también he terminado con él. Bueno, no es que hubiera empezado nada con él… ¡Ay! ¡La ración doble de helado no será suficiente consuelo! Le mando otro mensaje a mi madre y le digo que mejor compre una tarrina entera.

Al llegar a casa, me quito el abrigo, me sacudo de encima algunos escalofríos, me recojo el pelo de forma descuidada y busco mi iPod. Lo que necesito ahora más que nunca es consumirme en el dolor. Recorro las distintas canciones de la lista de reproducción titulada «Recovery» y me dejo caer en el sofá con las luces apagadas; escucho «With Me», de Sum 41, seguida a continuación por «Echo», de Jason Walker, y de una larga serie de canciones desgarradoras mientras pienso que mi vida es un completo desastre.

Unos minutos después, suena el timbre: por fin ha llegado mi ración triple de disfrute y arrepentimiento con sabor a pistacho.

Voy a abrir la puerta con la cabeza inclinada sobre el iPod, concentrada en dar con la siguiente canción que me apetece escuchar. Ya estoy a punto de volver al sofá, pero algo me deja de piedra. O, mejor dicho, alguien. Levanto la vista del iPod e, incrédula, miro a la persona que tengo delante.

Santo. Dios. Misericordioso.

Está aquí.

Capítulo 18

Thomas Collins está en la puerta de mi casa. Lleva una sudadera gris que se ajusta a sus hombros poderosos, se mordisquea el *piercing* y sostiene un cigarrillo encendido en la mano derecha.

Me estudia de la cabeza a los pies de forma intimidatoria, con esos ojos que me incomodan. Porque cuando Thomas te mira así, te sientes un poco desnuda y vulnerable. Y el hecho de que ya me haya visto desnuda no mejora la situación.

Con una sonrisa maléfica, desliza su mirada desde mi pijama de ositos de peluche hasta las zapatillas peludas de unicornio. Luego se detiene en mi peinado, que recuerda a un nido de pájaros. Parpadeo repetidamente, incrédula, mientras trato de recuperar la lucidez.

—¿Piensas quedarte ahí mirándome durante mucho rato? O sea, sé que tengo cierto encanto, pero así haces que me sienta profanado. —Su engreída desfachatez me devuelve a la realidad. Ahora que sé que existe, esperaba hablar con la versión amable de Thomas, pero parece que tendré que ajustar cuentas con su némesis.

—Thomas, ¿qué... qué haces en mi casa? —Intento ocultar el estupor en mi voz, pero fracaso de forma estrepitosa.

—¿Me buscabas? —pregunta imperturbable, y le da una calada al cigarrillo.

—¿Qué?

Tierra llamando a Vanessa. ¡Despierta!

—En el campus —especifica impaciente. Todavía debe de estar enfadado conmigo por la discusión de ayer por la mañana—. Larry, mi compañero de piso, me ha dicho que ha pasado una chica con el pelo oscuro y los ojos grises. —Me guiña un ojo. Un momento, ¿me ha guiñado un ojo? A lo mejor no está enfadado—. Le recordaba a un caramelo gomoso de fresa.

Pero ¿qué le pasa a ese tío?

—¿Qué querías? —pregunta entonces.

Dios mío, ¿por qué el señor «caramelo de fresa» no ha cerrado la boca como le he pedido?

—Nada, pasaba por allí.

—«Pasabas por allí» —repite, y hace el gesto de las comillas con las manos—, por el rellano de mi apartamento. Sola. ¿Un domingo por la noche? —dicho en voz alta, esta mentira suena incluso más ridícula.

Greta Garbo decía que toda mentira gana credibilidad si se dice con convicción. Así que venga, Greta, vamos a ver si tenías razón.

—Eso es.

Thomas suspira con resignación y niega con la cabeza, como si no se creyera ni una sola palabra de lo que acabo de decir.

—Muy bien, y ¿entonces por qué, durante tu cuestionable visita al campus, has acabado en la puerta de mi apartamento?

—Quería devolverte la ropa de Leila —respondo de repente, y me felicito por la rapidez con la que he sido capaz de encontrar una excusa válida.

—Podrías haber ido a su apartamento, vive en el edificio de al lado.

—No lo sabía.

—Y una mierda. Me la podrías haber dado mañana. ¿Por qué esta noche?

—¡Basta ya de preguntas!

—No te pongas nerviosa. Solo intento comprenderlo. Ayer me montaste una escenita diciendo que te atormentaba, y hoy te presentas en mi habitación en mitad de la noche. —Hace una pausa y, con voz persuasiva, continúa—: ¿Qué pasa en esa cabecita, Ness?

Cuando ladea ligeramente la cara, a la espera de mi respuesta, entreveo una mancha de pintalabios en su cuello y, por un momento, no puedo respirar. ¿En serio? ¿De verdad ha tenido la cara dura de presentarse en mi casa con las marcas de haber echado un polvo? De repente, me invade la rabia.

—¡No lo sé! —salto. Y es la verdad, si hubiera sabido que se lo estaba pasando a lo grande mientras yo me sumía en la culpa y los remordimientos, no lo habría ido a buscar. No, señor.

Da una última calada a su cigarrillo mientras me mira fijamente a los ojos, tira la colilla y la aplasta bajo el pie.

—Bueno, mientras te inventas una excusa más creíble que esa, déjame entrar. Hace frío aquí fuera —añade, y expulsa el humo al aire.

—Ni hablar. Buenas noches. —Voy a cerrar la puerta, pero él la bloquea con la punta de las zapatillas.

—¿Te ha parecido una pregunta? —Empuja la puerta con un brazo y cruza el umbral. Avanza hasta situarse frente a mí, a pocos centímetros de mi cara. Se agacha ligeramente y me susurra al oído—: Para que conste… —Recorre todo mi cuerpo con la mirada y se detiene en mis pechos. Instintivamente, me cruzo de brazos para cubrirme al recordar que no llevo sujetador. Con los nudillos de sus dedos fríos, Thomas me acaricia una mejilla, y me estremezco ante su contacto—. Estás buena hasta en pijama —concluye en un susurro.

Respira, Vanessa. Respira. Todo está bajo control.

Cuando el extraño cosquilleo de mi estómago da paso a la racionalidad, lo invito a marcharse, pero él finge que no me ha oído.

—¡Thomas! —grito, mientras pasa descuidadamente a mi lado—. Fuera. Ahora mismo. ¡No puedes entrar en casa de la gente sin que te hayan invitado! —Corro tras él mientras se abre paso hasta el salón.

—Tú has venido a verme, y no recuerdo haberte invitado. —Mira a su alrededor con las manos en los bolsillos, de espaldas a mí.

—No, es cierto. Está claro que tenías otras cosas que hacer… —Cierro los puños a los costados y me arrepiento de inmediato de lo que he dicho.

Se da la vuelta, confuso, y me mira con la cara ligeramente ladeada.

—Tienes pintalabios corrido en el cuello —digo, e intento no parecer demasiado molesta.

Él no reacciona. Ni siquiera una pizca de estupor o vergüenza porque lo haya pillado.

—Ah, ¿esto? —Se pasa una mano por el cuello para limpiárselo—. Un pasatiempo.

Un pasatiempo. Eso es lo que las chicas somos para él. Un pasatiempo.

—¿Qué te pasa ahora?

—Nada, siempre es un placer comprobar el valor que das a las chicas con las que te acuestas. No haces más que confirmarlo. Enhorabuena. —Le doy la espalda y me dispongo a cerrar la puerta de entrada.

—Les doy la importancia que quieren tener.

—No me interesa lo que hagas, Thomas. —Con tal de no encontrarme con esos ojos insolentes, me pongo a ordenar algunas tarjetas de visita que guardamos en el cajón del mueble de la entrada—. Eres libre de hacer lo que quieras y de tirarte a quien quieras. No es mi problema.

—Si tú lo dices. En cualquier caso, sigo esperando.

Lo miro confusa.

—¿Esperando a qué?

—Estoy esperando a oír la nueva excusa que se te va a ocurrir para justificar tu visita a mi apartamento.

—De acuerdo. He ido a verte porque quería disculparme contigo, ¿contento? —Thomas parece sorprendido—. Ayer te grité injustamente, tú no eras el motivo de la rabia que sentía, la tomé contigo y no estuvo bien. Simplemente eso. —Me encojo de hombros con indiferencia.

—Disculpas aceptadas.

—Genial —digo, fingiendo un entusiasmo que no siento—. Ahora que ya hemos resuelto nuestros problemas, puedes irte.

—Nah, no me apetece.

—¿Cómo que no te apetece?

—No me apetece.

—Oye, me sabe mal que Larry te haya estropeado la noche. Pero, dicho esto, tú y yo hemos aclarado las cosas. No tienes motivos para quedarte, así que puedes volver tranquilamente a lo que estabas haciendo.

Thomas me mira con aire aburrido, ignora hasta la última de mis palabras y constata:

—Así que esta es tu casa. —Mira a su alrededor. Dios mío, no se irá fácilmente—. No está mal, quien la haya decorado tiene buen gusto. Aunque hay algo…, algo muy extraño.

—La limpieza —digo sin rodeos.

—¿Qué? —Me mira desconcertado.

—Es la limpieza —repito—. Mi madre es una maníaca de la limpieza, de las que se obsesionan con todos los detalles. Nunca verás un libro fuera de su sitio, una miga de pan sobre la mesa o una mota de polvo en un mueble. Todo el mundo ve que el orden en esta casa es una locura.

Inspecciona mejor la casa y pasa un dedo por una repisa. Cuando se mira la yema, está completamente limpia.

—Este nivel es para que te ingresen, ¿sabes?

—Si no estás acostumbrado, puede parecerte extraño. Pero, en realidad, no tiene nada de malo. Solo es una obsesión que arrastra desde hace años, y después de la separación se intensificó. Su terapeuta dice que es su forma de mantener la vida bajo control, o chorradas por el estilo.

—El hecho de que esté bajo la supervisión de una figura profesional competente me tranquiliza.

Pongo los ojos en blanco, resignada ante su sarcasmo, y decido ser una buena anfitriona con la esperanza de que después se vaya.

—¿Quieres tomar algo?

—Agua. —Claro, el entrenador lo vigila de cerca. Vamos a la cocina y le sirvo agua en un vaso. Se sienta sobre la encimera y se la bebe de un trago; yo, por mi parte, pienso en lo extraño que se me hace verlo en mi casa.

—¿Quieres más?

Niega con la cabeza y vuelvo a guardar la botella en la nevera.

—Entonces, ¿tus padres están separados?

Me paralizo por un momento; no me gusta hablar de ello. Me limito a asentir con la cabeza. Cierro la puerta de la nevera y me apoyo en ella con los brazos a la espalda. Thomas saca una manzana del frutero que hay en la encimera y se la pasa de una mano a la otra como si fuera una pelota.

—¿Te llevas bien?

—¿Con quién?

—Con tus padres —dice resuelto, con la vista clavada en la manzana.

—No precisamente. Con mi madre es complicado. Somos demasiado parecidas en algunos aspectos y demasiado distintas en otros.

—He sido testigo de la obsesión que compartís por el orden. ¿Y con él?

Me pongo rígida.

—Oh, bueno… Digamos que para llevarme bien con él, primero debería verlo.

Arquea una ceja y me mira confuso.

—¿Qué quieres decir?

—No vive aquí. Se mudó hace unos años —respondo afligida.

—¿Adónde?

—Pues lo cierto es que no lo sé. Un buen día nos dejó, creó una nueva familia y decidió desaparecer, olvidándose de la antigua. —Espero que ahora Thomas no me mire con lástima. Odio que sientan pena por mí.

—Qué cabrón.

—Mi padre engañó a mi madre, Travis me fue infiel. ¿Quieres hacerme creer que esto te afecta? —Suelto una risita—. No me hagas reír, todos somos conscientes de cómo vives las relaciones. —Imito unas comillas con los dedos cuando digo la palabra «relaciones».

—No me compares con ellos —exclama serio—. Yo no le prometo nada a nadie. Las chicas a las que me tiro saben muy bien a quién tienen delante, saben lo que quiero de ellas y saben que, sea lo que sea, no durará. —Su frialdad me desconcierta. Sin embargo, una parte de mí admira su honestidad. No finge ser alguien que no es solo para impresionar a los demás. Pero, por otro lado, es humillante saber que solo le importa el sexo y nada más.

—¿Y tú? —Trato de cambiar de tema porque ya hemos hablado demasiado de mí—. ¿Cómo te llevas con tus padres?

De repente, frunce el ceño. Me dedica la misma mirada torva que puso cuando intenté preguntarle por la cicatriz.

—Diría que no te concierne —ataja. Se baja de la encimera y se dirige al salón.

—¿Qué quieres decir con que no me concierne? —replico irritada tras alcanzarlo.

—No tienes por qué saberlo —dice, resuelto.

—Pero tú me has preguntado.

—Podrías no haber respondido si no te apetecía. —No sé qué es más molesto, si su voz mordaz o la cara de necesitar una bofetada con la que me mira.

—Así que tú puedes preguntar y saber, pero ¿yo no? No funciona así.

—No insistas. —Me fulmina con la mirada y, por un momento, creo vislumbrar en sus ojos una emoción que trata de reprimir. ¿Rabia? ¿Dolor? ¿Rencor, tal vez?—. Igualmente, no te pierdes nada.

—Bien. —Aprieto los labios en una línea dura y me cruzo de brazos—. Entonces, dado que ya nos hemos dicho todo lo que teníamos que decirnos, has visto la casa y conoces los defectos de mi familia, ha llegado el momento de que te marches —añado en tono seco.

—¿Me echas porque no respondo a tu pregunta? —pregunta con una sonrisita sarcástica.

—Te echo porque mi madre está a punto de volver a casa y, créeme, no quieres que te encuentre aquí, sobre todo en estas condiciones.

Frunce el ceño y baja los ojos para mirarse la ropa.

—¿Qué tengo de malo?

—Noto el olor a hierba desde aquí —digo, asqueada.

—No he fumado nada, estoy limpio.

Le creo, pero debe de haberse impregnado de ese olor en la fraternidad.

—Puede que tú estés limpio, pero tu ropa no. Mi madre se pondría como loca si me encontrara en casa con un chico que no es Travis, cubierto de tatuajes de la cabeza a los pies, que huele a hierba y a Jack Daniel's. Llamaría de inmediato a un centro de rehabilitación y te enviaría allí, no sin antes pegarte una buena paliza —le explico tranquilamente.

Me mira estupefacto.

—Tu madre no necesita un psicólogo, sino un psiquiatra. Empiezo a estar seriamente preocupado por tu integridad. ¿Es seguro que vivas aquí?

Se me escapa una carcajada.

—Con mi madre nada es seguro, pero por ahora no corro ningún riesgo. —Aprovecho un momento de silencio para continuar—: Thomas...

—¿Qué pasa?

—¿Cómo sabías dónde vivo?

Se acerca a mí con una sonrisa burlona y me acaricia la barbilla con suavidad.

—Amigos que conocen a otros amigos... —Luego pasa junto a mí y se dirige al pasillo, donde se detiene a observar los cuadros de época colgados en la pared.

—¿Qué amigos que conocen a otros amigos?

—¿Acaso importa?

—Veamos. ¿Sabes quién se presenta en casa de una persona sin que esta le haya dado la dirección?

—¿Quién?

—Los acosadores —replico, tajante, y eso le hace reír por lo bajo.

—Puede que lo sea, ¿alguna vez lo has pensado? —Se vuelve para mirarme con un fingido aire intimidatorio.

Veo que entrecierra los ojos, siguiendo su propio juego.

—Es verdad que eres un tío raro, ¿sabes? Cambios de humor repentinos, apareces en mi casa en mitad de la noche, vas a las mismas clases que yo, te encuentro por todas partes. —Avanzo hacia él—. Me esperas en los ángulos ciegos de los pasillos para asegurarte de que estoy bien, me defendiste en el jardín sin que nadie te lo pidiera. Dime, Collins —continúo, y me sitúo frente a él—, ¿debería preocuparme?

Da un paso adelante y reduce la distancia que nos separa.

—Deberías preocuparte, sí. Pero, por lo general, no me gusta molestar a alguien que no quiere que lo molesten. Me gusta el consentimiento. —Percibo un deje de provocación en su voz—. Deberías saberlo. —Me ruborizo y desvío la mirada. ¿Por qué siempre me hace sentir tan expuesta?—. Veo que lo has pillado —dice, complacido, y luego continúa—: ¿Y no me vas a hacer una visita guiada? Eres una anfitriona terrible. —Sonríe.

—¿No has oído lo que te he dicho? Tienes que irte, no puedo correr el riesgo de que mi madre te encuentre aquí.

—Sí, te he oído —replica mientras sube las escaleras.

—Eh, ¿adónde vas? —grito.

—Voy a dar una vuelta por la casa —responde tranquilamente.

—Arriba no hay nada interesante, solo los dormitorios —grito mientras sube los últimos escalones.

—La mejor parte, entonces. —Me mira con una sonrisita maliciosa antes de desaparecer en el piso de arriba.

Ostras, no tendrá intención de entrar en mi habitación, ¿verdad?

Ahí dentro solo hay un montón de fotos mías de niña, cuando mi aspecto recordaba más al de un mapache. Subo las escaleras a toda prisa para detenerlo, pero llego demasiado tarde. Ya está dentro. Cierro las manos en puños y arrugo la nariz por la frustración.

—¿Quién... te ha dado... permiso para entrar? —digo, jadeando.

—Yo me lo he adjudicado —responde con su típica actitud arrogante—. Siempre me adjudico lo que quiero —añade.

Me llevo una mano a la cadera y, con la otra, señalo la puerta.

—Sal. Ahora mismo.

Insolente como siempre, y sin ninguna intención de escucharme, mira divertido a su alrededor y empieza a observar las fotos enmarcadas que hay en la repisa junto a la librería. En la primera tengo apenas unos meses, en la de al lado estoy soplando las velas de mi tercer cumpleaños, luego hay una foto mía con nueve años, completamente mojada, con el pastor alemán que teníamos cuando papá vivía con nosotros, Roy. Ese día estábamos en una barbacoa en casa de un amigo. A papá y a un amigo se les había ocurrido bañar a Roy, y, aparte de él, también me dejaron empapada a mí. Fue mamá quien inmortalizó el momento.

Thomas señala la foto, perplejo.

—No me lo puedo creer, joder, ¿eres rubia? —Me mira atónito.

Me encojo de hombros.

—Me has pillado.

Me mira, luego a la foto y otra vez a mí.

—Jamás lo habría dicho.

He conseguido sorprender a Thomas Collins. Un punto para mí.

En otra foto estamos Alex y yo con las togas, el día de la graduación, sacándole la lengua a su madre, que hizo la foto. En la siguiente estoy entre Travis y Tiffany, también el día de la graduación. En la última estoy yo sola, me la hizo Travis hará cerca de un año: estoy sentada en la mecedora del porche, besada por el sol primaveral, con las piernas cruzadas y una peonía en el pelo, inmersa en las páginas de *Orgullo y prejuicio*. Thomas la toma y la mira atentamente mientras prepara alguno de sus comentarios idiotas.

—Estás muy guapa en esta, Ness.

—Gracias —respondo sorprendida y azorada.

Al cabo de unos segundos, levanta la foto en la que salgo celebrando mi tercer cumpleaños y exclama:

—Aquí, en cambio, pareces un *poltergeist*. —He aquí el comentario idiota, ya decía yo.

Se la arrebato de las manos con rabia.

—Bueno, tenía sueño y acababa de comerme no sé cuántos *brownies* de pistacho. ¡Así que estaba pasando por un momento delicado y nadie lo entendía! —me justifico, irónica.

Nos miramos durante unos segundos y luego él comenta:

—Tu habitación no es como me la imaginaba, todo es demasiado rosa para ti, ¿o me equivoco?

—Es la habitación de mi infancia. Con siete años las niñas adoran el rosa —le explico, y no puedo evitar preguntarme en qué momento habrá imaginado cómo sería mi dormitorio.

Asiente vagamente, se acerca a mi cama y, con una sonrisa maliciosa, me pregunta:

—¿Y esos cómo se llaman? —Señala los tres peluches que hay junto a la almohada.

Oh, no.

—¿Qué? ¿Por quién me tomas? Tengo casi veinte años, Thomas, no pongo nombres a los peluches. —Me río, nerviosa.

—Venga, desembucha. —Se sienta en el borde de la cama, convencido de haberlo adivinado.

—Momo, Nina y Sparky —confieso tras un momento de vacilación.

—Momo. Nina. Y ¿Sparky? —repite mientras se esfuerza por reprimir la carcajada que amenaza con estallarle en la boca.

—¡Eh! ¡No puedes entrar en mi habitación sin permiso y reírte de mis cosas! Eso me duele.

Intenta ponerse serio, pero el resultado deja mucho que desear.

—A ver si lo he entendido bien. —Se pone a Sparky, mi conejito de peluche, en las rodillas—. Duermes con tus peluches, lo que significa que eres una niñita. Te gustan las series de televisión. —Señala la estantería que hay sobre el televisor, donde tengo algunos estuches con DVD—. Lo que significa que tu vida te aburre. Eres una romántica incurable —continúa, y hace un gesto hacia la librería llena de novelas románticas—. Y, probablemente, sufres el mismo trastorno que tu madre. —Me mira complacido—. ¿He acertado?

Frunzo el ceño.

—¿El mismo trastorno que mi madre? ¿Pero cómo se te ocurre decir algo así?

—No sé, tal vez porque los libros están colocados por orden de altura y los zapatos según el color... Por no hablar de la precisión con la que te organizas la mesa en las clases. En serio, en vuestra familia tenéis un problema grave —insiste.

Empiezo a estar molesta.

—Corta el rollo. Me gusta que las cosas estén en su sitio, donde toca. Soy una chica ordenada, nada más. —Le resto importancia.

—¿Y si ahora, sin querer, te desordenara todo esto? —Se levanta y se dirige a mi librería.

—Depende: ¿cuántas ganas tienes de morir?

—En realidad, tengo ganas de otra cosa... —Me ofrece una sonrisa descarada. Me sonrojo, pero hago un esfuerzo por lanzarle una mirada de indignación, aunque lo único que consigo es divertirlo todavía más—. O, alternativamente, puedo sentarme en este sillón y contemplar el techo—. Se acomoda, cruza los brazos sobre el pecho y separa un poco las rodillas antes de dejar caer la mirada hacia mis piernas. Un destello travieso brilla en sus ojos. Instintivamente, las cruzo al sentir una oleada de calor que me invade el cuerpo.

211

Maldita sea, ¿por qué tiene que ser tan atractivo?

—No vas a contemplar una mierda. Ahora te levantas y te vas a tu apartamento, o vuelves a la fiesta, pero aquí no te quedas —replico cuando consigo recuperarme de la visión afrodisíaca.

—La fiesta de la fraternidad no estaba siendo muy divertida. Cuando eso estaba a punto de cambiar, mi compañero de piso me ha llamado. ¿Te suena?

—Oh, vaya... —Me llevo una mano al pecho y finjo lamentarlo—. Siento mucho haber sido la causa de que estés trasnochando. Pero, sinceramente, Thomas, nadie te ha pedido que vinieras a mi casa. Podrías haberte quedado allí perfectamente para desahogarte —replico, mordaz.

—Sí, podría haberlo hecho. Es más, debería haberlo hecho —señala—. Me habría divertido mucho más.

Me sorprende su falta de tacto.

—Eres un capullo, Thomas. —Y un insensible, un arrogante bipolar que disfruta poniendo a prueba mi paciencia.

—Contigo me estoy conteniendo mucho. Deberías darme las gracias, no ponerte nerviosa. —La expresión complacida que me dedica es suficiente para hacerme perder la paciencia. Sin pensármelo dos veces, le tiro uno de los peluches que tengo a mano y le golpeo de lleno en la cara.

—Mierda, me has dado en un ojo, pero ¿qué tienes ahí dentro? —Se lleva una mano a la cara.

Oh, no. Sin pensarlo, le he tirado a Nina, la mamá canguro donde guardo los pendientes y las pulseras. Se masajea la frente y corro a socorrerlo. Me acerco y le tomo la cabeza entre las manos con cuidado.

—Perdona, no quería... —Pero no me da tiempo a terminar la frase porque se levanta, me agarra por la cintura y me tira sobre la cama.

—Eres demasiado ingenua, pequeña.

Se sienta a horcajadas sobre mí. Con una mano me bloquea las muñecas por encima de la cabeza y, con la otra, me hace cosquillas en el costado.

—¡Oh, no, para! —Me río tan fuerte que las palabras me salen deformadas.

—¿Querías matarme con un peluche, Ness? —me pincha, sin piedad.

—Thomas, te lo suplico, ¡para! —Me retuerzo e intento zafarme de él. No lo consigo, es demasiado fuerte. Sus dedos me hacen cosquillas en el cuello, las caderas, la barriga. No aguanto más—. ¡Vale, vale, tú ganas! ¡Basta! —digo con lágrimas en los ojos. Entonces, por fin, afloja el agarre.

—Yo siempre gano, recuérdalo.

—Eres el doble de grande que yo y me has engañado. A eso se le llama una victoria fácil —replico, y hago como si me ofendiera.

—Cada uno juega sus cartas. —Me toca la punta de la nariz con el dedo. Luego nos quedamos quietos y nos miramos mientras la sonrisa de nuestros labios se desvanece. Hace unos minutos estaba enfadada con él y, ahora, he llorado de la risa—: Deberías hacerlo más a menudo.

—¿El qué, atacarte con un peluche?

—No, reír —susurra, peligrosamente cerca de mi boca—. Tienes una luz distinta cuando lo haces. —Se me corta la respiración y, cuando me acaricia el labio con la mano libre, me estremezco. Instintivamente, separo los labios—. ¿Todo bien? —me pregunta con una sonrisita impertinente. «¿Todo bien?». Tengo la boca tan seca como un desierto y el corazón se me ha disparado. Me siento capturada por la intensidad de su mirada, abrumada por la grandeza de su cuerpo sobre el mío. Aturdida por su inconfundible aroma a vetiver.

Aun así, consigo asentir. Él sonríe orgulloso. Se acerca todavía más, y el latido de mi corazón se acelera con desmesura. Seguro de sí mismo, se coloca entre mis piernas abiertas. Cada célula de mi cuerpo tiembla.

—¿Qué... haces? —jadeo.

—¿Tú qué crees? —susurra con voz ronca.

—Thomas... —Trago saliva y pienso que debería pararlo..., apartarlo..., o al menos intentarlo.

—Vanessa... —Me roza los labios con los suyos. Una, dos, tres veces... Me embriaga con su tacto, tanto que cierro los ojos y aprieto las rodillas alrededor de sus caderas en un acto reflejo. Luego traza una línea de besos lentos y delicados por mi mandíbula, que aumentan de intensidad a medida que llega a mi cuello.

Tengo una ametralladora en lugar del corazón.

—Deberías... deberías irte...

Lleva los labios a mi oreja y me mordisquea el lóbulo antes de lamerlo con la lengua y provocarme un temblor en el bajo vientre.

—No, no debería.

—Por favor... —La mía es más una súplica desesperada que una petición. Una parte de mí quiere que se vaya de verdad, pero hay otra que solo desea estar a su merced y darle carta blanca.

—Estás hablando demasiado —gruñe fastidiado, y empuja sus caderas contra las mías con un fervor indomable, con lo que me hace callar. Una oleada de escalofríos me recorre el cuerpo, una sensación que ya he vivido antes con él, pero que hoy es incluso más fuerte. Su lengua atrapa la mía con ferocidad y decisión. Esperaba oponer más resistencia, pero le devuelvo el beso de forma natural, necesitada, ardiente.

Me suelta las muñecas y le tomo la cara entre las manos, intensificando el beso. Él parece excitarse todavía más, porque con un brazo me rodea la cadera y la aprieta tan fuerte que me falta el aire. Me aferro a sus poderosos hombros, a su cuello musculoso, mientras su mano desciende hasta mi muslo, lo agarra y lo separa con impaciencia.

—Tengo la intención de follarte aquí, Ness —me dice en los labios. Frota su erección entre mis muslos y me arranca un suave gemido que sofoca abalanzándose sobre mi boca con ardor—. En la cama de tu infancia —concluye lascivo, perverso. Me ruborizo, siento la ardiente necesidad de tenerlo dentro de mí. Sin embargo, de repente, la vocecita de mi cabeza me recuerda que todo esto está mal. Él nunca me dará lo que quiero, y yo nunca le daré lo que desea. Tengo que parar o me arrepentiré, no puedo dejar que este chico me desbarajuste la vida todavía más de lo que ya lo ha hecho.

Le pongo las manos en el pecho para que pare. Su corazón late con fuerza, igual que el mío.

—Thomas, espera...

Se separa de mi boca con los ojos nublados por el deseo. Los dos estamos sin aliento, con las caras enrojecidas y los labios hinchados por los besos. Nos miramos a los ojos durante unos segundos, y mientras él parece intuir la dirección de mis pensamientos, yo me olvido de los míos.

—Piensas demasiado… —El tono ronco con el que habla me vuelve loca. Me pasa una mano por el cuello en un apretón posesivo y lo saborea despacio, lo araña con los dientes, lo muerde y lo lame—. Vive el momento —continúa, y desliza la mano por debajo de la parte superior de mi pijama, hasta llegar a mis pechos. Siento cómo sus labios se curvan en el hueco de mi cuello—. Me he dado cuenta de que no llevabas sujetador en cuanto has abierto la puerta. —Me aprieta un pecho y presiona su erección en mi punto más sensible—. Deja de pensar, Ness. Déjalo ya —me ordena y, sin darme la oportunidad de replicar, vuelve a devorarme la boca, disolviendo toda mi incertidumbre como granos de arena que se lleva el viento. El instinto vence a la razón. Me dejo llevar por esos impulsos que solo él parece ser capaz de despertar en mí. Hundo los dientes en su labio hasta arrancarle un gemido gutural. Esta vez no podré culpar al alcohol cuando, después de acostarme con él, piense que está entre los brazos de otra. Será culpa mía, solo mía. Me empujo más contra él con la pelvis. Hundo una mano en su pelo y, con la otra, empiezo a desabrocharle los vaqueros. Él mete la mano por debajo de la tela de mi pijama y se desliza sobre el tejido húmedo de mis braguitas, pero entonces… algo me detiene y hace que el corazón se me suba a la garganta.

Cinco palabras. Cinco simples palabras que me hacen recuperar la lucidez perdida.

—¡Nessy, ya estoy en casa!

Capítulo 19

—Oh, Dios mío, ¡mi madre ha vuelto!

Tiro a Thomas de la cama y me levanto como un resorte, me arreglo la ropa y el pelo alborotado.

—Me he dado cuenta —balbucea enfurruñado, y se levanta del suelo con una erección claramente visible en los pantalones.

—Perdona —le digo en voz baja.

—Te he traído el helado, te espero aquí —exclama mi madre desde el piso de abajo.

Voy hasta la puerta, la entreabro y, tras aclararme la garganta, grito:

—Em, gracias, mamá. Pero, bueno, se me ha pasado el hambre. —Cierro los ojos con fuerza y rezo para que me crea.

—Pero si me lo has pedido hace menos de una hora —replica, confusa.

—Lo sé, pero ahora mismo tengo mucho sueño, ya casi me había dormido. —Mientras tanto, oigo unos ruidos a mis espaldas. Thomas me rodea las caderas y empieza a llenarme el cuello de besos. ¿Es que se ha vuelto loco? Lo aparto, pero él me sujeta con más fuerza y el efecto de su boca en mi piel me hace flaquear.

—¿Estás segura? —vuelve a hablar mi madre—. Te he comprado el que me has pedido: una tarrina de helado de pistacho con sirope de chocolate y un montón de nata. Ah, también te he cogido unos cucuruchos, esos pequeñitos de colores que tanto te gustan.

Siento cómo el pecho de Thomas se mueve contra mi espalda en un intento de reprimir una carcajada. Me ruborizo, me giro ligeramente hacia él y murmuro, avergonzada.

—Tenía un poco de hambre.

—Oh, ya veo. —Se ríe y me mordisquea el lóbulo de la oreja a la vez que presiona la pelvis en la parte inferior de mi espalda, lo que me pone la piel de gallina.

—Gracias —digo, y me centro de nuevo en mi madre—. Pero es que ahora no me apetece, ya me lo comeré mañana —replico decidida, con la cabeza todavía entre la jamba y la puerta.

—Como quieras, lo guardo en el congelador. Yo voy a darme una ducha caliente; si necesitas algo, ya sabes dónde estoy.

—Vale —me apresuro a decirle, antes de que el «efecto Thomas» me haga perder completamente la razón.

Cierro la puerta con llave y pienso en alguna forma de sacar a Thomas de aquí sin que mi madre lo vea. Me vuelvo hacia él y le pongo las manos en el pecho para separarlo de mí:

—No sé qué te está bullendo en la cabeza, pero ya puedes olvidarte de cualquier cosa perversa. Tienes que salir de aquí sin que mi madre te vea.

Él ignora mis palabras, me aparta las manos y me empuja contra la puerta, bloqueándome con el peso de su cuerpo.

—¿Me equivoco o acabas de llamarme perverso? —murmura en un susurro, y me levanta la barbilla con un dedo. Sus ojos verdes me miran anhelantes, rebosantes de peligro. Deberían intimidarme y, sin embargo, me siento atraída por ellos. Casi hipnotizada.

—Y-yo… —Trago saliva sonoramente, la garganta se me ha secado de golpe.

—Shh… —Presiona dos dedos en mis labios y los introduce lentamente en mi boca, invitándome a abrirla. Y yo, víctima de algún extraño hechizo, lo hago. Completamente subyugada a él. A su seguridad. A su belleza—. Deja que te enseñe lo perverso que puedo ser. —Me roza el cuello con los labios, chupa la piel sensible y la marca con posesión, como a él le gusta… Me tiemblan las rodillas y un calor ardiente estalla entre mis muslos. Thomas deja de torturarme para soltarme el pelo. Los mechones me caen desordenados sobre los hombros, liberando el olor del champú a frutos del bosque. Lo respira con avidez, entrecierra los ojos y me dedica una sonrisa de aprobación. Luego los recoge en su puño y tira de ellos hacia atrás para inclinarme la cabeza. Con la lengua vuelve a trazar un pequeño rastro candente a lo largo de mi cuello y termina en mi pecho, cubierto por el pijama. Lo muerde fuerte, haciéndome jadear de placer y de dolor, concediéndome solo un adelanto de lo que me espera en breve.

—Mi... mi madre está abajo —murmuro con poca convicción, pero no sabría decir si la idea me pone más nerviosa o me excita. Thomas, por su parte, se pone de rodillas como si nada y, por debajo del pijama, me acaricia el vientre, las costillas, hasta llegar a mis pechos, hinchados y doloridos. Los envuelve con sus grandes manos, los apricta y pasa la lengua entre ellos, con lo que destroza la brizna de racionalidad a la que me aferraba.

—Entonces tendrás que esforzarte para que no te oiga —murmura, con una sonrisa demoníaca en los labios. Acto seguido, se pone en pie, dominándome, me quita la parte superior del pijama y la tira al suelo. De repente, me encuentro desnuda y vulnerable ante sus ojos ávidos. El frío de la puerta en la espalda me hace estremecer. El corazón me late desbocado y las mejillas me arden de vergüenza. La inseguridad se apodera de mí y levanto las manos para cubrirme, pero él me lo impide cuando me agarra las dos muñecas con una mano y me inmoviliza por encima de la cabeza, mientras se toma unos instantes para admirar mi cuerpo lánguido—. No te escondas —me dice con voz grave—. Quiero mirarte. —Bajo los ojos y contengo la respiración, incapaz de creer que un chico como él, acostumbrado a cuerpos mucho más sensuales, pueda encontrar atractivo el mío. Mis inseguridades desaparecen en el momento en que Thomas vuelve a sumergirse en mis pechos. Tortura uno con los dedos y toma el otro entre los labios. Con la bola fría del *piercing* se detiene en el pezón y la piel se me eriza. Desliza un muslo entre mis piernas y presiona la rodilla contra mi sexo. Cierro los ojos y aprieto los labios para intentar reprimir el gemido que está a punto de escapárseme. Me siento aturdida, excitada y hambrienta. Tanto que, contra todo pudor, empiezo a acompañar esos movimientos. Agito las caderas y me froto contra su pierna musculosa. Él aumenta la intensidad para permitirme sentirlo todavía más. Percibo cómo todos mis músculos se tensan y las piernas me ceden. Cuando me libera las muñecas, me veo obligada a agarrarme a sus hombros poderosos para no desplomarme en el suelo—. Te gusta así, ¿verdad? —pregunta con la voz repleta de deseo. Abandona mis pechos y se abalanza sobre mi boca, invadiéndola con besos rudos, mientras me aprieta el cuerpo y me aprisiona contra la puerta, entre sus brazos.

Se me cortocircuita la mente, la respiración se me descontrola y la excitación aumenta hasta que se vuelve casi insoportable.

—Thomas... —murmuro en su boca, avergonzada y necesitada, pero él no me da tregua. Sus besos se vuelven todavía más despiadados y salvajes, si cabe. Desliza su mano libre bajo la goma elástica de los pantalones, hasta alcanzar la tela de mis braguitas, que está completamente húmeda. Me sonríe con ojos ardientes. Las echa a un lado y empieza a acariciarme entre los cálidos pliegues con movimientos lentos de abajo arriba, lo que me provoca una sensación de agonía y tormento—. Oh, Dios —gimo desesperada. Él se mueve con destreza, ahora pasa al clítoris, lo frota con el dedo índice y luego lo aprieta con fuerza con el pulgar. Ese movimiento experto e inesperado me hace delirar. Continúa esta lenta tortura, decidido a no apagar el ardiente deseo que me destroza—. Por favor... —vuelvo a decir, jadeante, entre un gemido desesperado y otro.

—¿Por favor qué? —pregunta, ávido. Pero no tengo tiempo de responder porque me penetra con un dedo. Lo retira enseguida y me provoca una única descarga de placer que me arrolla de pies a cabeza y me hace soltar un grito—. Shhh, ¿has olvidado que no estamos solos? —me susurra al oído con voz cálida y sensual. Vuelve a introducirme un dedo, pero solo unos instantes. Dios mío, me estoy volviendo loca. Frustrada, cierro los ojos y apoyo la frente en su pecho.

—Así me estás matando...

Thomas me levanta la cara y me obliga a mirarlo a los ojos. Me toma de la muñeca y guía mi mano hasta su entrepierna. Me estremezco y me excito todavía más cuando siento su erección atrapada bajo los pantalones.

—Mira lo dura que me la pones. —Empuja la pelvis hacia delante y me invita a llevar la mano a la gruesa protuberancia para palparla. Se la aprieto con fuerza y entonces se le escapa un ligero jadeo gutural, el primero desde que ha decidido hacerme arder de deseo por él. Me tiemblan las piernas y estoy tan ofuscada por el placer que, cuando me baja los pantalones junto con las braguitas, me quito las prendas de una patada con ímpetu. Thomas se pone de rodillas a mis pies y me acaricia la pantorrilla, subiendo después por toda la pierna. Me acaricia la piel sensible del interior de los muslos, lo que amplifica mi necesidad de quedar satisfecha, hasta que llega a mi pubis. Ardo al ver cómo sus ojos me observan, fogosos, desde abajo—. Quiero besarte aquí, saborearte por completo. —Me mira a la espera de que le dé mi consentimiento. Asiento con timidez. Se acerca y, muy despacio, posa sus labios encima. Me lame y se detiene en mi clítoris. Es una agonía, más que un placer, una cata de lo que me espera. De repente, me llena con un dedo y enseguida le sigue un segundo, que me arranca el aire de los pulmones.

—Oh, sí —jadeo, al fin satisfecha.

—Qué apretado lo siento... —murmura Thomas. Se desliza un poco más en mi interior y sus ojos se oscurecen al notar cómo mi sexo se contrae, ávido—. La otra noche también lo tenías apretado y mojado.

Me pongo rígida, víctima de una inseguridad inmediata. Él se da cuenta y me acaricia una mejilla.

—Relájate, solo trato de conocerte. Conocer cada parte de ti. —Empuja el dedo hasta el fondo y me provoca una intensa punzada de placer. Algo en el sonido tranquilizador de sus palabras me lleva a confiar en él.

—No lo sé, es que... —Con la vista nublada por el deseo, me interrumpo, consumida por otra embestida de sus dedos. Me agarro a sus dos muñecas para sostenerme—. Nunca he estado segura de mí misma —confieso, con el rostro encendido por la incomodidad de confesarle algo tan íntimo—. Y lo que Travis me dijo ayer...

Thomas se acerca, me besa con delicadeza y me muerde el labio. Al principio con suavidad, luego cada vez más fuerte.

—Entonces tendré que esforzarme para hacerte recuperar la confianza. —Con estas palabras, zanja el discurso y empieza a moverse con maestría dentro de mí, con lo que me saca de la cabeza cualquier temor a no gustar o a no estar a la altura. Cierro los ojos y me dejo llevar por el placer que me provoca, por el deseo que siente por mí, por las ganas que tiene de hacerme suya. Me agarro a sus hombros, clavo las uñas en la tela de su sudadera y me muerdo el labio para no gritar. Thomas saca los dedos para volver a introducirlos, pero sin llegar al fondo en ningún momento. Se detiene a la mitad y los retira. Me falta el aire. Hundo mis dedos en su pelo para comunicarle algo que no soy capaz de expresarle con palabras—. ¿Quieres más? —susurra, y lame mis pliegues, cada vez más húmedos.

Asiento con la cabeza para confirmárselo, sin aliento, mientras él sigue moviéndose flemáticamente dentro de mí, torturándome.

—Dilo —me ordena.

Lo miro con los ojos muy abiertos. No estoy acostumbrada a ser tan explícita.

—Dilo o no sigo. —Vuelve a lamerme el clítoris, esta vez durante más tiempo. Mi cuerpo pide clemencia—. Y, créeme, tengo unas ganas locas de seguir.

Inspiro, pero soy incapaz de hablar.

—¿Por qué... por qué quieres oírlo?

—Porque quiero que te sientas libre de toda inhibición cuando estés conmigo.

Lo observo y me mordisqueo el labio. Tiene la respiración entrecortada, como yo, la boca húmeda, los ojos llenos de excitación, y algunos mechones negros le caen sobre la frente, bañada en sudor. Es guapísimo. A continuación, cuando posa un delicado beso en mi vientre —con los ojos fijos en mí y la comisura de la boca curvada en una sonrisa—, me derrito definitivamente.

—Hazlo, por favor —exploto al fin.

En cuanto siento su lengua ardiente en mi sexo, jadeo, cierro los ojos y echo la cabeza hacia atrás. Empujo las caderas contra su boca, y me siento tan hambrienta y desesperada que casi no me reconozco. Mueve los dedos en mi interior, arriba y abajo, y me provoca una oleada de placer que me hace temblar las piernas. Me presiona el clítoris con el pulgar y me lo chupa con fuerza, mientras sus dedos siguen entrando y saliendo, cada vez más rápido, cada vez con más intensidad y más profundamente.

Le agarro el pelo y tiro de él, presa del placer. Thomas no me detiene; de hecho, parece incluso más excitado, pues no deja de lamerme. Tiemblo y jadeo contra la puerta al tiempo que lucho contra mí misma para no gritar.

Cuando al fin siento que estoy cerca del orgasmo, Thomas ralentiza sus movimientos lo justo para que me entre el pánico.

—Todavía no. —Reanuda el movimiento de sus dedos dentro de mí, aumenta el ritmo, y mis sentidos se ofuscan. Será porque mi madre está en el piso de abajo, o porque, por segunda vez, estoy cerca del orgasmo y él me lo arrebata, pero la mezcla es tan potente que podría desmayarme de placer en cualquier momento.

—Thomas, te lo suplico. Ya casi estoy, voy a... —En ese momento, Thomas me levanta la pierna derecha y la coloca sobre su hombro, manteniéndome quieta con su boca. Me mira desde abajo y sigue moviendo los dedos en mi interior con gestos circulares y bien dirigidos, tocando cada vez un punto mágico que me lleva al éxtasis. De repente, una oleada de placer me golpea y todos los músculos de mi cuerpo se contraen. Un calor abrumador me invade de la cabeza a los pies mientras me sacudo con pequeños temblores, pero a la vez potentes. Intento apartar a Thomas de mi intimidad porque la idea de dejarme ir así, sobre él, me avergüenza muchísimo, pero él lo impide. Quiere que me corra de ese modo. Intensifica los movimientos de la lengua hasta que exploto en su boca con el orgasmo más intenso de toda mi vida. Tengo la impresión de que me rompo en mil pedazos. Grito, pero Thomas me cubre la boca con la palma de la mano. Demasiado ofuscada por el placer, hundo los dientes en su mano para amortiguar los gemidos. En la cumbre del placer, Thomas sigue moviendo los dedos dentro de mí con un ritmo implacable, hasta que mi respiración vuelve a regularse y las piernas dejan de temblarme. Solo entonces afloja su agarre. Se levanta lentamente del suelo y dibuja una estela de besos en mi vientre, en mi pecho derecho, luego en el izquierdo. En el cuello. En la mandíbula y, finalmente, con delicadeza, en la boca. Me roza la punta de la nariz con la suya y me sonríe. Lo miro aturdida. Me gustaría decirle algo, pero todo mi cuerpo está paralizado. La cabeza aún me da vueltas con los últimos temblores del orgasmo. Las piernas me van a ceder de un momento al otro.

—Pareces destrozada. —Me alza con sus poderosos brazos cubiertos de tinta y me tumba en la cama. Me acurruco, aturdida. Thomas me sorprende una vez más cuando me arropa con las sábanas. Lo miro desconcertada, y entonces me percato de que sigue completamente vestido.

Se dirige a la puerta y, por un momento, pienso que tiene la delirante idea de marcharse.

—No puedes salir, mi madre podría verte. —Pero se limita a apagar la luz y vuelve conmigo a la cama. Mientras se quita la sudadera y las deportivas, empiezo a sentirme un poco incómoda ante la idea de estar desnuda, y sobria, a su lado. Envuelta en el edredón, me levanto de la cama y busco mi pijama en el suelo—. Tengo que vestirme, ¿podrías... podrías darte la vuelta? —pregunto tímidamente.

Tumbado en la cama, Thomas suelta un bufido divertido con los brazos cruzados detrás de la nuca.

—¿Te das cuenta de que te acabas de correr en mi boca? —puntualiza, impúdico.

Se me corta la respiración y abro los ojos de par en par por la vergüenza.

—¡Thomas! —lo regaño.

—No tengo la más mínima intención de darme la vuelta, así que haz lo que tengas que hacer.

—Bien, ¡muchas gracias por la comprensión! —Hago un mohín. Le doy la espalda y me envuelvo con la sábana para que no me vea. Oigo una risita sarcástica, pero la ignoro; le pareceré ridícula o infantil, no me importa.

—No necesitas mi comprensión, sino asimilar que no tienes nada de lo que avergonzarte.

Sacudo la cabeza.

—No lo entenderías ni aunque quisieras.

Una vez protegida por el pijama, me siento con las piernas cruzadas en el borde de la cama, frente al televisor.

—Bueno, mientras esperamos a que mi madre se vaya a dormir, tenemos dos opciones: ver una película o descansar. —O entender qué significa lo que acaba de pasar. Pero, por supuesto, no pierdo el tiempo con preguntas: le restaría importancia, y la mera idea me duele.

Me mira fijamente con esos ojos tan profundos que me hacen sentir mariposas en el estómago.

—Ninguna de las dos, quiero charlar.

—¿Qué? —pregunto, asombrada.

Golpea el colchón con la mano para invitarme a acercarme a él.

—Ven aquí. Háblame un poco de ti. —Me sonríe con dulzura.

Cautelosa, me tumbo de lado junto a él. La oscuridad que llena la habitación hace que el ambiente sea más íntimo.

—No hay mucho que saber. —Me encojo de hombros.

—¿Has terminado de leer el libro sobre las dos hermanas? Asiento, sorprendida de que se acuerde.

—¿Te ha gustado? —pregunta con una sonrisa irónica.

—Mucho. Pero no soy imparcial, me encanta todo lo que escribe, podría enamorarme hasta de su lista de la compra —respondo, soñadora.

—¿Por qué te gusta tanto? —pregunta, interesado.

—Porque utilizaba sus novelas para rebelarse contra las imposiciones de la sociedad inglesa, y siempre lo hacía con extrema ironía e inteligencia. —Apoyada en un codo, jugueteo con un mechón de pelo.

—Mmh, déjame adivinar: *Orgullo y prejuicio* es tu libro favorito, ¿verdad? —Lanza una mirada socarrona al libro abierto y bocabajo que tengo en la mesilla de noche, a mi lado. He empezado a leer *Orgullo y prejuicio* por enésima vez esta misma tarde, tenía que inaugurar la edición que me regaló la madre de Alex.

—Todas sus novelas son obras maestras, te mete en la historia de una forma sincera, pero sí. —Alzo la vista para mirarlo—. *Orgullo y prejuicio* ocupa un lugar especial en mi corazón.

—¿De qué hablan sus libros?

—De amor. —Hace una mueca burlona, pero lo ignoro y continúo—: Del amor en sus múltiples facetas: el atormentado, doloroso, a veces imposible. Poco convencional, pero auténtico. Pongamos por ejemplo a Elizabeth Bennet: rechaza una propuesta de matrimonio que le habría garantizado un futuro acomodado, tanto para ella como para su familia, yendo en contra incluso del juicio de su madre por el simple hecho de que no está enamorada. —Noto que ahora Thomas me presta atención, aunque luego esboza una sonrisita.

—Ya sabes lo que pienso sobre eso. —Toma, Vanessa, por si lo habías olvidado—. Y dime, ¿qué más te gusta?

—No sé… —Me tumbo bocarriba y clavo los ojos en el techo. Me muerdo el labio mientras pienso en qué podría contarle—. Bueno, me gustan los libros, las series de televisión, el mundo del periodismo me fascina, me encantan los pistachos… Pero ya te habrás dado cuenta de eso. —Lo miro divertida y avergonzada al mismo tiempo—. Me gusta la lluvia. Su sonido. El olor. Las sensaciones que me transmite. Es melancólica y romántica. Siento que tengo una conexión con ella.

—¿Porque tú también eres así? ¿Romántica y melancólica?

Lo medito y, con toda la naturalidad del mundo, respondo:

—Sí.

Alarga un brazo y me invita a acercarme. Lo pasa por debajo de mi cuello, como para hacerme de almohada, y un escalofrío me recorre todo el cuerpo. ¿Por qué se está comportando de una forma tan… cariñosa?

—¿Te gusta el mar? Pareces una de esas personas que se aíslan en un acantilado mientras buscan un sentido a su existencia, quizá con alguna canción conmovedora de fondo —se burla de mí. Le pellizco el costado a modo de respuesta.

—Me gusta el mar, pero…

—¿Pero?

—Vale, voy a confesarte algo. —Me incorporo con el codo y apoyo la mejilla sobre la palma de mi mano—. Pero antes que nada, júrame que no te vas a reír de mí. —Lo miro con aire amenazador.

—Nunca hago promesas que no puedo mantener.

Cómo no…

—La verdad es que… no sé nadar.

Le oigo reprimir una carcajada y cierro los ojos por la vergüenza.

—¿Cómo es posible?

—No lo sé. Me encanta el mar, pero la idea de nadar en aguas profundas… hace que el pánico me impida respirar.

—Eres una cobardica. Yo aprendí cuando tenía tres años —presume. Es muy gracioso, casi tierno.

—Guau, ¿quieres un aplauso, Nemo? —Se ríe, y el sonido grave de su risa me calienta el corazón. Casi me entran ganas de hacerle una foto y guardarla bajo mi almohada para dormirme cada noche con un Thomas sonriente debajo de mí.

—Pero no fue tan bonito como imaginas. Mi tío empleó la táctica de «quitar la tirita del tirón». Sin muchos rodeos, me llevó al agua y me zambulló en ella. Sin manguitos —subraya.

Lo miro desconcertada.

—¿En serio?

Él asiente.

—Un método algo rudo, pero eficaz.

Me gustaría preguntarle más cosas sobre su infancia, pero es difícil derribar los muros que levanta. Por eso vuelvo a hablarle de mí.

—Para compensarlo, sé patinar sobre hielo. Cuando era pequeña, mi padre me llevaba a la pista de hielo todos los domingos por la mañana y nos pasábamos horas allí, hasta que una vez tuve la brillante idea de improvisar un Rittberger, pero me caí y me hice esto. —Le enseño una pequeña cicatriz en la parte posterior de la pantorrilla izquierda—. El corte no era muy profundo, pero salió la suficiente sangre como para que mi padre se asustara, aunque no sé si fue por la herida o por tener que contárselo a mi madre. El caso es que, desde aquel día, no volvió a llevarme. —Me río con él, y la normalidad de esta situación me parece tan surrealista que me entran ganas de contarle una tradición que Alex y yo tenemos desde el instituto—. Y luego… hay una cosa que hago con Alex, mi mejor amigo: coleccionamos billetes y entradas.

—¿Billetes y entradas? —repite con escepticismo.

—Sí, billetes de tren, entradas del teatro, del cine. Al final del año, quedamos para revisarlos juntos.

—Eso es una tontería, ¿lo sabes? —replica secamente, y eso hiere mis sentimientos.

—¿Perdona? —murmuro mortificada, mientras el móvil empieza a vibrarle en el bolsillo, pero él lo ignora.

—Ya me has oído. Todo eso de la colección es ridículo. Es probable que tu amiguito solo sueñe con meterse entre tus piernas, pero todavía no se ha armado de valor para hacerlo.

Me siento en el colchón y lo fulmino con la mirada.

—¿Cómo te atreves a insinuar algo así? Nos conocemos desde hace trece años, somos como hermanos. Nos queremos un montón, sin segundas intenciones. Se llama amistad —subrayo—. Y, lo creas o no, ¡no todo gira alrededor del sexo! Pero no creo que entiendas de lo que estoy hablando, señor «No Quiero Relaciones». Y para que conste: nuestra colección no es ridícula. El único ridículo aquí eres tú, Thomas —replico ofendida.

—¿Te has enfadado? —Suelta un suspiro, molesto, y sacude la cabeza.

—Me he abierto contigo y te ha faltado tiempo para pensar mal. Y encima has dado por sentado que un chico solo quiere una cosa de mí. —Me cruzo de brazos y aparto la mirada a otra parte. Ha estropeado un momento perfecto.

—Te estás comportando como una niña. —Su teléfono vibra de nuevo, pero esta vez lo deja sonar.

—Y tú como un imbécil superficial.

—¿Yo superficial? Te recuerdo que estoy atrapado aquí dentro porque la chalada de tu madre está ahí fuera y tú no quieres correr el riesgo de que me vea, porque quién sabe qué pasaría si te viera con un chico «lleno de tatuajes que no es Travis».

Respiro hondo e intento calmarme.

—Por tu bien, fingiré que no acabas de ofendernos a mí, a mi mejor amigo y a mi madre en menos de dos minutos —digo agriamente—. Y por el amor de Dios, ¡responde al maldito teléfono!

Resopla y descuelga.

—¿Qué quieres? Me he marchado. No, no estoy en el campus. No es asunto tuyo. Sí, nos vemos mañana. En tu casa. —Cuelga.

—¿Quién era? —No he podido evitarlo, quién me mandaría.

—Shana —contesta atónito, sin mostrar ninguna emoción. Noto que me observa a la espera de que reaccione.

El corazón se me sube a la garganta y siento calor.

—Entonces, ¿vas a verla mañana? —pregunto con fingida despreocupación.

—No creo que sea una novedad.

Una punzada en el corazón me pilla desprevenida, pero trato de ocultar el dolor que me ha causado su franqueza. De repente, me siento estúpida… Mañana volverá con Shana y yo dejaré que me devore el remordimiento por haberle permitido todo esto. Ni siquiera tengo derecho a enfadarme con él, porque fue muy claro desde el principio. He sido una tonta por volver a caer en la trampa por segunda vez.

—Bueno, no me extraña que os llevéis tan bien. Después de todo, tenéis mucho en común. Sois cabrones y malvados del mismo modo. —Solo recibo su silencio como respuesta. Me levanto de la cama y me dirijo a la ventana que tengo enfrente. Necesito aclararme las ideas. ¿Alex tenía razón? ¿Me estoy acercando a Thomas para huir del dolor que me ha causado Travis? Una parte de mí se siente tentada de creerlo. Aun así, la otra parte sabe perfectamente que cuando estoy con Thomas, no puedo pensar en nadie más que en él, en esos ojos verde esmeralda atormentados que me atraen como un imán. ¿He dejado que esto ocurriera porque soy débil? ¿Ingenua? O simplemente masoquista… Me limpio dos lágrimas traicioneras de las mejillas—. ¿Por qué has venido a mi casa, Thomas? —pregunto con un hilo de voz, mientras contemplo el oscuro cielo nocturno.

—Me apetecía.

—Te apetecía… —repito con la voz llena de decepción—. ¿Te apetecía… pasar el tiempo?

Permanece en silencio durante unos segundos en los que el corazón se me rompe.

—Si hubiera querido pasar el tiempo, me habría quedado donde estaba.

Cierro la ventana, me vuelvo y agradezco a la oscuridad de la habitación que le impida ver mi rostro surcado por las lágrimas.

—No entiendo por qué no lo has hecho —mascullo. Regreso a la cama, consciente de que tengo sus ojos clavados en mí—. Vas a quedarte aquí hasta que mi madre se vaya a dormir. Mientras tanto, sal de la cama. Me gustaría dormir. —Me cubro hasta la barbilla con la colcha y le doy la espalda.

—Ness…

—Buenas noches —replico en tono seco.

Lo oigo suspirar. Unos segundos después, me rodea la cintura con un brazo y me atrae hacia él. Siento su pecho cálido y musculoso contra mi espalda.

—Thomas, déjame. —Intento rebelarme, pero me aprieta todavía más fuerte y hunde la nariz en mi pelo. Odio el efecto que tiene sobre mí. Me aniquila. Me provoca sensaciones que no debería sentir. Me hace sentir ligera y deseada, triste y desconsolada al momento siguiente. Y ahora… ahora querría abrazarlo, arrimarme a él toda la noche, porque lo necesito. Sobre todo, después de la intimidad que hemos compartido, una conexión que nunca había tenido con nadie. Ni siquiera con Travis. Pero no puedo hacer nada de esto porque no es mi novio, y lo que es peor, no tiene ninguna intención de serlo. Este es el castigo que merezco por haber dejado entrar a Thomas Collins en mi vida.

Él espira agotado, como si me hubiera leído la mente. Con la cara aún hundida entre mi pelo, murmura:

—¿Qué tengo que hacer contigo…?

—¿Qué quieres decir? —murmuro con voz temblorosa.

—Nada, Ness, duérmete. —Presiona sus labios en mi nuca y deposita un beso delicado que me hace estremecer y me enfada al mismo tiempo. Me gustaría echarlo de aquí. Es más, debería. En su lugar, me deleito en su calor y me abandono a un sueño profundo.

Capítulo 20

Me despierto entre las sábanas impregnadas de su olor, pero Thomas no está. Una oleada de decepción me invade, especialmente cuando veo la nota que descansa en la almohada junto a la mía.

«He salido antes de que se despertara el mastín. Nos vemos por ahí».

Me muerdo el labio, nerviosa: ¿de verdad me ha liquidado con una nota? No me lo creo. Arrugo el papel, me levanto de la cama y lo tiro con rabia a la papelera. ¡Vete al infierno, Thomas!

Tras una buena ducha caliente, el olor ahumado del beicon procedente de la cocina me incita a bajar al piso de abajo, donde encuentro a mi madre manejándose entre los fogones.

—Buenos días, cariño. ¿Has dormido bien? —me pregunta, mientras coloca en un plato dos tiras de beicon y unos huevos revueltos—. Te he preparado un desayuno rico en grasas y carbohidratos para que empieces bien la semana. —Me entrega el plato y me invita a sentarme a la mesa para comer.

—Gracias —respondo, reblandecida por su gesto.

Me sonríe. Toma una taza vacía, vierte el café en ella y me la ofrece.

—Toma, ¿a qué hora tienes clase?

—Dentro de una hora, pero si tenemos en cuenta el trayecto en autobús, tendría que salir en unos quince minutos —le respondo después de dar un sorbo al café.

—Hoy me recogerá Victor, así que te dejo el coche, si quieres.

—Oh, gracias. —Saca las llaves de su bolso y las deja sobre el mueble de la cocina, junto a la cesta de la fruta. Justo donde ayer se sentó Thomas. Maldita sea, ahora siempre habrá algo que me haga pensar en él en esta casa. Y es absurdo que me sienta tan desestabilizada por alguien que conozco desde hace tan poco tiempo.

—Bueno, tengo que irme. —Se dispone a marcharse, pero se detiene en la puerta—. Ah, una última cosa. La próxima vez que Travis se quede a dormir, dile que no es necesario que se escabulla en plena noche. No es la primera vez que se queda en casa. —Desaparece escaleras arriba con una sonrisita burlona y me deja boquiabierta.

❧

Antes de que empiecen las clases, voy a la cafetería del Memorial Union con Alex para tomar nuestro café de las ocho y media. El ambiente, sin embargo, es casi sombrío, lo que es insólito. Que Stella se haya marchado le ha robado a Alex su habitual buen humor.

—¿Has vuelto a hablar con Travis? —pregunta tras unos interminables minutos de silencio en los que ambos no hemos hecho otra cosa que mirar a un punto indefinido de la mesa. Parecemos dos personas desesperadas.

—He bloqueado su número, la mera idea de hablar con él hace que se me cierre el estómago. Por su bien, espero no encontrármelo, podría no responder de mis actos.

—Si es listo, sabrá que debe mantenerse lejos de ti.

—En cualquier caso, Tiffany me aseguró que se encargaría de evitarme problemas con su hermano. —Hablando de problemas, el mío acaba de entrar en el bar acompañado de Shana. La forma en que ella le rodea la cadera desencadena una ira en mí que me remueve por dentro. Al pensar que hace menos de seis horas esas manos estaban sobre mí, abrazándome, deseándome…, me entran ganas de llorar.

Siento la imperiosa necesidad de salir corriendo. Me pongo en pie tratando de ocultar mi desazón, y le pido a Alex que me acompañe a la próxima clase. No obstante, soy consciente de que no podré huir muy lejos de él, porque justo ahora tengo Filosofía. Mi amigo adivina el origen de mi malestar, pero no dice nada al respecto y se limita a acompañarme por el pasillo.

Me siento en mi sitio de siempre en la primera fila y espero a que llegue el profesor. Diez minutos después, el aula empieza a llenarse y Thomas se sienta a mi lado. Qué cara más dura que tiene.

—Hola, Forastera, aquí de nuevo. Mismo sitio, misma hora. —Sonríe. En cuanto se da cuenta de que no pienso responderle, su entusiasmo decae. Por el rabillo del ojo veo que me mira con cautela—. ¿Qué te pasa?

—Déjame en paz, Thomas —digo con voz afilada y la mirada clavada en el ordenador, que ya está encendido y con los apuntes en pantalla. Pero tenerlo tan cerca me pone de los nervios—. Eh, ¿ese asiento está libre? —le pregunto al chico rubio de la tercera fila.

Dos ojos azules me miran perplejos, pero, por suerte, el chico me sonríe. Ahora me doy cuenta de que es el mismo que me saludó en la grada antes del partido. ¿Es posible que no me hubiera fijado en él nunca?

—Sí, por supuesto. Ven.

Recojo todas mis cosas y me cambio de sitio.

—¿Qué coño te ha dado ahora? —Thomas refuerza su agarre en mi muñeca, pero consigo zafarme de él.

—Nada —miento—. Todo genial.

Me siento junto al chico y coloco todo lo necesario sobre la mesa, siguiendo estrictamente mi orden maníaco.

—Encantado, me llamo Logan.

—Nadie te ha preguntado, idiota —exclama Thomas mosqueado, que se gira en nuestra dirección.

Me inclino hacia delante y lo fulmino con la mirada. Logan se sobresalta, lo pilla de improviso.

—Ignóralo —le sugiero a mi nuevo compañero de mesa, que me escucha y se vuelve hacia mí—. Yo me llamo Vanessa. —Le sonrío.

—Sí, te conozco, pero es la primera vez que hablas conmigo. El año pasado fuimos juntos a una asignatura, pero nunca me saludaste.

Me siento muy avergonzada ante esta acusación velada.

—Vaya, discúlpame, por favor. Lo creas o no, no hablo con demasiada gente aquí dentro. Pero el problema no eres tú, soy yo. —Le tiendo la mano—. Vuelvo a empezar: encantada, me llamo Vanessa. Soy la chica más torpe e introvertida que existe en la faz de la Tierra. Te pido disculpas otra vez —farfullo, e imploro perdón con los ojos.

—Claro, no te preocupes, no eres la única. —Sonríe con timidez—. Sin embargo, si la culpa te devora por dentro, siempre puedes resarcirte en la cafetería, tal vez en el almuerzo. ¿Te apetece?

Estoy a punto de aceptar cuando Thomas nos interrumpe.

—Joder, tus habilidades para ligar son alucinantes. ¿Qué más vas a hacer? ¿Vas a enviarle una nota que diga: «¿Quieres salir conmigo? ¿Sí o no?».

Me quedo de piedra.

—Por favor, discúlpame. De hecho, discúlpalo a él —digo, y me vuelvo hacia Logan.

Cuando me percato de que Thomas todavía tiene los ojos puestos en nosotros, salto.

—¿Se puede saber qué diantres quieres?

—¿Por qué te has cambiado de sitio? —pregunta, enfadado.

—Perdonad, no me había dado cuenta de que vosotros dos... Quiero decir, que estabais juntos —comenta Logan, avergonzado.

—No estamos juntos —replicamos al unísono. Al parecer, al menos estamos de acuerdo en algo.

—¿Clark, Fallon y Collins? Si no es mucho pedir, me gustaría empezar la clase —nos regaña el profesor Scott, justo después de haber entrado en el aula.

Enmudezco, sonrojada de la vergüenza. Es la primera vez que un profesor me reprende. Logan me sonríe como para tranquilizarme.

Thomas no parece inmutarse. Se levanta y se acerca a nosotros.

—Tú, búscate otro sitio, tengo que resolver un asunto —le ordena una vez que se planta detrás de él.

Pongo una mano en el brazo de Logan y exclamo:

—No. Él se queda aquí.

Thomas mira mi mano alrededor del brazo del chico rubio. Desplaza la mirada enfurecida de nuevo hacia él, que ahora está visiblemente incómodo.

—No lo repetiré —lo amenaza, furioso.

Veo que Logan palidece.

—Vanessa, escucha, tal vez sea mejor que... —murmura, pero no le dejo terminar la frase.

—Él. Se. Queda. Aquí —le digo a Thomas perentoriamente. Nos miramos desafiantes durante un puñado de segundos, a la espera de que uno de los dos ceda. Con Logan entre nosotros, que, estoy convencida, desearía estar en cualquier otra parte en este momento.

—Señorita Clark, fuera —exclama el profesor Scott.

—¿Cómo, disculpe? —pregunto incrédula.

—Salga de mi aula, ahora.

No me lo creo. ¡Me acaban de echar por culpa de este idiota!

—¡Muchas gracias! —susurro con rabia mientras me pongo en pie.

Salgo del aula, y estoy a punto de girar hacia el pasillo cuando oigo la voz amortiguada del profesor:

—Collins, ¿adónde va?

No me lo puedo creer.

Camino lo más rápido que puedo para dejarlo atrás.

—¡Ness! —grita mientras salgo del edificio, pero no me giro y sigo caminando a toda prisa—. ¿¡Quieres parar, joder!?

Me alcanza, me agarra del brazo y me obliga a mirarlo.

—¿Eres consciente de que esta es la segunda clase que me arruinas en una semana? —grito, y le golpeo en el hombro con el cuaderno que tengo en la mano.

—A la mierda la clase. ¿Vas a decirme qué te pasa?

—¡Podría hacerte la misma pregunta! ¡Has tratado mal a Logan sin motivo alguno!

—No me has dejado alternativa —suelta con una tranquilidad que me pone furiosa.

—¿Solo porque no quería estar cerca de ti?

—¡No, porque sigues comportándote como una niña inmadura, joder! En vez de salir corriendo, dime cuál es el problema.

¿Yo soy la inmadura? ¡Mira quién habla!

—No hay ningún problema. —Resoplo, ignoro su ofensa y trato de zafarme de él, pero Thomas no me deja escapatoria.

—Te has ido con Fallon para no hablar conmigo. Así que, te lo repito, ¿cuál es el problema?

—¿En serio no te das cuenta? —No responde—. Desde que te conozco, no has hecho otra cosa que confundirme. Primero eres majo conmigo, luego dices que no te gusto. Te pones de mi lado para defenderme de Travis y luego me llamas patética. Te presentas en mi casa, practicamos sexo, quedas para verte con otra y desapareces en plena noche sin decirme nada, dejando una mísera nota en la que has escrito «nos vemos por ahí». ¿Nos vemos por ahí? ¿En serio, Thomas? Y, para acabar a lo grande, te veo agarrado a esa otra como si yo no existiera —grito. Me doy cuenta demasiado tarde de que hemos atraído las miradas de algunos estudiantes que pasaban por aquí. Genial.

—¿Ese es el problema? —Parece sorprendido y molesto al mismo tiempo.

—¡El problema es que no te entiendo! —rebato, y siento unas punzadas en las sienes que me indican que debería calmarme. Respiro hondo y lo miro—. ¿A qué estás jugando, Thomas?

Se pasa una mano por el pelo, como si tratara de poner en orden sus ideas.

—No juego a nada.

—Entonces, ¿qué quieres de mí? Sigues rondándome, pero nunca te quedas.

—No lo sé —confiesa en un medio susurro.

—¿No lo sabes? ¿De verdad? —Sacudo la cabeza con amargura y hago amago de irme, pero él me lo impide.

—No, Ness, no lo sé. —Respira hondo—. Cuando estoy contigo…, hago cosas que no debería.

—¿Como huir en mitad de la noche como un ladrón? ¿O usarme para desahogarte con sexo, como si fuera una de tus muñequitas?

Se me quiebra la voz, pero me obligo a no llorar.

—¿Qué se suponía que tenía que hacer? Estabas aterrorizada por si tu madre me encontraba allí. Me limité a hacer lo que me pediste. Y no te usé para desahogarme. ¿Debo recordarte que fuiste tú quien lo disfrutó?

—Me siento utilizada, Thomas. Compartí una parte de mí contigo, y tú, tan solo unas horas después de escabullirte de mi cama, ¡apareces como si nada con Shana y no supone ningún problema para ti! ¿Cómo debo sentirme?

Thomas se muerde el labio y mira nervioso a su alrededor. Parece que está a punto de hablar, pero entonces su expresión cambia, se endurece. Es una expresión que no le había visto nunca en la cara, pero no presagia nada bueno.

—Presentarme en tu casa fue un error. Olvídalo. Haz como si no hubiera pasado.

¿Qué...?

—¿Que lo olvide? —repito con la voz quebrada, e intento reprimir el nudo que me cierra la garganta.

—Sí, esto que hay entre tú y yo. —Mueve una mano y me señala primero a mí y luego a sí mismo—. Te comportas como una novia celosa, joder, pero no lo eres. No estoy contigo, te he follado un par de veces, nos lo hemos pasado bien, ¡pero nada más!

Me quedo aturdida ante sus palabras y siento que estoy a punto de echarme a llorar. Doy un paso atrás, incrédula, profundamente humillada, mortificada y herida... otra vez.

Tras un momento de desconcierto, y frente a mis ojos brillantes, Thomas parece entristecerse. Da un paso en mi dirección y trata de tomarme las manos, pero yo me aparto.

—Ayer me dijiste que no querías que te comparara con Travis, pero la verdad es que no eres tan diferente de él. —Parpadeo repetidamente e intento ahuyentar las lágrimas—. A partir de ahora, aléjate de mí. —Me doy la vuelta para irme y me alejo, incapaz de contener las lágrimas. Me siento la persona más estúpida del mundo, ¿cómo he podido malinterpretar sus intenciones hasta este punto? ¿De verdad creía que una chica insegura, buena estudiante y torpe como yo podía llamar su atención? Sí. Durante una pequeña fracción de segundo, anoche, tumbada en mi cama, con él a mi lado..., lo creí. Pero me equivoqué. No debería haber hecho nada de lo que hice. Sabía cómo era desde el principio. Sabía que yo tan solo era un pasatiempo para él. Toda esa historia de querer conocerme... era pura ficción. Era parte de su juego...

Corro más allá de los edificios del campus con la visión nublada por las lágrimas. Me meto en el Toyota y, en cuanto consigo contener el llanto, me pongo en marcha. Aparco en la entrada, entro en casa, cierro la puerta tras de mí y me dejo caer contra la superficie de madera. Mis sollozos rompen el silencio que reina entre estas cuatro paredes, ya no me esfuerzo por contener las lágrimas. Lloro con las manos entre el pelo, decepcionada por mi propia ingenuidad. En cuanto me calmo, voy a darme una ducha y luego me echo en el sofá, sin siquiera hacer un esfuerzo por prepararme algo de comer. Cuando mi madre vuelve a casa, hacia las cinco de la tarde, utilizo la excusa de que tengo mucho que estudiar y me encierro en mi habitación.

Pero ni siquiera tengo fuerzas para estudiar, prefiero seguir con la lectura de *Orgullo y prejuicio*. Me acerco a la mesita de noche, pero… no está. Y estoy segura de que lo había dejado ahí.

Mi madre lo habrá guardado en la librería antes de limpiar el polvo. Antes de alcanzar la estantería, tocan al timbre y me sobresalto ante el sonido.

¿Quién demonios es ahora?

Bajo las escaleras a toda prisa para ver quién es antes de que lo haga mi madre. Cuando abro la puerta, me encuentro a Logan en el umbral, con una sonrisa azorada en la cara.

—Ehm… Hola, Vanessa —me saluda.

—Hola, Logan —digo igualmente azorada y sorprendida por esta visita inesperada.

—He pedido la dirección de tu casa a la secretaria. He pensado que podría traerte los apuntes de la clase de hoy, por si te pueden resultar de ayuda —me dice amablemente, y me entrega una memoria USB.

—Oh, muchas gracias. Me salvas el día. De hecho, te pido disculpas por la escena. Estabas en el lugar equivocado en el momento equivocado, tú no has tenido ninguna culpa —explico, un tanto incómoda.

—No te preocupes, es Thomas Collins. ¿Qué se puede esperar de él? Aunque, en un momento dado, he pensado que estabais a punto de explotar los dos.

Esbozo una sonrisa falsa, pero en realidad querría que me tragara la tierra.

—Bueno, en cualquier caso, me disculpo por él. Y gracias otra vez por los apuntes —repito, con la esperanza de que se marche.

—No hay de qué. ¿Sabes…? —Se frota una ceja con un dedo, incómodo—. Estaba pensando que, si te apetece, podríamos tomarnos un café un día de estos.

—Vanessa, ¿todo bien? —irrumpe la voz de mi madre desde la cocina, y me salva de esta situación embarazosa—. La cena está lista.

—Ehm… tengo que entrar, Logan. Nos vemos en clase, ¡gracias otra vez! —digo a toda prisa. En cuanto cierro la puerta, mi madre aparece tras de mí.

—¿Quién era, tesoro?

—Un compañero de clase, tenía que prestarle unos apuntes —miento.

—Mmh, entiendo. ¿Y Travis sabe que tus compañeros de clase se presentan en tu casa y te invitan a tomar un café? —me pregunta, y se dirige a la cocina.

—No deberías escuchar conversaciones ajenas. —Tomo asiento en la mesa y mordisqueo un poco de pan. Mi madre trae dos platos de macarrones con queso y se sienta frente a mí—. Y respecto a Travis… —Dejo la frase en el aire y me pregunto si debería hablarle del tema ahora. Conociéndola, se pondrá como loca con la noticia de nuestra ruptura, pero confío en que en cuanto sepa el motivo, comprenda al fin quién es realmente este chico.

—¿Ha pasado algo? ¿Os habéis peleado?

Respiro hondo y rezo para que mi madre se muestre racional.

—Lo que voy a decirte no te gustará —la advierto, con voz temblorosa. Hago una pausa y luego confieso de un aliento—. Se ha acabado. —Exhalo como si durante todo este tiempo hubiera tenido un ladrillo en el estómago y ahora, por fin, me hubiera liberado de él.

—¿Cómo, cariño? —pregunta, perpleja.

—Entre Travis y yo… —añado, y la miro a los ojos—. Se ha acabado.

Un silencio sepulcral se cierne entre nosotras.

—¿Qué has dicho?

—Ya lo has oído —respondo, tratando de no sentirme intimidada.

Me mira incrédula. Luego niega con la cabeza y alza una comisura de la boca.

—No me tomes el pelo.

—No lo hago, hablo en serio.

—No puede ser —dice, dejando el tenedor en el plato.

238

—Ese bastardo me ha engañado, mamá —explico. Ella me mira desconcertada, con el pánico reflejado en los ojos—. Me ha engañado —repito—. Sedujo a una chica ingenua solo para usarla durante una noche.

Mi madre parpadea como si acabara de despertar de un sueño profundo.

—Pero ¿qué tonterías dices? Travis es un buen chico. Viene de una familia muy respetable, ¡nunca haría algo así! —dice, y se lleva las manos a las caderas con aire acusador.

—Ya, eso mismo pensaba yo. También ha sido traumático para mí.

—Todo esto es imposible, seguramente estaba bajo los efectos del alcohol, tal vez los canallas de sus amigos le tendieron una trampa.

Arrugo la frente.

—Pero ¿qué película te estás montando? Estaba totalmente lúcido. Y, aunque hubiera estado bajo los efectos del alcohol, ¿cómo puedes siquiera pensar en justificar semejante acto? —grito, y golpeo la mesa con el puño.

Mi madre sigue desvariando.

—Tesoro, escucha. —Se pasa las manos por la cara, como si intentara recuperar la lucidez. Esa lucidez que perdió hace mucho—. Sé que estás conmocionada y que estás sufriendo muchísimo en este momento, pero piénsalo un segundo... No podéis tirar por la borda dos años preciosos solo por un error que cometió en un momento dado.

La miro estupefacta.

—Me ha faltado al respeto constantemente, engañó a una chica ingenua para que se acostara con él ¡y desaparecer a la mañana siguiente!

—Es un chico, Vanessa, ¿no has pensado ni por un segundo en la posibilidad de que tal vez estuviera pasando por un momento difícil? Sabes que tiene mucha presión encima, tú nunca has sido capaz de entenderlo del todo. Se habrá sentido perdido, no puedes condenarlo de esta forma.

Me quedo atónita. ¿Resulta que ahora la culpa es mía?

—Tú... tú... ¡estás loca, mamá! Claro que puedo condenarlo, es precisamente lo que he hecho. Lo he dejado. ¡Se acabó!

¡No tengo la más mínima intención de vivir lo que tú viviste con papá! —Me levanto, abro el grifo, lleno el vaso de agua y me lo trago del tirón.

—Vanessa, si permites que el orgullo y la rabia predominen sobre los sentimientos que te unen a él, te arrepentirás amargamente. ¿Crees que volverás a tener una oportunidad como esta?

Abro los ojos, disgustada.

—¿Sabes qué, mamá? —Dejo el vaso de golpe sobre la encimera de la cocina y me vuelvo para mirarla—. Sabía que esta noticia te afectaría, que te pondrías hecha un basilisco y que harías todo lo posible por hacerme cambiar de opinión. Pero, quién sabe por qué, una parte de mí creía que frente a la enorme falta de respeto que ese chico le ha mostrado a tu hija ¡me entenderías y me apoyarías! Pero he sido una estúpida al pensarlo, porque a ti ¡lo único que te importa es el dinero!

—¡Vanessa! —me regaña.

—¡No, mamá, nada de «Vanessa» esta vez! Te has formado una idea de él que no se corresponde con la realidad, pero nosotras sabemos por qué lo has hecho. Él tiene algo que los demás no tienen: ¡una cuenta bancaria con seis ceros! ¡Y para ti eso es más que suficiente! ¡Qué más da si mortifican, humillan y traicionan a tu hija! ¡Lo que importa es que se casará con un millonario que la encerrará en su lujosa mansión de oro y le dará la vida más miserable de la historia de la humanidad! Pero, eh, ¡podrá hacerlo rodeada de caviar y champán! —Tomo aire—. Asúmelo, Travis y yo rompimos hace días y no tengo ninguna intención de volver atrás, ¡ni ahora ni nunca!

—¿C-cómo hace días? —se sobresalta—. ¿Entonces con quién estabas en tu habitación anoche?

Me trago el nudo de la garganta y la miro boquiabierta.

—¡Déjame en paz, se ha acabado todo! —escupo. Salgo de la cocina sin dejarle tiempo de añadir nada, corro hasta mi habitación y me encierro dentro. Giro la llave en la cerradura y me tiro en la cama. Con la cabeza hundida en la almohada, rompo a llorar de forma inconsolable por segunda vez en el día.

Segunda parte

Un mes después

Capítulo 21

—Muy bien, ¿estás lista? —pregunta Tiffany, impaciente.

—¡No! —grito con los ojos cerrados por el pánico.

—¡A la de tres!

—No. No. No —le suplico, y le bloqueo las manos.

—Uno, dos...

—¡Espera, espera! Dame un minuto, solo uno —lloriqueo.

Mi amiga resopla y pone los ojos en blanco.

—Siempre haces lo mismo. Llevamos aquí veinte minutos, Nessy, hasta me ha dado un calambre en la mano por tu culpa. —Luego, sin previo aviso, grita «tres» y me arranca de un tirón la cera de la ingle.

—¡Ah! ¡Te odio! —grito, cierro las piernas con fuerza y me llevo las manos a la cara.

—Ala, ya está, tienes la piel como el culito de un bebé. —Tiff sonríe, orgullosa de su trabajo, después de otros veinte minutos de tirones (suyos) y protestas (mías).

—¿Todavía está entero? —pregunto.

—¡Listo para darse una vuelta en el tiovivo! —dice entusiasmada, mientras cierra el recipiente con la cera.

Me levanto poco a poco de la camilla y le acaricio el brazo.

—¿Es que no lo sabes? He cerrado el negocio y he tirado la llave al mar.

Ella rompe en carcajadas.

—Oh, venga ya, las dos sabemos que guardas una llave de reserva en el sujetador. —Me guiña un ojo mientras empiezo a vestirme—. ¿En serio quieres hacerme creer que después de tres citas con el señor Aburrido todavía no tienes intención de dejar que se te meta en las bragas?

—Ante todo, no lo llames así. Y luego, perdona si prefiero establecer cierto tipo de relación ¡antes de concederle mi virtud! —sentencio con altanería.

—Perdiste la virtud hace años. De todos modos, no me parece que tuvieras tantos problemas con Thomas.

Ahora mismo tengo ganas de matarla solo por haber pronunciado su nombre. Ha pasado un mes desde la última vez que hablamos. O, mejor dicho, desde que nos gritamos.

—Sí, y mira cómo acabó. Esta vez no quiero correr.

—Se nota, diría que estás yendo a paso de tortuga. Tú y Logan habéis salido juntos tres veces y todavía no le has besado. ¿Por qué no reconoces que te aburre?

—Porque no es así.

—Vamos, Nessy, todos lo sabemos. Será simpático, por el amor de Dios, pero no tiene nada que ver con lo que buscas —dice.

—¿Y qué se supone que estoy buscando, señorita Vidente? —pregunto, y me cruzo de brazos.

—No lo sé, pero creo que dos ojos verdes y un montón de tatuajes te aclararían las ideas —se carcajea mientras yo la miro mal, curvando la boca.

—Te equivocas. Ya lo he superado. —Le doy la espalda y me planto frente al espejo para arreglarme el pelo.

—Sí, cómo no. Y yo soy la Madre Teresa de Calcuta. Que sepas que me doy cuenta de lo roja que te pones cada vez que pasa por tu lado accidentalmente —me chincha—. O cada vez que te ve con Logan y de repente se pone más insoportable que de costumbre. No entiendo por qué os esforzáis tanto en manteneros lejos el uno del otro cuando hasta un ciego vería que querríais hacer exactamente lo contrario.

—Me da igual lo que parezca. Se portó mal conmigo y ni siquiera hizo un esfuerzo por mostrarse arrepentido. Lo único que ha sabido hacer ha sido restregarme por la cara cada una de sus conquistas. Logan, en cambio, es el tipo de chico que necesito en este momento: es bueno, dulce, educado, amable, romántico…

—Aburrido —murmura, y camufla la palabra con una fingida tos.

La ignoro.

—¿Te das cuenta de que en todas nuestras citas se ha presentado en mi casa con una rosa? No había recibido rosas en toda mi vida, y es una cosa muy bonita. ¡Me hace sentir importante! —le cuento con ojos soñadores. Tiffany se vuelve, de espaldas a mí, y finge una arcada—. Te he visto —le digo. Le lanzo una almohada, que me devuelve inmediatamente.

Mi amiga abre la bolsa de gominolas con forma de osito que he traído de la cocina, se sienta en la cama y se come una con aire de disfrute.

—Entonces, ¿adónde te llevará el muchachote mañana por la noche?

—¡Iremos a un restaurante de comida india y luego al cine! Tiffany abre los ojos de par en par.

—Pero ¿le has dicho que a ti no te gusta la comida india?

—No es verdad que no me gusta, simplemente es un poco demasiado picante para mi gusto. —Su expresión de «¿a quién quieres engañar?» me delata—. Vale, ¡de acuerdo! No me gusta, pero no veo dónde está el problema, pediré arroz hervido sin nada.

—Ah, se perfila como una agradable cena a base de nada para ti, será inolvidable —se burla—. ¿Por qué no le has dicho la verdad?

—Porque estaba muy ilusionado con llevarme a este restaurante indio «con una cocina inimitable», según él, y fui incapaz. Tendrías que haberlo visto, ni siquiera tú le habrías dicho que no.

—Lo dudo. En cualquier caso, ¿qué te vas a poner? —pregunta aburrida mientras se come una gominola, sentada en la cama.

—No lo sé, algo sencillo. A Logan le gusto como soy, no necesito emperifollarme para llamar su atención.

Tiff pone los ojos en blanco y yo la fulmino con la mirada. Me acerco a ella, me tumbo a su lado en la cama y le robo una gominola.

—¿Vas a decirme qué te ha hecho? —pregunto, y parto el osito por la mitad con los dientes.

—Nada, es solo que... es demasiado perfecto, ¿sabes? —La miro confundida y sacudo la cabeza—. Lo creas o no, los príncipes azules no existen, cariño. A menudo se esconden tras unas hábiles máscaras y, al final, resultan ser los peores. Y tú a veces eres tan ingenua que...

—... que te preocupas por mí —termino la frase por ella, con amabilidad.

—Tal vez. —Me mira extrañada y se me escapa una risita cargada de afecto.

—No tienes por qué, Tiff. Es verdad, fui ingenua con Travis y con Thomas, pero solo porque estaba cegada por la emoción.

—No me refiero a Thomas. Fue un capullo contigo, pero nunca ha negado que lo fuera. Se mostró tal y como es desde el primer momento. ¿Puedes decir lo mismo de Logan?

No va desencaminada. Thomas no me prometió nada, fui yo quien creyó más de lo debido. En cuanto a Logan, en cambio... Reflexiono un momento y luego asiento.

—El instinto me dice que confíe en él, pero te prometo que mañana por la noche lo someteré a un tercer grado si eso ayuda a que estés más tranquila..., mamá —me burlo de ella, y le doy un codazo amistoso en el costado.

En el último mes no solo he cortado lazos con Thomas, sino que Travis también ha desaparecido de mi vida desde que Tiffany amenazó con contárselo todo a su padre si no me dejaba en paz. Claro, he evitado como la peste asistir a los partidos oficiales de los Beavers, ya que la universidad está llena de un montón de chicos a los que preferiría evitar, pero, por lo que parece, estoy saliendo ilesa. Solo está el pequeño detalle de que mi madre y yo nos hablamos con monosílabos desde que se lo confesé todo. Todo, excepto la identidad del chico que estaba en mi habitación aquel maldito domingo por la noche. Si le hubiera dicho que, mientras ella se estaba duchando, yo me regocijaba de placer en brazos de un «canalla», como ella lo llamaría, me habría puesto de patitas en la calle.

—Entonces, ¿estás lista? Alex llegará en cualquier momento —anuncia Tiffany, que me despierta de mis pensamientos.

Estoy más que lista; de hecho, no puedo esperar. Después de buscar durante un mes, Matt me ha organizado una entrevista de trabajo en el *pub* de su tío.

—Depilada, arreglada y perfumada. ¡Vamos! —respondo, llena de entusiasmo.

Veinte minutos más tarde nos encontramos frente a un *pub*, al norte de la ciudad, del que emana música *rock*. Qué raro, normalmente a esta hora de la tarde los *pubs* suelen estar vacíos. Enfrente hay dos Harley Davidson aparcadas, una roja y otra negra. Es la primera vez que vengo a este lugar.

Mis amigos deciden esperarme en el parque que hay aquí al lado y, cuando entro, me golpea el olor a lúpulo, madera y fritura. A mi derecha hay una larga barra de madera maciza con una zona para servir cerveza y unos taburetes de cuero en los que hay algunos parroquianos sentados. Las paredes también están cubiertas de madera y hay unas ventanitas oscuras.

—¡Hola! ¿Quieres tomar asiento? —me pregunta una chica con una melena azul y negra llena de trencitas.

—Hola, me llamo Vanessa Clark. Me gustaría hablar con el responsable, tengo una entrevista con él en cinco minutos.

—Está en su despacho. —Indica el piso de arriba—. Voy a avisarlo ahora mismo. Mientras tanto, ¿puedo ofrecerte algo? —pregunta a la vez que acaba de colocar algunas jarras limpias.

—Un refresco, gracias. —Le sonrío. Me lo sirve en un vaso y me lo pasa junto con un cuenco de patatas. Luego se dirige al piso de arriba.

Al cabo de unos minutos, oigo unos pasos a mi espalda y una voz grave con acento británico exclama:

—Vanessa, por fin nos conocemos. Matt me ha hablado muy bien de ti. Encantado de conocerte, soy Derek Ford. —Me tiende la mano y yo se la estrecho. Es un hombre que rondará los cuarenta años, arreglado, con una ligera barba que le cubre el mentón y la mandíbula, los mismos ojos oscuros que su sobrino y algunas arrugas de expresión alrededor de los ojos—. Ven, vamos a sentarnos. —Nos acomodamos en una mesa rectangular hecha de madera oscura—. Bueno, cuéntame, ¿qué te trae por aquí? —pregunta, y cruza las manos sobre la mesa.

—Estoy en el segundo año de universidad y busco un trabajo que me permita tener un poco de independencia —digo con cierto azoramiento mientras él me observa con atención.

—Un gesto de madurez, eso te honra. Muchos chicos de tu edad solo piensan en divertirse y estropearse el hígado. ¿Qué disponibilidad tendrías? Imagino que la universidad te ocupa mucho tiempo.

—Un trabajo a tiempo parcial sería la mejor opción.

—Tienes que saber que aquí entre semana es bastante manejable, pero el fin de semana... es un caos. Te puedo proponer una jornada parcial por las tardes con la posibilidad de ampliar el horario en caso de acontecimiento extra el fin de semana, ¿qué te parece?

—Sí, eso me iría bien —respondo entusiasmada.

—Genial. ¿Alguna vez has tirado una cerveza?

—Ehm, no —admito, avergonzada. Me arrepiento de no haber ido a más fiestas—. ¡Pero aprendo rápido! —me apresuro a añadir.

—¿Sabes que aquí vienen muchos estudiantes de la OSU? ¿Ah sí?

—¿Supondría un problema? O sea, servir a tus compañeros de clase podría resultar desagradable.

—No, no hay problema. —Aparte de Alex, Tiffany y Logan, y los dos engreídos cuyos nombres empiezan por T y acaban por S, nadie sabe de mi existencia, así que servir a algunos estudiantes no manchará mi reputación de empollona patética.

—De acuerdo, pues creo que podríamos fijar una semana de prueba y vemos cómo va.

—¡Sería genial, muchas gracias, señor Ford!

—Lo primero: si empiezas a trabajar aquí, quiero que me llames por mi nombre —dice con una sonrisa.

—Entendido, Derek. —Sonrío a mi vez.

—Lo segundo, y mucho más importante: acuérdate de llevar esa sonrisa contigo en todo momento, será tu tarjeta de visita para cada cliente al que atiendas. Si la usas de la forma correcta, aquí dentro puedes asegurarte un buen botín al final del día. —Me guiña el ojo.

—¡Lo tendré en mente! —respondo, e intento sonar lo más convincente posible mientras busco el equilibrio entre el entusiasmo y el miedo de no estar a la altura.

—Genial. —Derek da una palmada sobre la mesa—. Pues creo que eso es todo. Los vestuarios están en el piso de abajo. Después del último turno por la noche hay que quedarse a limpiar y a cerrar la caja, pero estas cosas aburridas te las explicará Maggie con más calma. —Señala a la chica del pelo azul que me

248

ha recibido a mi llegada—. Te entregaremos el uniforme el primer día, ven siempre un poco antes de que abramos, si puedes. ¿Podrías empezar mañana mismo?

Asiento todo el rato con una sonrisa torpe estampada en la cara. Por primera vez en meses, me siento confiada y orgullosa de mí misma.

⌒

Después de trabajar dos semanas en el Marsy, se ha convertido casi en un segundo hogar. Claro, mis ojeras están en su punto máximo histórico, y para seguir el ritmo de las clases también estudio en el autobús, pero tener un poco de independencia es todo un logro.

Mientras limpio la barra, la puerta del *pub* tintinea. Levanto la vista y veo a un hombre en el umbral. Es James, un cliente habitual que viene los fines de semana para ver el partido de fútbol en nuestras pantallas. Su presencia me recuerda que, a pesar del escueto uniforme amarillo de animadora que me veo obligada a llevar para sacar propinas, este trabajo también me gusta por las muchas personas que estoy conociendo, que comparten historias y charlas conmigo. Lo observo entrar por la puerta, dirigirse a la barra y sentarse en su sitio de siempre. La elegante ropa de diseño que siempre viste, el auricular en la oreja y el maletín negro de piel que lleva en las manos le hacen parecer ufano —y, definitivamente, fuera de lugar aquí dentro—, pero tan solo necesité intercambiar unas palabras con él para darme cuenta de que no es engreído como parece.

—¡Hola, James! —lo saludo con una sonrisa—. ¿Te pongo lo de siempre? —Es un hombre de costumbres, le gusta comer lo mismo cada vez que viene: alitas de pollo con salsa barbacoa acompañadas de una pinta bien fría. Lo confirma con un movimiento de cabeza y me devuelve la sonrisa. Es un hombre fascinante; rondará los cincuenta. Tiene el pelo claro, los ojos azules y algunas líneas de expresión en la cara.

—Tú sí que sabes satisfacer a un cliente. —Se ríe entre dientes, deja el maletín en la barra, saca el ordenador portátil y empieza a teclear con decisión sin siquiera alzar la vista. Si lo he entendido bien, trabaja en el sector editorial, y tarde o temprano me armaré de valor y le pediré algunos consejos.

Cuando flexiona el brazo, la manga de la chaqueta se le levanta un poco y, por primera vez, entreveo un tatuaje en su muñeca.

Mi mente me lleva a Thomas y siento el corazón en un puño. Mentiría si dijera que su atractivo no me afecta o que no deseo tenerlo cerca cada vez que pienso en él. Sin embargo, después de cómo me trató, y, sobre todo, tras el revés que me llevé con Travis, me he prometido tomar mejores decisiones en cuanto a los hombres. Este es el mantra que me repito cada mañana antes de levantarme de la cama. El problema es que luego tengo que lidiar con los latidos desbocados de mi corazón, las piernas temblorosas y el estómago revuelto cada vez que lo veo o que oigo su nombre.

Capítulo 22

El lunes por la mañana me encuentro en la sala de descanso del Memorial Union leyendo la novela que hemos seleccionado para este mes en el club de lectura mientras espero a que empiecen las clases.

—Al final vas a romperlo. —La voz grave de Thomas me sobresalta. Es la primera vez que la oigo, tan cerca, después de exactamente cuarenta y cinco largos días.

—¿Qué? —Me giro para mirarlo, confusa y nerviosa. Ahora me doy cuenta de que se ha sentado a mi lado, con su pose habitual de fanfarrón, con un tobillo por encima de la rodilla, la espalda recostada en el sofá y un brazo apoyado detrás del respaldo de mi asiento.

Con un gesto de la barbilla indica el lápiz que sostengo entre los dientes y que utilizo para subrayar las frases que más me llaman la atención en los libros.

—Si sigues torturándolo de esa forma, se romperá —explica.

Dejo el lápiz entre las páginas del libro y luego vuelvo a mirarlo, impasible.

—¿Me hablas por algún motivo?

—¿A partir de ahora va a ser siempre así entre nosotros?

Frunzo el ceño.

—¿Así, cómo?

—Tú ignorándome, yo haciendo lo mismo...

—Hasta ahora ha funcionado.

Thomas esboza una débil sonrisa.

—¿No te cansas nunca de negarte la verdad a ti misma?

Qué cara más dura, presentarse aquí después de semanas de silencio y ¡hacer conjeturas respecto a cómo me siento!

Resoplo negando con la cabeza y me guardo el libro en la mochila.

—Eres ridículo, Thomas. No llevas ni cinco minutos aquí y ya me has hecho perder la paciencia.

—Un récord —replica con orgullo.

—¿Tienes ganas de bromear? ¿Qué quieres de mí exactamente, Thomas? —lo acuso con una mirada afilada—. Vuelves a hablarme como si nada después de todo este tiempo, después de haberme restregado por la cara cada una de tus nuevas conquistas, y ¿esperas que me ponga a reír y a bromear contigo?

Levanta un hombro.

—Me parece que tú tampoco has perdido el tiempo para restregarme por la cara lo maravillada que estabas con ese imbécil, ¿no?

—¡No es lo mismo, para nada!

—Sí que lo es, y lo sabes. —Me mira feroz.

De acuerdo, es posible que cuando Thomas estaba cerca me acercara a Logan más de lo que realmente quería, pero nunca lo he besado delante de él. Cosa que el señorito sí hacía con sus amiguitas.

—Olvídalo. De todas formas, Logan no tiene nada que ver —replico, convencida.

—Tú dirás si tiene que ver.

—¡No, no tiene nada que ver! Solo tú tienes que ver con esto y nadie más. Dios mío, ¿cómo es posible que no lo entiendas? —Me llevo las manos a la cara y lo miro extenuada—. ¡Me hiciste daño! Te dejé entrar en mi casa, te hablé de mí, de mi vida, de mi padre. Y tú... le quitaste importancia a todo —admito, y reabro una herida que todavía no ha cicatrizado bien. Thomas me mira serio, pero en su rostro entreveo un velo de humillación. Siento que los ojos se me llenan de lágrimas y me veo obligada a morderme el interior de la mejilla para evitar que salgan.

—Lo sé —responde, e inclina la cabeza, con la voz llena de aflicción—. Tengo la mala costumbre de decir cosas que no quiero cuando estoy cabreado —se justifica con un hilo de voz. A mí se me escapa una risita infeliz porque esto parece un *déjà vu*.

—Sí, es una excusa que ya he oído antes, durante dos años... —Sacudo la cabeza—. No tengo ganas de revivir el pasado.

Thomas suspira, rendido, y los rasgos de su rostro se suavizan.

—Sé que te hice daño, y lo creas o no, no estoy orgulloso de ello. —Algo en el modo atormentado en el que habla me hace suponer que esta es su forma personal de pedirme perdón. Aunque no es la mejor disculpa del mundo, percibo una sinceridad que me lleva a bajar la guardia—. ¿Podemos…? —Se pasa una mano por el pelo—. ¿Podemos hacer borrón y cuenta nueva y empezar de nuevo? —pregunta con un tono de voz inseguro.

¿Qué?

—¿«Empezar de nuevo»? ¿Qué quieres decir?

—No sé, como… ¿amigos? —aventura, y me deja aturdida.

—¿Amigos? —repito, escéptica.

—No pongas esa cara —me reprende—. Podría ser un compromiso justo.

«¿Un compromiso justo?». Tenerlo de nuevo en mi vida, pero sin poder tenerlo realmente. Un castigo justo, en todo caso.

—No creo que vaya a funcionar.

Thomas frunce el ceño.

—¿Cómo lo sabes?

—¿Alguna vez has sido amigo de una chica sin beneficiarte de ello?

Me mira durante unos segundos, sorprendido. Se lo piensa y luego niega con la cabeza, atormentado.

—No.

—Lo que pensaba. No voy a fingir que soy tu amiga para que puedas acostarte conmigo cada vez que te apetezca y que te resulte más fácil.

—No es eso lo que quiero hacer. —Por cómo lo dice, parece hasta ofendido—. Es verdad, nunca he sido amigo de ninguna tía sin obtener ciertos beneficios, pero siempre hay una primera vez, ¿no? —Hace una pausa y me sonríe dulcemente antes de acercarse a mí, lo que me obliga a contener la respiración—. ¿Quieres ser mi primera vez, Ness?

Se me escapa una carcajada.

—¿Te das cuenta de lo ridícula que suena esa frase, viniendo de ti? —Sonrío y él, a cambio, hace lo mismo. La luz que le ilumina el rostro me derrite el corazón.

Maldito seas, Thomas.

—Te prometo que en mi cabeza soñaba mucho mejor —añade.

—No sé... —digo, y me pongo más seria—. La amistad es algo serio, no se improvisa. Requiere esfuerzo, constancia, respeto. Para alguien que no quiere tener relaciones, crear un vínculo de amistad puede convertirse en un buen problema —explico, convencida de mis palabras.

—Entonces enséñame a ser un buen amigo.

Lo escudriño con ojos anhelosos.

—¿De verdad quieres hacerlo? ¿Quieres ser mi amigo?

Él asiente con decisión.

—Amigos, Vanessa, solo amigos. —Pero el brillo en su mirada contrasta con sus palabras. Aun así, decido creerlo. Y Tiffany tenía razón, soy incapaz de dejarlo ir.

Al cabo de un momento, un amigo de Thomas se lo lleva a un lado para hablar unos minutos durante los cuales aprovecho para retomar la lectura justo en el punto donde estaba cuando me ha interrumpido. Necesito algo que me ayude a aliviar la tensión que siento, pero ni mi adorada novela parece capaz de hacerlo. Cuando Thomas vuelve a sentarse a mi lado, veo por el rabillo del ojo que me mira fijamente durante un buen rato. Me obligo a mantener la vista en las páginas del libro para que no se percate de lo mucho que me afecta su cercanía, pero la tortura constante que me estoy infligiendo en el labio y el modo frenético en que muevo el pie delatan mis intenciones. Y Thomas empeora las cosas cuando me pone una mano en el muslo. Ese contacto inesperado me estremece.

—No te pongas nerviosa, Forastera. Hace un tiempo que no hablamos, pero sigo siendo yo y tú sigues siendo tú —me calma.

Levanto la vista para mirarlo y asiento, tensa como una cuerda de violín.

—¿Te apetece tomar un café? —me propone con su típica sonrisa impertinente, lo que me salva de mi cortocircuito.

—Sí, qué buena idea.

Lo observo mientras se levanta, se saca el paquete de Marlboro del bolsillo trasero de los vaqueros negros, rasgados por las rodillas, y se coloca un cigarrillo sobre la oreja...

En cuanto se percata de que lo miro, me guiña un ojo. Un gesto inofensivo, pero que me hace sonrojar. Bajo la mirada y me pongo delante de él para evitar que se dé cuenta.

—¿Qué clase tienes hoy? —pregunto, mientras nos dirigimos a la cafetería.

—Derecho. Dos horas. Con la Thompson, que se divertirá haciéndome un lavado de cerebro.

—¿Por qué motivo, exactamente?

—¿Estás segura de que quieres saberlo?

Asiento y me preparo para lo peor.

—Este verano me divertí con su sobrina. Parece que ella se enteró hace poco y no le gustó el modo en que la dejé —explica simple y llanamente.

—¿Acaso no lleva razón? —murmuro, y evito su mirada.

—Está convencida de que su sobrina es una santa, pero no tiene ni idea de lo que es capaz. Así que sí, no lleva razón —replica convencido.

—Sigue siendo su sobrina —le hago ver—. Además, deberías tener más respeto con el género femenino —lo reprendo. Pone los ojos en blanco, así que añado—: Pero tranquilo, no espero que dejes de hablar como un cavernícola solo porque ahora seamos amigos.

Las miradas de algunas alumnas se posan en nosotros. Ay, Dios, otra vez no. Me pregunto cómo se las arregla Thomas para no volverse loco.

—No lo des demasiada importancia —me dice, llamando mi atención, como si acabara de leerme la mente.

—Es un rollo. O sea, me ven contigo y ya parece que media universidad se ha enemistado conmigo. —Durante un mes, me he ahorrado las miraditas amenazadoras de Shana, pero basta con caminar por los pasillos para volver a prender la mecha—. Solo espero que entiendan que no supongo ningún peligro en la dura lucha por conquistar el corazón de Thomas Collins —mascullo.

—La única pelea a la que pueden aspirar es a la de mi cama.

—Bueno, incluso en ese caso, no supongo ninguna amenaza.

Thomas me dedica una sonrisa torcida antes de abrir la puerta de la cafetería y dejarme pasar.

—Y tú, ¿tienes clase? —me pregunta, dando por zanjada la conversación.

—Literatura Inglesa, ¿por qué?

Se encoge de hombros como si no hubiera un motivo real tras su pregunta, pero la mirada reflexiva que encrespa sus rasgos me lleva a pensar lo contrario.

—Voy a buscar los cafés —se limita a decir.

—Vale, para mí largo y sin azúcar, gracias. —Me siento a la mesa y saco el teléfono para comprobar si tengo alguna notificación.

Estoy echando un vistazo a las páginas de inicio de las redes sociales en mi teléfono cuando Thomas vuelve con los cafés y una magdalena.

Me pasa la taza humeante y se sienta frente a mí. Luego desliza el plato con el bollo y veo que es de pistacho.

—Era la última. Sé que te gusta el pistacho —dice como si nada, y se pasa una mano por la nuca, donde lleva el pelo más corto. Está claro que intenta restarle importancia al inusual detalle que acaba de tener. Abro la boca, sorprendida, pero decido fingir que no ha tenido ningún efecto en mí y me limito a darle las gracias.

—Bueno, sé que has empezado a trabajar en el Marsy. ¿Te sientes bien?

Le menciono cuántas jarras he tenido que llenar antes de aprender a tirar bien una cerveza, le cuento las dificultades que tuve al principio para llevar varios platos a la vez y lo mucho que odio vestirme como una animadora.

Mientras charlamos, una chica de pelo rizado y piel ámbar pasa junto a nuestra mesa. Le lanza una mirada pícara a Thomas, que no se da cuenta, o que finge no percatarse.

—Hola, Thomas —exclama ella.

—Hola… —responde él con voz insegura, los ojos entrecerrados como si intentara recordar su nombre.

—Nancy —dice ella, molesta—. Hace dos semanas me tatuaste el nombre de mi hermana en la muñeca, y luego me llevaste al almacén en la parte de atrás para conocernos mejor.

No me sorprende saber que pasó algo entre ellos dos, aunque me duele un poco. Pero lo que realmente me sorprende es otra cosa: no sabía que Thomas hiciera tatuajes.

—Practico mucho sexo. Con un montón de chicas distintas. —Da un sorbo a su café, se limpia las comisuras de la boca con el dorso de la mano y continúa—: No puedo acordarme de cada una de vosotras. ¿Qué quieres?

He aquí Thomas Collins en su versión de bastardo primordial. La chica parece mortificada y, aunque no la conozco, empatizo con ella. La entiendo, es difícil no caer en la trampa de Thomas. Este es el motivo por el que no volveré a cruzar esa línea con él. No puedo imaginar que alguien con quien he compartido lo más íntimo de mí me trate así.

—¿Y bien? —la apremia él, molesto, sin el menor tacto. Por la expresión furiosa de Nancy, juraría que se le está pasando por la cabeza la idea de tirarle encima la taza de café hirviendo. Por el amor de Dios, se merecería hasta la última gota. Pero al final opta por marcharse, no sin antes asestarle una mirada llena de rencor. Thomas se vuelve hacia mí y se encoge de hombros, imperturbable—. ¿Por dónde íbamos?

—¿Tenías que tratarla así? —pregunto con el ceño fruncido, y me cruzo de brazos.

—Era la única forma de librarme de ella. Lo pasamos bien juntos, pero ahí acaba la cosa.

Arqueo las cejas.

—Espera, ¿entonces te acordabas de ella?

—Me acuerdo de todas, de algunas más que de otras. —Me guiña un ojo y hago todo lo posible por no ponerme roja.

—Si te acordabas de ella, ¿entonces por qué la has humillado de esa forma?

—Porque, de lo contrario, no se habría ido con tanta facilidad. Y no quiero que me toquen los huevos, ahora. ¿Te parece bien como respuesta?

Me muerdo el labio, dispuesta a negarlo. Pero, aunque está mal, una parte de mí se alegra de saber que prefiere entretenerse conmigo en lugar de pasar el tiempo hablando con otra. A pesar de que sus modales no me han gustado en absoluto, opto por hincarle el diente a mi magdalena y, sin darle ninguna satisfacción, cambio de tema.

—¿Cómo está Leila? Hace tiempo que no la veo. —No estoy enfadada con ella por lo que pasó con Travis; es más, le agradezco que fuera sincera conmigo. Pero no la he vuelto a ver desde aquella noche: un poco por casualidad, un poco porque he intentado evitarla para no revivir la humillación al mirarla a los ojos.

—Desde que se apuntó al periódico, ha desaparecido del mapa. Ha empezado su escalada hacia el éxito y ahora se cree la nueva Mika Brzezinski.

Me río con disimulo. Más por el hecho de que conozca a Mika Brzezinski que por la comparación en sí.

—Me alegro de que haya entrado en la redacción. Espero con ganas su primer artículo. —Envuelvo la taza de café con las manos para calentármelas.

—Eres la única, créeme —dice, molesto.

Le golpeo en el brazo.

—Eres su hermano, ¡deberías ser su primer fan!

Apenas me da tiempo a oír su respuesta cuando veo a Logan frente a la barra, que nos mira con cara de confusión. Lo saludo, pero en cuanto Thomas se vuelve para mirar y ve que viene hacia nosotros, la sonrisa de sus labios se desvanece.

—¿Viene hacia aquí? —pregunta, nervioso.

—Diría que sí.

Thomas me lanza una mirada torva.

—No lo quiero aquí.

¿Qué?

—Salimos juntos, Thomas, no puedo impedirle que venga conmigo. —Parece que mi respuesta lo pone nervioso.

—Pero ¿lo de Logan va en serio? —exclama con repulsión—. No sabes una mierda de él.

—Sé lo suficiente. Sé que es amable y educado. Y, lo más importante, sabe lo que quiere —subrayo, y levanto la barbilla, orgullosa de la pequeña, pero efectiva, indirecta—. Y, sinceramente, tampoco sé nada de ti. La única vez que intenté saber algo, me lo impediste.

Tensa la mandíbula: ha encajado el golpe.

—Escucha. —Respiro hondo e intento calmarme—. No quiero discutir contigo ahora. No tienes motivos para preocuparte por mí, ¿vale? Hemos salido un par de veces, te aseguro que es un buen tío.

—Circulan rumores extraños sobre él, así que no estoy tranquilo sabiendo que sales con él. —Me mira fijamente a los ojos mientras me lo dice, y no puedo evitar preguntarme qué tiene todo el mundo en contra de Logan.

—No sé qué habrás oído, pero siempre se ha comportado bien conmigo, hasta el momento. Es amable y educado, así que déjalo estar. Las personas hablan, dicen un montón de cosas, pero no por eso hay que creerlo todo.

En cuanto Logan llega a nuestra mesa, Thomas se levanta como un resorte.

—Tengo clase, será mejor que me vaya —exclama con los nervios a flor de piel.

—Thomas… —murmuro abatida. Me gustaría agarrarlo de la mano para impedir que se marche, pero me contengo. Después de todo, él ha querido esta amistad. Y no puede esperar echarme un rapapolvo cada vez que Logan esté cerca de mí.

Thomas rodea la mesa y se pone a mi espalda. Se inclina sobre mí, me agarra la barbilla con una mano y me invita a acercar el rostro hacia él. Jadeo ante el gesto inesperado y, cuando su áspera mandíbula se acerca a mi mejilla, me estremezco. Es el primer contacto de verdad que tengo con él en más de un mes. Sin darme tiempo a adivinar sus intenciones, me estampa un beso demasiado cerca de la comisura de la boca.

—Nos vemos por ahí, Forastera —me susurra al oído sin apartar los ojos de Logan. Luego se marcha.

Me quedo ahí, aturdida, mientras trato de averiguar qué acaba de pasar, aunque creo que lo sé.

Ha querido marcar el territorio.

Esta constatación desencadena una oleada de ira en mí. No tiene ningún derecho a reclamarme, ¡qué demonios!

—Ey —me saluda Logan con un hilo de voz, avergonzado por la escena a la que se ha visto obligado a asistir—. ¿Volvéis a hablar? —me pregunta, y clava los ojos azules en los míos después de sentarse a mi lado.

Suspiro e intento desprenderme de la familiar tensión que siento cada vez que Thomas está cerca de mí.

—Eso parece, pero, la verdad, no sé cuánto durará.

—No sé por qué sigues perdiendo el tiempo con él —comenta con ostentoso desenfado, pero, por cómo aprieta la mandíbula, sé que intenta reprimir un cierto fastidio. Quién puede culparlo, Thomas lo ha querido provocar. Me toma de la mano, entrelaza sus dedos con los míos y me deposita un beso en el dorso. Si hay algo que me gusta de Logan es que respeta mis tiempos: aunque ya hemos salido cuatro veces, nunca ha intentado besarme. Quiere que sea yo quien dé ese paso. Físicamente, también es todo lo contrario a Thomas. No lleva ningún *piercing,* no tiene marcas de tinta en la piel ni ninguna mirada intimidatoria capaz de incomodarte. Es un buen chico, de los que te hacen la vida fácil.

—Esta cosa entre vosotros dos... —Me mira y se pone más serio—. No tengo que preocuparme, ¿verdad?

—No, claro que no. —Bebo un sorbo de café y me remuevo en la silla. No me esperaba semejante pregunta.

—¿Seguro? Porque me ha parecido notar algo en el ambiente que..., no sé, no me gusta. Además, no he olvidado cómo te trató aquel día en clase. Por no mencionar cómo me ha mirado ahora: parecía que quisiera hacerme papilla. No me parece alguien con todos los tornillos en su sitio.

—Él... él está bien. —Me siento obligada a defenderlo: aunque me hizo daño, nunca supuso un peligro, al contrario—. En cualquier caso, no tienes nada de qué preocuparte, de verdad. Hemos arreglado nuestras diferencias, pero nada más. —Sonrío para tranquilizarlo.

—Siempre me he preguntado por qué discutisteis. O sea, yo estaba en medio aquella vez, pero reconozco que no me enteré de gran cosa. —Me mira a la espera de una respuesta.

—Oh, lo de siempre, ya sabes... Su carácter contra mi terquedad y, bum, la bomba estalla. Nada importante, en cualquier caso. —Parece que lo he convencido.

—Por cierto, tengo malas noticias. Por desgracia, tengo que cancelar la cita de mañana en la bolera. —Se frota la mano en la frente.

Lo miro apenada.

—¿Y eso?

—Tengo que volver a Medford. Mi abuela cumple años a finales de octubre y toda la familia se reúne para celebrarlo. Es una tradición, pero se me había olvidado cuando te propuse que fuéramos a la bolera.

—Entiendo. ¿Cuánto tiempo estarás fuera?

—Una semana, nos vamos mañana por la mañana.

—Oh, entonces podrías pasarte por el *pub* esta tarde —le propongo con una sonrisa.

—Ya sabes que no me gusta ese sitio. Además, como estás trabajando, no puedo dedicarte tanto tiempo como me gustaría.

—Lo sé, pero entre semana no hay mucho ajetreo. Y piensa que no nos veremos durante varios días… —digo con mi mejor expresión de cervatilla.

—De acuerdo, es imposible decir que no cuando me miras con esos ojazos que tienes. Ahora debería ir tirando a preparar las maletas.

—Eh, puedo echarte una mano, si quieres. Me encanta hacer maletas.

—No te preocupes, lo tengo todo bajo control —responde. Se levanta y hunde las manos en los bolsillos de los pantalones.

—Ah, vale. Entonces, ¿nos vemos esta noche?

—Sí, hasta luego. —Me da un beso delicado en la mejilla y nos despedimos.

⁊

Después de la última clase de la mañana, camino por el campus hacia la parada del autobús cuando, de repente, una mano me agarra y tira de mí hacia atrás. Casi pierdo el equilibrio, pero dos brazos musculosos me sostienen.

—Qué poco coordinas tu cuerpo. —Un tatuado de ojos color esmeralda me sonríe.

—Thomas, ¿qué haces aquí? —Lo miro aturdida.

—Voy a dar una vuelta. —Se lleva un cigarrillo a la boca, lo enciende y luego me mira—. Y tú vienes conmigo.

¿Qué? Esta mañana se ha ido enfadado de la cafetería, ¿y ahora quiere que me vaya con él? Me temo que nunca seguiré el ritmo a sus cambios de humor.

—En realidad, me estaba yendo a casa.

—No seas aguafiestas. —Exhala una nube de humo—. Cambiaremos un poco de aires. Prometo llevarte a casa antes del toque de queda —me toma el pelo con una expresión angelical que no le pega para nada.

—Pero ¿y tus clases? ¿Y los entrenamientos?

—Nada de entrenamientos hoy, y la de la profesora Thompson era la última clase del día.

—Bien por ti. Pero yo trabajo esta tarde, así que discúlpame, pero paso.

—¿A qué hora empiezas? —pregunta sin rodeos.

—A las seis y media.

—A las seis y media en punto estarás allí.

—Thomas, lo digo en serio, no me parece que...

—¿Por qué?

—Porque sé lo que intentas hacer, y no tengo intención de...

—Ness —me interrumpe—. No quiero meterme en tus bragas. Solo quiero pasar un rato contigo. —Me rodea la cintura y se acerca más. El corazón se me sube a la garganta hasta el punto de que casi no puedo respirar. Me mira intensamente a los ojos, y con la mano con la que sujeta el cigarrillo, roza un mechón de pelo que me cae sobre la clavícula izquierda—. Te he echado de menos, Forastera.

He aquí cómo semanas de autocontrol, determinación e interminables intentos de reprimir mis emociones se hacen añicos. El sonido cálido y seductor con el que pronuncia estas palabras me hace vacilar durante unos instantes. Hasta que la vocecita de mi cabeza me recuerda que debe haberme echado mucho de menos cada vez que metía la lengua en la boca de otra... Este pensamiento es suficiente para devolverme al planeta Tierra.

—Yo a ti no —miento.

—Mentirosa. —Levanta la comisura de la boca, complacido.

El engreído de siempre.

Sin concederme tiempo para reflexionar sobre su propuesta, me da un casco.

—¿Qué es esto? —pregunto con una mueca.

—Un casco, ¿no te parece? —replica, burlón.

—Sí, eso ya lo sé. Pero ¿qué tengo que hacer con él?

—Ponértelo. Nos vamos con ella. —Señala una moto negra de aspecto agresivo aparcada a unos metros de nosotros.

Estallo en una risita histérica y le devuelvo el casco.

—Ni hablar. Lloverá oro del cielo antes de que me suba a esa moto.

—No me digas que tienes miedo —me pincha con una sonrisita socarrona.

—No es miedo, sino puro instinto de supervivencia. Además, no me gustan las dos ruedas.

Arruga la frente y da una calada al cigarrillo.

—¿Y cuál es el problema, veamos?

—Son peligrosas —le explico, convencida de mis palabras.

—Ese es su atractivo. —Ladea la cabeza y me dedica una sonrisa malévola.

—No pienso subirme a esa cosa.

—No hables así de mi niña —replica, y finge estar ofendido.

—¿Niña? ¿Qué problema tenéis los hombres con los motores? —le digo entre risas.

—El mismo que tú con los peluches. —Thomas pisa la colilla con la zapatilla y se pone sus Ray-Ban—. Mueve el culo o te llevaré a cuestas.

—No te lo voy a repetir. Yo ahí no me subo. Lo digo en ser...

No me da tiempo a terminar la frase porque me levanta y me carga en su hombro.

—No le des tantas vueltas, Ness. —No le veo la cara, pero apuesto a que tiene su mejor sonrisa socarrona estampada en esa carita bonita.

—¡Thomas! ¡Bájame ahora mismo! ¡Estás montando un espectáculo! —Le doy unos puñetazos en la espalda que no lo afectan en lo más mínimo. Me acomoda en el asiento de la moto y me inmoviliza las piernas, manteniéndolas quietas entre las suyas.

—Tienes dos opciones —ríe con sarcasmo—. Vienes conmigo por tu propia voluntad o en contra de tu voluntad.

—Perdona, pero ¿qué ha sido del libre albedrío? —exclamo molesta. Me coloco algunos mechones de pelo detrás de las orejas y me cruzo de brazos.

—Se está echando unas risas. —Las comisuras de la boca se mueven hacia arriba y, ante esa sonrisa, me rindo. ¡Maldita sea! Él, feliz como una perdiz por haber ganado, me pone el casco y ajusta el cierre.

—Soy capaz de ponerme un casco, Thomas —le informo mordaz.

—Veo que sigues siendo la misma fierecilla de siempre —replica. Le golpeo suavemente en el pecho.

—Y tú el mismo engreído de siempre —respondo, pero se me escapa una carcajada. Él intenta contenerse, pero también acaba soltando una carcajada y los dos nos reímos. El relleno interior del casco me presiona ligeramente las mejillas y me siento algo desgarbada. Espero a que Thomas se burle de mí en cualquier momento, pero no lo hace. En lugar de eso, se quita la chaqueta de cuero y me la da.

—Póntela, vas a pasar frío. —Cuando me la pongo, de repente me siento envuelta por un calor tranquilizador y un aroma a vetiver y a tabaco que debo reconocer que había echado de menos.

—Entonces, ¿adónde vamos? —le pregunto después de subirme la cremallera, mientras él se pone el casco y se mete un chicle en la boca.

—No lo sé. Dejaremos que esta niña nos lleve. —Pongo los ojos en blanco y espero a que él se suba a la moto. Me acomodo detrás, me aferro a sus hombros y apoyo los pies en los pequeños estribos a ambos lados de la moto. En ese momento, Thomas arranca el motor, lo hace rugir un par de veces y la moto se sacude hacia delante. Doy un grito, pego mi cuerpo a su espalda y me agarro a sus caderas. Contengo la respiración durante unos segundos mientras oigo que se ríe.

Luego apoya ambos pies en el suelo y posa una mano en mi rodilla.

—¿Todo bien, Forastera?

—No hagas el idiota —lo reprendo, y le golpeo suavemente en el casco mientras lucho por domar mi nerviosismo y busco algo más a lo que agarrarme, pero no encuentro nada.

—Eh… Thomas…, ¿dónde debería agarrarme?

Gira ligeramente la cabeza hacia mí, me toma las manos y se las pone alrededor de la cintura.

—Aquí. Agárrate fuerte —me ordena.

No alcanzo a pedirle que vaya despacio porque, con un movimiento brusco de la muñeca, nos lanzamos por el asfalto a toda velocidad. Cierro los ojos por el miedo y me agarro a él tan fuerte como puedo, rezando a los cielos para llegar sana y salva.

Capítulo 23

Recorremos algunos kilómetros hacia el norte, tomamos un camino con un montón de curvas que hacen que se me encoja el estómago y al final llegamos a una larga carretera desierta, envueltos por la luz del sol de mediodía. Thomas apaga el motor y yo me apresuro a bajar de la moto para ponerme a salvo. Me quito el casco a toda prisa y lo dejo en el suelo.

—¡Estás mal de la cabeza! ¿Es que querías matarme?

Me mira divertido. Apoya la moto en el caballete, se baja, se quita el casco y se pone bien el pelo. Ahora me percato de que en la parte inferior del vehículo pone «Kawasaki», y arriba, «Ninja».

—No he ido tan rápido —afirma mientras se ríe con disimulo.

—Si para ti eso no era ir rápido, no quiero ni pensar qué lo sería —replico, y trato de colocarme bien el pelo.

Se acerca a mí sacudiendo la cabeza y me coloca un mechón detrás de la oreja.

—No tienes motivos para preocuparte cuando estás conmigo —susurra. Como hipnotizados, los ojos se me van de forma involuntaria hacia sus labios carnosos. Pensamientos extraños y peligrosos se abren paso en mi interior. Me pregunto si no será a causa de toda la adrenalina que siento en el cuerpo o si, simplemente, la fascinación salvaje y seductora de Thomas nunca dejará de afectarme—. Ven, vamos por aquí.

—Me toma de la mano y yo, aturdida por el contacto con su piel, lo sigo. Caminamos por un sendero rodeado de árboles y arbustos que Thomas aparta para que pueda pasar. Algunos pajaritos pasan volando bajo el cielo, increíblemente despejado para estar a finales de octubre. La tierra que pisamos está cubierta de hojas rojas y naranjas, y las hacemos crujir a cada paso que damos.

—¿Dónde estamos? —pregunto con curiosidad, y miro a mi alrededor mientras nos adentramos en el denso bosque.

—Fuera de la ciudad, más allá del parque Chip Ross, aislados del mundo exterior —dice distraídamente, y me guía hacia quién sabe dónde.

—Espera un momento. —Le suelto la mano y me detengo—. ¿Qué hacemos en un bosque apartado, fuera de la ciudad? —pregunto recelosa.

Me mira serio durante unos segundos y luego exclama:

—¿No lo has intuido todavía? —Sacudo la cabeza. Él da unos pasos lentamente hacia mí y me observa como un depredador—. Te he traído aquí porque tengo la intención de follarte por todos los rincones de este bosque hasta que te arrepientas de haberme acompañado.

Lo miro horrorizada, con el corazón martilleándome en el pecho.

—¿Q-qué?

Ante mi expresión de desconcierto, estalla en una carcajada que le sacude los hombros.

—Es broma.

—¿Te parece gracioso?

—Tu cara lo es, sin duda. —Sacude la cabeza y luego me da la espalda para reanudar la marcha.

—Bueno, nunca se sabe lo que tienes en mente —respondo irritada.

—¿Qué pasa, Ness, no te fías de mí? —pregunta impasible, mientras mira a su alrededor en busca de algo.

—Claro que no. ¡Estaría loca si me fiara de alguien como tú! —respondo a bocajarro. Thomas se vuelve de golpe con una expresión angustiada en la cara. Me mira a los ojos y, con un solo paso, pulveriza la distancia que nos separa. Parece afectado por mis palabras.

Me acaricia una mejilla con suavidad y yo debo hacer un esfuerzo por mantener a raya el impulso de apretarle la mano con fuerza.

—No soy la mejor persona con la que puedes tratar, pero no deberías temer mi presencia. No te haría daño ni aunque me apuntaran con una pistola en la cabeza —dice serio, con la mirada clavada en mis ojos.

—De acuerdo —suspiro con pesar. Nos adentramos en el bosque dejando atrás arbustos y árboles centenarios—. ¿Vienes aquí a menudo? —pregunto tras unos minutos de caminata.

Él asiente con aire pensativo.

—¿Y eso? —Avanzamos unos metros hasta que la vegetación se enralece un poco y llegamos a un puentecito de madera. Me apresuro a asomarme por la barandilla para observar el río que fluye por debajo. Esto es precioso, con los árboles que se reflejan en la superficie límpida y el juego de luces que crean.

—Libero la mente —responde, una vez a mi lado.

—¿Liberas la mente? —repito con aire interrogativo, y me vuelvo para mirarlo. Esto es nuevo.

—Sí, dejo de pensar. —Apoya los antebrazos en la barandilla y se pierde observando el río.

—¿Dejas de pensar? —pregunto, todavía más escéptica.

—Deja de repetir lo que digo —exclama, impaciente.

—Perdona, es que normalmente la gente se aísla precisamente para pensar, y tú lo haces para no pensar… Eres un sinsentido viviente, Thomas. —Sacudo la cabeza y ahogo una risita.

—¿Te parece extraño? —pregunta mientras se gira hacia mí—. Nuestro cerebro no hace más que procesar pensamientos. Pensamos constantemente, todo el día. ¿No te parece un rollazo?

Niego con la cabeza.

—Para mí lo es. A veces, lo único que quiero es dejar de pensar. Hay personas que se cortan para hacerlo, otras follan, otras se emborrachan, otras se drogan… —Con la mirada ausente, se pierde mirando al vacío—. Yo, de momento, vengo aquí.

En cierto modo, creo que le entiendo. Este lugar representa para él lo que los libros siempre han sido para mí: un refugio de la realidad.

—¿Por qué sientes la necesidad de dejar de pensar?

Suspira inquieto.

—Porque cuando lo haces, te sientes libre.

—¿Libre de qué? —Estoy haciendo demasiadas preguntas, lo sé. Pero qué le pasa por la cabeza siempre es una incógnita, y me encantaría saberlo. Sus ojos duros se detienen en los míos, incapaces de resistirse a ellos. Y, por una milésima de segundo, creo que está a punto de dejarme entrar en su mundo inaccesible.

Pero entonces, por alguna razón, aparta la mirada y se limita a decir:

—De demasiadas cosas.

La decepción se cierne sobre mí.

Muy bien, Thomas. Sigue así. Sigue encerrándote en ti mismo. Daremos pasos de gigante así.

—¿Y yo qué tengo que ver?

—¿Qué quieres decir? —Inclina ligeramente la cabeza hacia mí, confuso.

—O sea, este es tu pequeño rincón de paraíso, ¿no? Deberías protegerlo. ¿O acaso es otra forma de intentar impresionar a las chicas? —pregunto en un tono más ácido de lo que habría querido.

—No necesito impresionarte, si te refieres a eso. Ya sé que te gusto, no soy estúpido —dice con su habitual fanfarronería.

—Thomas… —Me río nerviosamente y me agacho para colocarme bien los cordones de las zapatillas como distracción—. No me gustas. Al menos, ya no.

—No pierdas el tiempo inventándote tonterías. Lo sé por cómo me miras, por cómo reacciona tu cuerpo cada vez que te toco. —Las manos me tiemblan ante esta constatación—. Los dos sabemos cómo están las cosas.

Vuelvo a ponerme en pie y me aclaro la garganta.

—Veamos, ¿cómo están?

—Tú me gustas y yo te gusto. Pero solo se trata de eso: de atracción.

—Si solo se trata de eso, ¿por qué insistes tanto en querer ser mi amigo? Te atraen muchas chicas, Thomas. Sin embargo, no eres amigo de ninguna de ellas —señalo, incómoda.

Da un paso hacia mí y se acerca tanto que siento su aliento fresco en mi cara. Sabe al chicle de menta que no deja de mascar.

—Porque soy egoísta, y prefiero tenerte en mi vida como amiga que no tenerte en absoluto —admite sin vacilar.

Niego con la cabeza.

—No tiene sentido.

—Sí lo tiene.

—Pues explícamelo, soy toda oídos. —Me cruzo de brazos a la espera de entender qué quiere decir.

Resopla y luego decide hablar:

—Estaba acostumbrado a tomar lo que quería, cuando me apetecía. Pero supongo que hay un límite que respetar incluso para los mierdas como yo.

—¿Un límite que ya no piensas cruzar conmigo?

—Exacto.

—¿Por qué?

—Porque... eres diferente de las otras chicas con las que suelo salir. —Baja la mirada, luego la levanta de nuevo y me dedica una sonrisa torcida—. Eres graciosa, sencilla e ingenua. Una alma pura... Me gustas por eso, y quiero que siga siendo así. Tenerme cerca te arruinaría. —Hace una pausa y luego añade—: Y, para responder a tu pregunta, nunca he traído a ninguna chica aquí.

—Pero me has traído a mí...

—Sí, pero no te hagas ilusiones. Estamos aquí porque no sabía a qué otro lugar podíamos ir. —Se enciende un cigarrillo y se sienta con las piernas colgando en el aire.

Niego con la cabeza y renuncio definitivamente a la posibilidad de entenderlo. Me siento a su lado y permanecemos en silencio durante un rato. El río que pasa por debajo de nosotros fluye con rapidez, y es agradable escuchar el chapoteo del agua en la corriente y el graznido de las aves acuáticas. De repente, sin embargo, la atmósfera se vuelve pesada. Veo que Thomas tiene los hombros encorvados, la mandíbula contraída y la cabeza gacha, como si rumiara algo. Me gustaría pedirle que compartiera sus pensamientos, pero sé que no respondería. Me gustaría abrazarlo, estrecharlo contra mi cuerpo, pero sería inapropiado. Me siento inútil, desearía poder hacer más por él. Ser más. Por esta razón, aunque a riesgo de dar un paso en falso, decido romper el silencio.

—Thomas... —susurro al cabo de un rato.

—Mmh.

—Déjame conocerte. Por lo que eres, no por lo que muestras.

El modo en que me mira, como un animal salvaje acobardado en un rincón, pero listo para atacar, me desestabiliza.

—Soy exactamente lo que parece.

Muevo la cabeza en señal de negación.

—A mí no me engañas, Collins. Estoy segura de que eres mucho más que eso, lo pienso desde la primera vez que me senté a tu lado, aquella tarde fuera del gimnasio, y tuve la confirmación la noche que viniste a mi casa.

—Deberías dejar de leer todas esas novelitas de mierda, te estás haciendo una idea completamente distorsionada de los hombres y los sentimientos.

—Jamás. Estoy segura de que ahí fuera, en algún lugar del mundo, todavía hay hombres lo suficientemente valientes como para enamorarse perdidamente de una mujer y entregarse sin reservas. Dispuestos a luchar, a respetarla. A protegerla de todos los males del mundo. A hacerla reír a carcajadas. Y a hacerla suya, cada minuto de la vida. Justo como en las «novelitas de mierda» que tanto me gusta leer —concluyo orgullosa.

Thomas baja la cabeza, burlón.

—Estás perdida.

—Entonces, ¿dejarás que te conozca? —Clava la mirada en el río que fluye por debajo de nosotros e ignora mi pregunta—. Todavía no sé nada de ti —continúo—. En cambio, tú sabes muchas cosas de mí. No me parece justo.

—Es mejor para ti que sea así —corta en seco.

—Eso debería decidirlo yo, ¿no crees? —Con los dedos, trazo pequeños círculos en la madera de la barandilla—. Si de verdad quieres ser mi amigo, como dices, al menos deberías confiar un poco en mí —insisto seria, tras un nuevo silencio—. De lo contrario, esta relación será una tomadura de pelo.

Me mira en silencio, con el ceño fruncido, como si meditara mis palabras. Luego respira hondo y, contra todo pronóstico, se rinde.

—¿Qué quieres saber?

Me enderezo, incrédula.

—¿En serio?

—Solo te concedo diez minutos, pequeña metomentodo. Pero no te acostumbres.

—¡Vale! Bueno, veamos… Antes que nada, no sabía que hacías tatuajes.

—No los hago, al menos no de forma profesional. Alguna vez he hecho alguno en el estudio de un amigo, pero nada más.

—¿Fuiste a una academia?

—No, me enseñó mi tío. Tiene un estudio en Portland, lo iba a ver a menudo… antes, después o durante las clases —dice con un guiño.

—¿Te ha tatuado él? ¿Cuándo empezaste a hacerte tatuajes? —pregunto impaciente.

—El primero me lo hice a los catorce años. —Me enseña un ancla entre el pulgar y la muñeca—. Casi todos los tatuajes me los ha hecho él, pero los dibujos son míos.

¿Suyos? Madre mía, es un gran artista.

—Así que además de ser un dios del baloncesto, ¿también sabes dibujar? No dejas de sorprenderme, Collins. Ya decía yo que escondías mucho más —exclamo con convicción.

—¿Has terminado el interrogatorio?

Finjo pensarlo y me golpeo la barbilla con el dedo índice.

—No, todavía no.

—¿Nunca se te acaban las pilas? —Parece que mi curiosidad lo divierte, porque me mira con una expresión suavizada, pero sin dejar de mostrarse tan gruñón como siempre.

Le saco la lengua y continúo.

—¿Comida preferida?

—Qué tontería… —Sacude la cabeza con resignación.

—Estoy esperando.

—El estofado, tal vez.

—¿En serio? No lo habría dicho. A mí, en cambio, me encanta la lasaña al horno. Mi madre la hace con una receta totalmente italiana y está para chuparse los dedos.

—¿Debería interesarme? —Me mira confuso, y yo pongo los ojos en blanco. Ignoro su falta de interés por la conversación y prosigo.

—¿Mar o montaña?

—Estás haciendo que me arrepienta de haberte dado la oportunidad de preguntar.

Sonrío e intento desviar la conversación hacia algo más personal con la esperanza de que me lo permita.

—¿Por qué vinisteis a Corvallis?

Thomas se pasa una mano por la nuca y mira al frente, repentinamente tenso.

—Yo qué sé, conseguí la beca, así que nos quedamos.

—¿Y volvéis a casa a menudo? —le pregunto con un tono más indulgente y menos intrusivo.

—Nunca. Hace mucho tiempo que no lo considero mi hogar.

—Entonces, ¿vinisteis aquí para empezar de nuevo?

Se vuelve para observarme con la mandíbula rígida, y su gesto me hace tragar saliva de forma sonora.

—Del pasado no se puede huir —responde de forma sombría al cabo de un rato—. Pero ya hacía tiempo que me había vuelto intolerante. Mi hermana quería que me quedara con ella. Y lo hice, hasta que llegué al límite. En ese momento, me marché. Leila decidió venir conmigo en el último momento.

—¿Dejó atrás su vida para estar contigo? Te quiere mucho. —Le lanzo una mirada suave.

—No sé cómo, pero parece que así es —murmura contrito.

—¿Por qué no debería? —Le pongo una mano en el hombro y siento que se le tensan todos los músculos, pero esta vez no me aparto—. Eres su hermano, y eres una buena persona. —Hago una pausa para enfatizarlo—. A veces.

—Sé que no soy una buena persona, pero soy así desde hace tanto tiempo que ya no sé ser de otra forma.

—Eh, que era broma… Caro que eres una buena persona. —Pero él permanece en silencio, absorto en quién sabe qué oscuros pensamientos—. ¿Vuestros padres saben que estáis aquí? —continúo.

Cuando veo que niega con la cabeza y mira fijamente a un punto lejano en el horizonte, se me encoge el corazón.

—Estarán muy preocupados al saber que sus hijos han desaparecido quién sabe dónde.

—No lo están, te lo garantizo —dice rencoroso.

—¿Qué ha pasado? —me atrevo a preguntar.

Como respuesta, Thomas suspira y se levanta.

—Los diez minutos han llegado a su fin. —Se pasa las manos por los vaqueros—. Ven, quiero enseñarte una cosa. —Me tiende una mano y yo la acepto encantada. Aunque se ha negado a responder, me alegro de que me haya dado la oportunidad de averiguar algo más.

—¿Adónde me llevas ahora? ¿A un valle encantado? —Lo oigo reír disimuladamente. Me conduce ladera abajo hasta que llegamos frente a un roble gigantesco.

—Aquí está. Es él —exclama, levantando una comisura de la boca.

—Él ¿quién? —pregunto al tiempo que miro a mi alrededor desconcertada.

—El árbol. —Golpea la corteza con la palma de la mano como si fuera el hombro de un colega.

—No te sigo.

—Mi rincón en el paraíso. —Lo recorre hasta la cima con la mirada—. Es él.

—¿Un roble? —pregunto perpleja, pero él asiente—. Me preocupas.

—Sube —me ordena.

—¿Cómo, perdona?

—Sube. —Señala el árbol y yo lo miro incrédula.

—¿De verdad me estás pidiendo que trepe por un árbol? A ver, ¿lo próximo que harás será lanzarme un plátano? —replico, escéptica.

—Podría considerarlo, ¿sabes? En ese caso, sin embargo, te daría mi plátano. Estoy seguro de que te gustaría. —Me dedica una sonrisa alusiva y yo abro mucho los ojos, indignada, cuando siento el rostro en llamas.

—¡Thomas! —grito, y le golpeo en un hombro; él se parte de risa—. Eres el mismo pervertido de siempre.

Sacude la cabeza y me dice:

—No se ve desde aquí abajo porque está oculta por el follaje, pero hay una casita de madera ahí arriba, te gustará.

—Vamos a ver, ¿cómo subo hasta ahí? —Me cruzo de brazos a la espera de una explicación.

Thomas me hace rodear el árbol.

—¿La ves? —Señala una escalera de cuerda que cuelga a duras penas del árbol—. Pones tus piececitos en ella y subes.

Me echo a reír. Histéricamente.

—Thomas, ¡debe de haber más de cinco metros! La última vez que escalé algo fueron las escaleras mecánicas del centro comercial.

—Llegarás arriba en un abrir y cerrar de ojos, ya verás —replica convencido.

—¿Es que estás ciego? ¿No ves que es enorme? No tengo la más mínima intención de subirme ahí. —Él me mira con una sonrisita malvada y yo me ruborizo en cuanto me doy cuenta de lo que acabo de decir.

—Forastera, hoy sí que me lo estás sirviendo en bandeja de plata.

—No quería decir... ¡Me refería al árbol, obviamente! —Sacudo la cabeza—. No tengo la más mínima intención de subirme a este árbol, ¡a menos que tu excursión de hoy también implique una visita al hospital!

—Estoy aquí abajo; si te caes, te atraparé.

«¿Si te caes, te atraparé?». ¡¿Eso es todo?!

—¿Eso debería tranquilizarme, King Kong? ¡¿Y si no me coges?!

—Estoy acostumbrado a levantar mucho más peso en el gimnasio. —Veo que no pierde ocasión de presumir de sus dotes.

—Perfecto. ¡Moriré espachurrada contra el suelo como una cucaracha solo porque un exaltado egocéntrico quería que experimentara la emoción de trepar a un maldito árbol!

Se acerca con determinación y me mira intensamente.

—He dicho que te atraparé. Lo prometo —me tranquiliza.

Miro el roble desde las raíces hasta las ramas más altas con cierta reticencia, y me esfuerzo por pensar en un motivo justificado para complacerlo. No encuentro ni uno solo. Sin embargo, por alguna absurda y loca razón, lo hago.

—Reza al cielo para que realmente haya un valle encantado allí arriba o me las pagarás —lo amenazo, y le clavo un dedo en el pecho.

—¿Y cómo te las pagaré? —pregunta mientras baja la mirada hacia mi dedo entre risas.

—Todavía no lo sé, pero será terrible. —Entrecierro los ojos.

—Mmh —murmura con picardía—. Lo estoy deseando.

Respiro hondo e intento concentrarme. No puedo creer que esté a punto de trepar a un árbol. ¡No me lo creo!

Con las piernas temblorosas, empiezo a trepar lentamente agarrada a los dos extremos de la escalera de cuerda, que se balancea con cada mínimo movimiento. En algunos puntos encuentro resina que se me pega. Qué asco. Subo cada vez más alto, y el sol se filtra entre el follaje. Al cabo de unos minutos, me detengo para ver dónde estoy, pero me arrepiento enseguida.

Demasiado alto.

Demasiado. Alto.

Respiro hondo otra vez. Puedo hacerlo.

—Lo estás haciendo genial, Ness. —A pesar de que me esté animando, tan solo tengo ganas de tirarle una zapatilla a la cabeza. Estúpido memo idiota. A punto de llegar a la cima, oculta entre las hojas, vislumbro una casita de madera. Estoy asombrada. Dios mío, pero ¡si es preciosa!

—¡Creo que la he encontrado, Thomas! —grito, eufórica como una niña pequeña.

—¿En serio? Que no es el País de las Maravillas. Es un árbol. ¿Cuántas casas creías que ibas a encontrar? —Giro la cabeza hacia abajo y lo fulmino con la mirada.

—¡No te atrevas a arruinarme la emoción! ¡No después de que me hayas obligado a subirme a un árbol lleno de hormigas! —grito—. Y deja de mirarme el culo como si quisieras…

—¿Tirármelo? —me interrumpe y ardo de la vergüenza. Le lanzo una mirada mordaz mientras él sonríe con suficiencia.

Tras los últimos cinco peldaños, por fin llego a la casita encajada entre unas ramas robustas. Con un pequeño impulso, accedo al interior sin romperme ningún miembro. Allí encuentro una manta, un par de latas de cerveza vacías, algunas cosas de picar y un bloc de notas con algunos bocetos. Me quedo ahí y, mientras espero a que Thomas suba, cedo a la curiosidad y echo un vistazo a esas hojas de papel. Hay varios dibujos, a cada cual más estupendo. De entre todos, me quedo encantada con la imagen de una serpiente alada, un fénix entre las llamas y unos maoríes esbozados. Unos segundos después, aparece Thomas.

—Qué rápido eres.

—O, simplemente, más ágil y menos gallina que tú —replica con su habitual arrogancia. Me arrebata el bloc de dibujo de la mano y me lanza una mirada admonitoria por no haber sabido mantener a raya la curiosidad.

—Son preciosos —le digo con sinceridad mientras me quito de las manos los restos de corteza.

No responde. Nos sentamos en el umbral en silencio; yo me llevo las rodillas al pecho mientras que Thomas extiende las piernas hasta que le cuelgan en el vacío—. ¿Estas cosas son tuyas? —pregunto, y señalo los cachivaches que hay aquí dentro. Asiente.

—¿No tienes miedo de que alguien venga y se lo quede?

—Por el momento, eso todavía no ha pasado. Esta casita está bien escondida con las hojas, y las pocas personas que pasan por aquí de excursión no prestan especial atención —me explica al tiempo que ahuyenta algunos mosquitos con la mano.

—Es como estar en la cima más alta del mundo y tener todo el control —digo, cautivada por la belleza de la naturaleza que nos rodea.

—¿Te gusta? —Me sonríe con una dulzura tan insólita que se me encoge el estómago.

—Mucho —respondo con aire soñador.

—Me lo imaginaba.

Pasamos el resto del tiempo tumbados uno al lado del otro y, para mi enorme sorpresa, consigo sonsacarle un poquito más de información personal. Me habla del grupito de amigos con los que salía por las tardes a jugar a básquet cuando era pequeño. De lo mucho que odiaba la comida familiar de los domingos. Una vida sencilla, aparentemente tranquila. Aun así, mientras lo escucho hablar, no me deshago de la sensación de que me está contando una versión distorsionada de la realidad, omitiendo algunas partes y mintiendo en otras. Y me da la impresión de que esas piezas fundamentales esconden el origen de todo su cinismo y tormento. Y creo que esa es precisamente la razón que lo llevó a dejarlo todo atrás y trasladarse a Corvallis. En cualquier caso, no quiero insistir por ahora. Al fin he conseguido que hable, no quiero arriesgarme a estropear el momento. Sigue hablándome del profundo vínculo que tenía con sus abuelos, que prácticamente los criaron a él y a Leila y que fallecieron hace cinco años. Me cuenta que en la escuela siempre fue el típico chico a quien se le daba bien estudiar, pero que nunca se aplicaba. De hecho, su memoria de elefante le permitía distraerse todo lo que quisiera, porque solo tenía que leer los apuntes de alguien para recordarlo todo. Tuvo una novia. Sí, Thomas Collins tuvo una novia. A los dieciséis. La primera y la única: Elizabeth. Duró más de un año, luego rompieron, pero siguieron viéndose de vez en cuando, hasta que él se mudó a Corvallis y el contacto se interrumpió definitivamente. Finjo indiferencia ante estas revelaciones, pero en realidad ardo de celos al saber que hubo una chica que pudo disfrutar de un privilegio que ya no le concede a nadie. Por último, descubro que odia el regaliz y que las pasiones de su vida, aparte del baloncesto y el dibujo, son su intocable moto y el coche, que aprendió a conducir a los quince años gracias a su tío. Mientras habla, juguetea con un mechón de mi pelo, el reflejo del sol nos calienta las caras, las hojas se mueven lentamente sobre nosotros y la paz que flota en el aire genera la impresión de que el tiempo se ha detenido.

—¿Ness? —Me sacude suavemente el hombro.

—Mmh…

Oigo que se ríe tiernamente cerca de mi oído.

—Tenemos que irnos.

—¿Qué? —murmuro.

—Son las seis. Te has dormido.

¿Qué? ¡¿Las seis?!

Me incorporo como un resorte y me restriego los ojos.

—¿Me he dormido? Pero ¿cómo? ¿Cuándo?

—Te has echado una siesta de tres horas. —Pero qué diantres…

—Qué vergüenza. Me traes a un sitio tan bonito ¿y yo qué hago? Me quedo dormida.

—No te preocupes. No te he despertado porque, por cómo dormías, parecías bastante cansada. ¿Estás segura de que puedes compaginar el trabajo y las clases? —¿Por cómo dormía?

¿No estaría babeando? O peor todavía, ¿roncando? ¡Oh, espero que no!

—Lo tengo todo bajo control, solo es que últimamente duermo poco —me justifico mientras compruebo mi teléfono: tengo un mensaje de Alex en el que me pregunta cómo estoy. Y dos de Tiffany: me enseña el nuevo par de zapatos de tacón de aguja que se ha comprado y me pregunta dónde estoy. No hay ni rastro de Logan. Es extraño, desde que empezamos a salir me escribe prácticamente todos los días. Contesto a Alex y a Tiff y me guardo el teléfono en el bolsillo de los vaqueros.

—¿Cómo es que duermes poco? Creía que eras una dormilona. —Se levanta, recoge el paquete de cigarrillos y me tiende la mano para ayudarme a ponerme en pie.

—Cuestión de ritmos. Mi turno en el Marsy acaba tarde, tengo que volver a casa con el autobús, que a esa hora hace una ruta más larga. Lo mismo me pasa por la mañana, cuando tengo que ir a la universidad; si viviera en el campus, todo sería más sencillo.

—Todavía quedan algunas plazas libres, ¿por qué no lo solicitas?

—El dinero de la beca no cubre el alojamiento, pero espero poder pagármelo con lo que gane en el Marsy. Necesito tener paciencia durante unos meses más. —Cuando me dispongo a descender y miro abajo, me asalta el pánico—. Oh, Dios, ¿estaba tan alto cuando hemos subido? —Me tiemblan las piernas ante la visión del vacío. Thomas asiente y me mira como si hubiera hecho la pregunta más estúpida de la historia, mientras yo trago saliva con dificultad.

—Y-yo no bajo —tartamudeo, asustada.

—No digas tonterías. Has podido subir, también serás capaz de bajar.

—Subir es más fácil.

—Basta ya. Tienes que estar en el trabajo dentro de media hora y yo tengo cosas que hacer —me dice distraídamente, con los ojos fijos en su teléfono a la vez que le envía un mensaje a alguien.

—¡Thomas! —grito, como una niña que no encuentra la solución al problema. Pone los ojos en blanco, se acerca a mí y se coloca delante, dándome la espalda. Pero ¿qué hace?

—Sube —exclama impaciente.

—¿Qué?

—Que te subas a mi espalda, te bajo yo —me ordena.

—¡Estás loco! —le suelto.

—¿Tienes una idea mejor, señorita Cagueta?

—¡No lo sé! ¡Pero no voy a subirme a tu espalda y a aumentar el riesgo de romperme todos los huesos!

—Si no te decides y subes, te dejaré aquí.

—No lo harías.

—Ponme a prueba —me reta.

—¿En serio me dejarías aquí?

Ni siquiera responde. Impacientado, se mueve hacia el tronco, listo para descender.

Pero ¡¿habla en serio?!

—¡Thomas! ¡Vuelve aquí! ¡De acuerdo, me subo a tu espalda! —Veo que forma una sonrisa burlona con los labios. En cuestión de dos segundos, me carga sobre su espalda. Coloco los brazos alrededor de su cuello y le rodeo las caderas con las piernas, que aprieto con fuerza. Nos colocamos en posición, cierro los ojos y empezamos a descender. Esta escalera se va a romper, estoy segura, y nos estrellaremos contra el suelo.

En cuanto Thomas pisa tierra firme, suelto un gran suspiro de alivio y me bajo de su espalda de un salto.

—Perdona —murmuro, y me ajusto los vaqueros.

—¿Por qué?

—Cuando me entra el pánico, me pongo un poco insoportable. —Me encojo de hombros, avergonzada por haberme comportado como una miedica.

—Tranquila, también te pones un poco insoportable cuando estás relajada —se burla de mí. Le respondo con una peineta y él finge escandalizarse. Recorremos el mismo camino que hemos hecho antes y llegamos a la moto. Diez minutos más tarde, me encuentro frente al Marsy. Me bajo, me quito el casco y, antes de devolvérselo, me detengo a mirarlo unos segundos.

—¿Siempre vas por ahí con dos cascos? ¿No es engorroso?

Thomas se levanta la visera negra para verme mejor, pero permanece sentado en la moto con el motor en marcha.

—¿Crees que voy por ahí con dos cascos cada día, durante todo el día, como un idiota?

Vale, tal vez mi pregunta no ha sido muy inteligente, pero…

—Esta mañana tenías dos cascos antes incluso de saber si aceptaría ir contigo.

—Te estabas yendo y quería estar contigo. Así que, antes de alcanzarte, le he pedido a Finn que me prestara su casco. ¿Cómo se te ocurren esas cosas? —se ríe entre dientes. Mi corazón da un salto mortal ante esta pequeña confesión.

La alarma de mi teléfono suena y me recuerda que faltan cinco minutos para que empiece mi turno de trabajo.

—Tengo que irme. —Señalo con el pulgar la entrada del Marsy a mi espalda—. Gracias por lo de hoy. Ha sido… bonito.

—Lo pienso de verdad.

—Suerte en el trabajo, Forastera —me desea con una sonrisa—. Y no llames demasiado la atención. —Me guiña un ojo, se baja la visera del casco y se marcha.

Capítulo 24

En contra de mi pronóstico, hoy el local se ha llenado porque hay partido de fútbol. Todas las mesas están ocupadas por aficionados que, entre discusiones y risas, hacen mucho alboroto. La única parte positiva es que, en noches como esta, las camareras podemos acumular más propinas de lo habitual.

—¡Y con este ya son setenta, guapa! —En un momento de pausa, pongo sobre el mostrador de madera oscura un fajo de billetes que me he ganado con unas cuantas sonrisitas bien estudiadas y un guiño en el momento adecuado. Sacarse unas propinas en el Marsy ha resultado ser más fácil de lo previsto, sobre todo cuando entendí que muchos de los clientes a los que sirvo no son más que unos idiotas descerebrados que tan solo necesitan ver dos piernas semidesnudas para regalar todos sus ahorros. Además, con cada dólar que me saco, me abandona una pizca de la inseguridad que arrastro conmigo desde siempre.

—¡Eres la bomba, Nessy, con esos ojos de gata y esa boca *sexy* siempre los engatusas! —exclama Maggie, chocando los cinco conmigo.

—Pan comido. —Hago una mueca altiva, poniendo los ojos en blanco, pero estallo en carcajadas enseguida. Para ser sincera, los primeros días fui como un trozo de madera. Luego Tiffany me dio algunos consejos y, vaya, funcionaron a lo grande. Doblo los billetes y me los meto dentro del sujetador.

—Son las trenzas —interviene nuestra compañera Cassie con su habitual voz empalagosa—. Nos dan esa pizca de inocencia que contrasta con este uniforme *sexy* de animadora. Y eso los vuelve locos, literalmente. —Cassie es la quintaesencia de la sensualidad; su físico esbelto y curvilíneo le permite sacarse el doble de dinero en propinas que nosotras. Es perfecta para este trabajo porque, a diferencia de mí y de Maggie, a ella le encanta llamar la atención.

A media tarde, mientras despejo una mesa para que la puedan ocupar nuevos clientes, oigo una voz familiar que me llama.

—Hola, Vanessa. —Me doy la vuelta con los manteles individuales arrugados entre las manos y veo cómo Logan se acerca a paso ligero. Lleva unos pantalones caqui, un jersey azul y un par de mocasines de dos colores. Sin embargo, los rasgos de su rostro están tensos y las zancadas que da me llevan a pensar que está preocupado.

—¡Hola! Enseguida estoy contigo. —Coloco los papeles en la bandeja, paso un paño húmedo por la mesa y doy paso a los clientes, que toman asiento. Luego me dirijo a la barra seguida de Logan.

—¿Qué pasa, estás bien?

—Eso mismo iba a preguntarte yo —replica, preocupado.

—¿Qué quieres decir?

—Llevo toda la tarde buscándote, ¿dónde te habías metido?

Se me escapa una risita sarcástica. ¿Se está burlando de mí?

—¿Qué quieres decir con que «llevas toda la tarde buscándome»? No he recibido ninguna llamada tuya esta tarde. De hecho, no he recibido ninguna llamada tuya en todo el día. Pero estabas ocupado haciendo las maletas, lo entiendo. —Le sonrío y tomo todo lo que necesito para preparar otra mesa de mi zona.

—No, un momento. He estado haciendo las maletas hasta la hora de comer, es cierto. Pero en cuanto he terminado, te he llamado. Tres veces. También te he dejado un mensaje en el contestador. Pero no has respondido.

¿Qué dice?

—Tal vez has llamado a la chica equivocada —digo irónicamente, pero él no parece tener muchas ganas de bromear.

—No, estoy seguro de que te he llamado a ti. —Se saca el teléfono del bolsillo y me enseña las llamadas y el mensaje. Aun así, a mí no me ha llegado nada. Puede que en la casita del árbol no hubiera cobertura.

Me encojo de hombros, disgustada.

—Probablemente no había cobertura en el sitio donde estaba, no se me ocurre nada más. —Lo dejo esperando en la barra mientras voy a tomar nota de una comanda.

—¿Por qué? ¿Dónde estabas? —me pregunta cuando vuelvo junto a él.

Por un momento permanezco en silencio, valorando qué responder. Si le digo que he pasado todo el día con Thomas, podría malinterpretarlo, y no es lo que quiero. Pero mentirle sería peor.

—He ido a dar un paseo por la naturaleza. El resto de la tarde me lo he pasado durmiendo. —En cierto modo, es la verdad.

—Me he preocupado mucho. He estado a punto de ir a tu casa para asegurarme de que todo fuera bien. —Sonríe y me acaricia la mejilla.

—Mala idea. Habrías visto a mi madre y te habrías arrepentido enseguida. —Ambos estallamos en una carcajada.

—Mira, no me quedaré mucho tiempo, en menos de una hora tengo que volver al campus, mi compañero de piso me espera. Le he prometido que jugaríamos una partida de *Call of Duty* antes de que me marche. ¿Puedes hacer un pequeño descanso? —pregunta con un brillo en los ojos. Doy un vistazo a la sala y me aseguro de que las mesas de mi zona estén todas servidas. En ese momento, le hago un gesto con la cabeza a Maggie, que se encuentra en el lado opuesto, y le pregunto si puede cubrirme. Ella levanta el pulgar y lanza una mirada de aprobación a Logan. Le sonrío y salimos fuera. Nos dirigimos al aparcamiento del Marsy, en la parte de atrás, para tener más intimidad. Nos detenemos en un rincón más apartado y apoyo la espalda contra la pared. Logan se sitúa frente a mí y entrelaza sus manos con las mías.

—Hola —susurra suavemente.

—Hola —repito con la misma suavidad.

—Me gustan estas trenzas. —Coge una y juguetea un poco con ella—. Y este uniforme… No soy un chico celoso, pero tengo que reconocer que me molesta mucho que todo el mundo te vea vestida así. —Me examina de la cabeza a los pies.

—Odio estas estúpidas trenzas, me siento ridícula.

—Eso lo dices porque no te ves con mis ojos. Estás preciosa.

—Venga, para, vas a hacer que me ponga roja. —Bajo la mirada, avergonzada.

—Te he pedido que salieras porque quería darte una cosa. —Saca una cajita cuadrada del bolsillo de sus pantalones y me la pone en las manos—. Son para ti, quería dártelos esta tarde.

Me aparto de golpe de la pared y abro la caja. Dentro encuentro unos bombones de caramelo con forma de corazón. Levanto la cabeza para mirarlo, sorprendida.

—¿Me has traído bombones? —le pregunto. Puede que suene trivial, pero nadie me había regalado bombones nunca.

Se encoge de hombros.

—Estaré fuera unos días, si me echas de menos puedes comerte uno y pensar en mí. Porque yo pensaré en ti todo el rato. —Me acaricia el pómulo con el pulgar.

—Sabes que en mis manos no durarán más de una hora, ¿verdad? —bromeo.

—¿Acaso me estás diciendo que tengo que encontrar una forma más eficaz para que pienses en mí? —Sin darme la oportunidad de responder, entrecierra los ojos y, lentamente, acerca su cara a la mía.

Oh, no, ha llegado el momento. Está a punto de besarme.

Sus labios se posan sobre los míos. Son suaves, cálidos. Me acaricia una mejilla, desliza la otra mano por mi cadera y aprieta su cuerpo contra el mío. Me besa suavemente, con delicadeza, y es una sensación extraordinaria. Pero... no siento nada. Ningún cosquilleo en la barriga. No me tiemblan las piernas. Mi cerebro está completamente lúcido, no perdido en alguna galaxia todavía por descubrir. Besar a Logan es agradable, pero no impetuoso.

—Me gustas de verdad, Vanessa, quería hacerlo desde el primer día en que te vi —susurra entre mis labios.

—Tú también me gustas. —Y es la verdad. Aunque la pasión no ha estado presente desde el principio, eso no significa que no vaya a suceder en el futuro. De hecho, no tiene por qué darse necesariamente. Con Travis, la pasión se desvaneció pronto. Con Thomas, por lo que a mí respecta, hubo demasiada. Y acabó mal para los dos. Le rodeo el cuello con los brazos y él desliza una mano sobre mi muslo desnudo para levantarlo un poco. Seguimos besándonos hasta que unos chicos pasan por allí cerca y nos gritan que nos busquemos una habitación.

Tímidamente, me separo de Logan y me llevo una mano a los labios. Él ríe sumiso.

—Quizá debería volver dentro. —Me toma de la mano y nos dirigimos hacia la entrada.

—¿Vanessa?

Me giro de golpe.

—¿Matt? —exclamo, sorprendida.

Vale, esto sí que es incómodo.

El sobrino de mi jefe acaba de pillarme enrollándome con un chico en la parte de atrás del local. Pero lo peor ocurre cuando me fijo en el chico que está a su lado. Thomas nos mira con los ojos ardientes de furia.

—Hola —farfullo, y trato de mantener a raya el nerviosismo que comienza a crecer en mi interior. Le sonrío, pero él permanece serio.

Apoya el codo en el hombro de Matt y se dirige hacia Logan con desprecio antes de exclamar:

—Tu tío debería restringir el acceso a los capullos hijos de papá. Se tiran a las camareras y ni siquiera se toman una puta cerveza. —Pasa junto a nosotros y le da un empujón con el hombro a Logan.

Me quedo aturdida durante unos segundos: ¿por qué cada vez que estoy con Logan tiene que ser un capullo?

—¿Perdona? —pregunta Logan, furioso, pero Thomas lo ignora.

—No le hagas caso —sugiere Matt—, esta noche está de mal humor.

Debería haber imaginado que el Thomas de esta tarde pronto se convertiría en un recuerdo efímero. Matt se despide y entra, mientras que Thomas se detiene a terminarse el cigarrillo. Apoya la espalda contra la pared y pasa una pierna sobre la otra sin dejar de mirarme. Logan se da cuenta y me toma de la mano. La retiro instintivamente, pero en cuanto me asalta una punzada de culpabilidad, entrelazo mis dedos con los suyos.

—Bonitas piernas, Ness. Deberías lucirlas más a menudo. —Thomas me guiña un ojo mientras exhala el humo del cigarrillo cuando paso frente a él.

—Veo que vuelves a ser el mismo troglodita de siempre —le respondo, mordaz.

Él se encoge de hombros y contempla el humo del cigarrillo.

Me dispongo a entrar en el local, pero la mano de Logan me lo impide.

—Una pregunta por curiosidad, Thomas, ¿cómo se vive deseando algo que no puedes tener?

Oh, Dios mío. ¿Por qué, Logan, por qué?

Con un solo movimiento, Thomas se abalanza sobre él y se detiene a un centímetro de su cara.

—¿Qué has dicho? —gruñe entre dientes.

—Thomas, déjalo —intervengo para tratar de separarlos, pero ninguno de los dos parece tener intención de escucharme.

—Ya me has oído —responde Logan con calma, y lo mira fijamente a los ojos.

—Veamos. —Thomas le da una palmada en el pecho y exclama en un susurro casi inaudible—: ¿Qué es lo que no puedo tener?

—A mí me parece evidente —responde Logan en tono desafiante antes de lanzar una mirada en mi dirección—. Por eso me odias. Debe de ser frustrante, ¿verdad?

Abro los labios por el estupor y lo miro con el ceño fruncido. Pero ¿qué demonios le ha dado?

Thomas respira hondo, parece a punto de explotar. En el momento exacto en que creo que está a punto de abalanzarse sobre Logan, en su rostro se dibuja una sonrisa pérfida. Me mira durante un largo e interminable segundo y yo le ruego en silencio que mantenga la calma. Luego observa a Logan, chasquea la lengua y exclama:

—Podría follármela aquí, si quisiera. Justo delante de tus narices, solo para demostrarte lo jodidamente equivocado que estás. A ella podrás engañarla con esta carita de niño bueno, pero a mí no. La verdad es que no eres más que un puto psicópata que juega a ser un caballero. Puedes tirarte a todas las camareras del estado de Oregón, pero ninguna de ellas te pertenecerá jamás —escupe con tanto odio que me deja horrorizada.

—Los hechos dicen lo contrario —replica Logan con una calma glacial que fomenta su ira. Me rodea la cintura con una mano y me acerca a él.

Pero ¿qué…?

Ni siquiera me da tiempo a apartarme cuando Thomas lo agarra por el cuello de su jersey y lo estampa contra la pared con una violencia inaudita. Le da un puñetazo en la cara y le destroza el labio inferior.

Me estremezco y, asustada, me llevo las manos a la boca. Sin pensarlo dos veces, me meto entre los dos, cierro los ojos y me cubro el rostro con las manos, preparada para recibir el segundo puñetazo destinado a Logan. Pero no sucede. Me aparto las manos lentamente y veo el brazo de Thomas levantado a pocos centímetros de mi cara, con sus ojos furiosos que me observan fijamente.

—Apártate —me ordena, tajante.

En ese momento, atenazada por una descarga incontrolada de adrenalina, le agarro la chaqueta de cuero y lo empujo con todas mis fuerzas. No sé cómo, pero consigo apartarlo y separarlo de Logan. Estoy a punto de abalanzarme sobre él con toda la furia de mi cuerpo, pero me bloqueo. Tiene la mirada vidriosa, fría. Llena de sufrimiento. El brillo que noto en sus ojos me resulta del todo ajeno. Matt tiene razón. Algo no va bien esta noche.

Le pongo las manos en el pecho con la intención de calmarlo, pero él se aparta bruscamente.

—¡Thomas! ¿Qué te pasa? —Lo miro alarmada.

—¿Ese imbécil me provoca y el problema soy yo? —grita, y señala a Logan a nuestras espaldas.

—¡Has empezado tú!

Thomas suspira sin aliento y empieza a caminar arriba y abajo para intentar controlar la ira que parece devorarlo desde lo más profundo de su ser.

—¿Te lo montas con él en la parte de atrás de un local y esperas que me parezca bien?

—¡Eso no es lo que estaba haciendo!

—¿Entonces qué coño estabas haciendo?

Me froto la cara con las manos y niego con la cabeza.

—Thomas, no sé qué te pasa esta noche, ¡pero no puedes descargar toda esa rabia en los demás! ¡Solo porque ahora seamos amigos no significa que lo que haga en mi vida privada sea asunto tuyo! —le suelto.

Me mira como si le hubiera clavado una cuchilla en el pecho, y casi me siento culpable frente a tanto sufrimiento. Luego, sin añadir nada más, rodea el local y oigo que entra: el sonido de un portazo violento nos resuena en los oídos.

Confundida y aturdida, me vuelvo hacia Logan. También estoy enfadada con él, pero cuando veo que le sangra el labio, corro en su dirección.

—Oh, Dios mío, l-lo siento mucho. ¿Estás bien? —Le levanto la barbilla con dedos temblorosos y él hace una mueca de dolor.

—No. No estoy bien. Ese tío está loco. —Con el pulgar se limpia un hilo de sangre que le cae por la comisura de la boca.

—Sí, bueno, él... En fin, que no está muy lúcido en este momento. Y tú... tú lo has provocado, ¿por qué lo has hecho? —pregunto, agitada.

—¿Lo estás justificando a él y culpándome a mí? ¡Te recuerdo que he sido yo quien ha recibido un puñetazo en la cara! —suelta mientras se masajea la mandíbula con una mirada torva.

—Sí, lo sé. Perdóname... —Bajo los ojos, mortificada—. No lo justifico, pero toda esta situación podría haberse evitado. En fin, ¿por qué lo has provocado de esa manera?

—Porque, por si no te habías dado cuenta, él ha hecho lo mismo conmigo. —Enmudezco una vez más—. Dime la verdad: ¿qué hay entre vosotros dos?

El pánico me cierra la garganta. Parpadeo.

—Nada.

—Pero lo hubo..., ¿verdad?

—No. —Miro el asfalto bajo mis pies.

—Vanessa... —me insta a hablar.

—Nada importante, Logan.

Ladea la cabeza y deja escapar un suspiro cargado de frustración, intuyendo la respuesta. Permanece un rato en silencio y luego pregunta:

—¿Te gusta?

—Somos amigos.

Logan frunce los labios.

—Tienes que ser sincera conmigo. Es evidente que tú le gustas, aunque puedo aceptarlo. Pero necesito saber si él te gusta a ti. Porque, en ese caso, es inútil que yo pierda el tiempo.

—Es irrelevante si me gusta o no. Lo que importa es que nunca podría estar con una persona como él. Ya tuve un novio así, que no me respetaba lo suficiente, y aprendí la lección. Quiero estar bien, Logan, y tú me haces sentir bien. Te preocupas por mí, tienes muchos detalles conmigo. Me sostienes la puerta para que entre en los sitios y hasta me has regalado bombones. —Sonrío—. Son cosas pequeñas, pero nadie las ha hecho nunca por mí —admito en un susurro.

Me pasa una trenza por detrás del hombro y me acaricia el pómulo.

—De acuerdo, si dices que Thomas no es una amenaza, entonces te creo. —Me besa delicadamente en los labios y yo le devuelvo el beso—. Quiero ser tu novio, Vanessa. No te obligaré a elegir ahora, pero te pido que me des una respuesta cuando vuelva a Corvallis, si puedes.

¿Una respuesta... sobre nosotros?

De repente, siento un peso en el estómago y es como si me faltara el aire. Estoy bien con Logan, pero no creo que sienta por él lo que él siente por mí.

Por suerte, Maggie se asoma a la parte de atrás y me llama, lo que me permite dejar el tema en el aire al menos durante un tiempo.

—¿Vienes dentro tú también? —le pregunto.

—No, tengo que irme. —Me dedica una sonrisa sincera—. Y Thomas está dentro. Mejor no echar gasolina al fuego.

¿Se puede saber qué demonios me pasa? ¿Por qué no estoy locamente enamorada de este chico que me mira como si fuera una diosa?

—De acuerdo, entonces... ¿nos vemos cuando vuelvas? —pregunto, melancólica.

—Puedes darlo por hecho. Te llamaré. Muy a menudo. —Sonríe.

—Y yo contestaré. Muy a menudo. Y no te preocupes por Thomas. —Intercambiamos una mirada cómplice y nos besamos una última vez.

Cuando entro, me doy cuenta de que Thomas, Matt y su grupo de amigos están en una mesa de mi zona. Maldigo en voz baja y me dirijo hacia ellos para tomarles nota.

—¿Puedes explicarme por qué tus clientes son unos buenorros alucinantes mientras que los míos ya han pasado la mediana edad y llevan dentadura postiza? —me pregunta una Cassie especialmente quejica cuando regreso a la barra.

—Hagamos un intercambio, si quieres —propongo mientras empiezo a servir dos pintas de cerveza para su mesa.

—¿Qué? —Se le iluminan los ojos.

—Me harías un favor, hay un tío al que no me apetece ver en absoluto. —Cassie me mira como si me hubiera vuelto loca. Deslizo hacia ella dos pintas y una ración de alitas de pollo que acaba de llegar de la cocina—. Ve, esto es para ellos.

Se ajusta el escote y, sin tener que pedírselo dos veces, se apresura hacia su mesa.

 ✑

Una hora más tarde, estoy sirviendo todas mis mesas, excepto la número once. Thomas no deja de mirarme, y cada vez que paso junto a él tengo que luchar conmigo misma para evitar cruzarme con su mirada. Me dirijo a una mesa que está a punto de quedar libre y charlo con un chico un poco mayor que yo, con el que despliego algunas tácticas bien estudiadas. Antes de marcharse, él me rodea la cintura con sus brazos y me acerca a su cuerpo. Sonriendo, saca unos billetes de su cartera y los mete entre el dobladillo de mi falda y mi piel. Le retiro la mano de mi cadera, le sonrío y me voy.

Cuando estoy a punto de superar la mesa once, una mano completamente tatuada me agarra la muñeca, lo que despierta un escalofrío que me recorre toda la espalda.

—Para.

Con el ceño fruncido, bajo la mirada lentamente.

—Te recomiendo que me quites la mano de encima, de lo contrario, tendrás que vértelas con Sean, nuestro portero. Y, créeme, a él le importa un bledo que estés aquí con el sobrino del jefe. Os echará de uno en uno —recalco.

Thomas arquea una ceja; no está nada intimidado.

—Ven fuera. Necesito hablar contigo.

—No puedo. Estoy trabajando.

—Sí, ya lo veo. ¿Te estás divirtiendo? —pregunta con una sonrisa malvada, y mira los billetes que asoman del dobladillo de mi falda.

Pongo los ojos en blanco.

—¡Solo son propinas, deja de comportarte como un hermano mayor! —replico, irritada.

Frunce los labios y me tira de la muñeca, con lo que me obliga a acercar mi oreja a su boca. Al hacerlo, no puedo evitar inhalar su masculino y sensual aroma a vetiver, a gel de ducha… y a Jack Daniel's. ¿Ha bebido? ¿Es posible que no me haya dado cuenta? Sus labios me acarician la piel, el estómago se me cierra y necesito toda mi fuerza de voluntad para no dejarme dominar por el hormigueo que siento en la piel.

—¿Hermano mayor? ¿En serio? —susurra con voz ronca.

—Es lo que pareces. Déjame en paz, Thomas, ya has hecho suficiente daño esta noche. —Me enderezo e intento zafarme de su agarre, pero él aprieta todavía más.

—Estás cabreada por lo de antes, ¿verdad?

—No, qué va. ¿Qué te hace pensar eso? —respondo sarcásticamente con el ceño fruncido. Veo que Matt y los otros chicos están tensos.

Thomas se pasa una mano por el pelo.

—Me he pasado, lo sé. Pero estaba cabreado.

—Y, como siempre, parece ser motivo suficiente para perder el control —respondo, fingiendo ser impasible. Mi respuesta parece irritarlo, porque afloja su agarre de mi muñeca y me deja ir.

—¡¿No me digas que el tío al que estabas evitando es precisamente ese buenorro lleno de músculos y tatuajes?! —exclama Cassie con voz chillona cuando regreso a la barra, mientras me recuerdo a mí misma que matar va en contra de la ley.

—Bingo.

—¡Uy, esto me lo tendrás que explicar!

—No hay nada que explicar —musito.

—Os acabo de ver hablando. Por un momento he pensado que os quitaríais la ropa uno al otro y, justo después, que os liaríais a bofetadas. ¿Qué sois? ¿Enemigos declarados, amigos o amantes que se aman bajo las sábanas y se odian a la luz del sol? —gorjea.

Resoplo y pongo los ojos en blanco.

—Amigos, Cassie. Solo amigos. —«Sin mucho éxito», me gustaría añadir.

—Es una gran noticia, porque llevo fantaseando con morder esos labios carnosos desde que ha entrado por la puerta. ¿Y ese físico escultural? Creo que nunca he visto a alguien tan perfecto, quiero probarlo de arriba abajo. ¿Me das su número?

—No lo tengo.

Abre mucho los ojos, incrédula.

—¿Cómo es posible?

Me encojo de hombros.

—Nunca nos lo hemos dado. Pero, si tanto te interesa, pídeselo. Lo tienes a solo unos metros. —Cassie arquea una ceja y suelta una carcajada como si hubiera dicho vete a saber qué tontería.

—Cariño… —Pone su mano de uñas rojas sobre mi espalda y me dedica una gran sonrisa, como si fuera una niña a quien le está explicando un concepto básico—. No puedo pedirle su número. Es la segunda regla más importante del código del cortejo.

La miro estupefacta.

—¿De qué hablas?

—Nunca le pidas el número a un chico: si lo haces, sabrá que te gusta, pensará que te tiene y, como por arte de magia, perderá las ganas de conocerte.

Arrugo la frente.

—¿Y cuál sería la primera regla? —pregunto, aunque no estoy segura de querer oír la respuesta.

—No lo mires. Nunca.

—Pero si no lo miras, ¿cómo le haces saber que estás interesada? —pregunto, cada vez más confusa.

—Ese es el truco. No debe saberlo.

Qué tontería. No me da tiempo de descubrir las otras fantasmagóricas reglas porque Maggie nos interrumpe para decirnos que su turno ha llegado a su fin. Eso significa que Cassie también se irá dentro de una hora, gracias a Dios. Y, por fin, dentro de dos horas podré salir de este lugar. Estoy destrozada.

Capítulo 25

Cuando falta media hora para que acabe mi turno, el local está vacío, excepto por Thomas, que sigue sentado a la mesa. Matt y los demás ya se han ido y, a decir verdad, me sorprende que no haya aprovechado la ocasión para volver al campus con alguna nueva conquista. Pero me sorprende todavía más, por no decir que me alegra, ver cómo ha ignorado toda la atención que Cassie le ha dedicado esta noche.

Impaciente, decido acercarme a él.

—Thomas, estoy a punto de cerrar. Vete a casa. —Recojo los últimos vasos vacíos de la mesa, excepto el suyo, que sigue lleno de líquido ámbar.

—No me apetece. —Le da vueltas a un cigarrillo en las manos.

—Puede que no lo sepas, pero cuando uno está triste, el último lugar en el que debería refugiarse es un bar. —Lo miro y lo veo ausente.

—Esto no es un bar —resopla infeliz.

—El concepto es el mismo.

—¿Qué te hace pensar que estoy triste? —dice con tono burlón.

Tus ojos, maldita sea.

—¿Lo estás? —Como respuesta, se encoge de hombros y evita mi mirada—. ¿Por qué has venido aquí?

Deja escapar un suspiro y endereza la espalda.

—Por esto. —Levanta su vaso—. Y por esto. —Desliza la mirada por mis piernas y me roza el muslo derecho con los nudillos. Me sobresalto, pero logro apartarme rápidamente.

Arqueo las cejas.

—¿Estás borracho?

—Yo no me emborracho, Ness —aclara con una sonrisa burlona.

—Ya, claro. ¿Cuántos te has bebido desde que has llegado?

—Cinco o seis… No, tal vez ocho o nueve. He perdido la cuenta… Llevo mucho rato aquí.

—Te digo yo que estás borracho. Pídele a alguien que te lleve a casa, será mejor.

—No pienso dejar aquí mi coche, corro el riesgo de volver mañana y encontrar solo las ruedas, o tal vez ni eso. —Gesticula lentamente.

—¿Tienes intención de pasar la noche aquí dentro? Te lo advierto, Derek no estará muy contento.

Se saca las llaves del bolsillo de la chaqueta y las hace oscilar en el aire.

—Llévame tú.

—Thomas, si te llevo perderé el autobús de medianoche. Y el siguiente no pasa hasta la una. No puedo, lo siento. Te llamo a un taxi. —Saco el teléfono y marco el número, pero él me bloquea las manos.

—He dicho que no voy a dejar aquí el coche. Olvídalo. Ya volveré al campus yo solo. —Se levanta tambaleándose un poco, da un último sorbo al Jack Daniel's y se dirige a la entrada.

—¿Adónde vas? ¡No puedes conducir en ese estado! —grito.

Se gira hacia mí lo suficiente para ver una risita sarcástica.

—Supongo que lo haré de todos modos. —Abre la puerta, pero luego, como si acabara de recordar algo, retrocede y viene hasta mí—. Me olvidaba de pagar —balbucea. Saca un par de billetes del bolsillo de sus vaqueros y los deja sobre la mesa. Dobla uno, se lo coloca entre los dedos índice y corazón y lo desliza en mi escote—. Como te gusta a ti. —Me dedica una sonrisa de suficiencia. Si no estuviera borracho, le daría una bofetada en toda la cara. Pero como ni siquiera se aguanta en pie, respiro hondo y mantengo la calma.

—Estás realmente ido… Anda, siéntate. Te llevo a casa —le ordeno con severidad.

Él no se opone. Hace lo que le digo y se sienta, cruza los brazos sobre la mesa y apoya la cabeza en ella.

Irritada, vuelvo a la barra. La limpio una vez más con un paño húmedo, saco las bolsas de basura a los contenedores de plástico y meto en el lavavajillas los últimos vasos sucios. Cojo una botella pequeña de agua de la nevera y se la llevo.

—Toma, bébetela como si fuera Jack Daniel's. Mi turno acaba en veinte minutos. Luego nos vamos.

Levanta la cabeza y dos ojos rojos y brillantes me miran. Murmura algo, pero no entiendo ni media palabra.

Después de contar la recaudación tres veces, guardo el dinero en un sobre, garabateo la fecha en él y lo meto en la caja fuerte. Recojo las propinas, la caja de bombones de Logan y me dirijo a los vestuarios, en el piso de abajo. Voy a coger mi ropa de la mochila para cambiarme, pero noto que está húmeda. No me lo puedo creer. He dejado una botella de agua dentro sin asegurarme de que estuviera bien cerrada. Menos mal que no tenía libros dentro. Me resigno ante la idea de que tendré que volver a casa con este maldito uniforme de animadora y me pongo la chaqueta. Me deshago estas molestas trenzas y me encamino a la mesa de Thomas.

—Espérame aquí, voy a tirar todo esto —lo aviso, señalando la bolsa de basura que sostengo en las manos.

—Yo me encargo. —Va a levantarse, pero se lo impido.

—Olvídalo, ni siquiera te aguantas en pie.

Antes de que pueda contestar, ya estoy fuera del local. El aire es frío y cortante, y estar prácticamente semidesnuda no ayuda en absoluto. Miro a mi alrededor y en el aparcamiento del Marsy veo un SUV negro. Imagino que será el de Thomas, es el único coche que queda. Parece recién salido del carrocero de lo reluciente que está. Una cosa es segura: si se lo rayo, se lo habrá merecido. Desisto de la idea, ya he tenido bastantes problemas por hoy.

Vuelvo a entrar y le hago señas para que me siga:

—Venga, vamos. —Me gustaría parecer severa, pero la dulzura en la voz me traiciona.

—¿Sales del trabajo vestida así? —Mira mi uniforme con desaprobación.

—No tengo alternativa. Mi ropa está aquí dentro y está empapada porque me he dejado una botella de agua medio abierta —le respondo, y le muestro la mochila. Con una mano lo ayudo a levantarse, pero él vacila. Me pongo su brazo musculoso sobre el hombro para que pueda apoyarse en mí—. Qué estúpido eres, Thomas. —Sacudo la cabeza. La ira no es lo único que me hace hablar. La verdad es que no me gusta verlo en este estado.

—Una vez en una fiesta conocí a una chica que estaba bastante buena y que tragó más alcohol que litros de sangre tenía en su cuerpo. Cuando le dije que era estúpida, intentó noquearme con un puñetazo —me susurra al oído, con lo que me hace revivir el recuerdo de la noche en que me emborraché en la fraternidad de Matt.

Tocada y hundida.

—Bueno, entonces podríamos decir que somos dos estúpidos. —Lo miro mientras trato de reprimir una risita.

Thomas apoya la mejilla en mi cabeza y, con voz pastosa, pronuncia algo incomprensible. Lo meto en el coche y me acerco a él para abrocharle el cinturón de seguridad.

—Tú siempre tan prudente… —me chincha con una sonrisa ligeramente torcida en la cara. Incluso borracho, sigue siendo irresistible.

—La precaución nunca está de más —sentencio con decisión. Giro la cabeza en su dirección y me encuentro a pocos centímetros de su cara.

—Estoy de acuerdo. ¿Por qué no te quedas en esta posición y te aseguras de que el coche es completamente… seguro? —murmura al tiempo que me guiña un ojo y reduce su tono de voz a un siseo sensual.

¿Qué?

Tardo unos instantes en captar la indirecta, pero, cuando lo hago, salgo del habitáculo y, por los nervios del momento, me golpeo la cabeza contra el techo.

—¡Au! —Me masajeo la cabeza y frunzo la nariz. Él se echa a reír—. Eres el mismo pervertido de siempre —suelto, y lo acompaño con una palmadita en el hombro. Rodeo el coche y me siento en el asiento del conductor. Entre mis pies y los pedales pasaría un camión, así que deslizo el asiento todo lo posible hacia delante, ajusto la altura del asiento y luego los espejos retrovisores.

—Me estás estropeando todos los ajustes —protesta con el ceño fruncido.

Pero escúchalo... Le estoy estropeando los ajustes.

—Quizá la próxima vez te lo pienses dos veces antes de emborracharte en el local donde trabajo —lo reprendo.

No responde, cierra los ojos y apoya la cabeza contra la ventanilla, ligeramente abierta. Dejo los bombones de Logan en la bandeja del salpicadero y noto que Thomas los mira de reojo.

—¿Quién te los ha dado?

—Logan.

Una especie de respiración iracunda brota de su garganta. Agarra la caja con su habitual prepotencia y, por un momento, temo que vaya a tirarla por la ventanilla. En lugar de eso, la observa entre sus manos.

—Caramelo... —masculla—. No entiende una mierda, ni siquiera de bombones. —Abre la caja y, sin pedir permiso, retira el envoltorio de uno y se lo lleva a la boca.

—¡Eh!

—¿Qué pasa?

—Los ha comprado para mí.

—Le haré llegar mis disculpas por escrito —se burla, y abre un segundo bombón.

—¿No daban asco?

—Necesito azúcar.

Claro, cómo no. Devora cada bombón con una satisfacción malvada que pone los pelos de punta, como si estuviera haciendo una afrenta contra ellos.

Decido no insistir más, Thomas está borracho y no tengo ganas de discutir.

El viaje transcurre con tranquilidad, las calles están vacías y en silencio. Y conducir este coche es una maravilla.

—Ness, tienes que saber una cosa —murmura al cabo de un rato—. Una cosa que te cabreará un huevo. —Hace una pausa y veo que me mira de reojo.

—¿Qué? —pregunto con los ojos fijos en la carretera, y me preparo para cualquier cosa.

—Esta tarde, mientras dormías..., ese capullo no dejaba de llamarte... —Solo tardo unos segundos en entenderlo, antes incluso de que termine de explicarse. Doy un frenazo, las ruedas patinan sobre el asfalto y el coche derrapa—. ¿Qué coño haces, te has vuelto loca? —Se endereza, pálido, y mira la carretera en todas direcciones—. ¡Algún coche se nos podría haber comido! Baja, eres un peligro. ¡Conduzco yo! —Se dispone a quitarse el cinturón de seguridad y a bajar del coche, pero activo los seguros de las puertas para impedírselo.

—¡No te atrevas a moverte de ese puto asiento, Thomas! —le grito, y se queda de piedra al oír mi lenguaje. Paro a un lado de la carretera, me desabrocho el cinturón y me inclino hacia él con los ojos humeando de rabia—. Has puesto tus manazas en mi teléfono, ¿verdad?

—Te lo estaba diciendo.

Lo miro alterada durante un puñado de segundos sin decir nada, solo me limito a parpadear.

—Tú… tú… ¡estás de broma! ¡Dime que estás de broma! ¿Te has atrevido a rechazar las llamadas del chico con el que estoy saliendo mientras dormía? ¿Se puede saber qué te pasa en la cabeza?

—No sé por qué lo he hecho, ¿vale? —responde, ofendido.

Ofendido… Él está ofendido.

De repente, me invade una furia ciega, me desplazo hasta su asiento, me coloco encima de sus piernas y me lanzo a golpearlo repetidamente en el pecho.

—¡Qué coño haces, para! —grita, alterado.

—¡No, no paro! ¡Estás enfermo! ¡Arrogante! ¡Posesivo! Quién te crees que eres, ¿eh? Rechazas las llamadas en mi móvil, amenazas a Logan, ¡te lías a hostias con él! —Lo golpeo de nuevo, Thomas intenta atrapar mis muñecas, pero falla. Sus reflejos no son tan rápidos a causa del alcohol.

—¡Cálmate un poco! ¡Te estás pasando!

Lo sé, ¡me estoy volviendo loca por su culpa!

—¡Dime por qué lo has hecho! —salto. Estoy a punto de asestarle otro golpe, pero consigue atraparme las muñecas y me las inmoviliza detrás de la espalda.

—Porque no soporto verte con él. No soporto verte con nadie —confiesa con prepotencia a pocos centímetros de mi boca.

Me paralizo al instante, sin aliento. Thomas me suelta las muñecas. Podría intentar encontrarle un sentido a esta frase, pero no lo conseguiría. Me froto la cara y me pongo el pelo detrás de las orejas. Inspiro con la esperanza de calmarme y en ese momento, me doy cuenta de que, presa del enfado, me he sentado a horcajadas sobre él. Thomas tiene las manos sobre mis muslos. Levanto la vista y veo que me está mirando con los ojos llenos de deseo. Vuelvo a sentir ese extraño hormigueo en el vientre que solo él consigue provocarme. Sé lo que va a ocurrir. Pero no. No lo permitiré.

—No lo hagas.

—¿Que no haga qué? —Me desafía haciendo alarde de su habitual actitud de cabrón hundiendo los dedos en la piel expuesta de mis piernas.

—No me beses. No me toques. Estás borracho y claramente cabreado por algo. No me utilices como válvula de escape. Hazlo con las demás, no conmigo. —La mía es casi una súplica, porque una parte de mí anhela desesperadamente que me bese, pero sería un grave error.

Tras esperar unos segundos, Thomas deja caer la cabeza contra el reposacabezas y suspira frustrado. Retira las manos de mis piernas con un esfuerzo titánico, vuelvo a sentarme en el asiento del conductor y me ajusto la falda. Permanezco inmóvil mirando la carretera oscura y vacía frente a mí mientras trato de poner en orden mis pensamientos.

—¿Por qué me lo has dicho? —Agarro con fuerza el volante entre las manos.

—¿El qué?

—Lo del teléfono. Podrías no haberlo hecho, fingir que no sabías nada…

—Esa era la intención —admite. Me vuelvo hacia él y observo cómo le sube y baja la nuez—. Dijiste que no te fiabas de mí. Y no te culpo, hago un montón de estupideces, soy poco fiable e ingobernable. Pero quiero tener tu confianza. Ser sincero contigo es la única manera de conseguirla.

Borra llamadas y mensajes de mi teléfono a escondidas y luego quiere que confíe en él… Dios mío, qué difícil es seguirle el ritmo. Aun así, no puedo fingir que no agradezco su honestidad.

—¿Volverás a hacerlo?

—Es probable.

—Eres un caso perdido. —Muevo la cabeza con resignación—. Te llevo al campus.

Thomas vuelve a dejarse caer contra la ventanilla. Durante el trayecto, el silencio se adueña del coche, pero de vez en cuando siento su mirada ardiente en mí.

—Todos los hombres del local estaban babeando por tus muslos. Les has garantizado una serie infinita de sueños eróticos —exclama de repente, con descaro, y me mira las piernas de reojo.

—Qué dices... Solo es un uniforme de trabajo —le resto importancia, avergonzada.

—He tenido que hacer acopio de todo mi autocontrol para no agarrarte y tumbarte sobre una mesa cualquiera cada vez que pasabas por mi lado, y darles a esos pervertidos algo que mirar.

Su vulgaridad me deja sin aliento. Su desfachatez me hace sonrojar. Sin embargo, mi cuerpo se estremece ante esas palabras, por la posibilidad de que se hagan realidad. ¿Es posible que una parte de mí se sienta secretamente atraída por ese lado rudo y desvergonzado de Thomas, tan distante y reñido con mi sentido del pudor?

Me aclaro la garganta, haciendo un esfuerzo por no transmitir ninguna emoción.

—Eso es porque eres un homúnculo primitivo.

Al llegar al campus, pongo el freno de mano y apago el motor.

—Hemos llegado.

Me bajo, rodeo el coche y lo ayudo a levantarse.

—Seré un homúnculo primitivo. Pero tú... —me susurra, con sus labios presionados casi contra mi oído, lo suficiente para hacerme estremecer—. Tú eres demasiado guapa.

Me muerdo el labio en un intento por mantener a raya el tornado que se está desencadenando en mi interior. De ello se encarga la vocecita de mi cabeza, que me recuerda que está borracho y que no debo volver a sucumbir en ninguna circunstancia.

—Te acompaño a tu habitación —digo en voz baja y temblorosa.

—Ese era tu plan desde el principio, ¿verdad? —se burla con una mueca arrogante. Lo ignoro y lo guío más allá de la zona de descanso, completamente desierta. Tomamos el ascensor que nos lleva hasta el cuarto piso y caminamos por el pasillo, hasta la puerta de su apartamento—. La llave está en el bolsillo trasero de los vaqueros, cógela tú, yo no puedo.

Resoplo.

—«Ese era tu plan desde el principio, ¿verdad?» —le tomo el pelo. En realidad, no me sabe mal tocarle el culo. Él esboza una sonrisa. Abro la puerta y veo que este apartamento es enorme. El salón está amueblado con una mesa rectangular, un sofá bajo la ventana y una pequeña cocina americana. El lugar donde yo me alojaba era un agujero en comparación.

—¿Dónde duermes? —le pregunto.

Con un gesto de la cabeza, me señala la puerta que hay a nuestra izquierda. La habitación del otro lado está ocupada por Larry, que ronca sonoramente. Me esperaba que su habitación fuera un templo de la masculinidad, pero en cambio me encuentro en un dormitorio desnudo de paredes blancas con una simple cama, un escritorio y una estantería con una foto de Thomas y Leila abrazados. Ella sonríe, él no. El marco es rosa y con purpurina, y enseguida deduzco que la foto está aquí únicamente porque Leila quiere. Sonrío para mis adentros.

Oigo a Thomas afanarse detrás de mí y me vuelvo para ayudarlo a quitarse la chaqueta. Sus movimientos son lentos y torpes. A años luz de lo que estoy acostumbrada a ver. Se tira en la cama todavía vestido y observa el techo con mirada ausente.

—¿Todo bien? —Sacude la cabeza, pero no contesta—. Imagino que no querrás hablar de ello. —Tenía que ser una pregunta, pero suena como una afirmación. Me ignora y cierra los ojos. Una señal muy clara: ha llegado el momento de irme—. Como quieras. Se ha hecho tarde, me voy.

—Espera. —Levanta la cabeza y me lanza las llaves del coche, que, extrañamente, cojo al vuelo—. Ten, mañana me lo traes de vuelta.

—No voy a irme con tu coche —exclamo entre risas.

—No voy a dejar que cojas el autobús a esta hora, vestida así. Llévate el coche, fin de la discusión. Si no, te quedas aquí. Tú eliges.

—Me decanto por el coche.

—Cuidado con la carrocería.

Pongo los ojos en blanco. Antes de salir del dormitorio, le acerco un vaso de agua y, de un armario del baño, saco unos analgésicos. Lo coloco todo en la mesita de noche junto con un paquete de pañuelos. Tomo una palangana de la cocina y la pongo en el suelo, al lado de la cama. Por último, le saco el teléfono del bolsillo de la chaqueta y lo deslizo a su lado. Durante todo el tiempo, siento sus ojos clavados en mí y hago todo lo posible por no ruborizarme.

—¿Qué haces? —pregunta con cautela.

—Eh… eh… te he puesto algunas cosas a mano. Ya sabes, por si tuvieras que vomitar, y bueno, lo tienes todo aquí al lado. —Me toco las puntas del pelo nerviosa. Seguro que le he parecido una cretina. Será mejor que me marche antes de que se burle de mí.

Él se sienta con las rodillas ligeramente separadas, estira una mano hacia mí, me atrae a él y me coloca entre sus piernas.

—Eres dulce… —Me rodea la cintura con los brazos y presiona la frente contra mi vientre, parcialmente descubierto. La diminuta camiseta del uniforme apenas me llega por debajo de las costillas. De repente, siento la necesidad de abrazarlo y consolarlo. Deslizo las manos por su pelo y lo acaricio. Percibo cómo su boca dibuja una sonrisa sobre mi piel. Antes de que me dé cuenta, sus labios se posan en mi vientre. Me estremezco, y la zona que ha rozado me arde, a la vez que ese punto entre los muslos. Incapaz de reaccionar, entrecierro los ojos mientras él traza una estela de besos lentos y húmedos en mi barriga. Sus manos se deslizan ansiosas bajo mi falda, hasta que alcanza mi trasero y lo aprieta. Con un gesto decidido, tira de mí hacia abajo y me obliga a sentarme en sus piernas. Apoya su frente en la mía y hunde los dedos en mis nalgas. Una descarga eléctrica me sacude la espalda. Le agarro del pelo con más fuerza y él me atrae contra su pelvis. El roce me arranca un gemido. Mi cuerpo está completamente embriagado cuando este chico tatuado, arrogante y atormentado me toca. Es como una droga para mí; me resulta imposible oponer resistencia—. No eres una válvula de escape —susurra entre dientes. Luego me besa el hueco del cuello, y el contraste entre su lengua cálida y el metal frío del *piercing* me nubla la mente. Nuestras respiraciones se aceleran, la excitación crece en mi interior y se funde con la suya, pero cuando su lengua me roza peligrosamente los labios, el olor a alcohol me saca del agujero negro en el que estaba a punto de sumergirme.

—Thomas, para... —Pongo las manos sobre su pecho y lo alejo. Sus iris dilatados se llenan de amargura y frustración.

—Joder —murmura con voz queda, como si fuera consciente de que se ha equivocado. Me levanto y me recoloco la falda.

—N-no pasa nada. Ahora mismo no eres tú.

Con un suspiro frustrado, vuelve a hundir la cara en mi vientre y aprieta los puños contra mi espalda. Tiene el aspecto de un hombre destrozado y el alma de un niño perdido. Verlo en este estado me rompe el corazón.

—¿Qué te pasa, Thomas?

—Estoy de luto, Ness. Y es culpa mía.

La sangre se me congela. Le acuno el rostro con las manos y se lo levanto para mirarle a los ojos.

—¿Qué has dicho?

—Nada. Vete a casa —me ordena. Se tumba en la cama y, al instante, se abandona a un sueño profundo.

Permanezco paralizada ante él.

¿Qué demonios significa eso?

Capítulo 26

No he pegado ojo en toda la noche pensando y repensando en sus palabras. En sus ojos tristes y en la forma en que me abrazaba con desesperación. No sé qué es peor, si el oscuro significado que se esconde detrás de sus palabras o el saber que querría haber sentido sus brazos por mi cuerpo todo el tiempo.

Habría querido tumbarme a su lado, acariciarle el pelo despeinado que le caía sobre la frente y perderme observando el más mínimo detalle de ese rostro perfecto. Pero no podía, no debía. Antes de marcharme definitivamente de la habitación, me tomé unos minutos para contemplar ese cuerpo poderoso inmóvil sobre el colchón, completamente indefenso. Le acaricié la frente, dejé que mi mano se deslizara por su mejilla, su barbilla, y, sin darme cuenta, mi pulgar se posó en sus labios. No sé qué me llevó a hacerlo, tal vez la seguridad de que él nunca lo sabría. Sería mi pequeño secreto.

Me acerqué a él y, con la boca cerrada, lo besé delicadamente y saboreé la suavidad de aquellos labios. Entonces, caí en la cuenta de lo mucho que los había echado de menos. Tras separarme de él, al instante me sentí perdida. Y una verdad aterradora se reveló ante mí: Thomas ha logrado, de un modo que desconozco, meterse bajo mi piel; y, por más que me esfuerce en creer lo contrario, no quiero alejarlo de mí.

Cuando suena el despertador, llevo varias horas despierta. Lo apago y miro fijamente al techo mientras sigo acariciándome los labios, que todavía saben a él. Respiro hondo y me levanto para ir a darme una ducha.

El grifo lleva un rato abierto, pero el agua sigue helada. Tiemblo como un polluelo.

—¡Mamá! —grito, con la esperanza de que todavía esté en casa.

No hay respuesta. Salgo de la ducha castañeteando los dientes, me cubro con la toalla y bajo las escaleras.

En la cocina encuentro una nota colgada en la nevera: «La caldera se ha estropeado. Ya he llamado al técnico y vendrá esta tarde. Estate en casa antes de las cinco».

—¡Maldita sea! —me lamento, y arrugo la nota en mi puño. La tiro a la basura y vuelvo arriba a vestirme.

Abro el armario y me quedo quieta, pensativa. Estoy a punto de coger la ropa de siempre, que Tiffany calificaría de sosa, pero de repente cambio de idea. Me miro al espejo y, por alguna extraña razón, hoy quiero sentirme más atractiva. Decido ponerme una falda ajustada de color café que me llega justo por encima de las rodillas y que me envuelve a la perfección el culo; sacrifico mis habituales jerséis anchos por una blusa que dejo un poco abierta por delante, y me calzo mis queridas zapatillas Converse.

Me subo al coche de Thomas y, como voy con tiempo, decido acudir a su apartamento para devolverle las llaves. Mientras me encamino hacia el edificio, dos manos me aprietan los hombros.

—Ey, Nessy. ¿Cómo va? —Matt se pone a mi lado y caminamos juntos.

—Hola, Matt. Fatal. ¿Y tú?

—Genial, como siempre. —Sonríe con satisfacción—. ¿Qué te pasa?

—La caldera de mi casa se ha estropeado. No me he duchado. Mi madre está en el trabajo y yo estoy aquí, sin coche y sin agua caliente —le explico, irritada.

—Ah, la vieja ley de Murphy —responde con calma, y saca un paquete de caramelos de menta del bolsillo de su cazadora.

Reflexiono un segundo.

—¿La ley de quién?

—Ya sabes, si algo puede ir mal, saldrá mal. —Lanza un caramelo al aire y lo atrapa con la boca.

—Oh, sí, la ley de Murphy.

—Ayer Thomas no quería irse del *pub* de ninguna de las maneras, no pude hacer nada al respecto. ¿Te causó algún problema? —pregunta, preocupado.

—Tranquilo, no fue molesto —le digo.

—Debería haber evitado llevarlo allí en esas condiciones.

Le pongo una mano en el pecho y lo detengo.

—Espera, ¿ya estaba borracho cuando llegasteis?

—Sí, ya se había tomado algunos chupitos de Jack Daniel's.

—¿Lo hace a menudo? —Lo miro con la frente arrugada.

—¿El qué, beber? —Asiento con la cabeza mientras aprieto contra mi pecho los libros que sostengo en los brazos—. Somos chavales, Nessy, ya sabes lo que hay.

—Matt, sois chavales, pero también tenéis cerebro, se espera. Tomarse unas cervezas para celebrar algo está muy bien, pero empinar el codo cada vez que se tiene la oportunidad no parece muy sensato —lo regaño con un tono que no admite réplica. Él aparta la mirada con una pátina de vergüenza y enseguida me siento culpable por haberlo puesto en un aprieto—. Lo siento, no estoy enfadada contigo, es que no me gusta verlo así —le explico en tono sereno.

Matt se pasa una mano por la nuca.

—Oye, ¿qué te parece si, para compensártelo, te propongo que te duches en mi casa?

Levanto una ceja, confusa.

—¿Qué?

—Tengo clase hasta la tarde y luego entrenamiento. Te dejo las llaves, acabas las clases y vas a darte una buena ducha caliente sin que nadie te moleste. Ni siquiera necesitarás coche, está a cinco minutos del campus. —Se vuelve para señalar la calle de las fraternidades.

—No tienes que compensarme nada. —Le dedico una sonrisa.

—Me siento un poco responsable por lo de ayer. —Se encoge de hombros.

—No te preocupes. Thomas es adulto, debería gestionarse él solito. En cuanto a la propuesta, em, no sé...

—Vamos, Nessy, insisto. No puedes pasar un día entero sin asearte. —Me toma el pelo con una mueca de repugnancia. En realidad, no va del todo desencaminado. Mi turno en el Marsy empieza a las seis y media y el técnico llegará a las cinco no tengo ni idea de cuánto tardará en reparar la caldera, y no sé si me dará tiempo a ducharme entonces.

—De acuerdo, pero ¿no estarán todos tus compañeros de la fraternidad allí dentro? No quiero sorpresas desagradables.

—No hay problema, los aviso. De todas formas, tú enciérrate con llave. —Se aleja caminando hacia atrás y me lanza un manojo de llaves—. La de color lila es de la puerta principal. La verde es de mi habitación. Siéntete como en casa.

Me las guardo en la bolsa y miro la hora. La charla con Matt me ha entretenido más de lo que pensaba. Tengo clase en cinco minutos y no me la puedo saltar. Le devolveré las llaves a Thomas en clase.

O puede que ahora, dado que está a unos metros de mí, cerca de la entrada de la zona común. Está de espaldas, lleva los pantalones del chándal y una sudadera negra con la capucha sobre la cabeza. Incluso de espaldas veo que está agitado mientras discute con Leila. Los dos parecen muy nerviosos. Estoy demasiado lejos para oír lo que dicen, pero en cuanto veo que Thomas le da un puñetazo a la pared a su derecha, corro hacia ellos.

—Ey. —Le toco el brazo con delicadeza en un intento por calmarlo. Él se aparta como un perro rabioso. Me quedo a su lado y lo miro; tiene una expresión furibunda. Desplazo mi atención a Leila, que tiene los ojos llorosos y enrojecidos.

—Ya te he dicho que no voy —le suelta a su hermana, e ignora mi presencia.

—Podría ser la última vez. A él le gustaría… —continúa ella.

—¿Ya has olvidado lo que nos hizo? —Se acerca furioso a ella, pero Leila no parece intimidada en absoluto.

—Por favor, si tú…

—¡He dicho que NO! —Thomas está a punto de lanzar otro puñetazo contra la pared, pero esta vez le agarro el brazo con ambas manos y se lo impido. Por fin se percata de que estoy a su lado.

—Thomas, cálmate, estamos en el campus —le recuerdo.

Se zafa de mi agarre y se marcha sin siquiera mirarme. Lo observo alejarse mientras intento juntar las piezas del rompecabezas, pero no consigo descifrarlo. Me giro hacia Leila, que está tan asombrada como yo.

—Vanessa…, perdona —susurra, y se pasa las manos por la cara en un gesto exasperado.

—No te preocupes. ¿Estás bien? ¿Qué ha pasado? —pregunto un poco incómoda.

—¡Es imposible hacerlo entrar en razón! —Golpea la pared con la palma de la mano. Los hermanos Collins tienen un serio problema de gestión de la ira.

—¿Sobre qué querías hacerlo entrar en razón?

Suspira mientras se masajea una sien.

—Nuestro padre no está muy bien. Nuestro tío se ha puesto en contacto con nosotros. Está intentando reunir a la familia, una familia que se desmoronó hace mucho tiempo. —Apoya la espalda contra la pared y mira al techo.

—¿Por eso está tan enfadado?

Asiente.

—No quiere venir. No quiere saber nada... —Sacude la cabeza, abatida.

—¿Y eso?

Me mira vacilante, como si debatiera consigo misma sobre si ponerme al corriente y en qué medida.

—Es complicado.

Odio esa expresión. La odio con todas mis fuerzas. Por lo general, la gente la usa cuando hace algo mal y no sabe qué decir para irse de rositas.

—Leila, solo estoy preocupada por él. Ayer estuvimos juntos todo el día y estaba bien. Luego, por la noche, vino al *pub* donde trabajo, se emborrachó y empezó a decir cosas sin sentido... Dijo... dijo que estaba de luto —susurro, y miro a mi alrededor para asegurarme de que nadie nos escucha. Leila se queda de piedra.

—¿Te dijo eso?

Asiento, con el corazón en un puño.

—Escucha, Thomas no está pasando un buen momento. Nadie de mi familia, de hecho, pero especialmente él. Se le pasará..., pero tal vez sea mejor que le des un poco de espacio.

—¿Por qué me dices eso? —pregunto a la defensiva. No me gusta la idea de tener que alejarme de él, otra vez. Sobre todo, si está pasando por un momento delicado como me confesó anoche, entre los efectos del alcohol.

—Porque sé que sois amigos, o lo que sea que estéis intentando ser. Y sé que cuando está en sus peores momentos, mi hermano destruye todo lo bueno que lo rodea. —Estoy a punto de protestar, pero su mirada afligida me lo impide.

—No sé si...

—Lo digo por ti —me interrumpe con brusquedad.

Bajo la mirada en silencio.

—Vale... —murmuro rendida.

Leila mira apresuradamente el reloj que lleva en la muñeca.

—Tengo que irme, pero me encantaría volver a verte. En una situación mejor, si es posible. —Me sonríe dulcemente.

—Claro, a mí también me gustaría.

Thomas no aparece durante la clase de Historia del Arte. Me he pasado casi todo el tiempo mirando su silla vacía y reflexionando sobre el hecho de que es la primera clase a la que asisto sin él. Incluso cuando no nos hablábamos y él se sentaba en el fondo del aula; sabía que lo tenía a pocos metros de mí, y esa pequeña certeza me bastaba. Espero que no esté haciendo nada malo. Antes estaba muy enfadado, y las palabras de Leila no han sido nada tranquilizadoras. Cuando salgo de clase, solo pienso en una cosa: ir a verlo. Tengo que devolverle las llaves del coche, pero sobre todo quiero asegurarme de que está bien.

—Ey, ¿adónde vas tan deprisa? —me preguntan Tiff y Alex, que me frenan en la salida justo cuando estoy cruzando el umbral.

—¡Tengo que ir a ver a alguien, perdonad! —respondo de forma apresurada, sin siquiera detenerme.

Al llegar frente a su apartamento, de repente me siento nerviosa. Respiro hondo y me sacudo la tensión de encima.

Llamo a la puerta, pero no responde nadie. Vuelvo a llamar. Apoyo la oreja en la puerta y oigo unos ruidos de fondo, luego su voz maldiciendo.

Golpeo la puerta con más energía.

—Thomas, soy yo, Vanessa —insisto. Al cabo de unos segundos, la puerta se abre. A juzgar por su rostro tenso, no está de humor para recibir visitas. Creo que, si fuera más astuta, me marcharía enseguida. Él permanece de pie frente a la puerta sin decir nada, con la mandíbula apretada.

—¿Me dejas entrar? —me arriesgo. Aunque de mala gana, se aparta para dejarme espacio y cierra la puerta tras de mí. El apartamento está en silencio. El cielo plomizo del exterior hace que el ambiente sea sombrío. Hay unas cuantas botellas de cerveza esparcidas por la alfombra, y estoy casi segura de que eso que huelo es hierba. Miro a mi alrededor y me detengo en la puerta de Larry—. ¿Estás solo?

Asiente y camina, dejándome tras él.

—Voy a decírtelo antes de que lo hagas: no empieces a estresarme con preguntas de mierda —me suelta sin ni siquiera mirarme a la cara.

—No era mi intención —miento, y trago saliva de forma audible.

—Entonces, ¿a qué has venido? —pregunta con insolencia.

Me saco las llaves de la bolsa y se las lanzo. Él las atrapa al vuelo, las deja sobre la mesa y se sienta en el sofá.

—¿Algo más? —Se desploma con la espalda apoyada en el respaldo, se sacude un mechón enredado y se enciende un cigarrillo. Cuando me fijo un poco más, veo que no es un simple cigarrillo.

—¿Qué es eso? ¿Un porro? —pregunto contrariada mientras dejo la bolsa en la silla.

—Así lo llaman. —Lo levanta hacia mí—. ¿Quieres dar una calada?

Arqueo las cejas.

—Son las diez y media de la mañana. ¿No te parece un poco pronto? —Me dirijo a la cocina y me apoyo contra la encimera, con los brazos cruzados sobre el pecho.

Thomas, que sostiene el porro entre el pulgar y el índice, da una calada y observa cómo se disuelve la nube de humo.

—Nunca es demasiado pronto para la hierba.

Nos miramos a los ojos durante unos interminables instantes en los que me esfuerzo por reprimir las ganas de preguntarle qué le aflige. Al fin, la intensidad de su mirada me lleva a desviar la mía.

Incómoda, contemplo la sala y me detengo en la puerta de su habitación. Hace solo unas horas estaba sentada sobre sus piernas mientras sus manos me tocaban con ansia... Thomas me besaba la piel cálida… De repente, me siento como si me faltara el aire.

Me doy la vuelta, lleno un vaso de agua y me lo bebo de un sorbo.

Estaba borracho, Vanessa. Nada de lo que dijo o hizo era fruto de la razón, sino más bien de la desesperación.

Yo, al contrario, sí era consciente de lo que hacía, cada fibra de mi cuerpo lo era. Y cada fibra de mi cuerpo lo deseaba hasta las últimas consecuencias.

—¿No es un poco corta esa falda? —pregunta impasible.

Casi me atraganto.

Trago saliva.

—A mí me parece perfecta —farfullo, e intento mostrarme segura de mí misma.

—En tu culo seguro que lo es. —Permanezco de espaldas para que no vea mi rostro en llamas—. ¿Lo has hecho por él?

—¿El qué? —pregunto cuando me decido a mirarlo.

Thomas pasea la mirada por el escote de mi camisa y luego se detiene en la falda.

—No sueles vestirte así.

La vocecita en mi cabeza sigue insinuando que quería que alguien se fijara en mí, sí. Pero ese alguien no es Logan. Mentiría si dijera que he estado pensando en él durante más de dos minutos desde que se fue, lo cual probablemente me convierte en una mala, malísima persona.

Sacudo la cabeza.

—¿Cómo lo haría? Ni siquiera está en Corvallis.

Thomas permanece en silencio y sigue fumando mientras me observa de reojo.

—¿Dónde está?

—Se ha ido a casa unos días. —A pesar de su semblante serio, percibo que un fugaz destello de satisfacción le atraviesa la mirada. Me apresuro a cambiar de tema—. ¿Por qué no has venido a clase?

Da una última calada y apaga el porro en el cenicero que hay sobre la mesita que tiene delante.

—No estaba de humor.

—Sí, eso ya lo veo. —Se levanta y se acerca a mí. Rectifico: se acerca a la nevera, que está a mi lado.

—¿Me has echado de menos? —pregunta con un aire engreído que me hace poner los ojos en blanco.

Coge una cerveza, se la lleva a los labios y se la bebe en pocos tragos, sin apartar los ojos de los míos. Los mismos ojos rojos, tristes y vacíos de anoche.

—No, solo estaba preocupada.

—¿Por mí? —Levanta la comisura de la boca de forma socarrona—. No lo estés, estoy bien.

—¿Bien? —repito, desconcertada. Asiente y saca otra cerveza. Sí, claro, esta es la actitud típica de alguien que está bien—. ¿Eso es lo que piensas hacer hoy? ¿Encerrarte aquí a beber y fumar?

Thomas deja la botella en la mesita, molesto, y avanza hacia mí.

—Esa es la idea. —Pronuncia cada palabra con una insoportable arrogancia.

Me cruzo de brazos y levanto la barbilla.

—Bueno, deja que te diga algo. Tu idea da asco.

—Nadie te ha preguntado. —Otro paso hacia mí. Solo nos separa un centímetro. La habitación, antes espaciosa, de repente parece diminuta. Me veo obligada a mover ligeramente la cabeza para verlo mejor.

—Pero si tienes una idea mejor... —Me roza el cuello con el dedo índice, hasta el escote—. Soy todo oídos. —Me mira la boca, ávido—. Tal vez quieras continuar donde lo dejamos anoche, Ness... —La voz ronca y profunda enciende todos mis sentidos—. O, tal vez, prefieras hacerlo donde lo dejaste tú...

Levanto los ojos en busca de los suyos y parpadeo como una cervatilla asustada.

—¿Q-qué?

Se acerca más a mi cara y se envuelve un dedo con un mechón de mi pelo.

—¿Te gustó? —susurra con voz cálida y rasgada.

Jadeo.

—No... no sé de qué hablas.

—Sí que lo sabes... —Me roza el lóbulo de la oreja con los labios para luego atraparlo entre sus dientes, y yo me estremezco. Siento que me sonrojo, y mi cuerpo se tensa ante su contacto mientras una sensación de calor se libera entre mis muslos.

—Thomas —digo con la voz quebrada en un vano intento de detenerlo. Pero él me empuja hacia atrás hasta que mi trasero choca con el mueble. Apoya las manos sobre este y me aprisiona.

—Me debes un beso, pequeña metomentodo —gruñe mientras presiona su cuerpo contra el mío. Lo miro, aturdida por su encanto rebelde y su aroma embriagador. Su boca roza la mía, y está tan cerca que siento el olor a hierba mezclada con cerveza. El estómago se me contrae y la cabeza casi me da vueltas.

—No. —Lo empujo con una determinación que me sorprende y que a él lo deja de piedra. Thomas frunce el ceño, fastidiado. Le pongo las palmas de las manos en el pecho y, por un momento, me parece que hasta el corazón le late más fuerte—. No puedes seducirme para escapar de tus problemas. Habla conmigo. Sea lo que sea lo que te preocupa, no permitas que te deje en este estado.

Sus ojos se reducen a dos rendijas y me percato de que acabo de decir algo que no debería. El ambiente cambia de forma radical: de repente es gélido. Thomas suspira y retrocede un paso.

—Joder, Vanessa, es superior a ti, ¿verdad? Siempre buscas la razón profunda para todo, ¡por el amor de Dios!

—¡No, solo intento averiguar qué te pasa!

—¡Nada! —Se pasa las manos entre el pelo en un gesto nervioso.

—¿Nada? ¿Tú a esto lo llamas «nada»? —Señalo indignada los botellines de cerveza y el cenicero lleno.

—¿Qué tiene de malo? ¡Relájate, que pareces mi madre, joder! —replica con expresión dura.

—¿Solo porque me parece absurdo anestesiar el dolor con alcohol y drogas? Estás sufriendo por algo, pero ¡lo estás afrontando de la forma equivocada!

Se le escapa una risita infeliz.

—¿Dolores? ¿Qué pasa, ahora que tu amiguito se ha marchado, necesitas llenar su ausencia jugando a la crucecita roja con servidor? —dice con desdén. Sé que solo intenta molestarme, pero no caeré en su trampa.

—¡No juego a nada, Thomas! —Se lleva de nuevo la botella a la boca, me lanza una mirada provocadora y yo, en un arrebato de rabia, se la quito de la mano y la tiro al fregadero, derramando su contenido.

Frunce el ceño y me señala con un dedo, amenazante.

—No vuelvas a hacer eso nunca más.

—¿O qué? —lo desafío.

Me contempla furioso durante unos segundos, hasta que su boca se curva en una sonrisa malvada.

—Me das pena. Mírate, ¿has venido aquí con la intención de hacer qué? ¿De levantarle el ánimo al pobre Thomas? ¿De aliviar sus heridas? ¿Cuándo te meterás en esa cabecita que, solo porque pasemos tiempo juntos, no quiere decir que signifiques algo para mí? —Su boca escupe veneno, pero sus ojos son un pozo de tristeza.

—Estás sufriendo. En el fondo no piensas lo que dices.

Quiero creer con todas mis fuerzas que es así. De lo contrario, el día de ayer habrá sido la enésima mentira.

Aun así, no puedo ignorar la vocecita en mi cabeza que, en cambio, sigue recordándome la más triste de las verdades: él no se encariña con nadie. Los ojos me empiezan a arder, me muerdo el interior de la mejilla para evitar que las lágrimas me empiecen a caer.

—Hazte un favor a ti misma. Vete. —Señala la puerta con la mano.

Sé que debería haberme ido hace rato. De hecho, ni siquiera debería haber venido. Pero, a pesar de todo, el único lugar donde siento que quiero estar es aquí. Con él. Incluso aunque discutamos. Incluso aunque sufra. Aunque reciba su ira, lo peor de él.

—No me voy —murmuro.

—¿Voy a tener que echarte a la fuerza? —gruñe, cada vez más cerca de mí.

—No lo harías. —Llega hasta mí de una sola zancada y, por un momento, temo que vaya a agredirme. Me pongo rígida y retrocedo asustada, hasta que choco con el mueble. Cuando se encuentra a pocos centímetros de mí, su expresión muta en puro desconcierto. Me agarra la cara con las manos en un contacto desesperado y necesitado, lo justo para hacerme saber que no me hará daño. Presiona su frente contra la mía y cierra los ojos.

—¿Por qué te haces la difícil de esta manera, eh? ¿Por qué?

—Quiero ayudarte —susurro a pocos centímetros de sus labios.

—¿Por qué eres tan estúpida como para querer hacerlo? —Me clava los dedos en las mejillas con más fuerza.

—Porque sí —murmuro con los ojos brillantes—. Porque soy tu amiga. Y los amigos se ayudan. —Le concedo esta verdad a medias convencida de que así lo estoy tranquilizando, pero él se aparta de mí con los ojos inyectados en sangre. Y enseguida me doy cuenta, por segunda vez, de que mis palabras no han hecho más que empeorar la situación.

—Sal —ordena perentoriamente.

—¿Qué? —Abro los ojos como platos, confundida. Nuestra discusión se ve interrumpida por un par de golpes en la puerta. Una vocecita chillona que llama a Thomas me pone la piel de gallina. Apostaría a que esos inconfundibles tonos agudos pertenecen a una persona: Shana. Me giro hacia la puerta y, luego, miro de nuevo a Thomas, que está frente a mí sin inmutarse.

—Thomas, abre. Tengo ganas de estar contigo. —Shana deja de llamar—. Sé que estás ahí. He oído voces. —Llama una vez más—. Venga, no me hagas esperar, por favor.

—¿Y bien? ¿No la dejas entrar? —pregunto, indignada.

Thomas niega con la cabeza.

—No quiero que me toquen los huevos. —Pronuncia cada palabra con crueldad, mirándome fijamente a los ojos—. Pero, por lo visto, ninguna de vosotras lo entiende. Tú en especial.

Es como si acabara de darme un puñetazo en el estómago.

«Yo en especial».

Todo tiene un límite.

Lo empujo con fuerza, cojo mi bolso de la silla y me dirijo hacia la puerta.

Thomas me deja ir y se enciende un cigarrillo.

—De paso, menciónaselo cuando te vayas —continúa malicioso, antes de liquidarme con un gesto de la mano.

Lo miro, amargada en lo más profundo.

—Que te jodan.

Se apoya en la mesa con la espalda, cruza las piernas y me mira fijamente. Sus ojos arden de ira.

—Puede que joda a Shana, y ahora mismo. Ya que ha venido a eso... —exclama con una sonrisa malvada.

Por un momento, dejo de respirar. Las lágrimas atraviesan la resistencia de mis ojos, pero me doy la vuelta antes de que lo vea. Cierro la puerta con fuerza, con todo el dolor de mi cuerpo.

Una vez fuera, me encuentro cara a cara con la mayor zorra de todo el estado de Oregón, que me mira con una expresión de sorpresa y burla al mismo tiempo.

—Anda, mira quién sale de este apartamento... —Se acaricia la melena que le cae sobre el hombro—. Siempre he dicho que las peores son las que juegan a parecer santas. No eres más que una putita.

La rabia hierve dentro de mí con tanta intensidad que podría arrancarle de cuajo ese pelo fastidiosamente perfecto que tiene. Avanzo hacia ella y la miro descaradamente a los ojos.

—Sí, puede que tengas razón. —Parpadea sorprendida—. Pero yo al menos no he tenido que suplicarle para que me abriera la puerta —subrayo con desprecio. Se queda inmóvil y me mira, desconcertada, mientras trata de ocultar la humillación en sus ojos. Le dedico una mirada asesina y me voy.

Con las piernas temblorosas y el estómago revuelto, entro en el ascensor sin mirar atrás.

Debería haber escuchado a Leila. Sea lo que sea lo que le preocupa, lo está corroyendo por dentro, y yo no puedo hacer nada por salvarlo.

Capítulo 27

Después de dos horas de Sociología, las sienes me van a estallar, pero al menos me veo obligada a concentrarme en dinámicas migratorias y derechos humanos, así que no tengo tiempo para distraerme.

—Llevo desde esta mañana intentando entenderlo... —cuchichea Tiffany a mi lado mientras se da golpecitos en el mentón con el dedo índice.

Retiro el boli de la libreta de los apuntes y la observo con atención.

—¿Qué intentas entender?

—Qué tienes de diferente hoy respecto a los demás días. Creo que acabo de dar con ello.

Instintivamente, bajo la cabeza y me miro.

—Estoy igual que siempre, Tiff.

—Nunca. Nunca, en los cuatro años desde que te conozco, te he visto llevar una falda que te llegara por encima de las rodillas. ¿Y esta camisa? Jamás te he visto con nada escotado. Hoy tienes el pelo hecho una porquería, pero tu ropa, cariño, grita a los cuatro vientos que quieres impresionar a alguien. Ahora la pregunta es: ¿a quién? —Inclina la cara hacia un lado, pensativa—. Seguro que no es al cabrón de mi hermano. Por un momento he pensado que podría ser Logan, pero tú misma me dijiste que no necesitabas hacer nada del otro mundo para llamar su atención. Teniendo en cuenta todo esto, me he preguntado: ¿no será por un chico malote de ojos verdes y lleno de músculos? No, venga, mi mejor amiga nunca se pondría de punta en blanco para llamar la atención de un capullo arrogante. —Parpadea con fingida inocencia—. ¿Tengo razón?

La miro estupefacta. No sé cómo responder a esa insinuación; sabe que ha dado en el clavo, lo que hace que me suma en un abismo de vergüenza. ¿Desde cuándo llevo ropa ajustada simplemente para impresionar a un chico? Uno que, por cierto, me trata mal un día sí y el otro también.

—¿Qué te has fumado antes de venir a clase? —Finjo indiferencia y mordisqueo el tapón del bolígrafo.

—¿Qué me escondes? —replica con ojos inquisitivos.

Me encojo de hombros.

—Sabes todo lo que hay que saber. —Esbozo un intento de sonrisa, pero, por cómo me mira, sé que mentir se me da fatal.

—¿Estás segura? Las arrugas de tu cara dicen lo contrario.

—¿Qué? ¿Qué arrugas? ¡Yo no tengo arrugas!

—Tú dirás. Esta de aquí, por ejemplo. —Señala un punto sobre las cejas—. Se acentúa cuando te sorprendes. Esta, en cambio, cuando estás preocupada. —Continúa tocándome la frente—. Y esta... —Me señala la comisura de la boca—... cuando estás nerviosa. Y ahora, querida, estás muy nerviosa.

Me rindo. Exasperada, dejo caer la cabeza sobre la libreta.

Al final de la clase, mientras los demás alumnos empiezan a salir, suspiro y decido confesarlo todo.

—Ayer pasé todo el día con Thomas en un bosque. Estuvimos bien, hablamos de muchas cosas, hasta que por la noche se presentó en el local y me vio besando a Logan. Se puso como una fiera. Incluso se emborrachó, bueno, no, ya estaba borracho cuando llegó al *pub*. Parece que está pasando por un momento complicado, y ahora vuelve a ser el arrogante insufrible de siempre.

Tiffany me mira durante unos segundos con una expresión de incredulidad.

—Perdona, pero ¿desde cuándo volvéis a hablar?

—Desde ayer por la mañana. Me propuso una tregua y, a su manera, se disculpó. Hemos decidido seguir siendo amigos. —Abre los ojos de par en par y rompe en una sonora carcajada. La miro impasible.

—¿Se puede saber de qué te ríes?

—P-perdona, pero es que... —Se seca una lágrima—. ¿Te das cuenta... —Otra lágrima—... de lo que acabas de decir? ¿Tú y Collins amigos?

Empieza a reírse como una loca de nuevo.

—A ver, cuéntame, ¿qué clase de amigos se supone que sois? ¿De los que se acuestan juntos o de los que se pintan las uñas mutuamente?

De los que discuten cada dos por tres.

—Nada de eso. Y, tanto si lo crees como si no, la amistad entre un hombre y una mujer existe. Míranos a mí y a Alex, somos amigos desde hace más de diez años, y ni nos acostamos ni nos pintamos las uñas el uno al otro.

—Vosotros dos siempre estáis leyendo novelas y viendo series de televisión. Además, es diferente, es como si fuerais hermanos. —Guarda su portátil, un par de libros y una botella de agua en la mochila—. En cualquier caso, no importa, seguiremos hablando de esto en otro momento. Ahora mismo quiero centrarme en la parte en la que Thomas te pilló liándote con el señor Aburrido. ¿Qué pasó? —pregunta, sin poder contener la curiosidad.

—¿Tú qué crees? —respondo en un tono neutro—. Se retaron en una competición de testosterona y Thomas le dio un puñetazo en toda la cara. —Abre la boca, pasmada—. No solo eso. Logan me dijo que, cuando vuelva, quiere que le confirme oficialmente si estamos juntos, y solo unas horas después, estaba sentada en el regazo de Thomas mientras me manoseaba el culo. —Me cubro los ojos con las manos de la vergüenza. Desde que Thomas entró en mi vida, hago cosas de las que no me siento orgullosa. No me reconozco.

—Oh. Dios. Mío. —Me mira estupefacta—. ¿Se puede saber qué te ha hecho ese chico?

—No lo sé, Tiff. Estaba muy cansada y él estaba muy borracho y, no sé… Sucedió y punto.

—¿Sucedió y punto? —pregunta, y arquea una ceja—. Cariño, seguir negando lo que sientes por él no hará que tus sentimientos sean menos reales.

Enésimo acierto. Podría negarlo, pero ¿de qué serviría? Tiene razón, como siempre.

—Lo sé. —Hago una pausa y luego continúo—. Sé que siento algo por él, pero ojalá no fuera así. Cada vez que estoy con él, siento que pendo de un hilo. En un momento dado estoy en el paraíso y, al siguiente, voy derechita al infierno. Y siempre es él quien decide de cuál de los dos hilos tirar. No me gusta. No quiero sentirme tan atraída por alguien que utiliza las debilidades de los demás como un arma defensiva.

—Lo sé, cariño. —Tiff me abraza y me acaricia el pelo con un gesto afectuoso—. Pero ya sabes cómo es. Siempre lo has sabido. Tú deseas rosas y corazones, pero él solo posee espinas y oscuridad. Nadie cambiará esta realidad jamás. —Es como si me acabara de asestar una puñalada.

—¿Cómo he podido ser tan estúpida? ¿Cómo he podido atarme a la única persona que rechaza categóricamente cualquier tipo de relación? —murmuro con la mejilla apoyada en su hombro.

—Porque las emociones que sentimos están fuera de nuestro control. Nos invaden. Nos arrollan. A veces nos desangran. Nos vuelven indefensos. Lo único que podemos hacer es dejarnos llevar por su poder y esperar que no nos desintegren.

Rompemos el abrazo y la miro con tristeza.

—Qué asco de situación.

—Pues sí. Pero es un asco que vale la pena vivir, al menos la mayoría de las veces. —Me coloca un mechón de pelo detrás de la oreja—. ¿Y ahora qué vas a hacer con Logan?

—No tengo ni idea. Cuanto más cerca estoy de Thomas, más asumo que él nunca me dará lo que quiero. Logan, en cambio, es atento, dulce, cariñoso. Y estoy más que segura de que no correría el riesgo de encontrarme a una chica en la puerta de su casa. Logan puede darme todo lo que necesito, y yo ni siquiera tengo que hacer el esfuerzo de pedírselo, ¿sabes?

—Pero nunca te dará lo que realmente quieres.

—Lo que quiero no podré conseguirlo en ningún caso. No a mi manera —respondo sumisa, y encojo un hombro.

—Pero… no puedes estar con Logan si tu corazón late por otra persona.

—Tarde o temprano, los sentimientos cesarán. Thomas, en cambio, siempre será igual.

La expresión transida que de repente ensombrece su rostro me confirma que, por desgracia, ella piensa lo mismo que yo.

—¿Sabes qué vamos a hacer ahora tú y yo? —Endereza la espalda—. Ahogar nuestras penas en un grandísimo taco, de esos bien pringosos. ¿Qué te parece? —Agradezco en el alma su intento de levantarme el ánimo.

Le sonrío.

—Me parece perfecto, voy a escribirle a Alex para decírselo.

Se levanta, me da un beso en la mejilla y me ayuda a ponerme en pie.

～

Durante el almuerzo, Tiffany nos cuenta que, para celebrar la noche de Halloween, Carol organizará una fiesta en su piscina, esta vez a cubierto, y nos invita a ir juntos. No estoy del todo convencida de querer participar. La idea de aparecer en bikini delante de un montón de gente me aterroriza.

—La última vez no acabó muy bien, ¿recuerdas? —le respondo, y bebo un trago de agua. De forma inevitable, mi mente vuelve a Thomas y a la noche que pasé con él. Es extraño, aquella noche fue devastadora porque rompí con Travis y, aun así, lo primero en lo que pienso es en ese zafio tatuado. Ese chico ha monopolizado mis pensamientos. A veces, me asusta cómo hace que me olvide de todo y se convierte en mi único centro de gravedad.

—Lo sé, cariño, pero ahora la situación es totalmente distinta. Ante todo, Travis no estará. He sido muy clara al respecto. Además, estoy segura de que nos divertiremos un montón.

—Mmh, ¿y qué hago con el trabajo?

—Puedo pasar a recogerte cuando acabes tu turno —responde con tranquilidad.

—Tiff tiene razón, entre estudiar y trabajar, no tienes un minuto de descanso —dice Alex.

—¿Y tú? ¿Vendrías? —le pregunta Tiffany.

—Me lo pensaré. Las clases empezaron hace dos meses y todavía no he ido a ninguna fiesta. No es que las considere de una importancia vital, pero es la noche de Halloween, qué diablos, algo tendré que hacer —se ríe Alex.

—¿Ves? —chilla mi amiga, que me mira con orgullo—. Alex vendrá, no puedes echarte atrás.

—Uf, vale —digo resignada.

Me pregunto por qué, después de todos estos años, sigo intentando resistirme ante alguien como Tiffany. Siempre se sale con la suya.

ᛤ

Una vez terminan las clases, me paso por casa de Matt para darme una ducha. Llevo horas esperando este momento. Es extraño volver a estar en la casa de la fraternidad, en el mismo lugar donde me entregué por primera vez a Thomas. Solo de pensarlo siento un peso en el pecho. Por suerte, no hay nadie a esta hora. Subo las escaleras que me llevan al piso de arriba, pero para llegar a la habitación de Matt tengo que pasar por delante de la de Thomas. Por un momento, casi siento la tentación de entrar. La última vez que estuve ahí no imaginaba que pasaría las mejores horas de mi vida. Sin darme cuenta, pongo la mano en la puerta y cierro los ojos mientras recuerdo aquellos momentos, a él. A él cuando me abrazaba con fuerza. A él cuando, sentado en los fríos azulejos del baño, cuidaba de mí en mi peor estado. A él cuando me tocaba apasionadamente y me besaba con delicadeza.

—Maldita sea… —susurro con la frente apoyada en la madera.

El crujido de una puerta que se abre en el piso de abajo, acompañado de las risas de unos chicos, me hace volver a la realidad. Me sobresalto y me refugio en el dormitorio de Matt, donde cierro la puerta tras de mí.

La habitación me parece muy grande, extrañamente ordenada y luminosa. Las paredes están pintadas de un amarillo canario, la cama al fondo es grande, pero no tanto como la de Thomas. Sobre un mueble blanco hay un televisor, un ordenador portátil y una consola de videojuegos. Me dirijo al cuarto de baño y descubro con satisfacción que es idéntico al de Thomas, pero no huele a él.

Después de darme una ducha, me pongo la ropa interior negra de algodón; estoy a punto de vestirme cuando empieza a sonar el teléfono, que había dejado sobre la cama. Lo tomo. Es Logan. Un repentino sentimiento de culpa se abre paso en mi pecho. Titubeo un momento antes de contestar y me muerdo el labio. Si supiera lo que hice con Thomas, probablemente no querría volver a saber nada de mí.

—Hola, cariño, ¿cómo estás?

—Ey, estoy bien. ¿Y tú, cómo estás? ¿Has llegado a casa? —Apoyo una rodilla en el colchón y me mordisqueo las uñas.

—Sí. Llevo aquí cuatro horas y ya me he arrepentido de venir. —Oigo un murmullo de voces de fondo.

—¿Todo bien?

—Ahora que he oído tu voz, sí. ¿Es demasiado cursi confesar que ya te echo de menos?

Se me escapa una sonrisita, pero se desvanece al instante en cuanto oigo cómo la puerta se abre detrás de mí.

—Pero ¿qué...?

Una voz iracunda me sobresalta. Me giro de golpe y casi me da un ataque al corazón. Thomas y Finn me miran de la cabeza a los pies con la boca abierta.

Termino la llamada de inmediato con las manos temblorosas del susto, y el teléfono se me cae al suelo.

—¿Qué demonio hacéis vosotros dos aquí dentro? —grito a la vez que intento cubrirme el cuerpo con los brazos.

—¿Qué coño haces tú aquí medio desnuda? —Thomas se abalanza hacia mí furioso.

—¿A ti qué te parece? —Con rabia, agito un mechón de pelo mojado en el aire.

—¿Estás con él?

Abro los ojos de par en par.

Él ¿quién? ¿Matt?

Como un loco, Thomas se precipita al cuarto de baño para ir a buscarlo. Tras comprobar que no está, vuelve con nosotros y veo que el pecho le sube y le baja con cada respiración. Finn y yo lo miramos desconcertados.

—Esta mañana se ha estropeado la caldera de mi casa y Matt ha sido muy amable y me ha ofrecido que me diera una ducha caliente. —Pero ¿por qué me estoy justificando con él?—. Y vosotros dos, ¿se puede saber por qué habéis entrado sin llamar?

—Hemos oído unos ruidos en la habitación. Creíamos que Matt no estaba, así que hemos entrado para ver qué pasaba —explica Finn con más calma.

—Desde luego, no esperaba encontrarte aquí completamente desnuda —interviene el irascible tatuado que está a su lado.

—A mí no me importa en absoluto. —Desplazo la atención hacia el rostro complacido de Finn, que me mira las piernas sin disimulo—. De hecho, si pudieras darte la vuelta y ponerte en la misma posición que cuando hemos entrado, le harías un favor a mis ojos. Las bragas brasileñas son mis favoritas —continúa, mientras intento cubrirme todo lo que puedo con las manos.

Thomas se vuelve hacia él con la mandíbula contraída y los dientes apretados.

—Deja de mirarla o te juro que te echo a patadas de la habitación. —Finn no deja de mirarme, como si nada, y se muerde el labio. Empiezo a sentir mucha vergüenza. No tengo suficientes manos para tapar todas las partes expuestas de mi cuerpo. La ropa está en el baño; debería darme la vuelta para ir a buscarla, y no tengo ninguna intención de mostrarle mi trasero a ese depravado de Finn. Thomas se planta frente a él con los brazos cruzados y le bloquea la vista—. Basta ya —le advierte, amenazador—. Me estás cabreando.

—Vale, vale. —Finn levanta las manos con inocencia—. ¿Sabéis una cosa? Voy a bajar a tomarme un refresco bien frío. Te espero abajo, pero no pienses mal, tenemos que estar en el gimnasio en veinte minutos. —Desplaza su mirada hacia mí y sonríe—. Me alegro de verte, guapa. —Me guiña un ojo mientras Thomas lo empuja al pasillo con una mano en el hombro y cierra la puerta con llave. Respiro hondo e intento relajarme. Pero Thomas se gira hacia mí enfurecido.

—Ni siquiera has cerrado la puerta, ¿es que estás loca?

Maldita sea, ¡me he olvidado!

Recojo el teléfono del suelo y lo dejo en la cama.

—Me he olvidado, estaba convencida de que lo había hecho —me justifico con calma. Pero estoy de todo menos tranquila. Qué estúpida he sido.

—¿Te has olvidado? —Abre mucho los ojos—. Estás en una fraternidad de hombres, ¡podría haber entrado cualquiera!

Pongo los ojos en blanco. No soporto que me trate como a una niña.

—He dicho que me he olvidado. Déjalo ya —rebato con rencor. Le doy la espalda y voy al baño para recoger mi ropa.

—¿Por qué no me lo has dicho? —pregunta al otro lado de la puerta del baño.

—¿Decirte qué? —inquiero cuando vuelvo a la habitación. Me dirijo hacia la cama y evito cualquier contacto visual, como si pudiera petrificarme.

—Lo de la ducha. Podrías haberte duchado en mi apartamento —dice con un tono de voz débil. Si estuviera de buen humor, ahora me reiría.

—¿Después de lo bien que me has tratado? No me hagas reír. —Me pongo la falda contoneando las caderas y luego la camisa.

Thomas se pasa las manos por la cara.

—A propósito de esta mañana…

Me siento a los pies de la cama para calzarme las Converse. Él se acerca y se acomoda a mi lado.

—No quiero hablar del tema. —Lo interrumpo antes de que diga nada más. No tengo ganas de escucharlo, sobre todo después de las palabras tan sórdidas que me ha dedicado.

—Bueno, pues yo sí. —Con el codo derecho apoyado en la rodilla y la barbilla en la palma de la mano, me mira fijamente, a la espera de que yo le devuelva el gesto. Cuando sabe que tiene toda mi atención, se sienta en el suelo, frente a mí. Por un momento, mis muslos desnudos a pocos centímetros de su cara parecen distraerlo, pero enseguida aparta la mirada y vuelve a centrarla en mí—. Lo siento.

Abro los labios en una sonrisa amarga.

—¿El qué? ¿Haber dicho que no importo en absoluto? ¿Haber insinuado que tenerme cerca era un rollazo? —Me pongo una zapatilla con rabia—. ¿Haberme pedido que se lo diga a tu follamiga, a la que le falta tiempo para tratarme como a una mierda cada vez que puede? Cosa que tú, por cierto, sabes perfectamente. —Me calzo la otra zapatilla—. ¿O haberme dicho que te la tirarías después de echarme? —Lo fulmino con la mirada.

Thomas se pasa una mano por el pelo, amargado.

—Todas esas cosas. He sido un cabrón y no debería haberlo hecho. —Suspira y clava su mirada en la mía—. No he hecho nada con ella. La he echado en cuanto te has ido.

Me recojo el pelo, todavía húmedo, y me hago una coleta alta.

—Me da igual, eres libre de hacer lo que quieras. —Mi voz suena fría y distante, pero me pongo de los nervios en cuanto pienso en la boca de esa estúpida acariciando la suya. Saber que no ha pasado nada me tranquiliza.

—Eso ya lo sé —responde con la misma fanfarronería de siempre.

—En realidad, me sabe mal por ella. Quiero decir, todo ese esfuerzo para no conseguir nada. Debe de ser un golpe duro de encajar —digo irritada, mientras aliso con fingida despreocupación las arrugas de la sábana.

De reojo, veo que trata de reprimir una carcajada.

—Te sabe mal por ella, ¿verdad?

—Un montón.

—Que no te sepa mal, la próxima vez tendrá más suerte. —Me quedo muda de golpe—. No me gusta dejar a las chicas dispuestas en la puerta de casa insatisfechas.

Abro la boca, preparada para responderle, pero luego lo reconsidero. Lo empujo con torpeza y hago amago de levantarme, pero entonces me sujeta por las muñecas.

—¿Adónde vas? —me pregunta, y esboza una sonrisita divertida.

—Eres asqueroso y no te soporto, Thomas. ¡No te soporto en absoluto!

—¿Cuál es el problema? No estarás celosa, ¿verdad? —El tono seguro con el que habla me irrita hasta lo más profundo. Él lo sabe, y, sin embargo, se encarniza sin piedad.

—¿Celosa, yo? ¿De una zorra cuyo único objetivo en la vida es meterse en tu cama? —Me encojo de hombros—. Sabes cuánto me importa. —Me cruzo de brazos y miro hacia la ventana que hay a mi derecha. Cuando Thomas intenta acariciarme la cara, aparto su mano con el antebrazo—. No me toques —amenazo, ofendida. Por alguna extraña razón, mi respuesta le provoca una risita.

—La última vez que una chica se metió en mi cama estaba borracha y desesperada.

¿Se refiere a mí? ¿Es que ya se ha olvidado de todas las veces que lo he visto meter la lengua en la boca de otras chicas en las últimas semanas? ¿Quiere hacerme creer que, desde aquella vez, no ha estado con otras? ¿De verdad cree que soy tan estúpida?

—Entonces supongo que te pasa a menudo. —Sigo evitando su mirada.

—No, no tan a menudo. Normalmente siempre están lúcidas y bastante felices —responde con satisfacción. Cuánto lo divierte atormentarme. Se acerca a mi oreja y presiona las manos sobre mis muslos. Ignoro el calor que me provoca la presión de su tacto y me pierdo en el susurro de su voz, que me estremece.

—Soy incapaz de echar un polvo en condiciones desde hace no sé cuánto tiempo. Cada puto pensamiento de mi cerebro está dedicado a otra chica.

Lo miro consternada. ¿De verdad tiene el valor de decirme que... ha perdido la cabeza por otra tía?

Lo empujo con más decisión.

—Sigues haciéndome daño sin darte cuenta. Se ha hecho tarde, tengo que irme. —Me levanto, pero él me lo impide y me obliga a sentarme otra vez.

—¿Qué he dicho ahora? —pregunta, seriamente confundido. No respondo. Giro la cabeza hacia el lado opuesto al suyo y hago un esfuerzo por no echarme a llorar como una idiota. Él baja la mirada unos segundos, luego sacude la cabeza con una risita sarcástica—. Oye, lo has entendido mal.

—Has sido muy claro: has perdido la cabeza por otra. Me alegro por ti, gracias por hacérmelo saber.

—En primer lugar, no he perdido la cabeza por nadie. He dicho que una chica ocupa todos mis pensamientos, que no es lo mismo. En segundo lugar, dime una cosa, ¿a quién crees que me refiero?

Abro los ojos como platos, incrédula.

—¡No lo sé, Thomas! ¿Quieres que nos sentemos a tomar unos batidos como dos viejos amigos y charlemos sobre la pobrecita? —replico, irritada.

—No lo pillas. —Su expresión, resignada y vulnerable al mismo tiempo, me desconcierta—. Da igual. El motivo por el que estoy aquí es otro. No me gusta que me hayas visto en esas condiciones, ni tampoco me gusta cómo te he tratado esta mañana. No has hecho nada para merecerlo, solo te has preocupado por mí. —Me acaricia la rodilla y me mira a los ojos con tal intensidad que desintegra todas mis barreras.

—No volverá a suceder. He aprendido la lección —respondo, rencorosa.

—Me gusta que te preocupes por mí, es solo que… —Mira al suelo—. No estoy acostumbrado.

Se me encoge el corazón cuando lo veo tan vulnerable. ¿Cómo es posible que, hasta hace unos segundos, estuviera enfadada y ahora, en cambio, solo quiera abrazarlo muy fuerte? Respiro profundamente. Le coloco dos dedos bajo la barbilla y le levanto la cara para mirarlo a los ojos.

—¿Así es como lo haces? ¿Primero la cagas y luego intentas que te perdonen, con la excusa del chaval incomprendido? —Me cruzo de brazos y frunzo el ceño—. Dime, ¿a cuántas has conquistado con este método?

—A ninguna que realmente cuente.

—Ah, ¿porque yo cuento algo?

—Sí, tú cuentas —responde con cautela, como si se sintiera aturdido ante su propia admisión.

—Eso no es lo que has dicho.

—Digo muchas cosas que no pienso.

No estoy dispuesta a aceptar que me trate mal solo porque sea incapaz de mantener la boca cerrada cuando está enfadado, pero ahora mismo parece tan arrepentido que no puedo no perdonarlo. Resoplo e inflo ligeramente las mejillas. Me dejo caer en la cama, me cubro la cara con las manos e intento pensar qué hacer. Cualquier atisbo de lógica se va al infierno cuando Thomas Collins está de por medio.

—¿Ness?

—Mmh… —farfullo con la cara todavía cubierta.

—No eres un coñazo. Bueno, no siempre. —Estiro el pie hacia delante y le doy una patada en el pecho con la punta de la zapatilla. Él se ríe, y el sonido de su risa hace que yo también me ría. Se tumba encima de mí, apoyado en los codos, y se hace un hueco entre mis piernas con su habitual arrogancia y prepotencia, como si ese lugar fuera suyo por derecho. Pero, a diferencia de las otras veces, no percibo ningún fin oculto en su gesto, aunque es íntimo y abrumador. Solo siento una extrema necesidad de sentirme cerca de él, una necesidad que cada vez se vuelve más urgente. Lo acojo doblando las rodillas y presionándolas contra sus caderas.

Me retira las manos de la cara y me pierdo en el verde de sus ojos.

—Pero eres un coñazo agradable, de esos que quiero tener cerca, a los que no quiero renunciar.

A los que no quiere renunciar...

Frunzo el ceño y le tomo el rostro entre las manos para asegurarme de que está lúcido. Contemplo sus ojos con atención. No están rojos y las pupilas no están dilatadas.

—¿Estás colocado?

—No, ¿por qué?

—Porque acabas de decir... —Las palabras mueren en mi boca.

—Sé lo que he dicho.

El corazón me estalla en el pecho. Aun así, la parte más racional de mí no me permite ni ser feliz ni creerlo. ¿Cómo se atreve a decir que me necesita si en cuanto intento acercarme a él me rechaza de la peor manera posible?

—A veces no te entiendo... —Es lo único que soy capaz de decirle.

—Entonces no lo hagas, ni yo mismo me entiendo la mayoría de las veces —confiesa.

—¿Alguna vez sabré lo que te atormenta? —Le acaricio una ceja y le aparto un mechón de pelo que le cae por la frente al tiempo que me resisto al impulso de acercarme a él y darle un beso en la boca entreabierta. Se pone un poco rígido ante mis caricias, pero no se aparta.

—No, Vanessa. Es un tema prohibido para mí —responde categóricamente—. Necesito que lo entiendas. Dime que puedes aceptarlo.

Casi me suplica con la mirada. Saber que sufre tanto es devastador. Ojalá me fuera indiferente. Ojalá pudiera no sentir esa sensación en el estómago cuando me habla, cuando me mira o me toca... Todo sería mucho más fácil. Incluso ignorar su dolor.

—¿Por qué quieres tenerme contigo, si no me dejas entrar en tu mundo?

—Porque si estás conmigo, duele menos.

Sus palabras tienen el poder de confundirme la mente y revolucionarme los latidos del corazón.

—Entonces, lo acepto —digo, rendida.

Thomas libera un suspiro, como si una parte de él ya estuviera preparada para encontrarse con más insistencia por mi parte, y esta rendición lo tranquilizara.

Se levanta y ambos nos sentamos: yo en el borde de la cama, y él, de rodillas en el suelo. Estira las manos hasta mis caderas y tira de mí hacia él. Me estremezco ante este gesto inesperado, mientras me rodea la espalda con los brazos y me abraza tan fuerte que, por un momento, apenas puedo respirar. Le devuelvo el gesto, porque tengo la sensación de que lo necesita mucho y, en el fondo de mi corazón, espero ser capaz de aliviarle ese dolor inaccesible que le oprime. Hunde el rostro en el hueco de mi cuello e inspira profundamente el olor de mi piel. Yo hago lo mismo; huele tan bien que ojalá pudiera embotellar su aroma y tenerlo siempre conmigo.

—Hueles a hombre —murmura al cabo de un rato.

Se me escapa una risita.

—Es lo que pasa cuando te lavas con gel de ducha para hombres.

—Me gusta más cuando hueles a mí. —Me roza la nariz con la suya y me mira durante unos segundos antes de hablar—. Ven a buscarme la próxima vez que necesites algo. No importa si no nos hablamos. O si estás enfadada conmigo porque habré metido la pata por enésima vez. Ven a buscarme y punto.

—Vale —respondo en voz baja mientras me pregunto cómo es posible que sea el mismo chico que esta mañana me ha gritado todas esas maldades.

El teléfono se enciende a mi lado. Es un mensaje de mi madre, que me recuerda que tengo que estar en casa a las cinco.

—Tengo que irme.

Los dos nos levantamos. Thomas llega hasta la puerta y pone la mano en el picaporte. Antes de salir, me dice con una expresión enigmática en el rostro:

—Así que mañana por la noche te veré en bikini… —Hace una pausa dramática y continúa—: Por fin podré admirarte como a mí me gusta.

Arrugo la frente.

—¿Perdona?

—En la fiesta en casa de Carol.

Me quedo paralizada. De repente, el pánico se adueña de mí. La idea de que me vea en bikini me pone muy nerviosa y no entiendo el motivo, puesto que ya me ha visto desnuda dos veces, y en ropa interior hace un momento.

—¿T-tú también irás? —pregunto, avergonzada.

—No entraba en mis planes. Pero alguien me ha dicho que irías, así que he pensado... ¿por qué no? —Hace alarde de una sonrisita desafiante.

Me acerco con recelo.

—¿Quién te lo ha dicho?

Thomas chasquea la lengua.

—Se dice el pecado, pero no el pecador. —Me guiña un ojo y me da un toquecito en la punta de la nariz—. No te pongas nerviosa. Nos lo pasaremos muy bien. —Sonríe burlón y se marcha.

Me quedo ahí de pie, con los latidos del corazón acelerados, preguntándome por qué demonios he decidido ir a esa fiesta.

Capítulo 28

El miércoles pasa rápido entre clases y descansos en los que tomo un café con Alex y Tiffany. Después de comer, Thomas me secuestra de nuevo para llevarme a la casita del árbol, aprovechando la insólita clemencia del tiempo. Pasamos dos horas allí en un silencio cómodo, él esbozando el proyecto de un futuro tatuaje y yo leyendo, mientras, de vez en cuando, me pierdo observando cómo su mano se mueve con seguridad sobre las hojas blancas y su mirada concentrada. He pensado mucho en las palabras que Thomas me dijo ayer. Aunque no quiso hablarme del problema que lo atormenta, admitió que me necesitaba. Admitió que me quiere en su vida, porque conmigo se siente bien. Oír esas palabras aceleró los latidos de mi corazón, pero es tan antojadizo que nunca sé si realmente piensa lo que dice o si simplemente se deja llevar por el momento. No me sorprendería en absoluto si, al final de la noche, me gritara que soy patética por haberme creído sus palabras. No quise sacar el tema de nuevo para no estropear la inusual serenidad de aquel momento.

Cuando acabo mi turno, Tiffany me recoge en el Marsy y vamos a mi casa a prepararnos. Su sonrisa radiante y el bolso grande que trae consigo no auguran nada bueno.

—¡Hola, señora White! —grita desde la puerta.

—No malgastes el aliento, está atrapada con Victor. Para variar —le digo mientras subimos las escaleras.

Una vez en mi habitación, mi amiga vacía el contenido del bolso sobre la cama: una montaña de bikinis diminutos.

Oh, pobre de mí.

Tras una minuciosa selección entre las prendas que ha traído, Tiff me obliga a realizar una larga serie de desfiles para elegir el bikini adecuado. Nunca había pasado tanta vergüenza.

—Mmh, no. Este tampoco. El pecho me queda demasiado expuesto —digo mientras me miro en el espejo quince minutos

334

más tarde—. Y este de aquí apenas cubre los pezones —farfullo, e ignoro a una Tiffany exasperada.

—Nessy, ya has descartado doce bikinis. A este paso, irás desnuda a la fiesta —me advierte, enfadada.

—¿Es posible que no tengas ninguno que tape un poco más? No sé, ¿un bañador, por ejemplo? —me quejo, frustrada.

—Sí, claro, cómo no. Espera aquí, que se lo voy a pedir a mi abuela —replica con sarcasmo.

La miro mal.

—No te hagas la graciosa. ¡Estoy sumida en un pánico total y no me estás ayudando en nada! ¿Sabes cuánta gente habrá esta noche?

—¿Y dónde está el problema?

—¡Oh, venga ya! Pero ¿tú me has visto? ¿Has visto qué caderas tengo? ¿Y el culo? ¡Mira! ¡Se mueve como un flan! ¿Sabes qué? Déjalo, me rindo. Guárdalo todo. No voy a ir. —Le arrojo el bikini, resignada, y me siento en el borde de la cama.

—Estás delirando. No entiendo qué te preocupa. Media universidad envidia tu culo, y a la otra mitad le gustaría tirárselo.

—¡Tiffany! —Abro mucho los ojos, avergonzada.

—¡Vanessa! —me imita, riéndose de mí—. Vamos a ir a la fiesta y tú irás en bikini. Tanto si te gusta como si no. Todo el mundo llevará uno, nadie se fijará en ti. —Intenta animarme, pero sin éxito, porque sí que hay alguien que se fijará en mí: Thomas. Me verá a mí, luego, a todas los demás, y la comparación será inevitable. En efecto, es culpa suya que esté tan nerviosa—. Venga, ven aquí. Creo que este podría quedarte bien.

Le hago caso y me pruebo un bikini negro, simple. La parte de arriba es una banda sin tirantes y tiene un aro en el centro que deja al descubierto la unión de los pechos. Dos aros iguales unen las bragas por los lados. Paradójicamente, de entre todos los que ha traído, este es el que me cubre más.

Tiffany me pone las manos en los hombros y me lleva hasta el espejo.

—Ya puedes quitarte ese ceño fruncido de la cara y mirar a la chica que tienes delante. Estás fantástica. —Me sacude ligeramente hasta que una sonrisa forzada aparece en mi rostro.

—No sé qué se me pasó por la cabeza cuando acepté ir a la fiesta —mascullo.

—Deja de lloriquear. ¡Ha llegado el momento del maquillaje! —me hace callar.

Sobre el bikini llevo un jersey color nata, que me meto por dentro de la misma falda que llevaba ayer, y me calzo mis queridas Converse. Tras unos preparativos que se me hacen interminables, por fin vamos a recoger a Alex.

ॐ

Una vez que llegamos, enseguida nos arrolla el estruendo de la música *dance*. El jardín y la piscina están iluminados por unas calabazas talladas apoyadas sobre el césped, y las velas en su interior crean una atmósfera cálida. Un esqueleto de cartón cuelga de la puerta, y alguien que ya está achispado debe de haberse divertido dibujándole unos bigotes. Al llegar a la entrada, oímos una voz eufórica que nos llama.

—¡Tiffany! ¡Por fin has llegado! —Carol y sus amigas se acercan a nosotros alborotadas. Alex y yo nos miramos unos segundos. Ambos estamos pensando lo mismo: ¿por qué demonios estamos aquí?

—Hemos llegado —concreta Tiffany, que nos señala a Alex y a mí.

Carol dirige su atención hacia Alex.

—Oh, claro, tú y yo vamos juntos a clase de Artes Escénicas. Tú, en cambio, eres la que estaba con Baker, ¿verdad?

Asiento con rigidez. No me gusta nada que me recuerden solo por eso o que me sigan asociando con él, pero puedo vivir con ello.

—En cualquier caso, todos sois bienvenidos. Podéis dejar la ropa en el anexo de la casa. —Señala con la mano un caminito pavimentado a nuestra derecha y nos invita a disfrutar de la fiesta. La última vez que estuve aquí, me quedé tan encantada con la magnificencia de la vivienda que ni siquiera reparé en la presencia del anexo.

Tiffany y Alex ya se han quitado la ropa. Yo, en cambio, no me he atrevido. En contra de la voluntad de mi amiga, he obligado a Alex a prestarme su camiseta, que me llega hasta el trasero, porque la mía no cubría lo suficiente.

Una hora más tarde, Tiffany y yo estamos sentadas a una mesa rodeadas de algunas de sus amigas, que charlan sobre no sé qué nueva *influencer*. Alex está en el jardín con unos compañeros de clase, y yo, para variar, me aburro como una ostra. De Thomas, por otra parte, no hay ni rastro. Decido ir a buscar algo más de comida.

Tomo un plato de plástico y me dispongo a hacer una selección entre la comida que ofrecen. Una figura imponente aparece a mi derecha y me ofrece una porción de tarta de limón.

—He buscado algo de pistacho, pero no he encontrado nada. —Reconozco la voz de Travis antes incluso de alzar la mirada. Casi se me cae el plato al suelo. No me creo que esté aquí y, además, que se atreva a dirigirme la palabra.

—Te agradecería que me dejaras en paz. —Paso junto a él y lo dejo con la porción de tarta en el aire.

—Ya te he dejado en paz, pensando que hacía lo correcto. Pero lo único que he hecho ha sido alejarte más de mí.

Me giro para mirarlo con una ceja levantada.

—¿Alejarme más de ti? No me he alejado de ti. Simplemente, te he excluido de mi vida. Es distinto —puntualizo.

—¿Todavía me odias tanto?

—Odiarte significaría que aún siento algo por ti. Y ya no siento nada —declaro, mientras me lleno el plato con una mezcla de aperitivos salados.

—Merezco tu desprecio. Lo merezco todo.

—No solo el mío. —Tomo una servilleta, la coloco bajo el plato que sostengo en la mano y continúo—: ¿Te has disculpado con Leila por lo que le hiciste?

—Imagino que no estoy en la lista de personas a las que desea ver en este momento —dice con una superficialidad que me revuelve el estómago.

—Entonces no lo has hecho, ¿verdad? Te conozco tan bien que sé que el verdadero motivo por el que no le has pedido perdón no es el temor a que no acepte tus disculpas, sino que, simplemente, ¡no te importa en absoluto!

—¿Con qué cara esperas que vaya a verla después de todo lo que pasó?

—Con la misma cara con la que te la llevaste a la cama mientras salías conmigo. —He subido el tono de voz drásticamente.

Atónito, Travis intenta ponerme una mano en el hombro, pero me aparto con desprecio.

—Me disculparé con Leila, tengo toda la intención de hacerlo, pero primero quiero arreglar las cosas contigo.

Abro los ojos de par en par.

—¡Sigues sin entenderlo! ¡No hay nada que arreglar! ¿Sabes qué, Travis? He venido a esta estúpida fiesta para divertirme, pero si hubiera sabido que estarías aquí, ¡me lo habría ahorrado! —Dejo caer el plato de aperitivos sobre la mesa y me marcho sin darle tiempo para que responda. Veo que tira la porción de tarta a una papelera y se va del anexo, furioso.

Tiffany corre hacia mí en cuanto me intercepta.

—Oh, mierda. Te lo juro, me prometió que no vendría —exclama, disculpándose—. Debería haberse ido, voy a mandarle un mensaje para dejárselo claro.

—No te preocupes, Tiff. Puedo arreglármelas. —Escupo estas palabras con resignación mientras, desde la distancia, lo observo rellenarse el vaso y vaciarlo de un solo trago.

—Si hubiera sabido que estaría aquí, no habría hecho lo que he hecho. —Se pasa las manos por la cara y se acaricia las cejas perfectamente definidas con la punta de los dedos.

Arrugo la frente.

—¿Por qué? ¿Qué has hecho?

Nos sentamos a una mesa. Ella cruza las piernas y juega con su pelo ondulado, que le cae por encima de los hombros.

—Ayer, después de comer, cuando te marchaste, fui a la cafetería. De repente, Thomas apareció detrás de mí y me preguntó por ti.

Me aclaro la garganta.

—¿Por mí?

—Sí, quería saber dónde estabas. Después de cómo se había comportado, preferí dejarlo en ascuas un poco y no decirle nada. Se puso muy insistente, así que, sin querer, se me escapó el pequeño detalle de que hoy estarías aquí. —He aquí por qué lo sabía.

—Bueno, no te preocupes. Ya sabía que vendría. Ayer por la tarde lo vi y me lo dijo. Pero empiezo a pensar que quizá no va a aparecer, y puede que sea mejor así —miento. La verdad es que me sobresalto cada vez que oigo una voz masculina procedente de la entrada.

—Oh, no te preocupes —exclama, y hace un gesto con la mano—. Siempre llega muy tarde a las fiestas.

No me da tiempo a indagar más porque Alex nos llama y nos invita a que lo acompañemos en la piscina, donde está jugando a waterpolo con algunos compañeros de clase. Nos sentamos en el borde, con las pantorrillas en el agua, y los animamos cada vez que marcan un tanto. Cuando termina el partido, Alex se acerca a mí.

—¡¿Has visto qué lanzamientos?! —exulta mi amigo, que apoya los brazos cruzados sobre mis rodillas.

—¡Sois muy buenos! —lo animo orgullosa.

Alex se sienta a mi lado y permanecemos un rato en silencio, observando el caos a nuestro alrededor.

—Oye —dice vagamente—, me han dicho que ayer, en el cuarto piso de la residencia masculina, hubo un poco de alboroto. —De inmediato, dejo de balancear las piernas en el agua.

—¿De verdad? —pregunto, con la esperanza de que Alex no se percate de que se me ha acelerado la respiración.

Asiente con la cabeza y sigue mirando hacia otro lado.

—Vieron a dos chicas discutiendo delante del apartamento de Collins.

Me muerdo el interior de la mejilla, nerviosa.

—Madre mía…

—Ya… Así que me picó la curiosidad: pregunté por ahí quiénes eran las chicas en cuestión… y la descripción que me dieron fue sorprendente.

—¿Sorprendente? ¿Por qué? —tartamudeo.

—Porque una de ellas me recordó mucho a ti —responde secamente.

—¿A mí?

—Sí, Nessy. A ti.

—¿Por qué?

—Dímelo tú.

Resoplo.

—No tengo nada que decir, Alex. —Me encojo de hombros—. No era yo.

—¿Le estás mintiendo a tu mejor amigo? —pregunta, y me apoya un brazo empapado de agua alrededor de los hombros.

—¡Alex! —protesto, pero él parece divertirse con el gesto y me acerca más a su cuerpo.

—¡De acuerdo, de acuerdo! ¡Era yo! —respondo, y ahora por fin me libera.

Alex me mira con ternura.

—Esta vez, has decidido que vas a sufrir mucho.

Tenso los hombros.

—Al parecer, no puedo evitarlo.

—Cuéntamelo.

—¿Por dónde quieres que empiece?

—Por donde prefieras.

—Vale. Pero no te gustará lo que voy a contarte, y sé que no es propio de mí... —Me froto las palmas de las manos en los muslos.

—¿Cuándo empezó? —me apremia.

Suspiro.

—Aquella noche en la fraternidad. —Me mira contrariado—. Sé que crees que fue él quien dio el primer paso, quien me utilizó, pero no es así, Alex. Acababa de descubrir la verdad sobre Travis. Me propuso que me marchara de la fiesta con él, y yo acepté. Después, me emborraché y también fui yo quien le insistió para que me... ayudara a olvidar. Por muy inverosímil que te parezca, Thomas intentó hacerme entrar en razón, pero no quise escucharlo. Incluso... lo puse entre la espada y la pared —reconozco en un susurro cargado de vergüenza.

Por cómo me mira, sé que está intentando no juzgarme. Se retuerce el dobladillo del bañador mientras asimila mis palabras.

—Así que, desde aquella noche... —repite, casi para sí mismo—. ¿Estáis juntos?

Se me escapa una risita infeliz. Thomas y yo juntos... No sería posible ni siquiera en sueños. Estoy segura de que, hasta allí, Thomas se presentaría con toda su insolencia y me haría sentir una estúpida solo por haberlo soñado.

—No, somos amigos. O, al menos, eso es lo que he aceptado ser, con tal de tenerlo cerca. La cuestión es que es muy difícil seguirle el ritmo… Un día dice una cosa, al siguiente hace otra. No lo entiendo: lo odio el noventa por ciento del tiempo, me hace perder la paciencia cada vez que lo tengo delante. Aun así, por alguna inexplicable razón, una parte de mí se siente unida a él. Lo sé, Alex, lo sé: me estoy metiendo en un problema del copón. Pero creo que, en su interior, hay algo más, y sé que puedo ser una presencia positiva para él. Y, en sus mejores momentos, me hace sentir muy bien. —Bajo la mirada con amargura, a la espera de su respuesta.

Apoya la cabeza en mi hombro y exclama:

—¿Sabes? Me encantaría que esto solo fuera una de tus bromas pesadas. Como cuando de niños me llamabas en plena noche y fingías que eras un pervertido que me espiaba desde la entrada de casa, pero te olvidabas de llamar con número oculto. O cuando intentaste hacerme tragar la comida de Roy, tras asegurarme que era una lata de atún, pero te olvidaste el envase de comida para perros abierto en el armario de la cocina. —Nos reímos juntos—. Pero en tus ojos veo que este no es el caso. No voy a decirte que te mantengas alejada de él, porque ya lo hice una vez y no sirvió de mucho. No sé gran cosa sobre él, excepto lo mismo que todos los demás y que tú, seguramente. Pero a ti te conozco bastante bien, y si incluso él ha conseguido que una buena chica como tú lo aprecie, entonces quizá no sea tan malo. Solo me da miedo que vuelvas a pasar por lo que viviste el año pasado con Travis, pero confío en ti, Nessy. Si tú ves algo bueno en él, creo en ti.

Lo miro estupefacta. Pensaba que se iba a enfadar y que me haría sentir como una completa idiota por haber perdido la cabeza por el chico tatuado más huraño de todo Corvallis.

—¿Entonces no te has enfadado conmigo? Me siento culpable por no haberte dicho nada, pensaba que te molestaría —digo en un susurro.

Él levanta la cabeza.

—Tienes un gusto pésimo en lo que a chicos se refiere, pero eres mi amiga. Estoy de tu parte, siempre.

Lo abrazo con fuerza y él me devuelve el gesto.

—Chicos, ¿qué os parece si amenizamos un poco la velada con algunos juegos que están haciendo allí? —nos interrumpe Tiffany, que señala a un grupito en el interior de la casa.

—No creo que eso sea para nosotros… —intento decir, antes de que Tiffany nos tome de la mano a Alex y a mí sin dejarnos añadir nada.

—Hemos venido a divertirnos, ¡no a morir del aburrimiento! —Nos arrastra hasta la casa, donde algunas chicas y chicos han formado un círculo, sentados en el suelo alrededor de una mesita baja con una botella vacía en el centro.

—Jugamos a verdad o reto —anuncia una chica que ya está sentada en el suelo con las piernas cruzadas.

Ni hablar.

—¿Verdad o reto? Venga ya, eso son cosas para…

—Para críos —me interrumpe una voz cálida y sensual a mi espalda. Dos manos me rodean las caderas y una boca se detiene junto a mi oreja, haciéndome estremecer—. Hola, Forastera. —Thomas me da un beso en la mejilla y luego se aleja, dejando atrás el rastro de su aroma abrumador. Lleva puesta una sudadera gris, que le resalta esos poderosos bíceps, y un par de tejanos oscuros. El pelo le cae despeinado por la frente. Madre mía, es tan guapo que te deja sin aliento. Toma un botellín de cerveza de la barra, lo abre con el anillo de acero que lleva en el dedo corazón y bebe un trago.

—Collins, ¿vas a mirar o te unes a estos «críos»? —pregunta Tiffany.

Thomas me observa durante unos segundos y luego me señala con el cuello de la botella.

—Si ella juega, yo también. —Me guiña un ojo y no puedo evitar responderle con una sonrisita, embobada.

«Vanessa, ponerse digna no es una opción», me sermonea mi consciencia.

En ese momento, Tiffany se vuelve hacia mí.

—¿Nessy? ¿Qué intenciones tienes? —De repente, todos me miran como si fuera una aguafiestas.

—Muy bien —digo resignada.

Nos sentamos alrededor de la mesa. Alex toma asiento a mi derecha, mientras que Thomas se coloca frente a mí.

—Empiezo yo —exclama una chica con el pelo largo castaño, a mi izquierda—. Nash, ¿verdad o reto?

—Verdad —responde un chico que lleva un par de gafas un
poco hípsters.

—Empecemos con algo suave. ¿Cómo fue tu primera vez?

Pero ¿qué clase de pregunta es esa?

Nash parece meditarlo un momento.

—Desde luego, demasiado breve. —Todos estallamos en
carcajadas.

El juego prosigue alegremente, entre Thomas, que reconoce
que el lugar más extraño donde lo ha hecho fue en una vieja
cabina telefónica; yo, que confieso que nunca he experimentado
el autoerotismo, lo que me granjea una mirada descarada por
parte de Thomas; revelaciones picantes y muchas risas. Cada
vez que nos toca, tanto él como yo elegimos «verdad», y debo
confesar que me sorprende que no aproveche los retos para
divertirse un poco.

Todo parece ir de maravilla hasta que retan a Alex a besar a
la persona que conoce desde hace más tiempo entre los presentes, o sea, yo. Ambos intentamos oponernos; Alex, por respeto a
su novia, Stella; yo, por respeto a su historia de amor y a nuestra amistad, pero casi todos los presentes nos incitan a no ser
unos aguafiestas y a tomarnos el asunto como un juego trivial.
Por eso, carcomidos por la vergüenza, nos colocamos frente a
frente, de rodillas. Los dos estamos rojísimos, se nos escapa la
risa constantemente a causa de la incomodidad de la situación.
Después de unos instantes de vacilación, Alex toma las riendas
de la situación, me envuelve la nuca con una mano y me acerca
hacia él para besarme. Cuando nos separamos, nos reímos un
poco y nos limpiamos las bocas con el dorso de la mano. Sin
embargo, la alegría se me pasa en cuanto mis ojos se cruzan con
la expresión glacial de Thomas.

No puede haberse molestado por este beso inofensivo que le
he dado a un chico que podría ser mi hermano.

Llega el turno de la chica de pelo castaño, ni siquiera recuerdo su nombre. Su mirada se detiene en Thomas, y una alarma
en mi cabeza me sugiere que me prepare para lo peor. Ante
la pregunta «verdad o reto», por primera vez, Thomas elige

«reto». Y lo hace desafiándome, mirándome directamente a los ojos, mientras mi corazón late a una velocidad desconocida.

La morena le lanza una mirada traviesa a su amiga, una chica con el pelo teñido de rosa sentada a mi lado, y exclama:

—Te obligo a hacerle un chupetón a Malesya. —Dejo de respirar.

Malesya se acerca a él entre los silbidos y los vítores de los presentes. Sin dejar de mirarme, Thomas la sienta sobre sus piernas y coloca las manos sobre las nalgas de la chica. Siento náuseas. Alex y Tiffany me miran con lástima. Yo, por mi parte, tan solo quiero desaparecer.

Thomas le aparta los mechones rosas y empieza a besarle el cuello con fervor. Ella suspira extasiada y balancea la pelvis sobre sus piernas. Entre las risitas de la gente, alguien los invita a que se marchen a una habitación. En ese momento, se separan. Malesya vuelve a sentarse a mi lado y no puedo evitar mirar con disgusto el moratón que le ha dejado en el cuello, ni puedo quitarme de la cabeza la imagen de ella restregándose sobre Thomas mientras él la complacía con avidez.

Me tiemblan las piernas, me arden los ojos, pero no voy a llorar. Me aclaro la garganta. Me encojo de hombros y me obligo a no volver a mirar a Thomas a los ojos durante lo que queda de noche y en los próximos días. Lo de ser un cabrón lo lleva en el ADN, eso nunca cambiará.

Después de varias rondas, llega el turno de Tiffany.

Lanza una mirada a todos los presentes, pero, para mi enorme estupor, acaba centrándose en Thomas.

—¿Verdad o reto? —pregunta Tiffany.

—Reto —responde él sin ninguna entonación. Como si no esperara otra cosa. Instintivamente, lo busco con la mirada y noto que una expresión malvada le ilumina el rostro.

—Bien, bien —exclama Tiffany, victoriosa. Demasiado victoriosa.

Desvío la mirada hacia ella y frunzo el ceño. Conozco muy bien ese destello de omnipotencia del que hace alarde cuando sabe que tiene el control absoluto de la situación. Le ruego en silencio que no me incluya en las «obligaciones». Thomas también la observa, pero parece desear todo lo contrario. Tiffany alterna la mirada entre nosotros. Luego se detiene en mí y sonríe. Cuando murmura: «Me darás las gracias», me sobresalto. Madre mía.

—Thomas, te obligo a pasar diez minutos encerrado en el armario trastero con Nessy —anuncia.

—¿Qué? —exclamamos Alex y yo al unísono.

—Venga, vamos allá —ordena Thomas, que se pone en pie.

—No pienso encerrarme en ningún sitio contigo. ¿Dónde estamos, en la guardería? —respondo con sarcasmo.

—Las reglas son las reglas, Vanessa. Hay que respetarlas —replica él con voz cantarina y su habitual cara de merecer una bofetada.

—Tiene razón. Hasta ahora, todos las hemos respetado —interviene Nash, antes de explicarme dónde se encuentra el armario trastero.

Maldita Tiffany. Me la pagará. «Oh, por supuesto que me la pagará».

Respiro hondo y expulso todo el aire por la nariz.

—Muy bien, vamos al armario de las narices.

—Después de usted, señorita —se mofa Thomas, con tono engreído.

Paso junto a él y le lanzo una mirada sombría.

Entro yo primero, y él, detrás de mí, cierra la puerta. Por alguna razón, la luz está encendida. Puede que alguien haya estado aquí antes que nosotros. Este habitáculo es claustrofóbico. Le doy la espalda porque, aunque estoy furiosa con él, la idea de tenerlo a unos pocos centímetros de mí me haría perder la lucidez, lo sé. Así que me quedaré aquí, mirando las paredes verdosas que me rodean, durante diez minutos. Frente a mí hay unos cuantos libros polvorientos en las estanterías y unas muñecas de cerámica. Espeluznante. Me fijo en un cordel que cuelga del techo. Le doy un tirón y la tenue luz se apaga. La vuelvo a encender enseguida. Luz. Necesito luz.

—A oscuras es mejor, ¿no crees? —Aunque le doy la espalda, imagino que curva los labios con su particular actitud desafiante.

—No, no creo —replico en tono brusco.

—Déjame adivinar, estás cabreada.

Qué perspicaz, Collins.

—No.

—No era una pregunta, sino una constatación.

¿Sabes dónde puedes meterte tus constataciones?

Suspiro y me giro para quedar frente a él.

—Sí, Thomas. Estoy cabreada. Qué novedad, ¿verdad?

—Sí, toda una novedad —responde, molesto, y se ajusta con los dedos el mechón de pelo encrespado que le cae por la frente.

—¿Tan difícil es para ti dejar de comportarte como un imbécil durante más de cinco minutos seguidos? —lo ataco sin esforzarme por mantener a raya mi enfado.

—¿Cuándo se supone que lo he hecho?

¿Me toma el pelo? Claro que sí, porque está más claro que el agua que sabe por qué estoy enfadada. Pero, claro, si primero no se burla de mí, no está contento.

—No sé, ¿tal vez cuando te has puesto a esa chica sobre las piernas y casi te la tiras delante de todos? Espero que te haya gustado, al menos —concluyo con una mueca desdeñosa, e ignoro la punzada que siento en el corazón.

—¿Y a ti, en cambio, te ha gustado besar en la boca a tu amiguito? —¡No querrá hacerme creer que lo ha hecho para vengarse!

—No lo llames «amiguito» de esa forma. Y, para que quede claro, solo ha sido un estúpido beso, no se ha enganchado a mi cuello como si fuera el conde Drácula.

—Si lo tuyo solo ha sido un estúpido beso, lo mío solo ha sido un estúpido chupetón. No veo dónde está el problema.

Me rindo. No lo pilla.

—Déjalo estar —murmuro, y vuelvo a darle la espalda.

—Gírate.

—No, estoy bien así.

Siento que se acerca y el corazón se me sube a la garganta.

—Quiero que me mires cuando me hables —me ordena con voz ronca.

—Yo quiero que te alejes de mí.

—No, no quieres. —Pone sus manos sobre mis hombros y las desliza por los brazos hasta que llega a las caderas. Su tacto áspero sobre la piel suave me hace estremecer. El cerebro me ordena que me aparte y que establezca una distancia de seguridad, pero mi cuerpo se siente cada vez más atraído por el suyo—. Quieres que te toque... —Me levanta un poco la camiseta y pasa los dedos por mi vientre—. Que te bese... —murmura contra mi pelo—. ¿Y sabes por qué lo sé? —Intento responder, pero no puedo. Me limito a sacudir lentamente la cabeza—. Porque tu boca puede mentir, pero tu cuerpo no. —Me atrae hacia él, hasta que mi trasero choca con su pelvis y me arranca un gemido—. Entonces... —Me aparta el pelo del cuello y posa los labios en él—. ¿Te ha gustado besarlo?

—¿A ti qué te ha parecido? —respondo, en un intento por mostrarme segura, y rezo con todas mis fuerzas para poder disimular la forma en que me desestabiliza.

—Me ha parecido que estabas muy metida en el tema.

—Igual que tú con Malesya... La has agarrado bien con las manos, y con las piernas, sobre todo...

Oigo que se ríe en la curva de mi cuello. Si no estuviera tan sometida por él, probablemente ya le habría dado una bofetada.

—Pero ella no me la ha puesto dura, cosa que tú sí haces. —Empuja su erección contra mis nalgas para demostrarme lo que acaba de afirmar—. Tampoco hace que me entren ganas de tumbarla sobre una mesa y penetrarla hasta dejarla sin aliento. —Su mano se cierra sobre mi cadera izquierda y hunde los dedos en mi piel mientras me lame un punto detrás del lóbulo de la oreja. Me invade una poderosa descarga eléctrica que se concentra en mi bajo vientre. Sus dedos descienden y aterrizan entre mis piernas, que aprieto y tenso automáticamente—. Buena chica, apretada a mi alrededor, así es como quiero sentirte —murmura con lascivia. Mueve los dedos y aplica más presión en el centro. Una sensación cálida y embriagadora que me hace estremecer. Me aparta a un lado las bragas y desliza un dedo entre mis pliegues húmedos. Gimo, cierro los ojos y me abandono a su toque mágico. Él dibuja pequeños círculos sobre mi clítoris que me hacen languidecer todavía más. Dejo caer la cabeza hacia atrás sobre su hombro y Thomas apoya la palma de su otra mano en la pared que tengo delante antes de jadear contra mi oído. Farfullo su nombre y le aprieto la muñeca con la que me está dando placer, mientras no dejo de apretar las piernas. Me gustaría echarlo de aquí, pero en su lugar me muevo al compás de sus movimientos. Estoy volviendo a cometer un error. Otro del que me arrepentiré. ¿Por qué? ¿Por qué no puedo prescindir de él? Me siento como una polilla que, inevitablemente, se ve atraída por la luz, pero sé que si me acerco demasiado, me quemaré.

—Déjate llevar. Sé que lo deseas, siento en mis dedos lo mucho que lo deseas.

Sus palabras me provocan un cortocircuito en el cerebro. En cuanto percibe que los músculos de mis piernas ceden, se adentra más profundamente con un dedo.

Arqueo la espalda y empujo el trasero contra su pelvis, con lo que le provoco un leve gruñido de excitación. Thomas me lame el cuello, lo chupa. Lo muerde y frota arriba y abajo su erección, cada vez mayor, contra mis nalgas. Cuando noto que su respiración se vuelve más pesada, se desabrocha la cremallera de los vaqueros con un movimiento brusco y libera su erección, frotándola entre la fina capa de mi bikini y la hendidura de mis nalgas. Siento la punta cálida y húmeda que hurga en mi hendidura y se desliza hacia delante y hacia atrás. El sonido ronco de sus gemidos y la sensación de la piel cálida y húmeda frotándose contra mí me humedece todavía más, tanto que siento una primera oleada abrumadora. Él aumenta el ritmo con los dedos y me provoca un temblor en las piernas que desencadena una segunda oleada de placer. Casi me entran ganas de pedirle que pare porque el estímulo es demasiado potente, pero una tercera oleada desencadena un espasmo de intenso placer, y lo único que puedo hacer es revolverme balbuceando palabras inconexas.

—Abre un poco más las piernas. Quiero mirarte y quiero... sentirte. —Me atrapa entre su cuerpo y la pared, no deja de repetirme palabras libidinosas que están a punto de llevarme al punto de no retorno junto a él, cuando unos golpes en la puerta me sobresaltan.

—¡Se acabó el tiempo, chicos! —grita alguien al otro lado de la puerta.

Abro los ojos de par en par.

¿Qué? No puede ser...

—Mierda —maldice Thomas, que rechina los dientes de rabia y frustración. Retira la mano de mis bragas y me deja aturdida, anhelante e insatisfecha como nunca.

Parpadeo confundida y levanto la cabeza lentamente. Con los labios entrecerrados, jadeo mientras inhalo el aire viciado del habitáculo.

Thomas me da la vuelta con un gesto brusco. Ahora veo sus ojos nublados, desbordantes de un deseo atroz que se ve obligado a reprimir. Me agarra de la mandíbula y exclama:

—La próxima vez que me dejes tocarte así, me aseguraré de hacerte gritar mi nombre hasta que pierdas la voz.

Aturdida, lo observo mientras se acomoda con dificultad el miembro erecto en los pantalones y sale del armario. Yo, por mi parte, trato de entender cómo me he metido en esta situación.

Me he dejado utilizar otra vez como una estúpida marioneta. Thomas ha olido mi debilidad y se ha aprovechado de ella sin ningún escrúpulo.

Me desplomo en el suelo, decepcionada por mi comportamiento.

Capítulo 29

Tengo la cara entre las manos cuando Thomas reaparece en la puerta e inunda el armario con la luz procedente del piso de arriba.

—¿Por qué no sales? —pregunta con una calma que me pone de los nervios.

—¿Por qué? —repito, todavía jadeando, con las mejillas encendidas—. ¡Explícame en qué demonios estabas pensando! ¿Por qué lo has hecho? Qué esperabas conseguir, ¿eh? —Thomas me mira sorprendido, cruza el umbral, entra de nuevo en el armario y cierra la puerta tras de sí.

—No esperaba conseguir una mierda. Lo he hecho porque quería. —Hace una pausa y me mira desvergonzado—. Porque queríamos —enfatiza después.

—¿No había unos límites que respetar? ¿O es que, a fin de cuentas, todo ese «quiero ser tu amigo», «soy un cabrón egoísta, pero contigo es diferente» no era más que una gran mentira?

Endereza los hombros y frunce los labios en una línea dura, sin apartar los ojos de los míos.

—Pues parecías disfrutarlo.

—No me trates así. —Cierro las manos en un puño, fuera de mí—. ¿Con quién crees que estás tratando, Thomas? ¡Besas a una delante de mí y veinte minutos después, te metes en mis bragas! ¿Ese es el respeto que me tienes?

—No he besado a nadie. Solo ha sido un estúpido chupetón, ¡la que ha besado a alguien has sido tú! Y te recuerdo que me has dejado meterme en tus bragas. Si no nos hubieran interrumpido, habrías dejado que te follara hasta el final. ¡Así que en vez de enfadarte conmigo por haber hecho lo que quería, hazlo contigo misma porque te empeñas en seguir con esta cantinela de las narices! —grita, con las venas del cuello palpitantes.

Frunzo el ceño.

—¿De qué cantinela hablas?

350

—¿Qué cantinela? Esa en la que te sientes tan atraída por mí como yo por ti, pero por alguna razón absurda no te dejas llevar. Permites que tus clientes te toquen para sacarles unos dólares, que el primer capullo que te hace ojitos y te suelta unos cuantos piropos te empotre contra la pared, incluso besas a tu mejor amigo, pero si eso lo hago yo, entonces soy un cabrón de mierda, ¿no?

«¡Pues sí! Porque ninguno de ellos tiene el poder de hacerme pedazos con una sola palabra como haces tú, ¡idiota!».

—No se trata de eso —me limito a decir en voz baja.

—¿Entonces de qué se trata?

—Da igual.

—Dímelo. —Da un paso hacia mí.

—¿Tengo que recordarte lo que pasó la última vez que me dejé llevar contigo? Me hiciste sentir tan patética que me avergoncé de mí misma. No dejaré que vuelva a suceder. Queremos cosas diferentes. Yo quiero estabilidad, tú quieres libertad. Yo quiero una relación, tú evitas las ataduras. Te cuidas bien de evitar cualquier tipo de responsabilidad. Lo entiendo, y me parece bien, pero quítate de la cabeza la idea de utilizarme como uno de tus pasatiempos.

—El hecho de que no quiera relaciones no implica que no te quiera a ti —responde serio.

—¿Ah, no? ¿Y qué implica? ¿Que me utilizas, pero luego te vas con otra porque no tienes ninguna obligación moral conmigo? ¿Implica que puedes salir de mi cama y solo unas horas después aparecer en la cafetería de la universidad tocándole el culo a otra, sin pensar en cómo eso me hace sentir? —grito tan fuerte que, por un momento, imagino una multitud de personas al otro lado de la puerta, escuchando con atención este lamentable espectáculo.

Deja escapar un suspiro molesto.

—Ya te he dicho que hace semanas que no echo un polvo en condiciones.

—¿De verdad esperas que te crea? Te vi abrazándote con no sé cuántas durante las semanas en que no nos hablamos. No me trates como si fuera estúpida, me ofendes. —Me cruzo de brazos y aparto la mirada.

—Sí, tienes razón, me he follado a algunas tías, porque ¿sabes qué? Soy un hombre y tengo impulsos. Pero tanto si me crees como si no, he sido incapaz de llegar hasta el final con ninguna de ellas. ¿Y sabes por qué? Porque mi puta cabeza, todo el tiempo, estaba ocupada con...

Lo interrumpo crispada.

—... con otra chica. ¡Dios mío, ya me lo has dicho! Y eso confirma mi tesis: piensas en otra, pero esperas que yo...

Me tapa la boca con la mano para callarme.

—¡Contigo! Eres lo único que tengo en la cabeza. Eres una caprichosa incurable.

Permanezco inmóvil durante unos segundos en un intento de digerir sus palabras. Él me mira, a la espera de una reacción. Luego, con un gesto repentino, retiro su mano de mi boca.

—¿Qué has dicho?

Da un paso hacia mí y yo retrocedo.

Avanza de nuevo y me aprisiona.

—Deja de huir.

—Deja de decir tonterías.

—¿Te parecen tonterías?

—Te recuerdo que ayer por la mañana tú mismo me dijiste que te ibas a tirar a Shana. Y ahora confiesas que no has llegado hasta el final con ninguna porque estabas pensando en mí. Sí, creo que dices muchas tonterías.

—Solo lo he dicho porque me estabas mareando.

Me llevo una mano al pecho.

—¿Yo? ¿Y cómo se supone que te estaba mareando?

—No dejabas de decir que eras mi amiga. —Me atraviesa con la mirada—. ¿Amiga, Ness? ¿Te comportas así con tus amigos?

—Pero yo soy tu amiga. O, al menos, me esfuerzo por serlo.

—Santo cielo... —Se pasa una mano por el pelo, frustrado—. ¿Tú eres mi amiga? —Se acerca con aire prepotente y, sin pedir permiso, desliza la mano entre mis piernas. Su gesto me toma por sorpresa y jadeo—. ¿Dejas que tus amigos te hagan esto? —Ejerce más presión sobre mi punto sensible y me provoca una punzada de placer—. ¿Disfrutas cuando sientes sus manos sobre ti? —Me aparta las braguitas y me penetra con un dedo—. ¿Dentro de ti? —pregunta con avidez, a un suspiro de mi piel.

—¡Para! —Lo empujo con vehemencia y lo golpeo en el pecho—. ¡Eres un animal, Thomas!

—¡Y tú una mentirosa! —grita, con la vena del cuello hinchada por la rabia. Luego retrocede y se limpia los dedos en la sudadera con gesto nervioso.

La cabeza me da vueltas. Los dos estamos fuera de control. Respiro hondo en un intento de calmar mis nervios. Él se da la vuelta y me dejo caer en el suelo. Doblo las rodillas y me las llevo al pecho, me masajeo las sienes con la cabeza inclinada.

—¿Qué demonios quieres de mí? —pregunto exhausta.

—Entender algo —responde Thomas tras unos instantes de silencio.

—¿Entender qué?

—Por qué desde aquella noche he perdido el interés por todas las chicas que han pasado por mis manos.

Descanso la cabeza contra la pared y lo observo desde abajo.

—¿Y cómo piensas averiguarlo?

Me lanza una mirada indulgente y se agacha para mirarme directamente a los ojos.

—Contigo.

Lo observo estupefacta. Estoy soñando, no veo otra explicación.

—¿Conmigo? ¿Qué significa eso? ¿Quieres… quieres que salgamos juntos? —tartamudeo, atenazada por el temor a sentirme rechazada.

Casi estalla en carcajadas en mi cara, lo que me hace sentir una estúpida. Casi me lo creo.

—Nada de relaciones, ya sabes lo que pienso de eso. —La frialdad con la que lo dice me hiela la sangre.

—¡¿Entonces qué demonios quieres?! —grito a pleno pulmón.

—Te quiero a ti.

—¿Y de qué manera me quieres? Soy todo oídos —digo irritada.

—Ya lo sabes —responde serio. Sí, Thomas, lo sé. De una manera que no va conmigo. De una manera que me hace daño.

—Quieres mi cuerpo, pero no mi esencia —murmuro con amargura—. ¿Qué sería yo para ti? ¿La niña ingenua a la que te tiras cuando estás aburrido? ¿O cuando estás cabreado, o cachondo? No, gracias. Si voy a sentirme una nulidad, prefiero estar sola —añado con un nudo en la garganta y los ojos vidriosos por las lágrimas.

—No serías nada de eso.

—¿Y qué sería, entonces? —Mi voz desprende decepción.

—¿Tan importante es para ti clasificar el tipo de relación que te une a una persona? Solo es una etiqueta. Una puta etiqueta. Te aseguro que puedes divertirte con alguien sin necesariamente estar con esa persona —afirma sin vacilar.

—Todo esto es absurdo. ¿De verdad me estás pidiendo que empecemos una no-relación basada puramente en el placer, sin ninguna implicación emocional? ¿De verdad me lo estás proponiendo a mí?

—Sé lo difícil de comprender que es para ti... —Me coloca un mechón de pelo detrás de la oreja—. Tienes una visión distinta de la mía con respecto a las relaciones. Sueñas con el amor verdadero, el amor romántico y totalizador que tanto te gusta leer en tus novelas, pero yo nunca podré darte nada similar, nada que se acerque a ese tipo de amor. Y tú no deberías querer nada de eso de alguien como yo.

—¿Por qué, Thomas? —pregunto con la voz quebrada. No me importa parecer patética o desesperada. Peor que esto no puede ir.

Agacha la cabeza y, por un momento, se limita a observar el suelo. Luego me mira extremadamente serio.

—Porque estoy roto por dentro. Y no hay cura, no hay remedio, para la gente como yo. Probablemente, si fuera más altruista, te mantendría alejada de mí y de toda la mierda que me rodea. Pero el problema es que soy un egoísta ávido. Soy tan egoísta que te deseo, por mucho que sepa que no está bien. Por mucho que sepa que no durará y que nada cambiará esto. Y estoy seguro de que, tarde o temprano, conocerás a alguien que estará dispuesto a darte todo lo que siempre has soñado, buscado y deseado. Y en ese momento, Travis, Logan y todos los capullos que hemos pasado por tu vida solo podremos ver cómo te alejas. Así que, antes de que eso ocurra, quiero tener la oportunidad de disfrutarlo todo de ti, todo.

Estoy incrédula. El corazón me late desbocado en el pecho.

—Y-yo… No te entiendo. Si esto es lo que quieres…, entonces ¿por qué no quieres estar conmigo? —pregunto, y lo miro a los ojos.

—No es que no quiera estar contigo. Es que no quiero que tú estés conmigo. Soy un desastre. Atarte a mí implicaría hacerte entrar en mi vida. Y, sin darte cuenta, acabarías tan destrozada como yo. Eso no quita que quiera que seas mía. Toda mía. Solo mía.

—Y mientras tú me tendrías de forma exclusiva, ¿qué tendría yo? —No me creo que esté considerando esta propuesta.

—Tendrías buen sexo conmigo. —Esboza una sonrisita, pero enseguida se da cuenta de que no estoy de humor para bromas.

—Buen sexo es algo que puedo tener con cualquiera.

—Pero lo quieres conmigo, no mientas. Lo noto cada vez que te toco.

—¿Y qué pasa con las demás?

—Dejaré de verlas —afirma con decisión. Me parece la única nota positiva en toda esta locura.

—Entonces, ¿solo tú y yo… sin responsabilidades ni sentimientos? —Sentimientos que yo ya tengo, mientras que él solo siente una atracción acompañada de una inexplicable forma de posesión.

—Sin ataduras ni responsabilidades —confirma.

Nos miramos en silencio durante unos segundos. Me muerdo el labio, no sé qué decir ni qué pensar.

—No lo sé, Thomas…

—Podría ser mejor de lo que imaginas.

O peor de lo que tú crees…

Inspiro profundamente y expulso el aire por la nariz.

—Lo pensaré.

Por un momento, parece sorprendido ante mi respuesta.

—¿De verdad lo pensarás?

—Sí.

—Vale. —Se aclara la garganta y se recompone—. Ahora salgamos. Aquí no se puede respirar.

Me tiende la mano y yo, aunque vacilante, la acepto. Antes de salir del armario, Thomas se detiene, se vuelve hacia mí y me mira. Me rodea la cintura con el brazo y me acerca a él. Solo nos separan unos centímetros. Me acuna las mejillas con las manos y me acaricia suavemente los pómulos. Me escruta atentamente con la mirada. Me pregunto qué estará pensando. De repente, me envuelve en sus grandes brazos y yo me refugio en esta fortaleza aparentemente indestructible. Apoya la barbilla sobre mi cabeza mientras yo aprieto la mejilla contra su torso e inhalo profundamente su aroma. No nos decimos nada, pues las palabras no sirven. Permanecemos abrazados así durante unos instantes que desearía que fueran eternos.

Capítulo 30

Cuando volvemos con los demás, el grupo que estaba jugando a verdad o reto ha desaparecido. En nuestra ausencia, la fiesta parece haber llegado a su apogeo, todo el mundo está achispado. Salimos y, una vez fuera, diviso a Tiffany y a Alex al borde de la piscina, que me lanzan una mirada cómplice como diciendo: «Ya hablaremos más tarde». Sonrío débilmente.

Thomas se sienta en un pequeño sofá y se enciende un cigarrillo con toda la tranquilidad del mundo, como si no hubiéramos pasado los últimos diez minutos deseándonos, enredados el uno en el otro, y luego... Ni siquiera sabría definirlo. Fuera lo que fuera, sin embargo, sigo dándole vueltas en la cabeza.

Me dejo caer en una silla libre que encuentro a unos metros de él.

Una chica que sostiene un flotador con forma de calabaza bajo el brazo me propone darme un chapuzón en la piscina. Todos parecen entusiasmados, pero me asalta la ansiedad ante la idea de tener que desvestirme delante de los presentes.

Thomas se levanta y, en cuestión de segundos, se descalza, se quita los vaqueros y la sudadera y se queda con unas simples bermudas azules que dejan a la vista su esculpido abdomen cubierto de tatuajes. Un momento. ¿Y esos *piercings* en los pezones? ¿Son nuevos? La última vez que lo vi sin camiseta no los tenía. Dios mío, ahora está incluso más *sexy*.

—¿Has terminado de babear, Ness? —exclama el engreído delante de mí.

—¿Q-qué? —Me deshago de la mirada de babosa que se ha apoderado de mi cara.

—A estas alturas ya deberías saberlo: soy un chico tímido e inseguro. No puedes mirarme de esa forma, me intimidas —se burla de mí.

357

—Solo estaba mirando los *piercings,* idiota. ¿Te dolieron? —farfullo con fingida indiferencia.

—Los sentí, pero eso es lo malo de las cosas buenas: que duelen. —Me dedica una sonrisa torcida—. Vamos, quiero ver cómo te deslizas en el agua como un pececillo.

—Em, para serte sincera, ahora mismo no me apetece demasiado mojarme. —Bajo la mirada y me torturo las cutículas.

—Hace un momento no pensabas lo mismo —responde con picardía, sin un ápice de vergüenza.

Me pongo roja en décimas de segundo.

—¡Thomas! —lo regaño, y le lanzo la primera botellita de plástico vacía que encuentro. Le doy en el hombro y él estalla en carcajadas.

Se inclina hacia mí y apoya las palmas de sus grandes manos sobre mis muslos. Es fascinante observar el contraste de mi piel blanca con la suya, completamente tatuada.

—Vamos, no te hagas de rogar.

—No es necesario que insistas. Ve, yo me quedaré aquí. Y luego, esta…

Sin darme tiempo a terminar la frase, de repente me encuentro bocabajo, sobre el hombro de Thomas.

—¡No, Thomas, suéltame! —Le golpeo en la espalda, pero solo consigo que me haga cosquillas en el costado. Intento evitarlo, pero al final se me escapa la risa.

—No sé nadar, ¿recuerdas? Además, ¡todavía estoy vestida!

—¿Qué es eso, una invitación velada a desnudarte? Pensaba que ciertas cosas preferías hacerlas lejos de miradas indiscretas. Eres una chica pervertida. —Me da una palmada en la nalga expuesta mientras sigue caminando.

—Y tú eres el troglodita de siempre. —Pateo con las piernas en el aire en un intento de liberarme de él—. No pienso quitarme la camiseta.

Cuando llegamos al borde de la piscina, me deja en el suelo.

—¿Por qué no? Te queda fatal.

—Ah, qué amable —respondo ofendida, y cruzo los brazos sobre el pecho.

—¿Quién te la ha dejado?

—Alex. —Le tiembla la mandíbula ligeramente, pero finjo no percatarme.

—Razón de más para quitártela.

Después de pensarlo unos minutos, decido dejarme llevar. Respiro hondo y tiro del dobladillo de la camiseta hacia arriba, pero cuando estoy a punto de quitármela, me bloqueo. No puedo. Siento mil ojos sobre mí.

—¿Cuál es el problema? —me pregunta.

Me inclino hacia él y confieso en voz baja:

—Me da muchísima vergüenza.

Thomas me mira atónito.

—¿Vergüenza de qué?

—De mi cuerpo —respondo azorada.

Él suelta una carcajada.

—No digas tonterías. Quítate la ropa o lo haré yo mismo.

Suspiro una vez más, pero me armo de valor y lo hago. De inmediato, percibo una sensación de incomodidad. Me siento expuesta. Demasiado.

Mientras tanto, Thomas me observa con una mirada indescifrable que me hace querer esconderme.

Me dispongo a cubrirme, pero él frunce el ceño.

—¿Qué haces?

—Voy a vestirme otra vez. Esta es exactamente la manera en que no quiero que me miren —murmuro.

—Sí, deberías vestirte. —Lanza una mirada sombría a alguien por encima de mi hombro—. Al menos, todos estos capullos dejarían de follarte con la mirada. Pero soy demasiado egoísta para hacerlo. Porque, si te vistieras, no podría seguir mirándote. Y madre mía si quiero hacerlo. Quiero contemplarte hasta que me ponga enfermo.

Bajo la mirada, todavía más avergonzada.

—¿Qué profundidad tiene la piscina? —pregunto para cambiar de tema.

—No lo sé, es la primera vez que me baño en ella, pero pronto lo averiguaremos. Súbete a mi espalda, saltaremos juntos.

Parece una idea realmente estúpida, pero en parte me tienta, porque tengo muchas ganas de sentirlo contra mi piel. De un salto, me agarro a él. Sus manos me sujetan firmemente los muslos y yo enredo los brazos alrededor de su cuello.

—¿Estás bien?

—Sí, ¿por qué?

—Estás temblando.

—Em, sí, es que hace mucho frío, eso es todo —miento. La verdad es que la idea de sumergirme en el agua me aterroriza, pero, de algún modo, la presencia de Thomas consigue mitigar un poco el miedo.

—No tienes que hacerlo si no quieres. Podemos volver allí y enfrentarnos a una buena partida de *beer pong,* pero te machacaría. O incluso podemos volver a casa. Tú eliges. —Me entran ganas de sonreír por cómo intenta que me relaje y por la espontaneidad con la que ha dado a entender que nos iremos juntos de esta fiesta a pesar de haber llegado por separado.

—La piscina está bien, pero te lo advierto: si me sueltas bajo el agua y dejas que me ahogue, ¡te juro que resucitaré para patearte el culo! —lo amenazo, y le presiono el hombro musculoso con un dedo.

Él inclina ligeramente la cabeza hacia un lado para mirarme.

—¿Me estás diciendo que por fin tengo la oportunidad de librarme de una vez por todas de tu lengua afilada? —Chasquea la lengua en el paladar con aire divertido—. Menuda tentación. —Le doy un golpecito en la nuca y ambos estallamos en carcajadas.

Acerco mi boca a su oreja y noto cómo se pone rígido.

—No durarías ni un solo día sin mi lengua afilada. Me echarías demasiado de menos, lo sé —le susurro al oído.

Permanece unos segundos en silencio; parece meditar la respuesta. Luego murmura:

—No sabes cuánto. —Sonrío con timidez; no creía que le escucharía decir algo así—. ¿Preparada?

Asiento con la cabeza y me tapo la nariz. Thomas se ríe y sacude la cabeza. Toma carrerilla y, al cabo de un momento, estamos bajo el agua. La presión del salto nos separa, pero él me sostiene la mano y me devuelve a la superficie. Braceo, y cuando Thomas me agarra en brazos, le rodeo la cintura con las piernas. Me lleva así hacia la parte menos profunda de la piscina, donde el agua me llega a la altura de las clavículas.

—Creo que acabo de darte un buen motivo para odiarme —dice con una sonrisa, y se acerca a mí.

—¿Solo uno? A ver, ¿cuál es?

—Se te ha corrido el maquillaje de los ojos —confirma entre risas.

«Maldita seas, Tiff». Me limpio la cara rápidamente.

—¿Se ha ido todo?

—Sí, ahora pareces un panda —se ríe. Thomas se acerca a mí y me susurra suavemente—: Tienes una obra de arte por ojos, no los escondas con esa basura. —Con el pulgar derecho, me acaricia la mejilla hasta la barbilla. Una sensación cálida me invade el cuerpo al instante, incluso bajo el agua. Dios mío, debería dejar de derretirme como una medusa al sol cada vez que me toca, me mira, me sonríe... o dice algo bonito sobre mis ojos. Para rebajar la tensión, empiezo a salpicarlo, y lo pillo con la guardia baja. Me observa con una mirada llena de luz y una pizca de perfidia—. Yo que tú, no lo haría una segunda vez.

—¿O qué? —lo desafío.

Se acerca con una mirada salvaje y yo retrocedo. Levanto la comisura de los labios y, animada por una repentina oleada de valor, vuelvo a salpicarlo.

—Una decisión pésima —exclama con una sonrisa diabólica.

Me doy la vuelta dispuesta a ponerme a cubierto, pero en un abrir y cerrar de ojos se abalanza sobre mí y me agarra de las caderas. Me apresuro a taparme la nariz, ya he intuido sus intenciones. Y, efectivamente, Thomas me levanta y, acto seguido, me hunde bajo el agua. Vuelvo a emerger unos instantes después y, con los ojos todavía cerrados, siento de nuevo sus manos, que vuelven a hundirme bajo el agua. Cuando regreso a la superficie, no puedo dejar de reírme mientras me atrae hacia él y presiona mi espalda contra su pecho.

—¿Te rindes, fierecilla? —pregunta, divertido.

—¡Jamás! —Empiezo a lanzarle agua detrás de mí y lo inundo todo a mi paso. Luego me giro en su dirección y, tras agarrarlo por los hombros, intento hundirlo con todas mis fuerzas, pero no consigo moverlo ni un centímetro. Ambos estallamos en carcajadas ante mi miserable intento.

Increíblemente, nos pasamos la siguiente media hora riendo y bromeando, hablando un poco de todo. Empezamos con la asquerosa comida que sirven en la cafetería, de la que las cocineras están muy orgullosas. Dan tanto miedo que ni siquiera Thomas tiene el valor de quejarse. Me cuenta que sorprendió a su compañero de piso sumergido en la bañera, con el agua esparcida con sales minerales, rodeado de velas, con música romántica de fondo. Mientras le señalo que el profesor Scott habla de una forma muy extraña, improviso una imitación que se acerca mucho a su forma de hablar y él rompe a reír.

Estoy tan bien que ni siquiera presto atención a la gente que hay a nuestro alrededor, bebiendo, riendo, gritando y zambulléndose en el agua. De vez en cuando, intercepto las miradas curiosas de Alex y Tiffany, y creo haberlos visto cuchichear entre ellos a la vez que nos señalaban a Thomas y a mí. Pero me concentro únicamente en él. Cuando, más tarde, unos chicos nos proponen participar en una carrera de natación, los maldigo mentalmente por romper el hechizo en el que nos habíamos refugiado.

Yo rechazo la oferta. Thomas, en cambio, acepta. Empieza a nadar junto con los demás, mientras yo llego al borde de la piscina y observo cada uno de sus movimientos. La forma en que se aparta el pelo que le cae por la frente al salir del agua, las venas de sus brazos que se agrandan cuando tensa los músculos, el movimiento de los omóplatos con cada brazada. Los hombros anchos, los músculos de la espalda totalmente cubierta por ese tatuaje tan fúnebre que resulta fascinante y trágico al mismo tiempo. Y esa cicatriz… casi imperceptible, bajo toda esa tinta, pero que me resulta imposible no ver.

Estoy tan absorta en mis pensamientos que cuando de repente lo veo aparecer frente a mí, me sobresalto ante la sorpresa.

Me mira atento y luego exclama:

—¿En qué piensas, Forastera?

—En muchas cosas.

Se acerca tanto que siento su aliento en la cara.

—Dime algunas.

—Estoy pensando en el examen de Filosofía que tenemos el lunes. En que tengo que lavar el uniforme del trabajo, y también estoy pensando en ti. —No sé de dónde demonios he sacado el valor para admitirlo. Él, por supuesto, parece complacido.

—¿En mí? —Me acaricia la mejilla—. Y dime, ¿qué te viene a la mente cuando piensas en mí?

Reflexiono unos instantes antes de convencerme a hablar, a pesar de que la vocecilla de mi cabeza me pide a gritos que no lo haga. Como siempre, la ignoro.

—Thomas, ¿puedo...? —Tomo una ligera bocanada de aire—. ¿Puedo hacerte una pregunta?

—Vas a hacerlo de todos modos, ¿verdad, pequeña metomentodo? —me chincha, y me hace soltar una risita.

—Bueno, me preguntaba... La cicatriz que tienes en el costado... ¿es por el accidente que sufriste con la moto?

El modo en que sus rasgos faciales se endurecen al instante y adoptan una expresión furiosa, que me deja helada, me hace desear rebobinar la cinta y retroceder treinta segundos para impedir que mi boca hable.

—¿Qué coño sabes tú del accidente? —estalla, rojo de ira. Trago saliva, intimidada.

—Na-nada, yo... Leila me lo contó hace un tiempo.

Thomas deja escapar un suspiro y cierra los ojos. Cuando vuelve a abrirlos, me asusta todavía más.

—No quiero oírte hablar de esto nunca más, ¿queda claro?

—No quería...

—¡Y no insistas, joder! —gruñe, con lo que atrae la atención de algunas personas que nadan a nuestro lado y me hace enmudecer.

Miro a mi alrededor avergonzada y casi me entran ganas de llorar.

—¡Me pregunto si hay algo de lo que pueda hablar contigo! —Me doy la vuelta para marcharme, pero él me agarra del brazo.

—¿Adónde crees que vas?

—Me marcho. No voy a discutir contigo por tercera vez en un día, y mucho menos delante de media universidad. —Doy un tirón con el brazo para liberarme de su agarre, pero él no me suelta.

—No te vas a ir a ninguna parte.

—Thomas, quiero irme —respondo con decisión.

Él respira hondo y susurra:

—El accidente fue el final y el inicio de todo. Una herida que nunca sanará. —Me toma la muñeca con brusquedad y lleva mi mano hasta su costado—. Esta cicatriz me recuerda todos los días lo que tuve, lo que perdí y lo que no volveré a tener jamás. Nunca. —El dolor que transmite su voz hace que me desmorone en mil pedazos.

Coloco dos dedos sobre su boca, mortificada. Se trate de lo que se trate, veo que lo destruye, y eso me destroza. Por ese motivo, no insisto más.

—Por favor, no digas nada más. Perdóname. —Lo abrazo, apoyo la boca en la curva de su cuello y siento cómo se relaja entre mis brazos—. No quería... no quería obligarte a recordar. Como siempre, he dejado que mi lengua afilada tomara el control. ¿Sabes qué?, tal vez la idea de dejar que me ahogara no estaba tan mal, después de todo —susurro irónicamente, con la esperanza de rebajar al menos un poquito la tensión que se cierne sobre él.

Pero Thomas no se ríe. Me abraza más fuerte, como si en la piscina estuviéramos los dos solos, como si fuera a escurrirme de su abrazo en cualquier momento.

—Hay demasiada oscuridad dentro de mí para que lo entiendas, pero no me des la espalda por eso —me suplica con voz tenue.

Se me parte el corazón. Lo miro y le acuno las mejillas con las manos en una tierna caricia.

—No lo haré —murmuro a pocos centímetros de su boca. En este momento, lo único que querría hacer es besarlo. Besarlo hasta dejarlo sin aliento, hasta que lo olvidara todo. Pero no creo que sea lo correcto ahora mismo—. Me gustaría irme —confieso.

Thomas asiente, me rodea las caderas y me levanta para que me siente en el borde de la piscina.

—Vayámonos juntos.

—Vale —respondo, pero ha quedado claro por el tono de su voz que no aceptaría otra respuesta. Mientras Thomas sale del agua de un salto y se lleva el pelo hacia atrás con un gesto de la mano, yo busco a Alex y Tiffany entre la multitud de chicos en la piscina. Una vez que localizo a mi amiga, le digo con los labios que voy a marcharme con Thomas. Ella asiente y me dedica una sonrisa traviesa.

Le digo a Thomas que, antes de irme, tengo que entrar para vestirme.

—Te espero aquí —me responde.

Paso por el jardín, donde unos chicos, totalmente achispados, juegan al fútbol con una calabaza tallada y ríen a carcajadas, y me dirijo al anexo en la parte trasera de la villa. No hay ni un alma porque todos están en la fiesta. Tardo unos minutos en llegar. Me pongo la ropa y salgo. Cuando llego al sendero para volver con Thomas, alguien me aprieta la muñeca y me arrastra hacia un rincón oscuro, sobresaltándome.

—Al menos podrías hacer el esfuerzo de no tirártelo delante de mí, ¿no crees? —El aliento a alcohol me indica que Travis no está en sus plenas facultades. ¿Qué hace todavía aquí? Tiffany había dicho que se había marchado. ¿Me ha espiado todo este tiempo?

—Travis, suéltame la muñeca inmediatamente, me estás haciendo daño. —No me libera, sigue apretando con rabia.

—Me dejaste porque te engañé. ¿Pero estás con él, que se folla a una tras otra?

—Suéltame —repito con voz fuerte.

Me estudia con una mirada amenazadora, pero luego me libera la muñeca. Me la masajeo en un intento por aliviar el dolor.

—No estoy con él. Y tú no solo me engañaste. Hiciste cosas mucho peores. Además, aclárame una cosa, ¿te has pasado la noche espiándome?

—No hace falta que os espíe, me parece que no os escondéis mucho. ¿Así que ahora te pasas el día dejando que te folle ese asqueroso? Ya no te reconozco. Ya no eres la Nessy de la que me enamoré. Ella era una chica seria. Nunca habría hecho ciertas cosas. Me cuesta incluso mirarte a los ojos ahora que sé que él te toca la cara.

Esa sí que es buena.

—Si hubieras estado al menos un poco enamorado de mí, no habrías hecho lo que hiciste. Por primera vez en mi vida, me siento libre de hacer lo que quiera, sin ningún freno. ¿Y sabes qué, Travis? Si esto hace que no me puedas mirar a la cara, no lo hagas. Prefiero dejar que él me folle antes que permitir que me mires a la cara —confieso sin pudor, y él se queda completamente estupefacto.

—¿Así es como van a ser las cosas a partir de ahora?

Me encojo de hombros.

—Si lo que ves no te gusta, mira a otro lado.

Resopla incrédulo e inclina la cabeza.

—Me llamaste paranoico... Pero al final mira lo que ha pasado: te perdí por su culpa.

Abro los ojos como platos.

—No me perdiste por su culpa. ¡Me perdiste por tu culpa!

—¿Crees que no lo sé? —exclama, y alza la voz—. Me arrepiento, créeme. Me odio por lo que te hice, pero te echo de menos. Te echo mucho de menos. Echo de menos comer contigo, dormir contigo. Pasar a recogerte para ir al campus. Echo de menos tu voz. Tus caricias, tu sonrisa... Eso lo que más echo de menos. Verte todos los días y no poder hablar contigo me mata. Te lo suplico, perdóname. Dame otra oportunidad. Déjame enmendar mis errores.

—Estás loco si crees que quiero volver contigo. —Lo miro disgustada.

—¡Todavía te quiero!

—Pero yo no. Probablemente dejé de hacerlo incluso antes de saber la verdad. Así que no volveré contigo, ni ahora ni nunca. —Lo miro a los ojos.

—Ya nada tiene sentido sin ti. —Está tan desesperado que me cuesta creer que sea el mismo Travis con el que pasé dos años de mi vida.

—Siento que estés sufriendo, pero deberías haberlo pensado antes. Las cosas no van a cambiar.

Me mira durante unos instantes y luego exclama:

—¿No piensas en lo humillado que me siento con tu actitud? ¡Tengo que tratar todos los días con el pedazo de mierda del que te has enamorado! ¿No piensas en cómo me hace sentir eso? ¿Por qué, Vanessa? Dime por qué él precisamente. Necesito saberlo.

—Con la palabra «enamorado», mi corazón da un vuelco.

—No voy a hablar contigo de esto. Apártate. —Le doy un empujón, pero él no se mueve.

—Necesito saber por qué.

—¡Travis, suéltame! —Lo empujo de nuevo, pero opone resistencia.

—¡Dímelo! —me grita en la cara, y me sobresalto.

—¿Quieres saber por qué él? Porque ha sido un soplo de aire fresco. Porque ha revelado facetas de mi carácter que ni siquiera sabía que existían. Porque él no finge ser alguien que no es. Y porque desde el primer momento en que me miró, me sentí... viva. —Travis sacude la cabeza, como si quisiera rechazar mis palabras—. ¿Querías saberlo? Pues ahí lo tienes. —Me alejo de él y por fin me deja pasar. Tiene la mirada perdida y, por absurdo que parezca, me duele verlo así—. Lo siento Travis, de verdad que lo siento. —Las palabras salen del fondo de mi corazón. Son ciertas y duelen—. Pero nosotros dos somos un capítulo que se ha cerrado.

Antes de doblar la esquina y dejarlo atrás, Travis me agarra un brazo con fuerza. Me golpea con violencia contra la pared. El dolor por el impacto retumba en mi interior. Presiona sus labios sobre los míos y me congelo por un momento, pero consigo reaccionar y lo empujo para apartarlo.

—¡Travis! ¿Qué demonios te pasa? —Me limpio los labios con el dorso de una mano, mientras que con la otra me toco el hombro herido. En el instante siguiente, todo se vuelve borroso. Lo único que percibo es el sonido sordo de un golpe. Imágenes poco claras me nublan la mente. Permanezco inmóvil, incapaz de mover un solo músculo. Me zumban los oídos. El cuerpo me hormiguea. Me quema. Tiembla. Hace un momento, Travis estaba delante de mí, y ahora está tendido en el suelo. Thomas está encima de él y le golpea una y otra vez en la cara.

—Tendría. Que. Haberte. Echado. Hace. Tiempo. —Un puñetazo por cada palabra dicha con rabia—. Pero estaré encantado de hacerlo hoy. —Travis gime y se retuerce bajo los golpes imparables e impetuosos de Thomas. Intenta zafarse de él, pero la furia ciega de su oponente se lo impide.

—¡Para, Thomas! ¡Así vas a matarlo! —grito tan alto como puedo.

Mi corazón late sin control ante la sangre que mancha el césped. Me llevo las manos al pelo y le suplico que se detenga, pero Thomas está sumido en una furia feroz y ni siquiera parece oír mis gritos.

Alex llega hasta nosotros junto con un compañero de clase. Agarran a Thomas por los hombros y lo separan de Travis.

Este último trata de incorporarse con la cara hinchada. Me mira aturdido por los golpes que ha recibido.

—Vanessa, perdóname, por favor. No sé qué me ha pasado. No quería hacerte daño. He... he perdido el control —balbucea en estado de *shock,* mientras las lágrimas, mezcladas con sangre, le surcan el rostro.

Mirarlo me repugna. El cuerpo me tiembla. Las sienes me palpitan. Tengo la impresión de que el corazón me va a estallar de lo rápido que late.

—Acércate a mí otra vez y lo siguiente que haré será ir directamente a la policía.

Me vuelvo hacia Thomas, que todavía tiene los ojos en llamas, los músculos tensos y la respiración irregular. Sin pensarlo dos veces, le sostengo la cara entre las manos y lo obligo a mirarme a los ojos.

—Thomas, tienes que calmarte, por favor.

—¿Calmarme? —Thomas me agarra las muñecas con suavidad y acaricia las marcas que me ha dejado Travis—. Te ha puesto las manos encima ¡¿y me pides que me calme?!

—¿Que le has hecho qué? —salta Alex, también fuera de sí.

—Alex, por favor, ahora no... —le suplico, porque sé que es mucho más fácil convencerlo a él para que se vaya antes que a Thomas. Entonces vuelvo a centrarme en el segundo. Le tomo la mano con delicadeza, pero no se deja tocar y sigue mirando a Travis con los ojos llenos de odio—. Por favor, vámonos. —Le acuno la cara con las manos—. Necesito irme. —No creo que sea buena idea informarlo del dolor agudo que siento en la espalda por el golpe que me he dado si quiero llevármelo de aquí sin empeorar las cosas—. Estoy bien, pero necesito irme de aquí. —Solo entonces, tras detenerse unos segundos en mí y en Travis, Thomas me permite sacarlo de ahí.

Capítulo 31

—¡Joder! —Thomas da una patada al neumático delantero de su coche. Ahogo un grito, asustada. Se vuelve hacia mí de golpe, me toma de las muñecas y me las examina por tercera vez. Mis ojos se posan en sus nudillos hinchados y me estremezco. Le tomo las manos y, cuando le acaricio las zonas heridas, una pequeña mueca de dolor le atraviesa el rostro.

—Deberías dejar de perder el control de esa forma —murmuro aterrada.

—Da gracias de que el capullo siga vivo —responde con la mandíbula apretada y la respiración agitada—. ¿Había pasado otras veces? —Me mira con los ojos llenos de preocupación y me levanta la barbilla con dos dedos.

Abro los ojos como platos.

—¡No! ¡Te juro que no! —Me cubro la cara con ambas manos, respiro hondo y trato de calmarme. Estoy nerviosa, quiero irme de este lugar lo antes posible, refugiarme bajo las cálidas sábanas de mi cama y olvidarme de todo—. ¿Podemos... podemos irnos de aquí, por favor? —murmuro con voz temblorosa.

Thomas me observa atentamente, inspecciona cada centímetro de mi cuerpo y se detiene en las muñecas y los hombros. Luego asiente. Me guía hasta el asiento del copiloto, abre la puerta y, con un gesto de la cabeza, me invita a subir. Nos abrochamos el cinturón de seguridad y nos ponemos en marcha.

Permanece en silencio durante todo el trayecto, con una mano sobre el volante y la otra en la palanca del cambio de marchas. Supera todos los límites de velocidad y contempla la carretera con una mirada oscura mientras yo me atormento los dedos en el regazo. Me gustaría hablarle. Me gustaría que me tranquilizara, que me tuviera en cuenta, al menos. Lo necesito desesperadamente. Lo necesito a él, pero Thomas está encerrado en su mundo inaccesible. No puedo hacer otra cosa que acurrucarme sobre un costado, resignada, y darle la espalda. Me aprieto las manos entre las piernas cruzadas en un intento por domar los escalofríos que me atraviesan el cuerpo. Por el rabillo del ojo, veo que estira un brazo detrás del asiento para tomar una sudadera negra. Me la lanza sobre las piernas sin apartar la vista de la carretera. La tomo y me giro ligeramente hacia él.

—Póntela. Estás temblando —me ordena impasible.

Le daría las gracias, pero no comprendo por qué está tan enfadado conmigo. Me pongo la sudadera y, de inmediato, me abruma el inconfundible aroma a vetiver y a tabaco. De forma espontánea, inhalo profundamente. Thomas me mira con disimulo, con la expresión de alguien que sabe que me ha pillado in fraganti. Siento que las mejillas se me enrojecen. Me giro rápidamente hacia la ventanilla para evitar que se dé cuenta, estiro el dobladillo de las mangas para cubrirme hasta la punta de los dedos y apoyo la frente en el cristal.

—Puedes quedártela, si quieres —me dice.

—No es necesario.

—Quiero que te la quedes.

Una tímida sonrisa se abre paso en mi rostro.

—Vale —murmuro.

El silencio vuelve a invadir el espacio entre nosotros, la conducción temeraria de antes ha desaparecido y por fin empiezo a relajarme. Sin embargo, me doy cuenta de que no estamos yendo a mi casa. Thomas se dirige al campus. Me vuelvo hacia él confusa, me aparto un mechón de pelo de la cara y le pregunto:

—¿No me llevas a casa?

Ladea ligeramente la cara hacia mí y niega con la cabeza.

Cuando llegamos, el campus está oscuro y desierto, iluminado únicamente por algunas farolas de las que emana una luz tenue. Me bajo del coche y el impacto del aire frío de la noche me despierta del torpor. Castañeteo los dientes y me abrazo el cuerpo.

En cuanto Thomas se percata, rodea el coche y me alcanza.

—¿Me explicas por qué siempre tienes tanto frío?

Inclino la cabeza para verlo mejor.

—Son las dos de la mañana, la ropa que llevo está húmeda y todavía tengo el pelo mojado.

Él me rodea los hombros con el brazo y me acerca a su cuerpo para darme calor, o tal vez para consolarme, no sabría decirlo. Solo sé que hundo la nariz en su pecho y me dejo envolver por su calidez.

En cuanto entramos en su apartamento, lo encontramos vacío y con una temperatura muy agradable. Thomas me informa de que Larry está en una reunión con *gamers*, así que no volverá pronto a casa. Al parecer, la única forma de que pase la noche fuera es que participe en una partida de *Dragones y mazmorras*. Me quito el bolso del hombro y lo coloco sobre la mesa. Con el movimiento, frunzo la boca en una mueca de dolor.

—¿Te duele? —salta Thomas, que me observa avieso—. Y no me vengas con tonterías.

—Un poco —admito, mientras él se acerca, atento, y me aparta la camiseta para comprobar con sus propios ojos si tengo algún hematoma.

—Se está hinchando. Mañana te saldrá un moratón, será mejor que te pongas un poco de hielo —me explica con frialdad antes de volver a cubrirme con la camiseta y restablecer una distancia física. Veo que se descalza, se quita la sudadera y los vaqueros; solo lleva puestos los calzoncillos ajustados negros todavía mojados.

Permanezco inmóvil detrás de él, lo miro fijamente y trago saliva.

—¿Q-qué haces?

—Darme una ducha —responde con despreocupación—. ¿Me acompañas?

En otra situación, me lo habría tomado como una provocación, pero la expresión neutra de su cara me lleva a pensar que él tampoco está de humor para bromas.

—Em, no, gracias. Prefiero ducharme sola. En mi casa —respondo un poco avergonzada.

—Como quieras. Hay cerveza en la nevera. O, alternativamente, un poco de agua. Sírvete tú misma. Hay hielo en el congelador. —Veo que llega hasta el baño y cierra la puerta a sus espaldas.

Me siento en el sofá y se me escapa un profundo suspiro. Apoyo la cabeza en el respaldo y miro al techo. El sonido del agua acuna mis pensamientos confusos. Han pasado tantas cosas que tengo la sensación de haber vivido la noche más larga de la historia. En un instante, he pasado de encontrarme entre los brazos de Thomas al arrebato de Travis, que estaba tan alterado como nunca lo he visto. Cuando pienso en lo mucho que ha cambiado mi vida en poco más de un mes, no me reconozco. Todas las coordenadas que me resultaban familiares se han derrumbado, y ahora, en el sofá del apartamento de Thomas, yo también me siento cambiada. Suspiro de nuevo y me recojo el pelo en una cola, pero, al mover el brazo izquierdo, siento otra punzada en el hombro. Decido escuchar el consejo de Thomas y me pongo hielo.

Diez minutos después, la puerta del baño se abre y una oleada de vapor invade la sala de estar. Thomas sale con una toalla blanca alrededor de las caderas, mientras se frota el pelo con otra más pequeña, un gesto que le marca las pronunciadas venas de los brazos. Unas gotitas de agua se le deslizan por los abdominales y desaparecen bajo la toalla. Ese físico esculpido me hace olvidar todo lo demás durante unos instantes interminables.

—¿Alguna vez te acostumbrarás? —Se ríe mientras desaparece en su habitación.

—¿A-acostumbrarme a qué? —Parpadeo y sacudo la cabeza para apartar esa imagen de mi mente. Dejo la bolsa de hielo seco sobre la mesa. El dolor se ha aliviado un poco.

—A mi cuerpo.

Me pongo colorada enseguida y doy gracias porque se haya ido a su habitación. Cierro los ojos, levanto un cojín del sofá y hundo la cara en él mientras me maldigo.

—Qué creído eres, Thomas... Me gustan tus tatuajes, eso es todo —farfullo, intentando sonar creíble.

—Sí, claro. A mí también me gustan mucho tus ojos —responde en tono burlón desde su dormitorio.

Arrugo la frente.

—¿Tratas de decir que no te gustan de verdad?

¿Debería sentirme ofendida?

—Me gustan tus ojos. —Regresa al salón vestido únicamente con los pantalones de chándal de tiro bajo y el pelo todavía húmedo, despeinado hacia atrás—. Pero prefiero tu culo con diferencia. Tus tetas —continúa, y me mira con avidez mientras saca una cerveza de la nevera—. Tus piernas. —Me señala con la botella a la vez que avanza hacia mí con una mirada sensual que me hace enrojecer—. Tu co...

Parpadeo.

—¡Vale, ya basta! Lo pillo —lo interrumpo con la cara encendida mientras él se ríe de forma disimulada.

Se sienta a mi lado, apoya la cerveza en la mesita baja delante de nosotros y me mira con intensidad durante unos segundos.

—Me jodes el cerebro, Ness, completamente.

El corazón me da un vuelco en el pecho. ¿Cómo es capaz de decir eso tan fácilmente cuando yo apenas puedo sostenerle la mirada? Le sonrío, con mi habitual torpeza y vergüenza, y me hundo los dientes en el labio.

Él me devuelve el gesto, pero lo hace con una sonrisa débil, infeliz. De esas que esconden algo. Tengo la sensación de que no está en paz consigo mismo. Como si se sintiera culpable por mí. En sus ojos percibo las ganas de preguntarme cómo estoy y asegurarse de que me encuentro bien, pero, por alguna razón, decide no hacerlo.

Toma el mando a distancia y enciende la televisión que tenemos delante. Se acomoda mejor en el sofá, apoya las piernas cruzadas sobre la mesita y dobla un brazo detrás de la nuca mientras da un sorbo a su cerveza. Me descalzo, cruzo las piernas y me coloco un cojín encima.

Thomas hace un poco de *zapping* y, al cabo de un rato, vemos que emiten una reposición de *Crónicas vampíricas*. Los ojos se me iluminan al instante. Con la emoción de una niña el día de su cumpleaños, le suplico que no cambie, y él, aunque no parece muy emocionado, decide complacerme con una condición: que no espere «mimos ni mierdas de esas» por su parte mientras vemos la tele. Entonces, reprimo el fuerte impulso de acurrucarme contra él.

—Este Stefan es un moralista rompehuevos. Ya estoy hasta las narices de él —exclama impaciente tras los dos primeros minutos.

Se me escapa una risita.

—Pues con el transcurso de las temporadas la cosa va a peor.

—Joder, ¿en serio?

—Espera, ¿quieres hacerme creer que nunca has visto esta serie? —Lo miro sorprendida.

—¿Tú qué crees?

Entrecierro los ojos.

—Pero ¿dónde has vivido hasta ahora?

—He vivido. Simplemente —replica.

Probablemente, mientras yo estaba ocupada soñando con Damon Salvatore en mi cama, él estaba ocupado tirándose a una Katherine Pierce cualquiera.

Durante todo el episodio, noto que Thomas me mira a menudo de reojo. Saber que tengo a alguien a mi lado estudiando cada uno de mis movimientos me hace sentir un poco incómoda, pero, al mismo tiempo, me encanta que sea él quien lo hace, así que no le digo nada.

Pasamos el resto del tiempo comentando la serie y, al final, Thomas demuestra estar mucho más interesado de lo que le gustaría, tanto que casi no protesta cuando, al final del capítulo, empieza otro.

—¿Te sientes mejor, Ness? —Me mira y yo hago lo mismo. Le sonrío con timidez y asiento con la cabeza, pero él no parece convencido con mi respuesta.

Desliza el brazo derecho por detrás de mi espalda, me agarra de la cintura y, con un movimiento fluido, me sienta encima de él. Instintivamente, coloco las palmas de las manos sobre su pecho desnudo. Thomas me envuelve los muslos con las manos y me acomoda a horcajadas sobre su regazo. Mi respiración se vuelve mucho más intensa y, por la sonrisa burlona que se dibuja en su cara, sé que se ha dado cuenta.

Maldita sea. Debo de parecerle miserablemente predecible. Mis ojos empiezan a moverse aquí y allá, y hago lo posible por evitar el contacto visual con él. Sí, porque sostenerle esa mirada temeraria y penetrante es una tarea bastante difícil.

—Todavía estás afectada por lo que ha pasado, ¿verdad? —me pregunta, y me acaricia la mandíbula con el pulgar mientras me observa con atención.

—No, estoy bien —lo tranquilizo. Es la verdad: ahora que estoy aquí con él, estoy bien.

—Me he pasado, y no te culpo si te has asustado. El hecho es que reprimo constantemente toda esta rabia que me quema por dentro, pero cuando explota, me abruma y pierdo el control. Sin embargo, quiero que sepas que nunca te haría daño. Estás a salvo conmigo. —Sé que lo estoy, y nunca antes me había sentido más protegida.

Frunzo el ceño.

—¿Crees que te tengo miedo? Si fuera así, no estaría aquí.

Baja la mirada.

—He visto cómo me mirabas...

—Thomas... —Le tomo las mejillas entre las manos—. No tengo miedo de ti. En todo caso, tengo miedo del hecho de que tú no lo tengas. Comprendo por qué has reaccionado de esa forma y te lo agradezco. Pero no quiero que te metas en problemas por mi culpa, no me lo perdonaría.

—Esto no impedirá que le patee el culo si alguna vez lo vuelve a intentar. De hecho, quiero ser muy claro con una cosa: si a partir de ahora esperas que me quede mirando de brazos cruzados mientras alguien intenta tocarte, te equivocas. —Arrogante. Posesivo. Despiadado. Como siempre.

Frunzo el ceño. Retiro las manos de su cara y me alejo un poco para verlo mejor.

—No puedes agredir a cualquiera que merodee a mi alrededor —lo digo con más picardía de la que me habría gustado, pero quiero que el mensaje le llegue alto y claro.

—¿Quieres apostar? —exclama con insolencia.

Nos miramos fijamente en silencio durante un puñado de segundos.

—No lo harás. No soy de tu propiedad. No tienes ningún derecho sobre mí —comento con seguridad.

—No necesito un derecho para meterle en la cabeza a algún imbécil que tú eres zona prohibida —responde en tono fanfarrón.

La sangre me hierve en el estómago. ¿Qué clase de cavernícola engreído es para pensar que soy una zona prohibida? Lo miro boquiabierta, pasmada por sus palabras. Estoy a punto de montar una escena, pero luego me lo pienso, no me apetece para nada. Hoy ya he alcanzado mi cupo de discusiones, así que hablaremos de esto en otro momento, porque seguro que lo haremos.

Respiro hondo y reprimo la rabia que crece en mi interior. Sacudo la cabeza e intento aliviar la tensión.

—Solo prométeme que la próxima vez que sientas que estás a punto de perder el control, contarás hasta diez.

—Diez es demasiado.

—¿Cinco?

—Tres. Y te estoy haciendo un favor. —Me señala con un dedo en broma, pero estoy demasiado afectada como para reírme.

—El favor te lo haces a ti mismo —replico con seriedad.

—No, te lo hago a ti, porque a mí me gusta perder el control. Sentir cómo la adrenalina corre por mis venas... es una sensación impagable —confiesa satisfecho.

Lo miro estupefacta.

—¿También te gusta la idea de pasar el resto de tus días en la cárcel? Porque es ahí donde acabarás, tarde o temprano, si no te calmas un poco. —Resopla como si acabara de soltar una herejía. Estoy empezando a perder la paciencia—. ¿Te hace gracia? ¿Crees que ese escenario no podría darse?

Se pasa una mano por la frente con fastidio.

—Creo que te estás acalorando por nada.

—Pero ¿acaso te escuchas cuando hablas? —Me bajo de su regazo.

—Sí. —Suspira, apoya los codos en las rodillas y me mira fijamente a los ojos—. Y si de verdad quieres saberlo, las consecuencias no me importan una mierda, ¿de acuerdo? —Vuelve a apoyar la espalda en el sofá.

Abro los ojos, atónita.

—No. ¡Eso no está bien! ¿Crees que esto es un juego, tu vida? ¿O la de la gente que te rodea? ¿No piensas en ellos? ¿En el dolor que causarías si te ocurriera algo malo? —grito. De un modo u otro, siempre me hace enfadar.

—Por eso no quiero ataduras de ningún tipo. No quiero obligarme a tener que hacer lo correcto por el bien de otra persona —continúa ante mi expresión desconcertada—: No te quedes pasmada. Este soy yo, Vanessa. Aprende a aceptarlo. Porque no cambiaré, ni siquiera por ti. O lo tomas o lo dejas.

—¡Eres realmente increíble, Thomas! —Me paso las manos por el pelo, exasperada, y me giro para quedar de espaldas a él.

—Explícame una cosa: ¿por qué estamos discutiendo? —pregunta, alterado.

Me vuelvo de nuevo hacia él.

—¡No estamos discutiendo! ¡Yo estoy discutiendo contigo!

—¿Por qué lo haces?

—¡No lo sé! —Me cruzo de brazos y me quedo en pie frente a él con el ceño fruncido.

Él me mira consternado durante unos segundos y luego estalla en carcajadas al tiempo que sacude la cabeza.

—¿De qué demonios te ríes? —suelto.

—¿Montas esta escenita y ni siquiera sabes por qué? —Me agarra por la muñeca y tira de mí hacia él—. ¿Te das cuenta de lo loquita que estás? —continúa, con una sonrisa en los labios que me esfuerzo por no encontrar atractiva.

Doblo la rodilla derecha sobre el sofá y la coloco entre sus piernas.

—Sé el porqué. Porque eres egoísta. Sientes una especie de placer malsano al herir a las personas de tu entorno. No te importa nadie y quieres controlarlo todo —replico en un tono más condescendiente.

—Una descripción muy acertada, Clark. —Thomas me separa los brazos, toma mis manos y entrelaza sus dedos con los míos—. Pero ¿no es eso lo que me hace irresistible?

—No. Solo te convierte en un sádico.

Me agarra los muslos, cubiertos por la falda, y me sienta encima de él otra vez.

—Entonces, ¿por qué pierdes el tiempo con un sádico como yo? —El tono de su voz ha cambiado, es más grave. Ronco. Me desconcierta.

—Porque soy masoquista, supongo —murmuro.

—Mmh. —Frota su nariz contra la mía—. Un sádico y una masoquista: una combinación ganadora. —Se ríe.

—Nociva, en todo caso —le respondo en un susurro.

—Dime una cosa, Ness. —Con los nudillos de la mano, me lleva un mechón de pelo por detrás del hombro, con cuidado de no tocarme en el punto dolorido, y luego desliza los dedos por mi pelo y toma un mechón en su puño. Con la otra mano, me acaricia el labio inferior—. ¿Cuándo fue la última vez que besé esta boca?

Estamos tan cerca que siento su aliento sobre mí; sabe a cerveza y a cigarrillos, una mezcla que me hace enloquecer en todos los sentidos. Hace un momento le estaba gritando, y ahora me encuentro a un centímetro de sus labios, ansiosa por hacerlos míos.

—No lo sé... —murmuro, con la respiración cada vez más irregular. Thomas desplaza las manos y me acaricia los muslos con movimientos lentos, deslizando sus dedos bajo la tela de la falda ajustada. Toma mi trasero y una descarga eléctrica explota en mi bajo vientre. Me humedezco los labios secos y me los muerdo—. Ha pasado mucho tiempo...

—Demasiado...

Me roza la boca con la suya y nuestros labios se abren lentamente, hasta transformar ese contacto en un beso suave, de ritmo lento y profundo. Al sentir de nuevo sus labios sobre los míos, percibo un calor que se extiende por mi vientre y mil emociones que me nublan la razón. Esta cercanía es suficiente para hacer crecer en mí un deseo abrumador. Le rodeo el cuello con los brazos, y en cuanto abro los labios para acogerlo, su lengua colisiona con la mía, anhelante, caliente, impaciente, como si siempre le hubiera pertenecido, y convierte este beso en puro fuego.

—Tienes la boca más tentadora que he visto nunca. —Siento que palpita bajo mis braguitas, y la sensación de calor entre mis piernas se vuelve más intensa. En un intento por sofocarla, me froto contra su erección, que crece cada vez más bajo los pantalones de chándal. Thomas me muerde el labio con brusquedad y acompaña los movimientos de mis caderas de forma seca y vigorosa, apretándome el trasero con tanta fuerza que me arranca un gemido de dolor mezclado con placer. Siento su sonrisa en mis labios, y me doy cuenta de lo mucho que le gusta ejercer este poder sobre mí. Sentir cómo mi cuerpo cede.

Hacerme esclava de su deseo. Pero lo que más me sorprende es que a mí también me gusta. Es un lado que de mí que estoy descubriendo ahora, con Thomas.

—Llevas dos días meneando el culo ante mis ojos con esta falda... —dice sin aliento, con el torso tatuado y musculoso a la vista. El pelo revuelto, los ojos verdes ardientes y los labios hinchados. Precioso—. Y desde hace dos días no hago más que pensar en cómo arrancártela...

Aprieto mi cuerpo más fuerte contra el suyo mientras me chupa los labios.

—¿Y a qué esperas para hacerlo?

Thomas se aparta de mí y me deja tan aturdida durante unos instantes que gimo ante esta separación repentina. Quiero esos labios hinchados de nuevo sobre los míos, quiero su calor. Me acaricia una mejilla y apoya su frente en la mía.

—Eres peligrosa...

—Tú lo eres —confieso, mientras mis ojos, y mis dedos, recorren sus anchos hombros con ansia. Luego los deslizo por los bíceps definidos, por sus caderas estrechas, por sus abdominales en tensión, y sigo hasta la goma elástica de los pantalones.

Siento que podría pasar horas y horas explorando cada parte de su cuerpo con la boca y con las manos sin cansarme de hacerlo jamás, y creo que lo anhelaría cada vez más y más. Thomas me insta a mover las caderas hacia delante y hacia atrás de forma más apremiante, con lo que me provoca temblores por todo el cuerpo. Con la respiración entrecortada por el placer, cierro los ojos y apoyo la frente en la curva de su cuello, le suplico que aumente la velocidad, y ya siento cómo ese calor ardiente se abre paso en mi interior. De repente, noto el fuerte deseo de hacerlo sentir bien, justo como él está haciendo conmigo. Deslizo una mano bajo sus pantalones y me sorprendo al comprobar que no lleva los bóxers. Cuando lo miro, me dedica una sonrisa torcida que me vuelve loca. Me inclino sobre él y vuelvo a besarlo porque... bueno, porque no puedo evitarlo. Él me devuelve el beso con la misma avidez y entrelaza su lengua con la mía. Con la mano, recorro su erección lisa y caliente y siento que se ensancha cada vez más bajo mi tacto. Thomas deja escapar un gemido ronco y levanta ligeramente la pelvis, lo justo para bajarse los pantalones y darme más libertad de movimiento. Muevo la mano por toda su longitud y siento cómo se estremece bajo mis dedos. Una tímida sonrisa triunfante se dibuja en mi rostro al verlo tan excitado y perdido como yo.

—Continúa —gruñe en mi boca.

Envuelvo su erección con ambas manos. Una en la base y la otra en la punta perlada de su excitación. Siento cómo se tensa en cuanto empiezo a mover las muñecas arriba y abajo, repartiendo el líquido por la punta. Esta visión hace que yo también me humedezca. Thomas me aparta las braguitas y me toca, aliviando la insoportable tensión que siento desde que ha empezado a restregarse contra mí. Luego empuja dos dedos en mi interior y me corta la respiración. Echo la cabeza hacia atrás y aprieto más fuerte su erección.

—Joder, estás caliente... —Thomas sale despacio y me llena de nuevo con fuerza justo después.

—Oh, Dios... Thomas... —jadeo—. N-no pares, por favor...

—No pararé —responde sobre mis labios—. Quiero hacerte disfrutar hasta el final. Hasta que pierdas los sentidos. —Me roba un beso ávido y apasionado mientras desliza una mano bajo mi sudadera y me aprieta un pecho. Nos damos placer mutuamente, yo sigo el ritmo de sus dedos dentro de mí y él el de mis manos sobre él, mientras unos gemidos anhelantes e incontrolados escapan de nuestras bocas—. Dios, me estás inundando la mano. —Sonríe satisfecho.

Por más avergonzada que esté, soy plenamente consciente de ello. Sentirlo en mi mano, y verlo disfrutar de esta forma gracias a mí, con los ojos medio cerrados, la boca ligeramente abierta, las mejillas sonrojadas..., me excita muchísimo.

—Y tú estás empapando la mía —replico, y me muerdo el labio. Un gesto que hace palpitar su miembro. Satisfecha ante la reacción que le he provocado, acelero mis movimientos mientras noto cómo se le endurece el abdomen con cada roce.

—Joder, sí... así... —Su voz ronca me calienta hasta los huesos. Con el pulgar, me acaricia el punto más sensible con movimientos circulares, mientras sus dedos índice y corazón entran y salen hasta hacerme delirar. Bastan unas pocas embestidas para llevarme a sobrepasar el límite. Me contraigo alrededor de sus dedos, mientras tiemblo víctima del orgasmo que Thomas intenta prolongar lo máximo posible, antes de seguirme con un gruñido denso de pasión, cuando un chorro caliente y blanquecino escapa de su punta y gotea a lo largo de su erección y por el dorso de mi mano. A ambos nos embisten unos espasmos incontrolados. Con los ojos cerrados, hundimos las manos en el cuerpo del otro, con las lenguas entrelazadas y las respiraciones entremezcladas. En ese momento, Thomas retira los dedos empapados de mi placer. Me levanta la sudadera que llevo, la suya, aparta el bikini y los frota de forma perversa por mis pechos turgentes, los aprieta con fuerza y pasa la lengua por ellos—. Ahora quiero follarte de verdad, Ness. —Se abalanza sobre mi boca y hunde su lengua de una forma que me hace sentir como si me hubiera marcado con fuego. Todo lo que hace, cómo habla, cómo se mueve, cómo me mira, me hace sentir como no me había sentido nunca: sucia, hambrienta. Es una sensación nueva, pero me gusta.

Se levanta del sofá, me toma en brazos y camina hacia su habitación. Cierra la puerta tras de sí de una patada. Saca unos pañuelos de papel de su mesilla de noche con los que nos limpiamos. Luego me sienta sobre el escritorio, me abre las piernas y se sitúa entre ellas antes de tirar de mí hacia él. La habitación, que antes estaba en silencio, se llena inmediatamente de respiraciones pesadas y de gemidos roncos. En un santiamén, Thomas me libera de la camiseta y del bikini y los arroja al suelo. Ante la visión de mis pechos desnudos, emite un gemido de apreciación. Los mira, luego baja la cabeza y cierra la boca hambrienta sobre un pezón, chupándolo y tirando de él con los dientes; arqueo la espalda y me empujo contra él. Le presta la misma atención al otro pecho y me hace estremecer de un modo que me destroza. Los aprieta con las dos manos ahuecadas y vuelve a besarme en la boca con un fervor que me hace temblar. Sus besos siempre son posesivos. De esos que te convierten en esclava de sus intenciones. Besos que imponen su dominio.

—Te quiero desnuda y debajo de mí ahora. —Su tono es imperioso. Con un gesto casi furioso, me arranca las bragas, me agarra por las caderas y, de un tirón, me da la vuelta sobre el escritorio. Con los pechos presionados contra la madera, se me pone la piel de gallina.

Se aleja unos pasos y luego vuelve hacia mí. Inclino la cabeza a un lado para mirarlo mejor y veo que con los dientes rasga una bolsita de aluminio de la que extrae un preservativo, que se pone.

—Pensándolo bien, creo que voy a follarte con la falda puesta. —El tono de perversión que se esconde tras estas palabras me quema la piel.

Me acaricia los hombros gráciles y deposita suaves besos en mi columna y en mi hombro herido. Sin embargo, en cuanto trato de incorporarme, me sujeta presionando la base de mi espalda con una mano. Luego desliza una pierna entre mis muslos y los separa a la vez que empuja su erección en la hendidura de mi trasero. Me tira del pelo desde la nuca y, con voz sensual, susurra:

—Abre estas piernas, Ness. Deja que te admire.

—Thomas... —me lamento avergonzada. Opongo cierta resistencia, no porque no quiera, sino porque no estoy acostumbrada a practicar sexo de una forma tan descarada.

Al ver que dudo, refuerza su agarre en mi pelo y se inclina sobre mí, frotando su erección sobre mi cuerpo. Acerca la boca a mi oreja y la lame con lascivia, lo que aumenta la sensación de aturdimiento que me ha dejado el orgasmo.

—Eres todo lo que a un hombre le gustaría tener entre las manos, y entre las piernas. —Me recorre el cuello con la lengua y me hace temblar—. No tengas vergüenza. —Me agarra y se coloca sobre mi hendidura antes de deslizar su erección lentamente sobre los pliegues húmedos y cálidos. Me penetra solo con la punta, demorándose una y otra vez sin empujar más allá. Entonces la saca enseguida y me encuentro gimiendo con los dientes apretados—. Déjate llevar. —Siento su respiración agitada y cálida contra mi cuello. Otro pequeño empujón que me deja sin aliento en cuanto se retira. Cada fibra de mi cuerpo desea tenerlo, sentirlo y poseerlo. Gimo, me retuerzo bajo su cuerpo y empujo las nalgas hacia atrás—. Buena chica... —Levanta el dobladillo de la falda y me acaricia el trasero lentamente—. Dando rienda suelta al instinto. —Me da un cachete en el culo, lo que me obliga a cerrar los labios para contener un gemido, y, justo después, me penetra con un empellón seco que me hace arquear la espalda, cerrar las manos en un puño y gritar su nombre. Él permanece quieto dentro de mí, con las manos en mis caderas, y me concede un instante para acostumbrarme a sus dimensiones. A continuación, sale y me penetra con más fuerza, haciéndome gritar de nuevo. Sus embestidas son tan salvajes y profundas que me arrancan gritos de un doloroso placer. Sin dejar de agarrarme el pelo, desliza una mano por mi abdomen hasta llegar a mi pubis y mueve los dedos rápidamente sobre mi clítoris, mientras sigue hundiéndose dentro de mí con vehemencia, acercándome cada vez más al punto de no retorno.

—Oh, Dios, Thomas... ¿Qué... qué me estás haciendo?
—Nunca había experimentado un placer tan intenso, tan abrumador, en toda mi vida.

—Darte placer hasta hacerte perder los sentidos —gruñe. Su sudor se mezcla con el mío, nuestros cuerpos se funden entre jadeos y gemidos. Pongo los ojos en blanco, abrumada por las sensaciones devastadoras que me arrancan de los labios una serie de gritos que ya no soy capaz de controlar.

Con la respiración irregular, me encuentro temblando sin control en el momento en que el ritmo de sus embestidas aumenta, volviéndose más brutales. Los latidos de mi corazón se aceleran, me ceden las rodillas, la cabeza empieza a darme vueltas...

—No te corras. Ahora no —me ordena entre jadeos, como si pudiera controlarlo.

—Thomas..., no... no puedo... —murmuro, y me muevo ansiosa contra él.

Él ralentiza sus empellones, hasta que se detiene por completo. Con un hábil movimiento, me da la vuelta, me toma en brazos y me tumba en la cama.

—Quiero que me mires mientras hago que te corras. Tienes que saber que soy yo quien te hace perder el control. Solo yo.

Me abre los labios con la lengua y se hunde de nuevo en mí con ímpetu, arrebatándome el aire de los pulmones. Aturdida, lo veo entrar y salir de mi cuerpo. Jadeo debajo de él y siento de nuevo esa oleada de placer. Me mira fijamente con una intensidad que me deja sin aliento. Me agarra el muslo con una mano y me abre más las piernas, mientras no deja de moverse implacablemente en mi interior. Estoy empapada en sudor. Empiezo a notar un hormigueo en todas mis terminaciones nerviosas por culpa de la tensión, el dolor y el placer demencial. Aprieto las rodillas alrededor de sus caderas, las manos en sus hombros, hundo las uñas en su carne y exploto mientras grito su nombre. Él contrae los músculos de los brazos y de la espalda, presiona una mano contra el colchón y se introduce en mí con una fuerza tan inesperada que temo que vaya a romperme. Grito, sacudida por oleadas de placer extremo, y sigo sus movimientos con las pocas fuerzas que me quedan, hasta que siento que se pone rígido. Con la mejilla contra la mía, jadea mientras todo su cuerpo se sacude con el orgasmo. Mis extremidades tiemblan como gelatina, y Thomas, empapado y con la respiración acelerada, se desploma sobre mi pecho. Permanecemos inmóviles durante unos minutos, entrelazados, mientras los espasmos que nos unen se desvanecen. Cuando se mueve, después de recobrar el aliento, me aparta unos mechones de pelo de las sienes. Tiene el rostro perlado de sudor, las mejillas sonrojadas y el pelo le cae con delicadeza por la frente y le suaviza los rasgos faciales. Me mira aturdido, como si intentara comunicarme algo a través de sus ojos. Me esfuerzo, pero no alcanzo a comprender en qué piensa.

—¿Va... va todo bien? —le pregunto en un débil susurro.

Él asiente con poca convicción, pero luego presiona sus labios sobre los míos y sonríe.

—Sigues llevando la falda.

—Parece que has hecho bien tu trabajo —ironizo.

Me estudia con ojos recelosos y se aparta de mí para tirar el preservativo a la papelera que hay junto a la cama. Luego se vuelve para mirarme.

—¿Te la has puesto para que te miraran?

—Me la he puesto porque me apetecía, o, tal vez, para llamar la atención de alguien... —Me muerdo el labio superior, insegura de si continuar o si preservar la poca dignidad que me queda.

—¿De alguien? —insiste, molesto de repente.

Asiento, y noto un nudo en el estómago al admitir esta patética verdad, así que me veo obligada a cubrirme la cara con las manos para ocultar la vergüenza antes de decir:

—De ti. —Permanece inmóvil durante unos segundos sin decir nada, mientras me lo imagino con su sonrisa de capullo irresistible estampada en la cara, dispuesto a burlarse de mí como siempre.

Cuando me aparta las manos de la cara con delicadeza, clava su mirada de asombro en mí.

—¿Querías llamar mi atención? —me pregunta en un suave susurro.

—No era del todo consciente —farfullo para restarle importancia.

—¿Crees que tienes que vestirte de forma provocadora para que yo te mire? —Traza el contorno de mis labios con un dedo, y siento cómo su erección se desliza sobre mi intimidad. Ese contacto piel contra piel me estremece—. No me malinterpretes, lo has conseguido. Me he pasado estos dos días imaginando cómo sería hundirme entre tus muslos, y follarme no solo este... —Con una mano, toca los pliegues todavía calientes de mi intimidad—... sino este también. —Se mueve con picardía hacia mi trasero, lo agarra firmemente y me hace levantar un poco la pelvis—. Pero llamas mi atención todo el tiempo. Incluso cuando llevas un pijama de ositos terrible y unas pantuflas cuestionables con forma de unicornio. —Se ríe y me deposita un beso en la punta de la nariz. Siempre me sorprende cómo consigue pronunciar las frases más sucias acompañadas de gestos cariñosos como este.

—Eh, no te metas con mi pijama ni con mis zapatillas, son muy bonitos. —Le doy un golpecito cariñoso en el pecho y espero no haberme sonrojado demasiado—. Necesito darme una ducha —añado inmediatamente después.

—Yo también, vamos. —Hace ademán de levantarse, pero niego con la cabeza.

Thomas debe de haber percibido mi vergüenza porque, por una vez, no replica. Se inclina hacia la curva de mi cuello y lo besa lentamente. Me estremezco y entrecierro los ojos. No me canso de sus besos, de su tacto. Me pregunto si será normal esta adicción que siento por él y que crece cada vez más.

—Dejas que te folle, pero no que te mire… —Aquí está, la réplica que esperaba por su parte.

Levanta la cabeza a la espera de una respuesta que no llega. Me doy cuenta de que es una tontería, de que para la mayor parte de la gente ducharse juntos es normal, sobre todo si ya has compartido con esa persona tu parte más íntima. Pero para mí no es así.

Me encojo de hombros.

—Ya sabes que no me siento cómoda con la idea.

Él resopla.

—¿Cuántas veces te lo tendré que decir para que se te meta en esa cabecita tuya? —Se agacha y me besa un pecho; un estremecimiento recorre todo mi cuerpo—. Tú… —murmura mientras traza un camino de besos hasta mi vientre, haciéndome arquear la espalda—. Eres… —Se desliza más abajo, me separa las piernas y cuela la cabeza entre ellas antes de soplar en mi clítoris—. Perfecta. —Su lengua me acaricia lentamente y vuelvo a sentirme excitada mientras araño las sábanas, como si no me hubiera corrido ya dos veces y no fuera todavía víctima de las sensaciones lacerantes y totalizantes del orgasmo de hace unos minutos. ¿Mi cuerpo es realmente capaz de soportar un tercero? La respuesta parece ser positiva, sobre todo cuando Thomas centra toda su atención en mi punto más sensible, con lo que me provoca una sensación de éxtasis que me hace inclinar la cabeza hacia atrás y morderme el labio.

—Oh, Dios… —jadeo.

Los movimientos de su lengua me provocan unos temblores casi insoportables que me llevan rápidamente al límite. En cuanto mis piernas empiezan a temblar, Thomas me agarra de los muslos y me mantiene quieta mientras me lame con más intensidad.

Me retuerzo debajo de él, hundo los dedos en su pelo y empujo su cabeza contra mi intimidad. Con la visión borrosa y el corazón en la garganta, suelto un grito sollozante mientras me succionan unas oleadas agonizantes y satisfactorias al mismo tiempo. Thomas continúa torturándome hasta la última contracción, prolongando todo lo posible la agonía que me lleva a la deriva.

Mientras soy víctima de unos espasmos incontrolados, sube por mi cuerpo y me posee la boca en un mordisco. Sonríe, descarado, pero tremendamente sensual.

—No te haces a la idea de lo mucho que me hace disfrutar ver cómo te corres en mí. —Me muerde el labio y yo le acaricio la nuca con movimientos débiles. Me esfuerzo por responder, pero estoy agotada. Me tiembla el cuerpo sin control y no tengo fuerzas para hablar, pensar o moverme.

—Me has destruido... —Es lo único que alcanzo a decir, esbozando una sonrisa exhausta, pero satisfecha.

—Podría seguir follándote toda la noche, pero necesitas descansar. —Se levanta y, con la erección todavía bien visible, se pone los pantalones del chándal—. Vamos, te llevaré a la ducha. —Me levanta, le rodeo el cuello con los brazos y me abrazo a él con fuerza. Frente a la bañera, me baja, y, por un momento, me siento tan débil que podría desplomarme en el suelo. Thomas me rodea la cintura con el brazo para sostenerme. Me ayuda a quitarme la falda mientras deposita un rastro de dulces besos en ambos muslos y en mi pubis. Después de abrir el grifo del agua caliente y de llenar la bañera con gel de baño, presiona una última vez su boca sobre la mía y sale del lavabo, dejándome con la tranquilidad que necesito.

Capítulo 32

Salgo de la ducha con una toalla envuelta alrededor de los pechos y el fresco aroma de Thomas sobre mí. Siento el cuerpo dolorido y el bajo vientre revuelto. Frente al espejo ligeramente empañado, flexiono el brazo y me acaricio el omóplato. El dolor sigue ahí, pero es mucho más soportable. El resto de mi cuerpo, sin embargo, está cubierto de marcas rojas que me ha dejado mi tatuado.

«Mi...».

No, probablemente no sea correcto pensarlo. Aun así, después de esta noche, lo siento un poco más mío. Y me siento más suya cada vez que me mira con esos ojos verdes tan intensos que me hacen olvidar el mundo entero, o cuando me toca con esa pasión febril. Una pasión que, esta noche, ha desatado con mayor vigor. Sin embargo, no se me escapa el modo en que ha poseído cada parte de mi cuerpo, excepto mi hombro. Ha depositado un único y suave beso antes de penetrarme con un empujón tan poderoso que me ha hecho arquear la espalda. Durante todo el tiempo, he tenido la impresión de que me estaba reclamando. Me estremezco ante el mero recuerdo y me llevo una mano al vientre, saboreando de nuevo la intensidad de esas punzadas dolorosas pero placenteras que solo él es capaz de provocarme. Sonrío para mis adentros y me muerdo el labio, como una niña pequeña en su primer flechazo.

Qué estúpida...

Despierto de esos pensamientos y, a falta de un cepillo para el pelo, me desenredo el cabello mojado con los dedos. Mientras cruzo el salón para volver a la habitación de Thomas, oigo el ruido de una llave en la cerradura, la puerta de entrada se abre y Larry aparece frente a mí. Al verme, se le caen algunos libros que sostenía en las manos.

—Ho-hola —murmuro, desprevenida, y aprieto con más fuerza la toalla alrededor de mi pecho.

Me mira boquiabierto sin decir nada durante unos segundos, y empiezo a preguntarme por qué Thomas no sale de la habitación para acabar con este encuentro tan incómodo. En ese momento, veo que entra por la puerta principal con una bolsa en las manos.

—He bajado a la tienda a comprarte un cepillo de dientes —se limita a decir. Pasa junto a Larry, como si ni siquiera se hubiera percatado de su presencia, y me da el cepillo. Le sonrío y le doy las gracias, sorprendida ante un gesto tan considerado.

—¿No eres la chica que se presentó aquí hace unas semanas en zapatillas y pijama? —pregunta Larry, con los ojos reducidos a dos rendijas, como si tratara de enfocar el recuerdo.

Thomas me mira con una sonrisita torcida y me susurra al oído:

—¿Viniste aquí en pijama? Pero ¿no estabas buscando a mi hermana? —se burla, y hace que me ardan las mejillas.

Quiero desaparecer. Ahora él y su ego de dimensiones descomunales se regodearán a lo grande.

Me aclaro la garganta y me acerco más a Larry.

—Eh, sí, soy yo. —Extiendo la mano para presentarme—. Me llamo Vanessa.

—Yo soy Larry, encantado de conocerte. —Me estrecha la mano y, al hacerlo, noto que la suya está completamente sudada. Esa sensación pegajosa me repugna, me entran ganas de correr al baño y lavarme enseguida, pero me contengo por educación. Thomas se ríe por lo bajo, como si hubiera percibido la incomodidad que siento.

—¿Te quedas a dormir? —pregunta Larry con un velo de contrariedad mientras me suelta la mano. Luego se inclina para recoger los libros en un gesto que resulta bastante torpe.

—Sí, se queda —responde Thomas, resuelto, en mi lugar.

¿Quiere que me quede aquí con él? El corazón me da volteretas. No contaba con quedarme, y, desde luego, no creía que él lo hiciera.

—Ya sabes que no duermo bien si sé que hay chicas en el apartamento.

Larry habla con Thomas mientras coloca sus libros en una repisa en la cocina.

—Y tú ya sabes que si sigues tocándome los huevos con esta historia, te haré dormir en el pasillo —lo amenaza el irascible tatuado que está a mi lado.

Larry endereza la espalda e hincha el pecho, listo para un enfrentamiento.

—E-este también es mi apartamento, no puedes echarme.

—Sí, y esta de aquí —Thomas señala con el pulgar la puerta que hay detrás de nosotros— es mi habitación, y dejo entrar a quien me da la gana.

Zanja la conversación y me conduce hasta el interior. Apenas me da tiempo a despedirme de Larry cuando Thomas cierra la puerta. Estoy a punto de preguntarle por qué su compañero de piso no quiere que esté aquí, pero entonces recuerdo que ya me lo había explicado. No quiere chicas en la habitación porque Thomas traía a muchas que lo molestaban. Pensar en ello me revuelve el estómago.

—¿Todo bien? —me pregunta ante mi expresión preocupada—. No le hagas caso, es un tío raro, pero es buen chico. —Abre un cajón del armario y, como si nada, me lanza una de sus camisetas y luego se tumba en la cama con los brazos cruzados por debajo de la cabeza.

Me quito la toalla sin mucha vergüenza porque la oscuridad de la habitación, iluminada tan solo por el resplandor de la luna, me hace sentir un poco más valiente. Me pongo su camiseta y, con cierta inseguridad, me tumbo a su lado, con las manos en el regazo. Las sábanas siguen calientes.

Me gustaría abrazarlo, besarlo y dormirme entre sus brazos, pero no estoy segura de que él quiera lo mismo. En el fondo, si pienso en ello, ni siquiera ha querido que me acurrucara a su lado mientras veíamos la tele.

Un poco a mi pesar, le doy la espalda, pero él me rodea la cintura con un brazo y me da la vuelta para quedar cara a cara. Tengo la boca a pocos centímetros de su pecho, su agradable aroma invade mis fosas nasales. Huele a tabaco y a sexo. El olor de nuestros cuerpos fusionados todavía flota en la habitación. Apoya la barbilla en mi cabeza y me abraza.

—¿Te he hecho daño? —me pregunta unos segundos después.

Frunzo el ceño, levanto la cabeza y busco sus ojos. Aunque la oscuridad de la habitación me impide verlo bien, percibo su mirada sagaz sobre mí. Sacudo la cabeza.

—He sido impetuoso. Al menos esta noche debería haberme contenido.

—Estoy bien. He estado bien antes, lo he... sentido todo de manera amplificada, pero estoy bien. —Es la verdad. Una verdad que me sorprende incluso a mí, pero... es así. No me ha desagradado que Thomas me poseyera de esa forma. Me ha parecido excitante, a ratos doloroso, es cierto, pero tremendamente placentero. Mi cuerpo confía en él. Y por eso me he sentido segura, porque estaba con él.

Percibo una sensación de pesar en él, así que le acaricio la línea de la mandíbula, tensa y áspera, para tranquilizarlo. Luego paso a sus suaves labios, y vuelvo a trazar la misma trayectoria hasta que siento que sus músculos se relajan y me concede la posibilidad de continuar acariciándolo.

—¿Cómo tienes el hombro?

—Mejor. —Sonrío ante su extraña forma de preocuparse por mí. El tono de su voz parece frío y distante, pero su forma de abrazarme revela algo totalmente distinto.

—Si no fuera así, me lo dirías, ¿verdad? —Frunce el ceño.

Asiento, pero una parte de mí no está segura de haber sido sincera. El hecho es que acabaría exasperado, y no hay nada que pueda hacer para resolver el problema. Creo que este es uno de esos casos en los que es mejor guardarse ciertas cosas para uno mismo.

Me abraza un poco más fuerte y yo deslizo mis dedos entre su pelo y lo masajeo. No pasa mucho tiempo hasta que oigo que su respiración se vuelve más pesada y sé que se ha quedado dormido.

Yo, sin embargo, soy incapaz. Pasan las horas. Horas en las que debería descansar, pero lo único que hago es pensar. Thomas duerme a mi lado, de espaldas a mí. Me encuentro mirando hacia la ventana, por donde se filtra la claridad del amanecer al fondo de la habitación.

Las sensaciones que ha despertado en mí esta noche me arrollan como un huracán. No me arrepiento, pero no dejo de pensar que, si acepto su propuesta, esto será todo lo que tendré de él. Sexo fantástico, pero nada más. Nada de pasear de la mano. Nada de ver una película abrazados. Nada de ir juntos al cine. Nada de cenas fuera o regalos inesperados. Ninguna presentación a amigos o familiares. Nada de nada. Y, sobre todo, seguirá manteniéndome al margen de su pasado.

Quiero a Thomas más que a nada en este mundo. Pero no estoy dispuesta a ser otra Shana, a la espera de recibir lo que nunca serás capaz de darme. Sé que acabaría con el corazón hecho pedazos.

Llevo un brazo hacia el suelo para comprobar la hora en el teléfono: ¿son las seis de la mañana? ¿Ya? ¡Maldita sea, no he pegado ojo en toda la noche! Por suerte, hoy no tengo clase y el jueves es mi día libre en el *pub*.

Me escurro de la cama con sigilo y me visto con cuidado de no despertar a Thomas. No está bien desaparecer sin avisar, pero supongo que eso también forma parte del paquete «sin ataduras». Prefiero marcharme por mi propia voluntad y ahorrarle el mal trago de tener que echarme con actitud fría.

Me pongo su sudadera, la falda y las zapatillas. Me guardo en el bolso el bañador, mi jersey y, antes de salir de la habitación, le dejo una nota en la mesilla de noche para informarle de que he vuelto a casa. El primer autobús pasa exactamente dentro de cinco minutos. Si me doy prisa, lo cogeré.

Cuando llego a casa, veo el Toyota aparcado en la entrada. Abro la puerta con cautela, esperando no encontrar a mi madre despierta, y el silencio que reina en el interior me indica que sigue durmiendo. Suspiro aliviada.

Subo las escaleras con pasos sigilosos y me refugio en mi habitación. Me quito la ropa y hundo la nariz en la sudadera de Thomas para inspirar su olor. Luego la doblo con esmero en la silla del escritorio y me pongo el pijama de franela. Cierro las cortinas, pongo el teléfono en silencio, me cubro los ojos con el antifaz y me acurruco bajo las sábanas, donde, al fin, me abandono a un sueño profundo.

Capítulo 33

Un estruendo resuena en mis oídos. Gimoteo y escondo la cabeza bajo la almohada.

—¿Puedo ayudarte en algo?

—Busco a su hija.

—¿Quién eres?

Quizá estoy soñando, pero juraría que acabo de oír una voz familiar.

—Un amigo.

—Conozco a todos los amigos de mi hija, y estoy segura de que no eres uno de ellos. Vanessa no tiene amistades como… tú. Ve a molestar a otro.

Pero qué…

—No pienso irme a ninguna parte.

Un momento. Pero si esa es la voz de… ¡Thomas! Me siento en la cama de golpe y me quito el antifaz de los ojos, presa del pánico.

—¡Quita ahora mismo esa mano de la puerta de mi casa, canalla!

Salto de la cama y bajo las escaleras a toda prisa. Desciendo los peldaños de dos en dos mientras la imagen de Thomas se vuelve cada vez más nítida ante mí. Tiene una mano apoyada en la puerta abierta, y con la otra sujeta un cigarrillo y el casco. Tiene la mandíbula contraída y las fosas nasales dilatadas. Mi madre se encuentra en las mismas condiciones, frente a él. Dos bombas a punto de estallar. En cuanto me ven, a los pies de la escalera, ambos me miran furiosos.

—Thomas, ¿q-qué haces aquí? —pregunto aturdida antes de situarme junto a mi madre en el umbral de la puerta.

—Vanessa, ¿quién demonios es este? —grita ella indignada. Me sobresalto ante su reacción.

—Él… es… un compañero de clase. Y no me grites en la oreja. —Desvío la mirada de mi madre a Thomas, a quien miro como diciendo: «¿A qué has venido?». Él me corresponde con una mirada furiosa. Está enfadado. Genial.

—¿Y puedes explicarme por qué un compañero de clase se presenta en nuestra casa a estas horas de la mañana, sin la más mínima educación?

Oh, Dios mío, todo este melodrama de buena mañana me está dando dolor de cabeza. Me masajeo las sienes para intentar calmarlo.

—No lo sé, mamá. ¿No tienes nada más que hacer? Yo qué sé, ¿salir con Victor, por ejemplo? —respondo molesta, y la fulmino con la mirada.

—Por supuesto, pero no tengo ninguna intención de dejarte sola con... ¡este tipo! —me espeta, y le lanza una mirada ofensiva a Thomas.

—¡Mamá! —grito desconcertada. Invito a Thomas a entrar y me dirijo de nuevo a mi madre—: Ahora él y yo nos vamos arriba, y tú... —La señalo con el dedo—, ¡deja de actuar como una loca!

—¡Vanessa! ¡No me hables así! ¡No lo quiero en mi casa! —grita—. Por lo que sé, ¡podría ser un asesino en serie y tú su próxima víctima!

Sacudo la cabeza y la ignoro. Agarro a Thomas por la manga de la chaqueta y tiro de él. Antes de que entre en casa, tira el cigarrillo en el porche de madera y, al pasar junto a mi madre, expulsa la última bocanada de humo a pocos centímetros de su cara, tan descarado como siempre.

—No estoy seguro, pero es posible que acabe de pisar una mierda de perro —le dice con aire burlón.

Pongo los ojos en blanco al oír esas palabras, aunque sé que es mentira. Tiro de Thomas por el brazo, lo reprendo y le invito a que borre esa sonrisita de capullo engreído de la cara. Luego me giro hacia mi madre, aterrada.

—Mamá, está bromeando. No ha pisado nada.

—¡Vanessa, cuando vuelva, hablaremos, esta historia no se acaba aquí! —Las fosas nasales le tiemblan mientras centra toda su atención en el hombre tatuado de aspecto rebelde y con modales rudos y groseros—. En cuanto a ti, jovencito, esta es la primera y última vez que pones un pie en mi casa. —Enfurecida como nunca la había visto, mi madre se marcha dando un portazo. Alzo la mirada al cielo. Agarro a Thomas por la muñeca y lo arrastro escaleras arriba hasta mi habitación. Cierro la puerta a toda prisa y me vuelvo hacia él con el ceño fruncido.

—¿Tenías que comportarte así?

—No, debería haberlo hecho peor. Ni siquiera me ha dado tiempo a abrir la boca cuando tu madre ya había decidido que soy escoria humana —replica nervioso mientras deja el casco en el suelo junto a la puerta.

Me paso las manos por la cara y respiro hondo.

—Sí, lo sé. Perdóname. Ella es… peculiar.

—Tu madre me importa una mierda. Quiero saber por qué te has ido.

Frunzo el ceño.

—¿Qué?

—Me he despertado y no estabas. A cambio, he encontrado esto. —Del bolsillo de su chaqueta extrae una bolita de papel y me la lanza a las manos con torpeza. La nota que le he dejado—. ¿Qué coño te ha dado?

La vocecita de mi cabeza estalla en carcajadas. «Ahora entiendes lo que uno siente al despertarse y encontrarse tan solo una mísera nota, ¿eh, Collins?».

Arqueo una ceja.

—¿Has venido hasta aquí por eso?

—Sí, Ness. Solo por eso. —Se lleva las manos a las caderas y se echa hacia atrás las solapas de la chaqueta mientras observo su postura escultural e imponente. Suspiro y me pellizco la base de la nariz: estoy rodeada de lunáticos, ahí lo dejo.

Tiro la nota a la papelera y me vuelvo hacia él:

—No veo dónde está el problema. Es más, deberías darme las gracias, te he ahorrado el rollo de la mañana siguiente que te habrías sentido obligado a soltarme.

Arruga las cejas.

—¿De qué rollo hablas?

—De la cantinela con la que me recordarías que solo es sexo. Que no vea más de lo que hay porque nosotros dos no estamos juntos… Y bla, bla, bla. En fin, que ya hemos pasado por eso, ¿te acuerdas?

Se pasa las manos por la cara y respira hondo.

—No te habría soltado ningún rollo.

—No digas tonterías. Claro que lo habrías hecho. Pero no pasa nada. —Me encojo de hombros—. No esperaba otra cosa.

Me mira desconcertado.

—Te juro que no te entiendo.

—Frustrante, ¿verdad? —le suelto. Lo dejo ahí plantado y me voy a la cama, tomo el antifaz con forma de rana de entre las sábanas y me lo pongo en la frente antes de tumbarme.

—¿Qué haces?

—Lo que estaba haciendo antes de que te presentaras aquí y mi madre empezara a volverse loca: dormir.

—¿Duermes con esa cosa en la cabeza? —pregunta, burlón.

—Es para los ojos. No empieces a meterte conmigo —sentencio—. Y para que quede claro, esta cosa tiene un nombre.

—No quiero saberlo.

—Se llama Froggy.

—Estás mal de la cabeza.

—Y tú acabas de recibir una invitación para marcharte. Gracias.

—Son casi las ocho, ¿no tienes ninguna actividad extraescolar de empollona?

—Hoy no. —Me pongo de lado, me cubro con el edredón hasta el cuello y me coloco el antifaz sobre los ojos—. Cierra la puerta cuando te vayas.

Thomas no responde. Oigo crujir el parqué bajo sus pies, pero, en lugar de alejarse, se acerca. El colchón se hunde y me doy la vuelta en un santiamén antes de levantarme el antifaz. Lo veo sentado, atareado mientras se quita la chaqueta y las zapatillas.

—¿Qué haces?

—Me quedo aquí —responde decidido, sin mirarme.

Resoplo.

—Ni hablar.

Se gira hacia mí y se cuela bajo las sábanas.

—Te has ido sin avisar, así que me debes un despertar como Dios manda. Tápate los ojos con ese sapo ridículo y duérmete.

Lo miro hoscamente.

—Y tú, mientras tanto, ¿qué piensas hacer?

—Orquestar un plan junto con Momo y Sparky para que acabes en la sección de crónica negra de algún periódico, como un buen asesino en serie —responde, y le lanza una mirada intimidatoria a los peluches que hay a los pies de la cama.

Sacudo la cabeza, resignada y divertida a la vez. Vuelvo a cubrirme los ojos con Froggy y me tumbo de espaldas a él.

Se acerca a mi oído y me susurra:

—A tu madre le faltan algunos tornillos, Ness. Pero tú, con esta cosa en los ojos, la superas con creces. —Me echo a reír y él hace lo mismo, apoyando la frente en la curva de mi cuello. Me besa detrás de la oreja, me rodea la cintura con un brazo y me acerca a él—. Ahora duérmete —murmura con los labios contra mi pelo.

Y lo hago. Me duermo con una sonrisa estampada en la boca y unas mariposas que revolotean desenfrenadas en mi estómago.

Capítulo 34

Thomas me cubre completamente con el calor de su cuerpo. Mi espalda descansa contra su pecho y su brazo me rodea la cintura. Tiene la cara hundida en mi pelo. Noto su respiración lenta y relajada en mi cuello. Ahora que por fin me siento descansada, me quito a Froggy de los ojos y parpadeo para acostumbrarme a la tenue luz que se cuela a través de las cortinas.

Sin lograr contener una sonrisa, observo la mano de Thomas sobre mi abdomen. Con el dedo índice trazo todas las venas que le surcan el dorso, las marcas de las heridas en los nudillos y las letras de estilo *old school* que conforman el nombre de su hermana.

Me gustan sus manos. Son grandes, ásperas, envolventes. Bajo su tacto me siento a salvo de todo. Pero, especialmente, me gusta despertarme y encontrarlo junto a mí. Si no supiera cómo están las cosas entre nosotros, hasta me permitiría el lujo de soñar con un despertar como este durante el resto de mis días, pero me veo obligada a desterrar esa imagen de mi mente y a aceptar la realidad. La misma realidad que me ha llevado a marcharme de su apartamento esta mañana y que sigue recordándome que todo esto acabará mal. Mal, sí. Porque, aunque cada vez me resulta más difícil ignorar mis sentimientos por él, lo cierto es que ni siquiera puedo fingir que el tipo de relación que me propone me parece bien.

Le levanto el brazo con delicadeza y me siento en el borde de la cama. Decido mirar el reloj: desconcertada, descubro que ya son las dos del mediodía. ¿He dormido todas estas horas?

—Por fin te has decidido a abrir los ojos. —Su voz grave y ronca me sobresalta, pensaba que estaba dormido.

Alarga una mano por el colchón y me acaricia los dedos, pero me aparto. No es lo que quería hacer, ni de lejos, pero no puedo correr el riesgo de volver a sucumbir a su embrujo, de romper esos límites que me autoimpongo. Con él cerca, sé que ocurrirá. Siempre ocurre.

—No hacía falta que te quedaras aquí todo el tiempo —farfullo. Cuando tomo el teléfono móvil de la mesilla de noche, veo que hay cinco llamadas perdidas. De Logan.

Abro los ojos de par en par.

Logan.

De repente, la enorme burbuja en la que me había cobijado estos dos días estalla y me estrello contra el suelo, obligada a aceptar la realidad. Una realidad que me atenaza en las garras del sentimiento de culpa.

Thomas ha conseguido atraerme a su órbita y succionarme en su mundo como un tornado, alejándome de todo lo demás, haciéndome olvidar incluso la existencia de Logan en mi vida. Aprieto la frente contra la pantalla del teléfono, cierro los ojos y dejo ir un largo suspiro cargado de decepción. No es mi novio y no nos prometimos nada, pero aun así siento que he sido injusta con él, insensible frente a sus sentimientos.

—¿Qué te pasa? —La voz grave de Thomas resuena en la habitación. Está molesto.

—Logan me ha llamado —respondo, sin darme la vuelta.

—Ah, era él —masculla.

—¿Qué quieres decir? —Me giro ligeramente y lo miro de reojo.

Veo que coloca los brazos detrás de la cabeza y clava los ojos en el techo.

—Tu teléfono no dejaba de vibrar. —Se vuelve para mirarme—. Ha estado a punto de acabar mal.

—¿Has vuelto a poner tus manos sobre mi teléfono?

—¿Crees que lo he hecho? —replica, indignado.

—Te lo estoy preguntando.

Permanece en silencio unos segundos antes de responder.

—No, no lo he hecho —reconoce—. Pero creo que ha llegado el momento de que cortes con esa historia, ¿no crees?

Arqueo las cejas.

—¿Con Logan? ¿Por qué debería hacerlo? —Desde luego, no tengo intención de seguir saliendo con Logan si lo que siento por Thomas es tan fuerte que me hace perder la razón. Si lo hiciera, lo estaría engañando a él y también a mí misma. Pero es algo que debo decidir yo, no Thomas.

Por cómo entrecierra los ojos sé que mi respuesta lo ha molestado. Se incorpora, se apoya en un codo para poner su cara a la altura de la mía y exclama:

—¿Por qué? Tal vez porque te has pasado la noche dejando que servidor te la meta sin piedad —escupe con desprecio, lo que me deja sin palabras.

«Que me la meta sin piedad». Todo se reduce a eso. Todas las emociones que he sentido, todas las formas de intimidad que he compartido con él acaban aniquiladas y arrasadas por su despiadado desencanto.

—¡Dios mío, Thomas, qué capullo eres! —Le doy la espalda. Estoy al borde de las lágrimas.

Por el rabillo del ojo, veo que sacude la cabeza e inmediatamente se acerca a mí. Doy un respingo para salir de la cama y voy hasta la ventana. Cierro los ojos, inspiro profundamente y dejo que el viento me acaricie la cara mientras las últimas hojas secas revolotean aquí y allá. El tono grisáceo de las nubes anuncia la llegada de un temporal. Justo lo que necesito.

Oigo el chirrido del colchón y los pasos de Thomas cada vez más cerca. Saca el paquete de Marlboro del bolsillo de su chaqueta, se apoya en el alféizar de la ventana junto a mí y levanta la mirada hacia las nubes cargadas de lluvia que se mueven de forma apresurada por el cielo. Me gustaría decirle que aquí dentro no puede fumar, pero sé que no me hará caso.

—Siempre tienes que pasarte, ¿no?

—Eres tú la que me hace enfadar.

—¿Solo porque no te permito decidir sobre mi vida? El tipo de relación que me propusiste ayer no lo contempla. Solo prevé lo que hemos hecho esta noche, ¿o me equivoco?

—También prevé que no haya imbéciles implicados, Vanessa. —Con un gesto nervioso, se enciende un cigarrillo y exhala una gran bocanada de humo que se pierde en el viento. Luego se gira para mirarme, meditabundo—. ¿Has pensado en lo que te dije?

—Sí —respondo después de respirar hondo. Él permanece en silencio, con el ceño fruncido, a la espera de que hable. Aparto la mirada: sus ojos tienen el poder de hacerme sucumbir a su voluntad, una y otra vez—. Me quedé despierta toda la noche dándole vueltas —continúo—. Y llegué a la conclusión de que no puedo hacerlo. No puedo vivir en una relación en la que yo doy cien y tú cincuenta. No quiero mendigar tu atención o esperar en vano a que llegue el día en que por fin te abras a mí sin reservas. Suponiendo que ese día llegue. —Hago una pausa mientras me muerdo el interior de la mejilla. Luego vuelvo a dedicarle mi atención—. Me pediste exclusividad en una relación sin ataduras. Pero no soy capaz de hacerlo, porque mi cuerpo y mi corazón van de la mano. Es un paquete completo. Lo tomas o lo dejas —repito, y uso sus mismas palabras.

Percibo cómo se contraen los músculos de sus hombros. Thomas inclina la cabeza hacia un lado, airado, y, tras unos instantes de tenso silencio, responde:

—¿Lo tomas o lo dejas? —No es una pregunta, sino un gruñido furioso que me estremece—. ¿Me tomas el pelo?

—Para nada —respondo, y logro mostrarme segura a pesar del nudo que siento en el estómago.

—A ver si lo entiendo, ¿qué esperas que haga exactamente? ¿Que te ponga un puto anillo en el dedo para que puedas darles un sentido a nuestros polvos y calles para siempre tu estúpido moralismo de las narices?

—¿Estúpido moralismo? —repito desconcertada, y me alejo de la ventana y de él—. ¡Perdone usted si quiero algo más de la persona con la que me acuesto!

Se sobresalta y avanza hacia mí. Cada músculo de su cuerpo tiembla de rabia.

—Te dije que no volvería a tocar a ninguna chica. Te dije que seríamos solo tú y yo. ¿Qué más quieres?

—¡No lo sé, Thomas, cosas normales, tal vez! ¡Salir algún día al cine, pasear de la mano, poder abrazarte durante una película si me apetece, por ejemplo!

Se ríe de forma burlona.

—Todo eso son tonterías —dice, con la mirada perdida en otra parte.

—Para ti. —Le clavo un dedo en el pecho con vehemencia—. ¡Eso son tonterías para ti!

Thomas se apoya con la espalda en el escritorio y se frota la cara con las manos, agotado.

—Ya te lo dije ayer. —Me mira a los ojos—. No puedo darte lo que buscas. No soy capaz. Nunca lo seré. —Siento los latidos de mi corazón en la garganta. Con una sola frase, Thomas ha destruido todas mis esperanzas. Esas estúpidas y patéticas esperanzas, anidadas en lo más profundo de mi corazón, que me hacían creer que tal vez, tarde o temprano, conseguiría derribar el muro que lo lleva a encerrarse en sí mismo y a dejar el mundo fuera. Porque es cierto que fui yo quien le dijo que no podía aceptar una relación así. Pero, quizá, una parte de mí esperaba que, al verse entre la espada y la pared, eligiera dejarse llevar.

Los ojos se me llenan de lágrimas, hago todo lo posible por contenerlas, pero una se me escapa. Con rabia, la aparto de mi cara y me encojo de hombros, tratando de ocultar mi desesperación.

—Bueno, en ese caso, creo que yo tampoco puedo hacerlo.

Me siento agotada. Siento un dolor desgarrador en mi interior; es la conciencia de que los sentimientos que siento por él no son suficientes y probablemente nunca lo serán. Otra lágrima surca mi mejilla. Basta, no soporto su presencia ni un minuto más. Quiero estar sola y llorar. Llorar hasta olvidar el origen de todo mi dolor.

—Vete —digo finalmente, con la voz quebrada.

En sus ojos veo el destello de una chispa de tristeza, que rompe lo que quedaba de mi corazón.

—Joder, Ness… —Hace amago de acercarse y tomarme de las manos, pero doy un paso atrás.

—Lo digo en serio, Thomas, no quiero verte —replico con frialdad, mirando por la ventana.

Él permanece en pie a mi lado. Me mira durante un puñado de segundos, con la respiración irregular y las manos cerradas en un puño junto a las caderas. Luego, sin necesidad de repetírselo otra vez, se calza las zapatillas, se pone la cazadora, recoge el casco del suelo y sale de mi habitación maldiciendo.

Oigo cómo la puerta principal se cierra de un portazo y las ruedas de su moto chirrían sobre el asfalto. Cierro la ventana, me dirijo a la cama y me tumbo bocabajo. Hundo la cara en las sábanas, que siguen impregnadas del olor de Thomas, y rompo a llorar sin control.

Capítulo 35

Tras arrastrarme hasta el cuarto de baño con la vitalidad de un perezoso y haberme obligado a ducharme para estar mínimamente presentable, bajo a la cocina con la intención de improvisar un almuerzo. Respondo a los mensajes preocupados de Alex y lo tranquilizo después de lo que sucedió anoche. Debería estar más afectada por el arrebato de ira de Travis, por su reacción violenta, pero la verdad —una verdad que no estoy dispuesta a admitir ante Alex, al menos por el momento— es que el abandono de Thomas es lo que realmente me duele. Para distraerme, paso la tarde estudiando en la biblioteca del campus, donde intento ponerme al día con los apuntes de varias asignaturas. Sería una mentirosa colosal si negara que tenía la esperanza de ver aparecer a Thomas en cualquier momento. Reconozco que una parte de mí esperaba verlo en los pasillos, en la cafetería o en el gimnasio, solo para saber dónde estaba. Pero lo cierto es que, si soy realista, en este mismo instante, mientras camino por los pasillos de la universidad y observo el diluvio incesante por los ventanales como una patética desesperada, él podría estar tranquilamente en la cama de otra. Una chica dispuesta a ofrecerle lo que yo he sido incapaz de darle. Quizá ahora la estará besando igual que me besaba a mí, la estará tocando como me tocaba a mí. La estará mirando como me miraba a mí. Y estará recibiendo placer gracias a ella. Con ella. Justo como hacía conmigo. Oh, no. Se me contrae el estómago ante ese pensamiento.

De repente, un hombro choca con fuerza contra el mío. Me tambaleo y el café que sostenía en las manos casi se me derrama por el suelo.

Levanto la vista y veo dos ojos azules que se clavan en los míos: Shana.

—Ratita de alcantarilla, deberías mirar dónde pones los pies.

—Has sido tú la que ha chocado conmigo. ¡Y encima lo has hecho a propósito! —le hago ver.

—Pero escuchadla, ¡a propósito! —Se dirige a sus dos amigas, que se ríen. Con una mano apoyada en la cadera, se acerca a mí e invade mi espacio personal—. Si he chocado contigo ha sido porque estás en medio constantemente. —Ha bajado la voz un tono; su mirada se ha vuelto más amenazadora—. Una persecución. —Me clava un dedo en el pecho—. Una maldita cucaracha. —Pronuncia cada palabra con asco. La fuerza con la que me presiona el pecho con un dedo me obliga a arquear ligeramente la espalda e inclinar la cabeza—. Te arrastras por el campus convencida de que puedes quedarte con lo que no te pertenece. Pero tal vez debería recordarte quién eres: una pobre pringada, tan insignificante que aburres hasta al único chico que tuvo el valor de salir contigo. Tan estúpida como para creer que una persona como Thomas podría encontrar interesante a alguien como tú. —Hace todavía más presión sobre mi pecho y me da un pequeño empujón que me hace retroceder unos centímetros más. Luego me deja ir y, con una expresión engreída, da un paso atrás para volver con sus amigas.

Me enderezo y me ajusto las solapas de la camisa. No debería sentirme tan mortificada por sus palabras. Sin embargo, me han atravesado como cuchillas. Sin saberlo, Shana ha dado voz a mis mayores temores.

—¿Se puede saber qué te he hecho, Shana? —pregunto, y hago todo lo posible por parecer impasible.

Por un momento, parece sorprendida por mi pregunta, pero entonces, hace un gesto con las manos y se coloca su larga melena pelirroja por detrás de los hombros. Con expresión aburrida, mirando a otra parte, responde:

—Existir.

Al cabo de un momento, toma por los codos a sus dos amigas y desaparece con ellas por el pasillo.

—Existo. ¿Tú te crees? ¡Su problema es que existo! ¡Nunca le he hecho nada, pero me odia hasta ese punto! ¿Te das cuenta?

Dios mío, ¿la universidad no debería ser un lugar donde los estudiantes dedican toda su energía a estudiar para asegurarse un futuro mejor? ¡Que alguien me explique por qué demonios yo solo me encuentro con gente arrogante y engreída en la vida! —Le grito tanto al teléfono que llevo pegado a la oreja que, sin darme cuenta, llamo la atención de algunas personas que caminan a mi lado. Se giran y me miran mal, pero las ignoro y continúo de camino a casa.

—¿Has terminado?

Cierro los ojos, hago unas respiraciones para calmarme y luego respondo:

—Sí, Alex. He terminado.

—Nessy, te quiero y lo sabes, pero deberías haber imaginado una reacción como esa por su parte. En el fondo, le has birlado su juguete favorito delante de sus narices. No sé mucho sobre mujeres, pero creo que considera que eso es motivo suficiente para hacértelo pagar. Menuda zorra.

Resoplo.

—No le he birlado el juguete a nadie. —Llego frente al sendero de mi casa y, al ver el coche de mi madre aparcado, pongo los ojos en blanco—. Alex, tengo que colgar. Estoy entrando en casa.

Alex me recomienda que no me haga mala sangre y nos despedimos.

Una vez he cruzado el umbral, el aroma a ajo, salsa de tomate y pan recién horneado me abruma. Mi madre está en la cocina, preparando la cena. La saludo y, sin entretenerme demasiado, me dirijo a las escaleras para subir a mi habitación.

—Vanessa, ven aquí. Tenemos que hablar.

Me quedo inmóvil en el segundo escalón y maldigo en voz baja con los ojos cerrados. ¡Maldita sea! Esperaba poder escaquearme. Doy un paso atrás y la veo apoyada en el fregadero, con los brazos cruzados.

—Mamá, tengo que estudiar un montón, no tengo mucho tiempo...

—Si no tienes mucho tiempo, lo buscas —me interrumpe con frialdad.

Suspiro y entro en la cocina.

—¿Qué pasa?

—¿Tú qué crees? ¿Piensas que ya me he olvidado de lo que ha pasado esta mañana?

Quién lo diría...

—¿Y tenemos que hablar de ello ahora mismo? —me quejo, antes de dejar en el suelo la mochila con los libros.

—Sí, ahora. —Me invita a sentarme a la mesa, que señala con el cucharón recubierto de salsa que sostiene en las manos—. ¿Quién demonios era ese canalla?

Dejo escapar otro suspiro cansado y me paso una mano por la cara.

—Se llama Thomas, es alumno de la OSU y juega en los Beavers. ¿Suficiente con eso?

Alza las cejas en señal de advertencia.

—¿Me tomas el pelo?

—No. Me has preguntado quién es y te lo estoy diciendo.

Sacude la cabeza, apoya el cucharón en el mueble de la cocina y se lleva las manos a las sienes, como si quisiera mantener la calma.

—Sabía que este momento llegaría tarde o temprano.

—¿De qué hablas?

—El momento en que permitirías que un chico como ese entrara en tu vida. Eres mi hija; después de todo, has heredado la desconsideración de mí. Pero es culpa mía. Te he dejado sola demasiado tiempo, y ahora has perdido el rumbo.

Dios mío, por qué siempre tiene que ser tan melodramática.

—Mamá, la única persona que ha perdido el rumbo aquí eres tú. Estás diciendo cosas sin sentido. Ni siquiera lo conoces —le suelto. Por enésima vez, me encuentro defendiéndolo, incluso después de que me haya hecho trizas el corazón. Es como si una parte de mí no pudiera evitar luchar por él, como si tuviera una fe ciega en ese chico tan cínico como atormentado.

—Es un maleducado, Vanessa, carente de sentido común. Nadie se había atrevido a hablarme así hasta ahora. Ha entrado en mi casa y me ha faltado al respeto. ¿Cómo puedes aceptar algo así? —Se sienta frente a mí y me mira a los ojos.

Me encojo de hombros con indiferencia; sé que en parte tiene razón.

—Bueno, si es por eso, tú también lo has hecho, mamá. Lo has insultado antes incluso de saber cómo se llamaba. ¿Qué esperabas que hiciera?

—¿Lo estás justificando, Vanessa? —pregunta indignada—. Dios mío, ese chico te está cambiando de verdad. Dime, ¿cuánto hace que lo conoces?

—No te importa. ¿Qué más querías decirme? —La invito a que continúe haciendo un gesto con la mano.

—Bueno, solo quería dejar claro que no volverá a pisar mi casa. Nunca más, ¿entendido?

—Como quieras. —Por la mirada asesina que me dedica, sé que no le gusta en absoluto la actitud pasota con la que estoy participando en la conversación. Pero esta vez me da absolutamente igual.

—Una última cosa —añade—, quiero que me prometas que dejarás de verlo.

Se me escapa una carcajada y me enderezo en la silla.

—¿Qué?

—No sé desde cuándo tienes relación con él, pero sé que últimamente has cambiado. Y estoy segura de que ha sido por su culpa.

—¿Y eso lo dices en base a qué?

—En base a que eres mi hija y te conozco. Me preocupo por ti. Solo quiero lo mejor para ti, siempre.

Resoplo.

—¿Quieres lo mejor para mí?

—¿Acaso lo dudas? —Se lleva una mano al pecho, como si la hubiera apuñalado en el corazón.

—Creo que me quieres, pero que la mayor parte del tiempo te quieres más a ti misma.

Parpadea repetidamente, estupefacta.

—No digas tonterías.

Se levanta de golpe de la silla y se acerca a los fogones, donde se pone a remover la salsa.

—¿Tonterías? Cuando te conté que Travis y yo ya no estábamos juntos, no me hablaste durante semanas. Lo justificaste a él y me condenaste a mí. Me echaste la culpa porque tuve el valor de poner punto final a una historia que me estaba haciendo sufrir, ¿y sabes por qué lo hiciste? Porque nunca has hecho el esfuerzo de mirar más allá de la punta de tu nariz, porque si lo hubieras hecho, te habrías dado cuenta de todas las veces que me hizo sentir pequeña e insignificante, todas las veces que me avergonzó y me humilló. Ahora mismo tengo un morado en el hombro izquierdo, y créeme, ojalá no lo tuviera. ¿Sabes quién me lo ha hecho? Tu querido, adorado e intocable Travis. Anoche se emborrachó y perdió la cabeza. ¿Y sabes quién me defendió? Thomas. —Me levanto y me acerco a ella—. ¿Tú lo has hecho alguna vez, mamá? ¿Me has defendido alguna vez?

Desconcertada ante mis palabras, se queda asombrada.

—¿Qué quieres decir con que tienes un morado en el hombro? ¿Por qué no me lo has dicho? —Me agarra del brazo con la intención de darme la vuelta.

—Porque no cambiaría nada. Habrías justificado incluso eso. —Me libero de su agarre.

Abre los ojos de par en par.

—¿Cómo puedes decir algo así? ¡Soy tu madre! ¡Si alguien te hace daño, tengo que saberlo! —grita.

—Esa es la cuestión, mamá, Travis me ha hecho daño muchas veces, emocionalmente. Aun así, incluso cuando corté con él, para ti fui yo la que se equivocaba. Ahora, sin embargo, me pones en guardia respecto a Thomas porque crees que lo sabes todo. ¡Pero la verdad es que no sabes nada! —Le doy la espalda y vuelvo a la silla donde estaba sentada hasta hace unos momentos. Recojo la mochila del suelo con la intención de salir de la cocina, pero ella continúa.

—Puede que tengas razón, no sé nada de él. Pero me bastó verlo menos de cinco minutos para saber qué tipo de persona es. Así que te lo repito, no quiero que esa persona forme parte de tu vida —ordena de nuevo.

—Tengo casi veinte años, mamá. Hago lo que quiero.

—No mientras vivas bajo mi techo —espeta, rencorosa. La miro con los ojos entrecerrados, tratando de entender qué insinúa—. Recuerda que todo lo que tienes es gracias a mí. Y ya sabes cuántos sacrificios he hecho. Pero te lo puedo quitar todo, Vanessa. ¿De verdad queremos llegar a ese extremo por un chico insignificante, que te dejará en cuanto encuentre algo mejor?

—¿Lo harías?

—Si eso sirviera para que hicieras lo correcto, sí. Lo haría sin duda. Incluso a costa de que me odies.

—¿Estás de broma? —Me hierve la sangre.

—En absoluto.

Sacudo la cabeza desconcertada.

—¡No puedes imponerte en mi vida de esta forma!

—Soy tu madre, Vanessa. Hago lo que considero oportuno. La conversación ha terminado, puedes irte. —Me despide con un gesto de la mano. Me da la espalda y vuelve a concentrarse en los fogones.

—¡Él me gusta, mamá! —grito. Apenas soy consciente de lo que acabo de decir.

—¡Sí, Vanessa, me he dado cuenta! —Se da la vuelta, con los finos labios fruncidos en una mueca airada—. Y precisamente por eso me veo obligada a intervenir de forma drástica. Los sentimientos te nublan la mente, te hacen tomar decisiones incorrectas. No permitiré que eso ocurra. Eres joven. Y los chicos como él siempre arrastran un montón de problemas... Entiendo que a tu edad pueda fascinarte, pero tarde o temprano se sentirá con derecho a descargar todos sus problemas en ti, y entonces ya estarás demasiado enamorada como para impedírselo. ¿Qué crees? Yo también tuve a un Thomas en mi vida, y te garantizo que el amor que sentirás por él te llevará a cometer muchos errores, te consumirá, te anulará y te quitará todo lo bueno que tienes en tu interior. Hasta que un buen día te despiertes y comprendas que has pasado los mejores años de tu vida persiguiendo a alguien que nunca tuvo la más mínima intención de quedarse a tu lado. Y en ese momento te quedarás sola, con tus sueños rotos y tus errores, con los que tendrás que convivir el resto de tu vida. —El temblor de su voz es apenas perceptible, pero me deja perdida por completo.

Por lo que sé, mi madre siempre ha tenido hombres respetables a su lado. Me sorprende toda la aflicción y la angustia que percibo en su voz.

—N-no entiendo de qué hablas. No pasará nada de todo eso porque no estoy enamorada de él —le explico en voz baja.

—Sin embargo, ha bastado mencionarlo para que te pusieras hecha una furia. Eso dice mucho sobre los sentimientos que finges no sentir por él.

Mi reacción también me confunde. Después de lo que Thomas me ha dicho, una persona sabia escucharía a mi madre. Aun así, la mera idea de no tenerlo más en mi vida me deja sin oxígeno.

—No te corresponde a ti decidir con quién puedo o no puedo salir. Es injusto —digo con un hilo de voz.

—Lo lamento, pero mientras vivas bajo mi techo, seré yo quien decida. Y decido que a ese chico no volverás a verlo. O te atendrás a las consecuencias.

Capítulo 36

Corro furiosa hacia mi habitación, lista para hacer las maletas y marcharme. Lástima que no tenga ningún sitio al que ir ni el dinero que necesitaría para pagar el alquiler de un apartamento. Como si eso no bastara, oigo la voz de Victor procedente del piso de abajo. Ahora siempre cena aquí. Pero, después de lo que me ha dicho, mi madre ya puede ir olvidándose de jugar a la familia feliz esta noche: me niego en redondo a compartir mesa con ellos dos. Le envío un mensaje a Alex para pedirle que venga al rescate con un buen sándwich para llevar y veo que Tiffany también me ha escrito. Un mensaje simple y lapidario: «Voy a tu casa, tengo que ponerte al día».

Al cabo de unos minutos, el timbre de la puerta suena y, en ese mismo instante, siento que alguien llama a mi ventana. Vaya, Alex y Tiffany deben de haberse coordinado. Voy hasta la ventana, desengancho el pestillo y la abro, mientras oigo a Tiffany subir por las escaleras.

—¿Y tú por qué trepas por la ventana y entras en la habitación de mi amiga como si fueras un ladrón? —pregunta Tiffany, divertida, una vez dentro.

—¿Y tú por qué tienes derecho a utilizar el acceso principal? Si hubiera llamado al timbre a estas horas de la noche, Esther me habría machacado —replica Alex.

—Tarde o temprano, acabarás rompiéndote todos los huesos del cuerpo, lo sabes, ¿verdad? —lo regaño en broma, y le arrebato de la mano la bolsita con la cena, que huele tan bien que se me hace la boca agua.

—El sándwich del envoltorio garabateado es el tuyo, sin ensalada ni pepino. Tiff, no sabía que tú también vendrías —dice Alex un tanto azorado.

—No te preocupes, he venido sin avisar.

—¿Ha pasado algo? —pregunto con un poco de aprensión. Dejo los abrigos de mis amigos sobre el escritorio y los invito a sentarse conmigo en la cama.

—Em, sí… O sea, nada grave. La cuestión es que ayer me asusté, Vanessa. Nunca había visto a Travis reaccionar así. —Trago saliva; una extraña sensación de ansiedad se instala en mi estómago—. Después de que te fueras con Thomas, lo llevé de vuelta a casa. Y se lo confesé todo a nuestros padres. Pensaba que Travis volvería a montar un pollo. Lo temía, de hecho. Pero esta mañana ha decidido alistarse en West Point, en la academia militar.

Me quedo de piedra.

—¿Qué?

—Parece que todas las cosas horribles que ha hecho este último año lo han llevado a un punto que ni siquiera es capaz de gestionar. Dice que ha tocado fondo, que ya no se reconoce, que quiere redimirse. —Aunque lo explica con un tono impasible, percibo el dolor en su voz.

—¿Y cree que lo conseguirá si se alista en una academia militar? ¿Qué pasa con todos sus planes de futuro? ¿La Facultad de Economía? ¿El baloncesto? ¿Vuestro padre? —Travis siempre ha vivido tratando solo y exclusivamente de impresionar a su padre; el baloncesto y la universidad eran pretextos para ganarse su aprobación. Así que no creo que lo esté mandando todo a la porra.

Tiffany pone los ojos en blanco.

—Papá se ha puesto hecho una furia, ya había conseguido que le dieran dos contactos para los patrocinadores, así que ya puedes imaginarte cómo ha reaccionado cuando se ha enterado. Pero esta vez Travis ha sido muy claro e inflexible.

Así que se va, se marcha de verdad. No sabría decir cómo me siento ante esta noticia. Por un lado, siento compasión, pero Travis necesita centrarse, esto es evidente.

—Es increíble… —digo, y me quedo mirando el edredón—. ¿Cuándo se irá?

—Dentro de unos días. Todo es muy reciente, ha sido una decisión muy repentina.

—¿Y a ti te parece bien? —le pregunto, consciente de lo unida que está a él, a pesar de todo.

Tiffany se encoge de hombros y me mira con resignación.

—Solo quiero poder mirarlo a los ojos y volver a ver los de mi hermano. Si la academia militar es la solución a sus problemas, entonces que así sea.

—Yo también lo creo, chicas. Travis se ha perdido este último año, y cambiar de aires le vendrá bien —interviene Alex con un tono tranquilizador—. Nessy, métete en la cabeza que tú no tienes ninguna culpa, no quiero oírte decir nada semejante. —Le sonrío dulcemente.

—Tiff, ¿te apetece compartir el sándwich conmigo? —le pregunto para rebajar la tensión. Los tres nos acomodamos mejor en la cama y cenamos mientras vemos una película de terror en Netflix.

Después de la primera hora, aburridos por la trama, dejamos de seguirla y empezamos a hablar de otras cosas. Tiffany y Alex se mueren de ganas de saber cómo fueron las cosas entre Thomas y yo, después de vernos tan cómplices en la piscina. Pero, ay, no tengo buenas noticias para ellos. Aunque con poco entusiasmo, decido contarles lo que ha pasado esta mañana entre él y la mujer que ahora mismo está en la planta de abajo. Les cuento que anoche, después del incidente con Travis, nos fuimos a su apartamento y me quedé a dormir, pero esta mañana me he marchado pronto.

—Hacía poco que me había dormido, y luego, de repente, he oído su voz. He bajado y me lo he encontrado ahí delante, en la puerta, ¿os dais cuenta? Mi madre estaba furiosa, él mucho más. Se miraban como dos leones dispuestos a hincarse el diente.

—¿Y luego? —pregunta Alex, interesado.

—Nada, lo he dejado entrar, mi madre se ha puesto como loca y él ha tenido que hacer el idiota, para variar. —La expresión confusa de Alex me invita a ser más específica, así que continúo—: Le ha dicho que había pisado una caca de perro. Después de haberle echado el humo del cigarrillo en la cara. Era mentira, claro, solo quería provocarla. —Pongo los ojos en blanco y sacudo la cabeza, recordando todavía su expresión estupefacta.

Tiffany abre los ojos de par en par y estalla en una carcajada sonora.

—¿Que ha hecho qué? Dios mío, no puedo creer que me lo haya perdido.

—Bueno, ya ves tú qué novedad: Esther White se pone furiosa porque un chico le ensucia las alfombras. Diría que eso no causa sensación —ironiza Alex.

—De acuerdo. Reconozco que, en cierto modo, ha sido divertido verla temblar de rabia, incapaz de reaccionar. Nadie había conseguido dejar sin habla a Esther White, debo admitirlo. Pero, en retrospectiva, ha sido un gesto estúpido, teniendo en cuenta que ahora tengo tajantemente prohibido tener nada que ver con él —resoplo, frustrada—. Todavía me trata como si fuera una niña. Es increíble.

—Pues tienes casi veinte años, deberías empezar a hacerte valer —me dice Tiffany. Hace una pausa y continúa—: No puedes dejar que siga mandando en tu vida de esa forma. —Alex asiente con convicción.

—¿Creéis que no lo sé? ¿Que todo esto me gusta? Ha llegado hasta el punto de amenazarme, chicos. Ha perdido la cabeza —farfullo.

—¿Cómo? —exclama mi amigo, sorprendido, mientras endereza la espalda.

Lo confirmo con un asentimiento.

—Me ha dicho muy claramente que, si no hago lo que ella dice, me lo quitará todo.

Ambos me miran incrédulos durante unos segundos.

—Pero ¿sabéis qué? Ya no tiene ninguna importancia.

—¿Por qué? —pregunta Alex con el ceño fruncido.

—Después de que mi madre se haya ido, ¿adivináis qué ha pasado? Thomas y yo hemos discutido. Ya he perdido la cuenta de las discusiones que hemos tenido desde que lo conozco. Le he dicho que se fuera y lo ha hecho. Y no me ha escrito en todo el día. Ya os podéis imaginar lo que eso significa. —Me llevo las rodillas al pecho y apoyo la frente en ellas. Me siento abatida.

—Vamos, no pensarás que él... —dice Alex. No hace falta que termine la frase para saber a qué se refiere.

Asiento. Porque es exactamente lo que pienso. Levanto la cabeza en su dirección.

—Estamos hablando de Thomas. El hecho de que no haya obtenido lo que quería de mí no le impedirá buscárselo en otra parte. Además, estaba cabreado. Y eso, créeme, nunca lleva a nada bueno.

—¿Qué es lo que no ha conseguido? —pregunta Alex.

—¿Qué? —replico.

—Has dicho que no ha conseguido lo que quería de ti. ¿Qué quería?

Oigo a Tiffany contener una risita a mi lado; seguro que ella lo ha entendido todo.

Maldita sea, ¿por qué nunca presto atención a lo que digo?

—Nada, dejémoslo estar —respondo. Aparto la mirada y tiro al suelo algunas migas que encuentro en la colcha.

Por el rabillo del ojo, intuyo por su expresión que debo de haberlo herido. Me gustaría ser capaz de decirle que el problema no es hablar de ello con él, sino la vergüenza que siento al tener que explicarle a mi mejor amigo la absurda relación que me une a Thomas.

—Ponme a prueba —me insta Alex.

Lo miro durante unos segundos, indecisa sobre qué hacer, y al final me obligo a hablar.

—De acuerdo. Él... quiere estar conmigo, pero en realidad no lo quiere del todo.

Arruga la frente.

—No te sigo.

—¿Lo ves? Ya te he dicho que no lo entenderías. —Suspiro y trato de ser más clara—: Quiere estar conmigo, pero no quiere que sea su novia, porque eso conllevaría una implicación emocional que él no sería capaz de corresponder y mantener. —Esbozo una mueca infeliz y continúo—: La idea de tener una relación conmigo le hace hasta reír, Alex —digo, mortificada.

—¿Reír? —repite, incrédulo—. Empiezo a pensar que ese chico tiene muchos más problemas de los que deja ver. ¿Así que eso es lo que querría? ¿Una relación abierta donde los dos sois libres de veros con otras personas?

Sacudo la cabeza.

—No, solo él y yo, nada de otras personas.

La confusión en sus ojos aumenta segundo a segundo.

—En mi casa, a eso se le llama una relación.

—Sí, una relación distorsionada, Alex. Básicamente, él dice que no quiere ser mi novio, pero la mayoría de las veces, con los hechos, se comporta como si lo fuera.

—Yo tengo mi propia teoría —interviene Tiff, que me ha escuchado absorta durante todo el rato.

—¿Cuál?

—Creo que está asustado —aventura.

La miro sorprendida durante unos segundos y luego me entra una risita histérica.

—¿Asustado? Tiff, estamos hablando de la misma persona, ¿no?

—Él te ha propuesto una relación en toda regla, aunque disfrazada de algo que no es. ¿Por qué lo haría, si no es por miedo? ¿Por qué un tipo como él llegaría al extremo de renunciar a todas las chicas que le dan exactamente lo que quiere, cuando quiere, por ti, e imponerte un cerrojo a la vez?

—Estás derribando una puerta abierta, amiga mía, no dejo de preguntármelo. —Me quedo paralizada un momento—. En vuestra opinión, ¿cuál creéis que es el motivo? Es decir, ¿por qué debería tener miedo de mí? Soy un corderito comparada con él, y está claro que, en este momento, quien tiene la sartén por el mango es él. Debería ser yo la que está asustada.

—Tal vez sea esa la cuestión. Quizá, a su manera, está intentando proteger tus sentimientos.

—Creo que Tiff tiene razón —interviene Alex—. Es decir, como chico, puedo entenderlo. Yo también tuve un poco de miedo de dejarme ir con Stella, sabiendo que esta relación a distancia podría hacerme daño. Dejarse llevar requiere valor.

—Eso implicaría que él no tiene sentimientos. Y que yo no valgo lo suficiente como para que él se arme de valor —murmuro. Decirlo en voz alta duele más que pensarlo.

La mirada de Alex se vuelve aprensiva.

—No querría decirte lo que estoy a punto de decir, y lo siento mucho. —Me toma una mano y la encierra entre las suyas—. Pero no puedes obligar a alguien a que te quiera. Y tampoco puedes culparlo si no sucede. —Cada palabra que dice es una puñalada que me atraviesa el corazón.

—Yo no... no lo culpo. No se trata de eso. Es solo que a veces tengo la impresión de que realmente le importo; otras veces, en cambio, me trata como si para él fuera un cero a la izquierda. Pero tienes razón. No es culpa suya, él siempre ha sido claro respecto a lo que sentía y a lo que quería. La única a quien se puede culpar aquí soy yo. Debería haberlo ignorado desde el principio.

—Pues yo, en cambio, creo que no deberías rendirte —dice Tiff, que apoya la cabeza en mi hombro—. Nunca te había visto tan colgada de alguien, juégatelo todo al cien por cien. Solo se vive una vez —concluye, como si quisiera tranquilizarme.

Una parte de mí opina lo mismo que Alex. Aun así, la mera hipótesis de que Thomas no forme parte de mi vida me hace sentir un nudo en la garganta que me impide respirar. Y que me hace querer jugármelo todo, «al cien por cien». Dios mío, todo esto es de locos. Yo estoy loca. Loca por él.

Capítulo 37

La charla de ayer con mis dos mejores amigos me reconfortó. Todavía siento un torbellino de emociones, por supuesto, pero el fin de semana ha pasado sin cobrarse ninguna víctima. Tiffany me confirmó que Travis se iría y he digerido la noticia. La única forma de comunicación que mantengo con mi madre es a través de monosílabos, y Alex me puso al día respecto a sus planes para ir a visitar a Stella en Vancouver a finales de mes y celebrar juntos el Día de Acción de Gracias. Yo solo doy las gracias porque haya llegado el domingo por la noche. En estos tres días, he tenido que quitarme a Thomas de la cabeza continuamente. Su silencio prolongado ha alimentado mi temor: se ha olvidado de mí enseguida y se estará divirtiendo vete a saber con quién. Esta sospecha ha anidado en mi mente y me ha puesto muy difícil incluso concentrarme en los estudios. De hecho, he tocado muy pocos libros estos días. Acurrucada bajo el edredón, estoy escuchando música en un intento por no pensar cuando recibo un mensaje de un número desconocido.

Número desconocido: ¿Estás despierta?

Perpleja, miro la pantalla durante unos segundos.

Yo: ¿Quién eres?
Número desconocido: Sal.

Es medianoche pasada, nadie en su sano juicio me pediría que saliera en mitad de la noche con el diluvio que se ha desencadenado fuera. Llego a la conclusión de que, sea quien sea, se habrá equivocado o simplemente se estará divirtiendo con alguna broma estúpida. No respondo y dejo el teléfono en la mesita de noche. Vuelvo a tumbarme y contemplo el techo oscuro de mi habitación. Al cabo de unos instantes, me llega otro mensaje:

Número desconocido: Tengo algo que te pertenece.

Pero ¿qué demonios...?

Me libero del edredón y me bajo de la cama. Aparto la cortina de la ventana, echo un vistazo al sendero de entrada y el jardín. Justo en la esquina de mi casa vislumbro algo, pero la escasa iluminación y la densa lluvia me impiden verlo bien. Entrecierro los ojos y me doy cuenta de que se trata de una moto. Es su moto.

Me doy la vuelta con el corazón en un puño, como si me hubieran pillado espiando a alguien. Empiezo a caminar arriba y abajo por la habitación mientras me muerdo la uña del pulgar, sin saber qué hacer.

¿Qué hace Thomas aquí? ¿Y cómo demonios tiene mi número?

Oh, Dios, si mi madre se entera, me echa de casa.

Mal momento, Collins, muy mal momento.

Recibo otro mensaje.

Número desconocido: Te doy cinco segundos. Si no bajas tú, subo yo.

Pongo los ojos en blanco. Ni hablar.

Yo: Ahora voy.

Me pongo rápidamente las botas y un cárdigan de lana gris extragrande. Frente al espejo, me arreglo el pelo alborotado y luego bajo a toda prisa, con cuidado de no hacer ruido.

Antes de abrir la puerta, cierro los ojos y respiro hondo.

Sé fuerte, Vanessa, y no bajes la guardia por nada del mundo.

Cuando salgo, lo encuentro apoyado en la barandilla de madera del porche, a unos metros de la puerta, con las piernas cruzadas a la altura de los tobillos, los brazos cruzados, las pestañas perladas con gotitas de lluvia y el pelo húmedo pegado a la cara. Tiene la ropa empapada. La sudadera negra y los vaqueros oscuros de cintura baja le dan ese aspecto suyo de chico temerario que hace que el estómago se me cierre cada vez que lo veo.

«Te gusta lo que ves, ¿verdad, Vanessa?», me chincha una estúpida vocecita en mi mente. Sacudo ligeramente la cabeza para hacerla callar.

Cierro la puerta y apoyo la espalda en ella.

—¿Qué haces aquí? —le pregunto, decidida.

Antes de responder, Thomas me observa durante unos segundos con una mirada penetrante. Los escalofríos que me recorren el cuerpo no son consecuencia del frío.

Venga, Vanessa. Puedes hacerlo.

—Estaba conduciendo... —Señala el camino detrás de él con un movimiento de la cabeza—. Y he acabado aquí —concluye sin dejar de mirarme.

—¿Vas en moto con este tiempo? No es una decisión muy sabia —replico con el ceño fruncido.

Thomas me desafía con la mirada.

—¿Te parezco un tipo sabio?

Me siento en el pequeño sofá que tengo al lado.

—Ni siquiera un poquito.

Tensa los hombros.

—Cuando ha empezado a llover, ya estaba fuera.

¿Estaba fuera a altas horas de la noche? Genial. Por mi salud mental, decido no preguntarle más al respecto.

—Deberías haber vuelto a casa —digo con rabia, y miro a otra parte.

—No me apetecía.

—Imagino que te estabas divirtiendo.

—No tanto, he ido al Marsy a tomar unas cervezas con los chicos. Hoy no has trabajado —afirma poco después.

—Le cambié el turno a mi compañera Cassie.

—Qué rollo, en esta ciudad el domingo no hay nada que hacer.

—Sí, bueno, no es que los otros días me lo pase genial. —Me aparto unos mechones de la cara, agitados por el viento.

—Eso es porque eres aburrida —se burla.

Lo fulmino con la mirada.

—¿Has venido aquí para ofenderme?

—No te he ofendido —responde serio.

—Si le dices a una persona que es aburrida, básicamente le estás diciendo que la consideras vacua. Vacía. Inútil. Pasiva —siseo.

—Si le digo a una persona que es aburrida, solo quiero decir que es aburrida. Y tú lo eres. Y también eres muy susceptible.

—Me hierve la sangre en las venas. Sigue siendo el mismo arrogante de siempre. Suspiro con resignación.

—Has dicho que tienes algo que me pertenece, ¿no? —sentencio, y me cruzo de brazos.

—Oh, sí..., así es —responde a la vez que se rasca la nuca con angustia. Se aleja un momento, vacilante.

Arqueo una ceja con cautela. Este cambio de humor me descoloca. Es tan raro verlo así que resulta hasta gracioso. Se me escapa una sonrisa involuntaria y enseguida me cubro la boca con la mano para evitar que se dé cuenta.

Al cabo de un puñado de segundos, regresa al porche y se arrodilla frente a mí. Lo miro escéptica, incapaz de descifrar sus intenciones.

—Creo que la he cagado.

Lo miro con el ceño fruncido.

—¿Qué quieres decir?

—Como te he dicho, tengo algo que te pertenece. Pero antes que nada, debes saber que cuando he salido de casa, no llovía. Ha empezado a llover después, pero ya era demasiado tarde para volver atrás.

—No entiendo de qué hablas, Thomas —le digo impaciente.

Agacha la cabeza y agarra algo que tenía encajado en la espalda, bajo su sudadera empapada de lluvia. Un libro. Un libro con la cubierta calada y echada a perder. Me resulta familiar... Lo miro con más atención y... Dios mío, no me lo puedo creer.

Abro los ojos como platos y se lo arrebato de las manos.

—¡Pero si esto es mío! Y está todo... ¡está todo empapado! ¡Destruido! ¡Has destruido mi libro! ¡Mi libro preferido! —estallo, conmocionada.

Thomas enmudece y no aparta los ojos del suelo del porche.

—Me sabe mal.

—¿Te das cuenta de lo importante que era para mí este libro, idiota? —grito—. ¡Era un regalo de la madre de Alex!

—Joder... —Se frota la cara con una mano—. Mañana te compro otro, te lo prometo.

—¿Comprar otro? No puedes simplemente «comprar otro». Era una primera edición, ¡maldita sea!

—¿Y?

—¡Pues que no está a la venta! ¡Y era un regalo!

—Pues entonces eso significa que te compraré otro que no será tan limitado —responde sencillamente.

—¡No es lo mismo, Thomas! Y ya no sería mi libro. ¡Solo sería un estúpido recordatorio que me haría pensar en ti y en el libro que has destruido!

—Me sabe muy mal —repite en voz baja.

—Oh, sí. Y yo voy y me lo creo —digo, irritada—. Además, ¿cuándo se supone que lo cogiste?

—La noche que vine a tu casa, ¿recuerdas? Me hablaste de este libro, de lo mucho que te gustaba y tonterías varias. Tenía curiosidad por saber qué tenía de especial, así que antes de irme lo cogí.

¡Por eso al día siguiente había desaparecido de mi mesilla de noche!

—¿Se puede saber por qué no me lo dijiste?

—Porque no me dio tiempo. Discutimos y no nos dirigimos la palabra durante un mes.

—Bueno, deberías habérmelo dicho igualmente, no puedes apropiarte de las cosas de otra persona sin permiso. Además..., dijiste que no lees.

—Quise ponerme a prueba.

Levanto las cejas, incrédula.

—¿De verdad te has leído *Orgullo y prejuicio*? —Casi me río en su cara.

Baja la mirada hacia el libro que sostengo entre las manos. Las puntas de mi pelo caen sobre la cubierta, él se enrolla un mechón en el dedo mientras parece reflexionar sobre algo.

—Huele a ti, ¿sabes? —Alza el rostro y nuestros ojos se encuentran—. A veces, cuando lo leía, me parecía sentir incluso tu presencia. —Trago saliva y parpadeo, aturdida por la delicadeza con la que me ha hablado.

—Olía —lo corrijo enfadada, y disimulo la emoción en mi voz—. ¿Te... te gustó, al menos? —En realidad, querría preguntarle otra cosa: por qué pensaba en mí, a pesar de que no nos hablábamos.

—Joder, ni un poquito. —Se ríe.

—¿Por qué has decidido devolvérmelo justo ahora? —Lo miro a los ojos y me doy cuenta de que una parte de mí está tan desesperada que desea que lo haya hecho por una irrefrenable necesidad de sentirme cerca.

—Yo qué sé, no tenía nada más que hacer. —La garganta me arde, y yo, por enésima vez, me siento como una completa idiota.

—¿No tenías nada más que hacer? —repito, decepcionada. Él asiente con la mirada torva. Entonces, estallo—: ¿Sabes?, podría hasta darte las gracias por tomarte la molestia de traerme mi libro preferido, que ahora, gracias a ti, está para tirar a la basura, a la una de la madrugada en medio de un diluvio. Pero lo cierto es que lo último que te mereces oír de mi boca es un gracias. —Lo miro aguerrida, me pongo en pie y le doy la espalda. Cuando tomo la manija de la puerta, él me detiene agarrándome de la muñeca—. ¡Suéltame! —lo advierto, ofendida y dolida.

—¿Puedes comportarte un momento? —Me atrae con brusquedad hacia él y me rodea la cintura con su brazo musculoso, abrazándome con fuerza.

—¿Yo debería comportarme? —Apoyo las palmas de las manos en su pecho en un intento por restablecer una distancia prudencial entre nuestros cuerpos, pero él no me lo permite—. ¡La última vez que hablamos fuiste un capullo, y ahora te presentas aquí de madrugada únicamente para ofenderme otra vez y devolverme un libro destrozado!

—Soy un imbécil, lo sé —admite, y me mira de una forma tan intensa a los ojos que me hace vacilar—. No es verdad que no tenía nada más que hacer. Quería verte, y al final he pensado que el libro sería una buena excusa. —Eleva una comisura de la boca para mostrar su habitual sonrisa torcida. Y yo me veo obligada a reunir toda mi fuerza de voluntad para no sucumbir ante la fascinación de este chico tan guapo y maldito al mismo tiempo.

—¿Te han entrado ganas de verme a la una de la madrugada? ¿Qué pasa, estabas demasiado ocupado antes? Ah, y parece que ahora también tienes mi número de teléfono. Podrías haber llamado, escrito… En fin, cualquier cosa. —No quiero que me considere la última opción, la que va a buscar cuando no tiene nada mejor que hacer.

—Me he pasado el fin de semana en el apartamento, poniéndome al día con las clases de esta semana. Por la noche, los chicos me han pedido que nos viéramos en el Marsy. No tenía ganas, pero al menos esperaba verte allí. Y resulta que no estabas. A cambio, he conseguido que Matt me diera tu número.

Suspiro mientras intento averiguar si me está diciendo la verdad o no.

—Me cuesta creerte. Ya me dejé enredar demasiado con Travis, no volverá a pasar.

—Yo no soy él —exclama con rabia y la mandíbula tensa.

—No dejas de decir eso, pero eres tan huraño y déspota como Travis. Por no mencionar el hecho de que nunca entiendo lo que se te pasa por la cabeza.

—¿Qué es lo que no te queda claro? —pregunta con el ceño fruncido a la vez que me suelta la mano.

Me encojo de hombros y vuelvo a sentarme en el sofá. Thomas se arrodilla para mirarme a los ojos. Una ráfaga de viento arrastra hasta mis fosas nasales su aroma, fresco y embriagador.

—Bueno, qué es lo que te hace insistir tanto para tenerme, si luego resulta que te importo un pimiento. O sea, lo que me pediste… podrías conseguirlo de cualquier otra.

Me interrumpe.

—Pero lo quiero de ti.

—No entiendo por qué. Tú mismo lo dijiste, nunca podrás darme lo que quiero, del mismo modo que yo no te lo podré dar a ti. Juntos somos un desastre absoluto, Thomas. Discutimos por todo, nunca estamos de acuerdo en nada. Soy torpe, aburrida, incapaz de mantener a raya la lengua, cosa que, por cierto, te cabrea casi siempre. Tú, en cambio, eres guapo, popular, seguro de ti mismo. Las personas te respetan. Muchas chicas te querrían, chicas más seguras y con más experiencia que yo. ¿Y tú qué haces? ¿Perder el tiempo con una como yo? Venga, mírate y luego mírame a mí. Te das cuenta de que algo se te escapa, ¿verdad?

Inclina la cabeza hacia un lado y me mira a los ojos.

—Podría decirte lo mismo.

Parpadeo, confusa.

—¿Cómo?

Con un codo apoyado en la rodilla, juguetea con un mechón de pelo.

—¿Cómo es posible que no te des cuenta…? —dice, y alza la mirada hacia la mía—. ¿Crees que solo te quiero por tu cuerpo? No es así. Si quisiera echar un polvo, podría coger el teléfono ahora mismo. —Lo saca del bolsillo trasero de sus vaqueros—. Llamar al primer número en la agenda. —Desliza la pantalla con un dedo y selecciona un contacto—. Y pasar la noche con una chica cualquiera. —Me mira en silencio durante unos segundos. Lo observo desconcertada. Tira el móvil al cojín del sofá, a mi lado—. Eso no es lo que quiero. Porque ninguna de ellas eres tú. —Me toma la cara entre las manos y con el pulgar me acaricia la mejilla, pasa sobre mis pómulos y se detiene a mirarme, concentrado en mi boca—. Cuanto más tiempo paso contigo, más aumentan las ganas de tenerte. Pero también soy muy consciente de lo desperdiciada que estarías conmigo. Soy consciente cada vez que te miro, cada vez que estás cerca de mí, cada vez que te oigo hablar o que te toco. Cada vez que te obligo a ajustar cuentas con el cabrón sin corazón que soy. Puedes tener mucho más que esto, mereces más que esto. Y lo sabes. Sin embargo, te obstinas en querer ver algo en mí. Algo bueno, pero te equivocas. La persona que tienes delante tan solo es una jodida decepción.

—Deja de decir eso, no eres una decepción.

—Deja tú de idealizarme.

La frialdad en su tono de voz me golpea directamente en el corazón. ¿Por qué le cuesta tanto ver lo que yo veo en él? Sí, no es un chico perfecto, me doy cuenta, pero sé que hay bondad en él. La he visto. La he sentido.

—No entiendo qué quieres que haga. O sea, ¿por qué has venido, por qué me estás diciendo todo esto? ¿Me estás pidiendo que te acepte tal como eres o, por el contrario, me estás pidiendo que te deje ir?

Tarda un poco en responder, como si estuviera luchando consigo mismo.

—Deberías dejarme ir —afirma con seguridad, pero luego añade—: Aunque espero que no lo hagas.

—Porque eres egoísta, ¿verdad? —murmuro, consciente y resignada.

Asiente.

—Y quiero que seas mía.

—¿Por qué?

—Porque sí.

—«Porque sí» no es una respuesta.

—Porque estoy bien cuando estás cerca de mí.

Sacudo la cabeza.

—No es suficiente.

Suspira y cierra los ojos, impaciente por la presión a la que lo estoy sometiendo.

—Ness.

—No, Thomas. Dices que me quieres, pero luego no eres capaz de explicarme el motivo. Empiezo a creer que solo me ves como un medio que puedes utilizar en beneficio propio. En el fondo, tú mismo lo has dicho, ¿no? Estás bien cuando me tienes a tu lado. Soy un objeto que utilizas para estar en paz contigo mismo —replico, molesta.

Me fulmina con la mirada.

—No digas tonterías.

—Entonces explícamelo mejor, ¿por qué quieres que forme parte de tu vida si no me mereces?

—¿Se puede saber por qué te haces la difícil de esta manera?

—Porque estoy harta de no ser lo bastante difícil.

Se pone en pie, nervioso, y se pasa una mano por el pelo. La expresión atormentada de su rostro me da a entender que en este momento preferiría estar en otra parte, pero no me rindo. Ni siquiera cuando se apoya en la baranda de madera, se saca

427

del bolsillo de la cazadora su paquete de cigarrillos y se lleva uno a la boca con gesto agitado. Ni siquiera cuando inhala con fuerza una larga calada, sin apartar la vista de mí, en un silencio absoluto. Con el único sonido de la lluvia que cae sobre el asfalto y golpea el tejado sobre nuestras cabezas. Le sostengo la mirada haciendo todo lo posible por no dejarme intimidar y, finalmente, después de unos segundos que han parecido eternos, me concede una pequeña admisión:

—Me haces sentir como nadie me ha hecho sentir antes. ¿Es suficiente?

—¿Y cómo te hago sentir? —pregunto en un débil susurro, y aprieto el libro entre mis manos para contener la explosión que crece en mi pecho.

—Joder... —Apoya la frente en la palma de su mano—. Me haces sentir bien —añade a regañadientes—. Pero también como un idiota. —Vuelve a mirarme. Se acerca y se arrodilla otra vez frente a mí. El humo del cigarrillo nos envuelve. Me molesta y, en cuanto lo percibe, lo desvía de mi trayectoria—. Eres rara y torpe, pero *sexy* como nadie más. Solo con oírte hablar me vuelvo loco. O con cómo te torturas el pelo cuando estás nerviosa... y cómo bajas la mirada cuando pasas vergüenza. —Lleva dos dedos debajo de mi barbilla para obligarme a mirarlo—. Cuando me miras y, por algún motivo absurdo, tus ojos brillan más. Cuando sonríes, arrugando un poco la nariz y empujando la punta de la lengua entre los dientes..., te juro que me vuelves loco. —Sonríe—. Me gusta despertarme por la mañana y saber que te veré. Hace que el día sea mejor. Me gusta entrar en clase y encontrarte sentada en primera fila, mientras esperas desde quién sabe cuánto tiempo a que empiece la asignatura. Y me gusta verte mosqueada cuando hago o digo algo que te cabrea. Me gustas como eres, incluso cuando te vistes con ropa enorme para esconderte en su interior. Eres la única chica con la que follo por placer, y no para disfrutar, la única a la que miro cómo se corre debajo de mí, porque cuando lo haces..., me dejas sin aliento —añade tras unos segundos de silencio. Da una última calada a su cigarrillo antes de apagar la colilla con el pie. Me pone las manos en las caderas y entonces me doy cuenta de que he estado conteniendo la respiración durante todo este tiempo.

Lo miro incapaz de responder, confundida y desconcertada al mismo tiempo. El corazón me late con fuerza en el pecho, pero tengo un miedo enorme a que esta felicidad momentánea vuelva a romperse.

—¿Eres… eres sincero?

—Contigo, siempre.

—Entonces, ¿por qué me impides vivirte como querría? —siseo con la voz quebrada.

—Porque lo que te dije el otro día en tu habitación es la verdad. Nunca podré ser lo que quieres. Me gustas. Y quiero que seas mía. Pero no puedo hacerte promesas que no soy capaz de mantener. —Lo miro a los ojos durante unos segundos, los suficientes para hacerme ceder.

Yo también lo quiero. Más que nada en el mundo. Y él está aquí, frente a mí, capaz como siempre de hacerme temblar tan solo con una mirada. Siento que en este momento no quiero pensar en nada más que en él, en nada más que en nosotros. Entonces, le rodeo el cuello con los brazos, y un segundo después, presiono los labios contra los suyos. Sé que estoy cometiendo un error, que probablemente mañana me arrepentiré, que estoy complicando una situación ya difícil de por sí desde el principio. Pero no puedo evitarlo. Tenerlo cerca me nubla la razón y me vuelve vulnerable. No puedo evitar lo que siento por él. Con la tormenta de fondo, me abandono a su beso apasionado.

Capítulo 38

Sus labios se mueven con avidez sobre los míos. Me devoran y me hacen olvidar todo lo que me rodea. Ignoro el cielo oscuro de la noche que nos envuelve, el viento que sopla sobre nosotros, el hecho de que nos encontramos en el porche de mi casa, con el riesgo de que mi madre salga en cualquier momento y nos sorprenda. Me dejo llevar por la calidez de su lengua y del tacto de sus manos que se deslizan por mis caderas hasta llegar al trasero. Lo aprieta con ímpetu y me atrae hacia él hasta que nuestros pechos chocan. Abro ligeramente las piernas para adaptarme mejor a la posición, mientras su agarre en mi culo se vuelve más fuerte, hasta el punto de arrancarme un gemido. Thomas me sonríe en los labios, los muerde, los aprieta entre los dientes y, poco a poco, suelta la presa.

—¿Al menos sabes lo que estás haciendo?

—No exactamente —murmuro, con los latidos del corazón totalmente desbocados. Es la verdad. No tengo la más mínima idea de lo que estoy haciendo. ¿Lo he besado porque, inconscientemente, he aceptado su propuesta de una «no-relación»? ¿O porque me he dejado llevar por el ímpetu del momento? Sentir cómo confesaba todo lo que ha dicho me ha dejado aturdida. Sus palabras me han confundido. La única certeza que tengo es lo que siento cuando estoy con él. Entusiasmo. Veneración. Conexión. Deseo.

Thomas apoya su frente en la mía y me mira absorto, con esos ojos verde esmeralda que me llegan hasta el alma.

—¿Y te parece bien?

Asiento, tratando de normalizar la respiración agitada.

—Creo que sí. —Nos miramos durante algunos segundos sin decir nada y dejamos que nuestros ojos hablen por nosotros. Luego, Thomas se pone en pie y, de repente, me siento perdida. Como si me hubieran quitado una protección invisible y ahora fuera vulnerable a todo. Lo sigo con la mirada, y mi instinto me sugiere que estos serán los últimos momentos que pasaré hoy con él. Empiezo a sentir una punzada en el estómago. La odio. No soporto esta sensación de tormento mezclado con desilusión que me invade cada vez que me separo de él. Me hace sentir débil y dependiente.

—¿Te marchas? —le pregunto, dudosa, y también me pongo en pie.

—¿Ya me echas de menos, Forastera? —Me dedica una mueca insolente antes de sacarse del bolsillo de los vaqueros la llave de la moto.

—Para nada —afirmo con la cabeza bien alta mientras me torturo las mangas del cárdigan.

Se ríe. Él, presuntuoso como nadie, no se lo ha tragado ni por un momento. Se acerca, me toma la barbilla entre los dedos y me da un beso en la punta fría de la nariz.

—Se ha hecho tarde y tienes que descansar.

—¿Te preocupas por mí? —lo provoco, y levanto una comisura de la boca.

—Me preocupo por tu rendimiento escolar. Si no duermes, mañana no estarás concentrada en el examen. No podría perdonarme si suspendieras por primera vez por mi culpa —bromea. Siento que el hielo me cubre el cuerpo hasta los huesos y, a la vez, las rodillas se me vuelven de gelatina.

—¿E-el… examen?

—Sí, el examen de Filosofía. —Gesticula como si no pudiera importarle menos, y siento que el suelo bajo mis pies tiembla. Lentamente, con los ojos muy abiertos, me siento en el sofá que tengo detrás y trato de que el pánico no se apodere de mí. Mañana tenemos un examen de Filosofía y me había olvidado por completo. ¿Cómo diantres es posible? Nunca me había olvidado de un examen—. ¿Estás bien? —me pregunta, y se inclina hacia mí, preocupado. Niego con la cabeza, incapaz de pronunciar una sola palabra, y miro fijamente un punto indefinido frente a mí. Apoya las palmas de las manos en mis muslos y me mira serio—. Eh, Ness, ¿qué pasa?

—Se me ha olvidado —digo en un murmullo.

—¿Qué se te ha olvidado?

—El examen, Thomas. ¡El examen!

Me mira impasible durante unos segundos, hasta que veo que se está aguantando las ganas de reír.

Frunzo el ceño.

—¿Te parece que es un buen momento para reírte?

—Dios —se desternilla—, pensaba que te iba a dar un infarto, y solo te estás cagando por el examen. Qué empollona. —Estalla en una carcajada y apoya la frente en mis piernas.

—Thomas, tenemos un examen dentro de unas horas y apenas he estudiado la primera parte del temario. ¡Y encima es mi asignatura preferida! —respondo, desconcertada ante su pasotismo.

—Venga, no es el fin del mundo. En cuanto llegue al apartamento, te mando un correo electrónico con algunos apuntes, son conceptos sencillos.

—No necesito tus apuntes, tengo los míos. Además, perdona, ¿desde cuándo tomas apuntes? ¿Y desde cuándo te preparas algún examen? —pregunto, orgullosa. Me cuesta mucho imaginármelo delante de un libro abierto, concentrado en estudiar.

—Los apuntes no son míos y, para tu información, estoy preparado en muchas cosas, señorita —afirma complacido.

Me cruzo de brazos y lo miro con escepticismo.

—Eso me parece bastante improbable, nunca has estado atento en clase, me acuerdo perfectamente.

—Tenemos formas distintas de asimilar la información. —Me sonríe con esa cara que pone a menudo y que me derrite. Cojo el teléfono del sofá, se da la vuelta y se dirige hacia la moto. Me levanto y lo acompaño mientras me refugio de la lluvia, ahora más ligera, con el cárdigan.

—Entonces, nosotros... nos vemos mañana —digo, repentinamente torpe.

—Sí, mañana. —Toma el casco del manillar, lo saca y, antes de ponérselo, me agarra por el dobladillo del jersey y tira de mí hacia él—. Quiero que te metas en esa cabecita tuya las palabras que te he dicho esta noche, porque no te las repetiré otra vez —dice con tono ronco, y me besa con delicadeza en los labios. Luego se aparta, me da un golpecito en la nariz con el dedo índice y se sube en la moto. Se baja la visera y arranca el motor. Ni siquiera me da tiempo de decirle que conduzca despacio, porque lo veo alejarse a toda velocidad como un rayo.

Entro en casa, cierro la puerta tras de mí y me apoyo en ella durante unos segundos con una sonrisa torpe estampada en la cara. El corazón me late desbocado, me rozo los labios con los dedos. Casi no me creo lo que me ha dicho.

—¿Sabes?, deberías hacer más caso a tu madre. —El acento canadiense de Victor me saca de mis pensamientos, y doy un respingo cuando lo veo a un metro de mí con una taza de cerámica en las manos.

Me enderezo y frunzo el ceño.

—¿Disculpa?

Alarga la mano y, con la taza, señala la ventana que hay a mi lado y que da al porche, donde Thomas y yo nos estábamos besando, y hablando, hasta hace unos segundos.

—Tu madre me ha contado lo que ha pasado…

Me cruzo de brazos y entrecierro los ojos.

—¿Qué estabas haciendo aquí? ¿Acaso me estabas espiando?

—No, Vanessa. No me atrevería. He oído unos ruidos procedentes del porche, me he preocupado y he bajado para comprobar que no hubiera problemas.

—No hacía falta que te preocuparas. Corvallis es un pueblo tranquilo, los únicos delincuentes que hay por aquí son los niños que se divierten llamando al timbre de la gente antes de salir corriendo —explico.

Se encoge de hombros y da un sorbo a su taza.

—Prevenir siempre es mejor que curar. En cualquier caso, creo que tu constante desafío a la autoridad de tu madre es algo muy irrespetuoso, ¿no te parece?

—Creo que este tema no es asunto tuyo —digo a la defensiva.

Baja la mirada hacia la taza y la gira entre sus manos.

—Sí, tienes razón. —Luego vuelve a centrar su atención en mí—: Pero muy pronto lo será.

—¿Qué quieres decir?

—¿No lo sabes? —pregunta, sorprendido. Lentamente, niego con la cabeza. En su rostro se dibuja una expresión confusa y de arrepentimiento—. Oh, yo… pensaba que te lo había dicho.

—¿Decirme qué?

—Dentro de unas semanas me mudaré aquí.

Es como si el estómago se me hubiera revuelto de golpe.

—¿Cómo?

—Vanessa, te pido disculpas. —Hace ademán de acercarse a mí y ponerme una mano en el hombro, pero estiro un brazo para impedírselo—. Estaba convencido de que tu madre ya te lo había dicho. —Me pregunto en qué momento mi madre tomó esta decisión, sin que yo supiera nada, y, sobre todo, cuándo pensaba decírmelo. Tal vez el día antes, ¡o incluso el mismo día!—. Bueno, las cosas entre nosotros van bien, lo hemos hablado y…

—No —lo interrumpo.

—¿Cómo dices?

—He dicho que no. No vendrás a vivir aquí. Esta es mi casa. La casa de mi padre. La casa en la que he crecido. Si vuestra necesidad de vivir en simbiosis es tan fuerte que no podéis evitarlo, podéis iros a vivir juntos, pero a otra parte. —Paso por su lado, lo fulmino con la mirada y lo dejo atónito detrás de mí.

¿Cómo es posible que mi madre haya permitido que otro hombre venga a vivir a nuestra casa sin ni siquiera consultármelo antes? Es decir, ¿tan poco cuenta para ella mi opinión?

Me descalzo y dejo las botas junto a la puerta. Me quito el cárdigan y lo dejo en el borde de la cama. Me siento en el escritorio, enciendo la lamparita, saco los libros y los apuntes de Filosofía y me pongo a estudiar todo lo posible, a pesar de que me resulta bastante difícil. En mi cabeza se arremolinan emociones contradictorias por todo lo que ha sucedido esta noche.

Unas horas más tarde, los ojos me arden y la concentración me empieza a fallar. Cuando miro el despertador en la mesita de noche detrás de mí veo que son las cinco de la mañana. Cierro los ojos y apoyo la frente en el escritorio, maldiciendo para mis adentros. En menos de cuatro horas tengo que estar en el campus. ¡Maldita sea por olvidarme de este estúpido examen! Apago la luz y me acurruco en la cama.

Capítulo 39

El despertador suena desbaratadamente. Lo ignoro y sigo durmiendo. Vuelve a sonar y, refunfuñando, lo apago otra vez. Hundo la cabeza bajo la almohada, no tengo ganas de levantarme de la cama.

—¿Vanessa? —La voz tediosa de mi madre resuena en mis oídos—. Vanessa, levántate o llegarás tarde. Ya son las siete y media —grita, y llama a la puerta.

Maldita sea, tiene razón. Con toda la fuerza de voluntad que soy capaz de reunir, abro los ojos y me levanto de la cama. Me pongo la bata polar y me arrastro hasta la puerta. Cuando la abro, me encuentro a mi madre, apoyada en el marco de la puerta con una expresión culpable en la cara.

—Tenemos que hablar. —Victor debe de haberla puesto al corriente de la pequeña conversación que tuvo lugar anoche; de lo contrario, no me explico esta repentina transformación en un corderito indefenso.

—Sí, tenemos que hacerlo. —Bostezo—. Pero ahora no. Tengo que salir —respondo, molesta y bastante dormida.

—Vanessa, te lo habría dicho, es que... —La dejo atrás, ignorándola por completo, pero ella me persigue como si nada—. Últimamente me parecías muy ocupada, ya sabes, la universidad, la ruptura con Travis, el trabajo... No quería darte más cosas en las que pensar.

Sonrío burlonamente y me giro hacia ella.

—Esa es la versión oficial, mamá. La extraoficial es que, como siempre, lo has decidido sin preguntarme, porque cualquier forma de pensamiento o de voluntad que no proceda directamente de ti la consideras inútil y superflua. Ayer me amenazaste con quitármelo todo, y luego voy y descubro que Victor vendrá a vivir aquí. ¿Sabes qué te digo? Prefiero vivir en la calle que dentro de una casa con dos completos desconocidos. Así que si quieres echarme, que sepas que me estarás haciendo un favor. —Me encierro en el baño con un portazo.

Después de darme una ducha, decido ponerme un mono vaquero sobre un jersey rojo. Me remango las perneras a la altura de los tobillos y me calzo las Converse. Me recojo el pelo en una larga trenza lateral y me aplico un poco de rímel en las pestañas. Cuando bajo a la cocina a desayunar, me encuentro a mi madre haciendo un zumo de naranja y a Victor en los fogones, mientras se vierte la última gota de café en la taza. Genial.

Cuando se percata de mi presencia, y probablemente del humo que me sale de las orejas, se sobresalta mortificado.

—Para que conste, no eres el único al que le gusta tomar café por la mañana. —Tomo mi mochila, me la cuelgo del hombro y salgo de casa sin despedirme de nadie.

Me dirijo hacia la parada del autobús mientras trato de desenredar el cable de los auriculares; estoy a punto de conectarlos al teléfono cuando oigo a mi espalda el rugido de un motor. Antes de que me dé tiempo a girarme, una moto negra pasa junto a mí y reduce la velocidad hasta detenerse.

ᕲ

—¿Has salido directamente de *Patito feo* o qué?

Querido, dulce, Thomas.

—A mi peto no le pasa nada. ¿Y cómo es que conoces *Patito feo*, Thomas? —me burlo de él.

Apoya un pie en el suelo y se levanta la visera oscura. Los tejanos se le ciñen a las piernas musculosas.

—Cuando mi hermana era pequeña, estaba obsesionada con Disney Channel.

—Claro... —Me río—. ¿Qué haces por esta zona?

—Te llevo al campus —responde serio, y me ofrece un segundo casco que le cuelga del manillar—. Sube. —Me ajusto mejor la mochila y me muerdo el labio, insegura sobre qué hacer—. Eh, te lo agradezco, pero me gustaría llegar al campus de una pieza.

—Venga, te prometo que no correré —insiste con una sonrisa fanfarrona.

Contra todo sentido común, cedo ante esos ojos astutos que fingen inocencia.

—De acuerdo.

Por suerte para mí, cumple su promesa. El trayecto es lento y tranquilo; cada vez que percibe que mi cuerpo se tensa, Thomas alarga un brazo sobre mi rodilla y me la acaricia para tratar de tranquilizarme.

∽

Nuestra llegada al campus despierta el interés de algunos estudiantes, que nos miran con curiosidad. Thomas, ajeno a todo, se pone las Ray-Ban que llevaba colgadas del cuello de la sudadera, me rodea los hombros con el brazo y deposita un beso casto en mi sien izquierda. Saber que todos los ojos están puestos en mí hace que mi cuerpo se vuelva rígido. Incómoda, me deshago del brazo de Thomas y me distancio un poco.

—¿Estás lista?

—Me he pasado la noche estudiando, así que diría que sí —respondo vagamente, mirando a mi alrededor.

—¿Qué te pasa? —pregunta, inquieto.

Frunzo el ceño y levanto la mirada para encontrarme con la suya.

—Nada.

—¿Por qué te has alejado?

—Ah, no, nada. Es que hace un poco de calor, ¿no te parece? —Le sonrío a la vez que trato de disimular los nervios.

Me agarra por la muñeca y me detiene.

—De todas las tonterías que podías inventarte, has elegido la peor. Estamos en noviembre y tú no tienes calor. Nunca.

Maldita sea, me conoce mejor de lo que pensaba.

—Bueno, ya sabes cuál es el problema. Me siento incómoda con los ojos de todos sobre mí.

Suspira, molesto.

—¿Otra vez? —Me atrae de nuevo hacia él con una mano y me rodea los hombros en un abrazo—. ¿Cuánto tiempo vas a dejar que estos idiotas condicionen tu vida?

—Para ti es fácil decirlo, Thomas. Eres un hombre, no sabes lo que significa. Estoy segura de que en cuanto dobles la esquina, los chicos estarán esperándote para chocar los cinco y felicitarte porque ya has añadido otra muesca en tu historial. Pero para mí es diferente. No será a ti a quien miren mal o humillen en público en los pasillos. O peor todavía, no te señalarán como «la enésima chica que se ha metido en tu cama».

—¿De qué hablas?

Suspiro y me froto la frente.

—Nada, da igual. —Incluso podría contarle la escena de celos que me montó Shana, pero ¿de qué serviría?—. Solo digo que cuando ven a una chica con alguien como tú, es inevitable que la consideren una fácil.

—¿Alguien como yo? —Me mira confundido.

—Sí, ya me entiendes. No eres precisamente un recatado chico inocente, Thomas —continúo, algo turbada.

—¿Y de qué modo se refleja eso en ti? —pregunta con ingenuidad.

—Bueno, porque pensarán que A: soy una de tantas, lo cual, además, es cierto; y B: que soy exactamente como tú, cosa que, en cambio, no lo soy en absoluto.

—¿Sabes cuál es tu problema? Piensas demasiado. Das demasiado peso a la opinión de los demás. Las personas que te quieren ya saben cómo eres. Y yo también lo sé. Y eso es lo único que importa. Los demás... Deja que piensen la mierda que quieran. —Me gira hacia él, de modo que quedamos uno frente al otro, y me rodea los hombros con un brazo—. No eres mi puta —enfatiza la última palabra en alusión a cuando, hace un tiempo, me definí así—. Eres mía. Mía y punto.

Su mirada es tan tranquilizadora que casi me lo creo. Casi, porque entonces recuerdo con quién estoy hablando y vuelvo a tocar con los pies en la Tierra. Thomas no quiere novias. No quiere relaciones amorosas. No quiere ataduras. Así que, con una sonrisa que oculta la amargura que siento, le recuerdo:

—No soy tuya.

Me ofrece una sonrisa traviesa y luego me besa, abrazándome. Y lo hace con una mano apoyada en mi cadera y deslizando la otra hacia mi trasero, que aprieta con descaro. Frente a los ojos de todos los estudiantes que pasan junto a nosotros.

Me aparto y lo miro incrédula.

—Me has dado un beso —digo a pocos centímetros de su boca, con el estómago encogido en un puño. Él asiente—. ¿Por qué lo has hecho? —continúo, mientras el corazón me martillea en el pecho.

—Porque tenía ganas de darte un beso y tú necesitabas que te dieran un beso. Deja ya todas esas paranoias. —Me da un cachete en el culo y, tras colocar de nuevo el brazo por encima de mis hombros, entramos en la Facultad de Arte y Literatura. Una vez en el aula, Thomas se sienta a mi lado en primera fila. Mientras esperamos a que llegue el profesor Scott, nos perdemos en una charla banal sobre esto y aquello. Con el tobillo apoyado en su rodilla y el brazo estirado a lo largo del respaldo de mi silla, juguetea con las puntas de mi pelo suelto sobre la espalda. Le cuento que me he pasado la noche estudiando, pero no puedo esconder mi nerviosismo y el temor de no haber memorizado lo suficiente. Él se ríe divertido ante mi aprensión.

Para mi gran sorpresa, el examen va bastante bien. Estoy casi segura de que no suspenderé. Por desgracia, cuando termina la clase, Thomas y yo nos separamos. Hoy ya no tenemos más clases juntos, y por la tarde Thomas tiene entrenamiento, así que quién sabe cuándo volveremos a vernos. Reconozco que no tener a alguien que me pida que vaya a verlo a los entrenamientos se me hace raro. Por un lado, me siento aliviada, ese lugar me aburre terriblemente, pero, por otro, una pequeñísima parte de mí querría que me lo pidiera. Cuando era Travis quien lo hacía, veía esa petición como un peso insoportable. Con Thomas, en cambio, soy yo la que tiene ganas de hacerlo, y el hecho de que no me lo pida me deja con un mal sabor de boca.

Después de separarnos, paso por la cafetería y de lejos veo a Tiffany y a Alex, sentados en la mesa uno al lado del otro, discutiendo sobre algo. Me acerco hasta ellos.

—Te digo que me prefiere a mí.

—No digas tonterías, me prefiere a mí.

—Eres un iluso.

—Acéptalo, no tienes ninguna posibilidad.

—Hola, chicos. —Dejo la mochila en una silla libre y tomo asiento junto a ellos—. ¿De qué habláis?

—De ti —exclama Alex.

—Nos estábamos preguntando, en realidad él se lo preguntaba, porque yo ya lo sé, a quién de nosotros dos consideras más importante —replica Tiffany, sentada frente a mí.

Abro los ojos ante la sorpresa.

—¿Qué?

—Sí, ¿a quién prefieres? —repite con absoluta firmeza.

—No tengo ninguna preferencia —respondo con sinceridad.

—No digas tonterías, siempre hay una preferencia. Lo he aprendido en mi propia carne. Mi madre se ha pasado los últimos veinte años diciendo que no tenía preferencias, pero era mentira. Siempre ha tenido un preferido, y era Travis. Mi padre, en cambio, siempre ha sentido una pequeña debilidad por mí.

—Chicos, no hace falta que discutáis por esto. Los dos ocupáis un lugar especial en mi corazón en la misma medida. No podría vivir sin uno de vosotros. —Les sonrío dulcemente con la esperanza de haberles dado la respuesta que deseaban. Llegados a este punto, podríamos volver a comportarnos como los chicos maduros que en teoría deberíamos ser. Pero están muy lejos de tirar la toalla.

—¿En quién has pensado cuando has dicho «uno»? —me apremia Tiffany.

Frunzo el ceño.

—¿Eh?

—Has dicho: «No podría vivir sin uno de vosotros». ¿Quién es ese uno y quién es el otro? —continúa.

La miro con perplejidad.

—Tiff, no creo que...

—Nunca lo admitirá porque es demasiado buena, y nunca heriría tus sentimientos, pero me prefiere a mí. La conozco desde que tenía seis años, y tú, en cambio, ¿cuánto hace que la conoces? ¿Dos años? —Alex suelta un bufido, acompañado de una mueca altiva. Y yo apenas doy crédito de que esta conversación se esté produciendo de verdad.

—Desde hace cinco. Fingir que no lo sabes solo te hace parecer estúpido, Alex. —Tiffany empieza a sonar indignada, y generalmente esto sucede cuando está a punto de perder los estribos.

—Lo que sea, dos, tres, cuatro, nunca se podrán comparar con los míos.

—¿Tú crees? Recuerda que, justo antes de recoger el diploma, quiso coger mi mano para armarse de valor, no la tuya.

—Sí, pero la primera persona a quien dio las gracias cuando empezó a leer su discurso fue a mí. —Dios mío, esta situación está desvariando cada vez más.

Tiffany lo mira con aire desafiante, y parece que yo haya desaparecido del todo.

—Tercer año de instituto. Amanda Jones la había puesto en ridículo delante de toda la clase. La primera persona a quien se lo contó fue a mí.

Alex se burla de ella.

—Pero fui yo quien la consoló.

—La he visto sin dientes.

Pero qué...

—La he visto desnuda —replica Tiffany con esa mirada de quien sabe que ha jugado el as en la manga.

—He estado a su lado en todas sus decepciones —dice Alex.

—¡Yo también lo he hecho, idiota!

—Chicos... —Intento hacerme oír, pero no me prestan la más mínima atención.

—La convencí para que dejara a mi hermano —continúa Tiffany.

—¡Oh, pero por favor! También fuiste tú quien la convenció para que saliera con él. Todavía me acuerdo, ¿sabes? «Mi hermano no hace más que hablar de ti. Podrías darle una oportunidad. Bla, bla, bla» —dice, imitándola y gesticulando.

—¿Qué? ¡No fue así en absoluto, idiota! —Tiffany le lanza los dos últimos gajos de naranja, él se los devuelve, y yo me veo obligada a poner paz en una pelea al son de cítricos, como si fueran niños de cinco años.

—¡Basta ya! Decidme una cosa, ¿es que esta mañana antes de venir os habéis metido *crack,* por casualidad? Dejadlo ahora mismo —los regaño. Ambos se recomponen con una falsa indiferencia, sin dignarse siquiera a mirarse—. Ahora respiremos hondo todos y volvamos a comportarnos como adultos. No podéis discutir por esta tontería. Los dos sois mi mitad, te necesito a ti... —Miro a Alex—... en la misma medida que te necesito a ti... —Miro a Tiffany y le sonrío para que deje de estar de morros.

—Ha empezado él —sentencia ella, que aparta la mirada.

—Solo he admitido una verdad —replica Alex, y resopla. Los reprendo con la mirada.

—¿Una verdad? —se enfada mi amiga.

Chasqueo los dedos para interrumpirlos.

—¿Otra vez?

Alex pone los ojos en blanco, suspira y se pone en pie.

—Voy a buscar algo de beber. Nessy, ¿quieres algo? —Niego con la cabeza. Desvía la mirada hacia Tiffany, que le da la espalda, y, al cabo de unos segundos de indecisión, le hace la misma pregunta, pero ella lo ignora. Él sacude la cabeza y se dirige al mostrador. En cuanto nos quedamos solas, aprovecho para preguntarle a mi amiga qué le pasa. Parece muy nerviosa como para que esta estúpida discusión sea la causa.

—Eh —digo, y le tomo la mano—, ¿qué te pasa?

—Me ha provocado desde que me he sentado aquí —explica, todavía a la defensiva.

—No me refiero a vosotros dos, me refiero a ti. Hay algo que va mal, háblame de ello.

Tiffany suspira y se deja caer contra el respaldo de la silla.

—Toda esta historia de mi hermano me asusta. La situación en casa no es la mejor, y quizá podría haber hecho algo para ayudarlo antes de que todo degenerase...

—Tiff, no tienes nada que reprocharte. Fue él quien se equivocó. Y mucho. Pero al final ha tomado la decisión correcta. Estoy segura de que volverá a ser el de antes. Es consciente de que se ha perdido, y eso ya es un gran paso. —Le sonrío para animarla. Y hago un auténtico esfuerzo por creerme mis palabras. A pesar de todo, le deseo a Travis que recupere su bienestar.

Por suerte, cuando Alex regresa, Tiffany parece más calmada, y mi amigo también ha sacado la bandera blanca. Se sienta a su lado y le ofrece una botellita de agua aromatizada, de las que

Tiffany suele beber durante el día para depurarse; me entran ganas de sonreír frente a un gesto tan bonito, aunque se lleven como el perro y el gato.

—¿Tregua? —propone él, que le sonríe con amabilidad.

Ella lo mira de reojo, intentando mantener la compostura, pero luego se rinde.

—Tregua. —Acepta la botellita de agua mientras reprime una sonrisa y se la guarda en la mochila. Alex la envuelve en un cálido abrazo y todo vuelve al perfecto equilibrio de siempre.

Paso el resto de la tarde en la biblioteca con Tiffany. La intención era estudiar, pero al final nos pasamos todo el rato charlando. En un momento dado, recibe una llamada de su padre para que vuelva a casa. Son días muy ajetreados para su familia, toda la historia de Travis los ha puesto patas arriba. Su marcha inminente ha sido el golpe de gracia para ellos.

⌒꙳

Son casi las ocho y empiezo a tener un poco de apetito, así que decido ir a la cafetería para comer algo antes de volver a casa.

Me pongo en la cola y coloco en la bandeja lo que parece ser una ensalada César, añado una rebanada de pan tostado y pago. Luego miro a mi alrededor en busca de una mesa libre. Localizo una junto a un grupito de chicas, doy un paso en su dirección, pero en cuanto me ven llegar, empiezan a cuchichear entre ellas y a carcajearse. Por un momento, temo tener algo en el pelo o quizá una mancha en la ropa, pero cuando una chica de piel oscura, con el pelo corto y rizado, se levanta de la mesa para marcharse, me doy cuenta de que Shana está sentada frente a ella, y me mira como si quisiera hacerme desaparecer al instante. Pongo los ojos en blanco y me doy la vuelta. Esta chica es una acosadora.

Por fortuna, encuentro otra mesa libre al fondo de la cafetería, lejos de esas arpías. Estoy a punto de llegar cuando alguien desde atrás me tapa los ojos y posa los labios en mi oreja. Por un momento, todo el cuerpo se me congela ante ese toque extraño.

—¿Me has echado de menos? —me susurra alguien al oído. Es un sonido débil, apenas audible, y aun así me estremece, pero no sé si de placer o de terror. Un brazo me rodea la cintura y una boca húmeda se posa en mi cuello.

Oh, Dios mío. Logan ha vuelto.

Y me está besando.

Capítulo 40

Con el corazón desbocado, me doy la vuelta en un movimiento rápido y mi cena se resbala de la bandeja y acaba en el suelo, echándose a perder.

—¡Jolín! —maldigo en voz baja. Me agacho y recojo los trozos de pollo y las hojas de ensalada esparcidas aquí y allá.

—Perdóname —dice Logan, disgustado—, no quería asustarte. —Se agacha y me ayuda a recoger los restos de la comida.

Con los dedos temblorosos por los nervios, me llevo el pelo detrás de las orejas y, cobarde como yo sola, evito su mirada.

—N-no, tranquilo, no lo has hecho. Simplemente, no me esperaba verte aquí —digo de un tirón, sin dejar de recoger la comida del suelo.

—Quería darte una sorpresa, pero al parecer no ha salido muy bien —responde, avergonzado.

—Pero qué dices, estoy contenta de que hayas vuelt... —Justo ahora me doy cuenta de que sostiene un ramo de rosas rojas. Me trago el nudo en la garganta, abrumada por el sentimiento de culpa. Porque, desde que se marchó, no he hecho otra cosa que ignorarlo. Porque, desde que se marchó, mientras él pensaba en mí, yo pensaba en Thomas. Porque se fue pensando que me tenía y ha vuelto sin saber que me ha perdido. Y ahora está aquí, con un ramo de rosas, ansioso por pasar tiempo conmigo, pero yo ni siquiera me atrevo a mirarlo a la cara por la vergüenza.

—¿E-esas rosas son para mí? —pregunto con voz temblorosa.

—¿Y para quién, si no? —responde, y me las ofrece con una gran sonrisa.

Toma la bandeja con una mano y, con la otra, me ayuda a levantarme. Cuando me pongo en pie, con las rosas entre las manos, tengo el impulso de hundir la nariz en ellas y olerlas detenidamente. Un dulce aroma me invade las fosas nasales y me hace cerrar los ojos.

—Son preciosas, Logan, de verdad —murmuro mientras observo los pétalos rojos bajo mi nariz—. Gracias.

—No me las des, ha sido un placer —dice, y me acaricia una mejilla—. Cada rosa corresponde a un pensamiento que te he dedicado. —Se acerca con la intención de besarme. No puedo permitir que eso suceda. No es justo para él. Pero ¿qué puedo decirle? ¿«Lo lamento, Logan, no puedes besarme porque, mientras estabas fuera, me he metido en una extraña relación con Thomas y si ahora él nos viera aquí, juntos, acabarías en el hospital y él, probablemente, en la cárcel»? Siempre he pensado que la honestidad es la mejor opción, y quiero ser completamente sincera con él, pero no así, no en una cafetería, rodeados de gente cotilla. ¡Y encima cuando acaba de volver! Logan merece saber lo que he hecho con Thomas, y merece que se lo diga con el mismo respeto con el que él me ha tratado desde que nos conocimos.

Cuando se encuentra a pocos centímetros de mis labios, reacciono instintivamente: dejo caer las rosas al suelo y, en un gesto automático, me agacho para recogerlas. Logan se queda de piedra.

—Vaya, qué torpe soy. Se nota que hoy he tomado demasiados cafés —me justifico con una risita nerviosa mientras él me observa con recelo y se masajea la nuca.

—Vale, quizá sea mejor que nos sentemos en algún sitio —replica, con un velo de confusión que le oscurece el rostro.

—Sí —digo con la cabeza gacha—, quizá sea mejor. —Me rodea la cintura con un brazo y me acompaña hasta una mesa cercana. Nos sentamos uno frente al otro. Así, al menos la mesa nos mantendrá a cierta distancia—. Entonces, ¿cómo estás? —le pregunto, y trato de disimular la incomodidad que siento—. ¿El viaje ha ido bien?

—Sí, todo tranquilo, me gusta conducir. —Se quita la chaqueta y la apoya en el respaldo de la silla.

—¿A qué distancia está Medford de aquí? —Coloco las rosas en la parte vacía de la mesa, a mi lado.

—Por la autopista del Pacífico, son unas tres horas y media.

—Vaya, pensaba que estaba más lejos. —Hago una pausa para reflexionar un segundo e, involuntariamente, empiezo a torturarme una piel junto a la uña del pulgar—. ¿Todo bien con la familia? ¿La celebración?

—Todo bien —responde vagamente—, pero ahora no quiero hablar de eso. —Me toma de las manos y las aprieta entre las suyas—. No te he visto y no sé nada de ti desde hace una semana... Quiero que me cuentes cómo estás, qué has hecho, cuánto te duraron los bombones que te compré... —bromea, pero yo empiezo a moverme inquieta en la silla. Si supiera que los bombones nunca llegaron a mi boca, sino que fue Thomas quien los engulló, no me miraría con ese velo de adoración que tiene estampado en la cara. Me sudan las palmas de las manos y tengo la garganta seca. Me deshago de su agarre y, con ambas manos, me coloco unos mechones de pelo que me sobresalen de la trenza detrás de las orejas.

Lo miro a los ojos, me armo de valor y empiezo a hablar.

—Em... Estoy bien, los estudios van bien y los bombones estaban... buenos —respondo, con un nudo en la garganta—. Pero, bueno, hay algo de lo que me gustaría hablar...

—No estoy seguro —me interrumpe, observando un punto a mi espalda, con el ceño fruncido—, pero Shana Kennest viene hacia aquí.

Un escalofrío me recorre toda la espalda.

—¿Qué?

Con un gesto de la cabeza, me invita a darme la vuelta, pero antes de que me dé tiempo, Shana se materializa justo delante de nosotros. Con su larga melena bermellón, sus largas pestañas recubiertas de toneladas de rímel y una fina línea de perfilador que resalta el azul glacial de sus ojos. De repente, tengo los nervios a flor de piel.

Al llegar a nuestra mesa, se cruza de brazos y nos mira fijamente con insolencia.

—Dios mío, Clark, no dejas escapar ni uno... —Me mira a los ojos con malicia, luego a Logan, y, durante unos instantes, creo detectar una especie de rencor mutuo reprimido en la intensidad de sus miradas. Estoy casi segura de percibir vibraciones negativas a su alrededor. Creo que las siento en la piel.

447

—¿Necesitas algo? —le pregunto, molesta. Ya tengo mis propios problemas que resolver con Logan, no necesito que los empeore con su presencia.

Aparta los ojos de Logan con renuencia y vuelve a centrarse en mí.

—Lo cierto es que sí.

Arqueo las cejas, a la espera de que hable.

—¿Sabes? —Agita ligeramente un vaso de plástico que sostiene en la mano, removiendo el líquido que contiene—. Me preguntaba... ¿Te gusta el coco?

—¿El coco?

—Sí, el coco —repite—. Magda, la cocinera, siempre me guarda alguna bebida vegetal, pero al parecer hoy era el turno de la leche de coco y, por desgracia, no está entre mis frutas favoritas. Me sabe mal tener que tirarla, así que he pensado que a ti, tal vez, te gustaría.

Soy estúpida, sí, pero no tanto. Seguro que esta amabilidad repentina esconde algo mezquino. No me sorprendería descubrir que esa bebida contiene laxante o veneno.

—¿Por qué has pensado precisamente en mí?

—Bueno, ya sabes, por tus gustos especialmente... —Lanza una mirada de soslayo a Logan—... mediocres.

Vuelvo a percibir ese ceño nervioso en la frente de él.

—Lo siento, pero el coco me da ganas de... vomitar —recalco, lanzando mi pequeña pulla.

Shana tuerce la boca y exclama:

—Qué lástima. A estas alturas, creo que tendré que tirarla —dice, y observa el vaso.

—Por supuesto, pues no te entretendré ni un minuto más. —Con un gesto de la mano, la invito a caminar hasta los contenedores de reciclaje a la entrada de la cafetería.

Pero en lugar de marcharse, se queda en pie, quieta e inmóvil.

—No es necesario que vaya hasta allí. Por suerte para mí, el contenedor de la basura orgánica está justo delante de mí —dice, con una mueca malvada.

En menos de un segundo, vierte un líquido blanquecino sobre mis piernas y yo me quedo completamente petrificada.

—Uy. Mira qué desastre —se burla con malicia, todavía con el vaso bocabajo, mientras con los dedos de la otra mano, cuidados y con las uñas pintadas de rojo, se cubre la boca en una mueca altanera.

El corazón se me sube a la garganta. Parpadeo varias veces, incapaz de reaccionar, mientras el líquido frío gotea entre mis piernas a través de la tela de mi peto vaquero. Miro mi ropa manchada. Miro a los estudiantes que nos rodean y que se ríen por lo bajo, tratando de no llamar la atención. Miro a Logan, que está furioso, pero permanece inmóvil, como si algo le impidiera hablar, defenderme. Me siento humillada.

—Te doy un consejo. —La agudeza de Shana me deja aturdida—. El jabón de los baños hace milagros. Yo que tú, iría a limpiarme cuanto antes —añade, con aire desafiante. Luego retrocede unos pasos, tira el vaso al suelo y me sonríe imperturbable. Se aleja, sale de la cafetería y desaparece en el pasillo.

Le echo otro vistazo al peto vaquero, que está empapado e impregnado del olor dulzón del coco.

—Vanessa, ¿por qué...? —Logan apoya los antebrazos en la mesa y se inclina hacia mí—. ¿Por qué lo ha hecho?

—No... no digas ni una palabra. —Respiro hondo y me obligo a mirarlo—. Ahora me voy al baño a limpiarme este desastre. Cuando vuelva, fingiremos que no ha pasado nada —sentencio implacable, con la sangre hirviendo en las venas. No entiendo por qué no ha abierto la boca para salir en mi defensa. Me levanto lentamente y salgo sin añadir nada más.

No quiero llorar delante de todos, pero, jolín, no puedo evitarlo. En este momento, lo único que querría hacer es meterme bajo el edredón y abrazar uno de mis peluches contra mi pecho. En su lugar, me encuentro en el baño frotando jabón en la tela del peto con la vista nublada por las lágrimas.

¿Por qué todo va tan mal? ¿Por qué tengo que pagar un precio tan alto para tener lo que deseo?

Oigo el repiqueteo de un par de zapatos de tacón en el suelo y la puerta del baño se abre.

—¿Sabes?, habría apostado a que te encontraría aquí, lloriqueando como una niña patética —dice una voz que ya conozco demasiado bien. En pie frente al espejo rectangular, encima de la larga hilera de lavabos, está Shana, con toda su insoportable altivez.

—Supongo que hay algo en mi ser tan patético que te fascina un montón, Shana. De lo contrario, no me lo explico.

—¿Qué es lo que no te explicas? —pregunta molesta, y saca del neceser un pintalabios rojo escarlata, que hace juego con su pelo.

Avanzo hacia ella y me planto a su lado.

—Tu obsesión por mí.

Me mira impasible durante unos segundos a través del espejo y luego estalla en una carcajada.

—No estoy obsesionada contigo, cariño.

—¿Entonces por qué sigues atormentándome de este modo?

—Porque me divierto. —Quita el tapón del pintalabios y se lo aplica—. Eres el pasatiempo perfecto para momentos muertos como este. —Aprieta los labios ligeramente—. Y, si te soy sincera, tenía que encontrar un modo para hablar contigo. —Hace una pausa y se vuelve para mirarme—. En privado.

—¿Y para hacerlo era necesario que me echaras la leche por encima, delante de todo el mundo?

—Tenía que arrastrarte hasta aquí sin pedírtelo directamente. Además, no puedo negarlo, tenía ganas de divertirme un poco.

—Sí, porque eres una zorra —escupo, presa del rencor.

Ella se lleva una mano al corazón y curva los labios, fingiendo haberse ofendido.

—Has puesto toda la carne en el asador —se burla.

Entrecierro los ojos y, con los nervios a flor de piel, le digo:

—¿Se puede saber cuál es tu problema? O sea, ¿de verdad crees que si te metes conmigo, eso hará que vuelva contigo? ¿Se te ha pasado por la cabeza que, tal vez, no es culpa mía que él no te quiera? ¿Que habría pasado incluso sin mí? ¿Que el problema es que tener unas buenas piernas y el culo firme a veces no es suficiente, si luego en el cerebro solo tienes serrín?

Se le escapa una especie de risita burlona, diabólica. Me pregunto si es posible herir los sentimientos de esta chica.

—Eres realmente una ilusa. Dime, ¿cuánto crees que tardará en volver conmigo? ¿Eh? Conozco a Thomas desde el día en que puso un pie en la ciudad. A veces se pierde, es cierto, pero al final siempre vuelve con estas «buenas piernas». Porque lo que yo le doy no lo encuentra en ninguna otra. Y no hablo de sexo, sino de mucho más.

Es como si una descarga eléctrica me atravesara todo el cuerpo. Me tiemblan las rodillas, la cabeza me da vueltas sin cesar.

—El silencio, Clark. El silencio es lo que necesita —continúa ante mi mirada atónita.

Dos palabras. Diez letras. Y me quiebro como una hoja seca de otoño. Porque lo entiendo. Comprendo el significado de lo que ha dicho. Thomas quiere «el silencio». Un silencio que yo soy incapaz de darle, porque yo... soy un ruido constante.

Mis preguntas son ruido.

Mis inseguridades son ruido.

Mis miedos son ruido.

Incluso mi curiosidad es ruido.

Y a Thomas no le gusta el ruido.

A Thomas le gusta el silencio.

—Así que disfruta de él mientras puedas, mientras te lo permita, porque tarde o temprano volverá conmigo. Él siempre vuelve —concluye Shana sin vacilar.

Es una confesión difícil de digerir. Una confesión que duele. Que da miedo. ¿Debo esperarme esto? ¿Debo esperar verlo volver con ella cuando las cosas no anden bien? ¿Cuando comprenda que ha cometido un error? ¿Cuando la atracción física que siente por mí desaparezca? ¿Cuando empiece a verme únicamente como una carga, cuando se canse de mí...? Porque, tarde o temprano, todo el mundo se cansa de mí. Será en ese momento cuando él... ¿vuelva con ella?

Trago y, con dificultad, hago desaparecer el nudo que me cierra la garganta.

—¿Eso es todo lo que querías decirme?

—No —responde. Por un momento, tengo la impresión de que sus ojos han perdido esa chispa de odio con el que siempre me ha mirado.

—Entonces habla, no tengo tiempo que perder —respondo, expeditiva.

451

—Primero quiero dejar una cosa clara: no cometas el error de creer que, solo porque te estoy diciendo esto, las cosas entre nosotras cambiarán a partir de ahora. Te odio y seguiré haciéndolo.

—Lo mismo digo.

—Bien. Una vez aclarada esta evidencia, solo quiero decirte que abras los ojos y prestes más atención a quien te rodea.

—¿Podrías ser más clara?

—No. Lo único que puedo hacer es limitarme a repetir una cosa que mi abuela decía a menudo. Y tenía razón. —Se vuelve de nuevo hacia el espejo y le habla a mi reflejo—. Decía que, en el mundo, existen los cazadores y luego existen los corderos. Los cazadores son hombres inteligentes, sagaces, capaces de disimular sus intenciones y sus emociones, pero, bajo la máscara, esconden un alma vil y despiadada. El cordero, por el contrario, es una criatura dócil, indefensa, inocente. Tan inocente que cree en la bondad del cazador e incluso le permite que se acerque. Pero en cuanto el cordero se encuentra en las garras del cazador…, bueno, está condenado para siempre.

La miro con el ceño fruncido, más confusa que antes.

—No entiendo qué…

Su voz fría y despiadada se impone a la mía.

—Tú —dice, y me mira directamente a los ojos—, tú eres el cordero, Clark. Y, si no prestas atención, pronto acabarás en las garras del cazador; entonces… estarás condenada.

Recoge el neceser que había dejado en el estante del lavabo, me da la espalda, se marcha y me deja ahí, aturdida, mientras yo, en vano, trato de dar un sentido a sus palabras.

En cuanto regreso a la cafetería, siento que un escalofrío me recorre de la cabeza a los pies. Es extraño, porque no tengo frío, y este es, sin duda, el lugar más caluroso de toda la universidad. Ignoro esta insólita reacción de mi cuerpo. Me armo de valor y llego hasta Logan, que se retuerce las manos, todavía sentado a nuestra mesa, con los hombros en tensión y la cabeza gacha.

Cuando estoy a unos pasos de él, reacciona de golpe, se levanta y me pone las manos en los hombros.

—¡Dios santo, has vuelto! Estaba empezando a preocuparme, pensaba que te habías ido. —Me mira con los ojos muy abiertos y veo que se ha sonrojado.

—No, simplemente he recibido visita —me limito a decir.

Logan se pone rígido.

—¿En el baño? ¿Qué tipo de visita?

Lo miro perpleja y, entonces, intenta recuperar la compostura. Me sonríe y vuelve a sentarse.

Yo hago lo mismo.

—¿Tú te crees? Shana ha venido a mantener una pequeña charla conmigo, como si humillarme delante de todos no le hubiera bastado. No, tenía que hundir la hoja del cuchillo hasta el fondo —digo, pensando en la única frase que sigue resonando en mi cabeza con la fuerza de un martillo neumático: «Él siempre vuelve».

—¿Qué quería? —pregunta con un extraño nerviosismo.

Estoy a punto de contarle la absurda historia del cordero y el cazador cuando, de repente, la vocecita de mi cabeza me detiene. Con independencia del significado de sus palabras, desde luego no quería que nadie más las oyera, aparte de mí. No sé explicar el motivo, pero decido guardar silencio, acatar su voluntad y no contarle nada a Logan.

—Nada, solo quería seguir metiéndose conmigo —miento.

—¿No te ha dicho nada más? —insiste, agitando las piernas bajo la mesa.

—¿Qué más debería haberme dicho? ¿Hay algo que no sepa? —pregunto.

—No, qué va. Me sabe mal que te trate así. —Me sonríe y continúa—: Pero será mejor que dejemos de hablar de ella. No le demos la importancia que no tiene. De hecho, ¿qué querías decirme? —Lo miro dubitativa—. Antes de que viniera Shana, parecía que ibas a decirme algo —prosigue.

Maldita sea, el discurso. Me aclaro la garganta y vuelvo a ensañarme con las pieles de las manos mientras observo, de vez en cuando, el papel que envuelve las rosas a mi derecha. Ha llegado el momento de la verdad y, aunque odio con todas mis fuerzas tener que hacerlo aquí, no puedo esperar más.

Dejo escapar un largo suspiro.

—Logan, escucha… Tengo que decirte una cosa.

La dulzura de su rostro no hace más que complicar la situación.

—Dime.

—Bueno, eh… estas cosas no se me dan muy bien, así que no sé muy bien por dónde empez…

Me veo interrumpida de nuevo; esta vez es una llamada en su móvil. Y, de golpe, vuelvo a respirar. Logan se saca el teléfono del bolsillo de los pantalones, mira la pantalla y arruga la frente. Parece bastante irritado.

—Disculpa, pero tengo que responder —me avisa.

—Por supuesto, adelante —le digo. ¿Lograré hablar con él antes de que acabe el día?

—Mike, estoy ocupado, ¿qué pasa? Sí… ¿Estás de broma? ¿No puedes llamar a tu hermano? Oh, ¡venga ya! —Se pasa una mano por la cara, molesto—. De acuerdo, de acuerdo. Sí, lo entiendo. Llego enseguida. Lo que tarde en ir hasta allí, ahora salgo del campus. Adiós. —Termina la conversación y, con los ojos todavía clavados en el teléfono, sacude ligeramente la cabeza.

—¿Todo bien? —pregunto.

—Pues no. A un amigo se le ha averiado el coche y se ha quedado tirado en las afueras, me ha pedido que le haga el favor de ir a buscarlo. —Se guarda el teléfono en el bolsillo y se levanta de la silla—. No te enfadas, ¿verdad?

Instintivamente, me levanto junto a él.

—No, qué va.

—Vale. Podemos dejar la conversación para otro momento. ¿Te apetece que cenemos juntos esta noche?

Bajo la mirada hacia la bandeja que hasta hace poco contenía mi cena, y luego me vuelvo para mirar a Logan. En efecto, tener esta conversación en privado me hará tener la conciencia más tranquila. Así que asiento, porque quiero poner fin a toda esta historia lo antes posible.

—Reservo en el restaurante, paso a recogerte dentro de una hora.

¿Restaurante? Ni hablar. Un lugar pésimo para dejar a una persona. Aunque, bien mirado, Logan y yo no estamos juntos.

—Em, la verdad es que preferiría un lugar más reservado. Si te parece bien. Además, ya son las ocho pasadas. No quiero llegar demasiado tarde. —Me encojo de hombros.

—De acuerdo —dice, no del todo convencido, mientras se pone la chaqueta—. ¿Pedimos una *pizza* en mi apartamento, entonces?

Esta opción me parece todavía más inapropiada que la anterior, pero no veo ninguna alternativa.

—Vale —respondo con un hilo de voz—, te espero aquí directamente.

—Muy bien, nos vemos en un rato. —Toma las rosas de la mesa, se acerca y me las pone en las manos. Luego me levanta la barbilla con dos dedos y, mirándome fijamente a los ojos, dice—: Sobre todo, no huyas. —Me da un beso en la mejilla, un beso más largo de lo necesario.

Una sensación peculiar se abre paso a la altura de mi estómago. Casi nauseabunda, como si cada centímetro de mi cuerpo rechazara de repente este contacto.

—No voy a huir —respondo con una ligera sonrisa.

Logan me guiña un ojo y sale de la cafetería. Lo observo mientras se aleja, y en ese momento me percato de la presencia de Thomas. Está de pie, al fondo de la cafetería, con los brazos cruzados, con la espalda y un pie apoyados contra la pared, rodeado de algunos chicos del equipo. Me contempla fijamente con una mirada que me hiela la sangre en las venas. Y los escalofríos que antes había sentido por el cuerpo regresan, mucho más intensos.

Oh, Dios mío. Thomas.

¿Cuánto tiempo lleva ahí?

Capítulo 41

Permanezco ahí clavada ante la potencia de su mirada. Thomas tiene la cara ligeramente inclinada. Sus pupilas pasan de mis ojos a las rosas que sostengo en las manos. De las rosas a mi mejilla, en el punto donde los labios de Logan me han besado hace tan solo unos instantes. Y finalmente vuelve a mirarme a los ojos.

¿Estaba ahí cuando Logan me ha besado? ¿Estaba ahí cuando Shana me ha derramado la leche de coco por encima? Quiero pensar que no. En ese caso, seguro que habría hecho algo. Me habría defendido. ¿Verdad? ¿Lo habría hecho? Aunque eso hubiera significado meterse con la chica con la que «él siempre vuelve».

Sí, me habría defendido. Lo sé. Lo siento.

En unas pocas y rápidas zancadas, Thomas se planta frente a mí en toda su grandeza. No necesito oírle hablar para saber que está fuera de sí.

—¿Qué coño hacías con él? —dice entre dientes.

—Thomas... —pronuncio su nombre débilmente, en un mísero tentativo de calmarlo.

—¿Qué hacías con él? —repite, y enfatiza cada palabra.

Miro a mi alrededor un poco incómoda.

—¿Podemos hablar de esto en otro sitio? —Me mira fijamente a los ojos durante unos segundos sin pronunciar palabra, luego me arranca con desprecio el ramo de flores de las manos, se da la vuelta y se dirige a la salida. Corro tras él. Es demasiado tarde cuando adivino sus intenciones, porque las rosas ya están en el cubo de la basura. Una parte de mí querría regañarlo, pero la otra sabe perfectamente que, si lo intentara, acabaríamos discutiendo. Y no quiero que eso suceda.

Salimos de la cafetería y lo sigo por el pasillo mientras le pido que se detenga. No me presta la menor atención. Cuando llegamos al fondo, veo que gira a la derecha y voy tras él. Bajamos un tramo de escaleras hasta que nos encontramos en un aula bastante pequeña que los estudiantes utilizan para trabajar en proyectos en grupo. Aquí dentro no hay ventanas, toda la sala está iluminada únicamente por una luz tenue. A mi derecha hay una máquina expendedora pequeña con aperitivos y bebidas, en el centro hay una mesa redonda, y en la pared del fondo, una pequeña librería.

Thomas coge una botella de agua y un vaso pequeño de la máquina, pero no bebe. Vierte el contenido en el vaso y lo deja sobre la mesa. Luego se deja caer en una silla, mientras yo permanezco en pie en la entrada y me preparo psicológicamente para lo que me espera. Extrae un paquete de cigarrillos del bolsillo de los tejanos, saca uno y se lo lleva a los labios.

—No puedes fumar aquí dentro —le hago ver con desaprobación.

—Fumo donde quiero —responde perentoriamente.

—La clase apestará a tabaco y podría molestarle a alguien. Si te apetecía, podrías haber salido fuera —replico, molesta ante su actitud descarada.

—Estás mojada —dice, mientras se enciende el cigarrillo y me dirige una mirada desafiante.

Parpadeo, confundida.

—¿Qué?

Baja la mirada hasta la mancha de humedad de mi peto vaquero.

—Estás mojada —repite con una calma para nada natural—. Y fuera hace frío —añade.

Bajo la cabeza y observo la tela mojada.

—Ah, sí, bueno… —Con torpeza, me froto la punta de la nariz con el dedo índice—. Es una larga historia.

—Estoy deseando oírla. —Expulsa el humo del cigarrillo. Su mirada es fría y la voz baja e intimidante.

—No me apetece hablar de ello. —La sonrisa amarga que le crispa los labios esconde cierta decepción. Pero no me atrevo a contarle lo que ha pasado con Shana, ha sido demasiado humillante y me sentiría todavía más patética si se lo contara. Sobre todo, por haberle permitido que me hiciera algo semejante, sin siquiera haberme defendido.

Thomas da otra calada al cigarrillo, se encoge de hombros y exclama:

—Entonces explícame por qué estabas en la cafetería con Fallon y no en el Marsy sirviendo a los clientes.

Vamos allá.

Suspiro, cierro la puerta a mi espalda y me siento en la silla que hay frente a la suya.

—Hace un par de horas, Derek me ha llamado y me ha cambiado el turno de esta noche por uno doble el sábado —explico.

—¿Y no has pensado en decírmelo?

—No creía que tuviera que ponerte al corriente de estas cosas. Además, estabas entrenando, no quería molestarte. —Thomas no responde. Mantiene la mirada fija en su mano derecha, cerrada en un puño sobre la mesa, mientras mueve nerviosamente las rodillas—. ¿Cuánto tiempo llevabas allí? —pregunto al final, vacilante.

—Un rato —responde lacónico.

—¿Qué has visto?

—Lo suficiente.

—Define «lo suficiente».

Tira la ceniza del cigarrillo en el vaso que hay en el centro de la mesa y se pasa una mano por el cuello sin dejar de mirarme.

—La otra noche me pediste que contara hasta diez. Te dije que era demasiado, pero que por ti haría el esfuerzo de llegar hasta tres. Por ti. Solo por ti. —Percibo la frustración en su tono de su voz, y siento el corazón en un puño—. ¿Quieres saber hasta cuánto he llegado?

—Thomas, yo…

—He empezado a contar cuando ha terminado el entrenamiento, cuando me han dicho que estabas en la cafetería con él y que te había besado —continúa, sin dejar que me explique—. He seguido contando en los vestuarios. En las escaleras. En el pasillo, hasta que he llegado a la cafetería y lo he visto sentado a la mesa, con el pelo engominado y ese puto jersey suyo. Iba a acercarme a él, pero he visto que tú no estabas. Así que he pensado que quizá había sido un malentendido y no lo he hecho… por ti. Porque si hubiera dependido de mí, me habría divertido al menos un poco. —Una comisura de la boca se le curva en

458

una sonrisita que me pone la piel de gallina. Los ojos le brillan con maldad—. Pero luego, poco después, te he visto entrar, te he visto yendo con él, te he visto mirarlo, sonreírle, te he visto dejándote tocar y acariciar.

Abatida, cierro los ojos. Lo ha malinterpretado todo, pero no puedo culparle; probablemente, en su lugar, yo habría hecho lo mismo. Bajo la cabeza, atormentado.

—Las cosas no han ido como tú crees, yo... —Alzo de nuevo la mirada—. No sabía que volvía hoy. Se ha presentado sin avisar y me ha entrado el pánico. —Estiro las manos sobre la mesa y las entrelazo con las suyas, con la esperanza de que me preste atención, pero Thomas se limita a mirar la mesa, perdido en quién sabe qué espiral de pensamientos—. Thomas, escúchame...

—¿Se lo has dicho? —me interrumpe de nuevo, y me fulmina con la mirada.

Por un momento, el corazón se me sube a la garganta. Aparto la mirada y sacudo la cabeza.

—No, todavía no —murmuro.

Desconcertado, Thomas desplaza ligeramente la cabeza hacia delante y separa sus manos de las mías.

—¿Y qué coño habéis hecho todo este tiempo? ¿Intercambiar consejos sobre maquillaje?

Arqueo una ceja.

—¿De verdad creías que se lo iba a decir en la cafetería, delante de toda esa gente?

Se encoge de hombros con actitud arrogante.

—No veo cuál es el problema.

—El problema es que merece respeto, Thomas, cosa que yo no he mostrado por él. —Me dejo caer contra el respaldo de la silla, agotada.

—Y, veamos, ¿cuándo piensas decírselo?

—Esta noche.

—¿Esta noche? —Percibo cómo su ira me penetra los huesos. Asiento con la cabeza—. ¿Cuándo, exactamente?

—Dentro de un rato. En su apartamento. —Mientras las palabras escapan de mi boca y observo cómo su expresión se torna cada vez más sombría, me doy cuenta de que tal vez la idea de encerrarme con Logan en su apartamento no haya sido la mejor...

—La respuesta es no —dice tras unos instantes de silencio. Un silencio cargado de tensión.

Frunzo el ceño.

—¿Disculpa?

—No vas a ir a su apartamento —sentencia.

—Solo voy a ir para hablar con él.

—Me importa una mierda para qué vas a ir. —Apaga su cigarrillo dentro del vaso y, con un gesto rápido, se pone en pie—. No vas a quedarte sola con él. —Con vehemencia, tira el teléfono sobre la mesa y lo señala—. Llámalo y se lo dices. Ahora. —Desplazo la mirada de él al teléfono, asolada.

—No —respondo con decisión.

—¿No? —Me mira incrédulo.

—Puede que tú estés acostumbrado a actuar así, sí, pero no tengo ninguna intención de cortar con él por teléfono —digo, resentida—. Y, entre otras cosas, debo de haberme perdido el momento en que te pedía permiso. No tienes ningún derecho a decirme lo que puedo o no puedo hacer. No eres mi novio, Thomas —le digo en tono desafiante.

Él entrecierra los ojos y todo su cuerpo se tensa. Sacude la cabeza y apoya las palmas de las manos en la mesa, se inclina ligeramente hacia delante y clava sus ojos en los míos.

—No quiero que vayas con él.

Yo también me inclino hacia delante y hablo con el mismo descaro que él:

—Y yo no quiero que te impongas en mi vida de esa manera. Te guste o no, iré a ver a Logan, no quiero hablar más del tema.

—¡Por Dios! —Da un puñetazo en la mesa tan fuerte que el vaso se tambalea y yo doy un respingo en mi silla—. ¿Por qué narices siempre tienes que hacerlo todo tan difícil?

Me llevo una mano al pecho, aturdida.

—¿Yo lo hago todo tan difícil? ¿Te das cuenta de que estás montando un pollo por nada?

—¡Porque me preocupo por ti!

—¡No tienes ningún motivo para hacerlo!

Thomas agacha la cabeza y respira hondo. Después de un momento de silencio, vuelve a hablar en un tono de voz más tranquilo, como si intentara calmar los ánimos de ambos y me mira directamente a los ojos:

—No me fío de él, Ness.

—Pues yo sí.

Resopla.

—Tú te fías de cualquiera. —Lo dice como si fuera mi condena, como si por eso pudiera mirarme con compasión en los ojos.

Frunzo el ceño.

—Eso no es verdad.

—Claro, tienes razón. Parece que la única persona de la que no te fías soy yo, ¿o me equivoco?

Cuando me llevó a la casita del árbol le dije que no me fiaba de él, es cierto. Pero ¿cómo puede creer que después de todo lo que ha pasado entre nosotros sigue siendo así? No habría hecho lo que he hecho con él si una parte de mí no se fiara de Thomas.

—Entonces, ¿así es como irán las cosas entre nosotros a partir de ahora? ¿Serás tú quien decida adónde puedo ir, qué puedo hacer, a quién puedo ver… solo porque crees que soy una desprevenida incapaz de cuidar de sí misma? ¿Voy bien?

—No digas tonterías. Eres libre de hacer lo que quieras.

—Pero no de ver a Logan.

—Exacto.

Resoplo, frustrada ante esta situación surrealista.

—Lo siento, Thomas. Pero, a pesar de lo que piensas, Logan siempre me ha tratado bien. ¿Tú puedes decir lo mismo? —Me doy cuenta demasiado tarde de que he pronunciado estas palabras con más desprecio del que pretendía.

—¿Lo dices en serio? —pregunta, resentido. Por un momento, verlo tan dolido me causa aflicción, pero no olvido cuántas veces me ha roto el corazón en tan solo dos meses.

—Sí, lo digo en serio. —Estas palabras bastan para ver cómo su rostro se deforma por la ira. Sus fosas nasales se dilatan, sus ojos arden con furia.

—¿Sabes qué te digo? —continúa, y me mira directamente a los ojos—. Esta noche hay una fiesta en casa de Matt, no tenía ninguna intención de ir porque tenía otros planes, planes de los que tú formabas parte. Pero, al final, no eres tan importante para mí. —Se encoge de hombros con indiferencia y continúa—: Así que supongo que iré y tal vez me encierre en una habitación con alguna chica. —Me mira con un brillo malvado en los ojos—. Pero solo para hablar, por supuesto. —Me quedo de piedra.

Para no romper a llorar delante de él, me muerdo el interior de la mejilla hasta que la hago sangrar. Tardo un rato en encontrar la fuerza para responder:

—No necesitas recurrir a estas artimañas de cuatro duros, Thomas. Si quieres follar en otro sitio, hazlo —escupo con todo el desprecio que logro reunir. Me levanto despacio de la silla, sosteniendo con un esfuerzo descomunal la mirada más fascinante y letal del mundo, mientras él permanece inmóvil—. Y, para que conste: me has hecho daño. Otra vez. —Tengo la impresión de que no puedo respirar, como si no quedara oxígeno en esta aula. Temblorosa, me doy la vuelta y me encamino hasta la puerta. Pero en cuanto la abro, Thomas se precipita detrás de mí y la golpea con la palma de la mano para volver a cerrarla.

—Tú no te vas de aquí. —La voz baja y perentoria me aturde en la misma medida que la oleada de su aroma a vetiver y tabaco.

—¿Piensas retenerme a la fuerza? —lo advierto con voz temblorosa.

—Si es necesario, sí.

Sacudo la cabeza. Estoy decepcionada pero también indignada.

—¡Estás loco, y yo más que tú, teniendo en cuenta que voy detrás de ti! Me acabas de decir que quieres pasar la noche con otra. ¿¡Qué demonios quieres de mí!?

—¡Que me escuches! —me grita al oído. Golpea la puerta con tanta fuerza que doy un respingo del susto. Cuando se da cuenta de que ha ido demasiado lejos, agotado, apoya la frente en mi nuca y me pone las manos en los hombros. Respira hondo hasta que recupera la compostura—. Mira, no quiero... no quiero discutir. No quiero ser así contigo.

—Pues es lo que pasa siempre —murmuro con lágrimas en los ojos.

—No se me da bien gestionar las emociones, sobre todo cuando se trata de ti. Ojalá supiera cómo hacerlo. Ojalá no estuviera tan... —Deja la frase inacabada, como si luchara por encontrar las palabras adecuadas.

—¿Cómo? —Trago saliva con dificultad sin dejar de mirar las vetas de la madera oscura de la puerta.

—Enfadado —susurra contra mi oído—, constantemente enfadado.

—¿Por qué lo estás? —pregunto en voz baja, casi en un susurro.

—Por demasiadas cosas, Ness. —Sus manos se deslizan hacia abajo, recorren todo mi costado hasta detenerse en la cintura. La rodea y me abraza con fuerza—. Tú consigues aplacar esa ira, a veces. Otras, haces que se dispare hasta las estrellas. ¿Y sabes qué es lo extraño? Cuando te vi por primera vez, cometí el error de creer que eras una mocosa sin carácter. En cambio, eres una chica indómita y testaruda que me saca de mis casillas.

—L-lo siento... —farfullo, nublada por el tacto de sus dedos que me acarician las caderas y la deliciosa sensación de sus labios tan cerca de mi piel.

—¿Por qué? —Todavía detrás de mí, Thomas me acaricia la espalda, me toma la barbilla y me inclina la cabeza hacia un lado, con lo que deja al descubierto la curva del cuello. El corazón me va a estallar.

—Por no haber cumplido tus expectativas —murmuro en un suspiro.

Thomas posa sus labios sobre la vena palpitante de mi cuello, siento cómo se curvan en una sonrisa. Lame mi piel con la lengua y despierta unos escalofríos por todo mi cuerpo cuando, de repente, el teléfono empieza a sonar.

Doy un respingo. Lo saco del bolsillo y veo que es Logan: debe de haber llegado.

—T-tengo que irme ahora —digo, y trato de apartarme de él. Thomas no me lo permite: aprieta su agarre en mi cadera y me empuja contra su pelvis—. Thomas, no lo hagas... —le suplico casi en trance.

Me muerde el cuello y suelto un gemido.

—¿Que no haga qué?

—L-Logan me está esperando —le advierto. Siento su lengua en mi cuello y el deseo me arrolla como una marea alta.

—Pues deja que espere. —Empieza a mordisquearme la piel. Su lengua se mueve lenta y con decisión, succionando con ardor. No puedo contener los gemidos, que escapan ahogados por mis labios entreabiertos. Involuntariamente, inclino la cabeza hacia atrás, contra su hombro. Thomas me envuelve la nuca con la mano, sus labios besan mi piel de forma cada vez más apasionada, se deleita en el mismo punto, hace que me arda la garganta y me destroza el estómago. Pero entonces sucede algo... Con el último atisbo de lucidez que me queda, comprendo lo que está haciendo.

Me doy la vuelta de golpe, indignada, y lo aparto de mi cuello haciendo que se tambalee un poco hacia atrás.

—¿Me has hecho un chupetón? —lo acuso, y me llevo una mano a la piel húmeda del cuello, que seguramente ya ha adquirido un tono violáceo.

Él levanta una comisura de la boca complacido y responde:

—¿A ti qué te parece?

Abro los ojos de par en par y también la boca.

—¡Tú... me has hecho un chupetón justo cuando voy a irme con Logan! —La mueca malvada que le ilumina el rostro me confirma que este era su plan desde el principio. ¡Ha querido marcarme como si fuera un objeto de su propiedad!

—Tómatelo como un aliciente para acabar con este asunto rápidamente —dice, tan descarado como siempre.

—¡Dios mío! ¡De verdad que eres imposible, Thomas!

Pero él no parece inmutarse. Me agarra la mandíbula con una mano y me estampa un beso abrasador en la boca.

—Tienes razón, soy imposible. Pero tú eres mía. Y será mejor que lo recuerdes mientras le das calabazas.

—¡Vete al infierno! Lo digo en serio, Thomas, ¡vete al infierno!

Me alejo, aturdida y furiosa, y salgo del aula con un portazo. Al cabo de un momento, el teléfono vuelve a vibrarme en el bolsillo: es un mensaje de Logan y me dice que nos veamos en la sala de descanso del Memorial Union. Doblo la esquina y subo las escaleras; me deshago la trenza con gestos nerviosos y trato de ocultarme el chupetón con el pelo.

Capítulo 42

Cuando llego a la sala de descanso, veo a Logan charlando con un chico que estudia Criminología con Tiffany. Aunque está de espaldas a mí, entreveo que sostiene dos cajas de *pizza* en las manos. Antes de que llegara, tenía mucha hambre. Ahora tengo el estómago tan cerrado que será un milagro si consigo beber agua.

—Ey, aquí estoy. —Logan me dedica una sonrisa radiante; los ojos le brillan de entusiasmo. Como si no me sintiera ya lo bastante culpable.

—¡Has llegado! —exclama con entusiasmo—. Vanessa, este es Mike; Mike, ella es Vanessa —dice Logan, que alterna la mirada entre su amigo y yo.

Extiendo la mano hacia Mike para presentarme y él hace lo mismo. Me pide disculpas por haber obligado a Logan a dejarme sola, pero lo tranquilizo.

—Oye, ¿dónde están las rosas? —La pregunta de Logan me toma por sorpresa.

—¿T-tus rosas? —repito—. Bueno, c-como no sabía cuánto tardarías en volver, no quería que se estropearan, así que le he pedido a una amiga que se las llevara a su apartamento y las pusiera en agua.

—Oh. —Parece bastante perplejo—. Vale. Bueno, como ves, no he tardado mucho. Podemos ir a buscarlas, si quieres.

—¡No! V-verás, ahora no está aquí, ha salido, me las dará mañana. —Me gustaría darme una bofetada por todas estas mentiras. Por suerte, su amigo nos interrumpe para preguntarnos algo sobre la avería que ha tenido en el coche, y la conversación sobre las rosas pasa a un segundo plano. Después de intercambiar algunas frases más, Mike se despide y nos deja solos. Logan y yo nos dirigimos a su apartamento, que, por alguna extraña broma del destino, está situado justo en el cuarto piso. En el lado opuesto del pasillo respecto al de Thomas.

En el interior, las dos habitaciones también están decoradas de la misma manera. Sin embargo, no encuentro ese ambiente cálido y acogedor que percibo en el de Thomas. A pesar de que tiene la calefacción encendida, unos escalofríos me recorren la espalda. Aquí dentro, todo me resulta desconocido. Y yo, por alguna razón que no alcanzo a comprender, percibo una sensación inquietante que se arrastra en mi interior, como si estuviera en el lugar equivocado con la persona equivocada.

Pero qué diablos me pasa, estoy desvariando.

Sacudo la cabeza y destierro estos pensamientos: no permitiré que las ridículas insinuaciones de Thomas me influyan.

—No sabía qué *pizza* preferías, así que he optado por dos margaritas —dice. Acto seguido, se descalza y deja las cajas sobre la mesa.

—Está bien, no te preocupes. —Lo sigo y le sonrío. Logan se dirige a la pequeña cocina y toma unos cubiertos del cajón. Vuelve a la mesa y corta las dos *pizzas*. Yo me quedo en la cocina sin saber muy bien qué hacer.

—¿Te apetece ver un poco la tele?

Cuando respondo que sí, busca el mando a distancia y enciende el televisor de plasma. Toma su caja de *pizza* y se sienta en la alfombra frente a la tele antes de invitarme a hacer lo propio. Sentada a su lado a una distancia prudencial, vemos una reemisión de *America's Got Talent* y nos comemos las *pizzas*. O, mejor dicho, él come, yo me limito a mirar la tele con actitud ausente mientras trato de sacarme de la cabeza la imagen de Thomas en esa maldita fiesta, encerrado en la habitación con alguna chica. O, en el peor de los casos, precisamente con Shana.

«Él siempre vuelve...».

—¿No comes? —pregunta Logan al cabo de un rato, y me observa con preocupación.

—Oh, em... —Me llevo un mechón de pelo detrás de la oreja, con cuidado de no dejar a la vista el chupetón de Thomas—. Lo cierto es que ahora mismo no tengo mucha hambre.

—¿No te gusta?

—No es eso, la *pizza* está bien, es solo que... creo que no me encuentro muy bien.

Frunce el ceño.

—¿Te encuentras mal? Puedo darte algo. —Hace ademán de levantarse, pero le agarro de la mano para impedírselo.

—Tranquilo, no es necesario.

No creo que exista un medicamento que sane este tipo de dolor.

—Vale, ¿quieres contarme qué te pasa? Estás rara desde que he llegado. ¿Acaso he hecho algo mal y no me he dado cuenta? —pregunta, preocupado.

—¿Qué? No, por supuesto que no, tú… no has hecho nada malo. —Con el tenedor, pincho la corteza de la *pizza*.

—Entonces ¿qué te pasa?

—Logan… —Dejo el tenedor sobre la caja de *pizza* y me giro para mirarlo—. Han pasado algunas cosas en tu ausencia.

—¿A qué te refieres? —pregunta con el ceño fruncido.

Bajo la mirada y me muerdo el labio. Abro la boca para hablar, pero no puedo. Trago saliva, me paso las dos manos por la cara y, finalmente, lo escupo.

—Antes de marcharte, me dijiste que, cuando volvieras, querrías que te diera una respuesta, ¿te acuerdas?

—¿Se trata de eso? ¿Te has asustado? —Me acaricia la mano y, cuando intenta entrelazarla con la mía, me zafo de su agarre.

—No, no me he asustado. —Suspiro y trato de ignorar el vacío que siento en el estómago—. Créeme, lo último que quiero es hacerte daño. Pero mereces que sea honesta contigo. Te lo mereces porque yo, en tu lugar, querría que así fuera, y siempre has sido bueno conmigo. Ser honesta es lo mínimo que puedo hacer.

—De acuerdo.

—No puedo estar contigo, Logan. No puedo porque… no siento por ti lo mismo que tú sientes por mí. —Permanece en silencio durante unos segundos. Me mira fijamente, como si intentara asimilar lo que acabo de decir.

—¿Estás cortando conmigo?

Asiento de forma sumisa. Es lo único que soy capaz de hacer en este momento.

—Guau… Vaya. —Hace una pausa, parece incrédulo. Luego me mira serio y exclama—: Quizá debería habérmelo esperado. Después de todo, no he sabido nada de ti estos días y no has contestado a mis llamadas…

—Lo lamento, de verdad.

Parece reflexionar sobre algo.

—Pero no se trata solo de eso, ¿verdad?

—¿Qué quieres decir?

—¿Estás cortando conmigo porque no sientes nada por mí o porque sientes algo por otra persona?

Me encierro en un largo silencio antes de responder. Sé sincera, Vanessa.

—Siento algo por otra persona.

Logan suelta una carcajada amarga y luego exclama, resignado:

—Thomas.

Asiento de nuevo mientras intento descifrar su mirada: en ella veo aceptación, tristeza y rabia. Mucha rabia.

—¿Estás con él?

—No —respondo a toda prisa.

—¿No?

—O sea, sí. —Suspiro—. A decir verdad, es complicado.

—¿Eres su novia sí o no? —pregunta, alterado.

—No.

—Bien, entonces.

Parpadeo, confundida.

—¿Bien?

—Vanessa, me gustas. Quiero estar contigo. Y si para ello tengo que esperar al momento en que te des cuenta de que Thomas es el tío equivocado para ti, entonces lo haré. —Me acaricia la mejilla con delicadeza, pero yo me aparto.

—Perdona, pero ¿no has oído lo que acabo de decir?

—Sí, lo he oído, pero, sinceramente, no me importa. Los sentimientos no se pueden controlar, y lo que siento por ti es tan fuerte que no voy a rendirme.

—Quizá deberías —replico, enfadada.

—¿Quieres que lo haga?

—No quiero problemas. Si no te apartas, te aseguro que los habrá.

—¿Así que me estás pidiendo que me aparte porque tienes miedo por mí, no porque realmente lo quieras? —pregunta con un ligero matiz de presunción. ¿Miedo por él? Bueno, sí, claro. En parte me preocupo por él, pero no creerá realmente que ese es el motivo por el que he tomado esta decisión, ¿no?

—¿Crees que tengo miedo de Thomas? —pregunto, ligeramente fastidiada.

—No creas que no sé lo neurótica que es esa nulidad, y que no está en sus cabales, y no te culpo si te sientes intimidada. Tú tan solo eres otra víctima que ha caído en su trampa. Además, veo que se ha cuidado mucho de no definir vuestra relación. Qué cobarde asqueroso. Te ha convencido para que seas suya. Pero, de hecho, no te ha convertido en su novia. Conmigo, no habría nada de todo eso. Podrías ser feliz, podrías tener todo lo que...

Lo interrumpo, porque mis oídos ya han escuchado lo suficiente.

—Estás muy equivocado Logan, completamente. No te estoy diciendo todo esto por miedo. Te lo digo porque no necesito ser su novia para saber que lo que siento por él es más fuerte que cualquier otra cosa. No necesito ser su novia para saber que él es la persona que quiero a mi lado. A él y a nadie más. Me sabe mal si te he hecho daño y lamento haberme comportado como lo he hecho, pero no vuelvas a hablar así de él, porque no lo conoces. —Lo fulmino con la mirada, me levanto del suelo, tomo la mochila que había dejado junto a la pata de la mesa, me calzo las zapatillas y me dirijo a la puerta.

—Vanessa, espera. —Logan se pone en pie y llega hasta mí—. Lo siento si lo que he dicho te ha molestado, no era mi intención. Solo estoy confundido y enfadado en este momento, ¿vale? Creo que tengo derecho, ¿no? Es decir, acabo de saber que has pasado estos días con él. Pero, por favor, no te marches. Quédate conmigo al menos para cenar. Sin rencores.

—Se ha hecho tarde, Logan, ya he dicho todo lo que tenía que decir. No tiene sentido que me quede. —Estoy a punto de poner la mano en la manija de la puerta, pero él se planta delante de mí.

—Puedo acompañarte a casa cuando quieras, no hay problema. Pero no me dejes solo, por favor, no me apetece sentirme abandonado. —Me mira con desesperación.

—Logan… —digo insegura. No puedo negar que verlo así me entristece, pero tampoco quiero darle falsas esperanzas al quedarme.

—Por favor —implora de nuevo.

Suspiro y al final decido hacerle caso. Si lo que necesita ahora es un poco de compañía, puedo complacerlo.

—De acuerdo, pero solo un rato. Y no quiero volver a hablar de Thomas.

Mueve la cabeza arriba y abajo.

—Lo que tú quieras.

Vuelvo a dejar la mochila en el suelo y me dirijo a uno de los dos sillones que hay frente al televisor. Me siento en él, mientras que Logan toma asiento en el otro. Pasamos el rato viendo un poco más la televisión y, tras el momento inicial en el que ninguno de los dos ha abierto la boca, la situación empieza a volverse menos tensa a medida que pasa el tiempo. Para romper el hielo que se ha creado de forma inevitable, Logan se ofrece a preparar una infusión de té con jengibre, me habla de su familia, de cómo han ido estos días en su casa. De este modo, descubro que su madre es una abogada de mucho éxito y que su padre es juez. No tiene hermanos ni hermanas, y a menudo vuelve a casa para ayudar a sus padres. El tiempo pasa despacio y, sin darme cuenta, me invade una somnolencia inexplicable y acabo cerrando los ojos.

∽

Poco a poco, me deslizo en una especie de extraña y confusa duermevela. No sabría decir en qué momento exacto me he dormido ni después de cuánto tiempo empiezo a oír unos golpes atenuados, como si alguien llamara ferozmente a una puerta.

Oigo que me llaman una y otra vez. Percibo tensión y preocupación en esa voz que pronuncia mi nombre, como si fuera un grito de alarma. Me gustaría responder, pero, por algún motivo, soy incapaz. Me siento dolorida, sin fuerzas. La voz, que poco a poco se vuelve cada vez más familiar, me llama sin parar. Empiezo a comprender de quién se trata.

Thomas…

—¡Ness, abre la puerta! —Abro los ojos con dificultad, pero no veo nada. Parpadeo una y otra vez, intentando enfocar algo, cualquier cosa, pero la oscuridad que me rodea me lo impide. ¿Dónde estoy? ¿Por qué Thomas no deja de llamarme y por qué estoy tumbada en una cama que no es la mía? Me he dormido. ¿Cómo? ¿Cuándo? Con el pánico oprimiéndome la garganta, me pongo en pie de un salto y salgo corriendo de la habitación. Encuentro a Logan en el salón, sentado en el sillón mientras trata de ver la tele. ¿Por qué me ha dejado dormir? ¿Por qué no me ha acompañado a casa, como había dicho?

—Logan. —Al oír mi voz, da un respingo—. ¿Qué hago aquí? ¿Por qué me he despertado en tu cama?

—Te has quedado dormida en el sillón, parecías incómoda, así que te he llevado a la habitación —responde como si nada.

Los golpes en la puerta continúan impertérritos, al igual que la voz de Thomas que me ordena que salga.

No estaba soñando, ¡Thomas está aquí fuera de verdad! Cuando me percato de la gravedad de la situación, abro los ojos de par en par y me abalanzo sobre Logan.

—¿Cómo se te ha ocurrido dejarme dormir aquí? Además, ¿no oyes que Thomas está ahí fuera? ¿Por qué demonios no abres la puerta?

Saco mi teléfono del bolsillo del peto y, aparte de ver que son casi las dos de la mañana, también me encuentro una serie infinita de llamadas perdidas de Thomas. Y ahora está aquí fuera, más enfadado que nunca. Y con razón. Me dirijo rápidamente hacia la puerta de entrada. Oigo un crujido del sillón y comprendo que Logan viene detrás de mí.

—Espera. —En cuanto pongo la mano sobre la manilla, me agarra de la muñeca.

Bajo la mirada hasta su mano y luego lo miro de reojo.

—Suéltame ahora mismo.

Más golpes que hacen vibrar la puerta.

—Os juro que si no abrís la puta puerta, la echo abajo en tres segundos —grita Thomas.

Logan me mira ausente por un momento; algo en su mirada me inquieta. Luego, como si volviera en sí tras un momento de amnesia, me suelta rápidamente la mano y retrocede aturdido.

Pero ¿qué demonios se le pasa por la cabeza? Abro la puerta y Thomas entra a toda prisa. Agarra a Logan por el cuello y lo empuja contra la pared. Me llevo las manos a la boca ante el golpe.

—¿Qué coño le has hecho? —grita a pocos centímetros de su cara.

—N-no le he he-hecho na-nada. —Logan se esfuerza por hablar, pero los dedos de Thomas alrededor de su garganta se lo impiden.

—¡Thomas, para! ¡No me ha hecho nada! —Lo agarro del brazo y le propino varios golpes al bíceps. Pero no sirve de nada, porque Thomas alza su brazo derecho y le asesta un puñetazo en la cara a Logan, que cae al suelo con la nariz ensangrentada.

—Si descubro que le has puesto un dedo encima, estás muerto. —Le da otro puñetazo en el estómago, lo agarra por el pelo y le obliga a levantar la cara hacia él—. Muerto —añade. Luego se vuelve para mirarme, con la cara en llamas, y por un momento tengo miedo de lo que pueda hacer. Me agarra del brazo y me saca de ahí. En el pasillo, veo que algunos estudiantes han salido de sus apartamentos para ver el origen de todo este alboroto.

—¡Thomas, no vayas tan rápido, me haces daño en el brazo! —Intento zafarme de su agarre, pero ignora mis quejas. Cuando llegamos a su apartamento, me empuja dentro con fuerza y, tras cerrar la puerta, da un puñetazo a la pared.

—Dime, Vanessa, ¿qué no te funciona en el cerebro? —grita con toda su rabia.

Me llevo las manos al pelo, tan incrédula como él.

—Thomas, escúchame, tienes todo el derecho a estar…

—¿Tengo todo el derecho a estar qué? ¿Enfadado? ¿Cabreado? ¿Furioso? Estoy mucho más que todo eso, ¡estoy fuera de mis cabales, joder! ¡Llevo horas llamándote! —Las venas de su poderoso cuello parecen a punto de estallar.

—Porque no he oído las llamadas, yo… m-me he quedado dormida y no…

Me interrumpe y me fulmina con la mirada.

—¿Te has qué?

Trago saliva.

—Me he quedado dormida —tartamudeo. Me coloco el pelo detrás de las orejas con movimientos nerviosos—. N-no tengo ni idea de cómo ha podido pasar. Estaba muy cansada, recuerdo que me he acurrucado en un sillón y luego nada más, me he quedado frita.

Me mira atónito. Me señala con un dedo y me advierte:

—Esta es la última vez que lo ves. Que hablas con él. Que lo saludas. Que haces cualquier cosa que se te pase por la cabeza. La última vez.

—Thomas, tienes que creerme, no me ha hecho nada, de verdad.

—Me importa una mierda lo que pienses. Si me hubieras escuchado antes, ¡podríamos haber evitado toda esta mierda!

—Thomas tiene razón. Me he equivocado. Ha sido un error ir con Logan, ha sido un error decidir quedarme.

—Lo sé, yo... Perdóname...

—Te llevo a casa —exclama con dureza.

Lo miro desconcertada.

—¿Qué? ¡No!

—No era una pregunta —responde tajante.

Sacudo la cabeza con determinación.

—N-no quiero irme a casa. —Quiero quedarme aquí con él. Calmarlo, tranquilizarlo, resolver todo este embrollo y dormirme a su lado, entre sus brazos, envuelta en su olor y su calor.

—No te quiero aquí. —El modo frío y autoritario en que lo suelta me estremece. El corazón me martillea en el pecho mientras siento ese familiar ardor en los ojos.

—Thomas... —Pronuncio su nombre en una súplica desesperada.

—Muévete. —Toma un juego de llaves del mueble de la cocina y sale sin darme la oportunidad de responder.

A bordo de su moto, me abrazo a él a pesar de percibir lo desapegado que está. Mientras avanzamos a toda velocidad por el asfalto, ignorando los límites de velocidad, el viento se lleva mis lágrimas consigo. Llegamos frente al sendero de entrada de mi casa. Con el motor todavía en marcha, Thomas pone un pie en el suelo para que me baje. Me desabrocho el casco y se lo doy, él lo coloca sobre el depósito, se baja la visera y, sin dignarse a mirarme, da gas y desaparece en la noche.

—Lo siento… —susurro en voz baja, sola y herida en medio de una calle desierta. Siento cómo las lágrimas brotan sin control. Se ha levantado viento, algunas hojas húmedas revolotean a mi alrededor, y las primeras gotas de lluvia me salpican la cara para fundirse con mis lágrimas. El estómago se me contrae por todo este dolor.

Se ha ido…

Continuará…

Lista de reproducción
recomendada para la lectura

1. «Happiness is a Butterfly» – Lana Del Rey
2. «Ghost of You» – 5 Seconds of Summer
3. «Back to You» – Selena Gomez
4. «Half a Man» – Dean Lewis
5. «The Hills» – The Weeknd
6. «Cradles» – Sub Urban
7. «Numb» – Dotan
8. «Forever» – Labrinth
9. «Paralyzed» – NF
10. «Words» – Skylar Grey
11. «In My Veins» – Andrew Belle, Erin McCarley
12. «Don't Deserve You» – Plumb
13. «Exile» – Taylor Swift, Bon Iver
14. «Messages from Her» – Sabrina Claudio
15. «Helium» – Sia
16. «Twisted» – Two Feet
17. «Mount Everest» – Labrinth
18. «Never Say Never» – The Fray
19. «You Say» – Lauren Daigle
20. «Are You With Me» – nilu

Agradecimientos

Hemos llegado al final de esta primera parte, que tan solo ha sentado las bases para otro capítulo de esta historia. Que sepáis que, si hasta ahora hemos reído, bromeado y sufrido algunos problemillas sentimentales, las cosas están a punto de cambiar de manera drástica y el viejo Travis va a ser el menor de nuestros problemas.

Antes de despedirme, me gustaría dar las gracias como es debido a algunas personas. En primer lugar, a mi familia, por la paciencia que ha demostrado todas las veces que me he refugiado en el rincón más oscuro de casa y he permanecido allí hasta perder la noción del tiempo. No puedo dejar de mencionar a la «tía» de *Better*, Sofia Mazzanti, la primera figura profesional que creyó en este proyecto cuando todavía no era nada, tanto que me ayudó y me apoyó durante gran parte de este viaje. Doy las gracias a la editorial italiana Salani, por haberme elegido y querido y por haberme dado la posibilidad de dar un gran paso como este. En especial, doy las gracias a Marco y Francesca por la total confianza y disponibilidad que me han mostrado. Pero, sobre todo, doy las gracias a mi editora, Chiara Casaburi, que se ha dedicado a *Better* en cuerpo y alma a cualquier hora del día o de la noche. Su aportación ha sido muy valiosa. Dedico un agradecimiento especial a todas mis amigas y compañeras escritoras sin las cuales este viaje no habría sido lo mismo. Habéis sido un pilar fundamental para mí.

Ahora, sin embargo, falta el agradecimiento más importante. El que os dedico a vosotros, mis queridos lectores.

Dejad que os diga lo increíble y totalmente inesperado que ha sido llegar hasta aquí. Si hace dos años y medio alguien me hubiera dicho que lo que estaba empezando a hacer por diversión y sin ninguna expectativa me traería hasta aquí, no me lo habría creído. Tampoco lo habría hecho por todo el oro del mundo. *Better* nació una tarde gris de finales de octubre; la lluvia fue mi musa desde el principio, y ha seguido siéndolo durante todo el proceso de escritura y hasta el final. Pero lo que más me animó a continuar esta historia fue el entusiasmo, el apoyo y el amor incondicional que solo vosotros, los lectores, me habéis transmitido día tras día, cada vez más, con vuestros mensajes, el contenido compartido, los vídeos, las fotos, vuestras rabietas. Sobre todo, las rabietas. Con todo. Os estaré eternamente agradecida. Gracias por haber creído en mí y en esta historia. Por haber comprendido a Thomas y a Vanessa aceptando todos sus defectos, sus errores y su impulsividad. Los habéis tomado de la mano y les habéis dado la oportunidad de alzar el vuelo. La oportunidad de entrar en vuestras casas y en vuestras vidas. Os lo dije hace tiempo y os lo repito ahora: no sé a dónde iremos ni hasta dónde llegaremos. La única certeza que tengo y que siempre tendré sois vosotros, que no me habéis abandonado en ningún momento. Habéis permanecido a mi lado en todas las situaciones, habéis confiado en mí y me habéis apoyado durante todo este tiempo, al igual que yo lo he hecho con vosotros con la publicación de este libro, que pretende ser mi modo de deciros, simplemente…, gracias.

Gracias por haber hecho posible todo esto.

Hasta pronto, forasteros.